기억의 제본사

기억의 제본사

브리짓 콜린스

공민희 옮김

청미래

역자 공민희(孔珉姬)

부산외국어대학교를 졸업하고 영국 노팅엄 트렌트 대학교 석사 과정에서
미술관과 박물관, 문화유산 관리를 공부했다. 번역 에이전시 엔터스코리아
에서 출판기획자 및 전문번역가로 활동 중이다.

옮긴 책으로는 『당신이 남긴 증오』, 『벽 속에 숨은 마법 시계』, 『혼자 있고
싶은데 외로운 건 싫어』, 『굿 미 배드 미』, 『나는 너를 본다』 등 다수가 있다.

기억의 제본사

저자 / 브리짓 콜린스

역자 / 공민희

발행처 / 도서출판 청미래

발행인 / 김실

주소 / 서울시 용산구 서빙고로 67, 파크타워 103동 1003호

전화 / 02 · 739 · 1661

팩시밀리 / 02 · 723 · 4591

홈페이지 / www.cheongmirae.co.kr

전자우편 / cheongmirae@hotmail.com

등록번호 / 1-2623

등록일 / 2000. 1. 18

초판 1쇄 발행일 / 2019. 5. 2

    4쇄 발행일 / 2021. 7. 5

값 / 뒤표지에 쓰여 있음

ISBN 978-89-86836-68-4 03840

이 도서의 국립중앙도서관 출판예정도서목록(CIP)은 서지정보유통지원시스템 홈페이지(http://seoji.
nl.go.kr)와 국가자료공동목록시스템(http://www.nl.go.kr/kolisnet)에서 이용하실 수 있습니다.
(CIP제어번호: CIP2019015261)

닉에게

차례

|

제1부

1

집에 편지가 도착했을 때, 나는 떨리는 손으로 마지막 남은 밀단의 매듭을 묶으려고 애쓰는 중이었다. 전통방식으로 작업하자고 한 것은 내 잘못이니 이제 와서 그만둘 수도 없는 노릇이었다. 침침한 눈을 깜박여가며 오후 내내 더위와 씨름했고 해가 진 지금에야 작업이 거의 마무리되었다. 어둠이 깔리고 사람들은 어깨 너머로 인사를 건네며 자리를 떴다. 나는 기뻤다. 이젠 혼자이니 그들과 같은 속도로 작업하는 척을 하지 않아도 된다. 나는 계속 단을 묶으며 자동 수확기를 쓰면 얼마나 수월할지 생각하지 않으려고 했다. 나의 여름은 거듭 찾아오는 환청과 유령, 어둠의 고통으로 가득 차 있었기에 간간이 제정신이 들어도 추수에 기계를 쓸 생각을 전혀 할 수가 없었고, 그것은 가족도 마찬가지였다. 매일 끝내지 못한 일들이 눈에 띄었다. 아버지는 최선을 다했지만 모든 것을 혼자 다 할 수는 없었다. 나 때문에 우리 가족은 일 년 내내 농사가 뒤처질 판국이었다.

나는 밀단의 중간을 줄기로 단단히 묶은 다음 다른 밀단 더미 위에 쌓았다. 끝났다. 이제 집에 갈 수 있다……. 그런데 남보랏빛 어둠이 나를 감싸면서 무릎에 힘이 빠져 덜덜 떨렸다. 뼈로 느껴지는 통증에 숨을 쉴 수가 없어서 바닥으로 몸을 웅크렸다. 몇 달 동안 뼈가 쪼개지는 것 같은 통증과 소름끼치는 경련을 느껴왔는데 지금은 많이 나아졌다. 그러나 나는 여전히 노인처럼 연약하다. 이를 악물었다. 마음이 약해져 울고 싶었다. 하지만 울지 않을 것이다. 하늘의 달 말고는 나를 보는 사람은 아무도 없지만 울 바에는 차라리 죽는 것이 낫다.

"에밋 오빠? 오빠!"

밀밭을 헤치며 여동생 알타가 나를 찾으러 왔다. 나는 일어나 눈을 깜박이며 어지러움을 떨치려고 노력했다. 머리 위로 드문드문 떠 있는 별이 한쪽으로 미끄러지고 곧이어 다른 쪽으로 흘러내렸다. 나는 잠긴 목을 풀고 외쳤다. "여기야."

"왜 다른 사람들한테 끝내달라고 하지 않았어? 다들 돌아오는데 오빠는 보이지 않아서 엄마가 걱정하시고—."

"걱정할 필요 없어. 난 어린애가 아니야." 자른 밀 줄기의 날카로운 부분에 찔려 엄지손가락에서 피가 났다. 피에서 뜨거운 먼지 맛이 묻어났다.

알타가 머뭇거렸다. 일 년 전에는 나도 다른 사람들처럼 튼튼했다. 하지만 지금 동생은 내가 자기보다 어린아이인 양 고개를 한쪽으로 기울이고는 측은한 듯이 나를 쳐다보고 있다. "알아, 하지만—."

"달이 뜨는 걸 보고 싶었어."

"어련할까." 땅거미가 지면서 동생의 모습이 한층 흐려졌지만 그 애의 영민한 눈빛은 여전히 빛났다.

"우리가 오빠를 강제로 쉬게 할 순 없잖아. 오빠 스스로 몸을 회복하는 데 신경 쓰지 않으면—."

"말하는 게 똑같네. 어머니랑."

"엄마 말이 맞으니까! 오빠처럼 심하게 아팠던 사람이 아무 일도 없었다는 듯 한방에 회복될 거라고 기대하진 마."

아팠다니. 마치 내가 침대에 누워 기침하고 토하거나 온몸이 고름으로 뒤덮여 골골거렸던 것처럼 들린다. 악몽 때문에 몽롱해졌긴 해도 나는 가족이 아는 것보다 더 많은 것을 기억하고 있다. 비명을 지르고 환각에 빠진 것, 계속 울기만 하거나 사람을 알아보지 못하던 날들, 맨손으로 유리창을 박살낸 밤도 기억한다. 차라리 속수무책으로 설사병에 걸렸다면 더 좋았을 텐데. 그 편이 부모님이 나를 결박해서 지금도 없어지지 않은 자국이 손목에 생기게 된 것보다는 나을 테니까. 나는 동생에게서 몸을 돌려 엄지손가락 맨 아랫부분에 베인 상처를 빠는 데 신경을 쏟으며 혀로 더 이상 피 맛이 나지 않는지 살폈다.

"부탁이야, 오빠." 알타가 이렇게 말하고는 손가락으로 나의 셔츠 깃을 털어주었다. "오빠도 다른 사람들처럼 하루치 일을 거뜬히 해냈어. 이제 집으로 갈까?"

"알았어." 서늘한 바람이 불자 목 뒤쪽으로 털이 곤두섰다. 알타는 내가 몸을 떠는 것을 보고 시선을 아래로 내렸다. "저녁은 뭐야?"

내가 묻자 동생은 벌어진 치아를 드러내며 환히 웃었다. "서두르지 않으면 아무것도 못 먹을걸."

"좋아. 그럼 내가 널 따라잡을 거야."

"내가 코르셋을 안 입었을 때 도전해." 동생이 몸을 돌리자 먼지가 잔뜩 묻은 스커트가 발목 주위로 너풀거렸다. 웃을 때면 여전히 어린아이 같지만 농장의 일꾼들은 이미 그 애에게 호감을 표시하기 시작했다. 어떨 때 보면 여자처럼 보이기도 한다.

나는 알타 옆에서 터덜터덜 걸었고 너무 지쳐서 마치 술에 취한 기분이었다. 어둠이 짙어져 나무와 언덕을 덮을 동안, 달빛은 하늘의 별들을 반짝이게 해주었다. 나는 바닥에 작은 녹색 부유물이 모여 있는 우물의 맑고 차가운 물을 떠올렸다. 아니면 그래, 아버지가 특별히 허브를 섞어서 풀 맛이 나는 씁쓸한 호박색 맥주도 괜찮다. 그것을 마시면 곧바로 잠이 들 테고, 그렇게 되면 좋을 것이다. 내가 원하는 것은, 불 꺼진 초처럼 꿈을 꾸지 않는 무의식 속으로 들어가는 것이다. 악몽도 없고, 밤의 공포도 느끼지 않고 새로운 아침 햇살을 맞으며 깨어나는 것.

집 앞마당으로 들어서는데 마을 시계탑에서 종이 울리며 아홉 시가 되었음을 알렸다. "배고파 죽을 것 같아." 알타가 말했다. "부모님이 오빠를 찾아보라고 시켰어. 내가 밥을—."

그때 어머니의 목소리가 끼어들었다. 어머니가 고함을 지르고 있었다.

알타는 말을 멈추었고 우리 뒤로 문이 닫혔다. 동생과 시선이 마주쳤다. 고요한 앞마당에 조각난 말들이 떠다녔다. **어떻게 그런 말을……우린 그럴 수 없어요, 안 된다고요……**.

나는 다리가 덜덜 떨려 똑바로 서 있을 수가 없었다. 그래서 벽으로 다가가 등을 기댄 채 두근거리는 심장을 진정시켰다. 주방 커튼 틈 사이로 램프 불빛 한 줄기가 새어나왔다. 그 위로 그림자가 획획 지나갔다. 서성거리는 아버지의 모습이다.

"오빠, 밤새 여기 서 있을 수는 없잖아." 알타가 조용히 속삭였다.

"별일 아닐 거야." 부모님은 왜 누구도 자동 수확기를 미리 생각하지 못했는지를 두고 일주일 내내 언쟁을 벌였다. 두 분 다 그것이 내 탓이라는 말은 하지 않았다.

쿵. 주방 식탁을 주먹으로 내리치는 소리가 났다. 아버지가 목소리를 높였다. "내가 어떻게 하길 바라는 거야? 거절하라고? 그 빌어먹을 마녀가 우리에게 저주를 걸 거야. 당장에라도—."

"이미 저주를 걸었어요! 우리 아들을 좀 봐요, 로버트, 평생 낫지 않으면요? 이건 그 마녀의 잘못이—."

"우리 애 잘못이겠지. 만일 그 애가—." 잠시 동안 내 귀에 아주 날카로운 비명 같은 것이 들려오면서 아버지의 목소리를 묻어버렸다. 세상이

14

축 위에서 요동치듯이 옆으로 흔들렸다. 나는 구역질이 올라오는 것을 억지로 삼켰다. 다시 정신을 차리니 아무 소리도 들리지 않았다.

"우린 모르잖아." 아버지가 다시 입을 열었고 목소리는 우리에게 겨우 들릴 정도로 줄어 있었다. "그녀가 도와줄 수 있을지도 몰라. 지난 몇 주간 계속 상태가 어떠냐고 묻는 편지를 보내왔잖아."

"우리 애를 데려가고 싶어서 그러겠죠!, 안 돼요, 로버트. 아니, 전 못 보내요. 그 애는 여기서 우리와 함께 있어야 해요. 무슨 짓을 했든 우리 아들인 건 변함이 없어요. 그리고 그 여자는 정말 소름 끼치고—."

"당신은 한번도 본 적이 없잖아. 거기에 가야 할 사람은 당신이 아니고 게다가—."

"상관없어요! 그 여자는 할 만큼 했어요. 우리 애를 데려갈 수 없다고요."

알타가 슬쩍 나를 쳐다보았다. 동생의 얼굴 표정이 미묘하게 달라지더니 내 손목을 잡아끌었다. "집으로 들어가자." 동생은 닭들을 부를 때처럼 높고 자신에 찬 목소리로 말했다. "긴 하루였고 오빠 분명 배고프겠지. 파이라도 남아 있어야 할 텐데, 안 그러면 사람이라도 잡아서 포크로 심장을 찍어먹을 거야." 알타가 문 앞에서 잠시 말을 멈췄다가 이렇게 덧붙였다. "머스터드 소스에 찍어서 말이야." 그리고는 문을 활짝 열었다.

부모님은 주방 양쪽 끝에 서 있었다. 아버지는 창가에 서서 우리를 등지고 있고 어머니는 볼터치를 한 것처럼 뺨이 벌겋게 상기된 채로 난로 앞에 자리하고 있었다. 두 사람 사이에 있는 식탁 위에는 두꺼운 크림색 종이와 뜯어진 봉투가 있었다. 어머니는 알타에게서 나로 재빨리 시선을 돌리고는 봉투를 향해 살짝 걸음을 옮겼다.

"저녁 먹어야지." 알타가 말했다. "오빠, 어서 앉아. 꼭 실신할 것 같은 사람처럼 얼굴에 핏기가 없어. 세상에, 아직 상도 차려지지 않았네. 오

15

른에 파이가 남아 있으면 좋겠는데." 알타는 내 옆으로 접시 더미를 놓았다. "빵을 가져다줄까? 아니면 맥주? 이러니까 내가 하녀가 된 것 같아……." 그리고 동생은 식료품을 보관해둔 작은 창고로 들어갔다.

"에밋," 아버지가 여전히 등을 지고 선 상태에서 입을 열었다. "식탁에 편지가 있단다. 읽어보렴."

나는 편지를 내 쪽으로 가져왔다. 하지만 글자가 종이 위에서 형태 없는 얼룩처럼 흐릿하게 녹아내렸다. "눈에 먼지가 너무 많이 껴서 읽을 수가 없어요. 뭐라고 적혀 있는지 좀 말해주세요."

아버지는 마치 무거운 것을 끌 때처럼 목 근육에 잔뜩 힘을 준 채 고개를 끄덕였다. "제본사가 도제를 구한다는구나."

아버지의 말에 어머니는 차마 입을 열지 못하고 탄식했다.

"도제요?" 내가 물었다.

침묵이 이어졌다. 달빛이 커튼 사이로 파고들어 모든 것을 은색으로 물들였다. 아버지의 머리카락도 반짝이는 회색이 되었다. "맞아, 바로 너를 도제로 생각하고 있다는구나." 아버지가 말했다.

알타가 피클이 든 병을 안고 저장실 입구에 섰다. 나는 그 애가 병을 떨어뜨릴 거라고 잠깐 동안 생각했지만 동생은 조심스럽게 찬장에 내려놓았다. 하지만 나무 찬장 선반에 내려놓는 소리가 아래로 떨어뜨리는 것보다 더 크게 들렸다.

"도제가 되기엔 전 나이가 너무 많잖아요."

"그녀는 그렇게 생각하지 않아."

"전……." 나는 식탁 위로 손을 올려놓았다. 마르고 핏기가 없는 하얀 내 손이 제대로 보이지 않았다. 하루의 노동조차 제대로 해낼 수 없는 손. "전 차츰 좋아지고 있어요. 곧……." 손가락과 마찬가지로 나의 목소리가 내 것이 아닌 듯 느껴져서 말을 멈췄다.

"그런 게 아니야, 아들아."

"제가 지금은 아무 쓸모가 없다는 걸 알아요—."

"저런, 애야." 어머니가 나섰다. "네 잘못이 아니란다. 네가 아파서 그런 것도 아니고. 금방 네 예전 모습으로 돌아갈 거야. 그게 네가 바라는 전부라면……. 우린 네가 아버지를 도와 농장 일을 할 거라고 늘 생각해왔어. 넌 그래왔고 여전히 그렇게 할 수도 있어. 하지만……." 어머니의 시선이 아버지에게로 향했다. "우리가 널 보내는 게 아니란다. 그녀가 널 보내달라고 했어."

"전 그 사람이 누구인지 몰라요."

"제본은……좋은 일이야. 정직한 일이지. 전혀 겁먹을 필요가 없어." 그 말에 알타가 놀라서 찬장 쪽으로 휘청거렸고 어머니는 어깨 너머로 보고서 재빨리 팔을 뻗어 찬장 선반에서 바닥으로 떨어지려는 접시를 잡았다. "조심해야지, 알타."

내 심장이 쿵 내려앉더니 마구 뛰었다. "그렇지만……두 분은 책을 싫어하시잖아요. 거짓말투성이라고. 저한텐 항상 그러셨어요. 웨이크닝 박람회에서 그 책을 사서 집에 돌아올 때—."

순간 부모님은 눈길을 주고받았지만 그것이 너무 빨라 무슨 의미인지 제대로 파악할 수 없었다. 아버지가 말했다. "지금 그 일은 신경 쓰지 말거라."

"그래도……." 나는 어머니를 향해 몸을 돌렸다. 말문이 막혔다. 누군가가 책에 대한 말을 꺼내기만 해도 얼른 화제를 돌려버리고, 대화에서는 책에 대한 혐오감이 묻어났으며, 책을 쳐다보던 부모님의 얼굴은 또……. 어릴 때 우리가 캐슬퍼드에서 길을 잃었을 때 어머니는 A. 포가티니 전당포 겸 서점 앞에서 혐오스러운 표정을 지으며 서둘러 나를 잡아끌어놓고서, 이제 와서 이러다니. "좋은 일이라니 무슨 뜻이에요?"

"그건……." 어머니가 길게 숨을 들이켰다. "난 네가 제본일을 하길 바라지 않았어. 그런 일이 생기기 전에는—."

"힐다." 아버지가 목이 결리는 듯 손으로 주무르며 말했다. "넌 선택의 여지가 없어. 그 일을 하면 안정적으로 살게 될 거야. 갈 길이 멀지만 나쁜 일은 아니야. 조용하지. 힘든 육체노동도 없고. 아무도 널 틀에 박힌 일에서 벗어나게 하지 않을 거고……." 아버지가 헛기침을 했다. "그리고 모두가 그녀 같지는 않을 거다. 넌 한곳에 정착해서 장사를 배우고 그런 다음에……그래, 시내에 사는 제본사들은 자기 마차도 있다지."

잠시 침묵이 이어졌다. 알타가 손톱으로 유리병 위를 톡톡 치더니 나를 쳐다보았다.

"그렇지만 전 모르겠어요. 한번도 생각해본 적이 없어요. 어떻게 그 사람은 제가 도제가 될 거라고 생각하는 거죠?" 가족 어느 누구도 나와 눈을 맞추지 않았다. "저한테 선택의 여지가 없다니, 그건 무슨 뜻이에요?"

아무도 대답하지 않았다. 마침내 알타가 주방을 가로지르더니 편지를 집었다. "'그 아이가 여행을 할 수 있을 만큼 회복되는 즉시,'" 알타가 큰 소리로 읽어 내려갔다. "'제본소는 겨울에 매우 춥습니다. 따뜻한 옷을 꼭 챙겨주세요.' 왜 이 분은 오빠가 아니라 아버지한테 편지를 보냈어요? 오빠가 글을 읽을 줄 안다는 걸 모르나요?

"그들이 진행하는 방식은 늘 이렇단다." 아버지가 말했다. "부모에게 자녀의 도제 생활에 대한 허락을 구하는 거지. 그렇게 하는 거야."

절차가 어떻든지 상관없다. 식탁에 올려놓은 내 손은 힘줄과 뼈밖에 남지 않아서 앙상하다. 1년 전만 해도 구릿빛에 근육이 잘 잡힌 성인

18

남자의 손 같았는데, 지금은 누구의 손도 아니다. 그저 부모님이 그토록 싫어했던 일을 하기에 적합한 손일 뿐. 하지만 부모님이 부탁한 것도 아닌데 그 사람은 왜 나를 선택한 것일까? 나는 식탁의 힘이라도 빨아들일 요량으로 손가락을 쫙 펴서 세게 눌렀다.

"제가 싫다고 하면요?"

그러자 아버지가 쿵쾅거리며 찬장으로 걸어가더니 블랙베리로 담근 진 한 병을 꺼냈다. 그 술은 아주 달고 독해서 축제나 약용으로 소량만 쓰는 것인데, 아버지가 그것을 머그잔에 반이나 따랐는데도 어머니는 잠자코 있었다. "이 집에 네 자리는 없어. 넌 고마워해야 하는 거야. 이건 네가 할 수 있는 일일 테니까." 아버지는 술을 입 안에 털어 넣고는 콜록 거렸다.

나는 숨을 들이마신 다음 떨지 않고 말하려고 마음을 다잡았다. "몸이 나아지면 저도 충분히 강해져서—."

"가서 최선을 다하거라." 아버지가 말했다.

"하지만 전 싫어요—."

"에밋," 어머니가 말했다. "부탁이야……그렇게 하는 게 순리야. 그 여잔 널 어떻게 할지 알 거야."

"절 어떻게 한다니요?"

"그러니까 내 말은, 네가 다시 아프기라도 하면 그 여자가 널—."

"정신병원에 가는 거예요? 그런 건가요? 제가 언제 또 정신을 놓을지 몰라서 아주 멀리 보내는 거죠?"

"그녀가 널 **원했어**." 어머니는 마치 물이라도 짜내려는 것처럼 치마를 꽉 움켜쥐었다. "나도 네가 가지 않았으면 좋겠어."

"그럼 전 안 갈래요!"

"넌 가야 한다, 에밋." 아버지가 말했다. "네가 이 집에 있으면 문제만 일으킬 거야."

"로버트, 이러지 말아요—."

"넌 가야 해. 내가 널 묶어서 그녀 집 앞에 던져놓는 한이 있더라도. 그러니 가거라. 내일까지 채비하렴."

"내일이요?" 알타가 재빨리 몸을 돌렸다. 동생의 땋은 머리가 밧줄처럼 펄럭였다.

"내일엔 못 가요. 짐도 싸야 하고, 곧 있으면 추수할 때잖아요. 추수 감사 만찬도 있는데……부탁이에요, 아빠."

"떼쓸 일이 아니야!"

잠시 정적이 흘렀다.

"내일이요?" 어머니의 상기된 뺨이 핏자국이 굳듯이 보랏빛으로 변했다. "거기까진 상의하지 않았잖아요……." 어머니가 말끝을 흐렸다. 아버지는 마치 입 안 가득 돌이 든 사람처럼 인상을 쓰며 남은 술을 억지로 넘겼다.

나는 어머니에게 괜찮다고, 가겠다고, 더 이상 내 걱정은 하지 마시라고 말하고 싶었다. 하지만 밀단 작업을 하느라 칼칼해진 목에서는 말이 나오지 않았다.

"며칠만 더 줘요. 로버트, 다른 도제들도 추수가 끝난 뒤에 가겠죠. 그리고 이 아인 아직 몸도 성하지 않고요. 며칠만 더……."

"다른 도제들은 저 애보다 어려. 그리고 밀밭에서 하루 종일 일도 했으니 여행을 할 수 있을 정도로 회복된 것도 맞잖아."

"당신 말이 맞아요, 하지만……." 어머니는 뒤돌아서려는 아버지에게 다가와 팔을 붙잡았다. "시간을 조금만 더 줘요."

"세상에, 힐다!" 아버지는 목이 멘 소리를 내며 등을 돌리려고 애썼다. "상황을 더 힘들게 만들지 마. 나라고 보내고 싶겠어? 화목한 가정을 꾸리려고 우리가 얼마나 노력해왔는지 알잖아. 십자군에서 행군하다 한쪽 눈을 잃은 아버지를 둔 내가 내 자식에게 좋아서 이러겠냐고?"

어머니가 얼른 나와 알타의 눈치를 살폈다. "애들 앞에서 이러는 건—"

"이제 와서 무슨 소용이야?" 아버지가 눈과 이마를 문질렀다. 그리고는 무기력하게 바닥으로 머그잔을 떨어뜨렸다. 잔은 깨지지 않았다. 알타는 굴러가다 멈춘 잔을 쳐다보았다. 아버지는 우리를 등지고 찬장 쪽으로 몸을 숙이고는 숨을 고르는 듯했다. 그렇게 침묵이 이어졌다.

"갈게요." 내가 입을 열었다. "내일 떠날게요." 차마 식구들의 얼굴을 쳐다볼 수 없었다. 그래서 식탁 모서리에 무릎을 부딪쳐 억지로 의자를 밀어낸 뒤 자리에서 일어났다. 나는 터벅터벅 문으로 향했다. 빗장이 평소보다 작고 더 뻣뻣하게 느껴졌고, 쾅하고 열릴 때는 소리가 벽을 타고 퍼졌다.

밖으로 나오니 달빛이 세상을 진한 청색과 은색으로 나누어놓았다. 공기는 따뜻했고 크림처럼 부드러웠으며 건초와 여름 먼지 냄새가 났다. 근처 밀밭에서는 올빼미의 울음소리가 들렸다.

나는 비틀거리며 앞마당 먼 쪽으로 걸어간 다음 벽에 기댔다. 숨이 너무 차올랐다. 아버지의 목소리가 귓가에 맴돌았다. '그 빌어먹을 마녀가 우리에게 저주를 걸 거야.' 그리고 어머니의 대답도. '이미 저주를 걸었어요.'

부모님 말씀이 옳다. 나는 아무짝에도 쓸모가 없다. 다리를 찌르는 고통만큼이나 비참함 또한 속에서 강하게 밀려들었다. 이렇게 되기 전까지는 한번도 아파본 적이 없었다. 내 몸이 나를 배신하고 정신이 램프의

21

불꽃처럼 잠시 들어왔다가 어둠처럼 꺼져버릴 거라고는 상상조차 해본 적이 없었다. 어쩌다가 아프게 된 것인지 기억나지 않는다. 억지로 떠올려봐도 그저 엉망인 악몽의 단편들뿐이다. 아프기 전인 지난봄과 겨울의 기억들조차 더는 건강하지 못하다는 듯이 어둠으로 점철되어 있다. 내가 한여름에 쓰러졌다는 것은 어머니한테 들어서 알고 있었다. 그때 나는 캐슬퍼드에서 집으로 오는 길이었다. 하지만 아무도 내가 어디 있었고 무슨 일이 벌어졌는지를 설명해주지 않았다. 분명 더운 땡볕 아래서 모자도 안 쓰고 수레를 몰고 있었을 텐데 그때 일을 떠올리려고 하면, 그저 신기루처럼 아찔한 햇빛이 보이고 어둠이 나를 삼켰다는 것 말고는 아무것도 기억나지 않는다. 그로부터 몇 주일 뒤 나는 비명을 지르고 몸을 비틀며 풀어달라고 사정하는 지경에까지 이르렀다. 부모님이 나를 곁에 두고 싶어하지 않는 것이 당연했다.

나는 눈을 감았다. 서로 어깨를 감싼 채 부둥켜안고 있는 어머니와 아버지, 알타의 모습이 여전히 생생하게 보인다. 그때 뭔가가 뒤에서 마른 발톱으로 벽을 긁으며 내게 어떤 말을 속삭였다. 허상이지만 그것이 올빼미 울음과 흔들리는 나무 소리까지 모조리 덮어버렸다. 나는 팔에 머리를 묻고 아무 소리도 들리지 않는 척했다.

내가 또 본능적으로 깊은 어둠 속으로 숨었나보다. 눈을 떠보니 알타가 내가 있는 쪽은 쳐다보지도 않고 마당 한복판에 서서 내 이름을 부르고 있었다. 어느새 달이 자리를 옮겼다. 지금은 달이 농가 지붕 위에 올라 있어 모든 그림자가 짧고 뭉뚝하다.

"오빠?"

"여기야." 나는 대답했다. 알타가 놀라더니 내게 다가와서 어둠 속을 살폈다.

"여기서 뭐해? 잠들었던 거야?"

"아니."

동생은 망설였다. 알타 뒤로 누군가 자러 가려는 듯 램프 불빛이 위층으로 올라가는 것이 보였다. 나는 자리에서 일어나려다가 무릎을 에는 고통에 인상을 찌푸렸다.

알타는 도와주지 않고 내가 스스로 일어날 때까지 가만히 쳐다보았다. "진심이야? 진짜 내일 떠날 거야?"

"나한테 선택의 여지가 없다는 아버지의 말은 진심일 거야."

나는 동생이 인정할 수 없다고 말하기를 기다렸다. 알타는 문을 따는 방법 등 새로운 길이나 방법을 찾는 쪽으로 영리했다. 하지만 아무 말도 하지 않고 그저 얼굴에 달빛을 가득 받고 싶어하는 사람처럼 고개를 위로 올리고만 있었다. 나는 침을 삼켰다. 빌어먹을 어지럼증이 또 찾아와서는 갑자기 나를 한쪽으로 밀쳤다가 또다른 쪽으로 끌고 갔다. 나는 벽에 기댄 채 비틀거리며 숨을 고르려고 애썼다.

"오빠? 괜찮아?" 동생이 입술을 깨물었다. "아니, 당연히 안 괜찮겠지. 여기 좀 앉아봐."

알타가 시키는 대로 하고 싶지 않았지만 무릎이 자동으로 구부러졌다. 나는 눈을 감고 건초와 차가운 흙, 뭉개진 잡초가 썩으며 풍기는 단내와 쌓아놓은 거름 냄새를 들이켰다. 알타가 치마를 펄럭이며 내 옆에 앉았다.

"오빠가 가지 않았으면 좋겠어."

나는 동생을 쳐다보지 않은 채 한쪽 어깨를 올렸다가 내렸다.

"그렇지만……이게 최선일지도 모르잖아……."

"어떻게 이게 최선이야?" 나는 갈라지는 목소리를 감추려고 침을 삼켰다. "괜찮아, 이해해. 난 여기서 아무 쓸모도 없는 사람이야. 내가 이 제본사의 도제로 가면 가족에게는 더 좋겠지. 그 사람이 어디 사는지 모르겠지만."

"캐슬퍼드로 가는 길에 있는 습지라고 했어."

"그렇구나." 습지에서는 어떤 냄새가 날까? 고인 물, 썩은 갈대와 진흙. 도로에서 너무 멀리 가버리면 진흙구덩이에 산 채로 삼켜져 다시 돌아올 수 없게 될지도 모른다……. "넌 어떻게 그렇게 많이 알아?"

"엄마, 아빠는 오빠 생각뿐이야. 그 일이 벌어지고 난 후부터……. 오빠 거기서 안전할 거야."

"그건 어머니 생각이고."

잠시 아무 말도 없었다. 동생은 엄지손톱을 물어뜯었다. 마구간 뒤 과수원에서 나이팅게일이 청아하게 노래를 부르다 멈췄다.

"엄마, 아빠가 쭉 어땠는지 오빠 모르잖아. 항상 걱정뿐이셔. 두 분을 안심할 수 있게 해드려."

"아픈 건 내 탓이 아니야!"

"오빠 탓이야. 오빠가—." 동생이 숨을 거칠게 내쉬었다. "아니, 내 말은 그런 게 아니라……우린 단지……화내지 마. 제본은 좋은 일이야. 장사도 배우게 되잖아."

"그래, 책을 만드니까."

알타가 움찔했다. "그 제본사가 오빠를 선택했어. 그 말은 곧—."

"그게 무슨 말이야? 어떻게 한번도 본 적이 없는 사람이 날 선택할 수 있지?" 나는 알타가 뭐라고 반박할 줄 알았지만 고개를 돌려보니 무표정하게 달만 올려다보고 있었다. 동생은 내가 아프기 전보다 얼굴이 많이 수척해졌고 눈두덩은 재를 바른 듯이 검게 변했다. 그래서 닮을 수 없는 곳에 있는 낯선 사람처럼 보였다.

"시간이 되는 대로 오빠를 보러 갈게……." 알타는 그것이 정답인 양 말했다.

나는 돌로 된 벽의 거친 감촉이 뒤통수에 느껴질 때까지 고개를 이리 저리 굴렸다. "부모님한테 들은 얘기가 있지?"

"아버지의 그런 모습은 처음 봤어. 그렇게 화내시는 건." 동생이 말했다.

"난 본 적이 있어." 내가 대답했다. "한번 날 때리셨을 때."

"맞아." 동생이 말을 이었다. "아마 오빠가—." 알타가 입을 다물었다.

"내가 어렸을 때야." 내가 말했다. "넌 너무 어려서 기억나지 않을 거야. 웨이크닝 박람회 날이었어."

"아," 슬쩍 쳐다보니 동생이 얼른 시선을 돌렸다. "그래, 난 기억이 안 나."

"책을 사고 말았어……. 어떤 남자가 팔고 있었거든." 그날 주머니에 서 짤랑거리던 용돈이 기억난다. 6펜스 파딩 은화가 든 불룩하게 튀어나 온 주머니는 무거웠고 나는 의기양양하게 자유를 만끽하며 사람들 틈을 비집고 다니며 무엇을 살까 이리저리 살피고 있었다. 육류와 가금류 가 판대, 콜드워터에서 잡아온 생선과 캐슬퍼드산 무늬가 있는 면직물을 파는 가판대를 지나 사탕 가판대에 잠시 멈췄다가 방향을 틀어 좀더 걸 으니 금빛과 화려한 색상이 펼쳐진 곳이 나왔다. 가판대라고 보기 어려 운 휴대용 탁자에 책이 가득 쌓여 있었고, 불안한 눈빛을 지닌 남자가 그 앞에 서 있었다. "그때 처음으로 책을 봤어. 그게 뭔지도 몰랐지."

내 말에 다시금 알타의 얼굴에 호기심과 걱정 어린 표정이 드리웠다. "오빠 말은……?"

"아니 됐어." 동생에게 왜 그 이야기를 꺼냈는지 모르겠다. 기억하고

25

싶지 않은데. 하지만 이제 와서 기억을 지울 수는 없다. 책이란 엄마가 아끼는 은 액세서리나 아버지의 체스 같은 물건을 넣어두는 금박을 입힌 작은 가죽 상자라고 생각했다. 내가 돈을 짤랑거리며 느긋하게 다가가자 남자는 자신의 뒤를 살펴더니 나를 향해 미소를 지었다.

"아, 돈 많은 도련님! 재미있는 얘기를 들려줄까요? 살인이나 근친상 간, 수치와 영광의 순간들, 절대 잊지 못할 사랑 아니면 악행? 아주 제대 로 찾아왔군요. 여긴 최고 중의 최고만 모여 있어요. 실화를 바탕으로 한 끔찍한 이야기, 폭력과 열정과 광기를 다룬 것, 혹은 코미디에 관심이 많으면 사람들이 잘 찾지 않는 드문 책들도 있어요! 한번 살펴봐요, 도련 님. 이 책은 어떨까요……? 몇 년 전 캐슬퍼드의 한 나리에게서 제본한 건데."

그 사람이 나를 **도련님**이라고 부르는 것이 싫었지만 그가 책을 펼쳐 건넸고 나는 물러설 수 없었다. 종이에 적힌 것을 보자마자 이해할 수 있었다. 많은 종이들을 하나로 뭉쳐놓은 것이 책이다. 마치 편지 같다. 엄청나게 많은 편지들이 더 좋은 상자에 들어 있고 이야기들이 계속 이 어진다. "얼마예요?"

"아, 그 책 말이군요, 도련님. 나이도 어린데 취향이 고급스럽군요. 그 책은 진짜 모험담을 담고 있는 특별한 책이라 병사가 진격하듯이 금 세 빨려들 겁니다. 9펜스예요. 아니면 두 권에 1실링."

나는 갖고 싶었다. 이유는 모르겠지만 손끝이 떨렸다. "6펜스밖에 없 어요."

"그 가격에 드리죠."

그는 이렇게 말하며 돈을 달라고 손가락을 튕겼다. 환한 웃음이 사라 졌다. 그가 재빨리 시선을 옮긴 곳을 쳐다보니 조금 떨어진 곳에 한 무리의 남성들이 모여 웅성거리고 있었다.

"여기요." 나는 파딩 은화 한 아름을 그의 손바닥으로 떨구었다. 동전 하나가 튕겨나갔지만 남자는 여전히 무리를 쳐다보느라 떨어진 돈을 줍지 않았다. "고맙습니다."

책을 받고 서둘러 걸음을 옮기는데 뿌듯하면서도 어딘지 모르게 불편한 기분이 들었다. 혼잡한 박람회장 한복판으로 다시 들어선 뒤 멈춰서 뒤를 돌아보았다. 남성 무리가 책장수의 가판대를 향해 다가가고 있었고, 그는 뒤쪽에 세워둔 먼지가 뽀얗게 내려앉은 작은 손수레에 부랴부랴 책을 던지는 중이었다.

어떤 기운이 날더러 쳐다보지 말라고 경고했다. 땀으로 젖은 내 손가락이 표지에 자국을 남길까봐 셔츠 깃으로 책을 잡고 집을 향해 달렸다. 나는 햇살을 받으며 헛간 계단에 앉아 책을 살폈다. 모두들 아직 박람회장에 있을 시간이라 아무도 나를 보지 못할 것이다. 이 책은 그동안 본 것들과는 전혀 달랐다. 진한 빨강 표지에 금빛 무늬가 있고 사람의 살갗처럼 부드러웠다. 표지를 열어보니 수년간 아무도 손을 대지 않았는지 곰팡이와 나무 냄새가 났다.

그렇게 책이 나를 빨아들였다.

외국의 어느 군대가 배경으로 나왔는데, 처음에는 뭐가 뭔지 이해가 되지 않았다. 대장, 소령, 대령들이 무수히 나오고 군 전술에 대한 논쟁과 군법재판에 회부하겠다는 위협도 나왔다. 하지만 왠지 계속 읽게 되었다. 작은 것 하나까지 모조리 볼 수 있었고 말 달리는 소리, 천막 사이로 부는 바람소리를 생생히 들을 수 있었으며 화약 냄새에 심장이 빨라지는 것도 느꼈다……. 그 속으로 빨려 들어가며 지금이 전투 전날의 상황이며 책 속에 나오는 남자가 주인공이라는 것도 서서히 이해하게 되었

27

다. 해가 떠오르면 그는 군대를 승리의 영광으로 이끌 것이고, 이 일이 마치 내가 하는 일인 것처럼 기대와 흥분이 고스란히 전해지는데—.

"대체 여기서 뭐하는 거냐?"

그 소리에 주문이 깨졌다. 나도 모르게 두 발로 일어서며 멍한 눈을 깜박였다. 아버지와 아버지 뒤로 다른 사람들이 보였다. 어머니가 알타를 업고 있었고 모두가 벌써 박람회에서 돌아왔다. 벌써……하지만 이미 날이 저물고 있었다.

"에밋, 뭐하고 있냐고 물었잖아!" 아버지는 대답을 기다리지 않고 내 손에서 책을 빼앗았다. 책을 본 아버지의 표정이 굳어졌다. "이게 어디서 났지?"

어떤 남자한테서, 박람회에서 본 어떤 남자한테서 샀다고 말하고 싶었다. 남자가 책을 엄청 많이 가지고 있었고 가죽에 금박을 입힌 보석 상자처럼 보였기 때문에……. 그렇지만 아버지의 표정을 보니 목소리가 나오지 않아 설명할 수 없었다.

"로버트? 무슨 일이에요?" 어머니가 보려고 팔을 뻗었다가 마치 손을 물리기라도 한 듯 서둘러 뺐다.

"태워버릴 거야."

"안 돼요!" 어머니는 자는 알타를 바닥에 눕히고는 얼른 다가와 아버지의 팔을 잡았다. "안 돼요, 어쩌려고 그래요? 차라리 묻어요!"

"낡은 책이야, 힐다. 그들은 수년 전에 죽었을 거라고."

"그래도 안 돼요. 만일에 대비해서. 없애버려요. 갖다버려요."

"다른 사람이 또 찾게 되면 어쩌고?"

"태울 수 없다는 거 알잖아요." 잠시 동안 부모님은 굳은 표정으로 서로를 바라보았다. "묻어요. 어딘가 안전한 곳에."

마침내 아버지가 퉁명스럽게 고개를 끄덕였다. 알타가 딸꾹질을 하더니 칭얼거리기 시작했다. 아버지가 농장의 일꾼 한 사람에게 거칠게 책을 떠넘겼다. "받아. 이걸 꽁꽁 싸둬. 무덤 파는 사람한테 가져다줄 거야." 그런 다음 아버지는 나를 쳐다보았다.

"에밋, 다시는 책을 봐서는 안 된다. 내 말 알아듣겠니?"

나는 알아듣지 못했다. 대체 무슨 일이 벌어진 거지? 훔친 것도 아니고 돈 주고 샀을 뿐인데 마치 용서받지 못할 일을 저지른 것처럼 되고 말았다. 나는 여전히 책 속의 장면에 취한 상태로 고개를 끄덕였다. 다른 곳, 다른 세상에 갔었던 것처럼 느껴졌다.

"그래, 명심해야 한다." 아버지가 말했다.

그리고는 나를 때렸다.

다시는 책을 봐서는 안 된다.

그랬던 부모님이 지금 나를 제본사에게 보내려고 한다. 아버지가 나에게 경고해주려던 위험이 무엇이든 간에 그보다 더 끔찍한 것으로 바뀌었다. 바로 내가 그 위험이 된 것이다.

나는 옆을 살폈다. 알타는 고개를 푹 숙이고 있다. 아니, 동생은 그날을 기억하지 못한다. 누구도 그날 일을 다시 입에 올리지 않았다. 누구도 책이 왜 수치스러운 것인지를 말해주지 않았다. 한번은 누군가 학교에서 옛 켄트 군주의 집에 도서관이 있었다는 말을 했다. 모두가 낄낄거리고 어이없다는 듯이 눈을 굴리며 반응할 때 나는 그것이 왜 나쁜지 묻지 않았다. 나는 책을 읽었다. 그 군주가 무슨 잘못을 했는지 모르지만 나도 마찬가지다. 내 속 깊은 곳에 여전히 수치심이 남아 있었다.

그래서 두렵다. 강에서 피어오르는 물안개처럼 형태가 없이 스멀스멀 밀려오는 두려움이다. 그 차가운 손길이 나를 에워싸고 폐 속으로 들어

29

왔다. 제본사 근처에도 가기 싫다. 그렇지만 가야 한다.

"알타—."

"그만 들어가봐야겠어." 동생이 말했다. "오빠도 그러는 게 좋을 거야. 짐도 싸야 하고 내일 먼 길을 가야 하잖아, 안 그래? 잘 자." 동생이 땋은 머리를 흩날리며 잽싸게 앞마당을 가로지르는 통에 나는 그 애의 얼굴을 보지 못했다. 문 앞에서 알타는 뒤를 돌아보지 않은 채 말했다. "내일 봐." 그 말이 마구간 벽으로 흩어지는 메아리가 되어 더욱 비현실적으로 들렸다.

내일이라.

나는 두려움이 나를 집어삼킬 때까지 달을 바라보며 서 있었다. 그런 다음 방으로 올라가 짐을 챙겼다.

2

길에서 바라보니 제본소는 불길에 휩싸인 것처럼 보였다. 우리 뒤로 해가 지고 있었고, 마지막 남은 주황빛 노을이 창문에 고스란히 담겼다. 어두운 억새지붕 아래로 모든 유리창이 직사각형 불꽃처럼 밝게 타올라 손바닥으로 열기가 느껴지는 것 같았다. 그 광경을 꿈에서 보기라도 한 것처럼 뼛속까지 떨렸다.

나는 낡은 자루를 무릎 사이에 끼운 채 사방을 둘러보았다. 반대편의 지는 해 아래로 습지가 끝도 없이 펼쳐졌다. 구릿빛과 갈색이 섞인 풀들이 물과 함께 반짝거렸다. 한낮의 열기로 데워진 공기에서 습한 풀 냄새가 났다. 축축한 냄새 아래로 썩는 듯한 악취가 났고 머리 위 저무는 하늘은 예상보다 더욱 창백했다. 나는 눈이 시린 데다가 어제 들판에서의 밀단 작업 때문에 온몸이 욱신거렸다. 지금도 밀밭 추수 작업을 도와야 하는데 아버지와 나는 이 거칠고 끈적거리는 길을 아무런 말도 없이 따라가고 있었다. 동이 트기 전 출발한 뒤로 한마디도 하지 않았고 지금도 할 말이 없다. 목구멍으로 말이 올라왔지만 습지 위로 떠오르는 기포처럼 터져버렸고, 내 혀에는 희미하게 썩은 맛만 남았다.

거친 도로를 달려 어느 집으로 이어지는 무성한 풀길에 도착했을 때 나는 슬쩍 아버지의 얼굴을 살폈다. 거뭇하게 올라온 턱수염에도 듬성듬성 새치가 섞여 있었고 지난 봄 이후로 눈동자가 더욱 퀭해졌다. 내가 아프던 동안에 가족 모두 나이가 들었다. 자고 일어나보니 마치 몇 년이 지난 것처럼.

우리는 말을 멈췄다. "다 왔구나."

온몸에 전율이 흘렀다. 토하거나 아버지에게 도로 집에 데려다 달라고 빌거나 둘 중 하나다. 나는 무릎에 올려둔 자루를 들고 뛰어내렸고, 발이 땅에 닿자 다리가 후들거렸다. 풀밭에서 집 현관으로 이어진 길은 잘 다져져 있었다. 한번도 이곳에 와본 적은 없었지만 초인종 소리가 꿈속에서 들어본 것처럼 친숙했다. 뒤돌아서 아버지를 쳐다보지 않기로 굳게 마음먹었기에 시야에서 흐릿하게 흔들리는 문만 계속 바라보았다.

"에밋이구나." 갑자기 현관문이 열렸다. 잠시 동안 내 눈에는 창백한 갈색 눈동자만 보였다. 너무 창백해서 동공의 검은색이 더욱 두드러졌다. "잘 왔다."

나는 침을 꿀꺽 삼켰다. 그녀는 거의 화석이라고 할 만큼 나이가 엄청나게 많았다. 백발에, 얼굴은 종이처럼 주름이 자글거리고 핏기 없는 입술은 뺨의 색과 거의 같은 색을 띠었다. 하지만 나처럼 키가 크고 알타처럼 눈빛이 맑았다. 그리고 남자처럼 셔츠와 바지 차림에 가죽 앞치마를 둘렀다. 안으로 들어오라고 알려주는 손은 가늘지만 근육질이었고 튀어나온 푸른 혈관이 보였다.

"나는 세레디스란다." 그녀가 말했다. "들어오렴."

나는 머뭇거렸다. 심장이 크게 두 번 뛰고 나서야 그녀가 나에게 자신의 이름을 말했다는 것을 알았다.

"들어오래두." 그리고는 내 뒤쪽을 쳐다보며 덧붙였다. "고마워요, 로버트."

아버지가 말에서 내리는 소리를 듣지 못했는데 뒤돌아보니 어느새 내 어깨 뒤에 아버지가 서 있었다. 아버지는 기침을 하고 낮은 목소리로 말했다. "곧 보자꾸나, 에밋. 괜찮지?"

"아버지―."

아버지는 내 쪽으로 눈길도 주지 않았다. 그저 제본사에게 한참 동안 어쩔 수 없다는 표정만을 지었다. 그리고는 앞머리를 만지작거리더니 말이 있는 쪽으로 걸어갔다. 내가 큰 소리로 불렀지만 바람에 묻혀버렸고 아버지는 돌아보지 않았다. 하는 수 없이 아버지가 안장에 올라 암말에게 채찍질을 하는 광경만 묵묵히 지켜보았다.

"에밋." 그녀의 목소리가 내 시선을 끌었다. "들어와." 그 목소리에서 그녀가 같은 말을 세 번 하는 것에 익숙하지 않다는 것을 알 수 있었다.

"네." 소지품 자루를 너무 세게 끌어당겼는지 손가락이 저렸다. 그녀는 마치 아는 사이인 듯이 아버지를 **로버트**라고 불렀다. 나는 한 걸음, 그리고 또 한 걸음을 옮겼다. 이제 문지방을 넘어 어두운 패널로 된 복도에 들어왔고 앞에는 계단이 보였다. 벽시계가 똑딱거렸다. 왼쪽에는 반쯤 열린 문이 하나 있는데 그 너머로 흘끗 주방이 보였다. 오른쪽에는 또다른 문이 있고 그 문은—.

마치 무릎 뒤쪽의 힘줄이 잘려나간 사람처럼 나의 무릎이 풀렸다. 갑자기 메스꺼움이 점점 퍼져나가 속을 다 집어삼켰다. 열이 나면서 동시에 한기가 느껴졌고 세상이 빙글빙글 돌아가서 중심을 잡으려고 애썼다. 나는 전에 이곳에 와본 것이다. 그러지 않다면—.

"아, 저런." 세레디스가 나를 잡으려고 손을 뻗었다. "괜찮아, 얘야. 숨을 쉬렴."

"전 괜찮아요." 나는 분명하게 단어를 말한 것에 뿌듯함을 느꼈다. 하지만 그다음 모든 것이 암흑으로 바뀌었다.

깨어나보니 부푼 그물 같은 천장 위로 햇살이 춤추고 커튼 사이의 밝고 좁은 직사각형 위로 잔물결을 만들고 있었다. 회반죽을 바른 벽은 풋사

과처럼 희미한 녹색을 띠었고 여기저기에 얼룩이 보였다. 밖에서는 누군가의 이름을 부르듯이 한 마리의 새가 계속 휘파람 소리를 냈다.

이곳은 제본사의 집이다. 자리에서 일어나 앉으니 갑자기 심장이 두근거렸다. 하지만 두려워할 것은 아무것도 없다, 아직까지는. 나와 이 공간, 그리고 반사된 햇살 말고는 아무것도 없으니까. 동물들의 울음소리와 농장 안마당의 부산함을 기대하며 귀를 기울였지만 이곳에는 새소리와 억새지붕 사이를 파고드는 부드러운 바람 소리 외에는 아무것도 들리지 않는다. 낡은 커튼이 바람에 부풀어오르자 더 많은 빛이 쏟아졌다. 베개에서는 라벤더 향이 났다.

어젯밤…….

나는 반대쪽 벽으로 시선을 돌려 찌그러지고 갈라진 회반죽 틈을 살폈다. 기절한 뒤 기억나는 것은 어둠과 두려움이 전부다. 그리고 악몽도. 오늘처럼 화창한 날씨에는 그 모든 것들이 오래 전 일처럼 까마득하게 느껴진다. 하지만 끔찍한 악몽은 수면 아래로 계속 나를 끌어내렸다. 떨쳐버리려고 두어 번 반항해보았지만 팔다리는 더욱 무거워졌고 결국 나는 타르처럼 깜깜하고 숨 막히는 암흑 속으로 가라앉았다. 입 안에 탄 기름 맛이 희미하게 남아 있다. 지난 며칠 동안은 이렇게 심하지 않았는데. 바람이 스치면서 닭살이 돋아서 나는 피부를 부드럽게 문질렀다. 이런 식으로 세레디스의 품으로 쓰러지다니……. 분명 고단한 여정과 두통, 눈으로 쏟아지는 따가운 햇살, 뒤도 안 돌아보고 쌩하게 가버린 아버지의 모습으로 인한 충격 때문이었을 것이다.

내 바지와 셔츠가 의자 등받이에 걸려 있다. 나는 자리에서 일어나 무뎌진 손으로 옷을 잡아당기며 세레디스가 직접 옷을 벗겼다고 생각하지 않으려고 애썼다. 적어도 속옷은 입고 있다. 의자와 침대를 제외한

34

세간은 매우 단출하다. 침대 발치에 있는 서랍장 하나와 창가 쪽에 탁자, 그리고 펄럭이는 낡은 커튼이 전부다. 사진도, 거울도 없다. 뭐 그다지 상관은 없다. 나는 집에서도 복도에 비친 내 얼굴을 보지 않고 지나치니까. 이곳에서 나는 보이지 않는 사람이다. 이곳에서 나는 공허의 한 부분이 될 수 있다.

집 전체가 고요하다. 층계참으로 나가보니 습지 너머의 새소리와 아래층 복도의 시계소리, 어디선가 무디게 부딪히는 소리가 들렸다. 하지만 그 아래로 모든 것이 너무 조용해 마치 얼음 위로 던진 조약돌처럼 소리가 머물지 못하고 미끄러지며 자취를 감추었다. 목 뒤로 산들바람이 불었고, 나는 누군가 서 있기라도 한 것 같아서 어깨 너머로 쳐다보았다. 구름 한 조각이 해를 가리는 동안 텅 빈 방이 어둑해졌다. 그러다 다시 전보다 더 밝아졌고 커튼의 한쪽이 바람에 깃발처럼 나부꼈다.

나는 어린아이처럼 몸을 돌려 다시 침대로 돌아가려고 했다. 하지만 이제 나는 이 집에서 살아야 한다. 그러니 평생 방에만 틀어박혀 있을 수 없다.

계단에 발을 디디니 삐걱거리는 소리가 났다. 수년간 손을 탄 난간은 광이 나지만 햇살 아래에서 보니 두꺼운 먼지회오리가 일었고 벽에서는 회반죽 덩어리가 떨어졌다. 우리 농가보다 오래되고 우리 마을보다 더 오래되었다. 얼마나 많은 제본사들이 이 집에서 살았을까? 그리고 세레디스가 죽고 나면……언젠가, 이 집은 내 것이 될까? 계단이 무너질까봐 걱정하면서 천천히 걸음을 옮겼다.

무디게 부딪히는 소리가 멈추더니 인기척이 들렸다. 세레디스가 복도에 있는 여러 문 중 한 곳에서 나왔다. "아, 에밋." 그녀는 잘 잤냐고 묻지 않았다. "작업장으로 들어와."

나는 그녀를 따라갔다. 내 이름을 부르는 그녀의 억양에서 어딘지 모르게 이를 악물게 되지만 그녀는 이제 내 스승이다. 아니 내 여스승, 아니, 스승이다. 그러니 그녀의 말에 복종해야 한다.

작업장 문 앞에서 그녀가 멈췄다. 곧바로 먼저 들어가라는 의미일 것이라고 생각했다. 그런데 그녀는 안으로 성큼성큼 들어가더니 내가 보기 전에 얼른 천으로 뭔가를 감추었다. "들어오렴."

나는 문지방을 넘었다. 길고 천장이 낮은 방에 일렬로 들어선 키 큰 창문으로 아침 햇살이 가득 쏟아졌다. 나무 작업대가 작업장 양옆으로 쭉 들어섰고 그 사이에 아직 뭐라고 불러야 할지 모르는 것들이 놓여 있었다. 낡아서 반질거리는 오래된 나무, 날카롭게 빛나는 검, 기름때가 묻은 금속 손잡이…… 볼 것들이 너무 많아 내 눈은 한곳에 오래 머물지 못했다. 작업장 먼 끝에는 난로가 놓여 있고 그 주위로 적갈색, 황토색, 녹색 타일이 붙어 있었다. 내 머리 위에 있는 줄에는 종이들이 걸려 있고 진한 색상의 돌이나 깃털, 나무 잎사귀 모양이 페이지를 수놓았다. 나는 가장 가까이 있는 물건들을 만져보려고 손을 뻗었다. 물총새의 새파란 날개 같은 것들이 내 머리 위에 걸려 있었는데…….

세레디스가 책 꾸러미를 내려놓고 내게 다가와서 그것들을 가리켰다. "레이 프레스, 니핑 프레스, 피니싱 프레스 기계야. 네 뒤에 나란히 보이는 건 공구함이고 그 옆에 가죽과 천이 보이지. 저 바구니에 든 재활용 종이들은 써도 좋아. 붓은 저 선반에, 풀은 저기에 있어."

한번에 다 기억할 수 없었다. 외우려다가 포기하고 그녀가 말을 끝낼 때까지 기다렸다. 마침내 그녀는 나를 향해 실눈을 뜨더니 말했다. "앉아."

기분이 이상했다. 아픈 것은 아니고 두려운 것도 아니다. 내 속의 뭔가가 깨어나 움직이는 것 같았다. 내 앞 작업대에 있는 옹이의 둥근 나무 무늬가 내가 알던 어느 곳의 지도처럼 친숙하게 다가왔다.

"기분이 이상하니?"

"네?"

얼굴 한쪽으로 비친 햇살에 실눈을 뜬 그녀가 나를 쳐다봤다. 그녀의 밀크티 같은 눈동자가 거의 흰색으로 보였다. "이것들이 전부 널 알고 있을 거야. 제본사가 될 운명으로 태어났다면. 그런데, 그게 바로 너란다."

그녀가 하는 말이 무슨 뜻인지 모르겠다. 그렇지만……이 공간에 대해서는 어딘가 맞는 말이었다. 예상하지 못했지만 이곳의 뭔가가 나를 들뜨게 했다. 폭염 끝에 소나기가 오는 냄새를 맡게 되거나 아프기 전 내 모습을 슬쩍 엿보게 되는 그런 느낌이다. 오랫동안 나는 어딘가에 소속된 적이 없었는데, 지금 이곳에서 가죽과 풀 냄새를 맡으니 물건들이 나를 반겨주고 있다는 것이 느껴졌다.

"책에 대해 아는 게 별로 없지?" 세레디스가 물었다.

"네."

"게다가 날 마녀라고 생각하고?"

그 소리에 나는 더듬거리며 대답했다. "네? 물론 아니—." 말을 채 끝내기도 전에 그녀가 괜찮다는 듯 손을 흔들었고 입 가장자리에는 미소가 살짝 피어났다.

"괜찮아. 이렇게 오래 살았는데 사람들이 나에 대해 뭐라고 하는지도 모르겠니? 우리에 관해서 말야." 나는 고개를 돌렸지만 그녀는 알지 못하는 듯이 말을 이었다. "부모님이 널 책 근처에도 못 가게 했지? 그리고 지금 넌 여기서 뭘 하는지 모르고 있고."

"지금 저한테 물으시는 건가요?"

그녀는 내 목소리가 들리지 않는 듯했다. "걱정 마, 젊은이. 이 일도 다른 수공일과 마찬가지야. 그리고 좋은 일이지. 제본은 알파벳만큼 오래되었어. 아마 더 오래되었을 거야. 하지만 사람들은 이 일을 이해하지 못해, 왜 그럴까?" 그녀가 얼굴을 찡그렸다. "그래도 십자군 전쟁은 끝났으니까. 너무 어려서 기억하지 못하겠지만 넌 운이 좋았어."

침묵이 흘렀다. 나는 제본이 어떻게 책보다 더 오래될 수 있는지 이해가 잘 되지 않았지만 그녀는 내가 이 자리에 없는 듯이 먼 곳을 응시했다. 산들바람에 줄이 흔들렸고 색종이들이 펄럭였다. 그녀가 눈을 깜박이고는 턱을 긁더니 다시 내게로 눈길을 돌렸다. "내일부터 네게 일을 줄게. 정리하고, 붓을 씻고 그런 일이야. 가죽 무두질을 할 수도 있고."

나는 고개를 끄덕였다. 이곳에 혼자 있고 싶다. 색들을 제대로 보고 공구함을 살피고 연장의 무게를 가늠해보고 싶다. 이 방 전체가 노래를 부르며 나를 초대하고 있다.

"원한다면 둘러봐도 좋아." 하지만 내가 발을 떼자마자 그녀는 아니라는 듯 손짓했다. "지금 말고. 나중에." 그리고는 책 꾸러미를 집고서 내가 보지 못했던 구석진 모퉁이의 작은 문으로 몸을 돌렸다. 그 문에는 자물쇠 세 개가 달려 있었다. 그녀가 문 바로 안쪽 선반에 책을 올려놓았을 때, 나는 어두운 곳으로 내려가는 계단을 보았다. 그녀는 몸을 돌려 밖으로 나온 뒤 문을 닫았다. 그리고 나를 등지고 서서 몸으로 자물쇠를 가리면서 문을 잠갔다. "넌 한동안 저기 내려갈 일이 없을 거야." 그녀가 내게 경고를 하는 건지 나를 안심시키는 건지 모르겠는 말이었다. "자물쇠가 달려 있는 곳 근처에만 가지 않으면 괜찮을 거야."

나는 길게 한숨을 쉬었다. 작업장은 여전히 내게 노래를 부르고 있었지만 달콤한 목소리는 어느새 날카로운 고음으로 변했다. 정리가 잘된 밝은 작업장 아래 어둠으로 내려가는 가파른 계단이 있다. 나는 바닥이 무너지기 시작한 듯 발아래가 꺼지는 느낌이 들었다. 방금 전까지만 해도 안심이 되었는데. 아니, 난……매료되었다. 하지만 그 어둠을 살짝 본 뒤로 기분이 나빠졌다. 아름다운 꿈이 한순간에 악몽으로 바뀐 것처럼.

"애쓰지 말거라, 에밋."

그녀는 알고 있었다. 진짜다. 내 착각이 아니었다. 나는 고개를 들었고 그녀와 눈을 마주치기가 많이 두려웠다. 그러나 그녀는 습지를 쳐다보고 있었고 그녀의 눈동자가 환한 빛 속으로 빨려 들어갔다. 세레디스는 내가 본 어느 사람보다도 나이가 많은 것 같았다.

나는 자리에서 일어났다. 여전히 햇살이 환했지만 방 안이 어두워진 듯했다. 더 이상 공구함을 들여다보고 싶은 생각도, 천 뭉치를 꺼내 햇살에 비춰볼 마음도 들지 않았다. 그래도 억지로 공구함 앞으로 걸어가 라벨을 살피고 뭉툭한 황동 손잡이와 서랍 끄트머리로 튀어나온 녹색 가죽을 살폈다. 그리고 몸을 돌려 수년간 사람들이 오가면서 닳은 바닥을 걸었다.

나는 다른 문 앞에 도착했다. 처음 본 문과 같은 것으로 난로가 놓인 곳의 반대편 벽에 자리했다. 여기도 자물쇠 세 개가 달려 있었다. 하지만 사람이 오간 흔적이 있다. 마룻장이 많이 닳았고 먼지도 별로 쌓여 있지 않았다. 무엇을 하러 여기에 왔을까? 제본사인 그녀는 이 문 너머에서 무슨 일을 할까?

내 시야 한 귀퉁이로 어둠이 반짝였다. 누군가 말하지 않고 내게 속삭였다.

"괜찮아." 세레디스가 말했다. 어찌된 영문인지 그녀가 지금 내 옆에 와 있었다. 나를 스툴에 앉히고 내 목 뒤로 힘을 주고 있다. "머리를 다리 사이에 끼워."

"전—못해요—."

"쉿. 이건 그냥 병일 뿐이야. 지나갈 거야."

이건 진짜다. 확신할 수 있다. 맹렬하고 결코 채워지지 않는 사악한 기운이 나를 빨아들여 다른 뭔가로 만들려고 한다. 그렇지만 그녀가 억지로 내 머리를 무릎 사이에 끼워서 가만히 있게 했다. 그랬더니 그런 확신이 사라졌다. 나는 아팠다. 내가 부모님을 공격하게 만든 두려움과 같은 종류의 것이었다. 나는 이를 악물었다. 포기할 수 없다. 내가 나를 놓아준다면…….

"그래 좋아. 잘했어, 젊은이."

가축에게 하는 듯한 의미 없는 격려였다. 마침내 몸을 똑바로 세웠고 머리로 피가 몰리는 바람에 인상을 썼다.

"좀 괜찮니?"

나는 메스꺼움과 싸우면서 고개를 끄덕였다. 중풍이 온 것처럼 손이 마구 떨렸다. 그래서 베이기 쉬운 칼을 쓸 때 손가락을 보호하려고 하듯이 조심스럽게 주먹을 쥐었다. 바보 같긴. 까딱하다가는 엄지가 잘리고 말 텐데. 여기 있기에는 나는 너무 상태가 좋지 않다. 게다가 아직…….

"왜죠?" 비명을 지르듯 그 말이 내 안에서 튀어나왔다. "왜 절 선택했나요? 왜 저인가요?"

세레디스는 다시 창문으로 고개를 돌리고 햇살을 응시했다.

"제가 불쌍해서인가요? 정신이 망가져 더 이상 들일을 못하는 불쌍한 사람이라? 적어도 여기서는 안전하고 혼자니 가족을 힘들게 할 일도 없고—."

"그게 네 생각이니?"

"다르게 생각할 수 있겠어요? 절 모르시잖아요. 안 그러면 왜 아픈 사람을 도제로 뽑겠어요?"

"왜 안 되는데?" 목소리에 날이 서 있었지만 그녀는 이내 한숨을 쉬고 나를 쳐다보았다. "언제 시작되었는지 기억나니? 너의 열 말이다."

"제 생각엔……." 나는 숨을 들이마시며 마음을 가라앉히려고 애썼다. "캐슬퍼드에 갔다가 집으로 돌아오는 길이었어요. 그런데 깨어보니 집 안에 있었어요."

나는 말을 멈췄다. 기억이 단절된 부분과 악몽, 낮 시간의 공포, 내가 어디 있는지 알게 되었을 때 비로소 찾아든 정신……어느 하나도 생각하고 싶지 않았다. 그해 여름은 완전히 열에 사로잡혀 너덜너덜해졌고 기억이 나지 않는 부분들이 더 많았다.

"넌 여기 있었어, 젊은이. 여기서 아팠고. 네 아버지가 널 데리러 왔었지. 기억 안 나니?"

"뭐라고요? 아니요, 기억나지 않아요. 제가 여기서 뭘 했나요?"

"여긴 캐슬퍼드로 가는 길목이야." 세레디스가 옅은 미소를 띤 얼굴로 말했다. "하지만 그 열은……넌 기억하지만 떠올리지 못하고 있구나. 그게 아픈 원인이기도 해."

"여기엔 더 못 있겠어요. 이곳은, 저 잠긴 문들이 절 더 악화시킬 거예요."

"다 지나갈 거야. 날 믿어. 네가 다른 곳에 가는 것보다 더 빨리 그리고 깨끗이 낫게 될 테니."

안타깝다는 듯 그녀의 목소리에서 이상하게 안쓰러운 느낌이 풍겼다.

새로운 두려움이 나를 끌어당겼다. 나는 나을 때까지 여기에 머물면서 두려워할 것이다. 그러고 싶지 않다. 도망치고 싶은데…….

그녀가 잠긴 문을 슬쩍 쳐다보았다. "그래서," 그녀가 말을 이었다. "네가 아팠기 때문에 널 선택한 거야. 하지만 네가 생각하는 그런 의도는 아니야. 동정심이 아니란다, 에밋."

갑자기 세레디스가 몸을 휙 돌리더니 서둘러 나갔고, 나는 텅 빈 문 앞에서 빙글거리는 먼지 덩어리만을 가만히 쳐다보았다.

그녀는 거짓말을 하고 있었다. 나는 목소리에서 알 수 있었다.

그녀는 나는 **가여워한다**.

어쩌면 결국 그녀가 옳을지도 모른다. 이 낡은 집의 조용함과 가을 햇살로 언제나 환한 아래층 방들과 작업실에서의 일 덕분에 내 안의 어두운 매듭들이 좀 헐거워졌다. 하루하루가 지나고 이곳은 더 이상 낯설지도, 새롭지도 않은 곳이 되었다. 그리고 몇 주가 흐르고……나는 자연스럽게 많은 것을 익히게 되었다. 내 방 천장의 갈라진 틈, 패치워크로 만든 퀼트 이불에 듬성듬성 빠진 솔기들, 계단을 내려갈 때 발아래에서 나는 각기 다른 삐걱거리는 소리들. 작업실 난로 주위로 반짝이는 타일들, 차가 끓을 때 나는 샤프란 냄새와 구수한 냄새, 유리병에 오팔색으로 잘 섞여 있는 풀……. 시간이 천천히 흐르며 모든 사소한 부분들이 드러났다. 농장일이 바쁜 집에서는 어디에 앉아 뭔가를 쳐다보거나 연장을 사용하기 전에 그것의 생김새에 관심을 갖거나 얼마나 잘 만들어졌는지 살펴볼 겨를이 한번도 없었다. 하지만 이곳에서는 복도에 서 있는 시계가 돌멩이처럼 매순간을 들추고 다시 그것들을 하루라는 호수 속으로 던져버렸다. 그렇게 각각이 더 넓은 잔물결을 이루며 서로 이어져갔다.

세레디스가 작업장에서 나에게 시키는 일은 단순하고 사소했다. 그녀는 훌륭한 스승이었고 분명하게 알려주고 참을성 있게 지켜봐주었다. 나는 책의 면지를 만드는 법, 표지용 가죽을 무두질하는 법, 형압과 금박 형압법을 배웠다. 종이를 제대로 붙이지 못하고 손가락에 들러붙게 하거나 날카로운 도구로 최고급 송아지가죽에 흠을 내는 등 어설픈 행동들 때문에 분명 실망했을 텐데도, 세레디스는 나한테 아무 말도 하지 않았다. 그저 간간이 이렇게 말할 뿐이었다. "그건 버리고 다시 하렴."

내가 숙달되도록 연습하는 동안 그녀는 산책을 가거나 편지를 쓰거나 다음번 집배원이 올 때 주문할 목록을 작성하거나 내 뒤에 있는 벤치에 앉아 지켜보았다. 아니면 요리를 하면서 집 안 가득 고기와 페이스트리 냄새를 풍겼다. 나머지 집안일은 나눠서 했지만 힘든 작업을 마친 다음 날 아침에 나무를 베는 일이나 구리 세탁조에 물을 채워두는 일은 기꺼이 내가 나서서 했다. 몸이 힘든 것처럼 느껴질 때면 내가 오기 전에 이 모든 일을 나이 든 세레디스 혼자서 했다는 사실이 떠오르기도 했다.

하지만 내가 하는 모든 일, 그리고 그녀가 하는 모든 일은 재료를 준비하거나 마무리를 짓는 연습일 뿐, 실제로 인쇄된 종이 뭉치나 완성된 책을 본 적은 없었다. 어느 날 저녁 주방에서 식사를 하면서 물었다. "세레디스, 책은 다 어디에 있어요?"

"지하실에 있어." 그녀가 말했다. "책이 완성되면 훼손되지 않게 잘 보관해야 하거든."

"그렇지만―." 농장에서 우리는 열심히 일했지만 그래도 늘 부족했던 것이 떠올라 말을 멈췄다. 나는 가능한 한 생산성을 높일 수 있는 모든 새로운 기술들을 도입하자고 아버지와 쭉 논쟁을 벌였었다. "왜 책을 더 많이 만들지 않나요? 그러면 확실히 더 많이 팔 수 있잖아요?"

그 말에 발끈한 세레디스는 날카롭게 대꾸하려고 고개를 들었지만 이내 그만두었다. "팔기 위해서 책을 만드는 게 아니란다, 에밋. 책을 파는 건 잘못된 일이야. 적어도 그 부분에 있어선 너희 부모님 생각이 옳아."

"그러면 왜―전 이해가 안 가요―."

"중요한 건 제본하는 작업이야. 그 행위 자체에 위엄이 있어. 가령 한 여성이 책을 만들어달라고 날 찾아왔다고 치자. 그럼 난 그녀를 위해 책을 만들 거야. 그녀를 위해서, 알아듣겠니? 모르는 사람이 빤히 들여다보라고 만드는 게 아니라고." 그녀가 후루룩거리며 숟가락으로 수프를 떠먹었다. "은행 잔고를 채우는 것 말고는 아무것에도 관심이 없는 제본사들도 있어. 그런 사람들이 책을 팔지. 하지만 넌 절대 그런 부류가 되지 않을 거야."

"그치만─아무도 찾아오지 않잖아요……." 나는 완전히 혼란스러운 상태로 그녀를 빤히 쳐다보았다. "배운 것을 언제부터 해볼 수 있나요? 전 모든 것을 다 배웠지만 아직 시작도 못─."

"곧 더 많은 것을 배우게 될 거야." 세레디스는 자리에서 일어나 빵을 더 가지러 갔다. "조급하게 굴지 말거라, 에밋. 넌 쭉 몸이 안 좋았잖니. 모든 것에는 때가 있는 거야."

모든 것에는 때가 있다. 어머니가 그 말을 했다면 아마 코웃음을 쳤을 것이다. 하지만 나는 아무 대꾸도 하지 않았는데 때가 온 것 같다는 기분이 들었기 때문이다. 점차 악몽이 잦아들었고 대낮에 그림자가 나타나는 일도 줄었다. 가끔은 어지러움을 느끼지 않고 오래 서 있을 수 있었고, 예전처럼 눈이 맑아지기도 했다. 그렇게 몇 주가 지난 뒤에는 작업장 끄트머리에 자물쇠가 채워진 문들을 거들떠보지 않게 되었다. 작업대와 연장, 프레스기가 내는 소리가 편안하게 다가왔다. 모든 것이 쓰임새가 있고 제자리에 놓여 있었다. 풀을 칠할 때 사용하는 붓은 풀에만, 무두질용 칼은 무두질에만 써야 한다는 점만 유의하면 다른 건 문제가 없었다. 가끔 표지가 이상하게 접히는 것을 막기 위해 가죽 두께를 손톱보다 얇게 조절하는 작업을 하다 말고 가죽 먼지를 뒤집어쓴 채 고개를 들 때면 내가 있어야 할 곳에 와 있는 기분이 들었다. 나는 내가 할 일이 무엇인지 알고 그 일을 하고 있었다. 물론 도제일 뿐이지만, 나도 할 수 있다. 아픈 후로는 한동안 그러지 못했다.

물론 집이 그리웠다. 편지를 썼고 답장을 받으면 기쁘기도 하고 슬프기도 했다. 추수 감사 만찬에 참석하고 춤을 췄으면 좋았을 텐데. 아니면 여기 오기 전에 그렇게 했다면 좋았을 것을……. 나는 편지를 읽고 또 읽다가 구겨버리고는 램프 불빛이 희미하게 흐려지는 것을 지켜보며 목에서 올라오는 울분을 무시하려고 애썼다. 하지만 음악과 왁자지껄한 것을 좋아하는 나는 오래 전의 건강했던 나였다. 지금 내게 필요한 것은 고요함, 일, 휴식이라는 것을 잘 알고 있다. 그렇다고 해도 가끔은 너무 외로워서 견딜 수가 없다.

조용한 날들이 더디게 흘러갔다. 마치 우리가 뭔가를 기다리는 것처럼.

언제였지? 아마 2주 혹은 한 달이 지났을 무렵이었다. 내가 처음으로 하루를 온전히 기억하는 날이다. 화창하지만 쌀쌀한 아침이었고 나는 까다로운 가죽에 금박 압형을 하는 연습에 몰두했다. 힘들게 작업한 뒤 포일을 벗겨보니 이름이 흐리고 비뚤게 찍혔다. 그 모습에 탄식하면서 아픈 목을 이리저리 돌렸다. 그때 밖에서 뭔가가 움직이기에 고개를 들었다. 햇살이 내게로 쏟아져 한동안은 빛을 등지고 서 있는 형체만이 보였다. 나는 실눈을 뜨고 살폈다. 남자애 아니 내 또래 혹은 나보다 좀 더 나이가 많고 검은 머리에 검은 눈동자, 창백하고 수척한 얼굴의 청년이 나를 쳐다보고 있었다.

나는 너무 놀라서 하마터면 내가 쓰던 압형 기기에 데일 뻔했다. 저 사람은 얼마나 오랫동안 저기서 저렇게 새까만 눈동자로 나를 지켜보고 있었던 것일까? 나는 연장을 조심스럽게 화로에 내려놓고 갑자기 수전 증이 찾아온 노인처럼 손을 덜덜 떨며 신경질을 냈다. 그는 나를 아는 사람이라고 생각해서 저렇게 보고 있었던 것일까?

청년이 유리창을 두드렸다. 나는 등을 돌렸지만 어깨 너머로 다시 살펴보니 여전히 그 자리에 있었다. 그리고 늪지대로 나가는 작은 뒷문 쪽을 손으로 가리켰다. 그는 안으로 들어오고 싶어했다.

나는 그가 진흙 속으로 빠져 무릎과 허리가 천천히 잠기는 상상을 했다. 그와 대화를 한다고 생각하는 것조차 끔찍했다. 나는 며칠 동안 세레디스 외에는 누구도 본 적이 없었다. 하지만 단지 그 이유뿐만이 아니라 나를 주시하는 눈빛이 너무 강렬해서 마치 손가락으로 내 눈을 찌르는 것 같았다. 나는 창가에서 고개를 돌리고 바닥에 자투리 가죽을 턴 뒤 남은 금박 조각을 상자에 집어넣고 뜨거워진 활자 고정장치 나사를 풀어 작업대 위에서 글자들을 떼어냈다. 활자가 금방 식으면 원래 있던 통에 넣을 것이다. 작은 황동 조각처럼 생긴 간격조정기가 바닥으로 떨어졌고, 나는 몸을 구부려 집었다.

내가 그것을 재빨리 주워 작업대 위로 올리는데 여전히 청년의 그림자가 그 자리에 있었다. 데인 손가락을 입에 문 채 나는 패배를 인정했다.

뒷문은 뒤틀려 문틀에 꽉 낀 상태였다. 언제 마지막으로 쓴 거지? 겨우 문을 열었을 때 힘에 부쳐 심장이 마구 뛰었다. 우리는 서로를 쳐다보았다. 그리고 마침내 내가 입을 열었다. "무슨 일이시죠?" 그것은 바보 같은 질문이었다. 그는 분명 배달원도 세레디스를 보러 온 친구도 아니니까.

"전……." 청년이 고개를 돌렸다. 그 너머로 보이는 습지는 낡은 거울처럼 변색되고 얼룩덜룩하지만 여전히 반짝거렸다. 다시 고개를 돌렸을 때 그는 단호한 표정을 지었다. "제본사를 만나러 왔습니다."

그를 쫓아버리고 싶었다. 하지만 그는 고객이다. 내가 이곳에 온 이후로 처음 본 고객이고 나는 그저 도제에 불과하다. 그래서 한걸음 뒤로 물러나 문을 더 활짝 열어주었다.

"고맙습니다." 그는 조금 힘겹게 그 말을 내뱉었고 나를 지나쳐 들어가면 옷에 흙이라도 묻는다는 듯이 그저 꼿꼿하게 문 앞에 서 있었다. 나는 몸을 돌려 작업장으로 돌아갔다. 이제 실내로 들어왔으니 그는 더 이상 내가 상관할 바가 아니었다. 초인종을 누르거나 외치거나 해서 세 레디스를 찾으면 된다. 이 청년을 위해 내 작업을 멈출 생각이 추호도 없다. 그는 내 일을 방해한 것도, 나를 몰래 지켜본 것에 대해서도 사과하지 않았다.

그는 서성이더니 나를 따라왔다.

나는 작업대로 돌아와 쓰던 도구들을 살폈다. 좀더 선명하게 찍을 수 있을지 보려고 활자 하나를 들어 문질러보았다. 두 번째 시도에서는 너무 많이 가열한 것인지 아니면 너무 오래 놔두어서인지 모르겠지만 금박이 흐리게 나타났다. 세 번째 시도에서는 조금 나아졌지만 균일하게 찍지 못했다. 열어둔 작업장 문으로 차가운 바람이 들어왔고 조용한 발소리가 들렸다. 청년이 내 뒤에 있었다. 아주 잠깐 그를 쳐다보았지만, 창문에 비친 것처럼 매우 선명하게 그의 얼굴을 볼 수 있었다. 하얗고 어둠이 드리운 얼굴에 붉게 충혈된 두 눈. 아무도 보고 싶어하지 않는 죽은 사람의 얼굴.

"에밋?"

이 남자가 내 이름을 알 턱이 없었기에 나는 너무 놀라 심장이 벌렁거렸다.

그러고 나서 깨달았다. 에밋 파머라고 찍힌 압형 때문이라는 것을. 몇 발자국 떨어진 발치에서도 읽을 수 있을 정도로 크게 보였다. 나는 고개를 숙인 채 가죽을 잡고 두드렸다. 물론 너무 늦었다. 그는 내 이름을 알아차린 것이 자랑스럽다는 듯이, 내가 놀란 것이 기쁘다는 듯이 한쪽 입꼬리만 씩 올려 공허한 미소를 지었다. 그리고 다른 이야기를 하기 시작했다.

나는 이렇게 말했다. "제본사 님께서 지금 일을 받으실 수 있는지 모르겠어요." 하지만 그는 이상하고 어색한 미소를 유지하며 나를 계속 쳐다보았다. "그것 때문에 오신 거라면 말입니다. 그리고 그녀는 책을 팔지 않습니다."

"여기에 얼마나 있었나요?"

"추수 때부터요." 그는 이런 것을 물어볼 권한이 없는 사람이다. 그가 나를 좀 내버려두기를 바란 것 외에는 내가 왜 대답을 했는지는 모르겠다.

"당신이 제본사의 도제인가요?"

"맞습니다."

청년은 작업장을 둘러보고 다시 나를 쳐다보았다. 순전히 호기심이라고 하기에는 표정 변화가 너무 느리고 분명했다. "이렇게 살면 좋은가요?" 그의 목소리에서 멸시가 묻어났다. "여기서 제본사와 단 둘이서?"

난로 위에 올려둔 연장이 달궈지며 풍기는 단내 때문에 머리가 아팠다. 나는 가장 작고 복잡해서, 금박이 제대로 나온 적이 없는 연장을 향해 손을 뻗었다. 그것을 내 손등 혹은 그의 손등 위에 올려놓으면 어떤 느낌일지 궁금했다.

"에밋—." 그는 마치 욕을 하듯이 내 이름을 불렀다.

나는 연장을 내려놓고 새 가죽을 집었다. "전 이 작업을 해야 합니다."

"미안하군요."

침묵이 흘렀다. 나는 가죽을 사각형으로 자른 다음 판 위에 고정시켰다. 그가 나를 지켜보았다. 덕분에 더듬거리다 메스에 엄지가 베일 뻔했다. 보이지 않는 실타래가 내 손가락을 잡아당기는 것 같았다. 나는 그를 향해 몸을 돌렸다. "제가 가서 세레—아니 제본사 님을 불러올까요?"

"전—아니요, 아직은."

그는 두려워했다. 나는 불시에 그 사실을 깨달았다. 곧바로 화가 사라졌다. 그는 내가 본 사람 중에서 가장 겁먹은 불행한 인물이었다. 그는 절박했다. 마치 열기처럼 그런 냄새가 풍겼다. 하지만 나는 그를 동정하지 않았다. 나를 쳐다보는 눈길에 뭔가가 있기 때문이다. 증오. 그는 나를 싫어하는 것 같았다.

"제가 여길 오는 걸 바라지 않았어요." 그가 말했다. "그러니까 제 아버지가요. 아버지는 제본은 우리 같은 사람의 일이 아니라고 생각해요. 제가 여기 온 걸 아신다면……." 그가 얼굴을 찌푸렸다. "하지만 집에 돌아갈 때쯤엔 이미 늦을 테죠. 아버진 절 벌하실 수 없을 거예요. 그럴 수 없으니까요."

나는 대답하지 않았다. 그 말이 무슨 뜻인지 알고 싶지 않았다.

"확실히는 모르겠어요. 제 생각엔……." 청년이 목청을 가다듬었다. "그녀가 당신을 선택했다는 얘기를 들었고 전 가봐야겠다고 생각했고— 그치만 제가 이 일을 원하게 될 거라고 생각하지 않았는데. 당신이 여기 있는 걸 보니……."

"저요?"

청년은 길게 숨을 내쉬더니 팔을 뻗어 니핑 프레스 위에 앉은 먼지를 털었다. 그의 집게손가락이 떨렸고 목 아래쪽에 고동치는 맥박이 보였

49

다. 그는 웃었지만 웃겨서 웃는 것 같지는 않았다. "당신은 상관없죠? 왜 당신이어야 하죠? 당신은 내가 누군지 전혀 모를 테지."

"네. 몰라요"

"에밋," 그가 말을 더듬으며 소리쳤다. "제발 날 봐요, 잠시만이라도 부탁할게요. 도무지 이해가 안 돼서—."

나는 내가 움직이고 있다는 느낌이 들었다. 세상이 내 주위로 너무 빨리 돌아가면서 그가 하는 말을 다 삼켜버렸다. 눈을 깜박이며 정신을 차리려고 했지만, 구역질이 올라와 나를 낚아채 끌어내렸다. 그는 여전히 이야기를 하고 있었지만 그가 하는 말은 그저 나를 스쳐갈 뿐이었다.

"무슨 일이야?" 세레디스의 목소리가 들렸다.

청년이 몸을 돌렸다. 그의 뺨과 이마가 붉게 물들었다. "제본 때문에 왔습니다."

"작업실에서 뭘 하는 거죠? 에밋, 곧바로 날 부르지 그랬어."

나는 메스꺼움을 가라앉히려고 애썼다. "제 생각엔—."

"에밋의 잘못이 아니에요, 제 잘못입니다." 그가 말했다. "전 루시안 다네이라고 합니다. 글을 씁니다."

"루시안 다네이." 세레디스가 인상을 찌푸렸다. 그녀의 얼굴에 낯설고 경계하는 표정이 드리웠다.

"대체 얼마나 에—아니 제 도제와 이야기를 나눈 거죠? 아니, 됐어요." 그가 대답하기 전에 그녀의 눈길이 나에게 향했다. "에밋?" 세레디스가 한층 부드러운 목소리로 물었다. "괜찮니?"

어둠이 내 주위를 감싸고 시야를 잠식해오기 시작했다. 하지만 나는 고개를 끄덕였다.

"그래. 다네이 씨, 절 따라오세요."

"네." 그는 대답했지만 움직이지 않았다. 어둠의 파도 속에서도 그의 절망이 뿜어져 나오는 것을 느낄 수 있었다.

"오세요." 세레디스가 다시 말하자 마침내 그가 몸을 돌려 그녀를 따라 움직였다. 그녀는 열쇠를 집고 작업장 먼 끝에 자리한 문을 열었다. 하지만 그녀는 문을 열면서도 계속 나를 쳐다보았다.

문이 활짝 열렸다. 나는 숨을 죽였다. 무엇을 보게 될지 몰랐지만 잘 닦인 나무 탁자와 의자 두 개, 바닥에 직사각형으로 드리운 햇살이 흘끗 눈에 들어왔다. 다행이라고 여겨야 했지만 날카로운 발톱이 내 가슴을 꽉 옥죄었다. 그 방은 정돈이 너무 잘되어 있고 아주 소박하고 또⋯⋯.

"들어오세요, 다네이 씨. 앉으시죠. 여기서 기다려주세요."

그는 숨을 천천히 길게 들이마셨다. 그리고는 풀 수 없는 수수께끼처럼 아리송하고 맹렬한 눈길로 슬쩍 나를 쳐다보았다. 이내 그는 어깨를 곧게 펴고 안으로 들어갔다. 자리에 앉은 뒤에 떨지 않으려는 듯이 몸을 세웠다.

"에밋, 괜찮니? 그 사람이 그래서는 안 되었는데⋯⋯." 그녀의 눈동자가 내 반응을 살폈지만 찾지 못했다. "가서 좀 누우렴."

"전 괜찮아요."

"그럼 주방에 가서 풀을 좀 섞어주렴." 그녀는 되돌아가면서도 나를 살폈다. 나는 비틀거리지 않고 똑바로 걸으려고 매우 애를 썼다. 검은 날개가 나를 마구 때려 내가 어디로 가는지 보는 것이 힘들었다. 그 방, 그 조용하고 작은 방⋯⋯.

나는 계단에 앉았다. 바닥에 은빛 격자무늬 햇살이 드리웠다. 그 모양을 보니 뭔가가 떠올랐다. 반쯤 기억나는 악몽, 루시안 다네이의 얼굴, 허기진 그의 검은 눈동자. 어둠이 안개처럼 오랫동안 내 앞을 막았다.

다만 이번에는 내가 감당할 수 있는 것보다 더 날카로운 뭔가가 치아처럼 반짝였다는 점에서 이전과 달랐다. 증오는 아니지만 나를 찢어버릴 수 있는 뭔가가 그 속에 있었다.

그리고 그것이 나를 붙잡았고 나는 정신을 잃었다.

3

나는 차츰 뿌옇게 흐린 날씨와 빗소리를 느꼈다. 다른 소리도 들렸지만 곧바로 무엇인지 알지 못했다. 멍하게 천장을 응시하며 그 소리에 대해 생각해보았다. 휙 하는 움직임, 정적, 사람 숨소리, 그리고 다시 휙……. 한참이 지난 뒤 고개를 돌렸고 세레디스가 고개를 숙인 상태로 창가 옆 테이블에 앉아 있는 모습을 보았다. 그녀 앞에는 나무틀처럼 보이는 것과 접힌 종이 더미가 놓여 있었다. 그녀는 접힌 종이들을 한꺼번에 한 방향으로 꿰맨 다음 다시 반대 방향으로 꿰맸는데, 실이 팽팽히 당겨질 때 그것들은 속삭이는 듯한 소리를 냈다. 그 소리에 마음이 안정되는 느낌이 들어 한동안 지켜보았다. 바늘을 밀어넣고 당기고 꺼내고 넘기고 다시……. 그녀는 바늘땀을 팽팽하게 당긴 뒤 실을 잘라내고 실패를 잡아서 실을 새로이 길게 잘라낸 다음 다시 엮었다. 방 안은 매우 조용해 매듭을 짓는 작은 소리까지 다 들렸다. 그녀가 몸을 돌리더니 미소를 지었다. "좀 어떠니?"

"전……." 나는 입이 말랐다. 침을 삼키자 메마른 입속이 따가워서 정신이 확 들었다. 온몸이 쑤셨다. 살갗이 찢어지는 것처럼 손목이 시큰했다. 잠시 혼란스러워 좌우를 살폈다. 내 손목이 흰색 천 조각으로 침대에 묶여 있는 것이 아닌가. 내가 마치 끊어내려고 했었던 것처럼, 천은 점점 좁게 주름이 잡혀 내 살 속에 파묻혀 있었다.

"넌 극심한 공포에 사로잡혀 있었단다." 세레디스가 말했다. "기억나니?"

"아니요." 혹시 내가 기억하는 건가? 비명의 메아리, 나를 지켜보는 어둠의 눈동자가 언뜻 떠오르는데…….

53

"신경 쓰지 말거라. 이제 깨어났으니 널 풀어주마."

그녀는 반쯤 바느질을 하다가 만 종이 위로 조심스럽게 바늘을 내려놓은 다음 자리에서 일어나 내 쪽으로 몸을 구부리고 울퉁불퉁한 손가락으로 매듭을 잡았다. 나는 그녀를 쳐다보지 않고 가만히 누워 있었다. 내가 무슨 짓을 한 거지? 또다시 미쳤던 것일까? 마지막으로 그랬을 때는 정말로 상태가 심각해서 어머니와 아버지까지 때리는 지경에 이르렀다. 알타는 무서워서 내 근처에는 오지도 않았다. 내가 세레디스를 공격했을까?

"다 됐단다." 그녀가 의자를 침대 쪽으로 끌어와 앉으며 가쁜 숨을 내쉬었다. "배가 고프니?"

"아니요."

"배가 고플 거야. 넌 닷새나 정신이 나가 있었어."

"정신이 나가 있었다고요?"

"이틀 더 쉬렴. 적어도 그 정도는 쉬어야 일어날 수 있을 거야."

"전 괜찮아요. 지금 일어날 수 있어요." 나는 몸을 비틀며 똑바로 앉은 뒤 갑자기 몰려오는 어지러움을 이겨내려고 침대 한 귀퉁이를 잡았다. 빙빙 돌던 머리가 천천히 멈췄지만 그러느라 기력이 빠져 다시 베개에 머리를 대고 누웠다. 나는 눈물이 흐르는 것을 숨기려고 눈을 꼭 감았다. "괜찮아지고 있는 줄 알았어요."

"그러고 있어."

"하지만—." 나는 힘없는 노파가 미쳐 날뛰는 도제를 상대하는 것이 어땠을지 생각하고 싶지 않았다. 내가 그녀를 다치게 했을 수도 있고 더 심한 경우에는…….

그녀가 움직였다. "눈을 떠보렴."

"네?"

"날 쳐다봐. 한결 낫구나." 그녀가 내 쪽으로 몸을 구부렸다. 앞치마에서 비누, 풀, 가죽 냄새가 풍겼다. "재발한 거야. 하지만 고비는 넘겼단다."

나는 고개를 돌렸다. 어머니도 전에 그렇게 말했고 그 말을 할 때마다 확신은 조금씩 줄어들었다.

"날 믿으렴. 제본사의 열병에 대해 조금 알고 있으니까. 일반적으로 그렇게 심하지 않지만……넌 회복될 거야. 시간은 당연히 걸리겠지만."

"네?" 너무 갑자기 고개를 드는 바람에 관자놀이에 살짝 아픔이 느껴졌다. 나의 이상한 행동을 부르는 **명칭**이 있다고? "전 그냥 정신병이라고 생각했어요."

내 말에 그녀가 코웃음을 쳤다. "넌 정신이 나간 게 아니란다, 에밋. 누가 그런 말을 하든? 아니, 이건 다른 것과 마찬가지로 질병이란다. 일시적인 광기 같은 거야."

유행성 감기나 괴혈병 혹은 이질 같은 질병이라니. 나도 그렇게 믿고 싶었다. 나는 손목에 생긴 붉은 자국을 내려다보았다. 팔에도 지문처럼 푸른 멍이 두 개 보였다. 나는 침을 삼켰다. "제본사의 열병이라구요? 제본사랑 무슨 관련이 있는 거예요?"

그녀는 머뭇거렸다. "제본사만이 걸리는 병이란다. 그건……지금은 제본사가 아니더라도 제본사가 될 사람이라면 걸릴 수 있어. 네가 부름을 받았을 때……가끔은 머릿속에서 잘못되기도 해. 그래서 난 네가 제본사가 될 거라는 걸 알았단다. 훌륭한 제본사지. 그러니 부끄러워하지 않아도 돼. 그리고 이제 네가 여기에 있으니 병도 나을 거야."

"모든 제본사가 이 병에 걸리나요?"

"아니, 모두는 아니야." 창문으로 빗방울이 후드득 떨어졌다. 그녀가 흘끗 쳐다보아서 나도 시선을 따라갔다. 하지만 창밖에는 회색빛으로 물든 습지와 젖은 안개 말고 아무것도 보이지 않았다.

"가장 훌륭한 제본사 중 한 명이 그 병으로 거의 죽을 뻔했단다." 그녀가 말을 이었다. "마가렛 페벤시야. 그녀는 중세 미망인으로 20권이 넘는 책을 제본했지. 그 당시엔 엄청난 양이었어. 그중 일부는 아직도 남아 있단다. 그 책을 보려고 내가 홀트비로 찾아간 적도 있었지." 그녀가 다시 나를 쳐다보았다. "날 가르친 스승님께서는 제본사의 열병이 그 병을 앓은 사람을 단순한 기능사가 아니라 예술가로 만들어준다고 누누이 말씀하셨어. 난 항상 스승님이 날 놀리려고 그런 말을 하는 줄 알았는데 그분이 옳았어⋯⋯. 아무튼 넌 훌륭한 도제가 될 거야."

나는 멍든 팔 위로 손을 올려 자국을 가렸다. 바람이 억새지붕 사이로 지나치며 속삭였고 창유리로 거센 빗방울이 몰아쳤지만, 이 집은 오래된 바위처럼 벽이 두껍고 튼튼했다. 제본사의 열병은 정신병도 약점도 아니었다.

"수프를 좀 가져다줄게." 세레디스가 자리에서 일어나 실패를 내려놓고 아직 깁지 않은 종이뭉치를 앞치마 주머니에 넣고 엮음대도 챙겼다.

나는 앞으로 목을 길게 빼고 물었다. "혹시 그건⋯⋯?"

"루시안 다네이의 책이야. 맞아. 그렇게 될 거야."

그의 이름은 나의 속을 날카롭게 찢고 세게 잡아당기는 갈고리 같았다. 루시안 다네이는 나를 증오하는 사람이다. 갈고리는 한층 깊숙이 내려가 더 세게 나를 잡아당겼다. "그 사람을 위해 무슨 책을 만드는 거예요?" 세레디스는 나를 슬쩍 쳐다보았지만 대답하지 않았다. "제가 봐도 될까요?"

"안 돼." 그녀는 나를 지나쳐 문으로 성큼성큼 걸어갔다.

나는 두 발로 일어나려고 했지만 방이 빙그르르 돌았다. "혹시—."

"얼른 누워."

"그 사람 때문인가요, 세레디스? 제가 다시 아프게 된 거 말이에요. 그는 누구죠, 왜 그가……?"

"그는 다시 오지 않을 거야. 돌아갔으니까."

"어떻게 아세요?"

그녀가 눈길을 돌렸다. 천장의 나무 골조가 삐걱거렸고, 두꺼운 벽은 그저 허상에 불과한 것처럼, 갑자기 집이 부서질 듯이 약하게 느껴졌다.

"수프를 가져오마." 그녀는 이 말을 남기고 문을 나섰다.

그후 한동안 세레디스는 오후가 되면 작업실에 틀어박혀 나오지 않았다. 무슨 일을 하는지 알려주지도 않았고 나도 묻지 않았다. 하지만 나는 그녀가 다네이의 책을 작업한다는 것을 알았다. 가끔 일을 마친 뒤 문에 기대어 반은 듣고 반은 상상을 하며 내가 듣는 소리가 무엇을 뜻하는지 알아내려고 노력했다. 대개는 조용했는데, 특히나 엄청난 침묵이라서 마치 온 집 안이 나와 같이 귀를 쫑긋 세우고, 집 안의 모든 나뭇결과 회반죽이 숨소리를 낮추고 집중하는 것 같았다. 그러나 간간이 쿵쾅거리거나 긁는 소리가 났고 한번은 뒤집힌 솥이 쨍그랑거리는 소리가 났을 뿐 별다른 것은 없었다. 날씨가 추워지면서 오랫동안 서 있으면 무릎이 쑤시고 얼얼했지만 그만둘 수는 없었다. 내가 이해하지 못한 것을 알기 위해 거기에 서 있어야 한다는 강박이 싫었지만, 몸이 나아지고 있는 지금에도 여전히 나를 괴롭히는 악몽으로 인한 두려움과 그것에 대한 궁금증이 뒤섞여 있었기 때문에 나는 그만둘 수 없었다.

이제 악몽은 거의 꾸지 않았고 내용도 달라졌다. 형체가 없는 검은 공포에서 햇살이 가득한 분명한 꿈으로 바뀌고 있었지만 여전히 악몽은 악몽이었다. 그날 이후로 두려움은 얼굴을 가지기 시작했다. 바로 루시안 다네이의 모습이다. 계속 그가 보였다. 맹렬한 눈동자와 그가 작업실 끝 방의 반쯤 열린 문으로 걸어 들어가기 직전 마지막으로 나를 쳐다보던 얼굴이 나타났다. 조용하고 밝고 무서운 그 방에 똑바로 앉아 있는 그의 모습이 보였고 엄청난 두려움이 갑자기 나를 덮쳤다. 꿈속에서 그 방에 앉아 있던 사람은 그가 아니라 나였기 때문이다.

꿈은 내게 뭔가를 말하려고 했다. 나는 내가 무엇을 두려워하는지 알지 못했지만 그것이 뭐든 간에 그것은 세레디스가 잠가둔 방에 살고 있었다. 악몽에서 깨어나 다시 잠을 잘 수 없게 될 때면 창가에 앉아 차가운 밤공기를 들이마시며 끈적끈적한 피부를 말리고 이 상황을 이해하려고 애썼다. 그렇지만 아무리 머릿속으로 곱씹어보고 두려움을 극복하려고 애써도 루시안 다네이와 안이 반쯤만 보이던 그 방에서 벗어날 수 없었다. 그곳에서 무슨 일이 있었는지 모르지만 그 일이 방에서 새어나와 내 신경을 건드리고 내 꿈을 피범벅으로 만들었다.

어느 날 저녁 내가 팬을 닦고 세레디스가 스튜를 만들 때 나는 그에 관해서 물어보았다. 그녀는 고개를 들지 않았지만 손가락이 떨리는 바람에 양파 반 개를 바닥에 떨어뜨렸다. 그녀는 천천히 몸을 구부려 떨어진 양파를 집었다. "루시안 다네이에 대해 생각하지 않으려고 해보렴." 그녀가 말했다.

"그의 책을 보여주시면 안 되나요? 전 기약 없이 마무리 작업 연습만 하고 있고 제 생각엔 이제는 때가 된 것 같은데요⋯⋯?" 그녀는 양파를 헹군 뒤 다시 썰기 시작했다. "세레디스! 언제쯤 저한테 알려줄—."

"곧 가르쳐줄게." 그녀는 이렇게 대답한 뒤 식료품을 보관해둔 저장실로 발길을 옮겼다. "네가 건강을 회복하고 나면."

　그렇게 하루하루 시간이 지났고 전처럼 몸이 회복되었지만 세레디스
는 여전히 알려주지 않았다.

가을이 지나고 겨울이 찾아왔다. 우리는 일하고 식사를 하고 잠을 자는
단조롭고 조용한 일상을 보냈고 나는 시간 가는 줄 몰랐다. 쳇바퀴처럼
도는 하루는 똑같은 집안일, 정해진 시간 동안의 마무리 작업, 종이 마블
링 작업, 가죽 무두질, 혹은 견본 표지의 가장자리에 도금을 입히는 작업
으로 채워졌다. 대개 내가 연습한 것들은 세레디스가 쓰레기통으로 쓰는
낡은 나무통으로 직행했고, 어쩌다 그녀가 하나를 보고 무표정하게 '그
건 놔둬'라고 말한 것은 선반에 보관되었지만 다시 밖으로 나오지 못했
다. 내가 작업한 어느 것도 사용되지 않는 듯했다. 내가 만든 것이 충분
히 괜찮은지, 언제 진짜 책을 보게 될지 궁금했던 내 마음도 거의 다
사라졌다. 어쩌면 그것이 세레디스가 원하는 것인지도 모른다. 작업장의
적막 속에서 나는 소소한 부분에 집중하기 시작했다. 연마기의 무게, 엄
지손가락 아래로 느껴지는 밀랍의 버걱거리는 소리. 어느 날 아침 창밖
을 내다보고 충격을 받았다. 갈대 위로 얇은 눈이 덮여 있는 것이 아닌
가. 물론 날씨가 추워졌다는 것은 알았지만 작업이 용이한 난로 근처에
서 손가락 없는 장갑을 끼고 일을 하느라 잘 몰랐다. 이제야 나는 알게
된 것이다. 이곳에 온 지 몇 달이 지났고 한 해의 4분의 1을 여기서 보냈
다는 것을. 조금 있으면 크리스마스가 온다. 나는 차가운 공기를 들이마
시며 아무것도 없는 이곳에서 축배를 들 수 있을지 궁금증이 생겼다.
우리 가족이 상록수와 겨우살이에 둘러싸인 채, 만찬에 참석하지 못한
친구들을 위해 설탕과 향신료를 넣은 따뜻한 맥주로 축배를 들 생각을

하니 마음이 아팠다. 그런데 세레디스는 내게 집에 가도 좋다는 말을 하지 않았고 도로에 눈이 많이 쌓이면 이마저도 불가능할 것이다. 매주 오는 우편물을 제외하면 루시안 다네이 이후로 아무도 찾아오지 않았다. 우편 수레는 집 문 앞에서 멈췄고 집배원은 종종 걸음으로 안으로 들어와 재빨리 뜨거운 차 한잔을 마신 뒤 다시 길을 나섰다. 그리고 몇 주일 뒤 구름이 아주 낮게 깔리고 매우 불길할 정도로 조용하던 어느 날, 나는 집배원에게 안으로 들어오라고 했지만 그는 고개를 저었다. 그는 최대한 빨리 내 발치에 편지 뭉치와 물품이 든 자루를 던져놓고는 얼른 덮고 있던 무릎담요 속으로 들어갔다. "다시 눈이 올 거야, 젊은이." 그가 말했다. "언제 다시 올 수 있을지 모르겠어. 내년 봄에 보자고."

"내년 봄이요?"

그의 모자와 스카프 사이 공간에서 푸른 눈동자가 날카롭게 번뜩이며 나를 쳐다보았다. "여기 온 게 처음이지? 걱정 마. 그녀는 항상 잘 버텨왔거든."

그 말을 남기고 집배원은 몸을 떠는 말에게 채찍질을 한 뒤 도로를 향해서 달렸다. 추웠지만 나는 그가 보이지 않을 때까지 그 자리에 서서 지켜보았다.

미리 알았더라면……. 나는 올해 마지막으로 가족에게 쓴 편지에 뭐라고 적었는지를 떠올려보려고 애썼다. 무슨 말을 덧붙여야 했을까? 크리스마스 잘 보내라는 말이 전부였다. 그 생각을 하면서 나는 집이 아주 멀어서 다행이라고 느꼈고, 차가운 공기가 내 손가락과 마음까지 다 얼렸는지 가만히 서 있어도 아무것도 느끼지 못했다.

살짝 몸이 떨려와 나는 안으로 들어갔다.

집배원의 말이 맞았다. 그날 밤 눈이 왔고 하늘에서 체로 거른 것처럼 조용하게 눈보라가 쳤다. 아침에 보니 도로가 흰색으로 뒤덮여 보이지 않았다. 가장 먼저 난로에 불을 때려고 작업실로 들어가니, 세레디스가 벌써 일어나 자신의 작업대 앞에 앉아 있었다. 그녀는 창밖으로 새 한 마리가 깡충거리며 활자처럼 가지런한 발자국을 남기는 모습을 바라보고 있었다. 쉭고 있는 풀에서 떨어지는 밀가루가 마치 창문을 통해 들어오는 눈처럼 보였다.

그녀가 난로에 불을 지펴놓았지만 나는 몸이 떨렸다. 그녀가 돌아보았다. "차를 준비해뒀단다. 아, 또 필요한 게 있니? 캐슬퍼드에서 주문할 목록을 적는 중이거든."

"집배원이 봄까지 오지 못할 거라고 했어요." 한기에 몸이 굳어서 나는 차를 따르다가 쏟을 뻔했다.

"톨러가 변덕을 부리는 거야. 겨울이 오기엔 아직 너무 이른데. 며칠이 지나면 날씨가 풀릴 거란다." 나도 모르게 창가에 절반쯤 쌓인 눈을 흘끗 살피자 그녀가 미소를 지었다. "내 말을 믿으렴. 진짜 눈은 크리스마스가 끝난 후에야 올 거야. 준비할 시간이 충분히 있어."

나는 고개를 끄덕였다. 그 말은 곧 내가 집에 편지 한 통을 더 쓸 수 있다는 의미다. 하지만 뭐라고 하지?

"바깥 창고로 가서 저장품을 좀 가져오렴." 흩날리는 눈발을 쳐다보니 등에 소름이 돋았다. 그녀가 말을 이었다. "밖은 추울 거야." 그녀의 눈동자는 반은 놀리는 듯하고 반은 동정심으로 반짝였다. "옷을 잘 챙겨 입으렴."

창고로 나가니 생각만큼 춥지 않았다. 나는 상자와 자루와 커다란 병들을 옮기며 뭐가 있는지 살폈고, 조금 있다보니 모자 때문에 너무 덥고 지쳐서 헐떡거렸다. 옮기던 자루를 바닥에 툭 내려놓고 문 옆에 기댄 채 숨을 골랐다. 그리고 땔감을 쳐다보며 이 정도의 양으로 겨울을 날 수 있을지 생각해보았다. 충분하지 않다면 어떻게든 더 많은 땔감을 찾아야 한다. 하지만 이 허허벌판에는 자를 나무도, 주울 잔가지도 없다. 구름 한 점이 해를 가렸고 서늘한 바람이 마치 멀리서 누군가가 칼을 가는 것 같은 소리를 냈다. 다시 눈이 내릴 것이다. 눈이 녹을 것이라는 세레디스의 말은 확실히 틀렸다.

다시 일하러 가야 했지만 뭔가가 내 눈길을 사로잡았다. 너무 멀리 있어서 확실하지 않았지만, 흰 페인트에 갇힌 곤충 같은 뭔가가 흐릿한 도로 위에 보였다. 마침내 곤충은 눈을 헤치고 오는 말의 형태가 되었고, 뚱뚱한 꼽추 등처럼 보였던 검은 점은 그 위에 탄 사람이었다. 아니 두 명이다. 어린아이처럼 작아 보였지만, 이내 나는 말이 마차를 끄는, 털이 덥수룩하고 엄청 큰 말이라는 것을 알게 되었다. 두 여자가 타고 있었는데 뒤쪽에 앉은 여자는 허리를 곧게 세우고 앉아 있었고, 앞쪽에 축 늘어져 있는 여자는 말이 달릴 때마다 옆으로 미끄러졌다. 얼마 지나지 않아 그들의 얼굴을 분명하게 볼 수 있었고 눈 위로 목소리가 퍼졌다. 힘을 내려고 절박하게 외치는 목소리와 그 위로 내가 바람소리라고 착각했던 구슬픈 울음이 들렸다.

그들이 집 앞에 멈추자 뒤에 앉아 있던 여자가 눈 위로 어색하게 뛰어내렸다. 그럴 줄 알았으면 가서 도와줄 걸 그랬다. 나는 가만히 서서 마치 인형을 말에서 내리듯이 그녀가 앞의 여자를 이리저리 당기며 내리려고 애를 쓰는 광경을 지켜보았다. 인간의 목소리가 아닌 것 같은 높고 날카로운 울부짖음이 잦아들며 딸꾹질로 이어졌고, 두 사람이 정문으로 걸어가면서 다시 시작되었다. 나는 휘둥그레진 눈과 헝클어진 머리, 피투성이 입술을 보았다. 그들은 서둘러 현관으로 와서 초인종을 눌렀다.

나는 가지런히 정리되어 있는 익숙한 창고로 몸을 숨겼다. 하지만 모든 저장품 뒤로 어둠이 자라나 사방의 병들을 통해 나를 노려보았다. 절박하지 않다면 이렇게 눈이 많이 오는데 힘들게 찾아왔을까? 절박하게 제본을 해야 하는……루시안 다네이처럼. 그렇지만 책이 뭘 해줄 수 있을까? 세레디스가 뭘 해줄 수 있을까?

이내 그녀가 문을 열어줄 것이다. 그리고 작업실을 지나쳐 잠겨 있는 방으로 그들을 데리고 가겠지…….

나는 제대로 생각할 겨를도 없이 작은 마당을 가로질러 집 옆의 뒷문으로 가서 안으로 들어갔다. 그리고 복도에 서서 가만히 들었다.

"안으로 데리고 오세요." 세레디스의 목소리가 들렸다.

"지금 노력하고 있어요!" 나보다 더 강한 시골 억양으로 쉬지 않고 말했다. "이 애를 데리고 갈 수가 없어요. 어서, 밀리. 부탁이야ㅡ."

"본인이 들어오길 원하지 않나요? 동의하지 않는다면 전 할 수 없어요ㅡ."

"아!" 씁쓸함과 피로가 스며든 짧막한 웃음소리가 났다. "아, 밀리가 오고 싶다고 했으니 괜찮아요. 눈이 이렇게 많이 오는데 애원하고 또 애원했어요. 그래서 800미터쯤 내달리는데 갑자기 망가진 인형이 되더니 게다가 이 빌어먹을 소리를 멈추지 않아서ㅡ."

"잘 알겠습니다." 세레디스는 열을 내지 않고 적절히 잘라 말했다. 울부짖는 소리가 계속 이어졌고 물이 흐르듯 흐느낌과 떨림도 들려왔다. "밀리? 이리 와. 안으로 들어가자. 내가 도와줄게. 착하지. 자, 한 발 더 디뎌보렴. 잘했어."

세레디스의 목소리 속 뭔가가 내가 처음 이곳에 왔을 때를 떠올리게 했다. 나는 고개를 돌려 앞에 놓인 벽에 시선을 집중했다. 바람에 휘날려 온 눈발이 소금 결정처럼 복잡한 형태로 거친 회반죽에 오톨도톨 들러붙었다.

"훨씬 좋구나. 잘했어." 마치 아버지가 불안해하는 암말을 달랠 때 하는 말처럼 들렸다.

"하느님 감사합니다." 여자의 목소리가 갈라졌다. "이 아이는 정신이 나갔어요. 제발 고쳐주세요."

"그 애가 원한다면 그래야죠. 잘했어, 밀리. 이제 내가 있단다."

"밀리가 직접 부탁할 수 없어요. 정신이 나가서―."

"그 애를 놓아보세요." 잠시 정적이 흘렀고 울부짖는 소리가 살짝 줄어들었다. 다른 여자가 흐느꼈다. 세레디스가 좀더 친절한 목소리로 덧붙였다. "당신은 최선을 다했어요. 이제부터 밀리는 제가 돌볼게요." 작업실 문이 열리는 소리와 세 사람의 발자국 소리가 났다. 세레디스의 친숙한 발소리, 다른 여자의 좀더 가벼워진 발걸음과 내 두피에 소름이 돋게 만드는 질질 끌다가 멈추는 발소리까지.

다시 문이 닫혔다. 나는 눈을 감았다. 낡은 바닥을 따라 문이 잠겨 있는 방까지 걸어가는 시간과 세레디스가 열쇠를 찾아 자물쇠를 푸는 시간을 계산할 수 있다. 심장 박동소리가 내 귀를 세차게 때리지 않았다면 문이 열리고 닫히는 소리를 들었을 것이다.

그 문 뒤에서 무슨 일들이 벌어졌든지 간에 지금 상처 입은 동물 같은 여자에게도 똑같은 일이 벌어지고 있다.

알고 싶지 않다. 나는 억지로 창고로 몸을 돌렸다. 여전히 할 일이 있었다. 그렇지만 마지막 남은 자루를 제자리에 놓고 벽에 마지막 숫자를 표시했을 때까지도 시간이 전혀 지난 것 같지 않았다. 해가 질 무렵이었고 나는 하루 종일 아무것도 먹고 마시지 못했다. 기지개를 켰지만 어깨의 욱신거림조차 크게 와닿지 않았고 관심도 없었다.

작업장으로 걸어 들어가니 실내는 흐리고 잿빛이었다. 눈보라가 창문을 세차게 두드렸다.

"어머나!"

그 소리에 놀란 나는 숨을 멈추고 돌아보았다. 말 위에 곧게 앉아 밀리를 데리고 왔던 키가 큰 그 여자다……멍청하긴. 여기 찾아온 모든 사람들이 제본사와 단 둘이서 그곳으로 간다는 것을 알고 있었으면서. 당연히 세레디스는 이 여자에게 밖에서 기다리라고 했을 것이다. 이렇게 불쑥 끼어든 내가 멍청이다.

"당신은 누구죠?" 여자가 말했다. 손으로 짠, 맵시가 나지 않는 푸른 의상 차림에, 피부가 거칠고 주근깨가 많아서 지체가 높아 보이지 않았지만 아랫사람을 부리는 듯한 말투로 물었다.

"제본사의 도제입니다."

그녀는 자신이 이곳 사람이고 나는 아니라는 듯이 적대적이고 경계하는 표정을 지었다. 그리고는 천천히 난로 옆 의자에 도로 앉았다. 여자는 내 머그잔에 든 음료를 마시던 중이었다. 잔에서 얇은 리본 같은 연기가 피어올라 공중으로 퍼졌다.

"당신의……친구 말입니다." 내가 말했다. "그녀가 아직—그 방에 있나요?"

여자가 고개를 돌렸다.

"그녀를 왜 이곳으로 데리고 왔나요?"

"그건 그 애의 문제지 당신이 상관할 바가 아니에요."

아니, 나는 이렇게 말하고 싶었다. 아니라고. 내 말뜻은 그런 것이 아니라 그녀에게 무슨 일이 생겼기에 그녀를 **여기로** 데리고 왔고 세레디스가 무엇을 해줄 수 있냐고 물어보고 싶었다. 하지만 여자가 고개를 홱 돌린 것이 마음에 들지 않아서 더 이상 질문하지 않았다. 조용히 자리에 앉아 풀이 든 병을 꺼내고 깨끗한 붓을 찾아 서랍을 뒤졌다. 풀로 붙여야 할 면지가 준비되어 있다. 집중하지 않아도 할 수 있는 일이지만 잠긴 방에서 들려오는 조용한 흥얼거림이 작업실 전체를 덮고 있으니…….

물론 지금 그 방은 잠겨 있지 않다. 가서 손잡이를 잡고 돌리면 열릴 것이다. 그러면 과연……무엇을 보게 될까?

마치 누군가 내 어깨에 침을 뱉은 것처럼 붓에서 작은 풀 덩어리가 작업대로 떨어졌다. 여자는 서성거렸고 몸을 돌릴 때마다 그녀의 구두가 바닥을 울렸다. 나는 시선을 걸레에 고정한 채 흘린 풀을 닦는 데 몰두했다.

"저 애가 죽을까요?"

"네?"

"밀리, 제 친구 말이에요. 전 그 애가 죽는 걸 바라지 않아요." 난 그녀가 입 밖으로 말을 꺼내는 것이 얼마나 힘들었는지 목소리에서 알 수 있었다. "저렇게 죽을 애가 아니에요."

그녀가 가까이 다가왔다고 느껴지기 전까지 나는 고개를 들지 않았다. 그녀의 옷에서 젖은 울과 낡은 안장 냄새가 풍겼다. 고개를 들어 쳐다본다면 낡은 푸른색 면 모직 치맛자락 끄트머리에 튄 진흙을 볼 수 있겠지.

"부탁이에요. 가끔 죽기도 한다는 얘기를 들었는데."

"아닙니다." 그렇게 말했지만 심장이 마구 요동쳤다. 어쩌면…….

"거짓말." 그녀는 몸을 획 돌렸고 거친 숨을 내뱉었다. "여기로 데려오고 싶지 않았어요. 하지만 그 애는 절박했어요. 그래서 내가 말했죠, '제본사는 늙은 마녀야. 왜 늙은 마녀한테 가려고 해? 너도 틀린 선택이라는 걸 알잖아. 그녀는 악마야. 그러니 마음 단단히 먹고 포기하지 마.' 내가 절대 이러지……." 그녀는 자신이 얼마나 큰 소리로 떠들었는지 알아차린 듯 멈칫했지만 잠시 뒤 말을 이었다.

"하지만 친구는 오늘 정신이 나갔고 전 더는 견딜 수 없었어요, 그래서 이 끔찍한 곳으로 밀리를 데려왔고 지금 그 애는 저 방에서 그렇게……." 여자의 목소리가 떨리며 점차 사라졌다.

"하지만 당신이 말했잖아요, 세레디스에게 도와달라고……." 나는 혀를 깨물었다.

하지만 그녀는 내 말을 들은 것 같지 않았고 내가 엿듣고 있었다는 사실은 안중에도 없었다. "단지 그 애를 되찾고 싶을 뿐이에요. 내 사랑하는 밀리. 전처럼 그 애가 행복해졌으면 좋겠어요. 그러기 위해 친구가 영혼을 팔아야 할지라도. 그 애가 악마와 손을 잡았다고 해도 상관없어요. 저 늙은 마녀가 무슨 짓을 해도 괜찮아요. 하라고 해요! 밀리만 되돌릴 수 있다면 그래도 돼요. 하지만 친구가 저기서 죽게 된다면……."

악마와 손을 잡다니. 그게 세레디스가 하는 일일까? 마녀, 늙은 마녀……나는 흰 종이 위에 색지를 올리려고 했지만 그러지 못했다. 바보처럼 손이 떨렸다. 친구가 영혼을 팔아야 할지라도? 하지만 그것이 책이랑 무슨 상관이지, 종이랑, 가죽이랑, 풀이랑은?

구름 두 조각 사이로 해가 얼굴을 내밀었다. 나는 분홍빛으로 물든 안개를 쳐다보았다. 눈이 따끔거렸다. 그 찰나의 눈부심 사이로 청년의 어두운 실루엣을 본 것 같았다. 하지만 해가 사라지자 그도 사라졌다. 나는 눈을 깜박이며 눈물이 흐르지 않게 하고는 잔상을 피해 작업으로 눈길을 돌렸다. 종이를 구긴 다음 말려야 한다. 그다음 단계로 종이를 벗겨내다가 그만 종이가 찢어지고 말았다. 나는 깃털 무늬 위로 생긴 끈끈한 흰색 상처를 엄지로 문질렀다. 처음부터 다시 해야 한다.

"미안해요, 전 몰랐어요……." 여자가 창문을 향해 걸었다. 그녀가 나를 흘끗 쳐다볼 때 그녀의 눈빛이 어둠에 잠겨 볼 수는 없지만 간청하는 목소리였다. "뭐라고 말해야 할지 모르겠네요. 그런 의도는 아니었는데. 화내지 마세요. 그 여자, 아니 제본사에게 말하지 마세요, 네? 부탁이에요."

그녀는 겁에 질렸다. 나는 망가진 면지를 구겨 던져버렸다. 단지 세레디스가 두려운 것이 아니라 내 자신까지도 두려워져서……

나는 길게 숨을 내쉬었다. 그리고 종이를 더 잘랐다. 풀을 더 많이 섞었다. 풀을 묻힌 종이를 내려놓고 니핑 프레스 과정을 거친 뒤 걸어 말리고……. 나는 내가 무엇을 하는지는 몰랐지만 어쨌든 계속했다. 다시 정신을 차렸을 때, 작업실은 매우 어두컴컴해 잘 보이지 않았고 프레스에 넣어야 하는 풀 묻은 종이 더미가 수북했다. 마치 잠에서 깬 것 같았다. 무슨 소리가 나더니 문이 열렸다.

바위처럼 무미건조한 세레디스의 목소리가 들렸다. "난로 위에 차가 있어요. 이리 가져와요."

나는 얼어붙었지만 그녀는 나한테 말한 것이 아니었다. 내 쪽은 쳐다보지도 않았고 나를 보지도 못했다. 그녀는 눈을 비볐다. 지쳐서 엄청 피곤한 기색이다. "서둘러요." 세레디스가 이렇게 말하자 여자가 서둘러 다가갔지만 차를 쏟았고 컵이 마구 흔들렸다.

"그 애는―괜찮나요?"

"바보 같은 질문은 하지 말아요." 잠시 뒤 세레디스가 덧붙였다. "곧 그녀가 당신을 만날 수 있을 거예요. 그후엔 눈이 더 쌓이기 전에 서둘러 집으로 돌아가세요."

문이 닫혔다. 침묵이 흘렀다. 눈발이 날개처럼 창문을 쓸었다. 녹기에는 너무 많이 온다. 좀 있으면 다시 문이 열릴 것이다. 나는 그때 뒤돌아보지 않으리라고 다짐했다.

"자, 이리오렴." 세레디스가 울부짖던 밀리를 데리고 작업실로 나왔다. 이제 그녀는 고분고분해졌다.

그렇게 두 사람은 포옹했다. 여자는 안도감에 웃음을 터트리고 흐느꼈다. "밀리." 그녀가 그러는 동안 세레디스는 천천히 문을 잠갔다.

밀리가 다시 살아났고 제정신으로 돌아왔다. 끔찍한 일은 벌어지지 않았다. 안 그런가?

"하느님 감사합니다. 와, 널 좀 봐. 다시 좋아졌어. 고맙습니다."

"집으로 데려가 쉬게 하세요. 무슨 일이 있었는지 묻지 말고."

"당연히 그래야죠, 네. 밀리, 자, 이제 집으로 가자."

"지타. 집……." 밀리는 얼굴로 흘러내린 머리카락을 뒤로 넘겼다. 여전히 수척하고 엉망이었지만 시간이 좀 지나면 다시 아름다움이 되살아날 것이다. "맞아, 난 집으로 가야겠어." 그 목소리에서 깨진 유리처럼 공허하고 연약한 뭔가가 느껴졌다. 지타는 그녀를 데리고 복도로 갔다.

"고맙습니다." 지타가 문 앞에 멈춰서 세레디스에게 다시 말했다. 아무도 밀리를 죽게 하지 않아서인지 그녀의 얼굴은 아주 침착해졌다. 마치 조각상을 보는 것 같았다. 나는 침을 삼켰다. 이 불편한 고요함…… 목 뒤의 털이 곤두서는 느낌이다. 내 심장이 말했다. **틀렸어, 뭔가 잘못된 거야.**

내가 무슨 소리를 냈는지 지타가 나를 쳐다보았다. 곧바로 그녀와 눈이 마주쳤다. 그것은 마치 거울을 들여다보는데 아무것도 보이지 않는 느낌과 같았다.

그렇게 그들은 떠났고 문이 닫혔다. 잠시 후 현관문이 열리고 닫히는 소리가 났다. 집은 다시 눈발이 날리는 침묵 속으로 가라앉았다.

"에밋?" 세레디스가 물었다. "여기서 뭘 하니?"

나는 작업대로 몸을 돌렸다. 불빛 아래서 내 연장들은 백랍처럼 허옇게 보였고 달팽이가 기어간 듯 나무에 은빛 풀 자국이 반짝거렸다. 작업을 마친 면지 더미는 모두 회색빛이다. 회색빛 장미색, 회색빛 청록색, 회색빛 하늘색.

"창고의 물건을 정리하라고 했을 텐데."

바람이 창가로 진눈깨비를 뿌리고 줄을 흔들었다. 거기에는 더 많은 종이가 매달려 있었다. 더 많은 흐린 날개들, 마르고 먼지가 소복이 쌓인, 다 쓸 수 없을 만큼 많은 종이들.

"일을 다 마쳤어요. 그래서 면지를 더 만들었어요."

"뭐라고? 왜? 우린 그렇게 많이 필요하지―."

"모르겠어요. 제가 할 줄 아는 게 그것뿐이라 그랬나봐요." 나는 주위를 둘러보았다. 제본용 천 뭉치가 선반 위에 통나무처럼 쌓여 있고 모두 이 은빛 황혼 때문에 칙칙하고 어둡게 보였다. 그 아래 찬장에는 염소가죽, 자투리 가죽이 담긴 상자, 염료 병들이…… 그리고 그 옆에 있는 문이 열린 서랍 속 연장통에는 반짝이는 무딘 연장들이 들어 있고, 그것들의 작고 정교한 끝부분이 삐져나와 있었다. 금박용 실패는 창백한 혀처럼 말려 있었다. 그 앞에 놓인 프레스기들, 다른 긴 작업대, 재단기, 쟁기…… "이해가 가지 않아요." 내가 말했다. "이것들이 다―팔지도 않는 책들을 꾸미기 위한 도구라니."

"책은 아름다워야 해." 세레디스가 말했다. "아무도 보지 않는다는 게 중요한 건 아니야. 책은 사람을 기리는 방식이지. 옛날에 무덤 안에 넣던 부장품처럼."

"그렇지만 잠긴 방에서 일어난 일이 무엇이든 간에……그게 진짜 제본작업이 맞죠? 저기서 사람들을 위한 책을 만드는 거죠. 어떻게 하는 건가요?"

세레디스가 갑자기 몸을 움직였지만 다시 쳐다보니 그녀는 제자리에 있었다. "에밋……."

"전 한번도 보지 못했—."

"곧 알게 돼."

"계속 그렇게 **말하셨잖아요**—."

"지금은 아니야!" 그녀가 비틀거리더니 정신을 차리고 난로 옆 의자에 털썩 주저앉았다. "부탁이야, 지금 이러지마, 에밋. 난 피곤해. 너무 지쳤단다."

나는 세레디스를 지나쳐 잠긴 문으로 향했다. 그리고 잠긴 자물쇠 세 개를 만져보았다. 그러기까지 용기가 필요했다. 당기고 싶은 충동에 어깨가 아팠다. 세레디스의 의자가 바닥에 긁히는 소리가 났고 그녀가 나를 쳐다보았다.

나는 그 자리에 가만히 서 있었다. 두려움이 사라질 때까지 잠자코 기다렸다. 좀 있으면 준비가 되겠지. 하지만 그러지 못했다. 그리고 두려움 아래로 내가 알지 못했던 아픔처럼 어두운 절망이 찾아왔다. 너무 강한 상실감이라 금방이라도 울음이 터질 것만 같았다.

"에밋."

나는 몸을 돌려 자리를 떴다.

이후 며칠 동안 우리는 다시 그 이야기를 꺼내지 않았다. 살얼음에 발을 디디는 사람들처럼 조심스럽게 그저 각자 할 일과 날씨에 관한 이야기만을 나누었다.

4

나는 불길 속에서 허덕이는 꿈을 꾸다가 잠에서 깼다. 붉은 잔상을 없애려고 눈을 깜박였다. 나는 화염으로 만든 미로가 있는 궁궐에 있었는데 불길이 너무 높고 뜨거워 내 폐 속 공기를 모두 빨아들였고, 꿈에서 깬 뒤로도 한동안 연기가 식도를 마구 할퀴고 있다는 생각에 사로잡혔다. 그렇지만 실내는 어두웠고 숨을 쉬니 눈보라가 풍기는 차가운 냉기만 감지되었다. 나는 눈을 비비며 자리에서 일어나 앉았다.

노크 소리가 났다. 그 소리에 잠에서 깬 것이다. 현관을 세게 두드리는 소리가 멈추지 않고 계속 났다. 그리고 누군가 소리쳤다. 초인종도 마치 자명종처럼 쉬지 않고 울렸다.

나는 억지로 몸을 일으켜 바지를 입었다. 맨발에 닿는 바닥의 감촉이 차가웠지만 신발을 신지 않았다. 비틀거리며 복도로 나간 뒤 잠시 서서 귀를 기울였다. 숨이 가쁜 남자의 목소리가 들렸다. "거기 있는 거 다 알아!" 현관문이 크게 흔들렸다. "당장 나와, 안 그러면 유리창을 박살내버릴 테니까. 나오라고!"

나는 주먹을 꽉 쥐었다. 우리 집이었다면 아버지는 소총을 꺼내고 문을 활짝 열 테고 그렇다면 서 있던 사람이 누구든 말을 더듬으며 조용해질 것이다. 하지만 이곳은 우리 집이 아니고 나는 소총도 없었다. 그래서 복도를 가로질러 세레디스의 방문을 두드렸다.

"세레디스?" 대답을 기다릴 시간이 없었다. 곧장 문을 열고 그녀의 침대가 어느 쪽인지 보려고 주위를 살폈다. 이 방에 들어온 것은 처음이었다. "세레디스, 밖에 누가 와 있어요. 일어나셨나요?"

아무런 반응이 없었다. 살짝 구겨진 그녀의 베개와 주름진 시트가 창가에 놓여 있었다. 그녀는 보이지 않았다.

"세레디스?"

그때 어둠 속에서 뭔가 웅얼거리는 소리가 났다. 나는 재빨리 몸을 돌렸다. 방 모퉁이에 놓인 의자에 그녀가, 마치 하늘이 무너지기라도 하는 듯 머리를 숨기고 웅크리고 있었다. 눈동자가 나를 향해 빛났다. 얼굴이 너무 창백해서 공중에 떠 있는 것처럼 보였다. "세레디스, 누가 문을 두드리고 있어요. 제가 나갈까요? 무슨 일이에요?"

"우릴 잡으러 온 거야." 그녀가 웅얼거렸다. "그들이 왔어. 십자군이 올 줄 알았지. 십자군은……."

"무슨 말인지 모르겠어요." 내 목소리가 떨렸고 나는 주먹을 꽉 쥐었다. "제가 문을 열까요? 저 사람과 얘기를 해볼래요?"

"십자군은 우리를 태워버리려고 온 거야. 죽이려고. 이제 도망칠 곳이 없으니 숨어. 지하실에 숨고 책을 포기해선 안 돼. 죽을 수밖에 없다면 책과 함께 죽고—."

"세레디스, 이러지 말아요!" 나는 그녀 앞에 몸을 웅크리고 앉아 눈높이를 맞췄다. 그리고 귀를 막고 있는 손을 풀기 위해 한쪽 손목을 천천히 잡았다. "무슨 얘기를 하는지 모르겠어요. 제가 가서—."

그녀가 움찔했다. "당신 누구야, 나한테서 떨어져. 누구냐고—."

그 바람에 나는 균형을 잃었고 몸이 뒤로 쏠렸다. "저예요! 세레디스, 에밋이에요."

침묵이 흘렀다. 두드리는 소리가 멈췄다. 우리는 어둠 속에서 서로를 쳐다보았다. 그녀의 거친 숨소리와 내 숨소리가 들렸다. 그리고 아래층에서 유리가 깨지는 소리가 났다. "이봐!" 남자가 소리쳤다. "이리 나오라고, 이 늙은 마녀!"

세레디스가 몸서리를 쳤다. 그녀의 손을 잡으려고 했지만, 그녀가 방 모퉁이로 물러서더니 미친 듯이 회반죽을 벗겨내기 시작했다. 얼굴은 눈물로 번들거렸고 입은 반쯤 열렸다. 그녀는 잠깐 나를 알아보았지만 지금은 내가 아닌 허공을 응시한 채 입술을 파르르 떨고 있어서 다시 그녀를 붙잡을 엄두가 나지 않았다.

나는 하는 수 없이 자리에서 일어났다. 그녀가 내 셔츠를 잡아당겨서 넘어질 뻔했다. "세레디스." 나는 그녀의 손가락을 하나씩 풀었다. 축축하고 연약한 손가락이 부러질까봐 겁이 났다. "절 놔주세요. 가봐야 해요―."

내가 너무 세게 잡았는지 그녀가 비명을 질렀다. 하지만 손목의 통증 때문에 머리를 흔드는 과정에서 그녀의 눈동자가 또렷해졌다. "에밋," 그녀가 말했다.

"맞아요."

"꿈을 꾸고 있어. 날 일으켜주렴―."

"괜찮을 거예요. 제가 가볼게요. 여기 계세요." 나는 후들거리는 다리로 복도를 걸었다.

창문이 깨졌다. 이제 남자의 목소리가 더 크고 선명하게 들렸다. "널 불태워버릴 거야! 이리 나와서 이야기를 하자고, 마녀야!"

어떻게 계단을 내려갔는지 혹은 어떻게 그렇게 빨리 현관에 도착했는지 모르겠지만 어느 순간 나는 열린 문 앞에 와 있었다. 내 앞에 서 있던 남자가 놀라서 뒷걸음질쳤다. 그는 예상보다 덩치가 작았지만 날카롭고 짜증이 난 표정이었다. 그 뒤로 어두운 형체들이 고개를 돌렸다. 한 명이 손에 횃불을 들었다. 그래서 내가 연기 냄새를 맡았던 거였다.

남자는 나랑 키가 비슷하다고 생각했는지 내 앞에 어깨를 펴고 섰지만 나와 눈을 마주하려면 여전히 고개를 뒤로 젖혀야 했다. "넌 대체 누구지?"

"전 마녀의 도제입니다. 그러는 당신은 대체 누구세요?"

"마녀를 당장 이리 데려와."

"무슨 일이십니까?"

"내 딸을 찾으러 왔어."

"당신 딸이요? 그녀는 여기 없어요. 이곳에는 아무도 없고─." 나는 말을 멈췄다.

"날 속이려 하지 마. 내가 무슨 말을 하는지 알잖아. 내 딸의 책을 얼른 이리 가져와. 안 그러면─."

"안 그러면 뭐요?"

"안 그러면 이 집을 불태워버리겠어. 이 안에 있는 것 모두."

"주위를 좀 둘러보세요. 눈이 왔어요. 이 벽은 두께가 90센티미터가 넘어요. 그렇게 쉽게 불을 낼 수 있을 거 같아요? 달랑 횃불 하나만 들고? 당신과 당신 무리들은 가서─."

"우리가 그렇게 멍청할 것 같아?" 남자가 친구에게 손짓하자 그가 씩 웃으며 천으로 덮어둔 양동이를 들어올렸다. 속에 담긴 액체가 출렁이며 옆으로 흐르자 기름 냄새가 났다.

"겨우 겁이나 주려고 여기까지 온 것 같아? 제대로 날 대해야 할 거야, 꼬마야. 진심이야. 당장 **그 책을 가져와.**"

나는 침을 삼켰다. 집의 벽은 두껍고 지붕에는 눈이 쌓여 있다. 하지만 나는 어느 겨울에 그레이츠 농장 헛간에서 불이 난 것을 본 적이 있다. 불길이 커진다면……. "어디 있는지 몰라요." 내가 말했다. "난─."

그때 뒤에서 세레디스의 목소리가 들렸다. "집으로 돌아가."

75

"마녀다." 어두운 그림자 하나가 말했다. "늙은 마녀. **바로 그녀야.**"

남자는 내 어깨 너머를 노려보았다. "나한테 명령하지 마, 할망구. 저자가 누구든 간에 내가 당신들에게 한 말 들었겠지. 내 딸의 책을 내놔. 그 애는 여기 올 권리가 없어."

"그녀는 모든 권리를 가지고 있어."

"미친 마녀 같으니라고! 딸은 내 명령을 어기고 몰래 빠져나갔고 반쯤 넋이 나간 채로 돌아왔어. 내가 누군지 모르는 듯 쳐다보면서."

"그건 그녀의 선택이야. 모든 게 다 그녀의 결정이고. 당장 나가지 않으면―."

"입 닥쳐!" 남자가 성큼 앞으로 다가왔다. 내가 그 자리에 없었다면 그는 세레디스를 때렸을 것이다. 그의 숨소리에서 신 맥주와 강한 알코올이 섞인 냄새가 풍겼다.

"당신에 대해 잘 알고 있어. 내 딸의 책을 팔게 놔둘 순 없어. 알지도 못하는 작자한테―."

"난 책을 팔지 않아. 안전하게 보관할 뿐이지. 그러니 그만 돌아가."

침묵이 흘렀다. 횃불이 남자의 얼굴 위에서 춤을 췄다. 그는 입술을 핥으며 슬쩍 뒤를 돌아보았고, 그의 친구들은 그를 쳐다보았다. 그는 동물의 발톱처럼 손을 폈다가 꼭 쥐었다.

바람이 불어와서 풀을 흔들고 횃불을 일렁이게 했다. 뺨에 와닿는 축축한 공기가 연기를 날려버리는 것을 잠시 느꼈다. 하지만 이내 사라졌고 불꽃은 거친 소리와 함께 다시 위로 솟구쳤다.

"알았어." 남자가 말했다. "알겠다고, 당신 방식대로 하지." 남자가 다른 남자의 손에서 기름 양동이를 챙겨 느릿느릿 문 쪽으로 향했다. "그 책을 태워버려야겠어. 나한테 주지 않으면 책이 보관된 이 집까지 태워버릴 거야."

나는 대수롭지 않다는 듯 웃으려고 애썼다. "어리석은 소리 좀 하지 말아요."

"경고했어. 그러니 가져오는 게 좋을 거야."

"우릴 좀 봐요. 늙은 부인과 도제뿐이라고요. 정말로 그러려고—."

"잘 봐."

나는 문의 손잡이를 꽉 잡았다. 손가락으로 피가 심하게 몰려 나무가 손아귀에서 박살이 날 것처럼 느껴졌다. 나는 세레디스를 쳐다보았다. 그녀는 어깨 위로 머리카락을 흐트러뜨린 채 창백한 얼굴로 남자를 쳐다보았다. 그녀를 만난 적이 한번도 없다면 마녀라고 믿을 법했다. 세레디스가 뭐라고 했지만 목소리가 너무 작아 들리지 않았다.

"부탁이에요." 내가 말했다. "그녀는 나이가 많고 잘못한 것도 없어요. 당신 딸에게 무슨 일이 일어났든—."

"무슨 일이 일어났냐고? 그 애가 제본을 당했어. 그게 일어난 일이야! 자, 비켜. 안 그럼 너도 다른 것들과 같이 태워줄 테니까—." 그는 나를 잡아끌었다. 남자의 아귀힘에 놀라서 나는 문에서 멀어졌다. 나는 팔을 들어 그의 손길을 쳐냈다. 하지만 몸의 중심을 잡았을 때 다른 누군가가 뒤에서 나를 붙잡았다. 다른 남자가 마치 내가 동물이라도 되는 양 눈앞에서 횃불을 휘둘렀다. 열기가 뺨을 데웠고 따가워진 두 눈이 깜박거렸다. "그리고 당신도." 그가 문을 통해 소리쳤다. "당신도 나와. 나오면 해치지 않을 테니까."

나를 잡고 있는 사람이 누구든 나는 손아귀에서 벗어나려고 발버둥쳤다. "우리를 이 눈밭에 버려둔다는 겁니까? 이 외딴 곳에? 그녀는 아주 나이가 많다고요."

77

"입 다물어!" 남자가 나를 향해 돌아섰다. "난 친절하게 경고했어."

그 남자를 목 졸라 죽이고 싶었다. 나는 억지로 길게 숨을 골랐다. "이봐요—이러면 안 돼요. 추방당할 수도 있어요. 그런 위험을 감수하고 싶지 않잖아요."

"제본사의 집을 태운 죄로? 내가 밤새 술집에 있었다고 증언해줄 친구들이 수십 명이야. 자, 늙은 마녀를 끌어내. 안 그러면 다른 것들과 함께 훈제 청어 신세로 만들어줄 테니."

현관문이 쿵하고 닫혔다. 번개가 집으로 내리쳤다.

마치 웅덩이가 넘쳐흐르는 듯이 갑자기 녹은 눈이 지붕을 타고 흘러내렸다. 그리고 부서진 창문으로 바람소리가 들렸다. 나는 침을 삼켰다. "세레디스?"

그녀는 대답하지 않았다. 나는 나를 잡고 있던 남자에게서 벗어났다. 그는 순순히 나를 놓아주었다.

"세레디스. 문 좀 열어봐요. 제발요." 나는 옆으로 붙어서 깨진 유리창 너머로 안을 들여다보려고 했다. 그녀는 어린아이처럼 발목을 가지런히 꼬고 계단에 앉아 있었다. 그녀는 고개를 들지 않았다. "뭘 하는 거예요, 세레디스?"

그녀가 뭐라고 웅얼거렸다.

"뭐라고요? 제발 절 안으로 들여보내주세요—."

"내버려둬. 마녀는 불에 타죽고 싶은가본데." 허세를 부리듯 남자가 단호한 목소리로 말했다. 내가 돌아보자 그는 썩은 이를 드러내고 웃었다. "그녀가 결정을 내렸군. 이제 비켜." 남자는 앞으로 걸어가 벽에 기름을 부었다. 안개처럼 짙고 생생하게 기름 냄새가 피어올랐다.

"하지 말아요, 이러면 안 돼요. 제발!" 그는 눈 하나 깜짝하지 않고 계속 내게 웃어 보였다. 나는 몸을 돌려 창문에 남은 유리 조각을 깨부순 다음 주먹으로 박살냈다. 하지만 창문이 너무 좁아서 들어갈 수 없었다. "세레디스, 이리 나와요! 그들이 집에 불을 지를 거예요, **부탁이에요.**"

그녀는 움직이지 않았다. 내가 부탁이라고 말했을 때 그녀의 어깨가 살짝 들썩이지 않았다면 내 목소리가 들리지 않는다고 생각할 뻔했다.

"그녀가 집 안에 있는데 불을 지르면 어떡해요. 이건 살인이에요." 내 목소리는 높았고 목은 쉬었다.

"비키란 말이야." 하지만 남자는 내가 비킬 때까지 기다리지 않았다. 남자가 지나갈 때 내 바지로 기름이 튀었다. 그는 남은 기름을 벽에 붓고 뒤로 물러섰다. 횃불을 든 남자는 어린 학생처럼 흥미롭다는 표정으로 지켜보았다.

어쩌면 저 정도의 기름만으로는 충분하지 않을 수도 있다. 어쩌면 지붕에 쌓인 눈으로 불이 꺼지거나 너무 두껍고 습한 벽 때문에 불이 붙지 않을지도 모른다. 그렇지만 세레디스는 너무 늙어서 집 안에 있으면 연기를 마셔 죽을 수도 있다.

"이봐 볼드윈. 가서 양동이를 더 가져와. 주위로 다 뿌리게." 그가 손짓했다.

"부탁이에요. 이러지 마세요." 하지만 나는 아무 소용이 없다는 것을 알았다. 나는 방향을 틀어 문으로 몸을 던졌다. 그리고 주먹으로 나무 문을 두드렸다. "세레디스! 문 열어요. 젠장. **문 열라고요.**"

누군가가 내 옷깃을 잡아 뒤로 끌었다. 나는 목이 졸려 넘어질 뻔했다.

"잘했어. 저 애를 붙잡아둬. 지금은."

횃불을 들고 있던 남자가 툴툴거리며 걸음을 옮겼다. 나는 벗어나려고 발버둥을 쳤다. 셔츠의 이음새가 터지면서 횃불과 문 사이 공간으로 넘어질 뻔했다. 기름 냄새가 너무 강해서 흡사 기름 맛을 본 것 같았다. 기름이 내 몸, 바지, 손에 묻었다. 조금이라도 불꽃이 튀는 날에는 온몸이 불길에 휩싸일 것이다. 타오르는 횃불이 수많은 발톱과 혀를 날름거리며 눈앞에서 춤을 췄다.

뭔가가 내 등에 부딪혔다. 나는 문으로 뒷걸음질을 쳤다. 문에 기댔다. 더는 갈 곳이 없다.

남자가 횃불을 지팡이처럼 들어올린 뒤 내 얼굴 앞으로 기울여서 바짝 가져다댔다. 그리고는 내렸다. 깜박이는 불길이 벽 맨 아래쪽에 닿을 듯했다.

"안 돼."

내 목소리였지만 내 것이 아니었다. 피가 솟구쳤고 귀에서는 홍수가 난 듯 시끄러운 소리가 흘러나와 내 생각이 들리지 않았다.

"불을 지르면 넌 저주를 받게 될 거야." 내가 이렇게 말했고 내 속에 숨은 다른 목소리가 한 말에 주위는 순간 고요해졌다. "불을 지르면 너도 타 죽게 될 거야. 증오로 불타오르면 너도 타게 되겠지."

아무도 대답하지 않았다. 아무도 움직이지 않았다.

"불을 지르면 네 영혼은 피와 재로 물들 거야. 네 손길이 닿는 모든 사물이 죽고 시들어버리겠지. 네 손길에 닿는 모든 사람이 아프거나 미치거나 죽게 될 거야."

희미하게 멀리서 뭔가 다가오는 듯한 소리가 났다. 하지만 내 속에서 나온 목소리는 그 소리를 듣게 내버려두지 않았다. "결국 증오에 휩싸여 고독하게 죽게 되겠지." 목소리가 말했다. "절대 용서받지 못할 거다."

호수에 잔물결이 일렁이듯이, 고요함이 나를 감싸고 바람과 횃불이 타는 소리를 덮었다. 하지만 내 속에서는 마른 나무나 잎사귀가 바스락거리는 것처럼 처음 느껴보는 고요함이 자리했다.

남자들이 나를 쳐다보았다. 나는 내 속의 목소리가 볼 수 있도록 고개를 돌리며 그들과 일일이 눈을 마주쳤다. 나는 꼭두각시인형이 된 것처럼 나를 협박한 남자를 손가락으로 가리켰다. "가."

그는 머뭇거렸다. 속에서 똑딱거리던 고요함이 갈라지는 소리가 되더니 이내 씩씩거리며 포효로 바뀌었다.

비다.

복병을 만난 것처럼, 갑작스럽게 쏟아지는 빗줄기가 순식간에 눈을 가리고 머리와 옷을 적셨다. 얼음 같은 물이 등 뒤로 흘러내렸고 숨을 쉬려는 코를 마구 때렸다. 남자는 횃불을 이리저리 휘두르며 지붕 아래를 찾으려고 했지만 바람이 불어 횃불이 비로 뒤덮였고 더 이상 아무런 빛도 남지 않았다. 나는 비에 두들겨 맞으며 고개를 숙이고 숨을 쉬려고 애썼다. 고함소리, 거친 숨소리, 공포에 질린 절규, 어둠 속에서 비틀거리는 남자의 소리가 들렸다. "저 애가 비를 불렀어. 젠장, 어서 가자. 마법이야."

나는 눈을 깜박였지만 흐린 그림자들이 유령처럼 이리저리 뛰다가 사라지는 모습밖에 보이지 않았다. 누군가가 부르고 누군가가 대답하고 누군가는 넘어지고 다시 일어나면서 투덜거리고 욕을 했다. 그러다 소음이 잦아들고 목소리와 말 달리는 소리가 점차 멀어지더니 사라졌다.

나는 눈을 감았다. 피부까지 흠딱 젖었다. 비가 내리는 습지는 거세게 포효하며 사방을 울렸다. 억새지붕은 자신만의 목소리로 속삭였고 깨진 창문으로 들어오는 바람이 휘파람을 불었다. 진흙과 갈대와 녹은 눈 냄새가 났다.

한기가 찾아왔다. 온몸이 떨려서 몸을 앞으로 숙이고 날씨 탓이라는 듯이 스스로를 감쌌다. 떨림이 사라진 후 눈썹에 묻은 물기를 털어내고 입을 때리는 빗방울도 닦았다. 눈을 가린 어둠이 줄어들면서 어렴풋이 헛간과 도로, 지평선이 보였다.

나는 몸을 돌려 창문 안을 들여다보았다. 텅 빈 도로를 등지고 서 있음에도 여전히 누군가 와서 붙잡을까봐 목 뒤가 곤두섰다. 하지만 그들이 사라지는 소리를 이미 들었다. 나는 조용히 외쳤다. "세레디스? 그들은 갔어요. 절 들여보내주세요."

내가 실제로 그녀를 본 것인지 아니면 뇌가 어둠 속에서 흐릿한 유령 같은 그녀의 이미지를 만들어냈는지 확신할 수 없었다. 눈으로 떨어진 물방울을 닦아내고 그녀를 찾아보려고 했다. 그녀는 계단에 앉아 있었다. 나는 최대한 깨진 유리창 가까이로 다가갔다. "세레디스. 이제 괜찮아요. 문 열어요."

그녀는 움직이지 않았다. 얼마나 오랫동안 거기에 서 있었는지 모르겠다. 나는 동물을 길들이는 사람처럼 그녀를 달랬다. 같은 말을 계속 반복하면서. 내 목소리가 어땠는지 비가 왔었는지도 잊어버렸다. 너무 추워서 꿈속에 있는 것 같았고 내가 곧 습지이자 집이고 젖은 나무와 질척거리는 진흙이 되어서…… 그러다 번개가 다시 번뜩였지만 몸이 굳고 무감각해져서 곧바로 반응하지 못했다.

세레디스가 말했다. "들어와."

나는 흐느적거리며 안으로 들어가 바닥에 물을 뚝뚝 흘리며 섰다. 세레디스가 찬장을 뒤졌다. 램프에 불을 붙이려는지 성냥을 긁고 또 긁는 소리가 났다. 나는 그녀에게 다가가 손에서 천천히 성냥을 받았다. 내 손길에 우리 둘 다 놀랐다. 나는 램프에 불이 붙을 때까지 그녀를 쳐다보지 않았고, 불꽃 위로 유리덮개를 씌웠다.

그녀는 몸을 떨었고 한 줌의 머리카락 위로 몇 가닥이 삐져나왔다. 나를 쳐다보더니 마치 내가 누군지 안다고 말하는 것처럼 쓴웃음을 지어 보였다. 그녀가 램프를 향해 손을 뻗었다.

"세레디스⋯⋯."

"알아. 난 그만 자야겠어. 안 그럼 죽을 거야."

내가 하려는 말은 그것이 아니었다. 하지만 나는 고개를 끄덕였다.

"너도 그만 자야지." 그리고 그녀는 얼른 이렇게 덧붙였다. "그 자들이 돌아간 게 확실해?"

"네."

"잘됐구나."

침묵이 흘렀다. 그녀는 램프를 쳐다보았고 부드러운 불빛을 받아 얼굴이 젊어 보였다. 마침내 그녀가 말했다. "고맙구나, 에밋."

나는 대답하지 않았다.

"네가 아니었다면 비가 오기 전에 그 자들이 이 집을 불태웠을 거야."

"왜 그러셨어요ㅡ."

"그들이 문을 두드리는 소리를 들었을 때 너무 두려웠어." 세레디스가 말을 멈췄다. 그리고 천천히 계단을 향해 걸어가다 뒤돌아보았다. "그들이 왔을 때 난 꿈을 꿨는데⋯⋯그들이 십자군이라고 생각했어. 십자군이 여기 오지 않은 지 60년이 지났지. 그래도⋯⋯난 그들이 우릴 잡으러 왔던 때를 기억해. 네 나이 때쯤이었지. 그리고 내 스승님이⋯⋯."

"십자군이요?"

"신경 쓰지 마. 그 시대는 지났으니까. 이제 여기저기에 소작농만 있는데 그들은 우릴 죽여버리고 싶을 만큼 증오하거든⋯⋯." 그녀가 살짝 웃었다. 그렇게 경멸하는 투로 **소작농**을 지칭하는 것을 처음 들었다.

속에서 뭔가가 발끈했다. 나는 천천히 입을 열었다. "하지만 그들은 우릴 해치려 하지 않았어요. 실제로는요. 그들은 이 집을 불태우려고 했어요." 나는 잠시 말을 멈췄다. 램프 불빛이 아른거려 그녀의 얼굴 표정이 바뀌었는지 알 수 없었다. "왜 집 안에서 나오지 않은 거예요, 세레디스?"

그녀는 난간을 잡고 계단을 오르기 시작했다.

"세레디스." 그녀를 붙잡고 싶은 충동을 억누르느라 팔이 저렸다. "당신이 죽을 수도 있었어요. 당신을 나오게 하다가 저도 죽을 수 있었어요. 대체 왜 집 안에서 안 나온 거예요?"

"책 때문이지." 그녀가 이렇게 말하며 갑자기 몸을 돌렸다. 나는 그러다가 그녀가 떨어질까봐 두려웠다. "왜 그랬다고 생각하니? 책을 안전하게 지켜야 하기 때문이란다."

"그래도—."

"책이 불타면 나도 함께 타게 돼. 무슨 말인지 알겠니?"

나는 고개를 저었다.

그녀는 한동안 나를 쳐다보았다. 다른 무슨 말을 하려는 듯이 보였다. 그런데 갑자기 아주 심하게 몸을 떨더니 스스로를 진정시키려고 애썼고, 경련이 사라진 후에는 너무 지쳐 보였다. "지금 말고 나중에 하자." 그녀의 목소리는 쉬어서 마지막 숨을 내뱉는 것 같았다. "그만 자거라."

나는 그녀가 계단을 올라 자신의 방으로 가는 소리를 들었다. 깨진 창문으로 비가 들이치며 바닥을 두드렸지만 개의치 않았다.

추위로 온몸이 쑤셨고 피곤함에 머리가 아팠다. 하지만 눈을 감으면 나를 향해 날름거리는 불꽃이 보였다. 빗소리는 다양한 음으로 분리되었다. 타악기처럼 지붕을 두드리는 소리, 바람의 속삭임, 사람의 목소리…… . 진짜가 아니라는 것을 알지만 내가 아는 사람들이 이 집을 에워싸고 나를 부르는 것 같은 환청이 들렸다. 피곤해서, 단지 피로가 쌓여 그런 것일 뿐인데도 잠들고 싶지 않았다. 내가 원하는 것은……무엇보다도 혼자 있고 싶지 않았다. 하지만 그것은 이룰 수 없는 것이다.

몸을 따뜻하게 해야 한다. 어머니가 계셨다면 나를 담요로 둘둘 말고 떨지 않을 때까지 품에 꼭 안아주셨을 텐데. 그리고 따뜻한 차와 브랜디를 건네주고는, 날 침대에 눕히고 그것들을 마실 동안 옆에서 지켜봐주셨을 것이다. 향수병 비슷한 것이 나를 덮치려고 위협했다. 작업실로 들어가 난로에 불을 붙였다. 창밖에는 구름과 지평선 사이의 밝은 회색빛만이 조금 남아 있었을 뿐이다. 내가 생각한 것보다 시간이 더 많이 지났다.

희미하게나마 내가 세레디스의 목숨을 구했다는 것이 떠올랐다.

나는 차를 끓여 마셨다. 머릿속에서 춤추던 불꽃이 사그라지기 시작했다. 비가 잦아들면서 귀에 들리던 목소리도 희미해졌다. 난로에서 땔감 타는 소리와 데운 금속 냄새가 풍겼다. 나는 바닥에 앉아 서랍장에 몸을 기대고 다리를 쭉 뻗었다. 이 각도, 이 조명 아래에서 작업실을 보면, 마치 신비롭고 흐릿하며 프레스기의 손잡이와 나사들이 이상한 바위 형태로 바뀌는 동굴 같다. 벽에 걸린 재단기의 그림자는 사람의 얼굴처럼 보였다. 나는 고개를 이리저리 돌리며 살폈고, 잠시 이 모든 것들을 살렸다는 엄청난 기쁨이 밀려들었다. 내 작업실, 내 물건, 내 공간을.

그때 왼편 끝에 있는 방문이 열려 있는 것이 눈에 들어왔다.

잘못 본 것인지 알아보려고 눈을 깜박였다. 처음에는 빛으로 인해 문틱에 진한 그림자가 생겨서 그런 거라고 생각했다. 나는 식은 머그잔을 내려놓고 몸을 앞으로 기울여서 문과 문 양쪽에 세운 기둥 사이의 공간을 살폈다. 난로 왼편에 자리한 문이다. 세레디스가 사람들을 데려가는 방이 아니라 어둠으로 이어지는 다른 방이다.

나는 발로 문을 닫으려고 했다. 자물쇠까지 채우지는 못해도 문을 닫고 자러 가면 된다. 그럴 뻔했다. 그런데 나는 발을 뻗어 문을 닫는 대신 더 열었다.

캄캄했다. 텅 빈 선반이 있고 그 너머에 아래로 내려가는 계단이 보였다. 전에 본 것과 다르지 않았다. 빛이 거의 들어오지 않는 공간 그 이상은 아니지만 뒤에 자리한 다른 문 너머에서 새어나오는 한기가 뭔가 잘못되었다는 분위기를 풍겼다.

나는 자리에서 일어나 램프를 찾았다. 더는 졸리지 않았다. 손끝으로 긴장감이 흘렀고 어깻죽지가 욱신거렸다. 나는 문을 활짝 연 다음 어둠 속으로 들어갔다.

가장 먼저 알아차린 것은 퀴퀴한 냄새였다. 갈대 썩는 냄새와 매캐한 흙냄새가 났다. 심장이 마구 뛰어서 계단에 멈췄다. 습기는 불만큼이나 나쁜 것이다. 종이에 주름이 생기고 곰팡이가 피게 만들며 풀을 눅눅하게 한다. 게다가 여긴 오랜 세월과 죽은 것들의 냄새가 났다. **잘못된 냄새**……. 그런데 계단 모퉁이를 돌아 램프를 들어올리니 특별히 눈에 들어오는 것은 없었다. 테이블과 찬장, 빗자루와 양동이, 문구류 라벨이 부착된 서랍이 있는 작은 방이었다. 입에서 실소가 터져 나오려고 했다. 그냥 창고다. 여기서부터 겨우 몇 발짝 거리에 있는 것이었지만, 먼 끝 벽에는 둥근 청동 바퀴 같은 것이 걸려 있었다. 다른 벽에는 서랍장과 상자들이 가득 있었다. 공기는 위층과 마찬가지로 건조했다. 아마도 내가 냄새가 난다고 망상을 했나보다.

무슨 소리를 들은 것 같은 생각에 나는 고개를 돌렸다. 하지만 모든 것이 완벽하게 가지런했고 빽빽한 흙벽으로 둘러싸여 있어서 빗소리는 들리지 않았다.

나는 램프를 내려놓고 주위를 살폈다. 상자 더미 위에 서랍이 놓여 있는데 수리하거나 버려야 하는 부서진 연장들, 종이에 색을 입히는 염료, 황소 담즙처럼 짙은 액체가 가득 든 유리병이 보였다. 나는 화재 진압용 모래 양동이 세 개에 걸려 넘어질 뻔했다. 테이블 위에는 마대 천으로 둘둘 싼 불룩한 꾸러미와 연장들이 놓여 있었다. 어디에 쓰는 연장인지 모르겠다. 얇고 가장자리가 물고기 치아처럼 날카로웠다. 램프를 더 가까이 가져가보았다. 꾸러미들 옆으로 뭔가를 덮고 있는 다른 천이 보였다. 이곳은 내가 작업실에 있을 때 세레디스가 작업하는 곳이다.

나는 살아 있는 것을 대하듯 조심스럽게 포장을 벗겼다. 가지런히 엮은 목판본으로, 두껍고 어두운 면지에 흙을 뚫고 나온 잔뿌리 같은 흰색 실로 기워져 있었다. 손끝으로 피가 몰렸다. 책이다. 내가 이곳에 온 이후로 처음 본 책이다. 어린 시절 이후로 처음인 데다가 책을 금기시한다는 것을 알게 된 이후로도 처음이다. 하지만 지금 책을 잡으니 내 속의 뭔가가 알아보고서 인사를 건네는 것처럼 평온한 기분이 들었다.

나는 책을 얼굴로 가져가 종이 냄새를 맡았다. 하마터면 제목을 보려고 안을 열어볼 뻔했다. 하지만 꾸러미 속에 든 다른 것들이 무엇인지 너무 궁금했다. 그래서 목판본을 내려놓고 안을 다시 살펴보았다. 세레디스가 만들던 표지가 있었다. 그것이 무엇인지 알아차리기 전, 잠시 동안 그것은 아름답게 보였다.

표지는 매우 부드러운 검은 벨벳으로 만들어져 있었고 모든 빛을 흡수해서 완전한 어둠이 되어 있는 것 같았다. 상감 무늬가 상아처럼 부드럽게 반짝이며 램프 빛 아래에서 연한 금색으로 두드러졌다.

뼈다. 해골이다. 척추가 진주알처럼 구부러졌고 둥글고 창백한 다리
와 팔, 그리고 작은 발가락과 손가락 파편이 보였다. 두개골은 버섯처럼
불룩하고 원래보다 커진 것 같았다. 뼈는 내가 손을 쭉 편 것보다 작았
다. 새의 뼈처럼 작고 연약했다.

하지만 아니다……그것은 새의 뼈가 아니었다. 그것은 아기의 뼈였다.

5

"만지지 마."

세레디스가 방으로 들어오는 소리를 듣지 못했지만 내 속 어딘가에서 경계하고 있었는지 그녀의 목소리에도 나는 놀라지 않았다. 내가 그곳에 얼마나 오래 서 있었는지도 모르겠다. 깰까봐 두려운 뭔가가 여기 있기에 조심스럽게 뒤로 물러서는데 곧바로 관절이 굳어지고 발바닥이 송곳에 찔린 것처럼 저려왔다. 내가 한참 서 있던 것이 느껴졌다. 조심했지만 결국 상자 하나에 발목이 걸려서 부스럭대는 소리가 벽을 타고 퍼졌다.

내가 입을 열었다. "만질 생각은 아니었어요."

"에밋……."

나는 대답하지 않았다. 램프 심지를 다듬지 않아서 그림자가 들쑥날쑥 흔들렸다. 검은 배경 위로 뼈가 반짝였다. 불이 흔들리자 뼈들이 움직이는 것처럼 보였다. 하지만 불길이 잦아들자 그것들도 조용해졌다.

"그저 제본일 뿐이야." 세레디스가 말했다. 그녀가 문 앞에서 서성였지만 나는 쳐다보지 않았다. "자개란다."

"진짜 뼈가 아니군요." 비웃는 것처럼 그 말이 툭 튀어나왔다. 그럴 의도는 없지만 침묵을 깨주었기에 반갑게 들렸다.

"맞아." 그녀가 부드러운 목소리로 말했다. "진짜 뼈가 아니야."

나는 눈이 흐려질 때까지 벨벳 위에서 반짝이는 복잡한 형태를 쳐다보았다. 그리고 손을 뻗어 천으로 덮었다. 그런 다음 거친 갈색 마대 자루를 내려다보았다. 여기저기 조직이 헐거워진 틈으로 대퇴골의 매끈한 끝부분, 두개골 같은 진주의 곡선, 작고 완벽한 손가락뼈가 보였다. 세레디스가 자개로 작은 형상을 만들고 있는 모습을 떠올려보았다. 눈을 감으니 피가 요동치는 소리가 났고 그 너머로 벽과 땅은 쥐죽은 듯 조용했다.

"말해주세요." 내가 말했다. "당신이 무슨 일을 하는지."

램프 불빛이 펄럭였다. 그것 말고는 아무것도 움직이지 않았다.

"이미 알고 있잖니."

"아니, 몰라요."

"생각해보면 알 거야."

나는 입을 열고 다시 아니라고 말하려는데 목 안에 뭔가 걸렸다. 램프 불꽃이 펄럭이며 위로 솟구치더니 작고 푸른 방울이 되어 가라앉았다. 어둠이 우리에게 한 발 다가왔다.

"당신이 제본했군요. 그것도 사람을." 목구멍이 너무 말라서 말하는 것이 고통스러웠다. 하지만 침묵은 더욱 고통스럽다. "사람을 책으로 만들었어요."

"맞아. 하지만 네가 말하는 그런 방식은 아니란다."

"그것 말고 다른 방법이 있어요?"

세레디스가 나를 향해 걸어왔다. 나는 몸을 돌리지 않았지만 그녀가 들고 있던 촛불이 더욱 강해져서 뒤로 그림자를 만들었다. "자리에 앉으렴, 에밋."

그녀가 내 어깨에 손을 올렸다. 나는 움찔하며 몸을 획 돌리다가 테이블 위로 비틀거렸다. 그 위에 놓여 있던 도구들이 바닥으로 떨어져 산산조각이 났다. 우리는 서로를 쳐다보았다. 세레디스가 뒤로 물러섰다. 그녀가 촛불을 가슴 앞으로 내리자, 떨리는 손가락이 더 적나라하게 드러났다. 왁스가 바닥으로 흘러 물이 우유로 변하듯 순식간에 굳었다.

"앉아." 그녀가 열려 있던 상자에서 물병을 꺼냈다. "여기."

그녀가 서 있는데 나만 앉고 싶지 않았다. 나는 그녀의 눈을 쳐다보았고 세레디스가 먼저 시선을 돌렸다. 그녀는 다시 상자를 내려놓았다. 그리고는 힘없이 몸을 구부려 내가 바닥에 떨어뜨린 작은 연장들을 주웠다.

"당신이 그들을 가뒀어요." 내가 말했다. "사람을 데려다 책 안에 집어넣었죠. 그들은 이곳을 떠났고……껍데기만 남은 상태인 거죠."

"내가 볼 때 넌 책 만드는 방식을—."

"사람들의 영혼을 빼앗았잖아요." 내 목소리가 갈라졌다. "사람들이 당신을 두려워하는 게 당연해요. 당신은 그들을 이곳으로 오게 만든 다음 영혼을 빼내서 원하는 걸 얻고 빈껍데기로 돌려보내요. 그렇게 만든 게 바로 책인 거죠, 아닌가요? 한 인생. 한 사람. 그래서 책이 불타면 그들도 죽는 거고요."

"아니야." 세레디스가 몸을 일으키더니 한 손으로 나무 손잡이가 달린 작은 칼을 꽉 쥐었다.

나는 테이블 위에 놓인 책을 들어올렸다. "보세요." 내 목소리는 점점 더 커졌다. "이건 사람이에요. 이 속에는 **사람**이 들어 있고—바깥 어딘가에 돌아다니는 건 **죽은** 껍데기죠. 당신이 사악한 짓을 했으니 그들이 빌어먹을 당신을 태웠어야 해요."

그러자 세레디스가 내 **뺨**을 때렸다.

정적이 흘렀다. 가늘고 높은 울림이 들렸지만 실제가 아니었다. 내 눈에 곧바로 눈물이 차올라 뺨을 타고 흘렀다. 나는 손목 안쪽으로 눈물을 닦았다. 고통은 사라지고 소금물에 피부를 적신 것처럼 따끔거림만 남았다. 나는 책을 내려놓고 구겨진 면지를 손바닥으로 폈다. 그런다고 해서 주름이 완전히 없어지는 것은 아니었다. 흉터처럼 모서리 부분에 자국이 남았다. 나는 이렇게 말했다. "죄송해요."

세레디스는 몸을 돌리고 내 옆에 있는 열린 서랍에 칼을 떨구었다. "기억들이야." 마침내 그녀가 입을 열었다. "사람이 아니라, 에밋. 우리는 그들의 기억을 가져와서 제본하는 거야. 사람들이 담고 있을 수 없는 것들. 가지고는 살아갈 수 없는 것들 말이지. 우리는 그 기억을 가져와서 더는 해를 끼치지 못하는 곳에 둔다. 그게 책이란다."

마침내 나는 그녀의 눈을 마주보았다. 그녀의 얼굴은 목소리와 마찬가지로 숨김없이 솔직하고 조금은 약해져 있었다. 의사가 절단 수술을 하듯이 아주 냉정하고 중요한 목소리가 이어졌다. "영혼이 아니야, 에밋. 사람도 아니고. 단지 기억이란다."

"그건 잘못된 일이에요." 나는 그녀의 목소리와 비슷하게 맞추려고 노력했다. 안정적이고 합리적으로. 하지만 바람과는 달리 내 목소리는 파르르 떨렸다. "그게 올바른 일이라고 할 수 없잖아요. 누구한테 어떤 기억으로 살라고 말할 순 없잖아요?"

"우린 그럴 필요가 없어. 그저 우리를 찾아와 그렇게 해달라고 하는 사람들을 돕는 거야." 그녀는 자신이 이기리라는 것을 아는지 살짝 동정 어린 표정을 지었다. "꼭 와야 하는 사람은 없어, 에밋. 본인들이 직접 결정하는 거야. 우리가 할 일은 그들이 그 기억을 잊을 수 있게 돕는 거고."

그렇게 간단하지 않다. 왠지 모르겠지만 나는 알았다. 하지만 그녀의 눈빛과 목소리를 상대로는 어떤 논쟁도, 반박도 할 수 없었다. "저건요?" 나는 꾸러미 속에 들어 있는 어린아이 형상을 가리켰다. "왜 **저런** 책을 만들었어요?"

"밀리의 책 말이야? 정말로 알고 싶은 거니?"

갑자기 온몸으로 강한 전율이 흘렀다. 이가 덜덜 떨려서 대답을 할 수 없었다.

세레디스가 나를 지나쳐서 잠시 동안 꾸러미를 응시하더니 한쪽으로 조심스럽게 밀어냈다. 그녀의 그림자 속에서 작은 해골이 푸른빛으로 빛났다.

"그녀가 산 채로 묻어버렸어." 세레디스가 말했다. 어떤 부분도 강조되지 않고 그저 조용하고 명확하다는 느낌만 들었다. "그녀는 버틸 수 없었고 스스로도 그렇게 생각했어. 그래서 천으로 둘둘 감싸뒀는데, 어느 날 아이가 쉬지 않고 울어서 아이를 분뇨 더미 위에 올려놓고 쓰레기와 거름으로 덮어서 울음소리를 더 이상 듣지 않으려고 한 거야."

"자신의 아이를요?"

그녀가 고개를 끄덕였다.

나는 보고 싶지는 않았지만 차마 고개를 돌릴 수가 없었다. 아기는 저렇게 속수무책으로 웅크리고 누워 울음을 터트리고 숨을 쉬려고 했을 것이다. 사체가 분뇨의 일부가 되어 다른 것들과 함께 썩기까지 얼마나 걸렸을까? 끔찍한 동화를 듣는 것 같았다. 뼈가 진주로, 흙이 벨벳으로 변하는 이야기 말이다. 하지만 이것은 실화다. 실화인 그 이야기는 지금 책 속에 봉인되어 죽은 종이 위에 적혀 있다. 면지를 폈던 손이 따끔거렸다. 두껍고 가는 줄무늬가 있는 흙처럼 검은 면지.

"그건 살인이에요." 내가 말했다. "왜 교회에서 그녀를 체포하지 않았나요?"

"그녀가 아이 키우는 걸 비밀로 했기 때문이야. 아무도 몰랐어."

"그렇지만……." 나는 말을 멈췄다. "어떻게 그런 여자를 도울 수 있어요? 자기 자식을 그런 식으로 죽인 사람을요. 그러지 말았어야……."

"그럼 내가 어떻게 해야 하는데?"

"고통을 겪게 내버려둬야죠! 그렇게 살도록! 기억하는 건 벌의 일부니까요. 나쁜 짓을 하면—."

"그녀 아버지의 잘못이기도 해. 이 책을 태우러 온 남자 말이야. 그 사람이 그녀의 아버지이고 아이의 아버지이기도 해."

한동안 나는 세레디스가 한 말이 무슨 뜻인지 이해하지 못했다. 그리고 이내 속이 메슥거려 고개를 돌렸다.

세레디스가 천을 부스럭거리며 뼈들을 덮었고, 몸의 균형을 잡기 위해 테이블을 잡았다. 끄트머리에 올려둔 상자가 삐거덕거렸다.

그녀가 말했다. "난 지금 억지를 부리는 게 아니야, 에밋. 가끔 사람들을 돌려보내기도 해. 아주 가끔. 그건 그들이 내가 도울 수 없는 너무 끔찍한 짓을 저질러서가 아니라 그런 짓을 계속할 사람들이어서야. 그런 확신이 들면 도와달라는 부탁을 거절할 수 있어. 하지만 60년 이상 살면서 그런 경우는 단 세 번뿐이었어. 보통의 경우엔 내가 도왔지."

"아기를 생매장하는 건 끔찍한 일이 아닌가요?"

"물론이야." 그녀가 이렇게 말하고는 고개를 끄덕했다. "물론 그렇지, 에밋."

나는 한숨을 쉬었다. "당신이 **책이 무엇인지** 말해줬으니……그러니까 제본해서 만든 모든 책은 누군가의 기억이군요. 그들이 잊기로 한 기억 말이에요."

"그래, 맞아."

"그리고……." 나는 헛기침을 했다. 갑자기 몇 년 전 아버지가 내 뺨을 때려서 얼얼했던 그 손자국이 느껴지는 것 같았다. 절대로 사라지지 않는 고통처럼. **다시는 책을 봐서는 안 된다.** 아버지는 나를 보호하려고 그랬던 것이다. 하지만 지금 나는 도제가 되었고 앞으로 제본사가 되겠지.

94

"당신은 알고 있잖아요." 내가 천천히 말했다. "제가 당신이 하는 일을 하게 될 거라는 걸요."

그녀는 내 말에 전혀 동요하지 않았다. "훨씬 수월할 거야." 그녀가 다른 곳을 보며 말했다. "네가 그 일을 혐오하지 않는다면. 책과 도움이 필요한 사람들과 네 자신을 혐오하지 않는다면. 네 일을 혐오하지 않는다면."

"그럴 순 없어요." 내가 말했다. "그렇게는 못할 것 같아요. 아무래도……"

내 반응에 세레디스가 웃음을 터트렸다. 평소 즐거울 때 콧방귀를 끼는 것과 너무 비슷해서 나는 속이 쓰렸다. "아니, 넌 할 수 있어. 제본사는 만들어지는 게 아니라 타고나는 거란다. 그리고 넌 제본사로 태어났지. 지금의 넌 그 일을 좋아하지 않을지도 몰라. 하지만 차츰 이해하게 될 거야. 그리고 운명이 널 놔주지 않을 거고. 그건 네 안에 있는 엄청난 힘이란다. 그 힘이 널 아프게 했지 그때……. 넌 내가 아는 다수의 제본사들보다 더 강한 힘을 가지고 태어났단다. 너도 알게 될 거야."

"그걸 어떻게 알아요? 당신이 틀릴 수도 있잖아요—."

"난 알아, 에밋."

"어떻게요?"

"제본사의 열병이 널 인도했지. 넌 훌륭한 제본사가 될 거야. 모든 면에서."

나는 고개를 저었다. 이유를 몰랐지만 계속 고개를 흔들었다.

"가끔은 우리가 하는 일이 아주 어려울 때가 있어. 화가 나거나 슬플 때도 있고. 종종 후회도 하지. 무슨 기억인지 알았더라면 도와주지 않았을 거라고 생각하면서." 세레디스가 말을 멈추고 시선을 돌렸다. "평소에는 거의 신경이 쓰이지 않아. 하지만 가끔은 고통이 사라지는 모습을 보는 게 너무 기뻐. 비록 내가 도와줄 수 있는 사람이 세상에 단 한 명뿐이라고 해도 여전히 그럴 가치가 있다면 이 일을 해야지."

"전 하지 않을 거예요. 그건 잘못된 일이에요. 그건—자연의 이치를 거스르는 일이에요."

그녀는 고개를 숙이고 어깨가 들썩일 정도로 매우 깊이 숨을 들이마셨다. 눈 아래 피부는 활짝 편 나방의 날개처럼 매우 연약했다. 손길이 닿으면 부스러져 가루가 될 것처럼. 그녀는 나를 쳐다보지 않고 말했다. "에밋, 이건 신성한 부름이란다. 다른 사람의 기억을 위임받는다는 건……. 사람의 가장 깊고 어두운 부분을 꺼내 영원히 안전한 곳에 보관하는 일이야. 그 기억을 기리게 하고 아름답게 만들지. 비록 아무도 그 책을 볼 수 없을지라도. 그리고 네 인생을 걸고 지켜야 하고……."

"아무리 미화시켜도 교도소장이 되고 싶지는 않아요."

세레디스가 갑자기 몸을 똑바로 세웠다. 한동안 나는 그녀가 다시 나를 때릴 것이라고 생각했다.

"이래서 미리 말하지 않은 거야." 그녀가 입을 열었다. "넌 아직 준비가 안 됐고 여전히 어려움을 겪고 있으니까……. 하지만 이제 너도 알게 되었지. 그리고 넌 운이 좋아서 여기로 온 거야. 캐슬퍼드의 제본소에 갔다면 벌써 오래 전에 네 양심은 갈가리 찢겼을 테니까."

나는 손가락을 촛불 위로 쓱 밀었다. 한 번, 두 번, 그렇게 더 참을 수 없을 때까지 반복했다. 머릿속이 너무 많은 물음들로 가득 찼다. 고통에 집중했고 입 밖으로 말이 튀어나오도록 내버려두었다. "그래서 왜 제가 여기 있는 거죠?"

그녀가 영문을 모르겠다는 듯 눈을 깜박였다.

"그건 내가 가장 가까이에 있는 제본사라서야. 그리고—." 세레디스가 얼른 말을 멈췄다.

그녀의 눈동자가 내게서 멀어졌다. 그녀는 이마를 연신 두드렸고 처음으로 나는 빨개진 그녀의 뺨을 보았다. "난 많이 지쳤단다, 에밋. 오늘은 이 정도면 충분한 것 같은데. 안 그러니?"

그녀 말이 맞았다. 나도 너무 피곤해서 땅이 빙글빙글 도는 것이 느껴졌다. 내가 고개를 끄덕이자 그녀가 자리에서 일어났다. 부축하려고 팔을 뻗었지만 그녀는 무시했다. 그리고는 좁은 공간을 지나쳐 문으로 향했다.

"세레디스?"

내가 부르자 걸음을 멈췄지만 그녀는 돌아보지 않았다. 그녀가 벽에 기대자 소매가 뒤집어져서 병약한 어린아이처럼 가는 손목이 드러났다.

"왜 그러니?"

"책은 어디에 있나요? 안전하게 보관하고 있다면……."

그녀는 팔을 들어 벽에 걸린 둥근 명판을 가리켰다. "저 맞은편에 지하실이 있단다."

"제가 가볼 수 있나요?"

"그럼." 그녀는 몸을 돌리고 목에 걸어둔 열쇠로 손을 뻗었다. 그리고는 열쇠를 꽉 쥐었다.

"아니, 지금 말고. 다음에."

나는 그냥 궁금해서 물어본 거였다. 하지만 그녀의 얼굴로 드러난 뭔가와 혹은 드러나야 하지만 드러나지 않은 뭔가가 있다는 것이 느껴졌고……. 나는 치아 사이 날카로운 공간으로 혀를 밀며 세레디스를 응시했다. 땋은 머리에서 삐져나온 몇 가닥이 땀에 절어 이마에 붙었다. 그녀는 휘청거렸다. 내가 다가갔지만 그녀는 나와 너무 가까이 있는 것을 견딜 수 없다는 듯이 비틀거리며 물러섰다. "그만 자렴, 에밋."

나는 그녀가 몸을 돌리고 힘겹게 발을 디디며 문으로 향하는 모습을 지켜보았다. 그대로 가게 놔둬야 했지만 나도 나를 어쩌지 못했다. "세레디스……책이 불에 타면 어떻게 되나요? 책의 주인이 죽게 되나요?"

그녀는 나를 돌아보지 않고 비틀거리며 계단을 올랐다. "아니." 그녀가 대답했다. "그들이 다시 기억하게 돼."

나는 너무 피곤해서 아무런 생각도 할 수 없었다. 세레디스는 자러 간 지 오래다. 나도 그래야 했다. 한 시간 전에 그래야 했는데 대신 나는 작업실 난로 옆에 앉았다……. 자야 하는데. 의식의 끝자락에서 벗어나고 싶었다. 무엇보다도 어둠이 간절했다. 여기 있고 싶지 않았다.

나는 앉았다. 아니 다리를 구부리고 상자에 등을 기댄 채 바닥에 이미 앉아 있는 나를 발견했다. 더 나은 자세를 찾아볼 기력은 남아 있지 않았다. 그래서 팔로 무릎을 감싸고 고개를 숙인 채 잠이 들었다.

잠에서 깨니 가장 먼저 평온함이 느껴졌다. 그 평온함은 촛불이 훅 꺼지면 나타나는 칠흑 같은 어둠에 싸여 있었고, 나는 어둠 속 미묘한 기류를 타고 떠다니는 듯이 느껴졌다. 그러다 무슨 일이 일어났지만, 은잔에 비친 그림자처럼 작고 너무 멀리 있어서 내게 해를 입히지 못했다. 나는 자리에서 일어나 하품을 하며 계단으로 더듬더듬 발을 옮겼다. 한밤중이라고 생각했고 작업실 창문으로 들어오는 회색빛에 나는 눈을 깜박이고 비볐다. 여전히 비가 내리고 있었지만 거의 가랑비로 잦아들었고, 때가 타고 곰보자국이 난 눈은 바닥에만 듬성듬성 남아 있을 뿐이다. 세레디스가 날씨에 대해 한 말이 맞았다. 진짜 겨울이 찾아오기 전에 적어도 한번은 더 집배원이 올 것이다.

추웠다. 난로가 꺼졌다. 나는 그대로 놔두고 침대로 올라가고 싶었지만 곧 새벽이고 해야 할 일이 있어서 머뭇거렸다. 일. 일에 대해 생각하고 싶지 않았다. 나는 쪼그리고 앉아 불을 피웠다. 불이 서서히 붙자 내 몸도 좀 따뜻해졌지만 아주 차가운 정적이 감도는 집은 이것만으로 따뜻해질 수 없었다. 부서진 창문을 널빤지로 막지 않았다. 하지만 그것 때문이 아니라 다른 이유가 있었다. 혹시 내 귀가 나를 속이는 것인가 싶어서 고개를 흔들어보았다. 눈이 모든 소리를 덮어버렸거나 들리는 모든 소리가 메아리가 된 것처럼…….

차다. 차통이 거의 바닥을 드러냈다. 나는 물을 올리고 저장실로 차를 새로 가지러 갔다. 복도를 지나갈 때에는 깨진 창문으로 들이치는 비를 피해 얼굴을 돌려야 했다. 차를 마시고 난 다음 판지를 좀 찾아야지─.

세레디스가 계단 난간에 머리를 기대고 몸을 웅크리고 있는 것이 눈에 들어왔다.

"세레디스? 세레디스!"

내가 겁에 질렸다는 것을 깨달을 무렵 그녀가 겨우 움직였다. 나는 조심스럽게 그녀를 일으켜 세웠고, 그녀가 너무나 가볍고 몸이 불덩이여서 놀랐다. 그녀는 식은땀을 흘렸고 얼굴이 벌겋게 달아올랐다. 뭐라고 웅얼거리기에 나는 몸을 구부렸다.

"난 괜찮아." 그녀가 말했다. 속에서 뭔가 썩어가고 있는 것처럼 숨에서 악취가 났다. "그냥……앉아 있었어."

"네." 내가 말했다. "침실로 가요."

"괜찮아. 그럴 필요 없어……."

"저도 알아요. 어서요." 나는 반쯤 그녀를 밀고 반쯤 들어올리며 한 칸씩 계단을 오른 다음 복도를 따라 그녀의 방으로 갔다. 그녀는 침대에 올라 몹시 추운지 담요를 둘둘 말았다. 나는 서둘러 아래층으로 내려가 물 한 병과 열을 내릴 허브 티, 그리고 여분의 담요를 챙겼다. 하지만 침실로 돌아오니 그녀는 이미 잠이 들었다. 벗은 옷가지가 바닥에 아무렇게나 구겨져 있었다.

나는 가만히 서서 침묵에 귀를 기울였다. 세레디스의 숨소리가 들렸다. 전보다 더 가쁘고 커진 숨소리와 창문을 두드리는 희미한 빗소리. 하지만 내 귀를 두드리는 혈류와 집을 채우는 텅 빈 공허함 너머 습지에서는 아무 소리도 들리지 않았다. 이곳에서 나는 어느 때보다 더 혼자가 된 기분이었다.

나는 자리에 앉았다. 불빛 아래서 자고 있는 세레디스는 한층 늙어 보였다. 뺨과 턱은 축 늘어져 피부가 눈과 코뼈를 간신히 덮은 것 같았다. 입 가장자리에는 침 자국이 있다. 그녀는 뭐라고 웅얼거리다 몸을 돌렸고 손을 떨다가 퀼트 이불을 꽉 쥐었다. 빛바랜 남색과 흰색 패치워크와 면 위로 드문드문 떨어지는 빗방울의 그림자 위로 누르스름하고 허옇게 뜬 피부가 두드러졌다.

나는 주위를 살폈다. 낮에는 이곳에 와본 적이 한번도 없었다. 작은 벽난로와 쿠션 처리가 된 창가의 자리, 이끼가 낀 것처럼 보이는 팔걸이 의자가 놓여 있었지만 내 방처럼 거의 아무것도 없었다. 난로 위 사진이나 장식품은 찾아볼 수 없었다. 유일한 벽장식이라고는 창으로 들어오는 희미한 격자무늬의 빛과 은색의 비 그림자뿐이었다. 우리 부모님도 이보다는 세간이 많았다. 그렇다고 세레디스가 가난한 것도 아니었다. 우리가 매주 캐슬퍼드로 보내는 물품 목록과 톨러가 가져다주는 자루들을 보면 안다. 그녀의 돈이 어디서 나오는지 한번도 생각해본 적이 없었다. 만일 그녀가 죽으면―.

나는 베개를 베고 누워 있는 그녀의 얼굴을 보다가 살짝 공포에 사로잡혔다. 그녀를 깨우지 않고 차를 입 안으로 부으려면 노력이 필요했다. 그러니 자게 놔두는 편이 가장 좋다. 불을 더 밝히고 물에 적신 수건을 가져오고, 그녀가 깼을 때 직접 마실 수 있게 꿀물도 챙겨야 하는데…… 그녀 곁을 떠날 수 없어서 가만히 있었다. 입장이 바뀐 적은 수없이 많았다. 내가 자는 동안 그녀가 침대 머리맡에서 돌처럼 꿈쩍도 하지 않고 지켜보고 있었던 날들이. 하지만 그녀는 한번도 내게 고마움을 느끼게 만들었던 적이 없다. 처음으로 그녀의 무뚝뚝함이 새삼 느껴졌다. 그 생각을 하니 목이 쓰라렸다.

한 시간 뒤 빗소리를 뚫고 멀리서 삐걱거리고 쿵쾅거리는 수레 소리가 들렸고 마침내 초인종이 울렸다. 소포가 왔다. 나는 고개를 들었고, 내 속의 삐딱한 일부는 이 이상하고 상실감이 느껴지는 평화 속에 나를 내버려두고 배달부가 가버렸으면 좋겠다고 생각했다. 하지만 나는 자리에서 일어나 문을 열어주려고 아래층으로 갔다.

"세레디스가 아파요. 누구에게 말해야 할지 모르겠어서……사람을 좀 보내주실래요?"

집배원은 코트 깃 위로 찡그린 표정을 지었다. "사람을 보내달라고? 누구를?"

"의사요. 아니면 그녀의 가족이나." 나는 고개를 저었다. "저도 모르겠어요. 그녀가 편지를 썼죠? 편지를 쓴 사람한테 말해주세요."

"난—." 그가 말을 하다 말고 어깨를 움츠렸다. "그래, 알았어. 하지만 그들이 올 거라고 기대하진 말거라."

집배원이 길을 나섰다. 나는 갈대와 반쯤 녹은 눈으로 얼룩덜룩해진 벌판에서 수레가 작은 점으로 보일 때까지 지켜보았다.

6

벽이 숨을 참고 있는 듯 집은 아주 조용했다. 날마다 몇 시간씩 나는 밖으로 나가 갈대를 스치는 바람 소리를 들으며 내가 귀머거리가 된 것이 아니라는 것을 확인했다. 부서진 창문을 수리할 유리를 창고에서 가지고 왔지만, 나는 유리를 갈아끼우면서 필요 이상으로 세게 유리를 밀고 연장을 쓸 때도 힘을 주었다. 깨트리지 않은 것이 참 다행이었다. 그리고 다시 세레디스의 침대 옆에 앉아 기침을 하고 꼼지락거리며 집게손가락의 굳은살을 뜯었다. 하지만 내가 내는 어떤 소리도 침묵을 깨트릴 만큼 크지 않았다. 세레디스의 숨소리는 얼음 위에 굴러가는 자갈처럼 공허함 위로 또르르 흘렀다.

처음에는 두려웠다. 그렇지만 아무것도 달라지지 않았다. 그녀는 나아지지 않았고 그렇다고 악화되지도 않았다. 한동안은 몇 시간씩 잠만 잤는데 어느 날 아침에 문을 두드리니 그녀가 깨어 있었다. 나는 사과와 꿀을 탄 차를 가져다주었고 그녀는 내게 고맙다고 한 뒤 찻잔에서 올라오는 김을 쐬었다. 그녀가 커튼을 열어두고 잠을 잔 건지 아니면 전날 밤 내가 치는 것을 깜박했는지 모르지만 하늘은 바람이 갈라놓은 잿빛 구름으로 가득했다. 여기저기서 햇빛이 살짝 비추었다. 그녀가 한숨을 쉬었다. "그만 가봐, 에밋."

나는 몸을 돌렸다. 그녀의 얼굴은 땀범벅이었지만 뺨에 핏기가 돌아서 한층 나아 보였다. "진심이야. 가서 뭐든 쓸모 있는 일을 하렴."

나는 망설였다. 이제 그녀가 깨어났으니 내 안의 일부에서는 질문을 하고 싶어했다. 처음 여기 제본소 문을 넘었을 때부터 키워온 질문들.

이제 그녀가 내게 말해주지 않을 이유가 없으니까······. 그런데 내 속의 뭔가가 그 많은 답들을 얻으려는 마음을 방해했다. 알고 싶지 않았다. 알게 되면 그것은 현실이 된다. 그래서 하는 수 없이 이렇게 말했다. "괜찮겠어요?"

세레디스는 대답하지 않고 도로 자리에 누웠다. 한참 후에 그녀가 다시 거친 숨을 내쉬며 말했다. "할 일이 없니? **감시당하고 있자니 못 견디겠구나.**"

나는 발끈할 수도 있었지만 왠지 그러지 않았다. 그녀가 눈을 감고 있어서 보이지 않았겠지만, 나는 고개를 끄덕인 다음 안도하면서 복도로 나왔다.

나는 생각하지 않기로 결심하고 일에 몰두하기로 마음먹었다. 계단 맨 아래 칸에 털썩 주저앉아 시계를 올려다볼 때쯤에 나는 내가 몇 시간 동안이나 일했다는 것을 깨달았다. 램프를 청소하고 기름을 채워두고 바닥을 닦고 주방 찬장을 식초로 문질러 소독하고 복도를 쓸고 라벤더 물을 바닥에 뿌리고 밀랍으로 난간을 광내고······. 집에 있었다면 어머니나 알타가 했을 법한 일이었다. 나는 그저 눈치만 보면서 깨끗한 바닥에 발자국이나 냈겠지. 하지만 지금 내 셔츠는 등에 찰싹 달라붙었고 땀으로 악취가 났지만 주위를 돌아보고 내가 변신시킨 환경을 보니 기뻤다. 세레디스를 위해 집안일을 했다고 생각했지만 갑자기 내 자신을 위해서 했다는 것을 알았다. 그녀가 몸져누워 있는 동안 이곳은 누구도 아닌 내 집이었기 때문이다.

나는 자리에서 일어났다. 아침 이후로 아무것도 못 먹었지만 배가 고프지 않았다. 나는 결정할 일이 있는 것처럼 한동안 계단 위에 한 발로 서 있었다. 하지만 무슨 이유에서인지 다시 몸을 돌려 작업실로 향하는 복도로 들어섰다. 닫힌 문을 열자 쨍쨍한 햇살이 쏟아졌다.

나는 난로에 넉넉하게 장작을 넣고 불을 지폈다. 내가 직접 땔감을 구해왔고 얼마나 많이 쓰든지 뭐라 할 사람도 없었다. 그런 다음 작업실 한쪽에서 다른 쪽으로 차례로 정리를 해나갔다. 선반을 똑바로 세우고, 연장을 연마하고 니핑 프레스에 기름을 칠하고 닦아두었다. 찬장을 정리하다가 우리가 가지고 있는지조차 몰랐던 낡은 가죽과 천을 찾았고, 서랍 맨 아래에서는 숨겨둔 대리석 무늬의 종이도 발견했다. 흐릿하게 꽃을 세공한 접지주걱, 은색 잎사귀로 된 책, 두꺼운 암갈색 줄무늬가 있는 마노로 된 연마기……. 세레디스는 정리정돈을 잘했지만 하나도 버리지 않고 다 모아둔 것 같았다. 한 찬장에서 중요한 물건처럼 보이는, 낡은 비단으로 꽁꽁 싸둔 싸구려 장신구가 가득 든 나무상자를 찾았다. 아동용 모자, 머리카락 한 뭉치, 시계 통에 올려둔 은판사진을 비롯해 무게가 좀 나가는 은반지가 있었다. 나는 반지를 손바닥에 올려놓고 오랫동안 이리저리 기울여 파랑에서 보라, 초록으로 색이 변하는 것을 쳐다보았다. 그리고 물건들을 조심스럽게 다시 상자에 넣은 뒤 무거운 상자 더미 뒤로 밀었고 눈에 보이지 않게 되자, 곧바로 잊어버렸다. 내가 분류해야 하는 상자, 버려야 하는 아주 오래된 염료가 담긴 병들, 씻어야 하는 덩어리가 굳어버린 작은 스펀지들이 있었다. 그 모든 것들이 오감을 만족시키는 기쁨을 주었다. 가지런한 칼날들, 굴뚝에 부는 바람, 상한 풀에서 풍기는 이스트 냄새, 난로에서 타들어가는 통나무가 한층 뚜렷하게 부각되었다.

하지만 일을 끝내고 나니 만족스럽지 않았고 고난에 대비한 것처럼 두려움이 느껴졌다.

세레디스의 더러운 옷들을 챙기는데 그녀의 바지 주머니 속에 열쇠가 들어 있었다. 이제 열쇠는 내 손에 있다. 그녀가 목에 걸고 다니는 그 열쇠는 아니지만 집 앞과 뒤쪽에 자리한 다른 방들과 작업실 끄트머리에 자물쇠가 세 개 달린 방을 열 수 있는……. 내 주머니 속 서늘한 무게감이 몸의 일부처럼 느껴졌다. 다른 것 속에 숨겨두었던 소유욕이.

나는 드넓은 습지를 쳐다보았다. 바람은 온데간데없었고 구름은 두꺼운 회색 덩어리가 되었고 늦은 거울처럼 평온하게 반짝였다. 아무것도 물을 흐리지 않았다. 유리창에 그려놓은 그림 같다. 우중충한 날씨. 집에서는 다들 뭘 하고 있을까? 아버지가 일찍 시작하지 않으셨다면 농가는 지금 도축이 한창일 때다. 게다가 연장과 마구를 살피고 헛간 뒷벽 수리도 해야 하는데……. 작년에 내가 제안한 것처럼 고지대 꼭대기를 가로질러 산사나무 울타리를 세워야 한다면 곧 모종을 심어야 한다. 차가운 손가락을 마구 찌르던 날카로운 가시의 느낌이 떠올라 신경이 곤두섰다. 곧바로 어머니가 동상에 걸리면 바르는 연고를 만들 때 쓰는 테라빈유와 장뇌유 냄새가 풍기는 것 같았다. 하지만 손바닥을 코에 가져다대니 먼지와 밀랍 냄새만 났다. 피부를 벗기듯 나는 그 생활을 벗겨낸 것이다.

나는 고개를 들어 귀를 기울였다. 어디에서도 아무 소리도 들리지 않았다. 집 전체가 기다리고 있다. 나는 주머니에서 열쇠꾸러미를 꺼내 프레스기 주변을 배회하다가 바닥을 따라 먼 문까지 걸었다. 심장이 쿵쾅거렸지만 하나씩 차례대로 자물쇠에 열쇠를 넣어 세 개를 다 땄다.

세레디스는 경첩에 기름칠을 잘 해두었다. 문은 누군가가 반대쪽에서 밀어준 것처럼 쉽게 열렸다. 왜 문이 삐걱거릴 것이라고 생각했는지 모르겠다. 맥박이 갑자기 최고조에 달해 눈 주변으로 검은 반점들이 어른거렸다. 하지만 몇 초 뒤 시야가 밝아지자 작업실과 마찬가지로 커튼이 없는 높은 창문과 거의 비어 있는 방이 보였다. 벗겨진 나무 테이블과 마주보는 의자 두 개. 바닥과 벽에는 아무것도 없었다. 테이블 위에 열쇠를 올려놓는데 그 소리에 혼자 소스라치게 놀랐다.

내가 여기 있을 권리는 없다. 하지만 있어야 한다. 나는 가만히 서서 척추 아래에서 스멀스멀 올라오는 이상한 감각에 저항해보았다.

얼룩덜룩한 회색 창문 앞에 제본사의 의자 실루엣이 드러났다. 등받이가 일자로 곧은 단순한 형태의 의자여서 문 근처에 있는 의자보다는 불편하게 보였지만 왠지 그 의자가 세레디스의 것임을 나는 알았다. 다른 의자를 테이블에서 꺼내자 울퉁불퉁한 바닥 위로 끌리는 소리가 났고 나는 그 위에 앉았다. 얼마나 많은 사람들이 이곳에 앉아 자신의 기억을 거둬가기를 기다렸을까? 오가는 사람들로 바닥이 닳을 정도이니…….

기억을 버리는 기분은 어떨까? 속에서 솟구치는 메스꺼운 두려움과 아무리 회상해도 다시는 과거로 돌아갈 수 없다는 사실이 알려주는 공포……. 그리고 기억을 지우는 그 순간은? 자신의 가장 깊숙한 곳에서 뭔가를 끄집어낸다는 것은 대체 어떤 기분일까? 그렇게 구멍이 생기게 되었으니……. 나는 밀리가 이곳을 떠날 때의 멍한 눈빛이 다시 떠올라 입을 꾹 다물었다. 어느 쪽이 더 끔찍할까? 아무것도 느끼지 못하는 쪽일까, 아니면 더 이상 기억하지 못해 애통한 쪽일까? 확실히 잊게 되면 슬퍼하는 방법도 기억하지 못하게 되니 무슨 소용일까? 무뎌진 감각이 자아의 일부를 가져가버렸으니 영혼에 압정과 바늘을 꼽고 있는 것과 같을 텐데…….

나는 한숨을 쉬었다. 이 자리에 앉아 있으니 장면이 너무 쉽게 그려졌다. 나는 세레디스의 의자에 앉아야 한다. 그녀의 입장이라면 어떨까? 누군가의 눈을 들여다본 다음 그런 행위를 한다는 것은? 생각만 해도 속이 울렁거린다. 어떤 식으로 살피든……세레디스는 도움이라고 말했다. 하지만 그것이 어떻게 옳은 일이란 말인가?

나는 일어서다가 테이블 다리에 발목이 걸려 중심을 잡으려고 의자 등받이를 잡았다. 등받이에 새겨진 조각이 손바닥으로 파고들었지만 상처를 입지는 않았고 살짝 놀란 정도였다. 나는 어스름한 푸른빛을 받아 빛나는 소용돌이무늬를 살펴보았다.

빛은 뭔가를 비추어 그것을 불쾌해 보이게 만드는 경우가 너무 많다. 복도바닥에 떨어진 격자무늬 햇살, 반쯤 열린 문을 통해 보이는 기울어진 햇살……. 기억에는 없지만 저 밝은 형상이 내 마음속 열쇠가 되어 메스꺼움을 토하게 한다는 것을 나는 알고 있었다. 그리고 지금 그와 같은 자각과 두려움이 느껴진다. 나는 본능적으로 몸을 구부리며 나를 삼키려고 달려드는 어둠을 기다렸다. 깊은 수렁으로 떨어지는 종말일 것이다. 내가 가장 두려워하던……바로 그곳, 근원, 즉 심장부에 와 있다.

무릎이 후들거렸다. 나는 의자에 주저앉아 마치 뭔가와 부딪힐 때처럼 몸을 감쌌다. 하지만 마음이 편안했다. 서까래가 삐걱거렸고 창문 위 지붕에서는 쥐 소리가 났다. 팔을 뻗으면 닿을 거리에서 어둠이 조류처럼 밀려들었다. 그런데 어둠은 나를 삼키는 대신 물러났다.

나는 숨을 참았다. 아무 일도 일어나지 않았다. 어둠은 점점 뒤로 물러났고 회색 햇살 아래에 있다는 느낌이 들자 눈에 눈물이 고였다.

시간이 흘렀다. 나는 낡은 테이블 위에 올려둔 손을 내려다보았다. 집을 나설 때 내 손은 핏기 없이 창백하고 깡말랐었다. 지금은 매우 무딘 칼로 가죽 무두질을 하느라 왼손 집게손가락에 굳은살이 생겼고, 왼손 엄지손톱을 길러 손을 데이지 않고 마감용 연장을 쓸 수 있게 되었다. 물론 중요한 것은 손의 형태다. 얇지만 깡마르지 않고 강하지만 굵지 않다. 처음으로 그렇게 보인다. 아버지 같은 농부의 손도 아니고, 아무 일도 못하는 쓸모없는 손도 아니다. 단지 나만을 위한 손이 아니라 책을 만드는 제본사의 손이다.

손을 뒤집어 내가 누군지 알려주는 손금을 살폈다. 예전에 누군가(알타였나?) 내게 왼손은 타고난 운명을, 오른손은 자신이 개척한 운명을 보여준다고 말했다. 내 오른손 중앙에는 손바닥을 반으로 나누는 깊고 긴 선이 있다. 나는 부모님이 계획한 대로 농장을 물려받은 또다른 에밋을 상상해보았다. 병에 걸리지 않고 결국 이곳에 혼자 버려지지 않은 에밋을. 그는 동상에 걸린 손을 주머니에 찔러넣고 나를 향해 쓱 웃어 보인 뒤 휘파람을 불며 집으로 향했다.

나는 갑자기 밀려드는 슬픔에 고개를 까닥이며 그것이 지나가기를 기다렸다. 하지만 그러지 않았다. 뭔가 내 안으로 들어왔고 나는 울기 시작했다.

처음에는 아팠을 때처럼 나도 모르게 눈물이 났다. 구역질 같은 큰 발작과 무자비한 반사작용으로 숨 가쁘게 헐떡이고 흐느꼈다. 하지만 발작이 천천히 줄어들었고 나는 흐느끼는 와중에 폐로 공기를 넣을 시간이 생겼다. 그리고 마침내 눈물과 콧물을 닦고 눈을 떴다. 여전히 눈물이 흐를 정도로 상실감이 나를 사정없이 찔러댔지만 나는 눈을 깜박이며 고통을 밀어버리고는 숨을 골랐다.

고개를 드니, 세상이 마치 추수가 끝난 밭처럼 휑하고 깨끗해 보였다. 시야가 멀리까지 탁 트여 내가 살던 곳이 보이는 것 같았다. 아주 오랫동안 내 눈 모서리에 자리한 그림자에 나는 익숙해져 있었다. 이제 그것들이 모두 사라졌다. 이 조용한 방은 끔찍한 곳이 아니라 그저 방일 뿐이다. 두 사람이 마주보게 앉을 수 있는 의자는 그저 의자일 뿐이다.

나는 잠시 가만히 서서 혀로 썩은 치아를 핥으며 두려움의 근원이었던 공간을 살펴보았다. 아무것도 없다. 아니 어쩌면 고통의 여운이 아주 흐리게 남은 것인지도 모른다. 썩어가는 그런 둔한 아픔이 아니라 좀더 분명하고 이미 아물기 시작한 상처 같은 느낌이다. 공기 중으로 비 온 뒤의 토양 냄새 같은 것이 풍기면서 모든 것이 새롭게 시작되는 것처럼 느껴졌다.

나는 테이블에서 열쇠꾸러미를 집어들었고 문을 잠그지 않은 채 방을 나섰다.

엄청난 허기가 느껴졌다. 나는 곧바로 저장실에서 병에 든 피클을 마구 입속에 집어넣다가 질려서 멈췄다. 너무 피곤해서 앞이 제대로 보이지 않았다. 수프 한 그릇을 세레디스에게 가져다줄 생각이었는데 그만 주방 식탁에 엎드려 잠들고 말았다. 일어나보니 햇살이 거의 다 사라지고 깜깜했다. 나는 다시 불을 켜고 옷을 걸치고 바닥에 떨어진 재를 치운 다음 서둘러 수프를 데워서 세레디스의 방으로 갔다. 수프는 미지근한 것보다 살짝 더 따뜻한 정도였지만 어쨌든 그녀는 자고 있을 테니 상관없었다. 나는 발로 문을 열고 주위를 살폈다.

세레디스는 잠에서 깨서 앉아 있었다. 램프가 켜져 있고 그 앞에 놓인 물이 담긴 유리잔이 세레디스가 꿰매고 있는 셔츠 위로 빛을 모아주었다. 그녀는 나를 쳐다보고는 미소를 지었다. "훨씬 좋아 보이는구나, 에밋."

"저요?"

"그래." 그녀가 나를 유심히 쳐다보더니 그녀의 표정이 바뀌었다. 그리고 바느질을 멈추고는 잠시 후 셔츠를 내려놓았다. "앉으렴."

나는 협탁에 쟁반을 내려놓은 다음 세레디스 옆으로 의자를 가져다 놓았다. 그녀가 팔을 뻗어 손가락 하나로 내 턱을 밀자 얼굴이 램프 불빛

109

쪽으로 기울었다. 연장을 잡는 법을 고쳐주거나 일을 어떻게 끝내는지 보여줄 때 내 쪽으로 몸을 기댄 적이 있어서 첫 신체 접촉은 아니었지만 이번에는 온몸에 소름이 돋아 그대로 얼어붙었다.

그녀가 말했다. "네 속의 평화를 찾았구나."

나는 고개를 들어 그녀의 눈을 쳐다보았다. 그녀가 고개를 끄덕였다. 그리고 길게 숨을 내쉬고는 베개에 기댔다. "잘했어." 세레디스가 말했다. "조만간 그럴 줄 알았지. 기분이 어떠니?"

나는 대답하지 않았다. 마음이 너무 약해져서다. 아무리 그녀라 할지라도 그 이야기를 꺼낸다면 그대로 무너져버릴 것 같았다.

그녀는 천장을 바라보며 미소를 짓더니 내 쪽으로 눈을 옮겼다. "기쁘구나. 넌 누구보다도 심하게 열병을 앓았어. 이제 더는 없겠지. 아," 그녀는 마치 내가 말을 한 것처럼 어깨를 으쓱였다. "맞아, 이제 다 수월할 거야. 뭔가 허전한 부분이 느껴지겠지만, 더는 악몽도 공포도 없을 거란다." 그녀는 말을 멈췄다. 숨소리가 거칠었다. 그녀의 관자놀이 위 피부가 파르르 떨렸다.

"전 아무것도 몰라요." 내가 대답했다. 나는 있는 힘을 쥐어짜 말을 꺼냈다. "일이 어떻게 진행되는지조차 모르는데 어떻게 제본사가 될 수 있어요—."

"아직은 아니야. 지금 한다면 그건 임종의 제본이 되겠지." 그녀가 침을 삼키는 것 같은 소리를 내며 웃었다. "내가 몸이 회복되면 가르쳐주마, 에밋. 제본 자체는 자연스럽게 하게 되지만 넌 나머지 부분을 배워야 하니……." 그녀가 말끝을 흐리고 기침을 했다. 나는 물을 한잔 따라 건넸지만 그녀는 보지도 않고 손사래를 쳤다. "눈이 그치고 나면 우린 리틀워터에 사는 친구 집에 갈 거란다. 그녀는 내……." 세레디스가 숨이 차는지 말을 더듬었다. "내 스승님의 마지막 도제란다. 내가 그를 떠난 뒤로……. 그녀는 지금 가족과 함께 마을에 살고 있단다. 훌륭한 제본사야. 조산사이기도 하고." 그녀가 이렇게 덧붙였다. "제본과 의술은 항상 함께였지. 고통을 줄이고 사람들을 삶과 죽음으로 보내는 일을 하니까."

나는 침을 삼켰다. 하지만 동물들이 태어나고 죽는 모습을 너무 많이 보아온 나는 이제 겁이 나지 않았다.

"넌 잘할 거야, 에밋. 우리가 왜 이 일을 하는지만 기억하면 아무 문제 없어." 그녀가 눈을 반짝이며 슬쩍 나를 쳐다보았다. "가끔은 우리가 하는 제본 작업이 꼭 필요하단다. 사람들이 뭐라고 하던 간에."

"세레디스, 제본소를 불태우려고 사람들이 왔던 날 밤……." 그 말이 입 밖으로 쉽게 흘러나왔다. "그 사람들은 당신을 두려워했어요."

그녀는 대답하지 않았다.

"세레디스, 그들은 그 폭풍을……제가 불러냈다고 생각했어요. 그 사람들이 당신을 마녀라고 불렀으니 이 말은 곧—."

세레디스는 다시 웃음을 터트렸다. 그러다 기침을 했고 침대 한 귀퉁이를 잡고 숨을 돌렸다. "그들이 말하는 것처럼 우리가 그 모든 걸 다 할 수 있다면 난 비단이불을 덮고 황금실로 만든 옷을 입고 살겠지."

"그렇지만 분위기가 꼭—."

"되도 않는 소리 하지 마." 세레디스가 거칠게 숨을 들이마셨다. "우리는 아주 오래 전부터 마녀로 불려왔어. 교활한 말장난으로 악마를 불러낸다고……. 우리는 그런 이유로 화형을 당하기도 했지. 십자군은 새삼스럽지 않고 우린 늘 희생양이 되어야 했어. 지식이란 항상 마법과 같은 거라고 난 생각해. 그러니까 아니야. 넌 제본사고 그 이상도 그 이하도

111

아니야. 당연히 네가 날씨를 조종할 수도 없고." 마지막 말은 다급하고 숨이 가빴다. "이제 더는 없을 거야."

나는 고개를 끄덕이고 또다른 질문을 억지로 삼켰다. 세레디스가 회복되고 나면 마음껏 물어볼 수 있다. 그녀가 내게 미소를 짓고 눈을 감았고 나는 그녀가 잠이 들었다고 생각했다. 그래서 일어나려는데 그녀가 의자 쪽으로 손짓했다. 나는 다시 앉았다. 잠시 후 침묵이 내가 알지 못하는 몸속 매듭을 풀기라도 한 듯이, 몸이 느슨해졌다. 난롯불이 거의 다 죽었다. 잉걸불 위로 재가 나방처럼 날갯짓을 했다. 불을 갈아야 하는데 일어설 수가 없었다. 나는 반지처럼 둥근 램프 불빛에 손가락을 넣어보았다. 다시 의자에 등을 기대니 퀼트 이불의 양치식물 무늬가 두드러졌다. 세레디스가 긴 겨울 동안 조각보를 하나씩 잇는 모습을 그려보았다. 난롯가에 앉아 실을 치아로 끊으며 인상을 쓰는 그녀의 모습이 떠올랐다. 그런데 내 마음속에서 세레디스는 곧 다른 사람으로 바뀌었고, 그 사람은 어머니이면서 동시에 알타인, 젊으면서도 또한 나이가 있는 여성의 모습이었다.

그때 초인종이 울렸다. 나는 자리에서 일어나려고 애썼지만 머리가 빙글빙글 돌았다. 계속 졸고 있었던 것이다. 비몽사몽일 때 이곳을 향해 마차와 말이 터덜터덜 달려오는 소리가 났다. 나는 지금에서야 겨우 알아차렸다. 밖은 어두웠고 창문에 비친 내 얼굴은 유령처럼 당혹스러웠다. 다시 초인종이 울렸고 현관 아래서 안달난 목소리가 웅얼거렸다. 손전등의 불빛이 깜박였다.

슬쩍 세레디스를 쳐다보니 잠들어 있었다. 이번에는 초인종 줄이 너무 세게 당겨져 불평하는 것처럼 길게 울렸다. 세레디스의 얼굴이 일그러지더니 숨소리가 달라졌다.

나는 서둘러 방을 나서서 계단을 내려갔다. 초인종이 안달하며 불협화음을 낼 때 내가 소리쳤다. "네, 알았어요, 간다고요!" 냉큼 뛰어가서 문을 열 때까지도 나는 두렵지 않았다. 그런데 숨을 헐떡이다가 혹시 횃불을 든 남자들이 우리를 태워버리려고 다시 돌아온 것이 아닌가 하는 생각이 퍼뜩 들었다. 다행히도 그런 것은 아니었다.

내 앞에 서 있는 남성은 뭔가를 말하고 있었다. 그는 말을 하다 말고 나를 위아래로 훑었다. 커다란 모자와 긴 망토 차림으로 어둠 속에서 형체와 눈빛만 반짝일 뿐 다른 것은 보이지 않았다. 그 뒤로 좌석 난간에 손전등이 달린 마차가 보였다. 불빛 덕분에 말에게서 피어오르는 열기와 숨소리가 고스란히 드러났다. 몇 발자국 뒤에 또다른 남성이 이를 덜덜 떨며 서성거렸다.

"무슨 일입니까?"

내 앞에 선 남성이 쿵쿵거리더니 장갑을 낀 손으로 코를 닦았다. 그는 모자를 벗어 내게 건넨 다음 앞으로 걸어와 억지로 문지방을 넘었다. 그리고 장갑에서 손가락을 하나씩 빼고는 손을 모자챙 위로 올렸다. 곱슬머리가 어깨까지 내려왔다. "우선은 따뜻한 음료와 제대로 된 저녁을 먹어야겠어. 들어와요, 퍼거슨. 밖은 지독하게 추우니까."

"당신은 대체 누구죠?"

그가 슬쩍 나를 쳐다보았다. 퍼거슨이라는 다른 남성이 성큼성큼 안으로 들어오더니 언 발을 동동 구르며 녹였고 어깨 너머로 마부에게 말했다. "기다려주겠소?" 그는 육중한 쿵 소리와 함께 바닥에 가방을 내려놓았다.

남성이 한숨을 쉬었다. "도제인가 보군. 난 드 하빌랜드고 세레디스를 진찰해줄 퍼거슨 박사를 모셔오는 길이야. 그녀는 좀 어때?" 그는 벽에

113

걸린 작은 거울 앞으로 가서 안을 들여다보며 콧수염을 다듬었다. "집 안이 왜 이렇게 어둡지? 세상에, 불을 좀더 밝혀봐."

"전 에밋이에요."

그는 내 이름 따위는 중요하지 않다는 듯 손을 흔들었다. "그녀는 깨어 있나? 의사 선생님은 진료를 보고 곧바로 돌아가야 해."

"아니요, 아마 주무실—."

"그럼 우리가 깨워야겠군. 차와 브랜디를 좀 가져와. 그리고 먹을 것도." 드 하빌랜드는 나를 지나쳐 성큼성큼 계단을 올랐다. "퍼거슨 씨, 이쪽입니다."

퍼거슨은 젖은 옷에서 눅눅한 냄새를 풍기며 그를 뒤따라가다가 나에게 자신의 모자를 건넸다. 나는 다른 한쪽 고리에 모자를 걸면서 부드러운 펠트 천에 손톱자국을 냈다. 드 하빌랜드의 말을 따르고 싶지 않았지만, 지금은 문이 닫혔고 너무 어두워 잘 보이지 않았다. 그래서 램프를 켰다. 그들의 발자국이 복도에 남았고, 그들이 신고 온 부츠 굽에서 떨어진 진흙이 작은 덩어리가 되어 계단에 흩어졌다.

나는 머뭇거렸다. 분노와 알 수 없는 마음이 여러 갈래로 흩어졌다. 나는 주방으로 들어갔고 세레디스를 위해서라고 스스로를 다독이며 차를 끓여 위층으로 가져갔다. 그런데 노크를 하니 드 하빌랜드의 목소리가 말했다. "좀 기다려." 그는 캐슬퍼드의 억양을 썼지만 목소리에서 다른 누군가를 연상시켰다.

나는 목소리를 높여 문틈으로 말했다. "하지만 그쪽아—."

"기다리라고!"

"에밋이니?" 세레디스가 말했다. "들어오렴." 그녀가 기침을 했고 문을 여니, 숨을 고르려고 애쓰며 이불보를 꽉 움켜쥐고 있는 그녀의 모습이 눈에 들어왔다. 그녀는 고개를 들어 충혈된 눈으로 나를 쳐다보았다. 그리고 내게 들어오라고 손짓했다. 드 하빌랜드는 팔짱을 끼고 창가에 서 있었다. 퍼거슨은 난롯가에서 두 사람을 쳐다보았다. 방이 아주 비좁게 느껴졌다.

"이쪽은 에밋이야." 세레디스가 겨우 입을 열었다. "내 도제지."

"벌써 인사했어요." 내가 대답했다.

"네가 여기 왔으니," 드 하빌랜드가 말했다. "자네가 스승에게 좀 이성적으로 생각하라고 말해봐. 캐슬퍼드에서 여기까지 왔는데 의사의 진료를 거부하고 있어."

그 말에 세레디스가 대답했다. "너한테 와달라고 한 적 없어."

"당신의 도제가 그랬죠."

그녀가 노려보자 내 뺨이 달아올랐다. "그렇다면 네 시간을 낭비하게 한 걸 사과할게."

"이건 말도 안 돼. 내가 바쁜 사람이라는 거 알잖아요. 제본할 일이 있고—."

"와달라고 한 적 없다고 말했잖아!" 그녀가 어린아이처럼 고개를 절레절레 흔들었고 드 하빌랜드는 의사 쪽으로 눈을 굴렸다. "난 멀쩡해. 며칠 전에 감기에 걸린 것뿐이야."

"그렇지만 기침을 심하게 하시는데요." 처음으로 의사가 입을 열었고 수완 좋은 그 목소리가 낮간지럽게 들렸다. "저한테 증상이 어떤지 조금만 더 말해주시면 좋겠네요."

세레디스가 어린아이처럼 입을 비쭉거리기에 나는 그녀가 거절할 거라고 확신했다. 그런데 그녀는 드 하빌랜드를 슬쩍 쳐다보더니 결국 입을 열었다. "피곤해요. 열도 있고. 가슴이 아파요. 그게 전부입니다."

"그렇다면 제가 혹시……." 의사가 세레디스에게 다가가 재빨리 손목을 잡았고 너무 민첩하게 움직이는 통에 그녀가 뿌리칠 겨를이 없었다. "아, 그렇군요. 감사합니다." 그는 내가 해석할 수 없는 눈빛으로 드 하빌랜드를 쳐다보더니 말했다. "우리가 더 이상 폐를 끼칠 필요는 없을 것 같아요."

"잘 알겠습니다." 드 하빌랜드가 침대를 지나다가 할 말이 있는 것처럼 멈춘 다음 어깨를 으쓱였다. 그는 전에 그랬듯 내게 한 걸음 다가왔고, 아무 생각이 없는 그 행동은 나에게 자신의 길을 막지 말라는 의미였다. 퍼거슨이 뒤따랐고 나와 세레디스 둘만 남았다.

"죄송해요. 걱정이 돼서 그랬어요."

그녀는 내 말을 듣고 있는 것 같지 않았다. 눈을 감았고 뺨에는 붉은 잉크처럼 혈관이 튀어나왔다. 하지만 그녀는 내가 그 자리에 있는 것을 알았다. 잠시 뒤 내 쪽으로 돌아보더니 아무 말 없이 나를 내보냈다.

나는 복도로 나왔다. 램프 불빛이 계단을 반으로 나누고, 난간을 통해 모든 것을 희미한 금빛으로 물들였다. 복도를 걸어가는 두 사람의 목소리가 들렸다. 나는 계단 맨 위로 올라가 멈추고 귀를 기울였다. 그들의 목소리는 아주 멀게 느껴졌다.

"……고집이 센 노파예요." 드 하빌랜드가 말했다. "정말 미안하군요. 집배원이 말을 전할 때는 그녀가 부탁한 거라고 생각했는데―."

"천만에, 괜찮아요. 어떤 경우든 충분히 그녀를 살폈으니까. 물론 많이 약해져 있지만 갑자기 상태가 나빠지지 않는 이상 크게 걱정할 일은 없을 겁니다." 퍼거슨이 복도를 가로질렀고 나는 그가 모자를 챙기는 거라고 생각했다. "어떻게 할지 결정은 내렸나요?"

"여기에 묵으면서 그녀를 좀더 살펴야겠어요. 괜찮아질 때까지 아니면—."

"그녀가 이런 외딴 곳에 나와 있다는 게 참 안타깝군요. 안 그러면 나도 같이 있어줄 텐데."

"정말이지." 드 하빌랜드가 대꾸하며 콧방귀를 꼈다. "그녀는 시대착오적인 사람이에요. 누군가는 우리가 암흑시대에 살고 있다고 생각하겠죠. 그녀가 계속 제본일을 하겠다면 내 제본소에서 안락하게 일을 할 수도 있는데. 몇 번이고 설득하려고 했지만⋯⋯. 그녀는 여기 남겠다고 했어요. 그리고 지금 빌어먹을 도제까지 들이고⋯⋯."

"그녀는 뭐랄까⋯⋯고집불통이군요."

"정말 사람을 짜증나게 하죠." 드 하빌랜드가 이 사이로 씩씩거리며 숨을 내뱉었다. "어쩔 수 없잖아요. 한동안 그걸 견디면서 그녀가 생각을 바꿀 수 있도록 노력해봐야겠어요."

"행운을 빌게요. 참—." 뭔가 닫힌 것이 열리고 다시 닫히는 소리가 났다.

"그녀가 고통스럽다거나 잠을 못 잔다면 이 약을 몇 방울 주면 효과가 있을 겁니다. 몇 방울만 써야 해요."

"네, 알겠어요. 조심히 들어가세요." 문이 열렸다가 닫히고 밖에서 마차가 삐걱거리며 움직이는 소리가 났다. 동시에 드 하빌랜드가 계단을 오르는 발자국 소리도 들렸다. 그가 나를 보더니 램프를 들어올리고 살폈다. "엿듣고 있었지?" 하지만 그는 내게 대답할 시간을 주지 않았다. 그저 나를 스쳐가며 어깨 너머로 덧붙였다. "내가 쓸 깨끗한 침구를 가져와."

나는 뒤따라 걸었다. 그가 내 방문을 열더니 멈춰서 내 쪽으로 고개를 까닥였다. "무슨 용건 있어?"

내가 대답했다. "여긴 제 방이에요. 전 어디서 자라고—."

"그건 내 알 바가 아니야." 그 말과 함께 드 하빌랜드는 내 눈 앞에서 문을 닫았고 나는 그렇게 어둠 속에 홀로 남겨졌다.

7

나는 담요를 둘둘 감고 응접실에서 잤다. 반짝이는 말 털로 만들어진 소파는 아주 미끄러워서 한 발을 바닥에 대고 몸을 지탱하며 자야 했다. 일어나니 여전히 춥고 어두웠고 온몸이 쑤셨다. 혼란스러웠다. 잠시 나는 바깥 어딘가에, 거대한 겨울의 폐허에 둘러싸여 있다고 느꼈다.

너무 추워서 나는 다시 잠들 생각조차 하지 못했다. 나는 담요를 어깨에 두른 채 자리에서 일어나 뻐근한 몸을 이끌고 주방으로 향했다. 화덕에 불을 지피고 찻주전자를 올려놓는 사이에 마지막 새벽별이 지평선 위로 희미해졌다. 하늘은 맑았고 내가 차를 마시고 위층으로 가지고 올라갈 차를 새로 끓이는 동안 주방은 햇살로 가득 찼다.

층계참을 가로지르는데 내 침실 문이 열리는 소리가 났다. 나는 처음으로 그 소리가 얼마나 익숙한지 깨달았다. 전혀 생각할 필요 없이 그것이 세레디스의 방이 아니라 내 방문 소리라는 것을 곧장 알아차렸다.

"아, 면도할 물이 필요한 참인데. 신경 쓰지 마. 찻물로 해도 되니까. 이리 가져다줘."

나는 계속 눈앞에 아른거리는 주방 창문의 잔상을 없애려고 눈을 깜박였다. 드 하빌랜드가 셔츠 바람으로 문 앞에 서 있었다. 이제 빛이 잘 들어오면서 그의 모습이 제대로 보였다. 밝은 갈색 곱슬머리, 창백한 눈동자, 자수가 놓인 조끼, 나를 무시하는 얼굴 표정까지. 그가 몇 살인지 가늠하기 어려웠다. 머리카락과 눈동자 모두 색이 연해서 40대일 수도, 60대일 수도 있었다. "이봐, 서둘러."

"이건 세레디스에게 가져다줄 거예요."

잠시 나는 그가 반대할 거라고 생각했다. 하지만 그는 한숨을 쉬더니 이렇게 말했다. "잘 알겠어. 한잔 더 가져와. 그리고 뜨거운 물도."

그는 나보다 앞서 세레디스의 방에 노크도 하지 않고 들어갔다. 닫히려는 문을 팔꿈치로 잡고 그를 따라 등부터 들어섰다.

"저리 꺼져." 세레디스가 말했다. "에밋 너 말고."

그녀는 앉아 있었다. 부스스한 백발에 창백한 얼굴이었고 손가락은 턱 아래로 퀼트 이불을 꽉 붙잡고 있었다. 여위었지만 뺨에는 혈색이 돌았고 눈동자는 전처럼 날카롭게 빛났다. 드 하빌랜드가 그녀에게 떨떠름한 미소를 지었다. "일어나 있었군요. 알았어요. 기분은 좀 어떠세요?"

"안 좋아. 네가 왜 여기 있는 거야?"

그가 한숨을 쉬었다. 그리고 얼룩덜룩한 팔걸이의자에서 보이지 않는 먼지를 턴 다음 그 위에 앉아 바지를 무릎까지 휙 끌어올렸다. 그는 고개를 돌려 방을 살피며 갈라진 회반죽 틈, 침대 다리의 찍힌 자국, 퀼트 패치의 어두운 푸른 다이아몬드 무늬에 간간이 시선을 멈추었다. 내가 협탁에 쟁반을 내려놓자, 그는 내 쪽으로 몸을 구부려서 하나밖에 없는 잔에 차를 따르고는 얼굴을 살짝 찡그리며 들이켰다.

"정말 피곤하군요. 시간 낭비 그만하고 내가 당신을 걱정한다는 걸 좀 알고 행동해줬으면 좋겠어요." 그가 말했다.

"어림없는 소리. 네가 언제부터 날 걱정했다고? 에밋, 가서 잔을 두 개 더 가져오겠니?"

나는 이렇게 말했다. "괜찮아요, 세레디스. 전 목이 마르지 않아요."

바로 그때 드 하빌랜드가 말했다. "하나면 충분할 것 같은데."

나는 이를 악물고 그를 쳐다보지 않고 방을 나섰다. 그리고 주방으로 간 다음 최대한 빨리 돌아갔지만 계단을 거의 다 올라갔을 때 잔을 다시 흘끗 보니 안쪽에 먼지가 있었다. 드 하빌랜드가 마실 잔이면 그냥 놔뒀겠지만, 세레디스의 침실 문을 열면서 손가락으로 잔을 닦았다. 그녀는 팔짱을 끼고 꼿꼿하게 앉아 있었고, 드 하빌랜드는 자기 의자에 기대 있었다.

"절대 안 돼요." 그가 말했다. "당신은 훌륭한 제본사니까. 물론 구식이지만……아무튼 좋아요. 당신은 내게 도움이 될 거예요."

"네 제본소에서 일하라고?"

"제 제안이 아직 유효하다는 거 아시잖아요."

"차라리 죽는 게 낫지."

드 하빌랜드가 의도적으로 나를 쳐다보았다. "마침내 돌아와서 기쁘구나." 그가 말했다. "세레디스가 목이 말라죽기 전에 그녀에게 차 한잔 따라줄 호의는 있겠지."

나는 아무 대꾸도 하지 않았다. 홍차를 깨끗한 잔에 따라서 세레디스에게 건네며 그녀가 잘 잡을 수 있게 내 손으로 그녀의 손을 감쌌다. 그녀가 슬쩍 나를 쳐다보았고 얼굴에서 날카로움이 조금 사라졌다. "고맙구나, 에밋."

드 하빌랜드는 엄지와 검지로 콧등을 어루만졌다. 그는 웃고 있었지만 따스함이 느껴지지 않았다. "세상이 변했어요, 세레디스. 당신의 건강 문제가 아니더라도 다시 생각해봤으면 좋겠어요. 이런 외딴곳에서 무시받으며 제본을 하고 미신을 믿는 소작농들하며……. 우리는 더 좋은 평판을 얻기 위해 열심히 일했다는 거, 당신도 알잖아요. 이제야 사람들이 우리가 마녀가 아니라 영혼을 치료하는 의사라고 이해하기 시작했어요. 당신은 일은 하지만 신용은 전혀 얻지 못하고—"

"날 가르치려 들지 마."

드 하빌랜드가 손가락을 벌려 이마에 붙은 머리카락을 떼어냈다. "전 단지 우리가 십자군으로부터 얻은 교훈을 잊지 말아야 한다고—."

"넌 십자군 때 태어나지도 않았어! 어디서 감히—."

"네네, 알겠다고요!" 잠시 뒤 그는 차를 좀더 따랐다. 차가 염료처럼 너무 진하게 우러났지만 그는 알아차리지 못하고 있다가 한 모금 마시고 는 입술을 구겼다. "이성적으로 생각해요, 세레디스. 올해 몇 명한테 제본을 해줬어요? 네 명? 다섯 명? 도제는 고사하고 혼자서도 한가할 정도로 일이 없잖아요. 게다가 모든 소작농들은 이 작업에 대해 전혀 이해하지 못하고. 그들은 당신이 마녀라고 생각해요……." 그는 몸을 앞으로 구부리고 한층 누그러진 목소리로 말했다. "제본사들이 존중받는 캐슬퍼드로 오는 게 더 즐겁지 않을까요? 책이 더 존중받는 곳으로? 아시겠지만 제가 영향력이 꽤 있어요. 최고의 가문들을 돌보고 있고요."

"가문들을 돌본다고?" 세레디스가 되물었다. "제본은 평생에 한번 해야 해."

"아, 정말……. 고통을 줄일 수 있다면 누가 제본을 안 하려고 할까요? 당신은 너무 자기 고집만 피워요."

"그만!" 그녀가 잔을 옆으로 밀자, 차가 패치워크 위로 튀었다. "난 캐슬퍼드로 가지 않아."

"시대착오적인 속물근성으로 가득 차 있군요. 이 우중충한 곳에서 썩어가는 걸 좋아하는 이유가—."

"넌 이해하지 못하지, 그렇지?" 세레디스가 그렇게 힘들게 화를 참으려고 애쓰는 모습을 처음 본 나는 속이 뒤틀렸다. "무엇보다도 책들을 두고 갈 수 없어."

그는 찻잔을 잔 받침에 쨍하고 내려놓았다. 그의 새끼손가락에서 문장이 새겨진 반지가 나른하게 반짝였다. "말도 안 되는 소리 좀 하지 마세요. 양심의 가책을 느끼는 건 이해하지만 간단한 문제예요. 책을 가져가면 되니까. 제 지하창고에 공간이 있어요."

"내 책을 네게 주라고?" 그녀가 웃었다. 마치 나뭇가지가 부서지는 것 같은 소리였다.

"제 지하창고는 매우 안전해요. 당신이 제본소에서 가지고 있는 것보다 더."

"그거구나?" 세레디스가 고개를 저은 뒤 베개에 기대며 살짝 숨을 헐떡였다. "진작 알아차렸어야 했는데. 그게 아니면 네가 여기 올 이유가 뭐가 있겠어? 넌 내 책을 쫓아온 거야. 당연히."

드 하빌랜드가 몸을 똑바로 세웠고 처음으로 뺨이 붉게 달아올랐다. "제가 그럴 필요가―."

"실제로 네 지하창고에 보관된 책이 몇 권이지? 네가 새 제본소를 지을 때 그 돈을 어떻게 충당했는지 내가 모를 것 같아, 그 조끼까지?"

"제본 거래는 전혀 불법이 아니에요. 그저 편견일 뿐이지."

"난 제본 거래를 말하는 게 아니야." 그녀는 입이 쓴 것처럼 얼굴을 일그러뜨리며 그 단어를 말했다.

"주인의 동의 없이 제본한 책을 파는 걸 말하는 거야. 그건 불법이지." 그들은 한동안 서로를 노려보았다. 세레디스는 힘줄이 다 보이는 창백한 손으로 목걸이를 꽉 잡았다. 그녀는 빼앗길까봐 두려운 듯 목걸이에 달린 열쇠를 꽉 쥐었다.

"아, 세상에나." 드 하빌랜드가 자리에서 일어나서 말했다. "뭐 하러 내가 신경을 썼는지 모르겠군요."

"나도 마찬가지야. 그만 돌아가지 그래?"

그는 과장되게 한숨을 쉬고는 천장의 갈라진 회반죽 틈을 향해 눈길을 돌렸다. "당신이 나으면 돌아갈 거예요."

"아니면 내가 죽었을 때겠지. 그게 네가 진짜로 바라는 거 아니야?"

그는 세레디스 쪽으로 살짝 고개를 까닥거린 뒤 방을 나섰다. 나는 벽에 기대어 그가 지나갈 수 있게 길을 터주었고 그는 나와 눈길을 마주치고는 내가 그곳에 있다는 것을 까먹었던 것처럼 움찔했다. "뜨거운 물을 가져와." 그가 말했다. "내 침실로. 지금 당장." 그가 문을 쾅하고 닫는 통에 벽이 사방으로 흔들렸다.

세레디스가 곁눈질로 나를 쳐다보고는 고개를 끄덕이더니 퀼트 속 패턴을 들여다보듯 이불을 당겼다. 그녀가 아무 말이 없어서 나는 헛기침을 했다. "세레디스⋯⋯저 사람을 내보내라고 하신다면⋯⋯."

"네가 그럴 수 있겠니?" 그녀가 고개를 저었다. "아니, 에밋. 내가 나은 걸 보면 알아서 떠날 거야. 그리 오래 걸리지 않겠지." 그 목소리에서 어딘지 모르게 먹먹한 느낌이 풍겼다. "그동안은⋯⋯."

"네?"

그녀가 날 쳐다보았다. "그에게 화를 내지 않도록 조심하렴. 그가 네게 필요할지 모르니까, 아직은."

그러나 잠깐의 공모는 큰 위안이 되지 못했다. 날이 흘러도 드 하빌랜드는 떠날 기미를 보이지 않았다. 나는 세레디스가 왜 가만히 보고만 있는지 이해할 수 없었지만, 그녀의 허락 없이 그에게 떠나달라고 말할 수 없다는 것쯤은 알고 있었다. 그가 여기 있게 된 이유가 내 잘못 때문이라는 것을 알지만, 소금에 절인 돼지고기 스튜의 덩어리를 짓궂게 쑤시거나 셔츠 몇 장을 던지며 빨아 오라고 할 때는 속으로 화를 삼키기가 쉽지 않았다. 내가 해야 하는 집안일과 세레디스를 돌보는 일, 드 하빌랜드로 인해 생기는 잡일들 때문에 다른 것을 할 시간이 없었다. 힘들고 단조로운 일과 억울함으로 가득 찬 시간이 흘렀고, 나는 작업장에 발을 들일 수조차 없었다. 드 하빌랜드가 오기 며칠 전까지만 해도 여기가 내 집인 것처럼 편안하게 느껴졌지만 이제 그런 기분은 거의 다 사라지고 기억도 나지 않았다. 지금 나는 노예 신분으로 강등된 상태다. 하지만 잡일이 최악은 아니었다. 집에서 아프지 않았을 때에는 이보다 더한 일도 했으니까. 이 집 안을 채우는 드 하빌랜드의 존재 자체가 고역이었다. 그렇게 소리 소문도 없이 움직이는 사람은 처음 보았다. 화덕에 불을 때거나 팬을 닦고 있을 때, 한번 이상 목 뒤쪽으로 그의 차가운 시선이 느껴졌다. 그가 눈을 깜박이거나 웃고 있을 것이라고 생각하고 돌아보면 그는 마치 나를 처음 본 동물처럼 노려보고 있었다. 그래서 나도 먼저 시선을 돌리지 않으려고 다짐하고 거기에 맞서면 결국 그가 슬그머니 눈길을 돌려 내가 하는 일을 살핀 뒤 조용히 주방을 나섰다.

어느 날 아침 땔감이 담긴 바구니를 들고 가는데 그가 계단 앞에서 나를 지나치며 말했다. "세레디스는 자고 있어. 응접실에 불을 지펴."

나는 이를 꽉 물고 아무 대답도 하지 않고 주방에 땔감을 쏟아부었다. 그에게 불을 직접 지피라거나 혹은 좀더 가당찮은 말을 해주고 싶었지만, 위층에 무기력하게 누워 있는 세레디스를 생각하니 말을 삼킬 수밖에 없었다. 좋든 싫든 드 하빌랜드는 이 집에 온 손님이다. 그래서 나는 가슴팍에 땔감 몇 개를 올리고 복도를 가로질러 응접실로 갔다. 문이 열려 있었다. 드 하빌랜드는 창문을 등지고 책상 앞에 앉아 있었다. 내가 들어갔을 때 그는 고개를 들지 않고, 마치 내가 난로가 어디 있는지 모르는 사람이라는 듯이 나에게 난로 위치를 가리켰다.

나는 쪼그리고 앉아 살대에 남은 그을음을 벗겨냈다. 고운 나뭇재가 연기처럼 피어올랐다. 불쏘시개를 넣는데 두피 아래에서부터 차갑게 따끔거리는 느낌이 들었다. 그가 보고 있는지 살피려고 슬쩍 돌아보면 지는 것이지만, 어쩔 수 없었다. 드 하빌랜드가 의자에 기댄 채 볼펜으로 치아를 두드리고 있었다. 그가 오랫동안 나를 쳐다보고 있었다는 것을 알게 되자, 나는 열이 받아 눈으로 피가 몰리는 것 같았다. 그러자 그가 옅은 미소를 짓더니 다시 쓰고 있던 편지로 시선을 돌렸다.

나는 억지로 불 피우는 일을 마무리했다. 불을 피우고 불꽃이 잘 퍼질 때까지 기다렸다. 제대로 타오르는 것을 본 다음 자리에서 일어나 셔츠에 묻은 잿빛 얼룩을 털었다.

드 하빌랜드는 책을 읽고 있었다. 그는 여전히 펜을 잡고 있었고 페이지를 넘길 때면 관절 사이로 펜을 매끄럽게 돌렸다. 아주 침착한 얼굴이다. 창밖을 보고 있었는지도 모른다. 그가 잠시 가만히 있더니 다시 책을 쳐다보고 뭔가를 적었다. 그 작업이 끝나자 나를 쳐다보았다. 그는 펜을 내려놓고 콧수염을 다듬은 다음, 입을 가린 손을 어루만지며 내 눈을 바라보았다. 갑자기 어렴풋하게 흥미로운 표정이 드러나더니 그가 책을 들었다.

"마스터 에드워드 알비온은," 그가 말했다. "알비온 제본소의 무명 제본가로 일하고 있다. 블랙 모로코, 금박, 가짜 돋음띠. 검정과 금실로 엮은 꽃 천, 붉은 리본이 달린 면지. 한번 볼래?"

"저는—."

"봐, 조심해서." 그가 갑자기 날카로운 목소리로 덧붙였다. "그럴 만한 책이니까……한, 50기니? 확실히 네가 갚을 수 없는 큰돈이지."

손을 뻗으려는데 머릿속에서 뭔가가 거슬려 도로 집어넣었다. 아주

126

평온하게 책을 읽고 있는 그의 얼굴 때문이었다. 그에게 전혀 권리가 없는 말들, 다른 사람의 기억…….

"싫어? 잘 알겠어." 그가 책을 테이블에 내려놓았다. 그리고 무슨 일이라도 벌어진 듯 나를 쳐다보더니 고개를 저었다. "너도 세레디스의 편견에 동의하고 있구나. 알다시피 이건 학교용 제본서야. 사고파는 거지만 완전히 합법적이고. 누군가의 감정을 상하게 하는 게 아니라고."

"그 말은—." 나는 말을 하려다가 멈췄다. 그의 말뜻이 무엇인지 물어서 그를 만족시키고 싶지 않았고, 설령 물어보았다고 해도 그는 인상을 찌푸렸을 것이다.

"네가 세레디스 밑에서 일을 배우고 있는 게 유감이구나." 그가 말했다. "넌 분명 제본이 암흑시대의 산물이라고 생각하겠지. 주술 읊기나 횟체 부족 시대의 책이 전부가 아니란다. 아." 그가 눈을 굴렸다. "넌 횟체 시대의 책이 뭔지 모르겠구나. 폼페이 도서관은 들어봤니? 르네상스 시대에 행해진 임종 제본이나 팬곤 제본소는? 사우얼리 부인은…… 몰라? 노스 버윅 부족은? 십자군은, 십자군에 대해서는 알겠지?"

"전 몸이 안 좋았어요. 세레디스가 제대로 절 가르칠 틈이 없었어요."

"최고 제본사협회는?" 그가 눈썹을 들썩거리며 물었다. "1750년 기억 판매 조약은? 서적상들에게 면허를 발급하는 규정은? 세상에, 그녀가 대체 뭘 가르쳤니? 아니, 넌 대답하지 않아도 돼." 그가 무시하듯 이렇게 덧붙였다. "난 세레디스를 잘 아니까 넌 아마 석 달 동안 면지만 연습했겠지."

나는 몸을 돌리고 재가 가득 담긴 팬을 들었다. 얼굴이 화끈거렸다. 재의 먼지구름을 흘리며 응접실을 나서는데 그가 나를 불렀다.

"참, 내 침대 시트에서 퀴퀴한 냄새가 나. 좀 갈아주겠어? 그리고 이번에는 제대로 좀 말리도록 해."

그날 오후 세레디스의 방에 쟁반을 가지러 가보니 그녀는 침대에서 나와 있었다. 뺨이 발그레하기 달아오른 채로 창가에 퀼트 이불을 말고 웅크려 앉아 있었다. 내가 방 안으로 들어가자 미소를 지었지만 눈빛이 이상하게 멍했다. "왔구나." 그녀가 말했다. "빠른데. 어떻게 돼가고 있어?"

"뭘 말이에요?" 나는 드 하빌랜드의 침대 시트를 갈고 있었는데.

"당연히 제본이지." 그녀가 말했다. "그녀를 돌려보낼 때 조심해야 한다. 제본을 하게 되면 가끔 그 사람의 기억이 널 쫓기도 해. 물론······첫 한두 해에 그렇긴 하지만 마음을 다스리면 괜찮아. 그래도 위험한 시기니까 조심해야 해······. 네 아버지는 그 이유를 절대 설명해줄 수가 없어. 왜 그 한 가지를 극복하지 못했는지······하지만 내가 궁금한 건······마음속 깊은 곳에서 뭔가 빠졌다는 걸 그들도 알 거야. 넌 반드시 **조심해야 해**." 그녀는 마치 치아가 없는 사람처럼 빈 입속을 씹으며 초조해했다. "가끔 난 네가 너무 일찍 시작했다는 생각이 들어. 준비가 되기 전에 제본일을 하게 내버려둔 것 같아."

나는 쟁반을 다시 내려놓았다. 조심했지만 사기그릇이 덜컹거리며 튀었다. "세레디스? 저예요, 에밋."

"에밋?" 그녀가 눈을 깜박였다. "에밋. 그래. 미안하구나. 난 잠시 생각에 빠져 있었어······."

"혹시······." 내가 갈라지는 목소리로 말했다. "혹시 필요한 게 있으세요? 차를 좀더 내올까요?"

"아니." 그녀는 몸을 떨더니 퀼트 이불을 어깨 주위로 더 바짝 말았다. 추워서 살짝 기침을 했지만 다시 고개를 들었을 때 그녀의 눈동자는 예리하고 밝게 빛났다. "용서하렴. 나처럼 나이가 들면 가끔 정신이⋯⋯혼미해지거든."

"괜찮아요." 나는 그녀가 뭔가를 엎지르기라도 한 것처럼 과하게 호의적인 목소리로 대답했다. "전 그만 나가볼까요?"

"아니. 앉아보렴." 하지만 그녀는 오랫동안 아무 말도 하지 않았다. 구름 그림자가 습지와 도로 위로 배처럼 빠르게 지나갔다.

나는 헛기침을 했다. "세레디스⋯⋯좀 전에 절 누구라고 생각했어요?"

"그는 분명 내가 널 방치하고 있다고 생각할 거야." 그녀가 말했다. 목소리에서 베어나오는 독기로 보아 드 하빌랜드를 말한다는 것을 알 수 있었다. "그는 내가 별난 인간이라고 생각해. 고집불통에 보수적인 늙은이라고. 왜냐면 내가 이 작업을 신성하다고 생각하니까. 그는 그 점을 비웃지. 그에게는 제본이 권력의 수단이야. 그는⋯⋯공경심이 전혀 없어. 난 알아."

나는 아무런 대꾸도 하지 않았고 세레디스가 계속 말을 이었다.

"아직 너무 많은 사람들이 우릴 마녀로 생각한다는 걸 알고 있어. 제본사에 대해 떠들고는 어깨 너머로 침을 뱉지. 어쨌든 그래. 네 부모님 같은 사람들은, 너희 할아버지는 십자군이셨지 안 그러니? 너희 아버지는 적어도 그런 인식이 부끄러운 일이라고 생각하는 예의는 지녔어⋯⋯. 하지만 그건 무시하는 것과 같아. 그가 하는 방식은―."

"드 하빌랜드요?"

세레디스가 콧방귀를 꼈다. "참 터무니없는 이름이지⋯⋯. 아니, 다 잘못된 거야. 자신이 뭘 하는지 모르는 남자들로 가득 찬 제본소라니. **팔기 위해 책을 만들고**⋯⋯. 우리는 사랑으로 아름다운 책을 만드는 건데." 그녀가 몸을 돌렸고 난생처음 보는 단호한 표정을 지었다. "사랑이야. 무슨 말인지 알겠니?"

나는 정확히는 몰랐다. 하지만 고개를 끄덕일 수밖에 없었다.

"제본을 시작하면 제본사와 책이 하나가 되는 순간이 온단다. 넌 그때를 기다려야 해. 작업실이 조용해질 때까지 기다리는 거야. 그들은 두려워해. 항상 두려워해서…… 이야기를 들어주고 기다리는 건 너한테 달렸어. 그런 뒤에 아주 신비로운 일이 일어나. 네 마음이 그들을 향해 열리고 그들이 널 받아들여. 그때 기억이 등장하는 거야. 우리는 그 순간을 키스라고 불러."

나는 고개를 돌렸다. 가족 말고 누구에게서도 키스를 받아본 적이 없었다.

"넌 제본할 때마다 다른 사람이 되는 거야, 에밋…… 그 순간에 그들을 인도해야 해. 그런데 돈을 벌려고 책을 판다면 어떻게 그 일을 할 수 있겠어?"

갑자기 다리가 저려왔다. 욱신거림을 줄여보려고 발을 꼼지락거리다가 벽난로 선반 앞까지 걸어갔다가 다시 의자에 앉았다. 세레디스의 눈길이 나를 따랐다. "네가 드 하빌랜드 같은 제본사가 되길 바라지 않아, 에밋."

"차라리 제 손으로 목을 따고 말거예요. 그렇게 되느니—."

내 말에 그녀가 웃음을 터뜨렸고 그 속에는 마른 고통과 기침이 들어 있었다. "지금은 그렇게 말할 수 있지. 그 말을 지킬 수 있으면 좋겠구나." 세레디스는 어깨가 기형인 사람처럼 보일 만큼 잔뜩 웅크렸고, 퀼트 이불을 파고들었다.

침묵이 흘렀다. 나는 부츠를 신은 발가락을 꼼지락거렸다. 그때 갑자기 한기가 느껴졌다. "왜 저한테 이런 얘기를 해주는 거예요?"

"이제 차를 마셔야겠구나. 가져다주겠니." 그녀가 말했다. "몸이 좀 나아진 것 같구나."

"네." 나는 서둘러 방을 나서다가 너무 세게 문을 미는 바람에 문짝이 벽에 부딪힐 정도로 활짝 열렸다.

드 하빌랜드가 순간 물러섰다. 그는 쭉 문 밖에 서 있었던 것이다. "세레디스와 이야기를 좀 해야겠어. 비켜봐." 그가 말했다.

나는 옆으로 비켜섰다. 그가 고개를 옆으로 기울이고 있는 모습으로 보아 우리가 하는 이야기를 엿듣고 있었다는 것이 느껴졌다. 나는 그러기를 바랐다. 내가 한 말을 그가 들었으면 좋겠다.

"그리고 네 얼굴에서 그 무례한 미소도 좀 지워버리고." 그가 덧붙였다. "내 도제였다면 매질을 했을 거야."

"전 당신의 도제가 아니에요."

그가 나를 밀치고 지나쳤다. "곧 그렇게 될 거야." 그는 이 말을 남기고 문을 세게 닫았다.

그날 저녁 계단을 내려가는데 달빛이 너무 밝아 촛불을 켤 필요가 없었다. 달빛은 이상한 방식으로 내게 달라붙었고 발을 디딜 때마다 거미줄이 끊어지는 것처럼 속삭였다. 나는 뭔가를 찾고 있었다. 그것이 내가 중요하게 생각하는 유일한 것이다.

추웠다. 게다가 나는 맨발이었다. 발을 내려다보니 움직일 때마다 달빛이 피어올라 나를 따라왔다. 나는 꿈을 꾸고 있었다. 그것을 알고 있으면서도 깨지 않았다. 오히려 그 점이 나를 북돋워서 계속 가게 했다. 이제 나는 작업실에 들어왔다. 이곳의 모든 것들이 달빛으로 덮여 있었다. 내가 입고 있는 셔츠가 작업대를 스치며 어두운 자국을 남겼고 반짝이는 먼지가 옷에 들러붙었다. 나는 무엇을 찾고 있는 거지?

창고로 이어지는 문을 향해 걸었다. 하지만 그 문을 통과했을 때(문을 연 것이 아니라 내 손길에 문이 스르르 사라졌다) 나는 의자와 테이블이 있는 다른 방에 가 있었다. 이제 더는 밤이 아니다. 젊은 남자가 날 등지고 앉아 있었다. 그는 루시안 다네이다.

그는 나를 쳐다보려는 듯 고개를 돌렸지만, 세상이 천천히 움직이더니 그의 얼굴을 보기도 전에 나는 바닥으로 고꾸라졌다. 잠깐 동안 추락했고 텅 빈 암흑 속으로 떨어졌다. 그때 놀라 잠에서 깼고 심장이 두근거리고 팔다리는 긴장해서 후들거렸다. 팔 근육을 제대로 움직이기까지 시간이 걸렸지만, 마침내 팔이 조금씩 움직였고 나는 자리에서 일어나 얼굴의 땀을 닦았다. 또다시 악몽이다. 이것도 악몽이라고 칠 수 있다면. 조금만 더 있었더라면 내가 찾던 것을 볼 수 있었을지도 모른다는 생각에 두려움 대신 절망이 강하게 밀려들었다.

한밤중인 줄 알았는데 시계를 보니 일곱 시였다. 늦잠을 잤다는 것을 깨달았다. 난로에 불을 지피고 세레디스에게 가져다줄 차를 타야 한다. 나는 소파에서 미끄러져 내려와 담요를 망토처럼 어깨에 둘둘 감고 복도로 향했다. 그리고 난로에 바짝 붙어서 열기를 충분히 얻을 때까지 한참 서 있었다.

"차를 좀 마시고 싶어. 부탁해."

놀라서 뒤를 돌아보니 드 하빌랜드가 의자에 앉아서 두 손가락으로 얼룩을 지우려는 듯 눈썹을 비비고 있었다. 그는 은색 자수가 놓인 연청색 잠옷 가운을 걸치고 있었지만 그 안에는 옷을 다 차려입었고 한번도 보지 못했던 조끼를 입고 넥타이를 하고 있었다. 그의 눈두덩 아래로는 푸르스름한 그늘이 져 있었다.

적어도 그는 '부탁해'라고 말했다. 나는 대답하지 않았지만 물주전자를 올리고 찻주전자에 차를 한 스푼 탔다. 차통이 너무 낡아서 녹색과 금색 무늬에 녹이 꼈고 뚜껑을 열 때 손가락으로 페인트 부스러기가 떨어졌다.

그가 하품을 했다. "우편물은 얼마나 자주 오지? 일주일에 한 번?"

"네."

"그럼 오늘 오겠군."

"아마도요." 물이 끓어서 찻주전자에 물을 부었다. 수증기가 얼굴로 올라와 열기로 뺨이 따끔거렸다.

"잘됐군." 그는 시계를 꺼내 맞추기 시작했다. 톱니바퀴가 돌아가면서 금속 긁히는 소리가 들려왔다. 나는 목 뒤쪽으로 소름이 끼쳤다. 차가 충분히 우러나지 않았지만 그냥 따랐다. 드 하빌랜드의 얇은 도자기 잔에 담긴 차는 소변과 비슷한 색을 띠었다. 그는 인상을 찌푸렸지만 잔을 들어 입에 가져가서 아무 말도 없이 홀짝거렸다. 그리고는 잔을 정확히 잔 받침 중앙에 쨍하고 내려놓았다.

나는 쟁반을 꺼내고 청색과 흰색이 섞인 잔 대신 세레디스와 내가 쓰던 잔을 놓았다. 톨러가 내가 부탁한 치즈 재료를 가져다준다면 그것으로 디저트를 만들 수 있으니 그녀에게 빵과 버터를 가져다 줄 필요가 없다. 그래서 우선은 사과 말린 것 몇 조각을 병에서 꺼내고 꿀 한 스푼을 잔에 넣었다. 최대한 빨리 드 하빌랜드에게서 벗어나고 싶은 마음에 쟁반을 들다가 차를 좀 쏟았다.

내가 옆을 지나가는데 그가 고개를 들었다. "어디가?"

"세레디스에게 아침을 가져다주려고요."

"아." 그는 내 뒤쪽에서 뭔가가 시선을 사로잡은 듯 눈을 깜박였다.

하지만 이내 안정적인 눈빛으로 나를 쳐다보았다. 그의 동공은 찻잔의 차만큼 연한 갈색이고 콧수염 한 가닥이 삐져나와 있었다. 나는 당장 손을 뻗어 그것을 뽑아내고 싶은 충동이 일었다.

"그럴 필요 없어." 그가 말했다. "안타깝지만 어젯밤 그녀는 숨을 거뒀어."

8

세레디스의 방은 너무 고요해서 마치 사진 속으로 들어가는 느낌이었다. 창문을 빼고 모든 것이 흐리고 어두웠다. 창문 너머 아침 햇살이 지평선 위로 연푸른 띠를 만들었다. 창문 한 귀퉁이에는 돛처럼 거미줄이 쳐져 있었다. 자물쇠를 걸어두었지만 창턱에는 먼지와 마른 풀잎파리들이 밀려들었다. 그 틈 사이로 불어드는 바람이 잦아들었다고는 하지만 어디에서도 아무 소리도 들리지 않았다.

그는 세레디스의 눈을 감은 상태로 두려고 눈에 동전을 올려놓았다. 한쪽은 6펜스를, 다른 한쪽은 하프 기니를 놓아 윙크를 하고 있는 것처럼 기괴해 보였다. 침대에 누워 있는 것은 더 이상 세레디스가 아니기에 뭐든 상관없었다. 나는 침대 발치에 서서 내게 말하고 가르쳐주던 수척하고 주름진 얼굴과 한쪽으로 치우친 눈동자를 기억해보려고 했는데……. 그렇지만 방이 텅 빈 것 같았다. 그녀의 머리카락과 잠옷도 곰팡이나 균처럼 인간이 아닌 유기물로 변했다. 슬픔이나 충격을 느껴보려고 했지만 머리가 말을 듣지 않았다. 사소한 것들만 눈에 들어왔다. 눈이 녹을 때 나는 은은한 금속 냄새, 침대 옆 유리잔에 남은 얼룩, 세레디스의 턱 바로 아래의 닳아 해진 레이스.

이제 어떻게 되는 것일까?

나는 팔을 뻗어 퀼트 이불을 만져보았다. 너무 차갑고 축축했다. 갑자기 터무니없게도 그녀에게 담요를 더 가져다주고 난로에 불을 더 지펴주고 싶었다. 이렇게 추운 곳에 그녀를 눕혀두는 것은 게으르고 불친절한 행동처럼 느껴졌다. 활활 타오르는 불길이 줄어들 때까지 그녀 옆에서 말동무를 해주고 싶은데······. 하지만 어떤 바보가 시신이 있는 방을 데울까? 그리고 내가 장작이 든 바구니를 들고 계단을 오르는 것을 드 하빌랜드가 보면 어떤 표정을 지을지 상상이 간다. 나는 몸을 돌렸다. 말을 하는 것도, 주름 장식이 반쯤 안으로 말린 그녀의 옷깃을 정돈하는 것도, 소매 단을 만져주는 것도 아무 소용이 없다. 그녀는 결국 완전히 떠났고 그렇지 않다고 생각하는 것은 감상일 뿐이다.

나는 문을 닫고 계단을 내려갔다. 바닥과 난간은 어쩜 이리 단단한지, 그 위로 드리운 내 그림자는 어쩜 이리도 아무 일 없다는 듯 빛날 수 있는지, 발을 디딜 때마다 나는 삐걱거리는 소리는 또 왜 그리 시끄러운지 이해가 되지 않았다. 세레디스가 한낱 공기로 변해버린 이 순간에 이 모든 것들이 왜 이렇게 내가 여기 살아 있다고 알려주려 애쓰는 것일까.

"이리 와." 드 하빌랜드의 목소리가 응접실에서 들렸다. 그는 한번도 내 이름을 부른 적이 없었다.

나는 당장이라도 현관문을 열고 나가고 싶었다. 지금부터 계속 걸으면 내일 아침에는 집에 도착할 것이다. 지치겠지만 의기양양하게 농장에 들어설 수 있다. 알타가 농장 문 앞에 서서 놀라 눈을 깜박이며 나를 쳐다보다가 들고 있던 양동이를 떨어뜨리고 내 품에 안기겠지. 나는 부모님에게 몸이 다 나았다고, 우리가 예전처럼 살 수 있다고 말할 것이다. 오늘 가족은 뭘 하고 있을까? 저지대에 배수로를 파야 하고, 이렇게 추운 날은 순무를 뽑기에도 좋다. 어쩌면 어머니가 농장 안마당에 불을 피워두었을 수도 있다. 잠시 동안 진한 나무 장작 타는 냄새와 약간의 피 냄새가 풍기는 것 같았다. 다시 어린아이로 되돌아가는 상상을 하는 것처럼 두근거렸다.

"이리 와, **당장**. 네가 거기 있다는 거 알아."

속이 욱신거렸지만 뒤로 돌았다. 집으로 돌아갈 수는 없었다. 우리 가족이 나를 다시 봐서 기쁘다고 해도 더 이상 나는 그곳 사람이 아니었다. 좋든 싫든 이제 나는 제본사가 되었다. 그리고 제본사의 열병이 학질처럼 내 핏속에 남아 있다면? 아마도 그것을 누르기 위해서 제본사가 될 수밖에 없을 것이다. 지금 집으로 돌아간다면 항상 두려움에 떨겠지. 나는 복도를 가로질러 응접실로 가면서 떨지 않으려고 애썼다. "네, 여기 있어요."

"드디어 왔군." 그는 소파에 앉아 있었고 테이블 위로 빈 찻잔과 접시가 보였다. 그는 난로를 쳐다보았다. 그가 직접 불을 피우기는 했지만 땔감을 너무 많이 넣었다. 나는 곧 저 불이 사그라들 것이라는 사실을 안다. "여긴 끔찍하게 추워. 이 굴뚝은 연기를 제대로 빨아들이지 않아."

그 말이 떨어지기가 무섭게 불꽃이 피식하고 소리를 내더니 사그라졌다. 나는 대답하지 않았다.

그가 혀를 차고는 마치 내 탓인 것처럼 무섭게 노려보았다. "책상에 편지가 두 통 있어. 톨러가 오면 그에게 전해줘. 내 말 알겠지?"

나는 책상으로 가서 편지를 집었다. 퍼거슨 박사 귀하, 캐슬퍼드 마운트 45번지. 장의사 엘리야 오크스 귀하, 캐슬퍼드 하이 스트리트 131번지. "이 건가요?"

그는 자리에서 일어나 창문 쪽으로 몇 걸음 옮겼다. 창밖으로 새 한 마리가 수면을 가로지르며 밝은 물방울 족적을 남기고 바람으로 은빛을 흩뿌렸다. 하지만 나를 돌아봤을 때 그는 마치 배설물을 쳐다보다가 얼굴을 돌린 사람처럼 찡그린 표정이었다. "앉아."

"서 있을게요."

그는 의자를 가리키며 내게 미소를 지었다. 나는 그 눈을 똑바로 노려보려고 했지만 실패했다. "좋아." 내가 의자로 향하자 그가 말했다. 그는 잠시 가만히 서서 잉걸불을 부지깽이로 쑤시다가 한숨을 쉬고 말했다. "세레디스가 죽은 건," 그가 계속 재를 뒤적이며 말했다. "그건……유감스러워."

나는 아무 말도 하지 않았다. 갑자기 위층에서 발자국 소리가 들리지 않을까 싶어 귀를 쫑긋 세웠다.

"물론 나이가 많지. 이건 자연사야. 새 세대가 성숙해지면 한 세대가 저물지. 낡은 규칙이 새로운 것으로 바뀌는 거고. 그런 이치야."

"이만 가도 될까요?"

그가 고개를 들어 나를 쳐다보았다. 그의 얼굴에 살짝 놀란 표정이 깃든 것일까 아니면 새하얀 눈밭에 일렁이는 무늬가 보이는 것처럼 빛에 의한 착시일까? "아니." 드 하빌랜드가 말했다. "우린 의논할 게 많아. 가만히 앉아 있어. 네가 꼼지락거리는 게 볼썽사나우니까."

나는 입술을 깨물었다.

"이제 내가 네 스승이야. 그래서 널 책임지게 되었지." 그는 큰 소리로 글을 읽는 것처럼 말했다. "분명 너도 보장받은 게 있겠지." 그는 의심스럽다는 듯 살짝 말을 멈췄다. "그래도 확실한 건 넌 여기 머물 수 없어."

"여기 있을 수 없다고요?" 그 말이 입 밖으로 나왔을 때 나는 여기에 있는 것이 불가능하다는 것을 깨달았다. 떠난다고 생각하니 갑자기 상처에 찬바람을 쐰 것 같은 느낌이 들었다.

"당연히 안 되지. 누구랑 있겠다는 거야? 난 필요 이상으로 이곳에 머물고 싶은 생각이 추호도 없어. 세레디스는 유별났어. 신기술을 반대하는 운동론자들보다 더 심하게 발전을 혐오했지. 네가 우리가 하는 예술을 이해하거나 그것을 배울 최고의 기회를 얻지 못했다는 게 안타깝구

나. 여기서 이렇게 살면서, 소작농처럼……." 그는 나와 주변 방들에게 알려주기라도 하듯 부지깽이를 들고 손짓했다. "그녀는 수작업만 고집했지. 약간의 손재주만 있으면 누구나 할 수 있는 그런 부수적인 기술로……자신을 찾아오는 모든 손님을 다 받고……자신의 일에 전혀 자부심을 가지지 않은 채……."

"그녀는 제본에 자부심을 가졌어요."

그는 내 말을 듣지 못한 듯 말을 이었다. "그 어떤 일들도 널 제대로 위엄을 갖춘 제본사가 되도록 만들어줄 수 없어. 진정한 제본사는 그럴 필요가 없어. 책 바느질이라든지 재단이라든지 혹은……." 그는 용어를 알지 못하는 일을 말하려는 듯 부지깽이를 사방으로 흔들었다. "진정한 제본사란 말이지, 손이 깨끗해야 해."

나는 곧바로 그의 손을 쳐다보았다. 껍질을 벗긴 버드나무 대처럼 하얗다.

"하지만 당신은 책을 만들어야 하잖아요." 내가 말했다. "누군가는 책을 만들어야 해요."

"물론이지. 캐슬퍼드에 있는 내 작업장에는 훌륭한 작업자가 여러 명이야. 그들이 아주 훌륭한 걸 만드는데 그게……." 다시금 그는 단어가 생각이 나지 않는지 부지깽이를 휘둘렀다.

"표지랑 뭐 그런 것들 말이야. 하지만 그들도 대체 가능하다는 점이 중요해. 내가 하는 일, 아니 우리가 하는 일은 진정한 예술이야. 손톱 밑에 풀과 먼지, 때를 끼워 격을 떨어뜨리는 건 신성모독이지." 그는 옅은 미소를 지어 보였다. "몇 년 동안 난 세레디스에게 장인을 고용해서 진정한 부름에만 집중할 수 있게 하라고 당부해왔어. 그녀가 도제를 고용했다는 이야기를 들었을 때 내 조언을 받아들였구나 싶었어. 그런데 그녀는 네가 제본사가 될 거라고 말했고 제본사의 열병을 심하게 앓고 있어서 네게 책을 보게 할 엄두가 나지 않는다고 하더라고."그의 미소는 줄어들었지만 입꼬리는 어딘가 당겨져 있었다. "걱정 마. 너한테 그 부분에 대해 물어볼 생각은 없으니까."

나는 피가 귀로 몰리는 것을 느꼈다. "전 이제 괜찮아요."

"그렇겠지." 그는 부지깽이를 제자리에 꽂아두고 몸을 돌려 벽에 걸린 사진을 쳐다보았다. 나는 그의 말이 얼마나 잔인했는지 깨닫지 못하고 있다가 이제야 안도감이 밀려드는 것을 느꼈다.

"일이 벌어졌으니," 그가 반짝이는 손톱으로 기울어진 액자의 각을 맞추며 말했다. "네가 사실 제본사라는 점이 나한테는 유용해. 다음 주에 랫워시 경이 날 보자고 했고, 캐슬퍼드에 사는 단골 고객도 내 도움을 필요로 하고 있어. 네가 대신 가면 될 것 같아."

"네? 제가요? 전 못 할―."

"너한테 무슨 큰일을 맡긴 것도 아니고 재량껏 하면 돼. 대상이 하인이니 제본 자체는 그리 힘들지 않을 거야. 내 고객에게 예의바르게 굴고 눈치 있고 신중하게 움직이면 돼. 난 네가 그 역할을 무리 없이 해낼 거라 믿어. 세레디스는 멍청이를 좋아한 적이 없으니……." 드 하빌랜드는 말을 멈추고 슬쩍 어깨 너머로 쳐다보았다.

"돌아가면 네 재능을 제대로 평가하고 그에 맞게 대접해주겠어. 네가 진짜 제본사라면 내가 널 가르쳐주지. 그렇지 않다면 넌 내 작업실에서 기능사로 일하며 생계를 꾸려야 할 거야."

"무슨 말인지 모르겠어요."

"네가 뭘 모르겠다는 건지 모르겠구나." 그는 살짝 어리벙벙한 말투로 덧붙였다. "아주 간단해."

"아니요. 아시겠지만……." 나는 길게 숨을 들이마셨다. "전 누구든, 무엇이든 제본을 해본 적이 없어요. 그게 뭔지도 몰랐어요……. 세레디스가 병이 나기 전날 밤 제게 말해줬어요. 책 마무리 작업은 좀 할 수 있지만 다른 부분은―." 나는 설명할 단어가 떠오르지 않았다. 그 방, 그 깨끗하고 아무것도 없는 끔찍한 방……. "어떻게 하는지 몰라요. 어떤 방식으로 돌아가는지도 모르고요. 그러니 할 수 없어요."

"어떤 **방식**으로 돌아가는지는 아무도 모른단다, 얘야." 그가 한숨을 쉬었다. "그러니까 네 말은……절차를 뜻하는 거겠지. 세상에, 세레디스는 정말 아무것도 안 가르쳐줬구나? 다행히 그건 간단해. 그냥 대상에게 손을 올리고 듣기만 하면 돼. 종이와 펜, 잉크가 있고 상대와 함께 자리에 앉은 다음 상대방이 승낙하면 잘못될 일은 거의 없어. 기억을 관리하는 건 살짝 까다로워서 너무 깊이 들어가서는 안 되고, 뭐 그런 것들이 있지만, 너는 분명 **엄청난** 재능이 있으니 잘 헤쳐나갈 거야. 하녀는 그리 중요한 상대가 아니니까."

"그렇지만―."

"경력이 없는 건 참 안됐지만 넌 최선을 다해야 해. 명심해. 말할 나위도 없지만 최선이 네 미래를 좌우할 테니."

"그래도―."

"이제 그만 짐을 챙겨라. 톨러가 오늘 그 편지를 전해준다면 우리는 내일 이곳을 떠나게 될 거야. 그러면 넌 내 지붕 아래 살게 되고 네가 언제 이곳으로 돌아오게 될지 난 모르겠다."

나는 뭐라고 대꾸하려고 입을 벌렸지만 그가 재빨리 몸을 돌렸다. 아주 잠시 그가 나를 가만히 쳐다보았고(전에 어디서 저런 표정을 봤더라?) 나는 간담이 서늘해졌다. 그는 세레디스의 찻잔으로 팔을 뻗었고 축배를 드는 것처럼 잔을 들어올렸다가 떨어뜨렸다. 잔이 산산조각났다. 나는 청색 도자기 잔의 잔해를 내려다보았다.

"그리고 **말대꾸는 그만해야** 할 거야."그가 아주 침착한 목소리로 말했다.

챙길 짐은 별로 없었다. 집에서 가져온 옷가지 몇 벌과 생필품들이 전부였다. 반짇고리, 접이식 칼, 면도기와 빗, 거의 텅 빈 지갑. 침대 위에 쫙 펼쳐놓고 보니 더욱 몇 개 되지 않았고 세레디스가 내게 준 것들을 더해도 별반 다르지 않았다. 세월의 흔적으로 닳아 매끈해진 접지주걱 한두 개, 돋보기, 가위, 과도와 구두칼. 불현듯이 나는 작업장에서 발견한 은반지가 떠올랐고 만약을 대비해 팔 요량으로 반지를 가져가도 될지 궁금해졌다. 이제 세레디스가 죽고 없으니 아무도 누가 여기에 무엇을 어떤 이유로 남겼는지 몰랐다. 그들이 누구든 다들 죽고 없었다. 하지만 그렇다고 하더라도 여전히 그것은 도둑질이다.

나는 짐을 모두 배낭에 넣은 다음 아래층 응접실에 가져다놓았다. 당연히 드 하빌랜드가 내 방에 있고 그는 창가에 서서 오랫동안 청명한 하늘이 바뀌어가는 모습을 지켜보았다. 톨러가 왔을 때, 그에게 편지를 건네주면서 나는 세레디스가 그날 밤에 세상을 떠난 게 얼마나 다행인지 생각하지 않으려고 애썼다. 그다음 날 밤에 죽었다면, 드 하빌랜드는 여기에 일주일 더 머물며 장의사를 기다려야 했을 테니까 말이다. 이제 기다리는 일만 남았다. 세레디스 혼자 저 닫힌 문 뒤에 있다는 것 말고는 간호하는 것과 다를 바 없다. 촛불을 밝히고 그녀 옆에 앉아 있을까도 생각했지만, 엄청나게 추운 그 방과 멍하게 천장을 올려다보고 있는 어울리지 않는 동전을 생각하니 소름이 끼쳤다.

내가 짐을 다 챙기자 드 하빌랜드는 내 방으로 들어가 문을 닫았다. 아마 그는 자는 중이겠지만 아무튼 어떤 소리도 들리지 않았다. 해가 진 뒤 나는 이 층으로 올라갔고 조용한 어둠 속에 혼자 있느니 차라리 그의 목소리라도 듣는 것이 나을까 싶어 노크를 했다. 그는 대답이 없었다. 마치 그도 죽은 것처럼 침실 두 곳이 모두 조용했다.

떨림과 동시에 웃음이 났다. 내가 점점 이상해지고 있었다. 아래층으로 내려가 몸을 데우는 것이 최선이다. 배가 고프지는 않지만 차를 마시며 필요한 열기를 보충했다. 그리고 아무 생각 없이 작업실로 갔다.

창으로 들어오는 마지막 남은 빛이 각기 다른 프레스의 형태들과 작업대의 잡동사니들을 비춰주었다. 꽤 오랜만에 이곳에 들어왔다. 그런 나를 책망하듯 작업대에 먼지가 뽀얗게 쌓여 있었다. 꿉꿉한 냄새가 풍겨 세레디스가 왜 늘 난로를 켜두었는지 알 것 같았다. 알록달록한 타일 쪽으로 램프를 올렸고, 난로 유리 선반에 그을음이 너무 많이 묻어서 적갈색, 녹색, 황토색 그림자를 알아보는 데 시간이 걸렸다.

세레디스의 앞치마를 걸었던 옷걸이가 바닥에 떨어져 있었다. 물론 그녀는 항상 앞치마를 두르고 있어서 그것을 걸 일이 별로 없었다. 가죽 앞치마를 주워드니 차갑고 뻣뻣했다. 이 앞치마는 잊힌 채 얼마나 오래 이곳에 있었을까? 너무 오래 입어서 가슴판과 허리부분의 모양이 그녀의 몸과 같은 형태로 바뀌었고 풀과 숫돌, 비누가 섞인 그녀의 체취가 풍겼다.

그때 세레디스가 죽었다는 사실이 불현듯 떠올랐다.

가죽 앞치마에 얼굴을 대보기 전까지 내가 그녀를 사랑했다는 것을 깨닫지 못했다. 처음에는 드 하빌랜드가 들을까봐 조용히 있으려고 했다. 하지만 이내 나는 상관하지 않았고 아무도 오지 않았다. 나는 어린아이처럼 작업실 구석으로 기어가 낡고 얼룩진 가죽 앞치마에 얼굴을 묻고, 이 공간과 어둠을 다 가려버렸다. 위층에 있는 저 말라버린 몸에는 세레디스가 있지 않다. 그녀는 이곳에 있고, 내가 그녀를 안고 있다. 놀람과 동정심이 섞인 그녀의 한숨소리와 그녀의 목소리가 들리는 것 같았다. "그만 이리오렴. 그러다 또 아플라. 걱정 마. 넌 괜찮을 거야⋯⋯."

마침내 그 말이 나를 달래주었다. 흐느낌은 하품으로 바뀌었다. 앞치마를 베개처럼 접은 뒤 머리와 어깨 사이에 끼웠다. 천천히 눈물이 내 옷깃을 타고 흘러 가슴을 적셨다. 눈을 깜빡일 때마다 눈꺼풀이 점점 더 무거워졌다. 잠시 동안 나는 어둠의 끝자락에서 춤을 췄다. 그리고 연약함의 소용돌이에서 벗어나 아래층으로 향했다. 달빛은 이상하게 뿌옇게 빛났고, 그 사이로 걸음을 옮길 때마다 매끄러운 소리를 냈다. 비슷한 꿈을 꿔봤기 때문에 이 상황이 꿈이라는 것을 알았고, 기억의 단편들이 마구 뒤섞여서 나를 위협했다. 나는 제본소 한구석에 놓인 레이 프레스와 제본 재단기를 슬쩍 쳐다본 다음, 달빛 안개에 휩싸인 채 다시 계단에 서서 뭔가를 열심히 찾았다. 이번에는 작업장 먼 끝에 있는 문을 지나가야 한다는 것을 알았고, 그곳에 가니 다른 방이 나타났고 루시안 다네이가 테이블 앞에 앉아 나를 쳐다보려고 했다.

그리고 곧바로 세상이 흔들리고 녹아버렸다. 나는 놀라 몸을 세웠고 목과 어깨로 고통이 느껴졌다. 바닥에 누운 상태에서 뼛속까지 한기가 들었다. 접어둔 세레디스의 앞치마가 내 뺨을 파고들었다. 근처에서 문이 닫히는 소리가 났고, 반대쪽에서 계단을 내려오는 발자국 소리가 들렸다.

나는 목의 경련에 움찔하면서 작업대 밑에서 기어나온 뒤 비틀거리며 두 발로 섰다. 이 꼴을 어머니가 봤다면 차가운 바닥에서 잠을 자면 그렇게 된다고 잔소리를 했을 것이다. 꿈속의 절박했던 마음이 여전히 남아 있어서 전보다 더 빠르게 심장이 뛰었다. 그런데 발자국 소리와 문이 닫히는 소리는 진짜였다. 문틈 사이로 희미한 램프 불빛이 새어나왔다. 너무 흐려서 겨우 식별이 되기는 했지만, 맞았다. 누군가, 아마 드 하빌랜드가 내려와 있는 거겠지. 그리고 이제 어렴풋이 소리가 들렸다. 무엇이 떨어져 깨지는 소리, 흥얼거리는 얇은 목소리.

나는 문을 열었다. 그러자 다시 곧바로 꿈속으로 들어왔고, 나는 루시안 다네이가 등을 보이고 앉아 있는 다른 방이 나타날 것이라고 예상했다. 그가 몸을 돌리고 나와 눈을 마주치면 나는 **알게** 될 텐데. 나는 손을 뻗어 문손잡이를 잡았다. 내 앞으로 원래 알고 있던 창고로 이어지는 계단이 보였다. 나는 잠시 실망을 털어내려고 애썼다. 그리고 계단을 내려가다 갑작스런 밝은 빛에 놀랐다. 어둠을 완전히 쫓고 싶었던 듯이, 램프 세 개가 테이블과 양쪽에 뒤집힌 양동이 위에 놓여 있었다. 그는 허둥지둥 잡동사니와 상자들을 벽으로 밀어냈고, 그 덕분에 바닥 중앙에 놓여 있던 커다란 서랍장 뚜껑이 활짝 열렸다. 내가 서 있는 곳에서는 뭐가 들었는지 보이지 않았다.

드 하빌랜드는 책을 한 아름 안고 뒤로 물러섰다. 그 너머로 열린 벽장이 보였다. 숨어 있던 청동 장식 경첩이 돌아가 회반죽 위로 들창코 그림자를 만들었다. 벽장 안은 어두컴컴했는데 벽장이라기보다는 밀실에 가까웠다. 벽은 선반으로 빼곡히 들어찼지만 대부분 비어 있었다. 이곳저곳 책이 누워 있거나 한쪽 벽으로 기울어져 서 있었다. 손이 쉽게 닿지 않는 선반 위에 놓인 일부 책들만 멀쩡했다. 금박이 빛을 받아 선이나 잎사귀, 혹은 이름을 번뜩였다. **앨버트 스미스, 에멀린 리버스 니 로지에.** 드 하빌랜드는 듣기 싫은 콧노래를 흥얼거리다 발걸음을 멈추더니 책

한 권을 더 챙기려고 팔을 뻗으면서, 이미 품 안에 있는 책들은 떨어뜨리지 않으려고 몸을 비틀었다.

"여기서 뭘 하세요?"

그가 뒤돌아보았고 높고 쾌활한 콧노래가 멈췄다. "도제." 그는 단조롭고 쉰 목소리로 말했다. "넌 여기서 뭘 하는 거지? 이 시간에 잠도 안 자고? 세레디스가 그렇게 내버려둔 건 아닐 테고."

"전 작업실에 있었어요. 소리가 들려왔고요."

"난 지금 아주 중요한 작업을 하고 있어." 그가 말했다. 그는 나무상자 쪽으로 비틀거리면서 몇 걸음 옮기더니 그 위로 책을 쏟았다. 움직임이 전보다 더 둔해졌고 고개를 들 때면 휘청거렸다. 지하실 문 안쪽 선반 위에 브랜디 잔이 놓여 있고, 바닥에 호박색 얼룩만 반짝였다. "네가 여기 왔으니 거기 있는 상자 하나를 좀 가져다주겠나? 더 넣으면 들기 너무 무거울 것 같아."

나는 한숨을 쉬었다. 세레디스는 이 층에 있고 그는 이곳에서 술에 취한 채 **노래를 부르며** 선반에 놓인 책을 훔치고 있다.

나는 움직이지 않았다. 그가 나를 지나쳐 바닥으로 상자 하나를 뒤집더니 쏟아진 것들을 발로 치워버리고 빈 상자를 나무상자 옆에 내려놓았다. 또다시 지하실 선반에서 책을 챙겨나올 때 그의 숨에서는 술 냄새가 났다. 나는 몸을 구부려서 불에 그슬리고 손잡이가 빠진 연장을 주워들었지만 내려놓을 곳이 없었다. 결국 그것을 램프가 놓인 양동이 위에 조심스럽게 놓았다.

드 하빌랜드가 다시 몸을 돌렸고 이번에는 네다섯 권을 품에 안았다. 책등을 보니 비싸고 훌륭한 제본이 되어 있는 것을 알 수 있었다. 하나는 금박을 두툼하게 입혔고, 맨 위에 놓인 책은 몇 시간 동안 공을 들인

가죽 컷워크 제본으로 되어 있었다. 하지만 그는 책을 상자에 넣기 전에 이름도 제대로 살피지 않았다. 내가 좀더 다가가보니 나무상자가 거의 가득 차 있었다. 책들이 많았고 예쁜 것들도 많았다. 어떤 책은 무늬를 새긴 상자 같고, 또 어떤 책은 레이스 손수건 같고, 반쯤 보이는 다른 책은 장작 위로 잉걸불이 퍼진 듯이 호박색을 띠었다.

"이걸로 뭘 하려고—"

그는 다시 지하실을 뒤적거리기 시작했다. "아냐." 그는 이렇게 말하고는 책 한 권을 원래 있던 선반으로 올려놓으려고 했지만 그러지 못했다. 책이 펼쳐져 바닥으로 떨어졌다. "아니, 아니야." 더 많은 책들이 떨어졌고 이제 그는 주우려는 시도조차 하지 않아서, 책들은 마치 죽은 새처럼 바닥에 철퍼덕 퍼졌다.

"그래, 좋아……." 그 책은 상자로 들어갔고, 그가 술에 취하지 않았다면 움직임이 좀더 조심스러웠을 것이다. "좋아, 좋아—아, 잠깐……." 그는 마지막 남은 책을 상자에 넣었지만 다시 눈을 깜박이더니 책을 꺼내 마치 책이 그를 물기라도 한 듯이 책등을 노려보았다. 그 책은 녹회색 비단 표지에 포개진 잎사귀 무늬가 압형으로 찍혀 있고, 강의 수면처럼 이곳저곳이 은색으로 빛났다. 나는 그의 손에서 책을 빼앗고 싶었다.

"어머나," 그가 킥킥거렸다. "루시안 다네이의 책이네. 저걸 보내면 좀 눈치가 없다고 하겠는걸."

"네?"

"다네이 가문을 방문할 때 **저 책**을 가져가봐." 그는 농담을 하듯 말했다. 드 하빌랜드는 상자 안을 들여다보더니 마지막 추수를 마무리한 사람처럼 스스로 고개를 끄덕이고는 비틀거리며 지하실로 걸어갔다. 그는 책을 안으로 집어던지고는 쾅하고 문을 닫았다. "그래야 해." 그가 덧붙

147

였다. "그가 저 많은 것들에 만족하지 않는다면……."

"다네이 가문이요?" 내가 물었다. "당신이 절 보낸다는 데가 바로—."

"말하지 마!" 그가 돌아보며 소리쳤다. "감히 입에 올리지 마. 다른 모든 것들이 다 사라졌다고 해도 가끔 그들 귀에 들어가게 될 수도 있고 그러면 어떤 문제에 휘말리게 되는지 넌 상상도 못하겠지. 히스테리를 부리는 고객이 책을 도로 달라고 하거나 제본을 다시 해달라거나 혹은……. 나한테 말하지 마. 싫어. 당연히 세레디스가 너한테 가르쳐주지 않았겠지. 빌어먹을 노인네……." 드 하빌랜드가 한숨을 쉬었다. "그를 만나게 되면 이름은 아무 의미 없다는 듯이 행동해야 해. 알겠니?"

그 수척한 얼굴. 매의 눈처럼 매섭게 번뜩이는 어두운 눈동자.

"뭐가 문제지?" 그가 눈살을 찌푸리며 물었다. 술에 취한 와중에도 그가 알아차렸다면 내가 티를 낸 것이 분명하다. "뭔데? 진정하고 말해봐."

"전 루시안 다네이를 만날 수 없어요."

"무슨 터무니없는 소리야. 그의 책을 제본한 사람은 네가 아니잖아? 어떤 경우든 넌 그를 보지 못할 거야. 네가 만날 사람은 그의 아버지니까. 예의를 갖춰서 그들을 쳐다보고 조심하면 괜찮아." 그는 혼잣말을 하듯 웅얼거렸다. "존중과 경의를 표해야 하다니. 그 얼굴에 대고……. 하느님 저희를 도와주소서."

나는 대답하지 않았다. 중요한 뭔가를 잊어버려서 절박하게 찾으려던 감정이 한층 더 커져 나를 덮쳤다. 꿈은 내게 무엇을 말하려는 것일까? 나는 무엇을 찾고 있는 것일까? 루시안 다네이는 몸을 돌리려고 했다. 내게 말하려고…….

드 하빌랜드가 하품을 했다. 그는 더듬거리며 열쇠를 찾더니 지하실 문에 꽂았다.

"열쇠를 가지고 있군요." 내가 말했다. "세레디스가 항상 가지고 있는데. 어떻게―."

"세레디스가 내게 줬어." 그가 몸을 돌려 나를 노려보았다. 냉정한 얼굴이다. 두 눈은 붉게 충혈되었지만 지금 봐서는 술에 취한 티가 나지 않았다.

"제본사의 책은 신성한 약속이야. 그녀의 친구이자 동료로서―."

"하지만 당신이 그 책을 다네이 가문에 가져다준다고 했잖아요."

그는 한 번의 실수는 용납하지만 더는 안 된다는 듯 고개를 기울였다. "잘 알지도 못하는 일에 끼어들지 마."

"충분히 알고 있거든요."

나는 침을 삼켰다. "전 세레디스가 당신이 책을 가져가는 걸 원하지 않는다고 말하는 걸 들었어요. 그녀가 준 게 아니잖아요. 분명 당신이―."

"감히 날 비난하는 거냐." 그가 손을 들고 손가락 하나를 위로 치켜세웠다. 이제껏 보여주었던 위협 그 이상이었다.

"오늘 밤 네가 본 모든 것이 네 소관이 아니야. 상관하지 마. 다른 사람에게 말했다가는……그러면 네 상황은 더 나빠지겠지. 알아서 해."

나는 이렇게 대답했다. "당신이 그녀의 몸에서 열쇠를 챙겼어요. 그게 열쇠를 얻을 유일한 방법이라는 걸 알았을 테니. 당신은 그녀가 죽는 걸 지켜보았고 그다음에 목에 걸린 열쇠를 빼냈죠. 그게 당신이 원하는 전부니까. 세레디스가 왜 열쇠를 당신에게 주겠어요? 그녀라면 나한테 줬겠죠."

실내는 여전히 쥐죽은 듯 조용했다. 뱉은 말을 도로 주워담을 수 있다면 그렇게 했을 것이다.

마침내 드 하빌랜드가 입을 열고 아주 조용히 말했다. "다네이 가문에

149

다녀온 뒤에 마무리해야 할 일이 있어. 난 네 정신 상태가 마음에 들지 않아. 넌 완전히 바뀌어야 해."

내 뒤쪽 어딘가에서 책 더미가 쿵하고 무너지는 소리가 났다. 그리고 다시 모든 것이 고요해졌다.

"그만 가서 자." 그가 말했다. "넌 밤새 작업실에 있었던 걸로 하자고. 어서 가."

나는 등을 돌리고 계단을 오르기 시작했다. 몸이 떨렸고 그에게도 보였을 것이다.

"네……의심에 관해서 말인데," 그가 너무 불쑥 말을 꺼내는 바람에 발을 헛디뎌 넘어질 뻔했다.

"그녀는 네게 열쇠를 맡기려고 하지 않았어. 저 지하실에 있는 책들은 너와는 무관하니까. 그녀의 비밀은 네 것이 아니야. 그 점을 머릿속에 꼭 심어놔, 안 그러면 넌 미쳐버리고 말 테니까."

그러나 나는 내가 느낀 확실한 감정을 기억하고 있다. 그가 틀렸다. 저기에 있는 뭔가가 나를 걱정하게 만들었다. 내 몸속 뼈만큼 확실히 내 것이다. 너무 늦었지만 내가 찾던 것이 무엇인지 알게 되었다. 바로 루시안 다네이의 책이다. 내 심장보다 더 깊숙한 곳에 숨은 수수께끼의 해답—.

"그리고 그녀는 날 믿었어." 그가 말했다. "낯선 사람에게 어떻게 보일지 모르지만, 난 그녀의 아들이야. 그리고 너와 그녀 사이에 애정이 있었다고 생각하는지 모르겠지만 그 마음은 다 흘려버려. 그녀는 얼음처럼 차갑고 네가 그녀의 노예 이상이라고 생각한다면 넌 바보인 거야."

9

다음 날 아침 일찍 장의사와 의사가 도착했다. 피부 위로 스멀스멀 축축함이 기어오르는 안개가 낀 날이라 내 머릿속도 옅은 안개로 가득 찼다. 암흑 속에서 세세한 장면들이 잠시 등장했다가 사라졌다. 퍼거슨은 코트에 묻은 물기를 바닥으로 털어내며 말했다. "정말 한밤중의 여행이었네요. 말들의 다리가 부러지지 않은 것이 천만다행입니다." 그의 목소리는 조용한 집에 어울리지 않게 너무 컸다. 장의사라기보다는 목수처럼 보이는 남자가 페퍼민트 향을 풍기며 차가운 손으로 나와 악수를 했다. 발자국 소리가 나를 지나쳤고 이후 발을 끄는 소리와 무거운 상여를 끄는 소리가 났다. 우리는 응접실로 불려가 사망증명서를 발급할 때 필요한 증인으로 섰다.

"그냥 형식적으로 하는 거야." 이런 중요한 일에 내 이름을 쓰는 것이 너무 불안하게 보였는지 의사가 귀띔을 해주었다. 그 순간을 제외하고는 나는 쭉 작업장에 있으면서 불을 영원히 타오르게 하려는 듯이 난로에 계속 장작만 집어넣었다. 드 하빌랜드가 했던 말이 떠올라 내 귀를 울렸고 피부에 소름이 돋았다. 세레디스가 자신만의 방식으로 나를 사랑했다는 것을 나는 거의 확신했다. 하지만 드 하빌랜드가 그녀의 아들이라면 그가 나보다 그녀를 더 잘 알지도 모른다. **얼음처럼 차갑고……**. 현기증이 나는 것 같다. 그녀에 관해 안다고 믿었던 모든 생각이 흔들리더니 손가락 사이로 빠져나갔다. 이제는 최대한 빨리 이곳을 떠나고 싶은 마음뿐이다. 그러나 드 하빌랜드가 복도에서 마치 몇 시간째 고함을 지르고 있던 사람처럼 성질을 내며 불렀을 때, 나는 자리에서 일어나기조차

버거웠다.

의사가 마차를 가지고 와서 그와 드 하빌랜드는 객차에 올라탔고 그 사이 장의사(그의 이름이 뭐였지? 오크스였던가?)가 나를 도와서 나무 상자와 짐을 마차 지붕에 실었다. 마부는 눈동자에 얼음이 낀 것처럼 심술궂은 눈길로 우리를 쳐다보았다. 드 하빌랜드는 작은 가방 하나만 들고 이곳에 왔지만, 지금은 짐이 너무 많아져서 그 무게 때문에 마차가 휘청거렸다. 그가 나무상자에 책을 한가득 챙겼다는 것은 알고 있었지만 그외에도 더 있었다. 어떤 상자에는 병을 실었는지 달그락거렸고 다른 상자의 바닥에서는 금색 잉크가 배어나왔다. 나는 망설였지만, 새는 병을 찾을 시간이 없었고 어쨌든 이제 모두 다 드 하빌랜드의 소유다. 내가 상자를 단단히 묶는 동안, 드 하빌랜드는 객차에서 참을성 없이 뭐라고 투덜거렸다.

장의사는 우리보다 먼저 떠났다. 나는 잠시 서서 방수포가 덮인 수레가 길을 따라 시끄러운 소리를 내며 움직이는 것을 지켜보았다. 저 사람이 누군지 모른다면 그저 시장에 내다 팔 물건을 잔뜩 싣고 가는 농부나 상인이라고 생각할 것이다. 세레디스의 시신이 점점 멀어지고 있는 상황에서 어떤 기분을 느껴야 하는지 궁금했지만 나는 아무렇지 않았다. 마차에 올라 멀어지는 제본소를 지켜볼 때가 되어서야 비로소 슬픔이 목구멍으로 차올랐다. 드 하빌랜드는 세레디스 흉내를 낸 창백한 눈동자로 계속 내 표정을 살폈고, 나는 그를 노려보려고 애썼다. 그가 먼저 눈길을 돌리게 할 수 있다면……. 하지만 나는 그러지 못했다. 정말 나는 그녀의 노예였던 것일까? 어쩌면 내가 사랑했던 세레디스는 존재하지 않았고, 그저 쭉 속고 있었던 거라면……. 나는 손톱으로 허벅지를 긁으며 고통으로 그 생각을 떨쳐내려고 했다. 드 하빌랜드는 내가 그 자리에 없는 듯 퍼거슨에게 몸을 돌리고 대화를 이어갔다.

긴 여정이었다. 울퉁불퉁한 도로에서 마차가 이리저리 흔들리니 멀미가 났다. 나는 말을 하지 않아도 되어서 기뻤지만, 안개가 창문을 덮고 팔다리로 차가운 소름이 돋아나면서 점차 현실감각이 떨어졌다. 두 사람이 만드는 입김이 나보다 더 단단한 듯했다. 우리는 늪지의 끝자락에서 소변을 보러 잠시 멈추고 밖으로 나왔다. 자욱한 안개가 나무가 양쪽으로 서 있는 넓은 길을 완전히 가려서 세상이 매우 이질적이고 쓸쓸하게 보였고, 나는 그냥 마차 안으로 들어가고 싶어졌다. 그러나 삐거덕거리는 마차 속의 매순간은 영원 같았다. 드 하빌랜드와 퍼거슨의 대화는 그들이 말하는 사람이 누구인지 안다면 재미있겠지만, 그러지 못했기 때문에 나는 시끄러운 마차 바퀴 소리를 들으며 그들의 대화에서 신경을 끄려고 애썼다. 랫워시 경이나 노르우즈 혹은 햄블던이 누구든지, 아너 오르몬드가 사랑 혹은 돈 때문에 결혼을 하든지 나랑 무슨 상관인가? 나는 잠시라도 조용해졌으면 좋겠다고 바랐는데, 그 이후 마침내 그들이 말을 멈추면서 상황은 더 나빠졌다. 이제 내가 원한다면 세레디스 혹은 내 가족 혹은 내가 가는 곳에 대해 궁금해할 시간이 생겼기 때문이다.

캐슬퍼드는 천천히 우리에게 다가왔다. 처음에는 흐릿한 형태와 희미한 메아리였고 그다음 두꺼운 안개 너머 그림자가 되어 하수구와 석탄, 벽돌 먼지 냄새를 풍겼다. 우리는 벽돌 더미가 활활 타고 있는 건설 현장을 지났다. 거기서 뿜어져나오는 시커먼 연기 때문에 드 하빌랜드는 자신의 손수건에 기침을 하고 침을 뱉었다. 그리고 더 넓은 거리를 지나는데, 우리 옆으로 마차들이 시끄럽게 지나갔고 낡은 퇴비의 암모니아 냄새에 숨이 멎을 것 같았다. 드 하빌랜드가 창문 셔터를 내려놓아서 우리는 회색 어둠 속에 앉아 있었고, 나는 구토를 하지 않으려고 애썼다. 하지만 소음은 줄어들지 않았다. 말이 흥흥거리며 한숨을 쉬는 소리, 남자들의 고함소리, 여자들의 비명, 개가 짓는 소리, 그리고 항상 낮은 마차와 기계 소리가 깔려 있었고 무엇보다도 끊이지 않는 불협화음이 거슬렸다. 나는 캐슬퍼드를 이런 곳으로 기억하고 있지 않았다. 하지만 동물소리도 들리지 않는 습지에서 몇 달을 살고 난 뒤 이곳에 온 것이다. 나는 눈을 감고 세레디스의 아니 나의 작업실을 떠올렸다. 황량하지만 여전히 견고하고 조용한 그곳을 마치 부적처럼 떠올렸다.

마침내 마차가 멈추었을 때 나는 몸이 굳어 **뻣뻣해졌고** 머리가 윙윙 울렸다. 드 하빌랜드가 마차에서 내린 뒤 인도에 서서 내게 손가락을 까닥거렸다. "어서 내려. 뭘 꾸물거리고 있는 거야?"

나는 의사가 먼저 내리기를 기다렸지만, 그가 좌석 모퉁이에 좀더 편안하게 파고드는 것을 보고서 우리와 함께 가지 않는다는 것을 깨달았다. 그래서 어색하게 그를 지나 마차에서 내려 거리에 발을 디뎠다. 마부가 추위에 이를 떨며 팔짱을 꼈다. 마차는 그 자리에 그대로 있었다.

나는 그을음이 낀 찬바람을 피해 코트 자락을 여미며 주위를 살폈다. 높은 벽돌집들이 들어서 있고 넓은 도로에 더러운 눈이 곳곳에 있는 길에 와 있었다. 모든 집이 하나같이 난간이 달린 계단에서 현관으로 이어지는 구조로 되어 있었다. 가장 가까이 있는 집 문간에 놓인 번쩍거리는 화분에 월계수 나무가 심어져 있었는데, 거기에서 3미터쯤 떨어져 있는 내 눈에도 그 나무 잎사귀에 검은색 곰팡이처럼 달라붙어 있는 그을음이 보였다.

"세상에, 그만 좀 꾸물거려라." 드 하빌랜드가 계단을 올라 초인종을 눌렀고, 나는 서둘러 그의 뒤를 따랐다. 문 옆에 있는 황동 명판에는 우아한 글씨체로 이렇게 새겨져 있었다. **드 하빌랜드, S. F. B.** 내가 뭘 기대

했든 간에 이것은 아니었다.

올림머리에 목 주위로 코안경을 늘어뜨린 엄숙한 표정의 여성이 문 앞으로 나왔고 드 하빌랜드를 보더니 그가 안으로 들어설 수 있도록 미소를 지으며 옆으로 비켜섰다. 그녀는 나를 발견하고 미소를 거두고는 이렇게 말했다. "돌아오셔서 기뻐요, 드 하빌랜드 선생님. 소더턴스미스 부인이 선생님을 애타게 찾고 있어요. 소더턴스미스 씨는 선생님이 계속 출타 중이면 다른 사람을 찾을 거라고 으름장을 놓았답니다."

"자기 아내의 책이 우리 지하실에 있는데? 그럴 리가." 드 하빌랜드가 이렇게 말하며 재빨리 웃음기 없는 웃음을 터트렸다. "무슨 일인데? 부인이 가장 최근에 만난 정부에 대해서 알게 된 거야?"

그녀가 헛기침을 하고 나를 슬쩍 쳐다보자, 드 하빌랜드는 한 손을 공중에 펄럭이며 말했다. "걱정 마, 이쪽은 새로 온 도제야. 결국 이 애도 다 배우게 될 텐데. 부인과 약속 잡았나?"

"아직은요. 하지만 오후에 사람을 보내 연락해두겠습니다."

"좋아. 그럼 내일 부인을 만나도록 하지. 연락하기 전에 소더턴스미스 씨가 마지막 대금을 정산했는지 확인하는 거 잊지 말고." 드 하빌랜드는 타일이 깔린 복도를 성큼성큼 앞장섰다. 한편에 반쯤 열린 문이 보였고 역시 명패가 붙어 있었다. 대기실. 열린 틈으로 은은한 색상으로 잘 꾸며진 응접실이 살짝 모습을 드러냈는데, 갈대와 새가 그려진 벽지와 테이블 위에 펼쳐져 있는 신문, 도자기 화병에 꽂힌 제철이 아닌 꽃들이 보였다. 먼 끝에 또다른 문이 보였는데 더 살펴보기 전에 드 하빌랜드가 걸음을 멈추더니 어깨 너머로 인상을 찌푸리며 말했다. "좀 빨리 걸을 순 없니? 집이라고는 한번도 들어와본 적이 없는 사람처럼 굴지 말고. 이쪽이야."

문고리가 찰칵하는 소리가 들려 엄숙한 비서가 복도 반대편의 다른 방으로 들어갔다고 생각하고, 서둘러 드 하빌랜드의 뒤로 바짝 따라붙었다. 그는 벽처럼 보이는 문을 밀어 어두운 통로로 들어선 다음 비좁은 마당으로 나갔다. 맞은편에 한쪽으로 기울어진 낡은 건물이 보였다. 더러운 창문 뒤로 그림자가 이리저리 움직였다. 드 하빌랜드는 웅덩이를 가로질러 문을 확 당겼다.

"여기가 작업실이야." 그가 말했다. "넌 위층에 있는 방에서 자렴. 어서, **들어와.**" 그는 더러운 복도로 몇 걸음 디디더니 손으로 왼편의 문을 두드려 열었다. 그 방 안에 남성 네댓 명이 작업대와 프레스 위로 몸을 구부리고 있었다. 그들 중 한 명이 손에 망치를 든 채로 몸을 일으켜 뭐라고 말했지만, 문을 연 사람이 드 하빌랜드라는 것을 알자 이마를 긁적이며 말했다. "안녕하세요, 선생님."

"안녕, 존스. 베인스, 윈손. 길가에 나무상자들이 있어. 현관 앞 마차 지붕에 있을 거야. 이리 좀 가져다주고, 아, 뚜껑이 달린 나무상자는 내 사무실에 갖다줘. 다른 건 다 이리 가져오고." 드 하빌랜드는 하던 일을 멈추고 움직이려는 사람들을 쳐다보지도 않았다. 그들 중 한 명은 가죽으로 책의 가장자리를 싸는 작업 중이었는데, 마무리를 제대로 하지 못한 상태에서 풀이 마를까봐 붙였던 가죽을 도로 벗기며 인상을 썼다. 작업자들이 우리를 지나쳐 밖으로 나갔지만 드 하빌랜드는 여전히 그들에게 관심이 없었다.

"존스, 이쪽은 내 새 도제야. 위층에서 머물며 너와 함께 일할 거야."

"수습 제본사인가요?"

"맞아. 하지만 이 애는 그 뭐냐……." 드 하빌랜드가 레이 프레스 쪽을 대충 가리키며 얼버무렸다. "그……러니까 **물리적인** 작업을 할 수 있어.

그러니 제본을 배우는 동안 이곳에서도 쓸모가 있을 거야." 그가 내 쪽으로 몸을 돌렸다. "필요할 때 널 부르마. 그렇지 않을 때는 존스가 시키는 대로 해."

나는 고개를 끄덕였다.

"내가 널 부르지 않는 이상 집 안으로 들어오면 안 된다는 것쯤은 말하지 않아도 당연히 알고 있겠지." 그는 몸을 돌리고 자리를 떴다. 잠시뒤 상인방까지 뒤틀린 문이 끌리다가 쾅 닫히는 소리가 났다.

창가에 있던 남성이 고개를 들어 마당을 가로지르는 드 하빌랜드의 모습을 지켜보며 경멸하듯이 조용히 휘파람을 불었다. 세 사람은 눈길을 주고받지는 않았지만 잠시 후 그들은 동시에 다시 일을 시작했다. 나는 시린 손을 주머니에 넣어 녹이며 존스가 내 이름을 불러주기를 기다렸지만, 그는 레이 프레스 위로 몸을 구부리고 제본하던 책의 뒷부분을 다시 망치로 두드리기 시작했다.

나는 목청을 가다듬었다. "존스 씨—."

누군가 코웃음을 쳤다. 내가 쳐다보니, 문 가까이에서 완성된 책을 이리저리 기울여 자신의 작업 결과를 살피던 남성이 나를 향해 눈을 돌렸다. "존스가 아니라 존슨이야. 저 작자는 우리의 이름도 제대로 알지 못해."

"자기 이름도 제대로 모르겠지." 다른 누군가가 고개를 들지 않은 상태로 말했다.

"드 하빌랜드, 프랑스 멍청이."

그래서 나는 이렇게 말했다. "그럼 존슨 씨."

그렇지만 존슨은 여전히 대답이 없었다. 다른 남성이 어깨를 으쓱이더니 책을 방 한쪽에 있는 테이블에 내려놓았다. "이걸 마무리해줄래?"

이내 나는 그가 나한테 말하고 있다는 것을 깨달았다. 그래서 작업대 사이의 통로를 어색하게 걸어갔다. 테이블에 갈 무렵 그는 난로 옆 자신의 자리로 돌아갔다. 그는 압형 날의 끄트머리를 살피며 말했다. "갈색 종이와 밀랍으로 마무리해. 이름, 권수를 적은 라벨을 붙이고 '지하실'이라고 표시하고. 그다음에 카드를 기입해. 좀 이따가 어떻게 하는지 알려줄게."

존슨이 망치질을 하면서 편하게 물었다. "방금 끝낸 건 누구의 책이야?"

"런섬." 그러자 모두가 웃음을 터트렸다.

나는 책을 집었다. 두께가 얇은 작은 책으로, 책등만 가죽으로 덮고 대리석 무늬 종이를 썼다. 나는 망설이다 아무도 나를 쳐다보지 않는 틈을 타, 책을 열어 슬쩍 안을 살폈다. 면지가 제대로 잘리지 않아서 실오라기가 지저분하게 묻었고, 제목이 적힌 페이지 앞에 붙이는 흰 속지가 없었다. 퍼시벌 런섬 경, 11권. 나는 충동적으로 손가락 사이로 페이지를 넘겼다. 결의 방향이 틀렸다. 나는 대강 넘겨보다 멈췄다. 정교한 글씨체가 읽기 힘들었고 미사여구로 가득 차……너무도 대단하게 드러난 풍만한 몸매의 부인을 데려온 신사에게 그녀의 다산을 기원해주었고, 언제 아이가 나오는지 물어보았다. 그의 대답에 내가 얼마나 놀라고 충격을 받았는지 상상이 가는가. 처음에는 화를 냈다가 이내 모욕을 주고…….

"판매용이 아닌 게 아쉬워." 존슨이 말했다. "런섬은 책 수집자들에게 큰 웃음을 주었을 텐데." 그는 프레스에 놓인 책을 세게 내리쳐 떼낸 다음, 나무 나사를 풀기 시작했다.

"그가 연설하는 걸 본 적이 있어, 힉스? 언젠가 시청에서 말하는 걸 들은 적이 있어. 자기가 좋아하는 화제인 하층 계급의 권리에 대해 고래 고래 소리를 질러댔지……. 그는 스스로를 부끄럽게 만들지 않고는 못

배기나봐. 그러니 일 년에 두 번이나 책을 제본하는 거지." 존슨은 프레스에서 책을 빼내고 고정시키는 나무를 버리더니 둥그런 책등을 살폈다. "그거면 됐어. 저기, 저 책을 마무리할 거야? 아니면 넌 너무 **제대로** 된 제본사라 그런 힘든 일은 하지 않는 거니?"

나는 종이를 내 쪽으로 끌어다 최대한 빨리 책을 싸기 시작했다. 하지만 나는 버벅거리며 제대로 하지 못했다. 그리고 이름을 쓰지 않았다는 사실을 깨닫고는 도로 풀어야 했다. 그렇게 마침내 마무리했다. 매듭 부분에 밀랍을 떨어뜨리고 정성들인 'd'와 'H'가 들어간 모노그램을 찍었다. 드 하빌랜드가 그의 본명이 아니라는 것을 알아차렸어야 했는데. 살짝 기쁨의 파도가 밀려들었다. 세레디스의 성이 무엇이든 간에 그는 바꾸기로 한 것이다. 그는 세레디스를 좋아하지도, 믿지도, 이해하지도 않는다. 그녀가 나를 사랑했는지 그가 어떻게 안단 말인가? 하지만 그 기쁨은 금세 사라졌다. 나는 지금 이곳에 와 있고 세레디스가 나를 사랑했는지의 여부는 더 이상 중요하지 않으니까.

책 꾸러미에 이름표를 달고 나니, 힉스인가 하는 젊은 남자가 가져가더니 수북이 쌓인 카드를 가리켰다. "이름, 권 명, 날짜를 적어. 맨 오른쪽에 있는 것들은 '지하실'이라고 써. 자, 이젠 날 따라와."

문 밖 작은 통로의 벽에는 자루가 매달려 있었다. 그가 책 꾸러미를 그 안에 떨어뜨렸다. "지하실로 갈 책들은 전부 여기에 넣어. 한 달에 한번 은행에서 무장한 마차를 보내주니, 길 쪽으로 난 문은 항상 잠가두고 담배를 피워서는 안 돼, 알겠지? 책을 잃어버리면 일자리를 잃게 되는 거야. 판매용 책은 드 하빌랜드가 가지러 올 때까지 저기에 보관해." 그가 반대쪽 문을 가리켰다. "여기 상자가 보이지? 카드는 저 슬롯에 밀어넣어. 매일 저녁 멍청한 늙은이가 기입할 거야. 알겠지?"

"그런 것 같네요."

"좋아." 짐을 가지러 갔던 남자 둘이 무거운 몸을 이끌고 마당을 가로질러 느릿느릿 들어왔다. 힉스가 그들을 위해 문을 열어주었다. 그들은 상자를 작업실 안으로 가지고 들어오며 투덜거렸다. "이게 다 뭐야? 네 고용계약서 비용이야?"

"그런 셈이죠."

그는 입을 턱 벌리고 나를 노려보다가 다물었다. 잠시 뒤 그가 말했다. "그렇다면 어서 들어와서 몸값을 증명하는 게 좋을 거야."

그들은 내게 작업대를 닦으라고 시켰다. 나무 위를 닦아내자마자, 난로의 그을음이 다시 앉아서 또 닦아냈다. 빛이 빠르게 희미해졌고 나는 어두워지면 그들이 작업을 멈출 것이라고 생각했다. 하지만 날이 너무 흐려져서 바닥의 먼지가 제대로 보이지 않게 되자, 그들은 램프를 켜고 하던 일을 계속했다. 난롯가 옆 말고는 사방이 추웠고 석탄의 기름지고 매캐한 냄새 때문에 속이 울렁거렸다. 나는 아침식사 이후로 아무것도 먹지 못했지만 아무도 배고프냐고 물어보지 않았다.

"들통은 뒤쪽에 놓인 쓰레기통에 비우면 돼." 힉스가 말했다. "석탄 보관함 옆에 있어, 아, 신경 쓰지 마. 내가 보여줄 테니. 쓰레기를 비울 때 석탄도 좀 가져오고. 난로에 불을 때는 것까지만 하고 오늘은 쉬어, 좋지? 담배나 한 대 필래, 존슨?"

나는 그들을 따라 복도를 걸어 건물의 먼 끝으로 갔다. 밖의 거리는 좁고 어두웠다. 크고 우아한 집들이 들어서 있던 입구와는 전혀 다른 뒷마당의 풍경이 낯설었다. 우후죽순으로 세워진 벽, 튀어나온 물결 모양의 철제 지붕과 비포장도로 앞 헛간들, 얼음이 뒤섞인 진창길 바닥에 생긴 깊은 바큇자국. 힉스는 본채에 붙은 낮은 별채를 엄지손가락으로 가리켰다. 나는 들통에 있는 것들을 쓰레기통에 비우고 석탄을 담기 시작했다. 맞은편 초가집 한 곳에서 개가 짖었다. 누군가가 그 소리에 욕을 했고 그러자 아이가 깨어나 울기 시작했다.

"신사양반들," 날카로운 목소리가 말했다. "신사양반들, 부탁 좀 들어줘……." 나는 고개를 들었다. 한 노파가 꽁꽁 언 더러운 거리를 힘겹게 걸어왔다. 힉스는 존슨과 눈길을 주고받더니 파이프에 불을 붙일 때 쓰던 성냥을 던져버렸다.

"날 외면하지 말아요, 신사양반들. 무슨 생각하는지 아는데 난 구걸하는 게 아니라우. 제본사들 맞죠? 내가 양반들이 좋아할 만한 걸 가지고 있어."

"저희는 제본사가 아닙니다." 존슨이 말했다. "제본사가 필요하면 올더니 가에 있는 문을 두드리세요."

"그랬지. 하지만 망할 여편네가 들여보내주지 않았어. 부탁이요, 신사양반들……. 난 절박하다우. 대신 좋은 걸 준다고 약속할게. 솔직히 내 기억을 들으려고 사람들이 줄을 설 거야."

힉스가 담배를 깊숙이 빨아들이자 파이프가 호박색으로 빛났다. "매그 맞죠? 잘 들어요……. 제안은 좋아요. 하지만 그건 우리 일이 아니에요. 설령……." 그가 말을 멈췄다.

"그러지 말어. 난 많이 바라지도 않는다우. 몇 년에 한두 실링이면 족해. 다 좋은 이야깃거리만 있어. 원하는 건 다. 섹스. 날 때린 남자들. 우리 동네에 살인이 났는데 내가 그걸 봤고—."

"미안하군요. 뒷골목 작자들한테 가보지 그래요? 포가티니라면 흥미 있어 할 텐데. 셈블즈와 라이브러리 로 모퉁이에 있어요. 그가 아마 돈을 더—."

"포가티니라고?" 그녀가 침을 퉤하고 뱉었다. "그놈은 보는 눈이 없어. 지난달 것을 못 팔았다고 했지만 그건 핑계야. 항상 도마뱀처럼 인색하지."

갑자기 존슨이 입을 열었다. "당신의 아이들은 어디 있나요, 매그?"

"아이라니? 난 자식이 없어. 평생 남편이라곤 가져본 적도 없구만."

"평생 이렇게 살았죠?" 그의 날 선 목소리에 씁쓸함이 깃들였지만 조롱은 아니었다. "진짜 자식이 없어요?"

노파는 눈을 깜박이더니, 관절이 부서진 사람처럼 이상하게 소매 안쪽으로 이마를 닦았다. 불현듯 나는 그녀의 얼굴이 피폐해진 것이 나이 때문이 아니라 눈동자의 초점이 없기 때문이라는 것을 깨달았다. "날 비웃는 건 아니겠지."

"비웃는 게 아니에요. 당신은 충분히 팔았잖아요. 그만 돌아가세요."

"한두 실링만 있으면 된다잖수. 이러지 마, 젊은 양반들. 진짜 길거리 인생 이야기야. 몇 기니를 주고 사줄 공작과 백작이 수도 없이 많다우. 내가 싸게 주는 거야."

"매그⋯⋯." 힉스는 다 피우지도 않은 담뱃대를 별채 옆쪽으로 털어버렸다.

"전에도 그랬잖아요, 기억 안나요? 여기 있는 존슨이 당신을 데려다 차도 한잔 줬잖아요? 그리곤 이야기가 잘 마무리되지 않았나요, 지난번에?" 침묵이 흘렀다. 매그는 연신 이마로 손을 가져갔다. "그만두죠. 가서 생계를 꾸릴 다른 일을 알아봐요. 안 그러면 당신에게 더는 남아날 것이 없을 테니까."

"생계를 꾸릴 다른 일?" 노파가 피식 웃더니 더러운 옷자락을 새처럼 힉스 쪽으로 펄럭이며 삿대질을 했다. "이렇게 사는 게 생계라고 생각해? 삶? 난 더 이상 신경 안 쓰고 다 사라져버렸으면 좋겠어. 차라리 포가티니에게 기억을 너무 많이 팔아넘겨서 얼이 빠져 가게 앞에서 침이나 줄줄 흘리고 서 있는 편이 낫지. 나한테 아무것도 남지 않았으면 **좋겠다고**."

존슨이 힉스 앞으로 나와 노파의 팔꿈치를 잡고 세게 돌리는 바람에 그녀가 한쪽 다리를 휘청거리며 넘어질 뻔했다. "그만해요. 여기서 나가요. 아니면 경찰을 부르겠어요."

"한두 실링만 달라니까. 그럼 딱 1실링만. 아니 6펜스만!"

그는 매그를 길 아래로 몇 미터 데리고 가서는 밀쳐냈다. 노파는 휘청거리며 마치 그의 얼굴에 침을 뱉기라도 할 것처럼 노려본 다음 더러운 진창길로 발걸음을 옮겼다. 모퉁이를 돌 때 노파가 기침을 했고, 목 깊숙한 곳에서 울리는 소리에서 마침내 그녀의 진짜 목소리가 드러난 것 같았다.

존슨이 우리 쪽으로 성큼성큼 걸어왔다. "날씨가 사납군. 안으로 들어가야겠어."

힉스가 고개를 끄덕이더니 파이프를 주머니 속에 넣었다. 둘 중 어느 쪽도 나를 기다리지 않았다. 나는 마지막 석탄 한 줌을 들통에 넣고 뒤따랐다. 그들이 문으로 들어갈 때 힉스의 목소리가 들렸다. "매그에게 아이가 있어?" 존슨이 대답했다. "세 명. 다 살아 있지. 작업장으로 들어올 거야. 운 좋은 어떤 놈이 제 어머니의 사랑에 관해 읽게 되겠지." 그리고 문이 닫혔다.

난로에 불을 피우고 모퉁이에 있던 내 짐을 집어들자 다른 누군가가 말했다. "위층이야. 뒤쪽에 있는 방." 아무도 내게 잘 자라고 하지 않았다. 나는 피로에 찌든 다리를 떨며 계단을 올랐다. 층계참에 있는 작은 창문 앞에 도착하니 내 입김이 보였다. 서리가 이미 더러운 유리 전체를 덮어버렸다.

방은 작고 불결하고 매우 추웠다. 한 귀퉁이가 푹 꺼진 침대와 그 위에 담요 한두 장이 널브러져 있었다. 내가 오기 전에 몇 명이나 저곳에서 잠을 잤을지에 대해 생각하지 않으려고 애썼다. 침대 아래로 요강이 슬쩍 보였고, 나는 냄새를 맡기가 두려워서 숨을 얕게 쉬었다. 잠시 뒤 너무 추워서 침대에 앉아 담요를 둘둘 감았다. 담요에서 축축하고 퀴퀴한 냄새가 났지만, 그보다 더 심했을 수도 있다고 생각하니 참을 만했다. 매트리스는 가장자리가 뭉쳤고 커버가 너무 얇아서 속에 든 깃털이 나를 찌르려는 듯이 삐져나왔다. 나는 다시는 몸이 따뜻해지지 않을 것 같은 기분이 들었다.

누군가 바깥 거리에서 소리쳤다. 나는 어깨에 담요를 감고 살펴보려고 일어났지만, 가로등이 너무 흐리고 창문 유리는 그을음으로 덮여 있어서 아무것도 보이지 않았다. 그 사람이 누구였던 간에 이내 조용해졌다. 간간이 개 짖는 소리와 아기 울음소리만 들렸다. 손끝에서 석탄 기름기가 느껴졌고 찌꺼기가 치아 뒤쪽에서 씹혔다. 이곳에 오래 머물수록 더 심해지겠지. 무엇으로 닦아도 깨끗이 씻어낼 수 없을 것이다. 심지어 내 뼛속까지도 시커멓게 변하겠지.

나는 눈을 감았다. 기억처럼 선명한 이미지가 눈앞에 나타났다. 알타가 젖소의 축사 문 앞에 서 있다가 양동이를 떨어뜨리고 기뻐서 휘둥그레진 눈으로 마당을 가로질러 와서 나에게 안긴다. 풀과 돼지우리의 코를 찌르는 오줌 냄새, 뒤집힌 양동이에서 흘러내리는 갓 짠 우유의 부드러운 달콤함이 느껴지는 것 같았다. 내가 떠난 뒤에도 집은 그대로였다. 여전히 늦여름이고, 모두가 그대로일 것이며 마무리 짓지 못한 일들이 나를 기다리고 있을 것이다. 아니면 아프기 전으로 돌아갈 수 있다면. 지난겨울로. 그때는 내가 누군지 알고 있었는데. 하이 필드의 울타리 가시를 걱정하던 때나 어머니 몰래 주방칼로 토끼 가죽을 벗긴 것을 들켰던 때로 돌아갔으면. 하지만 불가능한 것을 바라는 것은 어리석은 짓이다. 나는 눈을 뜨고 소매로 눈물을 닦았다.

집으로 돌아갈 수 없다. 하지만 이곳에 며칠 더 있다가는 드 하빌랜드가 나를 다네이 가문으로 보내 내 첫 제본을 하게 만들 것이다.

두렵다. 더 빨리 자각했어야 하는데. 하지만 생각해보니 도망칠 수 없다는 것을 알았다. 다네이 가문에 갔다 오고 나면 다 끝난다……. 그런 다음 나는 선택할 수 있다. 어쩌면 다른 곳으로 갈 수 있거나 내가 속한 제본소로 돌아갈 방법을 찾을지도 모른다. 대신 그때까지는 이곳에 있어야 한다. 그렇지 않으면 평생 내가 두려워하는 것이 루시안 다네이와 악몽과 관련이 있다는 것 말고는 아무것도 알지 못한 상태로 겁을 내며 살아야 한다.

나는 침대에 누웠다. 베개에 오래된 머릿기름이 굳어 있다. 나는 최대한 몸을 웅크리고 나를 찌르는 매트리스를 무시하며 가만히 있었다. 마침내 몸이 조금 데워지기 시작했지만, 한기는 잠결에도 계속 남아 있었다. 꿈꾸는 와중에도 문이 세게 여닫히는 소리와 술에 취한 발소리, 도시 전역에서 울리는 시계소리가 들렸다. 하지만 드디어 제대로 잠에 들었는지 힉스가 아침에 문을 두드렸을 때, 나는 머리가 무거운 상태로 혼란스럽게 일어나서 내 이름을 기억하려고 애를 써야 했다.

10

사흘 뒤, 드 하빌랜드가 나를 다네이 가문으로 보냈다. 전날 오후에 그는 나를 불렀고, 비서 브레팅엄 양이 쪽지를 들고 작업장으로 왔다. 그를 만나러 들어간 응접실은 가구로 빼곡해서 정신이 없었고, 벽도 사진으로 가득해서 벽지가 거의 보이지 않았다. 드 하빌랜드는 커다란 대리석 무늬의 장부 위로 몸을 구부리고 수북이 쌓인 청구서 더미를 뒤적거리느라 정신이 없었다.

"아, 그래." 드 하빌랜드가 말했다. "너구나. 다네이 씨가 내일 저녁에 보자고 하더군. 마침 그분에게 배달할 것도 있으니 브레팅엄에게 잊지 말고 받아가. 그녀의 사무실은 대기실 맞은편이야." 그는 고개를 들어 날 위아래로 훑어보더니 인상을 썼다. "오늘 밤 네 방으로 적당한 옷을 보내주지. 몸을 깨끗이 씻고, 알겠지?" 드 하빌랜드가 그만 가보라고 펜으로 손짓하다가 장부 위로 잉크를 흘리자 혀를 찼다.

"그렇지만 전—."

"난 지금 바빠. 내일 아침에 랫워시 경에게 가봐야 하고 할 일도 많아. 질문이 있다면 다른 사람한테 묻도록 해."

"누구 말이에요?"

"이를테면, 저 사람. 그만 **가봐.**"

그날 저녁 일을 마치고 방에 올라와보니 침대 위에 낯선 양복이 놓여 있었다. 연회색 양복에 푸른 조끼와 뻣뻣한 깃이 달린 새 셔츠다. 문 앞에서 보니 작고 더러운 방과는 너무나도 어울리지 않아서 마치 어떤 귀족이 죽으려고 이 방 침대에 기어올라와 있는 것처럼 보였다. 촛불을 비추니 반짝이는 구두와 가지런히 다듬어진 펠트 모자, 커프스와 와이셔츠 옷깃의 단추가 담긴 아이보리 색 상자가 놓여 있었다. 그중 어느 것도 걸쳐볼 필요가 없었다. 전부 불편하고 몸에 맞지 않는다는 것을 이미 알고 있으니까. 나는 가장 깨끗한 쪽 바닥에 그것들을 내려놓은 다음 신경을 쓰지 않으려고 애썼다. 하지만 밤새도록 그 평평한 팔다리가 내게 다가오는 것처럼 느껴졌다.

다음 날 오후 나는 최선을 다해 하루의 때를 씻어내고 얼음장 같은 물에 면도를 했지만, 그 옷에 대한 내 생각이 맞았는지 작업장을 지나갈 때 힉스가 휘파람을 불면서 외쳤다. "이봐, 샌님이 행차하셨네."

그러자 다른 사람들이 웃음을 터트렸다. 드 하빌랜드가 마차를 타고 랫워시 경에게로 갔기 때문에 나는 영업용 마차를 타야 했다. 한번도 그런 마차를 불러본 적이 없어서 올더니 가에 한참을 우두커니 서 있었더니 마침내 어떤 마부가 다가왔다. 그는 동정 어린 표정으로 길을 잃었냐고 물었다. 잠시 나는 다네이 가의 주소를 까먹었지만 곧 더듬거리며 말했고, 마부는 마차를 가리키며 타라고 했다. 브레팅엄 양이 보여준 '배달품'은 드 하빌랜드가 책으로 가득 채운 나무 서랍장이다. 나는 그것을 간신히 좌석에 놓으며 우편으로 보냈으면 좋았을 것이라고 생각했다.

옆으로 스치는 캐슬퍼드의 광경을 쳐다보았지만 심장이 너무 두근거려서 몇 가지 단편들만 흐릿하게 눈에 들어왔다. 줄지어 서 있는 새 집들, 모퉁이에 세운 장식 기둥, 밝은 색의 직물 견본을 걸어놓은 상점의 창문. 나는 이 모든 것들이 정교하게 짜인 가짜일 것이라는 생각이 들었다. 다른 길로 가서 측면을 보면 회색판지에 페인트를 칠해 조잡하게 만든 형상에 불과할 것이라고. 지금 내 모습도 마찬가지다. 은회색 양복에 푸른 조끼를 걸치고 너무 꽉 끼는 구두 속에서 발만 꼼지락거리는 사기꾼이다. 나는 누군가의 기억을 제본하는 일을 상상하지 않으려고 했지만 어쩔 수 없었다. 실패한다면 아무 일도 벌어지지 않을 것이다. 아니면 최악의 경우 제본사의 열병이 되돌아와 스스로를 통제하지 못하고 어둠 속으로 가라앉아 비명을 지르며 정신병원으로 보내지겠지……. 혹시 루시안 다네이가 그곳에서 지켜본다면? 나는 그도 생각하고 싶지 않았다. 혀 뒤쪽으로 희미하게 씁쓸한 맛이 느껴졌다.

마차가 흔들리며 다리를 건너 성을 지나쳤다. 반쯤 무너진 황토와 돌무더기를 지나니 갑자기 마차들이 많아졌다. 마차들이 내가 탄 마차와 거의 닿을 정도로 우리 곁을 지나쳤다. 몇 분간 급류에 휩싸인 것 같았다. 그러다 마침내 마차가 속도를 줄이고 옆길로 들어섰다. 이곳은 조용했고 길 가장자리를 따라 헐벗은 플라타너스 나무들이 쭉 서 있었다.

"여깁니다."

"네?" 나는 마부의 말을 들으려고 목을 쭉 뺐다.

그가 채찍으로 가리켰다. "3번지예요." 그가 말했다. "문에 'D'자가 보이죠? 저기랍니다."

나는 마차에서 나와서 상자를 쿵하고 도로에 내려놓았다. 정신이 팔렸던 나는 마차비를 낼 생각은 하지 못하고 있었다. 당황했지만 주머니에 손을 넣어보니 손끝에 서늘한 1파운드 동전이 느껴졌다. 어쩌면 드하빌랜드나 브레팅엄은 예상치 못할 만큼 배려심이 많은지도 모른다. 아니면 이 양복을 마지막으로 입고 세탁을 하지 않았거나.

마차가 떠났다. 나는 한숨을 내쉬었다. 포도 덩굴 모양의 매듭으로 장식된 인상적인 정문이 앞에 보였다. 철로 된 덩굴 장식이 알파벳 머리 글자 D를 정교하게 둘러싸고 있다. 그 너머 자갈길은 추위로 시들어버린 잔디를 가로질러, 스테인드글라스로 된 넓은 현관문으로 이어졌다.

그 집은 이중 현관 구조의 낡은 벽돌 저택으로, 커튼이 드리워진 커다란 창문 너머에서 빛이 새어나오고 있었다. 건물의 정면은 항아리와 장식 무늬가 대칭을 이루며 꼭대기까지 이어져 있었다. 이 정도로 큰 집이라면 드 하빌랜드의 집처럼 입구가 두 곳일 것이다. 신사들이 사용하는 쪽과 평민들이 쓰는 쪽으로. 나는 브레팅엄 양이 말해준 것을 기억하려고 애썼다. 예의를 갖추되 너무 굽실거리지 말아요. 드 하빌랜드 선생님을 대리하는 사람이라는 걸 잊지 말고……. 그녀의 목소리 톤에서 드 하빌랜드는 매우 훌륭한 사람이라는 것이 느껴졌지만 나는 그와 함께 살고 싶다는 생각은 별로 들지 않았다.

그러니 현관 정문으로 가야 한다. 상자를 들려고 몸을 웅크리는데 벌써부터 어깨가 욱신거렸다. 몇 달 전에는 아무것도 들지 못했다. 나는 이것을 다네이 씨에게 전해야 한다. 가장 먼저 이걸 그분에게 주세요. 다른 사람은 안 됩니다. 알겠죠? 일단은 집 안으로 가지고 들어가야겠다. 벌써 이마에 땀이 송골송골 맺혔다. 셔츠 깃이 구겨진 것으로 보아, 깃이 팍 죽고 매캐한 연기로 인해 회색으로 얼룩졌을 것이라고 상상했다.

위층 창문의 커튼이 살짝 흔들렸다고 느낀 것은 착각일까? 나는 그렇다고 스스로에게 말했다. 하지만 진입로를 따라오는 시선이 느껴졌고 현관에 도착하니 안도감이 들었다. 나는 상자를 문에 기댄 채 초인종을 눌렀다. 그리고 무거워서 팔을 부들부들 떨며 그 자리에서 기다렸다. 녹색 리본을 두른 램프와 스테인드글라스 유리가 세차게 흔들렸다. 그 흔들림은 먼 거리의 자갈길을 구르는 마차 바퀴의 뭉근한 진동이라고 하기에는 너무 강해서 내 무릎에서는 고통이 느껴졌다. 숨이 가빠졌다.

"어서 오세요." 누군가 말했다.

조용한 목소리에 레이스 모자를 쓴, 이마에 여드름이 난 여성이 누구인지는 상관이 없었다. 그녀 너머로 복도가 보였고, 그곳에 계단을 반쯤 내려온 루시안 다네이가 서 있었기 때문이다. 그 광경을 보니 갑자기 바닥이 닻을 올리며 어둠의 바다에서 요동쳤다.

내가 어떻게 했는지 모르지만 나는 두 발로 버텨냈다. 그리고 왠지 모르지만 다네이, 루시안, 아니, 다네이가 내 팔에서 상자를 받아들고 다른 방으로 안내했다. 나는 걸음마다 균형을 잡으려고 애쓰며 그를 따랐다. 게다가 내가 그에게 대답하는 소리까지 들었다. 그가 뭐라고 했는지 내가 뭐라고 대답했는지는 알지 못하지만 말이다. 그렇게 자리에 앉았고 눈을 깜박이니 세상이 원래대로 돌아왔다. 나는 거울처럼 반짝거리는 원통형 흑단 테이블 앞에 앉았다. 창문으로 흐릿한 햇살이 들어오고 벽에 달린 램프에 불이 켜져 있었지만 방은 어두웠다. 벽난로에도 불이 피워져 있었다. 장작이 지방이 낀 생고기처럼 타올랐다. 벽지는 같은 색이지만 좀더 어두웠고 검붉은 꽃 그림이 간간이 보였다. 방의 먼 쪽 벽에는 골동품이 가득 들어 있는 유리장식장이 있었다. 나는 가스등 불빛 너머로 어떤 수집품인지 보려고 눈을 가늘게 떴다. 풍성한 깃털, 병 모양 유리덮개 아래에 놓인 나비들, 웃고 있는 알 수 없는 커다란 턱뼈……. 누군가 유리잔 테두리에 손가락을 대고 돌릴 때 나는 듯한 소리가 여전히 귀를 울렸지만 무시할 수 있을 정도로 작았다.

"아버지께서 곧 내려오실 겁니다. 뭘 좀 갖다드릴까요? 셰리 한잔 어떠세요? 안타깝게도 방금 점심식사를 마쳐서요. 저녁식사 시간은 8시입니다."

"감사합니다." 그가 몸을 돌려 병에 술을 따르느라 바쁜 것을 보니 안심이 되었다. 나는 길게 숨을 내쉬고 다리를 떨지 않으려고 꽉 모았다.

그는 나를 기억하지 못했다. 처음 우리가 만났을 때 그는 나를 싫어하는 사람처럼 노려보았다. 지금은 그의 눈동자에는 어떤 인식도 없고 증오나 분노 등 나에게 해가 될 만한 것을 찾아볼 수 없다. 그저 습관에서 오는 경멸이 희미하게 남아 있지만, 그것은 나랑 상관없는 것이다.

"여기 있습니다." 앞에 잔을 내려놓을 때 그와 시선을 마주했다.

"고맙습니다." 내 목소리는 기대 이상으로 침착했다. 나는 셰리를 한 모금 들이켰고 따뜻한 느낌이 목을 타고 흘렀다.

"제 아버지 것인가요? 제가 가져가도 될까요?"

"그러세요." 그가 상자를 열기 전에 저지했어야 하는데, 내가 뭐라고 말하기도 전에 그가 확신에 차서 쇠를 열어버렸다. 그는 책 네댓 권을 집어들고는 뒤집어서 책등을 살피더니 뚜렷하게 혐오스러운 표정을 지으며 책을 상자 속으로 떨어뜨렸다. 그는 잠시 한 책을 향해 인상을 찌푸렸다. 드 하빌랜드가 책을 쌀 때 내가 대충 보았던, 연한색 표지에 테이블 위로 비치는 잉걸불처럼 붉은 금빛의 책이었다. 하지만 그는 다른 책들보다 그 책을 더 세게 바닥으로 떨어뜨렸다. 그가 책을 살피는 동안 나는 그를 살폈다. 그는 변해 있었다. 눈 밑 그늘이 사라졌고 얼굴에 살이 올랐다. 뺨에 살짝 홍조가 돌았는데 몇 년이 지나면 정상인처럼 환해질 것이다. 이와 대조적으로 눈동자는 얼룩진 유리처럼 멍했다. 하지만 무엇보다도 그는 잘생겼다. 세레디스의 집에서 본, 수척하고 암울한 얼굴로 내게 악몽을 선사했던 사람과 동일인물이라는 것이 믿기지가 않았다.

문이 열리는 소리가 났다. 또다른 목소리가 말했다. "드 하빌랜드의 대리인이군요."

나는 살짝 자리에서 일어났다. 그런데 문 앞에 선 백발노인이 손가락을 흔들며 반짝이고 자애로운 미소로 말했다. "앉아요, 젊은이." 그는 아들을 지나쳐 곧바로 내게 다가와 양손으로 내 손을 잡았다. 피부가 따뜻하고 건조했다. 가까이서 보니 뼈만 앙상한 얼굴에 백발이 성성했지만 생각만큼 나이가 많은 사람은 아니었다. 그런데 연약하지는 않아도 이 세상 사람이 아닌 듯한 분위기가 풍겼다. 이 사람이 다네이 제국의 수장이라는 것이 상상이 가지 않았다. "참으로 경이롭군요." 그가 말했다. "당신은 아직 소년인 것 같은데. 벌써 드 하빌랜드를 대신해 제본을 하다니! 이렇게 유능한 젊은이는 거의 보지 못했는데."

루시안 다네이가 문을 향해 손짓했다. "전 이만 나가볼까요?"

"아니, 아니. 그냥 있거라." 그의 아버지는 내 영혼을 판별하려는 것처럼 나를 뚫어져라 쳐다보았다. "그가 직접 오지 못해서 유감이군요. 랫워시 경이 눈앞에서 그를 가로채가다니! 신경 쓰지 말아요. 대신 당신을 만나서 즐거우니까."

"그분도 직접 이곳에 오고 싶어하셨습니다."

"아니 그럴 리가, 말도 안 돼." 다네이는 그렇게 말했지만 목소리가 많이 부드러워졌다.

"아무튼 드 하빌랜드가 이미 당신에게 말했겠죠. 루시안, 앉아! 가엾은 넬이 얼마나 고생을 하고 있는지. 굳이 말 안 해도 되겠지." 그가 손가락을 들며 말했다. "내 아들 앞에서 그녀의 시련에 대해 말하지 않아도. 저 애는 너무 연약해서 말이야. 다른 사람의 문제에 대해 듣는 일에 관해서는." 연약하다는 것을 강조한 것과 루시안이 그 소리에 이를 악문 것도 다 나의 상상일까? "아무튼 넬이 다시 행복해진다면 난 너무 기쁠 것 같군요."

"다네이 씨에게 도움이 필요한 하인이 있다고 들었습니다만……."

"뭐, 그렇지." 내가 어색해하는 것을 보며 그는 고개를 끄덕였다. "우

172

선 평범한 제본을 하면 될 것 같아요. 넬은 평범한 소녀고 엄청 똑똑하지는 않지만 우리 모두 그 애를 예뻐하고 있거든. 그 애와 이야기를 나눠봤나요?"

"아니요." 루시안이 대답했다. 그는 브랜디를 한잔 따르고는 단번에 절반을 마셨다.

노인의 눈동자에 슬픔 같은 것이 반짝였지만 내게로 고개를 돌렸을 때는 다시 완벽한 얼굴로 돌아와 있었다. "그리 오래 걸리지 않을 거예요. 그 애는 젊으니까. 그리고 젊은 사람의 고통은 빨리 사라지죠. 제본은 당신의 재량에 맡길 겁니다. 일주일 내로 제본해서 보내주면 아주 좋을 것 같군요."

"다시 보내달라고요? 전 '지하실'로 가는 줄—."

"아니, 아니에요. 우리는 이곳에서 안전하게 보관해요. 그럼 난 이만 가봐야겠어요. 해야 할 일이 있어서 다시 보지 못하겠네요. 이번에는 말이죠. 빠른 시일 내에 또 만날 수 있길 바랍니다."

그는 내 어깨를 두드리고는 방을 나섰다.

"아, 드 하빌랜드 씨가 이걸 전해달라고 하셨는데—." 나는 책이 든 나무상자를 가리켰지만 너무 늦었다. 문은 이미 닫힌 후였다.

루시안이 방을 나서는 그를 쳐다보았다. "아주 매력적인 분이시죠?"

"그분을 알게 되어 기쁩니다." 나는 그가 내 이름을 묻지 않았다는 사실을 깨달았다.

"아, 물론 그렇겠죠." 그는 잔을 기울여 마지막 한 방울까지 남김없이 들이켰다. "아버지가 어떤 사람이든 무슨 상관이 있나요? 당신에게 값만 잘 쳐준다면, 아니 드 하빌랜드에게 잘 쳐주면……."

"친절하시니까요." 내가 말했다. "하인의 불행을 걱정해주시고. 모두가 그런 건 아니잖아요."

내 말에 그가 웃음을 터트리더니 다시 브랜디를 따라 쭉 마셨다.

"당신은 의사 같군요." 그는 물음표를 갖다붙이지 않았다. "당신은 종기를 짜주러 여기 왔군요. 누군가의 인생을 다 차지할 정도로 크게 욱신거리는 종기. 그런 다음 손을 씻고 장미향 말고는 아무것도 맡지 못한 사람처럼 행동하겠지. 그리고 주머니를 두둑이 채우고 집을 나서며 다음을 기약하겠지. 의사처럼. 인간에게 득이 되도록. 하지만 당신이 그렇게 할 수 있는 건 우리 아버지 같은 사람이 고름 맛을 좋아하기 때문이야……."

"정말 혐오스러운 말이군요."

"그래?"

나는 고개를 돌렸다. 그림자 하나가 마치 살아난 듯 유리장식장 앞에서 움직였다. 하지만 그것은 난로로 걸어가 한 손을 불 가까이로 내미는 다네이의 모습이 비친 것뿐이었다. 그의 셔츠 소매 단추가 떨어졌고 그 틈으로 손목의 혈관과 울퉁불퉁한 힘줄이 보였다. 피부가 창백하다 못해 상아처럼 노란빛을 띠었다.

다시 입을 열었을 때 그는 내가 상냥하게 대할 가치가 없는 인간이라는 듯이 지친 목소리로 말했다. "지금 그녀를 보내줄게요. 더 필요한 게 있나요?"

"아닙니다."

잠시 뒤 그가 어깨를 으쓱였다. "원한다면 여기서 할래요?"

"뭐 그러죠." 그저 테이블과 의자 두 개만 있으면 된다. 어쩌면 그것조차 필요하지 않을지도 모르고. 세레디스가 죽은 다음 날에 드 하빌랜드가 내게 뭐라고 했지? 그냥 대상에게 손을 올리고 듣기만 하면 돼. 종이와 펜, 잉크가 있고 상대와 함께 자리에 앉은 다음 상대방이 승낙하면 잘못될 일은 거의 없어. 그걸로 충분할까? 내가 한여름 축제의 왕으로 선택받았는데 춤 동작을 잊어버린 꿈을 꿨을 때처럼 비현실적인 느낌이 들었다. 다네이에게 나는 그저 도제이고 어떻게 해야 할지 모르겠다고 말하기에는 너무 늦었다. 그 소리를 들으면 루시안이 나를 어떻게 쳐다볼지 생각하니 목 뒤로 소름이 돋았다. 나는 테이블 위에 가방을 올려 연 다음 종이와 연필, 잉크를 꺼냈다. 그리고 신경 써서 테이블 위에 배치했다. 그것 말고 가방에는 아무것도 들어 있지 않았다. 드 하빌랜드가 미리 적어준 청구서는 안주머니에 있다.

루시안이 초인종을 눌렀다. 하녀가 오기를 기다리며 그가 말했다. "시간이 얼마나 필요하죠?"

"정확히는 모르겠어요."

"드 하빌랜드는 4시에 차를 마시는 걸로 아는데."

"전, 아니. 괜찮아요."

"알겠어요. 넬이 나오면 사람을 시켜 저녁을 가져다 드리죠. 다른 필요한 것이 있으면 베티를 찾아요. 그럼 될까요?"

"네."

잠시 그는 뭔가 할 말이 더 있는 듯 보였지만 하녀가 방으로 들어오자 몸을 돌렸다. "넬을 이리 데려와요. 그리고 아무도 들이지 말고. 이 분의 특별한 지시가 있을 때까지. 성함이 어떻게 되시나요?"

"파머입니다." 내가 대답했다. 세레디스를 찾아왔던 그의 기억과 나머지가 책속으로 사라졌으니 괜찮지만 그래도 내 이름을 말하는 것이 좀 이상하게 느껴졌다.

"파머 씨." 그가 나를 즐겁게 해주려는 듯 내 이름을 살짝 강조하며 따라했다. "파머 씨가 저녁식사를 하겠다고 알려주실 때까지 말이야."
그리고 그가 다시 나를 쳐다보았을 때 눈동자 너머로 악의적인 불꽃이
일렁였다. "행운을 빌어요, 파머 씨. 이 일이……즐겁길 바랍니다."

나는 그를 한 대 치고 싶은 충동을 억누르며 몸을 돌렸다. **즐겁다니.**
왜 다네이 씨가 그를 싫어하는지 알 것 같다. 그가 반쯤 열린 문으로
하녀를 따라 나가는 것을 보니 기뻤다. 안 그랬으면 참지 못하고 때렸을
지도 모른다. 그가 가고 난 뒤, 나는 자리에 앉아 손으로 머리를 넘기며
땀을 닦았다. 셰리의 포근한 온기가 혀 뒤쪽에서 담즙과 뒤섞였다. 방
모서리마다 내 심장 소리가 울리는 것 같았고 모든 표면이 각기 소리를
냈다. 유리, 나무, 대리석, 벽지를 바른 벽…….

"넬이 왔습니다."

나는 낮잠을 자다가 들킨 사람처럼 비틀거리며 자리에서 일어났다.
나이 지긋한 하녀가 인사를 하고 자리를 떴고, 문을 닫고 나가는 딸각하
는 소리가 쾅 닫히는 것보다 더 크게 들렸다.

넬. 내가 뭘 기대했는지는 모르겠지만 그녀를 보고 나는 깜짝 놀랐다.

그녀는……몹시 창백했다. 마치 연필로 그린 종이 인형을 오려놓은
것 같았다. 비쩍 마르고 목 아래 뼈가 두드러졌고 얼굴은 비를 맞은 동상
처럼 멍했다. 그리고 어렸다. 나보다도 알타보다도 어렸다. 나는 맞은편
의자에 앉으라고 손짓했다. 불쾌하게도 그 제스처는 드 하빌랜드를 떠올
리게 하는 것이었지만, 그녀는 내 지시를 따랐다. 그렇지만 넬의 움직임
에는 생명력이 전혀 없어서 수월하지도 힘들어 보이지도 않았다. 그녀는
이 자리에 없었다. 나는 침을 삼켰다. 밀리는 세레디스를 찾아왔을 때
긴장증을 보였는데, 지금과는 다른 맹렬한 고요함이 마치 태풍의 눈처럼
담겨 있었다. 하지만 이 사람은 그저……비어 있다.

176

"전 에밋이에요. 당신이—넬인가요? 그렇게 불러도 될까요?"

"네, 선생님."

"날 선생님이라고 부를 필요는 없어요."

질문이 아니었기에 그녀는 대답하지 않았다. 그녀가 대답하지 않을 거라고 예상할 수 있었지만 묵살당한 기분이 들었다.

"내가 왜 여기 왔는지 알아요?"

"네, 선생님."

나는 기다렸다. 아무 말도 없다. 알타나 그 나이 또래들이라면 조금이나마 미모를 드러내거나 부끄러워하거나 짜증을 부리거나 해야 하는데. 그런데 그녀에게는 아무것도 없다. 나는 손톱으로 엄지손가락 살을 누르며 최대한 친절하게 말했다.

"그럼 나한테 말해줄래요? 제가 왜 여기 왔는지?"

"제 기억을 지우려고 오셨어요."

"그게," 물론 그녀의 말이 맞다. 뭐라고 하든 다를 바가 없으니까. "맞아요. 당신이 그러길 원하면요. 고용주인 다네이 씨가 말하길 당신이 아주 괴로워한다고 했어요. 그 말이 맞나요?" 내 목소리가 너무 거만하게 들려 스스로가 혐오스러웠다.

그녀가 나를 쳐다보았다. 다른 사람이라면 도전적인 모습일 것이다. 하지만 그녀는 마치 동굴 속 뭔가를 바라보는 것 같은 눈빛이었다. 계속 그렇게 쳐다보는 통에 나는 고개를 돌릴 수밖에 없었다.

옷깃 부분이 참을 수 없을 만큼 가려웠다. 나는 손가락을 목 뒤로 가져가다가 갑자기 깨달아서 멈췄다. 상대와 함께 자리에 앉은 다음 상대방이 승낙해야 해.

"저기요," 내가 말했다. "내가 알고 싶은 건 당신의 기억을 내가 제본

177

해주길 원하냐는 거예요. 원하지 않는다면……."

그녀가 입술을 깨물었다. 아주 사소한 행동이었지만 처음으로 사람다움이 느껴졌다.

나는 심장이 뛰었다. 그래서 안달하는 것처럼 들리지 않도록 조심하면서 그녀 쪽으로 몸을 구부렸다. "괜찮을 거예요." 내가 말했다. "원래대로 돌아가는 걸 느낀다면 기분이 정말 좋아질 거예요. 길게 보면 훨씬 나은 일이에요. 용기가 생긴 것처럼 느껴져 과거의 아픔을 이겨내며 살 수도 있고, 처음에 느낀 것보다 자신이 더 강하다는 걸 알 수 있게 될지도 몰라요. 당신이 부탁했을 때―."

"제가 부탁한 게 아니에요. 다네이 씨가 했어요."

"아, 그렇군요, 좋아요." 내 자신의 문제에서 벗어나기 위해 상대방을 절박하게 구슬리고 있는 내 목소리가 듣기 싫었다. 나는 이를 악물고 세레디스를 생각했다. 그녀는 내가 최선을 다하기를 바랄 것이다. 나를 위해서가 아니라 퀭한 얼굴에 눈빛이 멍한 이 잿빛 소녀를 위해서.

"내 말뜻은," 나는 단어에 감정을 싣지 않으려고 애썼다. "당신이 선택할 수 있다는 거예요. 당신이 싫다면 누구도 시킬 수 없어요."

"그래요?"

내가 '당연하죠.'라고 말하니 넬의 얼굴 표정이 바뀌었고, 나는 말을 멈췄다. 순간적으로 스친 그 표정은 무엇일까? 내가 뭔가 경멸스런 말을 한 것처럼 쏘아보던 눈빛. 그녀는 계속 나를 쳐다보았다. 눈동자에 멍한 기운이 서렸다가 사그라지기를 반복했다. 몇 초간 그녀의 눈빛이 사막처럼 황량해 인간미가 없고 특색도 없으며 너무 추상적이라 깊이를 가늠할 수 없다고 생각했다. 그러다 이내 확신이 사라졌다. 어쩌면 그녀는 단순할지도 모른다. 다네이 씨가 넬이 아주 똑똑한 것은 아니라고 했다. 내가 너무 과대망상을 한 것인지도 모른다. 나는 불안했고 속이 뒤집혀 있었으니까.

그녀가 눈을 내리깔았다. 그리고 장갑을 낀 것처럼 손을 무릎 위로 가지런히 모았고 때가 낀 손마디 아래로 재빨리 손톱을 감추었다. 숨을 쉴 때도 그녀의 가슴은 거의 움직이지 않았다. "제가 어떻게 하길 바라세요?"

나는 의자 뒤로 기댔다. 옷깃의 뻣뻣한 부분이 뒷목을 파고들었다. 기억을 관리하는 건 살짝 까다로워서 너무 깊이 들어가서는 안 되고……. 나는 두려움을 밀어내려고 노력했다. 세레디스는 내가 할 수 있다고 여겼다. 그녀는 내가 제본사로 태어났다고 말했다. "그냥 편하게……말해 보세요. 본인이 직접."

"무엇을 말이에요?"

"없애버렸으면 좋겠다고 생각하는 거라면 뭐든지."

그녀는 어깨를 살짝 들어올렸다. 입술이 벌어졌지만 아무 소리도 나오지 않았고 나는 한참 뒤에 초인종을 슬쩍 쳐다보았다. 하녀를 불러 메시지를 남기고 다네이 가족이 메시지를 보기 전에 현관을 빠져나간다면……. 나는 자리에서 일어났다. 넬의 눈길이 조금 늦게 나를 쫓았다. 그때 희미하게 뇌 뒤쪽에서 그녀가 술에 취했는지도 모른다는 생각이 들었다. 아니, 그렇다면 냄새가 났거나 말할 때 알아차렸겠지…….

"저기, 넬." 나는 꽉 끼는 구두 속에서 욱신거리는 발을 꼼지락거리며 말했다. "난 아무것도 못 들어서……당신의 기억을 제본할 수 없어요, 알아요? 우연히 이곳으로 보내졌어요. 난 도제이고 한번도 해본 적이 없는데……. 내가 다네이 씨에게 당신 잘못이 아니고 당신과 아무 상관없다고 설명할게요. 드 하빌랜드 씨가 며칠 안에 올 거예요. 지금은 할 수 없어요. 어쩌면 말할 필요도 없었는지 몰라요. 당신에게 잘 보이려는 의도는 아니었어요. 내가 할 수 있을 거라 생각해서……." 나는 말을 멈추고 좀더 조용하게 덧붙였다. "내가 지금 무슨 말을 하는지 알겠어요?"

그녀가 눈을 감았다. "네." 대답은 했지만 그 목소리는 아주 멀게 느껴졌다.

"미안합니다." 옷깃만큼이나 뻣뻣한 사과였다.

넬은 움직이지 않았다. 뺨에서 뭔가 빛났고 비를 맞은 조각상처럼 미동도 없이 울고 있다는 것을 알았다. 나는 몸을 돌려 유리장식장 앞에 섰다. 복잡한 무늬의 중국식 상자 옆에 말린 자두처럼 작고 쪼글쪼글한 것이 놓여 있었다. 자세히 보려고 몸을 구부리니 눈구멍에 조개를 박은 작은 머리였다. 나는 다시 넬을 향해 몸을 돌렸다.

"잠시 여기 앉아 있어요. 그리고 내가 초인종을 울려서 다네이 씨에게 설명할게요." 아직은 초인종을 누를 수 없다. 제본을 시도조차 하지 않은 것처럼 보일 테니 말이다.

"여기 앉아 있으라고요?"

"내 말은 앉아서 좀 쉬어요."

그녀는 눈을 깜박였고, 더 많은 눈물이 뺨을 타고 턱으로 떨어졌다. 갑자기 그녀가 앞치마로 눈물을 닦았고, 곧바로 나는 어린 그녀의 모습을 보았다. 아니 어렸던 모습이다. "쉬라고요? 여기서요?"

마침내 감정이 수면으로 드러난 것처럼 목소리에 날이 섰다. 하지만 나는 그것이 무엇인지 모르겠다. "네. 원한다면."

"전―." 그녀는 입 밖으로 꺼내기가 너무 위험한 듯이 말을 하다가 멈췄다. 그리고 고개를 끄덕였고 다시 이전의 얼굴로 돌아왔다.

"좋아요." 나는 최대한 숨을 내쉬며 뱃속의 긴장을 덜어내려고 했다.

그리고 목을 빼지 않고 난롯불을 볼 수 있게 다른 의자를 빼서 그녀 옆에 앉았다. 황금빛 거품의 불꽃은 나무에 붙어 곰팡이처럼 자라고 줄어들고 퍼지고 몇 배로 커지고, 맨 아랫부분은 청색으로 빛났다. 온기가 난로에서 천천히 퍼지면서, 캐슬퍼드로 이사를 간 이후로 쭉 아팠던 다리의 통증을 줄여주었다. 시선을 들어 벽지를 쳐다보면서 반점에서 복잡한 소용돌이무늬로 초점을 이리저리 옮기며 기다리다보면 어느새 불길이 완전히 자리를 잡을 것이다. 가스램프가 번뜩이며 속삭이는 소리를 냈다. 내 옆에서 넬의 숨소리가 조금씩 느려지더니 나와 똑같아졌다.

한참이 흐른 뒤 마침내 시계가 울렸다. 나는 슬쩍 넬을 살폈다. 그녀는 벽을 똑바로 보고 있었는데 시선이 완전히 고정되어서 그녀가 눈을 뜨고 자는 것일까 궁금했다.

"하녀를 불러야겠어요." 내가 부드러운 목소리로 말했다. "일하러 갈 준비는 되었나요?"

그녀는 대답하지 않았다. 나는 자리에서 일어나 그녀 쪽으로 몸을 구부렸다. "넬?"

아무 반응이 없었다. 그녀는 깨어 있는 것이 확실하다. 어쩌면 내가 그랬듯 침묵과 온기에 취해 최면에 걸린 것인지도 모른다. 나는 그녀를 내려다보았고 지금 한창 피어날 아름다움이 사라졌다는 점이 안타까워 가슴이 저렸다. 그리고 다시 한번 그녀를 불렀다. "넬?" 나는 그녀의 어깨에 손을 올렸다.

세상이 갑자기 휘청하더니 흔들거렸다. 그리고는 뒤집혔다.

11

절망은 잿빛 강이 되어 나를 물살 위아래로 송두리째 흔들고, 아무것도 볼 수 없게 한다. 하루하루가 쏜살같이 지나갔다. 어두운 불꽃놀이처럼 밤이 들어왔다 사라졌다. 나는 존재하지 않고 차가운 물살의 일부가 되어서, 볼 수는 있지만 말할 수가 없었다. 대체 뭐가 어떻게 돌아가는 것일까? 내 이름, 몸, 뭐든 알아보려고 했지만 존재가 없으니 당연히 나도 없었다.

흐릿한 회색빛. 속도감이 점차 느려지더니 사라졌다. 나는 볼 수 있고 보았다. 내가 다른 사람이 되어 그 사람의 눈동자로 세상을 보고 있는데, 그것은 다름 아닌 그녀의 시선이었다. 모든 것이 똑같지만 어딘지 아주 심층적으로 달라서 비명을 지르고 싶었다. 내가 존재한다면, 두려움을 느끼기에 충분한 만큼의 내가 있다면……. 그러다 안정이 되었고 전에는 흐릿하게만 보였던 세세한 부분들이 뚜렷하게 드러났다. 내 감정을 느끼기에는 그녀 속에 너무 많이 섞였지만, 중간에 스테인드글라스 유리가 박힌 문과 리본 장식이 된 램프를 바라보는 그녀의 모습을 유일하게 알아볼 수 있었다. 그녀는 즐겁고, 신나고 속이 잉걸불처럼 따뜻하게 빛났다. 그녀가 초인종을 잡았고 내게는 익숙하지 않은 장갑을 낀 느낌처럼 다가왔다.

그리고 다시 모든 것이 소용돌이쳤다. 한 목소리가 높은 바람소리처럼 외쳤다. "……이 문이 아니라, 뒷문이라고!" 그리고 장면은 회색빛에 삼켜져 사라지고 다시 소용돌이가 일었다. 순간적인 장면과 찰나가 망상처럼 선명하게 등장하고, 알 수 없는 그림자와 더불어 점점 더 커졌다.

작은 침실, 지붕의 처마, 회색 벽과 벗겨진 회반죽. 추위. 밤은 그녀를 피로하게 만들었다. 보기보다 젊은 노인이 그녀에게 친절을 베풀었다. 흑백으로 보이는 다른 얼굴들은 그녀가 거기 있다는 것을 알지 못했다. 앞치마를 걸친 가슴이 큰 여인이 그녀의 뺨을 때리고 동시에 그 손으로 향신료를 넣은 빵을 던져주었다. 타일에 남은 물자국. 습기가 곰팡이처럼 그녀의 무릎으로 스며들었다. 노인이 그녀의 어깨를 꽉 잡았다. 다시 침실이다. 문에 열쇠가 없다. 우중충하고 웅크린 그림을 쳐다보면서 그녀는 한 손을 자물쇠에 넣고 손톱으로 따려고 했다. 운이 없었다. 일은 겨울에도 멈추지 않았고 석탄이 든 양동이가 그녀의 어깨를 뒤틀리게 했고 노인은 그녀를 앉히고는 말했다. "얼굴에 그을음이 묻었구나, 얘야……내 손수건을……." 그리고 서리가 낀 검은 창문이 있는 침실에서 노인이 말했다. "너무 놀라지마. 내가 가져왔어……."

석탄이다. 추위에 떨다가 잠에서 깬 그녀는 그가 다시 왔으면 좋겠다고 잠시 생각할 뻔했지만 오지 않게 해달라고 기도했다. 문손잡이가 돌아가자 그녀는 주먹으로 꽉 쥐었고, 노인이 말했다. "또 춥니?"

아니. 그녀의 주위로 잿빛이 감싸고 잔뜩 퍼진다. 느껴서는 안 돼. 안 된다고.

차가운 아침에 몸이 떨렸다. "무슨 일이니? 에휴, 얘야." 다시 또 아프기 시작한다. 유니폼이 마를 시간이 없다. 젖은 옷의 축축한 촉감이 피부에 닿았다. 바닥은 그녀가 보고 있는 동안 더욱 더러워졌다. 먼지가 벽난로 위 선반에 눈처럼 쌓였다. 세상에. 다시 침실과 노인이 보이고 요강 냄새가 났다. 냄새를 생각하고 무엇을 먹고 반대편으로 무엇이 나왔는지 생각해. 싫어.

거미가 모퉁이에 검은 매듭처럼 자리했다. 보이지 않는 벌레가 그녀의 팔로 기어오른다. 손톱에 때가 꼈다. **빼내**. 목 뒤에 닿는 햇살이 뜨겁다. 그녀가 쳐다보지 않는 사이에 봄이 왔나보다. 하지만 모든 것이 여전히 잿빛이다. 라일락 냄새에 질식할 것 같다.

정원의 정자. 퀴퀴한 쿠션 냄새. 단추를 잠그려니 손이 너무 떨린다. 다시 열기로 가득 찬 침실에서 남성의 매끈한 땀이 그녀의 얼굴에 묻어 있다. 침실, 서재, 한여름의 적막이 그녀의 젖은 살점을 빨아들인다. 다시 침실. 가을이 왔다. 이제 흐려진다. 그녀의 침실은 회색빛으로 깜박이며 가장자리가 무뎌졌다. 겨울이다.

노인이다. 그 노인. 바로 그 노인.

나는 헐떡이며 숨을 골랐다. 공기가 산성 용액처럼 폐를 찔렀다. 마치 술에 취한 듯 내 눈앞에서 서재가 이리저리 춤을 췄다. 하지만 나는 이곳에 있고 다시 현재로 돌아왔고 그 악몽은…….

사실이다. 여전히 사실이다. 하지만 지금 나는 그 바깥에 있다.

그녀는 내 맞은편에 있다. 눈을 감고서. 나는 그녀를 보지 않으려고 눈을 감았지만, 어둠 속 내 눈꺼풀 뒤로 그녀의 기억이 보였다. 이미 희미해져가고 멀게 느껴지는, 분명 지금은 다른 누군가의 기억이지만 여전히 날 떨리게 하는 그것이. 그 노인은 다네이다. 마음속에서 그녀는 그를 이름으로 기억하기를 거부하고, 그것이 자신이 가진 유일한 힘이라고 생각한 듯이 노인이라고 단정했다. 하지만 그는 다네이다. 자애로운 눈빛과 온화함, 비양심적인 쾌락……. 나는 몸에 소름이 돋았다. 그를 좋아했다. 그녀도 그랬다. 그 일이 벌어지기 전에는…….

나는 길게 숨을 들이마시고 기침했다. 다시 내 몸으로 돌아오니 아팠다. 하지만 고통은 좋은 것이다. 고통은 곧 내가 존재한다는 것이고 그 말은 그녀와 내가 분리되었다는 뜻이니까.

"선생님?"

"네?" 나는 눈이 보일 때까지 깜박거리며 고개를 들었다.

그녀는 반쯤 서 있고 반쯤 앉은 상태로 어디로 가야 할지 모르는 사람처럼 테이블과 의자 사이에서 주저하고 있었다. "뭐가 필요하세요? 죄송해요, 제가 잠이 들었나봐요. 이곳이 너무 따뜻해서."

"네? 아니. 그런 건 아니에요. 내가—."

"어디가 안 좋으세요? 사람을 부를까요?"

"아니, 됐어요. 괜찮아요. 난 그저—시간이 좀 필요할 뿐이에요." 내 목소리는 며칠 동안 말을 안 한 사람처럼 쉬어 있었다. "넬……."

"네, 선생님?"

나는 고개를 내렸다. 흑단 테이블에 비친 내 모습은 어두운 하늘에 떠 있는 흐린 달 같았다. 그림자가 깊이 휘감겨 있다가 내가 곧바로 쳐다보자 흘러가버렸다. 몸을 똑바로 세우는데 갑자기 아래로 꺼질까봐 두려웠다. 넬은 긴 앞치마의 단을 비틀며 내가 마치 임종에 이른 사람이라도 되는 듯 뚫어져라 나를 쳐다보았다.

"그만 가서 쉬어요." 내가 말했다. "당신은 지쳤잖아요. 다네이 씨가—." 나는 더듬거리며 이름을 말했지만 그녀는 눈 하나 깜박하지 않았다. "다네이 씨가 쉬어도 좋다고 했어요. 다른 사람이 당신의 일을 대신해줄 겁니다."

"아," 그녀가 얼굴을 찌푸렸다. "감사합니다, 선생님." 그녀는 몸을 돌렸고 걷다 말고 잠시 멈추더니 난로 바닥을 쓸 듯 앞치마 자락을 털고 나갔다.

문이 닫혔다. 그 소리가 내 귓가에 메아리처럼 울려 작은 흥얼거림에

서 큰 소리가 되었다가, 이내 다른 모든 소리를 전부 집어삼켰다. 그리고 마침내 소리가 서서히 줄어들었고 나는 장작과 가스등이 타는 소리와 뒤쪽 다른 방에 있는 사람들의 발자국과 목소리를 희미하게 들을 수 있었다. 시계가 15분을 알리며 시간이 가고 있다는 것을 큰 소리로 말해주었다. 나는 숨을 들이쉬고 이전의 익숙한 아픔에 몸이 적응하는지 살폈다. 어둠이 눈 가장자리에서 잠시 번뜩였지만 숨을 내쉬자 아픔은 사라지고 고단함만이 남았다.

나는 하녀가 루시안 다네이를 부르게 하려고 초인종을 누르기 위해 일어났다. 그렇지만 입 안에서 쓴맛이 나서 얼굴을 찡그리느라 손을 뻗은 상태로 멈췄다. 난로, 유리장식장 문에 비친 가스등 불빛, 달을 움직이며 의기양양한 미소를 짓는 대형 괘종시계, 바닥에 깔린 화려한 페르시아산 러그……. 난로 위 선반에 놓인 사기로 만든 스패니얼 강아지 상들을 쳐다보았다. 둘둘 말린 콧수염을 덮고 있는 먼지. 나는 그 먼지를 털었고 하나를 벽에 집어던지고 싶은 충동을 느꼈지만 겁이 나서 그러지 못했다. 노인이 들어와서 나를 찾기 전에 끝내려고 서둘러 벽난로를 닦았다. 검댕이 손톱에 끼는 것이 느껴졌고, 허벅지에도 묻었다. 모든 것이 넬의 기억 속의 얼룩과 겹쳐졌다.

나는 가방을 집었다. 테이블 옆에 책 같은 것이 있다. 엮이지 않은 페이지들이 가지런히 쌓여 있고 빼곡한 글자로 덮여 있다. 놀라서 숨이 턱 막혔다. 내가 했을 것이다. 기억은 안 나지만, 내 필체니 내가 끝낸 것이 확실하다. 갑자기 손목에 타오르는 통증이 느껴져 눈을 깜박였다. 당연히 내가 기록했겠지. 아니면 누가 했단 말인가? 팔을 뻗어 그 종이들을 집기 위해 몸을 움직이기까지는 시간이 좀 걸렸다. 나는 그것들을 가방에 넣은 다음 어깨에 둘러멨다.

내가 가고 없다는 것을 그들이 알아채고 난 뒤에는 어떻게 될지와 내가 도망쳤다는 소리를 들으면 드 하빌랜드가 뭐라고 할지 궁금했다. 마치 도둑질이라도 한 듯 심장이 쿵쾅거렸다. 나는 재빨리 복도로 빠져나왔다. 검은색과 흰색 타일이 깔려 있는 복도 끝 아치형 입구의 한쪽 벽은 관엽식물들로 꾸며져 있었다. 그 너머로 어떤 사람이 나를 쳐다보고 있었다. 깜짝 놀라 멈췄더니 그것은 거울이었다. 나선형으로 이어지는 계단에는 초상화들이 걸려 있었지만, 서둘러 현관으로 가느라 그것들을 둘러볼 시간이 없었다. 나는 몸을 구부려 첫 번째 빗장을 풀고 다음 것을 푸느라 꼼지락거렸다. 내 팔꿈치가 도자기 재질의 우산꽂이에 부딪혀서 그 아랫부분이 대리석 바닥에 긁히며 큰 소리를 냈다.

"어디를 가는 거죠?"

차갑고 호기심 어린 목소리로 묻는 통에 빗장을 잡은 손이 미끄러졌다. 나는 휙 돌아보았다. 다네이다. 아버지가 아니라 아들. 그리고 뭔가 있었다.

"돌아갑니다." 내가 말했다.

"어디를 간다고요? 한 시간 안에 우린 저녁을 먹을 겁니다. 드 하빌랜드는 항상 같이 했어요."

"아니요."

"아직 가면 안 돼요." 그가 말했다. "배가 고프지 않더라도 아버지께서는 당신이 떠나기 전에 보고 싶어하실 겁니다."

나는 고개를 저었다.

"몸이 좋지 않나요?"

입을 벌리고 대답하려다 소용없다는 것을 알았다. 그래서 문 쪽으로 몸을 돌리고 최대한 힘껏 빗장을 밀었다. 잠시 저항하더니 빗장이 풀렸다. 나는 세 번째 빗장을 잡았다.

"호의를 봐서 저녁을 들고 가세요. 그후에는 아버지께서 대금을 치를 거고 그다음에 돌아가면 되잖아요."

빗장이 갑자기 흔들리더니 옆으로 밀렸다. 그의 그림자가 내게 드리웠고 그가 손으로 내 어깨를 잡으니 뼈에 전기가 통한 듯 찌릿했다. 나는 놀란 나머지 획 돌아서 주먹으로 그의 가슴 아래를 때렸다. 그가 비틀거리더니 나를 붙잡았다.

"좀 진정해요. 난 그저ー." 그에게서 달콤한 술 냄새가 풍겼다. 잠시 숨을 멈추고 그와 맞섰다. 내 앞에 보이는 그의 얼굴은 희미했고 넬의 기억과 겹쳐졌다. 그는 한번도 그녀에게 관심을 둔 적이 없고, 어떤 도움도 준 적이 없었다……

다네이가 내 가방끈을 잡는 통에 끈이 찢어졌다. 나는 앞으로 넘어지면서 무릎을 꿇었다. 가방이 떨어지자 그 속에 든 것들이 바닥으로 내동댕이쳐졌다. 넬의 이야기가 흰 날개가 달린 폭우처럼 피어올라 천천히 바닥으로 흩어졌다. 침묵 속에 다른 어딘가에서 문 닫히는 소리가 났다.

그가 먼저 움직였다. 그는 누가 엿보았을까봐 겁이 난 듯 은밀한 표정으로 재빨리 주위를 살폈다. 그리고 자리에서 일어나 손으로 대충 성의 없게 종이를 주웠다. "어서요, 보고만 있을 거예요?" 그가 말했다. 내가 자리에서 일어날 때쯤 그는 마지막 남은 몇 장을 챙겨 나머지와 함께 가방에 넣었다. 그 가방을 나에게 건넬 줄 알았는데 그는 몸을 돌렸다.

"서재에서 기다려요. 어서요." 그는 내가 따라오는지 돌아보지도 않고 걸었고, 나는 어쩔 수 없이 그의 뒤를 따랐다. 목에 닿는 그의 머리카락은 땀으로 축축하게 뭉쳐져 있었고, 옷깃은 가장자리를 따라 반투명으로 번들거렸다.

나는 그를 따라 서재로 들어갔다. 그는 가방을 테이블 위에 올렸다. 흰 종이 몇 장이 구겨지고 끄트머리가 접혀 가방 밖으로 삐져나왔다. 그는 슬쩍 시계를 보더니 조용히 내게 셰리를 한잔 더 따라주었다. 나는 망설이다가 받았다. 그는 내가 마시는 것을 보더니 자신은 브랜디를 따랐다.

"작업은—잘됐나요?"

나는 대답하지 않았다.

그가 브랜디를 마저 마시고 가만히 서서 나를 살피며 이따금씩 술병의 목 부분을 두드렸다. "당신 같은 제본사들은," 그는 자신이 주인이고 내가 그의 손님인 것처럼 낯설고 꽤 호의적인 목소리로 말했다. "날 오싹하게 만들어요. 다른 사람의 마음속에 들어가는 건 어떤 기분인가요? 그 사람들이 무방비하고 무기력할 때의 그들을 아주 가까이서 볼 수 있잖아요? 강제로 지시하는 것 같겠죠. 안 그래요?" 하지만 그는 내 대답을 기다리지 않았다. "그리고 당신은 우리 아버지 같은 사람에게 더 달라고 굽신거리지."

침묵이 흘렀다. 난로 속 불길이 타오르는 소리가 났다.

"가짜 책을 파는 거래가 늘어나고 있다죠. 그게 걱정되나요?" 그가 말을 멈췄지만 대답을 얻지 못해도 놀라지 않는 것 같았다.

"본 적은 없지만, 궁금해서요. 진짜 다른가요? 소설이라고 부른다죠. 그런 건 만드는 데 돈이 훨씬 적게 들어가겠죠. 필사할 수 있으니까. 같은 이야기를 계속해서 써먹고 파는 방식만 주의하면 되니까. 그런 걸 누가 쓰는지 궁금하네요. 절망을 상상하는 걸 즐기는 사람이겠지 아마. 거짓말에 전혀 거리낌 없는 사람. 미치지 않고서도 길고 슬픈 거짓말을 며칠이고 쓸 수 있는 사람이겠죠." 그는 손톱으로 술병을 튕기며 자신의 문장을 마무리했다. "당연히 우리 아버지는 감정가예요. 아버지는 소설을 보면 곧바로 알아볼 수 있다고 해요. 아버지는 진짜 책은 숨길 수 없는 냄새가 풍긴다는데……음, 아버진 그걸 '진실' 혹은 '인생'이라고 했어요. 난 그 말뜻이 '절망'이라고 생각해요."

창문 옆 벽에 걸린 정교한 액자 안에 어두운 풍경이 보였다. 산맥, 크고 가파른 폭포, 담쟁이덩굴이 자란 반쯤 무너진 다리. 나는 그림에 집중했다. 저곳에 가고 싶다. 갈라진 돌 난간 위에 서 있으면 루시안의 느긋한 목소리를 폭포가 덮어줄 텐데.

"그리고 또," 그가 말을 이었다. "당신들에게 궁금증이 생겨요. 제본사들. 영혼을 훔치는 건 어떤 기분이죠? 절망을 가져가고 사람을……무해하게 만드는 건? 상처를 치료해 다시는 괴로움을 느끼지 못하도록?"

"그런 게 아니라—."

"당신은 의사랑 비슷하다고 사람들한테 말하잖아요. 고통을 가져가고 나쁜 것들을 없애주고……아주 존경받는 일이라고. 슬픔에 잠긴 과부, 신경질적인 노처녀를 찾아가 감정을 달래주고……." 그가 고개를 저었다. "그것 말고는 아무것도 할 수 없을 때, 당신은 견딜 만하게 만들어주는 거죠, 맞죠?"

"전—."

그가 웃다가 갑자기 멈춰서 침묵이 메아리처럼 공중에 퍼졌다. "아니," 그가 마침내 입을 열었다. "그게 당신들이 숨기고 있는 거지. 그게 당신들이 하는 일의 전부라면……." 그가 치아 사이로 숨을 들이마셨다. "드 하빌랜드는 같은 하인을 보고 또 봤어. 우리 아버지의 **선반**에는 한가득 책이 있고," 그가 삐쩍 마른 손가락을 허공 찔렀다. "마리 5년. 마리안 3년. 애비게일, 애비게일, 애비게일……. 그녀는 아버지가 가장 좋아하던 사람이라 몇 번이나 그랬는지 기억이 안 나네. 사라 두 번. 그리고 지금 널까지. 그리고 넬이 나이를 더 먹을 때까지 계속 보겠지. 당신은 매년 그녀를 보러 올 거고 매년 같은 이야기가 나오고 우리 아버지를 만족시키려고 기억을 가져가겠지. 그녀의 머릿속에서 나온 이야기를 읽으면 아버지의 기쁨은 두 배가 될 테고, 그런 다음에는 한번도 그 애한테 손을 댄 적이 없는 것처럼 다시 또 그러겠지."

"아니요."

"맞아, 파머." 그의 목소리는 메스처럼 날이 서 있었다. 너무 날카로워 고통을 느끼기까지 몇 초가 걸릴 정도로.

"왜 아버지가 당신네들에게 그렇게 많은 돈을 준다고 생각해? 그건 아버지의 악덕이지. 악마처럼 영리한 악덕. 그리고 그들이 기억을 잃게 되면 아무것도 생각나지 않으니, 아버지가 자신을 건드린 걸 부인하고 모두에게 아버지가 정이 많고 유쾌한 사람이라고 말하고, 누군가 아버지를 멈추려고 한다면……아버지는 그저 웃을 거야. 무슨 말인지 알아? 걸릴 것이 없으니까 웃는 거지. 아버지가 날 다른 곳으로 보내면서 그곳이 정신병원이 아닌 걸 다행이라고 여기라고 했을 때 난 알게 됐지. 그건 당신들 때문이야, 바로 파머 당신 그리고 나머지들, 드 하빌랜드와 그 조무래기들이 아버지가 그렇게 하도록 만들었어. 그러면 아버지가 안전하니까. 당신들은 아버지의 더러운 일을 해주러 왔으니."

"아니요," 내가 말했다. "아니, 항상 그런 건 아니에요. 그런 식으로 하려는 게 아니라고."

"당신들은 정말 혐오스러워. 다 죽어버렸으면 좋겠어. 지금 당신을 죽일 배짱이 내게 있으면 좋겠어."

나는 그의 눈을 쳐다보았다. 지금 나는 그를 알아보았다. 그는 세레디스의 작업실에서 나를 쳐다보던 것과 똑같은 얼굴을 하고 있었다. 자신이 할 수 있는 유일한 것이 증오뿐이라는 표정으로, 잠시 동안 나는 그의 뒤편에 있는 높은 창문을 쳐다보며 드넓은 습지를 보고 숨을 참았다.

그렇다면 그에게 말해줘야 한다. 그러고 싶다. 세레디스의 망령이 그에게 깃들었으면 좋겠다. 그녀는 그를 도와주었고 지금 그녀는 죽고 없으며 그는 기뻐하고 있었다. 그의 무시하는 표정이 두려움으로 바뀌는 것을 보고 싶고 그가 수치스러워했으면 좋겠다. 나는 입을 벌리고 가쁜 숨을 내쉬었다. 그는 알 자격이 있다. 그런데 갑자기 의도하지 않게 세레디스를 보았다. 죽기 전에 목에 걸린 열쇠를 꽉 쥐고 내주지 않으려고 하는 모습이. 그래서 말을 꺼낼 수 없었다. 그의 얼굴에 말을 던져주고 싶었지만 그럴 수 없었다. 나는 몸을 돌렸다.

"난 진심이야." 그가 말했다. "내가 비겁한 인간이 아니라면 당신을 죽일 거야."

난로에서 잉걸불이 부드럽게 바스러지며 잦아들었다. 가스램프 하나가 반짝였고 잠시 동안 방은 이상한 빛으로 다르게 보였다. 가스불이 안정을 찾았지만 전부 비현실적으로 느껴졌고 나를 노려보며 서 있는 다네이도 마찬가지였다. 갑자기 너무 피곤해졌다. "네, 당신이 그렇게 하길 기다리고 있겠어요." 달리 할 말이 없었다. 나는 테이블에 놓인 가방을 챙겼다.

"뭘 하는 거지?"

"그만 가려고요."

"안 돼. 우리 아버지를 만나고 가." 그는 내 앞길을 막으려는 듯 한쪽 팔을 벌렸다. 그가 휘청거리자 단추 풀린 소매가 더러운 날개처럼 펄럭였다.

나는 그가 들고 있는 잔을 쳐다보았다. 잔이 기울어져 바닥에 남은 술이 잔 가장자리로 흐르더니 그의 입으로 들어갔다. 내 눈앞에서 어둠이 춤을 췄다. "원한다면 아버님께 제가 아픔을 가져갔다고 말하세요."

"그럼 화를 내실 텐데―." 그가 자신의 말을 잘랐다. "이봐. 당신은 내 말을 따라야 해. 여기서 돈을 받아가잖아. 당신은 하인이야."

나는 그를 한 대 치고 싶어 몸이 근질거렸다. 그렇지만 동시에 어린아이를 대하듯 그의 소매 단추를 채워주고 싶기도 했다. "드 하빌랜드에게 불평하세요." 내가 말했다. 나는 그의 옆쪽으로 걸어 문으로 향했다.

"기다려. 기다리라고. 당장 돌아와."

나는 문 앞에 멈췄다. 그가 내 어깨를 잡았지만 이미 예상했기 때문에 몸을 재빨리 비틀어 손아귀에서 벗어났다. 그는 비틀거렸고 브랜디 몇 방울이 검푸른 벽지에 튀었다.

"부탁이야." 그가 말했다. 그의 두 눈은 붉게 충혈되었지만 내가 생각한 것만큼 불안하지는 않았다.

"지금 갑니다. 미안하군요, 루시안."

그가 눈을 깜박였다. "뭐라고 했어?"

"난 그냥―아니, 됐어요. 잘 있어요." 내가 문을 열었지만 루시안이 옆으로 와서 쾅 닫았다. 나는 그가 그렇게 빨리 움직일 수 있을 거라고는 예상하지 못했다.

"기다리라고 했잖아." 그가 땍땍거렸다. 그의 뺨은 붉게 타올랐고 브랜디 냄새가 났다. 하지만 목소리는 놀라울 정도로 또렷했고 눈빛도 날카로웠다. "방금 날 루시안이라고 불렀어? 당신이 뭔데? 내 친구라도 돼?"

"아니, 당연히 아닙니다."

"물론 그렇겠지. 당신 자리가 어디인지 기억해야 할 거야. 당신은 우리 아버지의 포주일 뿐이야, 알겠어? 당신은 **아무것도 아니야.**"그는 몸을 쭉 펴고 섰다. "어디서 감히 나한테 그런 식으로 말해? 내가 드 하빌랜드에게 말하면—."

"말해요. 난 상관없으니."

"그럼 당신은 길거리로 쫓겨날 거야. 우리 아버지가 그렇게 만들 거야. 거들먹거리긴, 당신처럼 **무례한**—."그가 말을 멈추고 가쁜 숨을 몰아쉬었다. "남자—당신 같은 소년……."

나는 최대한 조용히 말했다. "그게 당신 이름 아닌가요? 그냥 이름이잖아요."

"우리는 평등하지 않아, 파머. 아니면 내가 당신을 그렇게 불러줄……."그는 잠시 내 이름을 모른다는 사실에 놀란 듯 흔들렸다.

"원한다면 날 에밋이라고 불러요." 내가 말했다. "당신이 날 뭐라고 부르든 전혀 신경 안 쓰니까. 그리고 맞아요. 우린 평등하지 않아요. 당신은 나보다 훨씬 더 잘났다고 생각하겠지만 당신이 알게 된다면—." 나는 말을 멈췄다. 그의 얼굴 표정에 뭔가 이상한 일이 벌어졌다.

"에밋……."그가 말했다. "에밋 파머."그는 내 눈을 피하지 않고 인상을 찌푸리며 뭔가를 기억하려고 했다.

나는 가슴이 콩닥거렸다.

그는 테이블 위에 놓인 책 상자로 돌아섰다. 그리고 몸을 구부려서 책을 한 권 집고, 또다른 한 권을 집어서 한쪽으로 놓았다. 차츰 움직임이 느려지면서 우아한 몸짓이 되었지만 정신은 멀쩡해 보였다. 마침내 그가 아까 노려보던, 전체가 가죽으로 제본된 크림색 책을 잡았다. 빨강과 금색으로 가장자리의 무늬를 어둡게 새겨넣었는데 그 과정에서 재가 떨어졌는지 살짝 탔다. 그 책은……훼손된 것처럼 보였다. 루시안의 손가락이 소가죽에 닿는 느낌이 나한테도 전해지는 것 같았다.

"에밋 파머." 그가 차갑고 놀란 목소리로 말했다. "어디선가 당신 이름을 봤어." 그는 책을 펼치고 손바닥을 가죽 위에 올렸다. 그리고는 책등을 내 쪽으로 내밀었다.

나는 움직이지 않았다. 그의 눈동자는 가만히 내가 반응하기를 기다렸다.

에밋 파머.

나의 일부는 알았다. 나의 일부는 공허함과 절망으로 들끓으며 책을 찾으려고 했다. 나의 책. 드 하빌랜드가 도착하기 전날 밤에. 나는 루시안을 찾았던 것이 아니다. 나는 나 자신을 찾았던 것이다.

제본사의 열병. 악몽과 질환. 드 하빌랜드는 그것이 제본에서 비롯되는 병이라고 했다. 그 말이 바로 이해가 갔다. 나는 제본을 당해서 아팠던 것이다. 세레디스가 나를 제본했을 때 완전히 낫지 않았고 그래서 반쯤 미쳤던 것이다. 지금도 루시안의 손가락이 책 위에 올려져 있는 것을 보면 몸서리가 쳐진다.

"이리 줘." 나는 여전히 숨이 가빴다.

"이제 우리 아버지 소유라는 걸 알 텐데. 아버지가 드 하빌랜드와 약속을 했어."

"아니야!" 내가 달려들었다. 손가락으로 책 끄트머리를 붙잡자, 마치 불타는 것처럼 신경이 아팠다. 그 순간을 틈타 루시안은 뒤로 물러나 난롯가로 걸어가며 웃었다. 그는 보이지 않게 등 뒤로 책을 숨겼지만 나는 내 살점처럼 그것을 분명하게 느낄 수 있었다.

"사냥이라." 그가 말했다. "참 재밌군."

나는 다시금 그에게 돌진했다. 이번에는 그도 준비가 되었고 나 역시 마찬가지였다. 우리 주위로 서재가 빙빙 돌았다. 주먹을 맞은 나는 순간 숨을 내뱉었지만 내가 더 유리한 상황이었기 때문에 그를 벽난로로 끌고 갈 수 있었다. 너무 화가 난 상태였던 나는 그가 나를 아무리 세게 때려도 개의치 않았다. 내 팔로 그를 감싸고 무릎으로 사타구니를 치자, 그가 몸을 구부리고 구역질을 하더니 갑자기 팔에 힘을 풀었다. 나는 책을 들고 있는 손을 향해 달려가 그의 손아귀에서 책을 빼냈다. 그리고 비틀거리며 책을 펼쳤지만 마치 안개 속에서 보는 것처럼 페이지가 흐리게 보여서 읽을 수가 없었다. 실눈을 뜨고 아무 글씨라도, 무엇이라도 알아보려고 했지만, 눈의 초점이 맞지 않았다.

그가 숨을 몰아쉬면서 '이 망할 자식—'이라고 소리치더니 초인종을 누르려고 팔을 뻗었다.

늙은 다네이에게 이 책을 넘길 수 없다. 다른 것은 다 되어도 이것만은 안 된다. 나는 절박하게 주위를 살폈지만 그들의 손이 닿지 않을 만한 곳은 없었다. 그들이 내게서 책을 빼앗을 것이다.

나는 벽난로의 철망을 걷어차고 책을 안으로 밀어넣었다.

책은 잠시 불꽃 위에 가만히 있었다. 내 귀가 울렸다. 루시안의 목소리가 들렸다. 뒤틀린, 알 수 없는 비명소리다. 물에 기름을 뿌린 것처럼 커다란 불꽃이 나른하게 책을 삼키며 사방으로 퍼지는 것을 보기까지 시간은 느리게 흘렀다.

그러다가 불길이 책 주변을 완전히 감쌌고 종이로 옮겨붙었다.

제2부

햇살이 나무 뒤로 붉게 흐려지는 은회색 겨울 오후 늦게 혹은 언제라도, 우리는 그곳에 가지 말았어야 했다. 밀렵꾼을 잡으려고 구덩이와 사람용 덫을 쳐놓았다는 소문이 돌던 호수 맞은편 숲속에 가지 말았어야 했다. 그러나 실상 그 덫들은 낡고 녹슬어 밟아도 다치기는커녕 맥없이 낙엽 더미 속으로 가라앉을 뿐이었다. 그리고 그 숲속은 집으로 가는 가장 편한 길이었고, 추웠던 나는 빨리 집에 돌아가고 싶었다. 우리는 하루 종일 하이 필드 꼭대기에서 가시덤불 울타리를 치려고 노력했지만, 땅을 갈아엎고 늦게 작업에 들어가는 사이에 서리가 내려서 흙은 무겁고 찐득하게 뭉쳐 있었다. 아무리 열심히 일해도 내 몸은 따뜻해지지 않았다. 꿉꿉한 옷깃과 목에 들러붙은 땀으로 차가운 바람이 칼처럼 내 몸을 후벼 팠고 삽질을 할 때마다 온몸에 추위가 더 많이 느껴졌다. 산사나무 묘목은 다루기가 까다로워 내 코트에는 가시가 잔뜩 묻었다. 꼼꼼하지 못한 나는 그것들을 떼어내다가 결국 단추 두 개를 떨어뜨렸고, 새로 생긴 도랑에서 허둥지둥 단추를 찾아야 했다. 날씨가 좋았다면 수월했을 모든 것들에 노력이 들었다. 일을 마칠 무렵 진눈깨비가 흩날리기 시작했고, 아버지는 새 울타리를 제대로 살필 새도 없이 연장을 챙겨 수레에 던져넣었다.

"서둘러." 아버지가 말했다. "순무를 좀더 뽑으면 좋겠지만 이런 날씨에는 안 되겠어. 얼마 못 갈 테니까. 집에 돌아가서 시기를 보자꾸나. 그리고 파종기계를 한번 알아보마."

"제가 말했잖아요. 그걸 쓰면 형태가 제대로 나올 거예요." 난 이렇게 대답하고 내 삽과 다른 연장들을 함께 수레에 실었다. "대장장이한테 한번 다녀오세요."

"그래. 네 말이 맞는지 알아보마." 아버지가 수레에 올라탔다. "어서 타."

나는 슬쩍 하늘을 쳐다보았다. 드문드문 떠 있는 구름 사이로 밝은 햇살이 비추었다. 아직 해가 몇 시간 남아 있고 한동안은 돼지 사료를 주러 갈 필요가 없다. 춥지만 눈이 곧 멈출 것이고 바람도 불지 않는다. 겨우내 램프가 켜진 실내에 있을 시간은 충분하다. 이제 울타리 작업이 끝났으니, 남은 하루를 알차게 보내고 싶은 마음이 굴뚝같았다. "여기 일이 끝난 거라면, 프레드 쿠퍼가 캐슬 다운으로 토끼 사냥을 간다는데 저더러 와도 좋다고 했거든요……."

아버지는 얼굴로 목도리를 더 바짝 감았다. 그리고 어깨를 으쓱였지만 이해한다는 눈빛을 보냈다. "그래 좋아. 집에 가도 네가 할 일은 별로 없을 테니까. 토끼를 한두 마리 잡아오면 너희 엄마도 좋아할 거고."

"잘됐네요." 나는 예상치 못한 자유를 맛보며 계곡을 향해 서둘러 언덕을 내려갔다. 내 뒤로 아버지가 말에게 채찍질을 했고 수레가 덜컹거리며 움직이는 소리가 났다.

프레드 쿠퍼를 찾았을 때 그는 이미 토끼의 서식지를 덮쳤지만 별다른 수확이 없었고, 우리는 아침볼트 경의 사유지 경계를 따라 힘겹게 올라가서 토끼가 아주 많은 두 번째 굴을 찾았다. 해가 지고 있고 그가 흰담비들에게 다시 상자로 들어가라고 재촉하는데, 구름 사이로 파고드는 햇살에 한 소녀의 실루엣이 우리를 향해 뛰어오는 것이 보였다. 순간 나는 그녀가 페라논 쿠퍼라고 생각해 심장이 두근거렸지만 이내 알타라는 것을 알게 되었다. 알타는 손을 흔들며 나를 불렀고 동생의 목소리가 차가운 바람을 타고 퍼졌다.

"······더는 못 기다리겠어." 소리가 잘 들리는 곳까지 왔을 때, 동생이 헐떡거리며 프레드에게 상냥하게 고개를 까닥였다. "그래서 엄마가 내일을 끝낸 다음에 오빠한테 가서 토끼를 집으로 가져오는 걸 도우라고 했어."

"달랑 세 마리를 들고 가는데 도와주지 않아도 돼, 꼬맹아."

알타는 씩 웃더니 얼굴로 흘러내린 머리카락을 뒤로 쓸어넘기며 프레드를 향해 몸을 돌렸다. "안녕, 프레드 오빠. 잘 지냈어? 진드기에 물린 다리는 좀 어때?"

"아, 덕분에 많이 좋아졌어. 너희 어머니께서 주신 연고 덕을 봤지." 그가 날 쳐다보더니 설명했다. "페라논이 키우는 암탉의 다리 말이야. 나 말고."

"가자, 꼬맹아." 나는 동생의 팔꿈치를 잡고 언덕 아래로 향했다. "우린 그만 가볼게. 고마워 프레드. 봐서 일요일에 또 볼까?"

"페라논에게 네 사랑을 전해줄게." 그는 양손을 입가로 모으며 이렇게 말하더니 내가 대답하기도 전에 웃으며 가버렸다.

알타와 나는 언덕을 내려가 아침볼트 경의 소유지인 숲을 가로질러 집으로 가기로 했다. "게으름뱅이." 내가 말했다. "넌 아직 내 셔츠를 꿰매주지 않았잖아."

알타는 반은 수긍하고 반은 반항한다는 듯 입꼬리를 쓱 올리며 나를 노려보았다. 하지만 그저 이렇게 말했다. "무단 침입자." 동생은 절반쯤 무너진 울타리를 향해 고개를 까닥거렸고, 나는 그 애를 먼저 들여보냈다.

나는 뭐 어떠랴 싶어 어깨를 으쓱였다. 아침볼트 경은 그가 쳐놓은 사람용 덫만큼 쓸모없는 존재다. 그가 자신의 저택인 뉴 하우스의 어느 방에 틀어박혀서 겨울 내내 류머티즘으로 신음한다는 소문이 돌았다.

그리고 이 땅은 우리 것이어야 했다. 70년 전까지 우리 땅이었다. 나는 썩은 울타리가 나를 막아세우도록 내버려두지 않을 것이고, 그가 울타리를 새로 단장한다고 해도 마찬가지다. 보이지 않는 곳에 통로를 마련해두면 아무도 눈치채지 못할 테니까. 그리고 토끼 사냥은 엄밀히 말하면 밀렵인데, 토끼굴이 사유지 경계에 자리하고 있으니……. 아무튼 사냥터 관리인도 없고 아무도 신경 쓰지 않는다. 지금은 그저 집에 가고 싶은 마음뿐이다. 저녁의 쌀쌀함이 한층 날카로워져 코트 깃을 더 여몄다. "서둘러, 알타. 길옆으로 빠지지 말고. 사람용 덫이 있으니까 조심해야 해."

동생은 고개를 끄덕였고 치맛자락을 들어올린 채 내 뒤를 따랐다. 그런데 집으로 가는 숲으로 길이 굽어지자, 동생은 내 말을 듣지 않고 나무 옆으로 걸었다. 동생이 숲과 오래된 성 사이에 놓인 둑의 풀을 밟으며 바스락거리는 소리가 들렸다. 그러다 얼음 위에서 구두가 미끄러지는 소리가 났고, 어깨 너머로 돌아보니 알타는 이미 언 해자를 반쯤 가로지르고 있었다. 양팔을 벌려 균형을 잡으면서 걸음을 조금씩 떼고 미끄러지는 것을 반복하며 킥킥거렸다. 동생 앞에는 무너진 탑이 불타는 하늘을 배경으로 어둡게 서 있었다.

"알타! 돌아와!"

"어서!"

화가 나서 내 입에서 욕이 나왔다. 날씨가 너무 추운 탓에 밖으로 노출된 모든 피부가 따끔거렸다. 이내 어두워질 것이다. 어릴 때, 우리는 봄과 여름에 저 폐허에 함께 가보았다. 성벽으로 풀이 키 높이까지 자랐고 토사가 많은 해자는 옥빛 비단처럼 보였으며, 늘 매우 고요해서 이곳을 살피며 웃고 비명을 지르는 우리 목소리밖에 들리지 않았다. 하지만 지금 성벽은 황량하고 겨울 풍경 속에 허물어져 있어 그곳에 귀신이 나온다고 해도 믿을 정도였다.

알타가 먼 쪽으로 미끄러지다 잠시 멈춰 내게 손을 흔들었다. 그리고 다시 둑으로 올라가 잔디를 가로질렀다. 동생은 낡아 없어진 문 쪽으로 쏜살같이 들어가 시야에서 사라졌다.

"젠장, 알타……." 나는 길게 한숨을 쉬었다. 얼음 같은 공기가 목젖을 아프게 찔렀다. 나는 동생보다 한층 조심하며 빙판을 가로질렀다. 연초의 얼음은 새 것이라 얇다. 해자가 아주 얕고 수백 년 동안 물이 빠지지 않은 상태여서 항상 가장 먼저 얼기 때문이다. 마을 반대편의 용수로와 운하는 아직 얼음이 끼지 않았다. 아무튼 앞으로 몸을 숙이지 않고 얼음에 실금만 가도록 달래가며 반대편에 안전하게 도착했다. 그런데 동생의 모습이 보이지 않았다. 움직임도 소리도 전혀 없어서 마치 폐허가 그대로 얼어붙은 것처럼 느껴졌다. 헐벗은 나무들은 일몰 위에 펜과 잉크로 그려놓은 그림처럼 볼품없었다.

"알타!" 무엇 때문인지 속삭이는 것 이상으로 목소리를 높일 수 없었다. 천천히 먼 둑 쪽으로 기어오른 뒤 동생을 볼 수 있기를 바라며 그 길을 따라갔다. 마침내 낮은 등성이 사이의 좁은 틈을 통과해 무너진 성 앞의 둥근 잔디밭이 있는 평지에 섰다. 그 한가운데에 수년 전에 막아 버린 아주 큰 우물이 있다. 지금은 석상으로 장식한 징두리돌로 덮여 있어 무덤처럼 보인다. 왼편으로 담쟁이덩굴로 덮인 문으로 이어지는 돌계단이 있고, 탑의 텅 빈 창문 위로는 붉은 구름이 커튼처럼 드리웠다.

동생은 어디에 있을까? 나는 목청을 가다듬고 소리쳤다. "알타! 대체 어디 있어!" 하지만 내 목소리는 작고 쉬었다.

아무 소리도 들리지 않았다. 저 멀리서 새 한 마리가 지저귀다 잠잠해졌다. 누군가 나를 쳐다보는 것처럼 목 뒤가 따끔거려 천천히 몸을 돌렸다. 하지만 어느 쪽을 보아도 그 느낌이 사라지지 않았다. 아무것도 없는 얼음, 창문, 문뿐이다. 모든 것이 가만히 기다리고 있다.

어쩔 수 없이 풀이 무성히 자란 둥근 정원과 우물을 향해 돌아섰다. 그때 우물의 석상이 움직였다.

심장이 쿵하고 내려앉았다. 뒷걸음질치며 뭐라도 잡으려고 했지만 아무것도 없었다. 마지막 남은 햇살이 갑자기 사라지면서 순간 눈이 보이지 않았다. 나는 해자를 덮은 진홍빛 노을과 흩뿌려진 눈 위로 넘어졌다. 눈을 마구 깜박였다. 앞이 보이기 시작하면서 모자 때문에 얼굴에 그늘이 진 상태로 앉아 있는 사람의 형상이 눈에 들어왔다. 그의 긴 망토와 우물의 석상이 황혼으로 물들어 있었다.

"여긴 들어오면 안 되는 곳이야." 그가 말했다.

나는 주머니에 손을 넣으며 뒤로 물러났다. 뺨에서 피가 났다. 바람이 높은 창문을 통과하며 이상한 소리를 냈다.

"동생을 찾으러 온 것뿐이야." 나는 침을 삼켰다. 하지만 목소리는 쉬고 갈라졌다.

"그렇다면 네 동생도 여기에 무단으로 들어온 거군."

"그건 그쪽도 마찬가지 아닌가?"

"그걸 네가 어떻게 알지?"

그가 석상에서 뛰어내린 뒤 내 쪽으로 다가왔다. 나와 키가 비슷하지만 완전 똑같지는 않았다. 모자를 벗자 그의 얼굴이 제대로 보였다. 마르고 광대뼈가 튀어나왔고 눈동자가 검었다. "어쩌면 난 여기 있어도 되는 사람일지도 모르잖아. 너랑은 달리."

나는 그를 쳐다보았다. 마치 물속에 잉크를 뿌린 것처럼 우리 주변으로 땅거미가 짙어졌다. 어두운 색 망토를 입은 그는 마치 이 풍경 속의 일부 같았고, 마치 이곳의 정령이 사람 혹은 귀신의 모습으로 등장한 것 같았다. 그는 무덤에서나 볼 법한, 수척하고 창백한 얼굴이었다. 나는 심호흡을 했다. 그를 지나 몇 걸음 더 가서 먼 그림자까지 살펴봐야 알타가 어디 있는지 확인할 수 있었다. "금방 나갈게." 내가 말했다.

"네 이름이 뭐지?"

나는 대답하지 않았다. 아무 움직임이 없었고, 이제 멀리 있는 나무들은 짙은 어둠에 가려 분간이 되지 않았다. 내 눈이 잠시 이상해진 것인지 알타의 옷자락이 보인 것 같았다.

"내가 맞춰볼게. 넌 아마……대장장이. 아니면, 밀렵꾼? 농부?" 나는 어쩔 수 없이 그를 슬쩍 쳐다보았고 그는 치아 사이로 휘파람을 불더니 씩 웃었다. "농부(파머)야, 진짜?"

나는 그에게 등을 돌렸다. 해가 사라지니 해자는 은에서 백랍으로 변했다. 둑 멀리까지 퍼져 있는 얽히고설킨 진달래 뒤쪽 덤불에서 뭔가 부스럭거리는 소리가 났고, 잠시 뒤 여우 한 마리가 풀 위로 빠져나와 도망쳤다.

"밀렵 이야기가 나와서 말인데, 그건 누구의 토끼지? 밀렵을 하면 추방된다는 거 몰라?"

"이봐—." 나는 어깨 위에 걸쳐둔 축 늘어진 토끼를 뒤늦게야 알아차리고 몸을 휙 돌렸다.

"오빠!" 알타의 목소리가 벽을 타고 울렸지만 정확히 어디서 온 것인지 가늠할 수 없었다. 나는 그를 등지고 있다는 사실에 기뻐하면서 동생을 찾아 뛰었다. 아치를 지나 작은 돌둑으로 나왔다.

그러자 동생이 해자 맞은편에서 손을 흔들었다. "사과를 찾았어." 동생이 소리쳤다. "좀 오래됐지만 여전히 달아. 같이 있는 사람은 누구야?"

그가 나를 쫓아왔다. 나는 그를 흘긋 쳐다보고 말했다. "아무도 아니야. 이제 돌아가자."

동생이 흐린 빛에서 제대로 보려고 실눈을 떴다. "안녕하세요, 아무도 아닌 사람." 동생이 말했다. "제 이름은 알타예요."

"루시안 다네이야." 그가 대답하더니 동생에게 인사했다. 한 시간이나 걸릴 것처럼 과장되게 몸을 깊이 숙이는 인사다. 하지만 동생은 눈빛을 반짝이더니 그것이 조롱이라는 걸 모르는 듯이 예의를 차렸다.

"서둘러, 알타. 너무 추워. 여기 더 있으면 안 돼."

"알았어, 알겠다고! 지금 가. 난 그저—."

"내가 갈게." 나는 반대편으로 몸을 돌려 집으로 이어지는 원래 왔던 길로 성큼성큼 걸었다.

"내가 **간다고** 했잖아." 나는 계속 걸었고 알타의 목소리가 점차 작아졌다. 갈대를 헤치고 걸으면서, 한 발로는 얼음이 잘 얼었는지 살폈다. 내 앞으로 드문드문 촛농처럼 굳은 얼음이 보였지만, 나는 그 너머 가장자리의 부드럽고 흰 살얼음을 밟았다. 그렇게 도착한 뒤에 길게 한숨을 내쉬고 동생을 기다렸다. 돌아보니 해자 반대편에 서 있는 동생의 모습이 눈에 들어왔다. 해가 져서 거의 보이지 않게 되자, 동생은 나무 사이의 검은 형상이 되었다. 다네이는 우리 둘 사이에 자리했다.

알타가 뭐라고 한 것일까? 확실하지 않다. 새소리나 덤불을 스치는 바람 소리일 수도 있다. 그런데 잠시 뒤 동생이 얼음 가장자리로 걷기 시작했다. 팔꿈치로 사과를 잡은 듯 한쪽 팔을 어색하게 비튼 상태로 해자 가운데로 다가왔다. 하지만 동생은 곧장 내게로 오지 않고 물이 흐르는 곳을 지나 다네이 쪽으로 갔다. 동생은 옆으로 걸었고 해자의 가장 넓은 쪽으로 향했는데 그곳은 아직 얼음이 제대로—.

해자가 동생의 발밑으로 입을 벌렸다. 믿을 수 없는 찰나에, 비명을 지를 새도 없이 꿀꺽 삼켰고 동생은 사라졌다.

나는 바람을 헤치고 뛰었다. 부츠가 낙엽에 미끄러지며 균형을 잃었다. 물속으로 사라진 것은 알타가 아니라 나인 것처럼 숨을 쉴 수 없었다.

"괜찮아! 거기 있어!" 다네이가 동생에게 먼저 달려갔다. 동생은 숨을 헐떡이며 몸을 세우려고 안간힘을 썼고 물이 동생의 허리까지 찼다. 그가 망토를 밧줄처럼 던져 동생이 빙판 위로 올라올 수 있게 했다. 그리고 망토를 털더니 동생을 감싸고는 검은 옷 위로 얼굴만을 내놓았다. 내가 도착하니 그가 자리에서 일어나서 동생이 설 수 있게 도와주었다. "어디 살아? 여기서 얼마나 먼데?"

"그리 멀지 않아. 10분 정도 걸어가면—."

"내가 데려갈게. 독감에 걸릴 거야."

"우린 이제 괜찮아. 고마워." 그렇지만 동생은 재채기를 했고 고장 난 풀무처럼 괴상하게 씩씩거리는 소리를 냈다. 나는 목소리를 높이고 동생에게 손을 뻗었다. "세상에, 알타. 정신이 있어? 어쩌려고 그랬어—."

"말을 타는 편이 빠를 거야. 내 말이 저 다리 너머에 있어. 내가 알타를 데려갈게. 그래도 돼, 알타?"

동생이 기침을 하더니 고개를 끄덕였다. "부탁이야, 오빠. 너무 추워—."

나는 다 듣지 않고 말했다. "걸어가면 몸이 따뜻해질 거야." 하지만 동생은 덜덜 떨었고 물기를 털었다지만 다네이의 망토는 얼음물에 완전히 젖었다.

"좋아. 그렇게 해 그럼." 나는 다네이를 향해 돌아섰다. "동생을 안전하게 데려다주는 게 좋을 거야 안 그럼—."

하지만 그는 이미 다리 쪽으로 뛰어갔고 알타도 비틀거리며 그를 따랐다. 나는 두 사람이 길 위로 올라 숲으로 사라지는 것을 지켜보았다. 땅거미가 지니 진달래 덤불이 두 사람이 지날 때마다 점점 더 가까이 다가와서 그들 뒤의 길을 막는 것처럼 보였고 이내 나는 두 사람의 모습을 볼 수 없게 되었다. 하지만 차가운 공기가 다네이의 목소리를 전해주었고 출발하는 말발굽 소리가 들렸다. 갑자기 나는 혼자가 되었다. 어깨 위에 걸쳐놓은 토끼는 무겁고 축축했고 토끼의 털에 살짝 곰팡이가 폈다. 이상하게 소름이 끼치면서 몸이 부르르 떨렸다.

그리고 방향을 틀어 집을 향해 터벅터벅 걷기 시작했다.

집에 도착했는데 아무도 내가 온 것을 알아차리지 못했다. 주방 계단 아래에 서서 위를 올려다보았다. 침실에서 어머니가 분주하게 움직이는 소리가 났고, 어머니가 새로 불을 피우는 동안 난로 주위로 어머니와 알타의 쉰 목소리가 메아리쳤다. 계단 맨 꼭대기에서 아버지와 다네이가 이야기를 나누고 있었다. 아래를 내려다보면 내가 보였을 텐데. 아버지는 교사를 만났을 때나 캐슬퍼드에서부터 우리 마을로 자신의 남동생을 만나러 오는 교회 직원을 만났을 때처럼 굽신거렸다. 다네이가 뭐라고 말하니 아버지가 웃으며 재빨리 아부하는 손짓을 취했다. 그는 미소를 짓고 이마로 흘러내린 머리카락을 뒤로 넘겼다. 다네이는 내가 가진 것 중에서 가장 좋은 셔츠를 입고 있었다. 가장 좋다고 해봐야 오래 입어서 소매 단이 해졌고, 깃 주변이 누렇게 변한 옷이지만.

나는 그가 떠날 때까지 주방에서 기다릴 셈이었다. 하지만 마음을 바꿔 계단을 올라가 두 사람을 지나쳐 알타의 침실로 갔다. 알타는 비련의 여주인공처럼 베개들에 둘러싸여 누웠고 뺨에는 다시 생기가 돌고 있었다. 동생이 한층 좋아 보여서 쉰 목소리로 대답하는 것이 연기처럼 느껴졌다.

"어서 와, 오빠."

나는 가만히 서서 동생을 내려다보았다. "멍청이. 내가 옆길로 새지 말랬잖아." 알타는 대답하지 않고 옆으로 돌아누워 장작불만 쳐다보았다. 입꼬리에 살짝 미소가 담겼다. 혼자 있을 때 몰래 짓는 그런 미소다. "알타! 오빠가 한 말 못 들었어?"

그러자 어머니가 고개를 들더니 인상을 썼다. "왜 동생을 말리지 않았니, 에밋? 네가 더 잘 알고 있었어야지. 해자가 그리 얕지 않았다면—."

"괜찮아요, 엄마." 알타가 말했다. "루시안이 절 구해줬어요, 맞죠?"

"그래 맞아. 다행이지. 그치만……." 알타가 기침을 하기 시작했다. 어머니는 얼른 일어나 동생에게로 몸을 숙였다. "어머나, 우리 아기. 천천히 숨을 짧게 쉬어보렴. 봐, 한결 낫지."

"뭘 좀 마시고 싶어요."

"그래야지." 어머니는 서둘러 나를 지나치면서 아직 용서하지 않았다는 듯 곁눈질을 했다.

어머니가 자리를 비우자 알타는 베개에 기대 눈을 감았다. 기침을 하니 뺨이 더 붉게 달아올랐다.

"고마워, 알타. 덕분에 이제 다 내 잘못이 되었네." 나는 숨을 몰아쉬었다. "솔직히 말해봐. 대체 무슨 생각이었던 거야?"

알타가 눈을 떴다. "미안해, 오빠—."

"나도 그렇게 생각해!"

"하지만 어쩔 수 없었어."

"어디로 발을 디디는지 네가 직접 봤어야지. 처음부터 얼음판으로 갈 필요도 없었고. 내가 **말했잖아**……."

"그래, 나도 알아." 하지만 동생은 아무에게도 들리지 않는 음악에 홀로 빠진 사람처럼 건성으로 대답했다. 그리고 고개를 숙이더니 손가락으로 퀼트 이불의 무늬를 어루만졌다.

"아무튼……." 나는 달리 할 말이 생각나지 않았다. 그래서 동생의 얼굴을 보려고 몸을 앞으로 숙였다. "알타?"

"내가 미안하다고 했잖아." 동생이 고개를 들더니 한숨을 쉬었다. "부탁인데, 날 좀 혼자 내버려두면 안 되겠어, 응? 몸이 아프다고. 감기에 걸린 것 같아."

"그래, 그건 누구 탓인데?"

"한번이라도 나한테 좀 잘해주면 안 돼?" 동생은 내가 대답하기 전에 말을 이었다. "그냥 좀 쉬고 싶어. 난 **죽을 수도** 있었잖아, 오빠."

"맞아! 내 말이—."

"그러니까 그만 좀 내버려둬, 응? 혼자 생각할 시간이 필요해." 동생은 산처럼 쌓인 베개 위로 몸을 돌렸고 나에게는 그녀의 어깨와 뒤통수밖에 보이지 않았다. 동생의 땋은 머리가 풀려 있었다.

"알았어." 나는 문으로 향했다. "그래, 거기 누워서 네가 얼마나 멍청한지 생각해—."

"난 멍청하지 않아! 그가 날 구해줄 거라고 생각했고 그는—."

말이 갑자기 끊겼다.

"잠깐, **뭐라고?**" 내가 물었다. 알타는 대답하지 않았다. 나는 방을 가로질러 침대 옆으로 갔다. 그리고 동생의 어깨를 붙잡아 세게 내 쪽으로 돌렸다.

"**일부러** 그랬단 거야? 그래서 그가 널 구하게 하려고?"

동생은 내게서 몸을 뺐다. "에밋 오빠! 조용히 해. 그 사람이 아래층에 있잖아."

"무슨 상관이야! 넌 평생 한번도 본 적이 없는, 게다가 누군지도 모르는 거만한 작자가 너를 구하게 하려고 썩은 얼음물에 직접 뛰어들었다는 거야? 어떻게 그럴 수 있어? 죽으면 어쩌려고? 만에 하나라도―."

"조용히 해." 동생이 눈을 동그랗게 뜨고 무릎을 구부리며 말했다. "부탁이야, 오빠. 그러지마."

나는 한숨을 내쉬었다. "물에 빠져 허우적대는 악몽이라도 꿔라. 숨이 막혀 비명을 지르며 잠에서 깨길 바라. 다시는 그런 식으로 자신을 위험으로 내몰지 마. 알겠니? 안 그럼 내 손으로 직접 널 죽일 테니까."

"오빠는 이해 못해. 페라논 쿠퍼는 언 강에서 오빠를 구하려고 몸을 던지지 않을 테니 샘나서 그런 거잖아!"

나는 동생을 노려보았다. 잠시 아무 말이 없는 동생의 얼굴에서 다시 그 미소가 스멀스멀 번졌고 나에게는 들리지 않는 신비로운 음악에 귀를 기울이는 것처럼 보였다. 나는 옆으로 방향을 틀어 커튼을 젖히고 앞마당을 내려다보았다. 어두워서 아무것도 보이지 않았지만 축사에서 쉬지 않고 움직이는 소의 울음소리가 들렸다. 당연히 알타는 젖을 짜지 않았다. 듬성듬성 뜬 별들이 탈곡간의 지붕을 차갑게 비추었다. 나는 이성을 되찾은 다음 입을 열었다.

"걱정 마. 아버지, 어머니한테는 말하지 않을 테니."

나는 커튼을 내리고 문으로 걸었다.

"오빠? 어디 가는 거야?"

나는 층계참으로 나와 동생의 목소리를 무시한 채 문을 닫았다. 각기 다른 분노의 가닥들이 하나의 큰 매듭이 되어 파고들어, 벽을 손으로

211

꽉 누르고 진정시켰다. 마음의 눈으로 바라보니 동생은 얼음을 걷다가 그 안으로 떨어졌고, 다네이가 어두운 망토를 휘날리며 내 곁을 지나쳤다. 지금 나는 따뜻한 램프 불빛이 계단을 비추는 층계참에 서 있고 어머니는 복도 끝에 있는 옷장에서 담요를 뒤적이고 있지만, 주변이 차갑게 느껴졌다. 돌벽, 붉게 타들어가는 하늘⋯⋯눈을 깜박였다. 맞은편 벽에 걸린 프레야 대고모의 자수 작품이 내게 알려주었다. **순결한 딸을 보라. 온화한 표정이 얼마나 아름다운가.**

어머니가 담요를 한 아름 안은 채 나를 불렀다. "뭘 하고 섰어? 알타를 혼자 둔 거야?"

"그 앤 괜찮아요." 나는 계단을 내려가 주방으로 들어갔다. 그리고 갑자기 멈췄다. 다네이가 홀로 난롯가에서 벽에 걸린 그림 하나를 한가로이 쳐다보고 있었다. 나는 침을 삼키고 그를 쳐다보며 분노를 억눌렀다. 하지만 알타가 얼음 속으로 빠지는 모습과 뛰어가려 했지만 미끄러진 내 발이 계속 생각났다. 이것은 그의 잘못이다. 내 동생에게 자신이 그럴 권한이라도 있다는 듯 앞뒤 가리지 않고 알타를 들어올렸다. 동생은 **죽을 수도 있었다.**

그가 몸을 돌렸고 나를 보는 순간 얼굴 표정이 재빠르게 굳어졌다. 그 전까지는 어떤 표정을 하고 있었는지 알 수 없다. 나는 목소리에 화를 드러내지 않으려고 애썼다. "왜 아직 여기 있는 거야?"

"네 아버지께서 망토를 찾아주신다고 나가셨어. 내 건 젖었거든."

"그건 내 셔츠야."

"너희 어머니께서 빌려가도 된다고 하셨어. 네 아버지의 셔츠는 내 무릎까지 내려온다고 하시면서."

내가 계속 노려보자 그는 어깨를 으쓱이더니 다시 난로 쪽으로 몸을 돌렸다. 그는 내가 알던 것보다 왜소했다. 내 셔츠의 깃이 그에게는 너무 헐렁해 척추 윗부분이 드러났다. 내가 쳐다보는 것을 느꼈는지 다네이가 몸을 움직였다.

"내 바지도 입었네."

그가 방향을 돌렸다. 뺨이 살짝 붉어졌지만 눈빛은 침착했다.

"너희 어머니가 주신 거야. 네가 상관하지 않을 거라고 하셨어. 하지만 넌 내가 벗어주길 바라지?"

"당연히 아니야."

"부담스럽다면—." 갑자기 그가 머리 위로 셔츠를 벗기 시작했다. 그때 허리띠 위로 삐쩍 마르고 새하얀 엉덩이가 드러났다.

"벗지 마!" 나는 곧바로 몸을 돌렸다.

"이상한 짓 하지 말라고."

"고마워." 잠시 정적이 흐르더니 옷이 부스럭거리는 소리가 났다.

"걱정 마. 최대한 빨리 돌려줄 테니까."

나는 그를 쳐다봐도 안전하다는 생각이 들 때까지 기다렸다가 몸을 돌렸다. 그의 머리는 젖어 구불거리고 뺨은 볼터치를 한 듯이 붉다. 셔츠는 생각보다 훨씬 낡았다. 아주 닳아서 얇아진 옷 때문에 불빛 아래서 보면 그의 갈비뼈가 비칠 정도다. 그리고 알타가 기워둔 어깨 뒤쪽의 자글거리는 솔기를 지금 알아차렸다. 하지만 그가 입으니 근사한 옷처럼 보였다.

나는 한숨을 쉬고 입을 열었다. "동생을 구해줘서 고마워—."

"별 말씀을."

"—하지만 이제 그만 가줬으면 해."

"너희 아버지께서 내가 걸칠 망토를 막 찾으러 가셨는데."

"지금 당장."

그는 영문을 모르겠다는 듯 눈을 깜박이더니 인상을 찌푸렸다. 그리고 아래를 내려다보며 해진 소매를 잡아당겼다. 나는 그가 문 쪽으로 걸어가기를 기다렸지만 그는 그 자리에 가만히 서서 삐져나온 실오라기를 손가락으로 둘둘 말고 있었다.

"넌 내가 동생을 집으로 데려온 게 별로 기쁘지 않은 것 같아."

나는 다시 천천히 숨을 내쉬었다. "내가 말했잖아, 고맙다고."

그는 고개를 저었다. "너한테 고마워하라고 한 적 없어."

"그럼 뭘 원하는데?"

"아무것도! 내 말이 그 말이야. 난 그냥 네 동생을 집으로 데리고 왔을 뿐이라고." 그가 덧붙였다. "알타가 생각하는 그런 게 아니라—."

"알타가 어쨌는데?" 나는 아까 보았던 동생의 얼굴을 떠올리지 않으려고 애썼다. 뺨이 상기되고 눈동자가 반짝이며 이 남자가 자신을 구해줬다는 사실에 기뻐서 생글거리는 모습을.

"그게……." 다네이가 머뭇거렸다. 그리고 고개를 한쪽으로 기울이더니 눈빛을 번뜩였다. "그녀는 확실히 날……밀어내지 않았어." 그가 동생을 비웃고 있다.

나는 그에게 달려들었다. 그는 뒤로 물러서다가 벽에 부딪혔고 내 팔이 자신의 목을 감자 눈이 휘둥그레졌다. 그는 헐떡거리며 몸을 빼내려고 했지만 나는 체중을 실어 목을 졸랐다. 그러자 다네이가 기침을 했다.

"대체 왜—."

"내 동생을 그런 식으로 말하지 마!"

나는 그의 얼굴 가까이에 대고 말했다. 너무 가까이라 내 입으로 그의 숨결이 느껴졌다. "알타는 어린애야, 알겠어? 그냥 어린아이라고."

"난 그런 말을 한 적이 없어—."

"네가 내 동생을 어떻게 생각하는지 알아."

"날 놔줘!"

"잘 들어." 목의 압박을 풀었지만 그가 몸을 빼려고 해서 다시 어깨를 붙잡아 꼼짝 못하게 했다. 뒤통수가 벽에 닿은 그는 고통에 숨을 몰아쉬었다.

"넌 오늘 일어난 일을 영원히 잊어버리는 거야, 알겠어? 알타나 우리 부모님 혹은 내 옆에 조금이라도 가까이 다가왔다간 널 없애고 말겠어. 아니면 그보다 더 심한 짓을 하거나. 내 말 알아듣겠지?"

"알아들었어."

나는 천천히 그를 놓아주었다. 다네이는 나를 빤히 쳐다보면서 옷깃, 내 옷깃을 폈지만 손가락이 덜덜 떨리고 있어 기뻤다.

"좋아. 그럼 이제 그만 가봐." 내가 말했다.

"네 옷을 돌려주길 바라겠지."

"아니." 어머니가 이 소리를 들었다면 화를 내겠지. 하지만 지금은 돌려받고 싶지 않다. "가져. 그리고 불에 태워버려." 놀랍게도 다시 나는 과감하게 그의 눈길을 마주했다.

그는 무슨 뜻인지 알았다는 듯 고개를 한쪽으로 기울이더니 과장해서 인사를 다시 했고 나는 기분이 좋아졌다.

다네이는 뒤돌아보지 않고 추운 어둠 속으로 나갔다.

13

다음 날 아침 알타는 층계참에서 쓰러져 다시 침대로 옮겨졌는데, 의식이 혼미한 상태에서 바닥이 저절로 움직여 쓰러졌다고 말했다. 하지만 아버지와 나는 너무 일찍 내린 눈 때문에 양들을 로어 필드로 옮겨야 했기 때문에 동생을 걱정할 틈이 없었다. 양들을 피난처로 데리고 가는 동안 눈보라가 휘몰아쳤고, 매서운 바람은 얼음 바늘로 내 얼굴을 가차 없이 때렸다. 차가운 공기는 내 목구멍을 얼얼하게 만들고 눈에서 혈액이 멀어지게 했다. 눈보라가 너무 심해 서로에게 고함을 질러야 겨우 소리를 들을 수 있었다. 마침내 양들을 안전한 곳으로 옮긴 뒤 아버지와 나는 지친 몸을 이끌고 집으로 돌아와 주방에 널브러졌고 여전히 내 귓가에는 드럼 소리가 윙윙거렸다. 피가 다시 피부 표면으로 돌아오면서 이마와 뺨이 불에 덴 듯 뜨겁게 달아올랐다. 아버지가 안도하면서 거친 말을 내뱉어서 마음고생이 심했다는 것을 알 수 있었다. 하지만 우리는 그렇게 오래 주방에 있을 수 없었다. 잠시 몸을 데우고 끼니를 챙긴 다음 해야 할 일들이 있었고, 게다가 알타가 아프니 그 애의 일까지도 떠맡아야 했다.

다음 날 밤, 동이 트기 직전 너와 지붕의 썩은 모서리가 눈의 무게를 견디지 못하고 내려앉았다. 가축에게 먹이를 주고 소젖을 짜고 치즈용 팬을 청소하고 난 다음, 추운 아침 내내 소매와 목 뒤쪽으로 들어오는 눈으로 샤워를 하며 지붕을 수리했다. 그리고 힘들고 단조로운 일과가 시작되어 돼지우리와 마구간의 분뇨를 치우고 장작을 패고……그 모든 자잘한 일들을 끝내야 했고 그 과정에서 추위와 깊어지는 눈 때문에 움직임 하나하나가 힘이 들었다. 또한 최근에 털을 깎은 암양 한 마리를 잃었는데 아버지가 양의 사체를 알프레드 스티븐스에게 팔기를 거부해서, 알프레드가 화를 내기 전에 두 사람 사이에 끼어들어야 했다. 모두가 신경이 날카롭게 곤두서 있었다. 심지어 어머니조차 알타를 봐줄 의사가 오기를 기다리며, 캐러웨이 씨앗을 넣은 케이크를 만들다가 설탕 대신 소금을 넣고서는 화가 나서 울고 있었다.

상황이 이렇다보니 나는 내 일에 관해 고민할 여력이 없었고 다네이에 대해 생각하지 않는 일도 수월했다. 하지만 무슨 일을 하고 있든 간에 가끔 나는 고개를 들고 그에 대해 궁금해했다. 그는 어디에 있고 어디에 살며 망토도 없이 집에 갔는데 감기에 걸리지는 않았을까. 그는 내 말대로 셔츠를 돌려주지 않았다. 그래서 프레드 쿠퍼와 물물교환으로 셔츠 하나를 구했고, 어머니가 알아차리지 못하기만을 바랐다. 다네이는 예의 바른 척하지만 그렇지 않다는 것이 증명된 셈이라 기뻤고 무엇보다도 그를 알타에게서 떼어냈다는 점에서 만족스러웠다. 하지만 그와 동시에 나는 뭔가를 잊어버리고 기다리는 사람처럼 불안했다.

알타가 다네이에 대해서 물어볼 만큼 회복되기까지 한두 주가 걸린 것 같다. 해가 정말 길다고 느꼈지만 여전히 할 일을 다 끝내지 못한 어느 날, 저녁식사를 마친 뒤 나는 너무 지쳐 온몸이 쑤셨고, 햇살을 받은 눈이 별처럼 내 앞에서 반짝이는 듯 현기증이 났다. 자러 가고 싶었지만, 알타의 방에 난로가 있고 내 방은 춥고 어둡고 안락하지 않았다. 그래서 살금살금 걸어 알타의 방으로 들어가 침대 옆 의자에 몸을 웅크렸다. 방은 따뜻했고 난롯불과 램프 하나만 켜져 있어서 황금빛 어둠이 모든 것을 포근하게 감싸주는 듯했다. 잠든 알타의 얼굴, 이불 위의 복잡한 하트와 다이아몬드 무늬는 연분홍색으로 바랬고 닳은 커튼과 철제

217

침대의 단색빛까지……. 나는 불길을 바라보며 모든 것을 생각하면서 동시에 아무 생각도 하지 않았다. 언제 스프링글이 새끼를 낳을지, 페라논 쿠퍼를 크리스마스 만찬에 초대할지, 양들을 키우기에 그로브 필드가 더 나을지, 아버지가 주장하는 것처럼 숫양이 돈을 투자할 가치가 있다는 점이 증명될지. 그 모든 생각의 저편 어둠 속에서는 마르고 어두운 눈동자를 지닌 인물이 도전적인 얼굴로 나를 노려보고 있었다.

"루시안이 날 보러 왔었어?" 나는 가만히 있다가 소스라치게 놀랐다. "뭐라고?"

알타가 뒤척이며 이마로 내려온 젖은 머리카락을 뒤로 넘겼다. "루시안이 날 보러 왔었어? 내가 쭉 열이 났다고 엄마가 그러던데 그래서 기억이 하나도 안나."

"아니."

"한번도 안 왔어?"

"그래."

쇄골 위로 동생의 심장이 뛰는 것이 보였다. "와본다고 했는데."

"글쎄, 안 왔어."

"루시안의 옷은 어쨌어?"

나는 모르겠다는 듯 어깨를 으쓱였다. 그날 어머니는 딱 한번 놀라 숨을 헐떡이며 이렇게 말했을 뿐이다. "아, 세상에. 그가 셔츠를 가지러 오지 않았어! 그리고 저 비싼 망토도……그가 우릴 도둑으로 알 거야."

나는 아무 대꾸도 하지 않고 밖으로 나와 마구간으로 갔고, 말에게 필요 이상으로 물을 길어다주며 땀을 뺐다.

"하지만 너무하잖아." 알타가 말했다. "오빠가 훔쳐갔다고 생각할 거야."

"더 이상 필요 없다고 생각하는지도 모르지."

"필요해. 그리고 그는 날 보러 올 거라고 말했어. 그런데 왜 안 오는지 모르겠어."

"네 존재를 잊어버렸겠지."

알타가 인상을 찌푸리더니 이불을 어깨에 둘둘 말고 자리에 앉았다. 그 와중에 동생은 기침을 했다. 나는 알타가 다시 숨을 고를 때까지 손을 꼭 잡아주었다. "이 바보야." 내가 말했다. "네 꼴을 좀 봐. 젠슨네 낡은 탈곡기처럼 덜컹거리고 뻑뻑대잖아."

동생이 어이없다는 듯이 눈을 굴렸다. "내가 아프고 싶어서 아픈 건 아니잖아."

"네가 일부러 아프게 만들었지." 나는 최대한 가벼운 목소리로 말했다. "그래서 얻은 건 없잖아. 그 남잔 네가 어떻게 지내는지 관심조차 없고, 어딘지는 모르지만 그는 아마 자신이 살던 곳으로 돌아갔을 거야."

"그는 아침볼트 경의 조카야."

"뭐라고?"

알타가 움찔하더니 잡은 손을 뺐다. 내가 갑자기 동생의 손을 너무 세게 잡았나보다. "씨시 쿠퍼가 말해줬어. 그는 캐슬퍼드 출신인데 이곳에서 아침볼트 경을 도와 부지를 관리하는 뭐 그런 일을 한대. 그의 가족은 엄청난 부자라고 씨시가 말했어. 아침볼트 경의 토지관리인이 씨시네 할아버지 친구에게 말했고 그가 씨시의 아버지한테 말했고 그래서—."

"그래서 그가 뉴 하우스에 산다고? 거기 산 지 얼마나 됐는데?"

"아무도 몰라. 아마 영원히 살 수도 있고. 어쩌면 아침볼트 경이 돌아가시면 그가 상속받을지도 몰라."

나는 자리에서 일어났지만 이 작은 방에서 갈 곳은 없었다. 결국 난로 앞에 몸을 웅크리고 불 속으로 부지깽이를 깊이 밀어넣으며 장작을 부수려고 했다.

"내가 어떤지 보러 올 거라고 말했어. 캐슬퍼드에서 가져온 과일을 보내준다고 했고."

"빈말이었겠지." 부지깽이로 가장 큰 장작을 반으로 쪼개자 나무토막이 불꽃을 일으키며 부서졌다.

"오빠 대체 왜 그래? 왜 그렇게 그 사람을 싫어하는 거야?"

나는 쭈그려 앉았다. 찬바람이 나무껍질 조각을 치며 가장자리로 맹렬한 불길을 피웠다. 그리고는 더러워진 눈송이처럼 위로 솟구쳤다. "그 자한테서 신경 꺼." 내가 말했다. "그는 우리 같은 사람과는, 넌 절대로……. 내 말 무슨 뜻인지 알지. 그 사람은 잊어버려."

"아니, 난 오빠가 무슨 말을 하는지 못 알아듣겠어." 나는 슬쩍 동생을 살폈다. 동생은 뺨이 선홍색으로 불타오르는 상태로 몸을 앞으로 숙였다.

"오빠는 그 사람에 대해 아무것도 모르잖아. 그가 날 신경 쓰지 않는다고 생각하는 이유가 뭐야?"

"널 신경 쓴다고? 알타, 넌 어린아이고 그는 웅덩이에 빠진 널 구해주었어. 그뿐이야. 그 자에 대해서 그만 **생각해**, 좀!" 우리는 서로를 노려보았다.

"그리고 어찌됐든," 내가 천천히 말했다. "네가 말했듯 그는 널 보러 오겠다고 약속했지만 지키지 않았어. 그러니 네 스스로 결론을 내려봐."

침묵이 흘렀다. 재가 타오르며 서서히 빛을 잃었다. 내가 살피지 않았다면 불은 완전히 꺼졌을 것이다. 나는 부지깽이를 빼고 자리에서 일어났다. 난로 바닥에 재가 깔렸고 내 손끝에도 묻었다.

"그에게 뭐라고 했어?"

"무슨 말이야?"

동생이 날 노려보았다. "오빠가 그 사람한테 뭐라고 한 거잖아?"

"당연히 아무 말도 안 했어. 그럴 필요도 없고. 그는 널 보러 절대 오지 않을 거야, 알타."

"정말 이러기야!" 동생이 침대에서 나와 나에게 덤볐다. 나는 최대한 조심스럽게 동생을 막았다. 하지만 다칠까 두려웠고 동생이 내 어깨 위로 쿵하고 떨어지면서 손바닥으로 채찍질하듯 내 귀를 때렸다.

"알타, 그만해, 멈추라고!"

"이 거짓말쟁이! 뭐 라 고 한 거 야?"

동생은 한 글자마다 손찌검을 했다. 마침내 나는 동생의 손목을 잡고 최대한 부드럽게 침대로 밀쳤다. 몇 초간 우리는 다시 아이가 된 것처럼 몸싸움을 했고 그러다 동생이 베개에 몸을 파묻고 기침을 했다. 알타의 얼굴은 어린애처럼 붉게 달아올랐고 뺨에는 머리카락이 들러붙었다.

나는 침대에서 동생 옆에 앉아 기침이 잦아들 때까지 이불을 만지작거렸다. "그래." 내가 말했다. "맞아. 내가 `그에게 꺼지라고 했어."

"왜?"

"두려워서—."

"오빠가 어쩜 그럴 수 있어?" 동생은 몸을 곧게 세우고 맹렬한 눈길로 나를 쳐다보았다. 목소리가 갈라졌다.

"오빠, 어쩜 그럴 수 있냐고? 이해가 안 돼. 그 사람이 날 보러 왔을 수도 있잖아. 그랬을 거야. 그러고 나면……."

"그래, 그러고 나면 뭐?"

알타는 아무 말 없이 날 쳐다보았다. 그리고 이불을 당겨 얼굴 위로 뒤집어썼다.

"알타."

동생은 울먹이는 목소리로 말했다. "오빠가 망쳤어! 전부 다. 내 인생을."

내 눈이 흔들렸다. "되도 않는 소리 좀 하지 마."

"오빠 몰라!" 동생의 얼굴이 이불 위로 불쑥 나타났다. "이게 바로 그거야, 오빠. 난 알아, 그를 본 순간 알았어. 난 그 사람을 사랑해."

우리는 아무 말도 하지 않았다. 나는 동생이 장난이라는 듯 웃으며 고개를 돌리기를 기다렸지만 그러지 않았다. 저런 표정은 처음 보았다. 분명하고 열정적이고 몹시 흥분한 얼굴이다. 내 속에서 뭔가 불편한 것이 올라왔다. "터무니없는 소리 하지 마. 넌 그 놈을 몰라. 그런데 어떻게 그런 말을 해?"

"난 알아." 알타가 말했다. "그를 본 순간 알았어. 이런 게 바로 첫눈에 반한 사랑이야."

"그건 동화 속에서나 일어나는 일이야, 알타. 누군가를 사랑하게 되기 전에 그 사람에 대해 알아야지."

"평생 그를 알고 지낸 것 같은 느낌이라고! 그를 봤을 때, 저기, 씨시가 뭐랬냐면……." 동생이 강렬한 눈빛을 보내며 자세를 고쳐 앉았다. "씨시가 말하길 가끔 마녀들이 밤에 나타나서, 아니야, 오빠. 들어봐. 금화를 가득 주는데 정신을 차려보면 기억이 사라져 있대. 그러니까 내가 이미 그를 알고 있는데 단지 잊어버린 거라면 우리는 실제로 이전에 사랑했고 그러니까―."

"가당치도 않는 소리야." 내가 말했다. "우선, 네가 갑자기 기억을 잃어버렸다면 다른 사람이 알지 않겠니?"

"씨시는 자기 육촌한테 그런 일이 있었고 그래서 그 사람이 조금 이상해졌다고 했어."

"너는 그렇게 안 이상한걸."

"오빠, 난 진지해!"

"그럼 금화를 보여줘봐." 나는 느긋하게 기대며 팔짱을 꼈다. "없지? 그것 봐. 자, 이제 멍청한 생각은 집어치워."

"오빠가 사랑에 대해 뭘 안다고 그래?" 갑자기 동생이 몸을 옆으로 휙 돌리더니 베개에 얼굴을 묻고 흐느끼기 시작했다.

나는 자리에서 일어났다. 그리고 다시 자리에 앉아 동생의 어깨에 손을 올렸다. 동생은 난폭하게 밀쳐내고 계속 울었다. 나는 이를 갈며 자리를 박차고 나가고 싶었다. 하지만 가슴이 무너진 것처럼 우는 동생을 내버려둘 수는 없었다. "알았어, 내가 잘못했어. 그만 울어. 어서, 꼬맹아······. 내가 보상할게, 약속해. 그는 그냥 소년일 뿐이야. 마을에는 다른 남자들이 많아."

하지만 난 이 사람을 원하는 걸, 동생의 목소리가 내 머릿속을 울렸다.

"제발 그만해. 그만두라고, 알타. 부탁이야. 울지 마. 어서." 나는 동생의 얼굴을 똑바로 마주하려고 몸을 당겼지만 내 손길이 닿자 뻣뻣하게 굴기에 그만두었다. "미안해. 걱정이 돼서 그랬어."

동생이 훌쩍이며 물었다. "걱정했다고?"

"맞아. 널 화나게 할 생각은 아니었어. 단지—."

"그 사람에게 편지를 써줄래? 사과의 편지를?"

나는 망설였다. 동생은 다시 조용히 울기 시작했다. 나는 동생이 그냥 짜증을 내는 것이라고 스스로에게 말했지만, 울음 속에 절박하고 절망에 빠진 감정이 담겨 있었다. 나는 몸을 기울이고 치아 사이로 숨을 씩씩거렸다.

"그렇게 할게. 꼭 그래야 한다면."

"그리고 말했던 것처럼 날 보러 와줄 수 있는지 물어봐줄래?"

"난—그는 안 와, 알타. 오빠가 장담해."

동생이 몸을 돌렸다. 얼굴은 붉게 상기되었고 눈동자는 밝았지만 여전히 눈물이 그렁그렁했다. "그 사람이 오도록 만들어."

나는 손으로 머리를 쓸어넘겼다. "알겠어. 그러니까 그만 울어."

"고마워." 동생은 손목 안쪽으로 뺨을 닦았다. 그리고 길게 떨리는 숨을 내쉬었다. "소리 질러서 미안, 엠 오빠."

"그렇게 부르는 거 듣기 싫다고 했잖아."

"미안해, 에밋 오빠." 동생은 씩 웃어 보이며 팔을 툭 쳤다. 내 깊숙한 곳 어딘가에서 사는 못된 내가 동생을 세게 때려주라고 말했다.

"오빠가 최고야."

"고마워, 알타." 나는 동생이 내 손길을 피해 몸을 돌릴 때까지 동생의 땋은 머리를 잡아당겼다. 그리고 자리에서 일어났다. "잠을 좀더 자둬. 내일 보자."

"내일 아침 일찍 일하러 가?" 나는 고개를 끄덕였다.

"그럼 잘 자." 동생은 침대 안으로 몸을 웅크리고 이불을 턱까지 당겼다. 내가 문 앞까지 갔을 때 동생이 잠결에 말했다. "오빠?"

"응?"

"난 그 사람이랑 결혼할 거야."

뉴 하우스로 들어가는 진입로는 눈 속 깊이 파묻혀서 하얗고 조용했다. 또다시 한바탕 눈이 퍼부을 것 같은 흐린 날이어서 나는 최대한 빨리 집으로 돌아갈 수 있도록 말을 타고 갔다. 간간이 나무들이 잎사귀에 쌓인 눈을 길가로 떨어뜨렸고, 새들이 숲속에서 재잘댔다. 하지만 고요함과 햇살 속에 뭔가가 있어 나는 너무 큰 소리를 내지 않도록 말고삐를 단단히 붙잡았다.

　나무 틈으로 슬쩍 바라보니 저택은 인적이 없는 것처럼 보였다. 하지만 넓고 흰 공터 앞에 도착하니, 굴뚝에서 연기가 올라왔고 층계참의 눈은 깨끗이 치워져 있었다. 여름철의 사암은 꿀처럼 노란색을 띠지만 이런 겨울 햇살 아래에서는 다른 것들과 마찬가지로 잿빛이 된다. 사람의 움직임이 있는지 보려고 창문을 살폈지만, 반사가 매우 잘되는 유리여서 연한 하늘 말고는 아무것도 볼 수 없었다. 나는 말에서 뛰어내려 다네이의 옷이 든 갈색 꾸러미를 잡고서 공터에서부터 거대한 현관으로 향했다. 흉벽이 있는 탑이 나를 내려다보고 있고, 폐허에 갔을 때 들었던 그 불길한 예감이 온몸을 떨리게 했다. 그래도 누군가의 발에 채일 수 있는 자리에 이 꾸러미를 놓아두고 돌아가야 했다. 노끈 매듭 속에 밀어 넣은 편지는 수신인이 다네이로 되어 있으니, 사람들은 이 꾸러미가 누구의 것인지 알게 될 것이다. 나는 망설였다. 이렇게 하는 것이 옳은 일인지 확신이 서지 않았다.

　여기 오래 있을수록 그의 눈에 띌 확률이 높다. 더 나은 방법을 궁리하지 않고 나는 있는 힘껏 초인종을 눌렀다. 그리고 몸을 옆으로 돌리고 차가운 현관 벽에 기댔다. 내 머리 위 지붕에 앉은 새가 날개를 파닥거렸고 덕분에 눈이 조금 흩날렸다. 생각보다 일찍 문이 열렸다. 다네이가 나왔다.

　그는 뭐라고 말을 하려는 듯 인상을 찌푸렸지만 아무 소리도 하지 않았다.

　"네 옷을 가져왔어."

　그는 내가 들고 있는 꾸러미를 내려다보더니 다시 나를 쳐다보았다.

　"받아." 나는 꾸러미를 앞으로 내밀었다. 그가 흠칫하면서 뒤로 휘청이는 모습을 보고 내가 자신을 때릴 것이라고 생각했다는 것을 알았다. 마침내 그가 꾸러미를 받았다.

"난 아직 네 옷을 가지고 있어." 다네이가 말했다. "환영받지 못하는 곳에서 받은 물건은 없애버렸어야 했는데."

"상관없어."

"고마워." 그는 손가락으로 노끈을 풀더니 나를 쳐다보았다. "무슨 바람이 불어 여기까지 왔어?"

그는 순진하게 물어봤지만 물그릇 속 유리 조각처럼 말속에 조롱이 담겨 있었다. "널 보게 될 줄 몰랐어. 하녀가 나올 줄 알았지."

"아, 물론이야." 그가 말했다. "보시다시피 이 집은 기름칠을 한 기계처럼 잘 돌아가고 있어. 솔직히 네가 왜 이걸 정문 문지기에게 남기지 않았는지 모르겠어."

문지기의 초소는 허물어지고 지붕에 구멍이 뚫렸으며 창문 절반이 사라진 상태다. 말을 타고 지나칠 때 뭔가가 돌바닥을 종종걸음으로 걷는 소리를 듣기는 했다. 나는 이를 악물고 몸을 돌렸다.

"이건 뭐야?" 어깨 너머로 보니 그가 노끈 뒤에 꽂아둔 편지를 꺼내고 있었다.

"사과의 편지야. 알타가 나더러—." 나는 말을 멈췄다. 그리고 힘겹게 이렇게 덧붙였다. "너한테 그런 식으로 말하는 게 아니었어."

"말했다고? 공격한 게 아니라?"

나는 몸을 돌려 그의 눈을 똑바로 쳐다보았다. "네 운을 시험하지 마."

침묵이 흘렀다. 우리는 서로를 노려보았다. 아주 깊은 골짜기 위 외나무다리에 서 있는 기분이 들었다. 조금만 삐끗하면 모두 나락으로 떨어진다.

결국 그가 한쪽 어깨를 들썩이며 어색한 미소를 지었다. "알았어. 이제 내가 어떻게 하면 돼? 팁으로 6펜스라도 줄까?"

나는 눈도 깜짝하지 않았다. 창피했는지 그가 웃음을 터트리고 몸을 돌리자 나는 조금이나마 만족했다. 내가 말했다. "내 동생을 보러 와준다면 동생이 크게 기뻐할 거야."

"동생을 보러 오라고? 정말이야?" 그가 실눈을 뜨고 물었다. "무슨 일이야? 내가 피어스 다네이의 아들이자 상속자라는 걸 누가 알게 된 거야?"

나는 한숨을 쉬었다. "동생이 제대로 사과하고 싶어해."

"네가 네 가족을 못 만나게 한 게 나에겐 더 인상 깊었어."

"이봐, 내가 했던 말은……유감이야." 나는 거의 목이 막혔다. "동생이 널 보고 싶어해. 넌 환영받을 거야. 그뿐이야."

그는 천천히 고개를 끄덕인 뒤 손가락으로 봉투를 뜯었다.

"지금 읽어볼 필요는 없어." 내가 편지에 손을 뻗으며 말했다.

생각보다 빠르게 그는 내 손길을 피해 몸을 돌렸다. "그건 내가 결정할 문제야."

나는 그에게서 편지를 빼앗고 싶은 충동을 억눌렀다. 내 입에서 무슨 말이 나올지 모른다. 그래서 나를 따라오는 그의 시선을 느끼면서 눈을 헤치고 성큼성큼 걸었다. 한번에 매끄럽게 말 등에 올라탔을 때 살짝 우쭐하기도 했다.

뒤도 돌아보지 않고 달리고 싶었지만, 출발하기 전에 슬쩍 어깨 너머로 쳐다보았다. 그는 차가운 바람이 지붕 위 슬레이트를 흔드는 데도 여전히 문 앞에 서 있었다. 그리고 내 편지를 쥐고 있던 손을 들어올렸다. "너희 부모님께 안부 전해줘." 그의 목소리는 또렷했고 눈의 고요함에 잠긴 듯 단조로웠다. "그리고 네 동생한데 곧 보러 간다고 전해."

그로부터 이틀 후, 마당에 들어서니 그의 말이 문기둥에 매여 있는 것이 보였다. 이 말을 제대로 본 적은 처음이다. 밤색 암말로 살이 오르고 고분고분해서 떨어질 걱정을 안 해도 되는 훌륭한 말이다. 말에 올려둔 안장을 보니 다네이의 것임을 한눈에 알 수 있었다. 우리 마을에는 저런 안장을 쓰는 사람이 아무도 없다. 저런 안장을 살 형편이 되더라도 쓰기에는 너무 아까우니까.

나는 불쏘시개가 가득 든 양동이를 장작더미 옆으로 쏟았다. 날이 점차 어두워져 내 발 근처로 떨어진 장작을 보지 못하고 걸려 넘어질 뻔했다. 나는 욕을 하고, 별채를 지탱하는 기둥 하나를 붙잡고 섰다.

"에밋 오빠?"

알타의 목소리다. 마구간의 문이 열리고 램프 불빛이 자갈길 위로 쏟아졌다. 나는 갑작스러운 불빛에 눈을 가리며 깜박였다.

"침대에 있어야지. 날이 이렇게 추운데."

"스프링글이 새끼를 낳았어. 와서 봐."

나는 양동이를 던지고 동생을 따라 서둘러 마구간으로 향했다. 말들과 건초로 후끈한 열기가 느껴졌고 헤프티가 반갑다고 나를 향해 나지막하게 울었다. 지나는 길에 조금 쓰다듬고 재빨리 그의 코를 두드려주었다. "몇 마리나 낳았어?"

"두 마리뿐이야. 그래도 둘 다 살았어."

나는 비워둔 먼 쪽의 마구간으로 가서 상단 끄트머리에 몸을 걸치고 안을 들여다보았다. 스프링글이 분주하게 움직이며 몸으로 새끼들을 감쌌다. 반대쪽으로 움직일 때 꼬리를 팔랑거리는 작은 몸 두 개가 보였다. 하나는 어두운 색이고 다른 하나는 흰색이다. 웃음이 절로 났다.

"젖을 잘 먹고 있고 아버지가 계속 살피는 중이야. 건강한 것 같아.

게다가 너무 **귀여워.**"

그 말이 맞다. 나는 몸을 더 숙여 살폈다. 스프링글이 나를 보고 꼬리를 흔들었지만, 내가 손을 뻗자 무시하고 새끼들에게 갔다. 새끼들은 눈도 뜨지 않은 상태로 스프링글의 배로 들어가 젖을 먹기 시작했고, 목구멍으로 젖 넘기는 소리가 똑똑히 들리는 것 같았다.

"아주 작군."

다네이의 차갑고 단조로운 목소리에 퍼뜩 정신이 들어 균형을 잃고 휘청거릴 뻔했다. 그는 내 뒤에 서 있었다. "맞아." 나는 문 위로 몸을 똑바로 세우며 말했다. "정말 작지."

그는 그림자 속에서 한 걸음 앞으로 나와 마구간 안을 들여다보았다. 전에 보았던 어두운 색의 비싼 옷을 입었고 옷깃에 붙어 있는 지푸라기가 빛을 받아 황금 줄처럼 반짝였다. 그는 장갑 한 벌이 만들어지는 과정을 견학하는 학생 같은 표정으로 새끼들을 쳐다보았다. "작은 털북숭이들이군. 꼬리가 있고." 그가 말했다.

"그렇죠." 알타가 대꾸했다. "너무 사랑스럽죠? 좀 비켜봐, 에밋 오빠." 동생이 목재 두 개 사이의 갈라진 틈으로 발을 밀어넣고 내 옆으로 올라와 찰싹 붙어서 다네이가 볼 수 있게 공간을 만들었다. "아, 저길 **봐**……."

"검은 털이 쥐잡이 개야." 내가 말했다. "확실해."

"아빠도 그렇게 말했어!"

알타가 코 주름을 찡그리며 나를 쳐다보았다. 검은 털의 새끼가 눈을 감은 채 입을 벌리고 하품을 하더니 지푸라기 속에 자리를 잡았다. "어떻게 알았어? 아빠나 오빠 모두 어림짐작한 거잖아."

"생김새가……차분해서." 나는 알타의 눈길을 살피며 웃었다. "**진짜야! 거짓말이 아니라고.**"

"아무튼 아빠가 데리고 있기로 한 아이가 저 아이야. 또다른 암컷은 집에 둘 수 없다고 하셨어."

"그럼 흰 털은 알프레드 카터네로 보낼 거야?"

"아니, 카터 부인이 이미 새끼들이 너무 많다고 해서 아빠가 마음을 바꿨어. 우리는 다른 집을 알아봐야 해." 알타는 고개를 숙였다. 차가운 공기가 내 옷깃을 타고 흘렀다.

"저 새끼를 팔 거야?" 다네이가 물었다.

나는 알타의 머리 너머로 그를 쳐다보고 다시 고개를 돌렸다. "저건 테리어야." 내가 말했다. "썰매 개나 사냥용 하운드가 아니라고."

"그래서……?"

"아무도 원하지 않는다면 할 수 없는 거야."

"안 돼, 오빠." 알타가 말했다.

"밀러네서 받아줄지도 몰라. 아니면 올해 돌아오는 집시들이나……. 그들은 항상 개를 더 많이 부리려고 하잖아, 안 그래?" 동생은 지금 억지를 부리고 있다.

작은 몸뚱이들이 잠을 자며 꼬물거렸다. "그래." 나는 대답했다. "저애를 위한 집을 찾아보자."

다네이가 인상을 썼다. "찾지 못하면 어떻게 되는 거야?"

나는 재빨리 알타를 쳐다보았다. 동생이 새끼들을 내려다보았다. 못들은 척했지만 눈동자에 기쁨이 사라지고 없었다. 나는 이렇게 말했다. "그건 걱정 마, 다네이."

"그럼 어떻게 되는데?"

나는 망설였다. 알타가 시선을 위로 올렸다가 내렸다. 그리고는 지푸라기 한 가닥을 뽑아 손가락 사이로 계속 넘기며 가지고 놀았다. 다네이도 동생을 쳐다보았다.

"우리가 보낼 곳을 못 찾으면 아버지가 수장시킬 거야." 침묵이 흘렀고 지푸라기가 부스럭거리는 소리와 말이 힝힝거리는 소리만 들렸다. 알타는 지푸라기를 마구간 아래로 떨구더니 단호하게 입을 닫았다.

"하지만 분명—."

"네가 물어봤잖아, 다네이. 그래서 대답해준 거야."

"알았어."

"안다고? 우린 동물을 감상적으로 대할 형편이 안 돼."

그러자 알타가 끼어들었다. "오빠, 그만둬. 제발 그러지—."

그와 동시에 다네이가 말했다. "내가 데려가도 될까?"

알타가 옆으로 몸을 비틀며 한쪽 팔을 마구간 끄트머리에 걸쳤다. 우리 둘 다 그를 쳐다보았다. 좀 있다가 내가 입을 열었다. "방금 뭐라고 했어?"

"내가 데려가면……? 값은 지불할게. 그리고 잘 돌볼게. 난 결코 농부는 아니지만 강아지가 보살핌을 잘 받을 수 있도록 최선을 다 할 거야."

"강아지를 데려간다고?"

"왜 그러는 거야? 맞아. 그럼 내가 한 말이 무슨 뜻이라고 생각했어?"

"테리어를 데려가서 뭘 하게?"

"난 그냥……." 그가 한숨을 쉬었다. 그의 눈동자로 뭔가가 스쳤다. "종이 무슨 상관이야? 내가 잘 돌보겠다고 약속할게."

"아, 좋아, 완벽해. 정말 고마워요! 이제 저 애한테 좋은 가정이 생겼어요. 그렇지, 오빠? 아빠가 기뻐하실 거예요, 고마워요 루시안!" 알타가 뛰어내리려고 하자 다네이가 옆으로 팔을 뻗어 동생이 안전하게 내릴 수 있게 잡아주었다. 알타는 잠시 머뭇거렸고 동생이 그의 손을 잡지

231

않았지만 얼굴이 한층 밝아졌다. 다네이는 동생을 향해 미소를 지었고 동생도 화답했다. 알타는 나를 쳐다보지 않은 채로 말했다. "오빠, 정말 친절한 사람이야, 안 그래?"

"다른 사람을 찾으면 돼." 그 소리에 다네이가 웃음기 사라진 얼굴로 몸을 옆으로 돌리자 나는 기뻤다.

"바보 같은 소리 좀 하지 마! 루시안, 당연히 개를 데려가도 좋아요. 어쨌든 당신이 제 인생을 구했잖아요. 그리고 지금 저 애의 인생도 구했고요." 알타는 그에게 좀더 다가갔고 닿을 뻔했던 손길이 계속 느껴진다는 듯이 손가락을 안으로 말았다.

잠시 그는 내 눈을 들여다보며 알 수 없는 표정을 지었다. 그것이 무엇이든 겉으로 드러났다가 다시 숨었다. 그리고 그가 몸을 돌리더니 알타에게 말했다. "고마워."

"난 가서 아빠한테 말해야지." 알타가 걸음을 재촉했다. 눈빛이 초롱초롱 빛났다. 마구간 문이 쿵하고 닫혔고 찬바람에 기침을 하는 동생의 목소리가 들렸다. 그리고 다시 잠잠해졌다.

다네이가 마구간 안을 가만히 들여다보았다. 그가 내 시선을 느끼고 나를 쳐다볼 때까지 계속 응시했다. "생후 3개월이 될 때까진 못 데려가. 최소한 그 정도는 되어야 해."

내 말에 그는 고개를 끄덕였다. 램프 불빛 아래에서 그의 얼굴은 고대 우상처럼 금빛으로 물들었다. 돌풍 한 줄기가 바닥에 떨어진 지푸라기를 휘감았고 내 척추 아래에서 소름이 돋았다. 나는 그에게 들키고 싶지 않아서 이를 악물었다.

"그래도 보러 오고 싶어. 내 얼굴을 익히게."

나는 자리를 뜨려던 참이었다. 그러다 비틀거리고 다시 중심을 잡았다. 구두 징이 바닥에서 너무 큰 소리를 내서 헤프티가 놀라 움찔한 뒤 입으로 숨을 쉬었다. 다네이의 얼굴은 악의가 없어 보였다. 나는 지푸라 기가 묻어 있는 그의 흰 옷깃에서 윤이 나는 검은 부츠로 시선을 내렸다. 어찌된 영문인지 여기까지 걸어왔는데 신발이 전혀 더러워지지 않았다.

나는 손을 내밀었다. "연기 잘했어."

"뭐라고?"

"그게 네가 바라는 거 아니야? 계속적인 초대?"

그가 내 손을 내려다보았다. 나는 그가 악수를 해서 나를 부끄럽게 만들기 전에 팔을 거두었다.

"항상 개를 키우고 싶었는데 그렇게 되었어."

"그래 맞아."

"안 그러면 너희 아버지께서 수장시켜버릴 테니까."

나는 씩씩거리며 대꾸했다. "됐어. 네가 이겼잖아."

"이봐, 우리가 뭘 두고 싸운다고 생각하는 건지 난 모르겠어."

"나한테 잘 보일 필요 없어. 넌 항상 다른 사람을 네 앞에 무릎 꿇게 하잖아."

그는 나를 노려보았고 눈썹 사이로 가느다란 선이 생겼다. 그것을 보 니 열이 오르는 것처럼 몸이 뜨거워졌다.

그때 문이 활짝 열렸다. 알타가 말했다. "아빠가 너무 기뻐하셨어요, 루시안. 그럴 줄 알았어요. 내가 마구간에서 저 애를 꺼내 안아볼 수 있 게 해줄게요. 아주 잠깐이지만. 스프링글은 좋아하지 않겠지만 당신 체 취를 기억할 수 있으니까. 그런데—두 사람은 뭘 하고 있어요?" 동생은 나와 루시안을 번갈아 쳐다보았다. "오빠는 변비에 걸린 사람 같아."

"밖에 너무 오래 있지 마, 알타." 나는 둘만 남겨두고 자리를 떴다.

14

나는 다네이가 마음을 바꾸기를 바랐다. 하지만 다음 날 그가 오지 않자 나는 싸우고 싶은 상대가 사과를 해서 김이 샌 것처럼 이상하게 실망감을 느꼈다. 그다음 주는 눈이 오지 않았지만, 하늘이 너무 가까이 내려온 것처럼 눈이 부시고 멍해 멀리 착시를 보는 것 같은 기분이 들었다. 다네이에 대해 생각하지 않으려고 했지만 쉽게 마음이 그쪽으로 흘렸고, 그럴 때면 부드러운 등고선과 눈 덮인 들판으로 어색하게 시선을 돌렸다……. 한번은 깊은 눈을 헤치고 하이 필드의 기슭까지 힘겹게 내려오다가 보이지 않는 돌에 발이 걸려 넘어지면서 굴렀다. 다시 숨을 골랐을 때 내가 어디에 있는지를 몰랐다. 일어서서 벽에 몸을 기댄 후에야 내가 몇 달 동안 수리하려고 생각했던 곳이라는 것을 깨닫고는 잠시라도 이곳을 알아보지 못한 내 자신을 믿을 수가 없어서 고개를 절레절레 흔들었다. 그날 저녁 잠을 제대로 자지 못했고 그 이후로 온몸이 가렵고 짜증이 났다. 모든 것이 잘못된 방향으로 가고 있었다. 어쩌다 우유통을 걷어찼고, 자물쇠를 대충 잠가둔 바람에 돼지가 낙농장에 들어갔으며, 헛간 지붕은 무너질 듯 불안하고 여우가 또 암양을 잡아먹었다. 아버지도 나처럼 기분이 엉망이었고 어머니는 우리를 걱정할 시간조차 없었다. 그저 닭들에게 모이를 주고 알타가 다른 일을 할 동안 나더러 빨래할 물을 길어오라고 시키는 것이 전부였다. 그러다 나는 순무를 자르는 기계에 손가락이 잘릴 뻔했다. 덕분에 정신을 바짝 차렸다. 어머니가 보지 않을 때 몰래 브레드 푸딩을 빼돌려 마구간에 놔뒀다가 스프링글이 새끼에게 젖을 물리는 걸 보면서 먹었다. 하지만 새끼들을 보는 것조차 짜증났다.

오랫동안 나는 그 이유를 정확히 알지 못했지만 새끼들을 보고 있다보니 그가 나를 쳐다보던 얼굴, 그가 여기 없어도 **느껴지는** 혐오감을 깨닫게 되었다.

"루시안!"

얼마나 오래 알타가 불러댔는지 모르겠다. 마지막 남은 푸딩을 입 안에 밀어넣고 마당으로 나갔다. 동생은 창가에서 손을 흔들었고 마당 너머에서 도로를 달리는 말발굽 소리가 들리더니 점점 가까워졌다. 하지만 눈 내리는 소리가 모든 것을 감싸면서 내 경계심을 풀게 하더니, 잠시 뒤 그가 문을 지나 내 앞에 서더니 말에서 내렸다. 우리는 서로를 쳐다보았다. 그는 경계하듯 인사를 까닥이고 아주 과장된 몸짓으로 몸에 묻은 눈을 털었다. 코트에 말 냄새가 뱄고 무릎까지 올라오는 부츠에는 진흙이 잔뜩 묻었다. 나도 하루 종일 일했기 때문에 몸에서는 찌든 땀 냄새가 나고 먼지와 거미줄, 양의 배설물까지 뒤집어썼다. 그러니 우리는 동등한 처지였지만 나는 뺨이 타오르는 것을 느끼며 그에게서 몸을 돌렸다. 장작 패는 곳에 도끼가 놓여 있었는데 나는 마치 장작을 패느라 바빴던 것처럼, 멍청하게 그것을 집었다. 그리고 가까이 있던 나무를 잡아 탁하고 두 동강을 냈다.

아마도 그가 뭐라고 말을 한 후 잠시 멈췄나보다. 그때 알타가 문 앞에 왔다. "와서 새끼들을 봐요." 동생은 그렇게 외쳤고 루시안에게 가는 소리가 났다. 그는 내가 자신을 봐줄 때까지 머뭇거리며 기다렸던 것일까? 상관없다. 나는 나무 세 개를 더 쪼갠 다음 둘을 따라 마구간으로 들어갔다.

"아주 커다란 검은 얼룩무늬가 생기고 있어요, 보세요." 알타가 새끼를 들어올려 조심스럽게 품에 안았다. "자요, 안아봐요."

"내가 떨어뜨리면 어떡해?"

"안 그럴 거예요." 알타가 말했다. "어서요. 너무 사랑스럽죠? 뭐라고 부를 거예요?"

"아직 생각 안 해봤는데." 다네이가 어색하게 새끼를 들어올렸다. "네 말이 맞았어. 누가 털에 뭔가를 쏟은 것 같아. 잉크 얼룩처럼 보여. 그러니 이 애를 이렇게 부르면 어떨까—."

"잉크 얼룩이라고 이름을 지을 건 아니지." 내가 끼어들었다.

놀란 그가 돌아보았다. 내가 그 자리에 있었다는 것을 모르는 눈치다. "그렇게 부르자고 한 적 없어. 스패터는 어때? 블랏은?"

"스플라치." 알타가 말했다. 강아지가 그 소리를 들은 듯 입을 벌리고 하품을 하자 알타가 킥킥거렸다. "봤죠? 스플라치예요."

그렇게 강아지는 스플라치가 되었다. 다네이는 상관하지 않는 듯했다. 아니면 알타가 웃을 때만 웃으며 그 애가 제안한 것이 중요하다는 듯이 굴었다. 그는 강아지를 아기처럼 다루었고 모든 것들에 행동을 머뭇거리며 알타의 결정을 기다렸다. 그 모습이 짜증스러웠다. 그의 의도는 뻔하다. 살짝 미소를 지으며 강아지의 코를 부드럽게 두드리는 것은 모두 알타에게 잘 보이려는 행동이다. 그리고 며칠에 한 번씩 우리 농장에 들르는 것은 강아지가 아니라 알타를 보러 오는 것이다. 동생의 기침이 다시 심해지고 일주일간 침대에 누워 있어야 했을 때, 그는 몇 시간씩 침대 옆을 지키며 게임을 하고 장난을 걸었고 동생은 그가 캐슬퍼드에서 주문해온 초콜릿을 실컷 먹었다.

처음에 나는 물러나 있었다. 그가 이곳에 있어야 한다면 둘이 함께 있는 것을 보고 싶지 않았다. 하지만 일주일쯤 지난 뒤 어머니가 지나가는 나를 보조주방으로 데려간 다음 문을 닫고 말했다. "에밋? 이야기를 좀 하고 싶구나."

"네? 여기서요? 너무 추운데."

"얼마 걸리지 않아. 알타 얘기야. 그리고 다네이 씨도."

다네이 씨라니. 내 기분이 얼굴에 그대로 드러났는지 내가 말을 하기도 전에 어머니가 잘라버렸다.

"내 말 잘 들으렴, 에밋. 네가 그 사람을 좋아하지 않는다는 건 알고 있단다. 그런 얼굴 하지 마렴. 우리가 눈치 못 챘을 것 같니? 그렇지만 알타 생각도 해야지."

"전 알타를 **생각**하고 있어요. 그래서 이렇게 하는―."

"이번이 알타에게는 기회일지도 몰라. 다네이 씨가 알타와 사랑에 **빠**진다면―."

"헛소리! 그는 절대 그러지 않아요."

"가능성이 낮다는 것은 나도 알고 있단다. 하지만 그게 동생에게 어떨지 생각해보렴. 만일 그가 알타와 결혼한다면……. 그럴 수도 있잖니! 흔한 건 아니지만 저 애는 아주 아름답고 그는 정말 **대단해**. 돈도 많고 잘생겼고 매력적이고 젊잖아. 알타에게 이보다 더 좋은 기회는 없어. 그러니 망치지 말거라."

"동생을 최대한 비싼 값에 팔고 싶어하는군요."

어머니가 내 한쪽 귓불을 세게 잡아당겨서 작은 붉은 반달모양 손톱자국이 생겼다. 이내 어머니가 말했다. "네가 이해할 거라 기대하지 않았어. 넌 참 순진하구나, 에밋. 알타보다 더. 그럼에도 네 도움이 필요해."

"도움이요? 제가 어떻게 할까요, 그에게 알타가 얼마나 좋은 애인지 줄줄 읊어줄까요? 죽여주는 잠자리 상대가 될 거라―."

"그 입 못 다물어!"

침묵이 흘렀다. 나는 주머니에 손을 찔러넣고 한숨을 쉬었다.

"저더러 어쩌라는 거예요?"

"네가 믿고 있는 것과는 달리," 어머니는 날이 선 목소리로 말했다.

"우리는 알타를 정말로 사랑하고 그 애가 상처받지 않길 바라. 다네이 씨가 우리 딸의 인생을 바꿔줬으면 좋겠다고 진심으로 간절히 바라고 있어. 하지만 그렇게 할 수 없다면 그 애에게 이상한 소문이 붙지는 않았으면 좋겠구나. 알타가 어떤 감정을 가졌든 절대로……**푹** 빠지지 않았으면 좋겠어."

"알타는 스스로 그를 사랑한다고 생각해요." 내가 말했다. "물론 그 애는 **푹** 빠지려고 하고요."

"그래, 알았다. 우리가 바라는 건 네가……그 둘을 잘 지켜봐달라는 거야. 알타가 너무 **빠지지** 않도록."

"저더러 둘의 **보호자** 노릇을 하라는 거예요? 전 할 일이 많아요, 어머니. 레이스나 뜨면서 한가하게 앉아 있는 사람이 아니라고요!"

"바보처럼 굴지 마, 에밋. 네가 바쁜 거 알아. 항상 봐달라는 건 아니야. 간간이 시간이 될 때 그리고 단둘이 있을 때만. 우린 알타를 보호해야 해."

나는 주머니 속에서 주먹을 꽉 쥐고 어머니 뒤편에 놓인 모과병을 쳐다보았다. **쪼개진 엉덩이.** 학교에서는 모과를 그렇게 불렀다. 치아로 베어 물려면 우선 삭혀야 한다.

"어머니……알타는 실연을 당할 거예요."

"실연당한다고 죽는 사람은 없어."

"저 앤 아직 어리잖아요."

"내가 너희 아버지와 결혼했을 때 알타보다 고작 한 살 더 많았단다.

그리고 이건 아주 좋은 기회야, 에밋. 모르겠니? 누군가 너한테 더 나은 삶을 제안한다면 어떨 것 같니?"

"다네이가 주는 기회라면 전 꺼지라고……."

어머니가 눈을 흘겨 나는 잠시 마음을 가다듬었다. "전 거절할 거예요."

나의 대답에 어머니는 한숨을 쉬고 유리병 한두 개를 챙기더니 곧바로 주방을 나섰다. 불안하고 딱딱한 목소리로 어머니가 말했다.

"불시에 네가 들이닥칠 거라는 걸 두 사람이 알게 해. 에밋, 그건 해줄 수 있겠니?"

"알았어요." 나는 대답했다. 하지만 어머니는 이미 자리를 뜨고 없었다.

나는 내키지는 않았지만 어머니의 말씀을 따랐다. 처음에는 마음의 준비가 필요했고 알타의 방으로 올라갈 때면 그들에게 내 시간을 낭비해야 한다는 생각에 떨떠름했다. 사람들은 농장의 겨울이 조용한 계절이라고 생각하지만, 봄이 오기 전에 수리나 유지 작업을 해놓지 않으면 봄에 큰 난리가 나거나 아버지가 내게 욕을 퍼부을 것이다. 그리고 다른 계절에도 다네이가 와 있는 것이 싫다. 그가 나를 쳐다보는 눈길이 마음에 안 들고, 내 옷에 돼지 분뇨나 기름이 묻거나 찌든 땀 냄새가 배어 있는 것을 신경 써야 하는 일도 귀찮았으며 그로 인해서 내 속이 뒤집히는 것도 싫다. 그가 우리 집에 와 있을 때면, 그가 오는 것을 보지 못했어도 나는 항상 알아차렸다. 전에는 뭔가 꼬투리를 잡아 그를 쫓아내고 다시 오지 말라고 말하고 싶었다. 하지만 그는 한번도 죄책감을 보이지 않았고, 숨기는 것도 없었다. 그것이 내가 싫어하는 또다른 부분이다. 그는 알타의 땋은 머리를 당기거나 손가락으로 뺨을 튕기는 것 말고는 다른 어떤 행동도 하지 않았다. 마치 알타가 어린아이일 뿐이라는 듯 매우 오빠처럼 행동했다.

그런데 시간이 흐르면서 나는 그들과 점점 더 많은 시간을 보냈다. 내가 집 안에서 할 수 있는 몇 가지의 일들이 있었다. 해가 짧아지면서 나는 램프 불빛 아래에서 마구를 수선하거나 나무못을 깎거나 씨앗을 분류하거나 아버지와 함께 벼와 티모시그라스의 최적의 배합 비율을 두고 오랫동안 입씨름을 했다. 날이 너무 추워져서 스프링글과 새끼들을 집 안으로 들였고 그들이 머무는 상자를 난롯가에 놓았지만 그보다도 알타가 요양 중이었기 때문에 항상 불을 피워두어야 했다. 그리고 가끔은 즐거웠다. 따뜻한 온기에 알타와 다네이는 조용히 이야기를 나누거나 잠자코 게임에 집중했고 다네이가 부드러운 휘파람 멜로디를 부는 동안 알타는 엉망으로 자수를 놓기도 했다. 가끔 그가 한 말이 우스울 때면 웃지 않으려고 나는 입을 다물었다. 손톱으로 손바닥을 누르며 그의 매력에 빠지면 안 된다고 다짐한 적도 있다.

어느 오후, 해가 지고 난 뒤였고 알타는 하루 종일 기분이 좋지 않았다. 알타는 다네이 앞에서는 드러내지 않으려고 했지만 나는 그 징조를 알아차렸다. 동생은 손가락으로 머리카락을 둘둘 말더니 갑자기 나를 노려보았다. "다른 할 일은 없어, 오빠?"

"왜 그래?" 나는 다네이가 알타의 이불 위에서 하고 있는 게임을 쳐다보며, 그가 한 줄을 완전히 통과할 수 있는 잭 카드를 놓쳤을 때 웃지 않으려고 혀를 깨물었다.

"밖에 나가서 좀 쓸모 있는 일을 하지 그래? 지루하면 여기 있지 않아도 돼."

"괜찮아, 고마워."

"계속 언짢은 얼굴로 노려보고 있잖아."

뺨으로 피가 몰리는 것이 느껴졌다. 다네이는 게임을 하다가 멈췄다. 이제 그는 미간을 찌푸리며 알타에게서 나에게로 시선을 돌렸다. 지난 몇 주간 그에 대한 내 감정을 드러내지 않으려고 열심히 노력했다. "입 다물어, 알타."

"오빠더러 여기 앉아 있으라고 한 사람은 아무도 없어. 루시안이 너무 착해서 말을 하지 않아 그렇지—."

"알타." 다네이가 카드를 정리하며 말했다. "난 괜찮아."

"배운 사람처럼 행동할 수 없다면 예의라도 차려 오빠. 그냥 나가면 안 되겠어?"

"난 여기 사는 사람이야." 내가 말했다. "그러니 모든 권리가 있고—."

"꼼짝도 하지 마세요, 루시안! 가면 안 돼요. 오빠, 어서 좀—."

"알타, 나 때문에 다른 사람에게 자리를 비켜달라고 할 필요는 없어." 다네이가 말했다. 그는 나와 눈을 마주쳤다. "미안해."

나는 그의 눈을 똑바로 쳐다보았다. "뭐가 미안하지?"

"난 그저, 내 말은……." 그는 치아 사이로 숨을 쉬었다. 침묵이 흘렀다. 그는 고개를 숙인 채 카드를 하나로 뭉쳤다. "있잖아, 알타. 시간이 늦었어. 내일 다시 올게."

"안 돼요!" 동생은 강아지 같은 눈을 하고 그의 소매를 붙잡았다. "아직 가지 말아요."

그는 나를 노려보았고 나는 어깨를 으쓱했다. 그리고 어색하게 그가 나에게 카드를 휙 던졌다.

"좀 섞어줄래?" 그는 자리에 앉아 알타 쪽으로 몸을 돌려 동생의 얼굴을 부드럽게 감싸고는 똑바로 쳐다보았다. "무례하게 행동하는 건 에밋이 아니라 너야." 그가 말했다. "그러니 그만둬."

"네-에?"

"난 괜찮아. 에밋도 괜찮고. 네가 못되게 굴면 우리 둘 다 가버릴 거야."

완전히 당황한 동생이 다네이를 쳐다보며 눈을 깜박였다. 그리고는 놀랍게도 속눈썹을 펄럭거리며 살짝 웃었다. "당신 말이 맞아요. 제가 잘못했네요, 루시안."

"괜찮아." 그도 웃으며 집게손가락으로 동생의 코를 두드렸다. "자, 내가 너의 미래를 말해줄게. 어디 한번 볼까."

다네이가 카드를 집어서 이불 위로 네 장의 카드를 일렬로 놓았다. 그가 카드를 펼치는 동안 알타는 아직도 그의 손길이 느껴지는 듯 뺨을 어루만졌다. 다네이가 고개를 들었다. "스페이드 2, 하트 2, 스페이드 잭, 스페이드 10이라. 음. 흥미로운 걸."

"그렇게 나빠요?"

"아니." 그가 말했다. "전혀 그렇지 않아." 그는 하트 2를 가리켰다. "저건 사랑이야. 그 앞에 스페이드 2가 나왔다는 건……나도 확실히는 몰라. 어쩌면 고생할 수도 있어. 아니면 처음에는 그것이 진정한 사랑인지 깨닫지 못할 수도 있고. 그리고 스페이드 잭은……사악한 젊은 남자야. 넌 사악한 청년과 사랑에 빠질 거야. 그리고 그도 널 사랑해주고. 어때?"

알타가 숨을 죽이고 그를 쳐다보았다. 동생은 웃지 않았다. 한동안 나는 어엿한 여자가 되어버린 동생을 보았다.

"그래서 어떻게 되나요?" 알타가 물었다.

"그다음에는……." 그가 다시 카드를 섞었다. "내가 볼 수 있는 건 거기까지야." 다네이가 가벼운 목소리로 미소를 지으며 말했다.

"넌 아마 오래오래 행복하게 살 거야. 자, 이제 누워서 미래를 생각해봐. 난 내일 다시 올게. 그리고 봐서 네가 좋아하는 설탕을 입힌 과일을 가져올게. 괜찮지?" 그는 자리에서 일어섰다.

동생이 고개를 끄덕였다. 마치 환한 빛을 받은 듯이 여전히 이상하게 어른스러운 표정을 한 상태로 말이다. 그가 손을 뻗어 동생의 머리를 헝클어뜨렸다. "그러니 더는 짜증내지 마."

동생은 떠나는 다네이를 지켜보았다. 그가 뒤돌아섰다면 알타가 자신을 어떻게 쳐다보는지 보았을 텐데. 하지만 그는 마지막 수업이 끝난 학생이 신나서 탈출하듯 곧바로 계단을 내려갔다.

내가 따라갔을 때 그는 주방에 있었다. 반쯤 열린 문으로 그가 바닥에 웅크리고 있는 모습이 보였다. 내가 들어가자 그는 가슴에 강아지를 안고 두 발로 일어났다. "금방 갈게." 그가 말했다. "스플라치를 좀 보고 있었어." 나는 아무 말도 하지 않았다. 잠시 뒤 그가 얼굴을 찌푸렸다. "왜? 날 왜 그런 식으로 쳐다보는 거야?"

나는 문을 닫았다. "지금 뭐하자는 거지, 다네이?"

그는 다시 조심스럽게 몸을 구부려 스플라치를 상자 속에 넣었다. 하지만 다시 일어나지 않았다. 그는 그 자리에 무릎을 꿇은 채로 나를 올려다보았고 스플라치가 빨도록 손가락을 하나 내주었다. "무슨 소릴 하는 거야?"

나는 천천히 숨을 들이마셨다. "그러니까 알타가 사악한 미남을 만나고 그도 알타와 사랑에 빠진다고?"

다네이가 어깨를 움츠렸다. "그런 게 아니라―그건 단지―."

"뭐? 농담이라고? 게임이라고? 그렇게 지어낸 걸 동생이 믿을 수도 있는데―."

그가 눈썹을 들썩였다. "무슨 근거로 내가 지어냈다고 생각하는 거야?"

"그건……." 나는 머뭇거렸다. 그리고 낮은 목소리로 말했다. "그렇다면 우연이겠지. 네가 동생한테 한 말이 바로 동생이 듣고 싶어하는 말이니까."

그의 얼굴로 어떤 표정이 나타났다가 사라졌다. "어린 소녀들은 늘 키 크고 나쁜 남자를 만나고 싶어한다고 생각해."

"젠장, 다네이!" 나는 쪼그리고 앉아 그의 얼굴을 똑바로 쳐다보았다. "솔직하지 못하기는. 어떻게 감히 그 애한테 사랑한다고 말할 수 있어?"

다네이의 얼굴이 멍해졌다. 그는 스플라치에게서 손을 뗐다. "난 그런 말은 한 적이 전혀 없는데."

"아 물론 넌 그 애가 어떻게 생각하는지 모르겠지!"

"터무니없는 소리 집어치워." 그가 자리에서 일어섰다. "네가 무슨 말을 하고 싶어하는지 정확히 모르겠지만 내가 순진한 알타를 어찌해보려고 생각한다면……."

"내가 멍청하다고 생각하는 모양이군."

"글쎄……." 그가 나를 위아래로 훑었다. "뭐라고 대답해야 할지 모르겠어."

나는 그에게 맞섰다. 심장이 쿵쾅거렸다. 계속 그를 때리고 싶다는 욕망 아니 간절함이 멈추지 않아서 미칠 것 같지만 그럴 수 없다는 것을 안다. "그냥 내 동생을 가만히 놔두지 그래?"

잠시 말이 멈췄다. 그는 팔짱을 끼고 나를 쳐다보았다. 마침내 그가 입을 열었다. "좋아. 인정해."

"뭘 말이야?"

"네 말이 맞아. 난 알타를 유혹하려고 했어. 내 말은 그 애가 어린아이라는 걸 알지만, 그게 더 장점이 되었고 그렇게 유혹하고 관두려고 했어.

244

그 애가 내 아이를 갖고 싶어한다면 더욱 좋았겠지. 자신의 삶을 망치고 너와 네 가족의 삶까지 망칠 테니까. 내가 원했다는 이유로, 난 그런 걸 즐겼던 거야."

나는 그를 노려보았다. 그의 눈동자는 칠흑처럼 검다. 무기력하고 비인간적이다. 나는 목구멍이 조여와서 숨을 쉴 수가 없었다. "네가—정말로……."

"아니!" 그가 몸을 휙 돌린 뒤 나에게서 몇 걸음 떨어졌다. "아니, 아니야! 세상에 날 어떻게 보는 거야? 난 네 여동생의 목숨을 구해주고 집에 데려다줬고 그녀가 아플 때 병문안을 왔고 기운 차리게 해주려고 선물도 가져왔어. 게다가 그냥 두면 죽게 될 강아지도 내가 키운다고 했고. 그런데 넌 내가 살인이라도 계획하고 있는 사람처럼 대하고 있어. 그 이유가 뭐지?"

"너만 보면 몸에 소름이 돋으니까!"

어색한 정적이 감돌았다.

"적어도 넌 솔직하구나." 그는 지친 목소리로 말했다. 그리고 벽에 걸어둔 망토를 집어서 몸에 걸쳤다. "알타 걱정은 하지 마. 그 애는 괜찮을 거야."

나는 고개를 숙이고 몸을 돌렸다. 삐걱하고 문이 열리는 소리가 났고, 복도를 걷는 그의 발자국 소리가 들렸다. 바람이 너와 지붕을 들추고 지나갔다. 밖은 엄청 추울 것이다. 그런데도 그는 눈과 얼음을 뚫고 말을 타고 여기에 왔고 집에 갈 때도 그럴 것이다.

나는 상자로 가서 안을 들여다보았지만 새끼들은 잠들어 있었다. 스프링글만 나를 쳐다보며 꼬리를 흔들었다. 다네이가 아니었다면 스플라치는 지금쯤 죽었을 것이다.

하지만 그에게 뭔가 잘못된 것이 있다. 내가 꾸며낸 것이 아니라. 나는 난로의 가장 뜨거운 쪽으로 손을 가져갔다.

이후 며칠 동안 나는 두 사람을 피했다. 한참 전에 알프레드에게 그의 초가집 굴뚝 수리를 도와주겠다고 약속했다. 너무 추워서 수리하기에는 적절하지 않은 날씨였지만 서리가 모르타르에 끼지 않도록 해야 했기 때문에 내가 작업하자고 우겼다. 어머니와 아버지는 내가 한동안 필드로에서 일할 것이라고 말하니 서로 눈치를 살폈고, 전날 밤 울타리 작업을 마쳤기 때문에 아버지는 파이 조각을 앞에 두고 그냥 나를 쳐다보기만 했다. 어머니가 말했다. "알았다. 알타의 일은 내가 대신 할게." 그리고 어머니는 식사를 계속했다. 나는 얼굴을 가리려고 고개를 숙인 채 빵을 작게 더 작게 잘랐다.

그러나 며칠 안에 그 일이 끝났고 다시 농장 주변에서 일하게 되었다. 크리스마스가 거의 다가왔기 때문에 돼지도 잡아야 하고 장작과 채소도 준비해야 한다. 보통은 이 모든 준비 과정을 좋아했지만, 고개를 들면 늘 다네이가 오거나 가는 모습을 보게 되었다. 어머니와 내가 털을 태운 돼지를 가져왔을 때 그는 마당으로 들어서고 있었다. 그가 지나갈 때 내 얼굴을 쳐다보는 어머니의 시선이 느껴졌다. 갑자기 내 옷에 묻은 불태운 돼지 털과 피에서 나는 악취가 너무 심해서 숨을 쉴 수 없었다. 나는 이마의 땀을 닦고 열린 문 안으로 외발 손수레를 천천히 밀었다. 그가 말에서 내리면서 부츠의 징이 자갈에 닿는 소리가 났지만 나는 다네이를 쳐다보지 않았다. 대신 곧장 수돗가로 가서 차가운 물을 얼굴에 끼얹었다. 돼지를 도축하는 데 한두 시간이 걸렸고 그것이 끝난 다음에는 마당에 불을 피웠다. 늦은 오후 어둠이 내릴 즈음에야 나는 때를 모두 벗겨내고 위층으로 올라갈 수 있었다. 알타의 방으로 들어갈 때 가슴이 두근거렸지만, 다네이는 내가 한 말을 잊어버린 듯 쿨하게 고개를 까닥했다.

"안녕, 파머." 그가 말했다.

"다네이." 내가 대꾸했다.

그는 고개를 살짝 기울여 아는 척을 한 다음 알타와 하고 있던 게임에 집중했다. 주사위 던지는 소리만 났고 다네이는 부드럽게 속삭였고 알타는 킥킥거렸다. 나는 고개를 숙이고 수리하려고 가져온 마구를 만지작거렸지만, 손가락이 제대로 움직이기까지 오랜 시간이 걸렸다.

그뒤로 우리는 마치 휴전 선언을 한 것 같았다. 꼭 필요한 때가 아니면 서로 쳐다보지 않았다. 말을 해야 할 때는 처음 본 사람들처럼 감정 없이 중립적으로 굴었다. 그가 알타의 땋은 머리를 잡아당길 때 나는 더 이상 그를 노려보지 않았고, 그도 나를 조롱하듯이 예우하던 것을 하지 않았다. 우리가 전과 다르게 행동한다는 것을 알타가 알아차릴까봐 두려웠지만, 동생은 그와 있으면 다른 사람이나 다른 행동들은 눈에 들어오지 않는 것 같았다. 알타는 그녀의 인생 가운데 가장 행복하게 보였고 그래서 나는 온몸이 쑤셨다. 이런 식으로 계속 갈 수는 없다. 얼마 못 가서 동생은 다네이가 자신을 사랑하지 않는다는 것을 알게 될 것이다.

그렇게 며칠이 지났다. 어느 오후, 나는 크리스마스까지 이틀밖에 남지 않았다는 사실을 깨달았다. 주위 어디를 보든 상록수 화환, 금박 종이 별과 붉은 방울 트리 장식이 반짝였고 주방에서는 계피와 녹은 버터 향이 풍겼다. 알타는 잠시라도 다네이를 보지 않으면 견딜 수 없다는 듯이 지난주 내내 쉴 새 없이 덩굴 화환을 만들었다. 다네이와 내가 그것들을 걸 동안 알타는 담요를 둘둘 말고 안락의자에 앉아 우리에게 지시를 내렸다. 동생의 눈동자는 신이 나서 반짝거렸고, 다네이는 동생을 계속 흘끔거리며 미소를 지었다.

"아니, 한쪽으로 기울었어요. 가운데에 고정시켜야 해요." 알타가 말했다.

"잘 알겠습니다, 부인." 다네이가 한 손에 화환을 든 상태로 알타에게 깍듯이 인사를 하자, 몸이 한쪽으로 치우쳐지면서 그가 서 있던 의자가 흔들렸다. "여기면 될까?"

나는 수북이 쌓인, 이미 생기를 잃기 시작한 녹색 잎사귀들을 내려다보았다. "가서 핀을 좀더 가져 올게." 내가 말했다.

"좋은 생각이야. 세상에, 알타. 이걸 그렇게 **완벽하게** 달아야 해?"

나는 주방으로 들어가 핀을 찾아 서랍을 뒤적거렸다. 어머니는 알타만큼 홍조 띤 얼굴로 밀가루를 뒤집어쓴 채 테이블에서 페스트리 반죽을 밀었다. "아—에밋, 거기 있는 병 좀 내려주겠니? 그리고 화덕에 불을 좀 지펴줄래? 설탕 1파운드만 가져다가 캐러멜도 좀 만들고. 너희 아버지는 어디 가셨니? 칠면조 털을 뽑아준다더니만."

어머니의 심부름을 마치고 응접실로 돌아가니 두 사람이 입을 맞추고 있었다.

나는 문 앞에서 얼어붙었다. 아니다. 그들은 춤추고 있다. 동생은 다네이의 품에 안겼고, 그가 동생을 부드럽게 돌리면서 두 사람의 머리가 하나가 되었다. 다네이는 콧소리를 내면서 "하나—둘—셋" 하더니 "옆으로—두 발을 같이—잘했어—제길, 내 탓이야—"라고 하고는 또 똑같은 말을 했다. "라라라—좋아. 그거야—라—." 그가 노래를 불렀고 알타는 킥킥거렸다. "그만, 더는 안 되겠어. 이건 분명 너 때문이야." 두 사람이 멈추고는 웃음을 터뜨렸다.

"다시 해봐요."

"네가 지칠 텐데."

"아니에요." 알타는 가쁜 숨을 내쉬며 그에게 미소를 지었다. 동생의 모습은······아름다웠다. 동생의 허리를 감싼 그의 손은 한번도 일을 해보지 않은, 앞으로도 그럴 일 없는 우아한 귀족의 손이다.

"난 이제 좀 피곤해." 다네이가 말했다. 그는 동생의 이마에 붙은 땀에 젖은 머리카락을 넘겨주고는, 하나의 동작처럼 자연스럽게 동생을 놓아주었다. "남은 이 종이 사슬들은 어떡하지? 네 오빠는 아직 핀을 못 찾은 걸까?" 그가 문 쪽으로 고개를 돌렸고 나를 보았다.

"오빠!" 알타가 외쳤다. 동생은 아직 춤을 추고 있는 것처럼 가벼운 발걸음으로 나를 향해 다가왔다. "루시안이 내게 왈츠를 가르쳐줬어."

"봤어." 나는 핀이 든 상자를 옆에 내려놓고 뚜껑을 비틀어 여는 데 집중했다.

"우리 근사해 보였어?"

"다네이는 제대로 하는 거 같더라."

"난 한번도 춤을 춰본 적이 없잖아, 오빠. 내가 곧바로 잘할 거라고 기대하면 안 되지. 난 그저 연습이 필요할 뿐이야."

동생이 다네이에게 손을 뻗었지만 그는 웃음을 터트리고 고개를 저었다. "미안. 난 너만큼 체력이 좋지 않아."

"알았어요, 그럼 에밋 오빠한테 어떻게 하는지 보여줘요. 그럼 다음번에 올 때까지 완벽하게 연습해둘 테니까요."

"알타, 넌 이제야 막 침대 밖으로 나올 수 있게 되었잖아." 내가 말했다.

"난 이만 가봐야겠어." 다네이도 나와 동시에 말했다.

"아, 안 돼요! 부탁이에요, 루시안. 조금만 더 있어요. 내일이 크리스마스이브잖아요. 호의를 좀 보여줘요."

그는 입술을 깨물고 살짝 미소를 짓더니 나를 쳐다보았다.

"네가 가르쳐주지 그래, 알타? 이제 어떻게 추는지 알잖아."

"알았어요, 그럴게요. 하지만 내가 오빠한테 잘못 가르쳐주면 당신이 보고 고쳐줘요." 동생은 나를 옆으로 거칠게 밀었고, 우리 둘은 같은 쪽을 보고 섰다. "날 보고 따라해. 앞으로, 옆으로, 두 발을 같이, 이렇게, 봤지? 하나, 둘, 셋⋯⋯."

나는 동생이 하는 대로 따라하려고 했다. 다네이는 웃지 않으려고 억지로 참는 것처럼 보였다.

"아니, 이렇게—아, 오빠는 너무 굼떠!"

그러자 다네이가 말했다. "에밋에게 기회를 줘, 알타." 그 말에 나는 발을 멈추고 그를 쳐다보았지만 그는 내 발만 보고 있었다.

"재촉하지 마. 너도 빨리 움직이지 못하잖아."

알타가 한숨을 쉬더니 내 팔꿈치를 잡아당겼다. "알겠어? 이제 오빠가 거기 서 있고 나는 여기 설게. 오빠는 팔을 이런 식으로 들어." 동생이 꼭두각시 인형을 조종하듯 내 팔을 들어 형태를 잡아주었다. "그런 다음 오빠가 리드하는 거야. 하나—둘—셋—아, 좀!"

"내가 어쨌는데? 난 제대로 한 것 같은데."

"오빠가 리드하라니까. 내가 오빠를 밀치는 게 아니라. 루시안이랑 췄을 때는 이러지 않았어."

"알겠어." 나는 화를 누르며 말했다.

"루시안, 오빠한테 보여줘요." 알타가 다네이의 팔을 잡고 내 쪽으로 데려왔다. "어떻게 추는 건지 보여주세요."

내가 입을 열었다. "난 싫어—."

다네이도 동시에 말했다. "난 별로—." 우리는 잠자코 서로를 쳐다보았다. 다네이는 조심스러운 표정을 지었고 뺨이 붉어졌다.

"네 오빠는 내가 도와주는 걸 달가워하지 않는 것 같은데." 다네이가 말했다. "특히나 왈츠는."

"이상한 소리하지 말아요. 그냥 보여주기나 해요." 알타가 말했다.

다네이는 움직이지 않았다. 그는 뭔가를 기다렸다. 나는 바보처럼 뒤늦게야 그것이 무엇인지 알았다. "괜찮아." 억지로 대답했다. "내게 시범을 보여줘."

"나랑 같이 춤을 출 거야?"

나는 숨을 깊이 들이마셨다. "네가 원한다면. 알타가 원한다면."

그는 알 수 없는 표정으로 한참을 쳐다보았다. "그러면……서로 어색하지 않겠어?"

"아니." 나는 최대한 침착하게 말했다. "괜찮을 거야."

그는 마치 정육점의 고기를 보듯이 나를 노려보았다. 내 뺨으로 피가 몰려 점점 더 뜨거워졌다. 그래서 고개를 돌렸다.

다네이가 웃음을 터트렸다. 이상하고 조심스러우면서도 기뻐하는 웃음소리다. 이유를 모르지만 이겼다는 웃음. "사실 난 네가 꽤 잘했다고 생각해." 그가 말했다. "발동작은 괜찮아. 익숙해지기만 하면 돼." 그는 팔을 뻗었지만 망설였다. "진짜 괜찮겠어?"

"오빠한테 보여줘요! 대수롭지 않은 걸 두고 왜들 난린지 원." 알타가 말했다. "어서요, 남성분들."

다네이가 한 걸음 내게로 다가왔다. 내가 움찔하자 그는 뒤로 물러났다. 생각할 겨를도 없이 나는 팔을 뻗어 알타가 그랬던 것처럼 그의 손을 잡았다. 생각보다 따뜻했고 땀으로 젖어 있었다. 어머니나 페라논 쿠퍼의 손처럼 평범하고 친근했다. "그럼 해보자." 내가 말했다. "우리가 그래야 한다면."

"준비됐어? 하나, 둘, 셋—하나 둘 셋, 하나 둘 셋……."

그는 내가 생각한 것보다 강인했다. 우리는 방을 돌며 왈츠를 췄고 갑자기 나는 알타의 말뜻이 무엇인지 알게 되었다. 나는 아무것도 한 것이 없고 그저 몸을 맡겼을 뿐이다. 하지만 포옹을 한 것처럼 구역질나게 너무 가까워 숨을 제대로 쉴 수 없었다. 하나 둘 셋…….

내가 비틀거리자 그는 곧바로 나를 놓아주었다. "자. 이제 알타와 해볼 수 있겠지."

"응." 나는 빙글빙글 도는 방에서 정신을 차리려고 눈을 깜박였다. 하지만 순간이 나를 놓아주지 않았다. 나는 옆으로 걸으며 휘청거렸다. 내가 중심을 잃지 않도록 다네이가 팔꿈치를 잡아주었다. 그의 손바닥의 열기가 물처럼 내 셔츠로 스며들었다. 나는 바보처럼 반사적으로 손길을 뿌리쳤고 그는 뒤로 튕겨나면서 갑자기 표정이 굳었다. "고마워, 다네이." 내가 말했지만 목소리가 작았다.

"알타!" 어머니가 문 앞에 서 있었다. "뭘 하는 거야? 소파에 가만히 누워 있을 거라고 해서 내려보냈더니!"

"아, 전—."

"얼른 침실로 올라가. 실례할게요, 다네이 씨. 크리스마스 잘 보내세요." 어머니가 팔에 담요를 끼고 알타를 쳐다보았다. 알타는 한숨을 쉬더니 다네이에게 재빨리 미소를 지어 보이고 어머니를 따라갔다.

다네이와 나만 남았다. 그는 할 말이 있다는 듯이 나를 쳐다보았지만 퉁명스럽게 망토를 집더니 복도로 나갔다. 나는 처량하게 잊힌 종이 사슬들을 바라보며 망설였다. 그러다 나도 모르게 그를 따라갔다.

그는 마당에 있었다. 고운 눈이 내리기 시작했다. 그는 나를 보았지만 내가 배경의 일부인 듯이 멈추지 않고 장갑을 꼈다.

"크리스마스를 보내러 캐슬퍼드로 돌아갈 거야?"

"아니." 그가 장갑의 매무새를 다듬고는 내가 왜 아직 거기 서 있는지 모르겠다는 듯이 힐끗 쳐다보았다.

"삼촌은 자신만의 방식으로 크리스마스를 보내. 요리사들이 그러더라고. 우리는 사슴 뒷다리 고기, 샴페인, 클라레 와인, 포트 와인을 즐길 거고……일곱 가지 코스 요리에 테두리를 금으로 장식한 그릇들, 최고의 은식기를 꺼낼 거야. 헛간만큼 큰 다이닝 룸에서 삼촌과 단 둘이서."

"그렇구나."

"응, 재미있을 것 같아. 두 번째 코스요리가 나올 즈음 삼촌은 완전히 취했을 테고 그럼 난 가만히 앉아서 삼촌이 접시에 머리를 박는 걸 지켜보겠지." 다네이가 코트 깃을 턱 주변으로 세웠다. "난 며칠 동안 여기 못 올 거야. 네가 묻고 싶은 게 그거라면."

"저녁 먹으러 와."

"뭐라고?"

땅거미가 진 어둠 속에서 그는 눈썹에 붙은 눈꽃송이 너머로 나를 쳐다보았다. 나는 침을 삼켰다. "어머니와 아버지가 그러길 바라서. 당연히 알타도 마찬가지고. 음식은 충분해. 우린 항상 일꾼들과 그의 가족을 초대하고 한 명 더 온다고 해서 별 다를 건 없어."

"네가 지금 날 크리스마스 만찬에 초대한다고?"

나는 대답 대신 한쪽 어깨를 으쓱했지만, 그는 계속 노려보았고 결국 나는 웅얼거리며 말했다. "맞아."

그의 표정이 바뀌었다. "아니. 사양할게." 그가 말했다.

"하지만—."

"넌 솔직히 날 초대하고 싶지 않잖아?" 그는 내가 별로인 농담을 던진 것처럼 떫은 미소를 지었다.

"그런 게 아니야—."

"어둠이 잠잠해지고 곧 더 많은 빛이 당신에게 찾아오기를." 그가 말했다. 이것은 크리스마스에 건네는 전통적이고 형식적인 인사다. 그렇게 그는 안장에 올라탔고, 나를 눈 속에 떨게 내버려둔 채 자리를 떠났다.

15

평소보다 일찍 봄이 찾아온 것 같았다. 해가 바뀐 후에도 몇 차례 더 눈보라가 찾아왔지만, 그리 강하지는 않았다. 그리고 두 번째 보름달이 떴을 때 눈이 곰보처럼 듬성듬성하게 녹더니 가장자리가 갈색인 얼음물처럼 녹아버렸다. 한꺼번에 다 녹으면서 발목까지 진흙탕으로 빠지더니, 하룻밤 사이에 나무들이 깨어나고 땅에서 물을 빨아들이고 공기 중에 풀냄새와 활기가 가득 느껴졌다. 겨울 감옥의 문이 갑자기 활짝 열리며 초봄이 찾아와서 좋았지만, 올해는 다네이처럼 도시에서 자란 사람의 눈으로 보는 것처럼 모든 것이 새롭고 낯설게 느껴졌다. 이제 알타는 건강을 되찾았고 해야 할 일이 있었기 때문에 그는 날마다 찾아오지 않았으며 와도 오래 머물지 않았다. 하지만 그는 계속 찾아왔고, 농장의 삶에 자연스럽게 녹아들어 일부가 되기 시작했다. 그는 모든 곳을 기웃거렸고 제대로 돕지는 않았지만 그를 무시할 수도 없었다. 알타가 씨뿌리는 사람들의 새참을 가져오면 동생과 함께 하이 필드로 올라왔고, 알프레드가 비가 올 것 같다고 하면 바람에 코를 킁킁거렸으며, 아버지와 내가 밀단을 삭히는 헛간을 지나갈 때면 그는 악취에 눈물을 글썽거렸다. 양의 출산 때문에 내가 양치기 헛간에 머무는 일주일 동안 알타가 저녁마다 먹을 것을 가지고 왔는데, 한번은 그가 동행해 우리는 오랫동안 반짝이는 별 아래 둘러앉아 아무 말 없이 차를 마셨다. 양이 태어났을 때 그도 그 자리에 있었다. 그는 배설물 위에 무릎을 꿇고 앉아 달빛과 램프 불빛을 반씩 맞으며 지푸라기를 들어 양의 코와 주둥이를 깨끗이 닦아주었다. 셔츠에 양의 피와 점액이 다 묻었지만 전혀 상관하지 않는 듯했다. 그는 양을 향해 몸을 구부리고 쳐다보더니 마침내 고개를 들어 나를 보며 못 믿겠다는 듯 미소를 지었다. 나는 그에게 말했다. "봐. 힘들지 않잖아." 내 말에 다네이가 고개를 저은 뒤 웃음을 터트렸다.

그리고 물론 강아지인 스플라치도 있다. 우리 모두 처음 스플라치가 토끼를 찾느라고 코에 풀과 흙을 묻히고 흥분하며 뛰던 것을 두고 농담을 했다. 어느 날 저녁 다네이의 주도로 퇴비를 뒤집고(물론 그는 10분도 채 안 돼서 나가떨어졌지만) 집으로 걸어오는 길에 알타가 말했다. "나도 스플라치처럼 냄새를 맡을 수 있었으면."

나는 히죽거리며 대꾸했다. "너도 그럴 수 있잖아." 하지만 나는 동생이 무슨 뜻으로 그런 말을 하는지 안다.

우리가 너무 바빠 신경을 쓰지 못하는 사이에 다네이가 원한다면 알타를 꼬드겨서 침대로 데려갈 수 있었을 테지만 그는 그러지 않았다. 그는 동생과 단둘이 오래 있지 않았다. 종종 의도적으로 아버지나 내가 농장 안마당에 있을 때, 우리를 찾아와 하고 있는 일이 무엇이든 도와줘도 되냐고 물었다. 가끔 그가 스플라치에게 막대기를 던져주거나 토끼굴에서 꾀어내올 때 나는 그를 살피며 스스로에게 이렇게 말했다. 우리 모두가 다네이에 대해 잘못 생각하고 있었고, 그는 그저 말동무가 되어줄 사람과 스플라치가 필요한 것뿐이라고. 삼촌의 집에서 그는 분명 외로울 테지만 누구에게도 그런 이야기는 일절 하지 않았다. 어쩌면 그의 우정은 피부처럼 얕아서 그저 심심풀이로 우리와 어울리는 것일지도 모른다. 그러다 알타를 쳐다보면 나는 속이 뒤집어졌다. 다네이가 동생에게 관심이 없다면 알타는 가슴에 정말 큰 상처를 입을 테니까 말이다. 하지만 그가 마당으로 말을 몰고 들어오면서 휘파람 부는 소리를 들을 때나 알타의 손에 입맞춤으로 인사를 할 때, 그의 눈빛을 보면서 더는 내 자신을 속일 수 없었다. 그도 동생만큼 행복해했다. 같이 있는 것만으로도 만족하는 느낌이었다. 적어도 지금은 그렇게 보였다.

그리고 시간이 흘러 스플라치가 스프링글을 떠날 만큼 자랐다. 나는 다네이에게 이제 개를 집으로 데리고 가고 다시는 오지 말라고 말할까 생각했다. 하지만 매번 말을 입 밖으로 꺼내려다가 도로 집어삼켰고 다시 꺼내기까지 한 시간 혹은 하루가 걸렸다. 스플라치가 완전히 가버리면 어떨지 생각하고 싶지 않았다. 다네이는 강아지 사료 값을 우리에게 주었지만, 그와 별개로 스플라치는 그의 전유물이 아니라 **우리**의 것이니까. 스프링글이 새끼였던 때가 너무 오래 전이라 나는 그 모습이 어땠는지, 시간이 날 때면 줄다리기나 막대기 던지기로 놀아주고 개 껌으로 쓰라고 밧줄 매듭을 묶어주기도 했던 것을 까마득히 잊고 있었다. 스플라치의 등에 있는 진한 갈색 반점은 검은색으로 변했고 꼬리는 몽당하게 잘렸지만 여전히 덩치가 작았다. 혼자 밖으로 나올 때면 나는 밀렵을 갈 때 쓰던 캔버스 자루에 스플라치를 집어넣었고 강아지는 머리만 자루 밖으로 쏙 내밀었다. 그리고 알타가 옆으로 걸어와 '토끼다!'라고 속삭이면 스플라치가 귀를 쫑긋 세워 동생은 그 모습을 보고 웃어댔다. 한번은 다네이가 딱히 누구에게라기보다는 그냥 말한 적이 있었다. "에미 아가씨를 소개합니다. 도시의 최신 패션을 보여주고 있어요. 특이한 모피 어깨걸이와 멋지게 든 손가방을 좀 보세요……."

며칠 뒤 하이 필드의 언덕에서 가시울타리의 가지치기를 했는데, 깜박하고 자루를 가져오지 않았다. 그래서 다네이가 스플라치를 품에 안고 움직였다. 집까지 반쯤 왔을 때에 그가 말했다. "털북숭이 꼬맹이, 네가 이럴 거라고는 상상도 못했어. 곧 마차를 대령해야 할 것 같아." 하지만 내가 대신 안겠다고 하니 그는 고개를 저었다. "아니, 괜찮아. 무겁지

257

않아."

"그럼 왜 투덜거렸어?"

"즐기고 있는 거야." 그가 씩 웃었다.

나는 어이가 없다는 듯 눈을 굴렸지만 그의 유머는 전염성이 있었다. 우리는 동료애가 담긴 침묵과 함께 나란히 언덕을 내려왔고 알타는 노래를 흥얼거리며 뒤따랐다. 내가 다네이 앞으로 걸어가 어퍼 필드의 문을 열었다. 그곳은 쉬고 있는 농지로 집으로 가는 지름길이었다. 하지만 그 길로 들어서자마자 스플라치가 바둥거리며 낑낑대고 울었다. 다네이는 거친 숨을 내쉬며 탄식하고는 제대로 안고 있으려고 애썼다.

"무슨 냄새를 맡았나봐. 그만해, 스플라치, 그만." 하지만 강아지는 우리 집 앞마당 벽과 언덕이 만나는 벌판 끝에 도착할 때까지 멈추지 않았다. 그리고 마지막으로 경련을 하듯 몸을 부르르 떨었다. "스플라치, 이 똥강아지야, **진정해!**" 다네이가 이렇게 말하며 팔꿈치로 벽에 있는 문을 열고 들어갔다. 이윽고 그는 달라진 목소리로 덧붙였다. "젠장. 내 셔츠에 오줌을 쌌어."

알타가 콧방귀와 함께 웃음을 터트렸다가 얼른 예의바르고 여성스러운 소리를 내는 것처럼 꾸몄다.

다네이는 스플라치를 바닥에 내려놓았다. 강아지는 쥐들이 모이기를 좋아하는 헛간 모퉁이로 갔다.

"아, 젠장." 그가 가슴팍을 내려다보며 말했다. "완전 젖었어, 냄새도 나."

"옷을 갈아입어야겠어요." 알타가 말했다.

"괜찮아. 이대로 말을 타고 가면 돼. 오늘은 별로 춥지 않으니까."

"바보 같은 소리 하지 마." 내가 끼어들었다.

"알타, 가서 내 셔츠 한 벌 가져다줄래?" 나는 동생의 대답을 기다리지 않았다. "주방으로 가자, 다네이."

그는 나를 따라 들어왔다. 나는 난로 위에 물그릇을 올려 데웠다. 내 뒤로 그가 문 앞에 서성거리는 것이 느껴졌다.

"파머……."

"응?"

"나한테 아무것도 빌려주지 않아도 돼."

내가 돌아보았다. "무슨 소리야?"

처음에 그는 뭐라고 할지 몰라 고심했다. "네가 내키지 않으면—내 말은, 네가 싫어하는 거 안다고."

"무슨 헛소리를 하는 거야?"

그가 머뭇거리더니 농담이 아닌 것을 농담처럼 말했다. "그게, 지난번 너한테 셔츠를 빌렸을 때 날 목 졸라 죽이려고 했잖아."

나의 얼굴로 피가 몰려 화끈거렸다. "내가 제대로 기억하는 게 맞다면, 네가 먼저 옷을 벗었어."

"엄밀히 말해 그건 네 옷이었으니까."

"난 네 목을 조르지 않겠다고 약속하고 넌 누군가의 옷을 벗지 않겠다고 약속하면 어떨까?"

"개 오줌이 젖은 내 셔츠는 어떡하고? 이건 벗어도 돼?"

"문을 닫아. 알타가 네 맨살을 조금이라도 보면 황홀해 기절할 테니."

"그런 경우라면 너도 눈길을 좀 돌려줘."

나는 씩 웃었다. 웃음이 나오는 걸 어쩔 수 없었다.

"몸이나 닦아, 다네이."

그는 내 말에 복종하는 척 고개를 끄덕이고 주방문을 닫았다. 나는 새 비누를 가지러 보조주방으로 걸음을 옮겼다. 다시 오니 그는 이미

259

셔츠를 벗었다. 이전처럼 마른 몸은 아니었지만 그렇다고 다부지지도 않았다. 대신 스플라치를 몇 시간이고 산책시키며 가슴에 근육이 좀 붙었고 움푹 꺼졌던 배는 판판해졌다. "고마워." 그가 비누를 집으려고 손을 뻗었다.

나는 몸을 돌렸다. 진짜가 아니지만 일꾼이 그날의 때를 씻듯 그가 그렇게 하는 것을 보려니 불편했다. 특히 나는 옷을 다 입고 있는 상태였기 때문에 그것이 별다를 바 없다는 것을 알면서도 더욱 그랬다.

누군가 문을 두드렸다. 살짝 여니 내 셔츠를 든 알타의 손이 쑥 들어왔고 문을 닫으며 말했다. "꿰맨 자국이 없는 걸로 가져왔어―."

"아," 다네이가 고개를 내밀며 말했다. "고마워." 그는 나보다 어깨가 좁았지만 셔츠가 잘 어울렸다.

"잠깐, 이게 네가 미쳐 날뛰던 바로 그 **셔츠야**?"

"아니." 나는 곧바로 이렇게 덧붙였다. "입 다물어, 다네이."

그는 이겼다는 듯 편안하게 웃으며 소매 단추를 잠갔다. 셔츠가 닳아서 올이 다 드러났지만 더 이상 상관하지 않았다. 그도 내 셔츠가 얼마나 낡은지 상관없는 것 같았다.

"아직 들어가면 안 돼?" 알타가 물었다. "두 사람 거기서 뭘 하는 거야?"

"잠시만." 내가 이렇게 말하자 동생이 한숨을 쉬더니 손톱으로 문을 톡톡 두드렸다.

다네이가 옷을 다 입었다. 그는 젖은 셔츠를 둥글게 말아서 주방 테이블 위에 올려놓았다. 램프를 켜지 않아서인지 연한 색 옷 뭉치는 어두운 빛 아래서 꼭 장미처럼 보였다. 다네이는 꼼짝 않고 서서 나를 쳐다보았다. 그리고 아주 조용히 입을 열었다. "왜 그래?"

"미안해." 그 말이 나오기가 무섭게 다른 말들이 함께 쏟아졌다. "내가 어리석었어. 미안."

"괜찮아."

"아니, 내가 늘……."

"괜찮다니까, 파머."

"저녁 먹고 가. 근사하진 않고 아마 파이나 뭐 그런 거겠지만 어머니는 신경 안 쓰실 거고—."

"그럴게. 고마워."

"그리고 이번에는 빈말로 하는 소리가 아니야."

우리는 서로를 쳐다보았다. 너무 어두워서 그의 얼굴이 보이지 않았다. 그냥 흰 형체만 가늠할 수 있을 뿐이다. 갑자기 그의 뒤쪽으로 보이는 어두운 화덕과 흐릿하게 반짝이는 구리 팬, 잘 닦인 돌바닥과 빛바랜 벽지가 낯설게 느껴졌다. 보조주방 문이 열려 있어서 일렬로 들어선 병들이 광을 낸 돌처럼 뭉근하게 반짝였다.

"난 잠시……." 내가 허둥거리며 손짓했다. "위층에 올라갔다 올게. 금방이면 될 거야." 그리고 얼른 몸을 돌려 복도로 들어갔다. "다네이가 저녁 먹고 갈 거야."

알타를 지나치면서 내가 말했다. "뭐라고? 오빠가 그를 초대했어? 왜?" 동생이 팔꿈치를 잡는 바람에 나는 넘어질 뻔했다.

"그러면 안 돼?"

알타가 나를 유심히 살폈다. 복도는 봄 저녁의 푸른 불빛으로 가득 찼고 동생의 옷에 퍼진 분홍색 반점이 연보라색으로 짙어졌다. 그 뒤의 벽은 그림자로 덮였다. 열린 창문 너머 서풍이 들판 위로 불어 시큼한 냄새를 쓸어버렸다. 새로 자라는 풀에서 단내가 났다. 따뜻하지는 않지만 곧 따뜻해질 것이다. 그곳에 서 있으니, 갑자기 팔에 털이 곤두서며 봄이 느껴졌다. 나는 동생에게서 고개를 돌리고 웃었다.

"무슨 일이야? 에밋 오빠? 잠깐, 두 사람이 친구가 된 거야?"

동생의 목소리에는 안도감과 의심이 섞였고 불편해하는 어떤 것이 담겼다. 나는 중앙 기둥 쪽으로 몸을 돌린 다음 한번에 두 계단씩 올랐다. 동생이 애처로운 목소리로 내 이름을 불렀다. 하지만 그때 이미 층계참에 도착해서 뒤돌아보지 않았다.

그 이후로 나는 우리가 친구라고 생각했다. 수면 아래 둑에 부딪히는 물길처럼 불신은 나를 끌어내리려고 위협했지만 그런 느낌이 들 때면 나는 자리를 피했고 한동안 그러지 않은 척하기 쉬웠다. 다네이가 우리의 삶에 들어오던 날에 나는 위험을 감지한 것처럼, 온몸에 강한 전류가 흘러 털이 곤두섰다. 이제 그 감각은 아무것도 아닌 단순한 짜증이 되었고, 나는 그를 잘 알게 되었기 때문에 마음을 편히 먹을 수 있었다.

그리고 알타도 마지막 경계를 허문 것 같았다. 지금은 절대 그 말을 하지 않겠지만 그가 물어본다면 나는 동생이 그와 결혼하도록 허락할 것이다. 내 허락이 중요한 것은 아니지만 동생도 말 없이 그렇게 느끼고 있는 듯했다. 알타는 절벽에 자신을 내던지듯 사랑에 빠졌다. 다네이의 부인이 되어 황금빛 새 세계로 나가는 길에 거의 다다랐다고 생각하는 것처럼 행복으로 환하게 빛났다. 물론 알타는 어린아이고 아이들이 그렇듯 과시적인 부분이 중요해 웨딩드레스, 둘이 살 집, 그에게서 받게 될 결혼반지 등에 신경을 섰다. 한번은 문 앞에 앉아 있는 알타와 씨시 쿠퍼 옆으로 지나가는데 둘은 나를 보기 전에 까르르 웃었고 알타가 이렇게 말했다. "……그리고 긴 면사포를 쓸 거야! 가장자리에 레이스가 달리고 진주와 함께 꽃무늬가 수놓아진―."

262

그것은 내가 걱정하는 부분이 아니다. 동생의 10년 후 얼굴이 잠시 보이면서 얼마나 그녀가 그를 원하는지를 얼핏 보게 되었을 때, 나는 밤잠을 설쳤다. 알타는 이제 맵시가 완전히 달라졌다. 가벼운 동시에 느리게 움직였다. 그리고 이제 막 손끝의 감각을 알게 된 사람처럼 손가락으로 사물을 쓱 만졌다. 식욕도 잃고 얼굴형도 변했다. 입이 넓어지고 광대뼈가 두드러졌다.

하지만 다네이는 언제나처럼 동생을 대했다. 남매처럼 장난치고 놀리고 그렇게 편하게. 어쩌면 그가 너무 확신을 가지고 있어 그런 것인지도 모른다. 혹시 무시일지도 모른다는 생각이 한번 들어 겁이 났지만……아니다. 다네이는 변함없이 동생에게 친절하게 굴었다. 그가 가식적인 친절을 보이는 유일한 사람은 바로 나다.

그 생각만 하면 미칠 것 같았다. 하지만 미치지는 않았다. 그것 말고도 생각할 것이 많았으니까. 봄은 생장하는 기간이다. 들판과 마당에서는 첫 농작물이 싹을 틔웠다. 수액이 차오르는 시기고 다른 일거리를 마치면, 어머니는 우리를 내보내서 달래나 와인에 넣을 민들레를 꺾어오라고 시켰다. 아침볼트 경의 숲속에 들어가 블루벨 꽃이 가득 피어 있는 광경을 보고 나는 환하게 웃었다. 알타가 사랑에 빠진 것은 당연했다. 지금이 사랑의 계절이기 때문이다. 나도 사랑에 빠졌다고 느낄 뻔했다.

주말에 웨이크닝 박람회가 있어 모두가 신났다. 내가 가판대에서 남자가 파는 책을 사서 아버지가 크게 화를 낸 사건 이후로 박람회를 즐긴 적이 없었지만 올해는 기대가 많이 되었다. 단지 휴일이라는 이유에서는 아니었다. 다네이, 스플라치, 알타와 함께 박람회장에 들어섰고 부모님은 젊은 연인처럼 팔짱을 끼고 우리와 좀 떨어져 걸었다. 나는 모든 것을 새로운 눈으로 보았다. 가판대들, 오색 깃발, 음식 연기, 가장 좋은 옷을 걸치고 나온 사람들, 다채로운 색상과 달아오른 얼굴들, 웃음소리, 돈을 주고받을 때 나는 짤랑거리는 소리, 넘친 맥주잔 위로 반짝이는 햇살. 다네이는 내 옆에서 걸음을 멈추고 반은 즐겁고 반은 기가 죽은 채로 휘파람을 불었다.

"서둘러," 내가 말했다. "배 안 고파?"

"응, 배고파. 내가 파이를 사줄게." 그가 말했다.

"우리가 먹을 파이는 내가 살게. 우린 그렇게 가난한 사람이 아니야."

"알았어. 난 그저—됐어, 신경 쓰지 마." 스플라치가 자신의 목에 있는 줄을 팽팽하게 만들며 낑낑거렸다. 우리는 가장 가까이에 있는 가판대로 곧장 걸었다. 파이를 샀고 스플라치는 자기 몫을 두 번 만에 다 삼키고 더 달라고 우리를 쳐다보았다. 우리는 좁은 골목으로 발길을 돌리며 가판대 이곳저곳을 무작정 돌아다녔다. 알타는 보석을 파는 테이블 앞에서 탐욕스러운 얼굴로 멈춰섰다. 다네이가 동생의 얼굴을 보고 주머니에 손을 넣으며 말했다. "파란 구슬은 얼마예요?"

"아, 고마워요, 루시안. 안 그래도 되는데."

다네이는 가벼운 손짓으로 동생의 감사를 챙긴 뒤 몸을 돌렸다. 잠시 동안 나는 그가 엄청 싫었다. 가난한 자들에게 적선하는 젊은 영주. 하지만 그는 내 눈길을 알아차리고 윙크를 했다. 다음 가판대에서 그는 색칠한 나무로 만들어진 달걀 세 개를 사서 재빨리 던졌고 나는 겨우 받았다.

"다네이." 그가 다른 하나를 알타에게 건넬 때 내가 말했다. "이건 상징적인 의미를 담고 있는 거야. 사랑하는 사람한테 사주는 거지."

"나도 가지고 있는 걸 뭐." 그가 자기 것을 내게 보여주었다. "세상에, 파머. 이건 달걀이야. 내가 네 영혼을 사가려는 사람인 것처럼 쳐다보지 마."

나는 억지로 웃으며 달걀을 주머니에 집어넣었다. 어디선가 종이 울렸고 알타가 나를 앞으로 끌었다. "어서 가, 안 그럼 늦을 거야."

"안 늦어. 어린아이들이 먼저지, 네가 먼저가 아니잖아. 우린 리본 댄스 이야기를 하고 있어." 다네이가 무슨 말인지 몰라 어리둥절하고 있어서 내가 덧붙였다. "커다란 기둥에 리본이 묶여 있고, 여자애들이 그걸 잡고 춤을 추면서 매듭을 푸는 거야."

"아주 예뻐요." 알타가 말했다. "그리고 페라논 쿠퍼가 웨이크닝의 여왕이야, 오빠. 오빠도 그 모습을 보고 싶잖아."

알타는 푸른 잔디 중앙에서 기다리고 있는 소녀 무리를 향해 손을 흔든 뒤 다네이에게 재빨리 미소를 지어 보이고 그들을 향해 뛰어갔다. 소녀들은 모두 가장 좋은 옷을 걸치고 달맞이꽃처럼 창백하게 화장을 했다. 머리에 쓴 화관의 꽃들은 벌써 시들었다. 대대수가 머리카락을 풀었지만 알타는 튀고 싶은지 이마에서 뒤쪽으로 매끈하게 땋아 넘겼다. 알타가 소녀들에게 가니 모두가 한바탕 까르르 웃더니 우리 쪽으로 돌아보았다. 씨시 쿠퍼가 인사하는 척 다네이를 가리키더니 다시 한바탕 킥킥거렸다.

"빵집 창가에 전시된 케이크가 된 기분이야." 다네이가 말했다.

나는 콧방귀를 끼며 웃었다. 그것이 바로 그들이 다네이를 쳐다보는 얼굴이다. 굶주리고 질투하고 애석해하는……. 케이크가 자신의 것임을 이미 알고 있는 알타를 제외한 모두.

다네이가 한 손으로 얼굴을 가리며 무심하게 옆으로 몸을 돌렸다. 얼굴이 빨개졌다. "리본 댄스가 간절히 보고 싶어? 안 그러면 우리 그냥……조용히 빠져나갈래?"

"가자." 내가 말했다.

"고마워." 모든 소녀들이 그를 쳐다보는 이곳에서 눈에 띄지 않기란 불가능하다는 말을 나는 입 밖으로 꺼내지 않았다. 대신 다시 인파 속으로 들어가는 그를 따르며 그의 이름을 부르는 알타의 목소리를 무시하려고 애썼다. 조금 공간이 생기자 우리는 달리기 시작했고 마침내 박람회의 먼 끝 쪽에 버려진 별채처럼 드문드문 낡은 가판대가 세워져 있는 곳에 도착했다.

"세상에나." 다네이가 가쁜 숨을 몰아쉬며 말했다. "저 나이 또래의 여자애들은 단체로 몰려 있으면 무서워. 안 그래?"

"패거리들." 내가 말했다.

"마녀들."

그 소리에 나는 씩 웃었다. "넌 여자 형제가 없구나?"

"사실 두 명 있어. 세실리와 리제트 누나가 있지."

"그래? 난 몰랐어." 우습게도 나는 다네이에 대해 아는 것이 별로 없었다. 그는 자기 부모님에 대해 한번도 말을 꺼내지 않았다. 내가 말을 하려는데 그의 표정이 바뀌어 그의 시선을 끈 것이 무엇인지 보려고 몸을 돌렸다.

책 가판대다. 다른 가판대와 떨어져서 무릎까지 올라오는 풀밭에 있었다. 그 옆으로 길게 바큇자국을 낸, 반쯤 빈 수레가 놓였다. 몇 년 전 나에게 책을 판 바로 그 남자인데, 머리가 더 희끗해지고 살이 빠지고 전보다 찔리는 구석이 더 많아진 것이거나 혹은 다른 사람일 수도 있다. 상관없다. 책은 똑같았다. 색 가죽으로 책등을 싸고 금박 무늬를 넣었다. 좀더 소박한 책들도 있었다. 한두 개는 금속 걸쇠를 달았고, 페이지 가장자리에 흰 곰팡이가 피어 있었다. 나는 가판대로 한 걸음 다가갔다. 무슨 이유에서인지 가슴이 마구 뛰었다.

다네이가 팔을 세게 잡아 나는 소리를 지를 뻔했다. "대체 무슨 짓을 하는 거야, 파머?"

"아무 짓도 안 해. 그냥―." 내가 눈을 깜박였다.

"저게 뭔지 몰라?"

"그냥 보기만 할 거야."

그가 눈살을 찌푸렸다. 아무 말도 없이 그가 재빨리 몸을 돌려 자리를 뜨는 바람에 스플라치의 목줄이 당겨져 강아지는 허우적거리며 따라갔다. 나는 망설이며 가만히 서 있었다. 리본 댄서들의 파이프 멜로디가 바람을 타고 귓가로 밀려들었다. 가판대에 있는 남자는 다른 쪽을 보고 있었고 모자 아래로 기름진 머리가 드러났다. 가판대의 다리가 휘고 불안정해서 언제고 무너질 것 같았다. 하지만 책들은 환한 봄 햇살을 받아 빛났고 진한 청색과 적색, 먼지가 앉은 금박을 입힌 녹색으로…….

나와 연결된 한 줄기 실타래를 끊어내듯이 조금의 노력을 들인 뒤에야 나는 책의 유혹을 뿌리치고 다네이를 쫓아갈 수 있었다. "이봐! 기다려! 세상에―." 따라가려니 숨이 찼다. 그는 내 목소리를 들었지만 속도를 높였고 높이 자란 풀을 헤치고 계곡으로 내려갔다. 나는 나무를 피하며 쫓아갔고 낮게 내려온 나뭇가지가 그의 이마를 칠 때쯤에야 그를 따라잡았다.

"대체 왜 그래?"

그는 우리가 쭉 다툼을 벌였던 것처럼 말을 쏟아냈다. "넌 저걸 좋아하는 거지? 책을? 어디 숨겨놓은 게 있어? 겨울밤을 따뜻하게 데워줄 그런 거? 누군가의 치욕이 쭉 적혀 있고 넌 그걸 읽고 또 읽으며―."

"뭐라고?"

"부끄러운 줄 알아."

267

"지금 무슨 말을 하는 거야?"

"넌 괜찮다고 생각하는 거지? 긴 겨울밤 소작농들을 즐겁게 해주려고 사람들의 인생을 박람회에서 파는 게?"

다네이는 씩씩거리며 숨을 내뱉더니 나무에 기댔다. 흔들리는 가지가 그의 눈썹 위로 붉은 자국을 남겼다. 잠시 뒤 그가 고개를 들어 나를 빤히 쳐다보았다. 그가 뭘 쳐다보는지 몰랐지만 결국 그는 시선을 돌렸다. 다시 입을 열었을 때는 마치 내가 시험에 통과했다는 듯 차분해진 목소리였다.

"정말 몰라?"

"몰라."

다네이는 이마에 난 상처를 손가락으로 어루만졌다. 그리고 말했다. "저건 사람들의 삶이야, 파머. 몰래 훔쳐서 빼낸 거라고. 그들에게 일어난 가장 끔찍한 일에 대한 기억이야."

"뭐라고?" 나는 그를 노려보았다. "네 말은, 사람들이 써서—."

"썼다고? 천만에! 기억을 책으로 제본하면 그들은 잊어버리게 돼." 그가 인상을 썼다. "그러니까—일종의 마술 같은 거야. 더럽고 탐욕스러운 마술. 사람들은 그걸 매력적이고 **친절한** 것처럼 꾸미지만 사실 그렇지 않아. '가엾은 애비게일. 그 애는 너무 힘든 일을 겪었어. 그러니 기억을 지워버리는 게 좋지 않을까?' 이런 식으로. 그리고 저런 작자들이 책을 가지고 있다가 다른 사람에게 파는 거야. 어떤 용도로……." 그는 서서히 말을 멈췄다. "너도 알잖아. 분명 알고 있잖아."

나는 고개를 저었다. "내가 아는 건 뭔가……잘못된 것이 있다는 것뿐이야. 하지만 그런 식일 리는 없어. 믿을 수 없어."

그러나 나는 깨달았다. 그래서 우리 부모님이 책 이야기만 나오면 사색이 되어 책에 대해 절대 알려주지 않은 것이었다. 나의 머릿속에서 갑자기 전쟁 전날 밤 캠프의 그림자가 보였다. 그리고 화가 난 아버지가 나를 때리려고 하는 모습도. 나머지 부분을 읽지 않은 것이 운이 좋았던 것이다.

"그래도 넌 책을 본 적이 있잖아." 그가 말했다. "학교에 제본된 것들조차 실제 사람의 기억이야. 선생님이 말 안 해줬어?"

"학교에서 우리는 석판을 통해 배워. 그리고 견본과 편지뿐인걸." 어깨가 쑤시고 아팠지만 나는 어깨를 위로 올렸다. "책은 한번도 본 적이 없어. 여기 사는 사람들은 책을 읽지 않아."

그는 전에 본 것 같은 샐쭉한 표정을 지었다. 그리고 알겠다는 듯 고개를 끄덕이기까지 몇 시간이 흐른 것처럼 길게 느껴졌다. "네 말이 맞아." 다네이가 말했다. "네가 알고 있을 이유는 없어. 가장 근처에 사는 제본 사는 몇 킬로미터 떨어진 습지에 사는 늙은 마녀인데 네가 그 사람을 어떻게 알겠어? 우리 삼촌이 말해줬어. 자기 일이 아닌 것에 **삼촌도** 별로 신경 안 쓰지만."

우리는 아무 말도 하지 않았다. 스플라치가 냄새를 맡더니 목줄을 팽팽하게 만들었다. 다네이는 움직이지 않았다. 그가 시선을 아래로 내렸지만 그저 밟힌 풀과 부엽토, 땅 위로 솟아난 구부러진 나무뿌리 말고는 아무것도 없었다. 우리 머리 위로 새가 지저귀는 소리가 났고 차가운 바람에 흙냄새가 풍겼다. 나는 주머니에 손을 찔러넣고 다네이가 내게 준 달걀을 손바닥으로 감쌌다.

"다네이……."

"왜?"

나는 무슨 말을 해야 할지 몰랐다. 잠시 뒤 그가 몸을 일으키고 나를 지나쳐서 산등성이 쪽으로 걸었다. 나란히 걷기에는 나무가 너무 가까이 있어서 나는 그의 뒤를 따랐고 그가 내 얼굴을 볼 수 없다는 사실에 기뻤다. 그 책과 아버지의 분노에 대한 기억이 떠올랐을 때 희미하게 느낀 수치심을 그에게 들키고 싶지 않았다. 스플라치는 신이 나서 잉잉거리더니 옆으로 쏜살같이 뛰어갔고, 다네이는 그 위로 넘어질 뻔했다. 하지만 그는 웃지 않고 잽싸게 줄을 당겨 스플라치를 세웠고 강아지는 무엇을 찾았든 간에 그것을 쫓아가지 못했다.

그는 나무가 없는 작은 등성이 위에 섰다. 지평선으로 뉴 하우스 저택이 푸른 나무에 둘러싸인 채 모습을 드러냈고 성의 폐허와 그 아래 계곡의 반짝이는 해자도 보였다. 두꺼운 회색 폭풍이 먹구름을 잔뜩 끌고 우리를 향해 다가왔다. 태양이 마지막 남은 황금빛을 뿌려 모든 것을 물들이고는 다시 구름 속으로 모습을 감추었다.

"내 비서가 되어줄래?" 다네이가 말했다.

그 말이 무슨 뜻인지 알아듣기까지 시간이 걸렸다. "뭐라고?"

"난 비서가 필요해. 물론 월급도 두둑할 거야. 힘든 일은 없어. 그냥 편지를 쓰고 나한테 조언을 해주고 뭐 그런 일이야. 아니," 그가 갑자기 고개를 돌리며 덧붙였다. "한번만이라도 내가 하는 말을 잘 들어줘. 난 네가 필요해. 생각이 분명하고 이상한 일에 휩쓸리지 않는 사람 말이야. 그래, 월급도 주고. 하지만 내 하인이 되라는 게 아니야. 그리고 네가 마음에 안 들면 일을 그만둬도 좋고."

나는 고개를 돌려 다가오는 폭풍을 쳐다보았다. 가장자리가 울퉁불퉁한 구름은 잿빛 진주를 품은 굴처럼 보였다. 그가 나에게 하인이 되어달라고 부탁하고 있다. 잠시 나는 그의 사유지를 관리하는 내 모습을 그려보았다. 숲과 농지를 관리하고 뉴 하우스의 사무실에서 일하며, 부모님은 내 월급으로 뭘 하실까…….

"난 이미 직업이 있어." 내가 말했다. "눈치를 못 챘구나."

"나도 알아. 하지만 네 아버지의 농장에서 평생 살고 싶은 건 아니겠지. 그런 거야?"

나는 발아래 진흙을 빨아들이는 기분으로 부츠 속에서 발가락을 꽉 움켜쥐었다. "아버지가 나이가 드시면 내 농장이 될 거야."

"알았어, 하지만ㅡ."

"알았다면서 또 뭐? 그것만으로는 부족해?" 나는 그를 향해 고개를 돌리고 몸을 똑바로 세워 그와의 키 차이를 최대한 줄였다. "네 말은 분명 누군가 선택을 할 수 있다면 내가 아닌 너처럼 되고 싶어한다는 말이야?"

"그만해!" 그가 고개를 저었다. "그런 말을 하는 게 아니야. 난 너한테 다른 일을 하라고 제안을 한 거야. 그뿐이라고."

"난 다른 일이 필요 없어."

침묵이 흘렀다. 나는 풀이 납작해져 진흙 범벅이 될 때까지 발길질을 했다. 나는 다네이의 토지를 어떻게 이용할지 제대로 알고 있다. 아버지는 나와 말싸움을 할 수 없을 것이고, 내가 너무 어려서 무슨 말을 하는지 알지 못한다고 반박할 수도 없을 것이다. 나는 지금보다 생산성을 두 배는 더 높일 수 있고 게다가 밀렵꾼들을 위한 몫도 충분히 남길 수 있는데……. 흘끗 다네이를 쳐다보니 그도 나를 살피고 있었다. 그는 자신의 생각을 드러내지 않으려고 애쓰는 듯 단호한 눈빛으로 입을 다물었다.

그가 말했다. "한번 해보지 않을래?"

나는 이를 꽉 물었다. 그의 명령을 따를 수 있을지 확신이 서지 않았다. 그리고 그와 알타가 결혼을 하면…….

"내가 안 한다면, 다른 사람을 찾을 거야?"

"내가 원하는 건 너야. 네가 싫다면 그냥 혼자인 게 나아." 그의 표정이 바뀌었다. "방금 내가 뭐라고 했어?"

"싫어." 내가 대답했다.

"에밋—."

"싫다고."

그가 눈을 감았다. 자신이 졌다는 신호이다. 그리고 한숨을 쉬더니 언덕 아래로 걷기 시작했다. "네 빌어먹을 자존심." 그는 힘없이 말했다.

"자존심이라고? 내가?"

다네이는 대답하지 않았다. 그가 내 말을 들었는지는 분명하지 않았다. 나도 뒤따라 걸었다. 부츠에 진흙이 달라붙어서 땅속으로 나를 잡아당겼다.

침묵을 깨고 내가 말했다.

"어쨌든 너희 삼촌이 고를 거잖아?"

"이건 삼촌과 전혀 상관없는 일이야. 캐슬퍼드로 돌아가면 난 아버지 밑에서 공장을 운영하게 돼."

"잠시만." 내가 멈췄다. "난 네가 여기 있을 줄 알았는데 캐슬퍼드로 돌아간다고?"

"나에 대한 우리 아버지의 마음이 누그러지면," 그도 어깨 너머로 쳐다보더니 걸음을 멈췄다. "왜, 무슨 생각을 하는 거야? 난 벌로 여기 와 있는 거야. 삼촌 댁 아니면 정신병원이었어. 여기에 평생 있을 순 없어. 그래서 네가 나랑 일하길 바랐는데—뭐 됐어. 난 괜찮아."

내가 뒤꿈치로 진흙을 짓이기자 풀이 갈라지고 발등 위로 흙이 튀어올랐다. "알타는 어쩌고?"

"뭘 어째? 난 지금 너한테 묻고 있잖아." 그가 갑자기 걸음을 옮기기 시작해서 그를 따라잡으려다가 미끄러질 뻔했다. 구름은 어두운 덩어리가 되었고 모든 것이 잿빛으로 변했다. 계곡의 반대편으로 옅은 비구름이 내려와 뉴 하우스와 폐허를 덮었다.

우리는 언덕 아래 층계 출입구에 도착했다. 다네이는 아무 말도 없이 넘어가더니 등을 돌린 상태로 나를 기다렸다. 이곳의 블루벨 꽃은 이미 다 졌고 마지막 남은 진흙 언덕은 평범한 시든 잎으로 덮였다. 까마귀 한 마리가 울더니 사방이 고요해졌다.

다네이의 숨소리가 들렸다. 그의 머리카락에 같은 색 나무껍질이 들러붙었고 목의 뒤편으로는 푸른곰팡이가 보였다.

내가 말했다. "무슨 짓을 했어?"

"뭐라고?"

"뭐 때문에 벌을 받고 있는 거냐고?"

그는 나를 쳐다보며 망설였다. 눈동자가 커졌고 생각에 사로잡혔다. 그는 말하고 싶었지만 그럴 수 없었다. 아니면 말할 수 있지만 그러고 싶지 않았던 것인지도……. "상관없어." 그가 말했다. "다시는 그런 짓을 하지 않을 거야."

우박이 내리기 시작했다. 우리는 본능적으로 몸을 구부리고 가까운 나무로 피했지만, 아직 연초여서 나뭇잎이 그다지 무성하지 못했던지라 좋은 피난처가 되지는 못했다. 스플라치가 다네이의 무릎에 웅크린 채 몸을 떨었다. 우박이 내 머리와 어깨를 두드리고 차가운 물이 되어 흘러내렸다.

"그만 돌아가는 게 좋겠어." 얼음이 후드득 떨어지는 소리 사이로 내

273

가 말했다. "따뜻한 걸 마셔야 해―."

"넌 가. 난 집으로 갈 거야."

"다네이―."

"날 내버려둬. 괜찮으니까."

그는 대답할 틈을 주지 않았다. 그 말을 믿을 수 없다고 생각했을 때 그는 이미 개울을 넘어 들판을 반쯤 가로지르고 있었는데, 그의 발은 미끄러졌고 그의 옷에서는 물이 뚝뚝 떨어졌다. 그를 쫓아가야 했다. 하지만 머뭇거리다 그만 타이밍을 놓쳐서 너무 늦고 말았다.

16

다네이는 캐슬퍼드로 돌아간다는 말을 다시는 꺼내지 않았다. 문득문득 나는 내가 잘못 알아들은 것이 아닐까 궁금했다. 어쩌면 **간간이** 또는 **며칠** 동안 가 있겠다는 뜻인지도 모른다. 하긴 여기에 이렇게 오래 있는 것은 벌이라고 치기에는 너무 긴 것이 아닐까? 나는 다네이의 아버지가 어떤 모습일지 그려보려고 했지만, 박람회장에서 본, 얼굴 없는 과녁판처럼 아리송했다. 옷이나 화려한 시계, 스토브파이프 모자가 떠올랐지만 얼굴이 전혀 그려지지 않았다. 그 대신 다네이가 어떤 잘못을 저질렀기에 그의 아버지가 그를 정신병원에 보낸다고 으름장을 놓았는지 궁금해졌다. 궁금증은 아물지 않은 딱지를 떼어내고 싶은 충동처럼 거부할 수 없는 유혹이었다. 밭에 순무를 심고 돌을 치우고 잡초를 헤집을 때면 그 생각이 났고, 잠을 잘 때도 꿈 한구석에서 나를 간질거렸다. 가끔 알타에게 말해야 할지를 고민했다. 하지만 동생에게 뭐라고 해야 할까? 그에게 뭔가 잘못된 것이 있는데, 그것이 뭔지는 정확히 모른다고? 동생이 뭘 그렇게 골똘히 생각하고 있냐고 인상을 쓰면서 물어볼 때, 멍하고 바보 같은 표정을 지으며 사실을 숨기는 것이 대답하는 것보다 쉬웠다.

다네이와 함께 있을 때는 괜찮았다. 우리가 같이 있으면 다른 것들은 중요하지 않은 것 같았다. 중요한 것은 스플라치가 새로 익힌 기술에 관한 것이나 다네이에게 울타리 수리하는 법을 알려주는 것, 집으로 가면서 비둘기 한두 마리를 잡는 것뿐이다. 놀랍게도 다네이는 한번도 총을 쏜 적이 없었다. 그는 솜씨가 엉망이라, 이상한 곳을 쏘고 나면 스스로를 비웃었고 결국 내게 총을 건네며 말했다. "네가 해, 파머. 어떻게 쏘는 건지 보여주고 싶어서 안달난 거 알아." 비둘기가 풀숲으로 떨어지자 알타는 슬퍼했지만 다네이가 있든지 없든지 간에 동생은 비둘기 파이를 열심히 먹어치웠다.

봄이 여름으로 바뀌면서 강은 깨끗한 물에서 천천히 움직이는 푸른 리본으로 변했다. 이제 송아지들이 젖을 떼서 알타는 버터와 치즈를 만드느라 바빴다. 게다가 우리는 양털도 깎아야 했다. 처음에는 우리 양들의 털을 깎고 그다음에 지주의 농장과 대농장의 양들도 해야 해서 며칠 동안 우리는 다네이가 스플라치를 보러 왔을 때에만 아주 잠깐 그를 볼 수 있었다. 그런데 양털을 밀고 난 다음 날, 내가 돼지에게 사료를 주고 있는데 아버지가 축사 옆 벽에 기대서 예상치 못한 말을 했다. "지난 며칠 동안 넌 일을 참 잘했어. 원한다면 이번 주는 쉬어도 좋아. 알프레드에게 네 일을 하라고 시키마." 아버지는 암퇘지의 등을 긁어주려고 나뭇가지를 챙기며 말했다. "다네이 씨가 헛걸음하지 않게 기다리는 편이 좋겠구나."

한여름에 느닷없이 휴가를 준 적은 한번도 없었지만 나는 아무 말도 하지 않았고 아버지는 이렇게 덧붙였다. "아, 그리고 어디 놀러 가면 동생과 같이 가렴." 나는 이 휴가가 알타를 위한 것임을 깨달았다. 부모님은 다네이가 동생에 대한 흥미를 잃어버릴까봐 두려웠던 것이다. 상관없다. 진심으로. 그날 오후 원래 우리 소유였던 아침볼트 경의 숲을 통해 뉴 하우스를 지나가면서 나는 전에 없던 자유로운 기분을 느꼈다. 스플라치는 항상 부르면 쫓아오는 강아지였기 때문에 우리는 목줄을 풀고 마음대로 돌아다니게 해주었다. 하지만 한동안 우리는 스플라치를 부르는 것을 깜박했고 알타가 물었다. "스플라치는 어디 있어? 스플—라치!" 개는 소리가 들리지 않는 먼 곳에 있는 것 같았다. 처음에는 걱정하지 않았다. 다네이의 말에 따르면 스플라치는 다른 개들보다 훨씬 영리해서 항상 어디에 가 있는지 안다고 했다. 그런데 거의 한 시간이 지나자 슬슬 불안해지기 시작했다. 사람 잡는 덫이 수백 년이 되어 녹슨 상태로 벌어져 있기는 했지만, 어쩌면 여기에 스플라치의 한쪽 발이 걸렸거나 이 때문에 스플라치의 발이 잘렸을지도 모른다. 아니면 여우굴 같은 어딘가에 갇혔거나 심술궂은 오소리와 맞닥뜨렸다면······.

"따로 떨어져 찾아보자." 알타가 말했다. "우린 강이 있는 저쪽으로 가볼게. 30분 뒤에 만나, 오빠." 동생은 크리스마스에 다네이가 선물로 준 작고 앙증맞은 회중시계를 가지고 있었다. 지금 그것을 뽐내듯이 꺼내 다네이가 선물해준 것이 얼마나 고마운 일인지 알려주려고 했다.

"좋은 생각이야. 넌 그쪽으로 가, 알타." 나는 이렇게 말하며 다네이의 팔을 잡고 그가 대답하기도 전에 돌려세웠다. "우리는 언덕으로 갈게. 우리가 더 빠르니까. 우리 둘이서 더 많은 곳을 살필 수 있어."

걸어가는데 다네이가 눈빛을 번뜩이며 곁눈질을 했지만, 별다른 이야기 없이 그저 이렇게만 말했다. "스플라치는 괜찮을 거야, 파머. 너무 걱정하지 마."

"걱정 안 해."

우리는 강둑을 살피고 뉴 하우스로 들어가는 진입로의 문지기 초소 앞까지 왔다. 초소에는 전보다 풀이 더 길게 자라 있었고 담쟁이덩굴이 건물의 절반을 두껍게 덮었지만, 문은 살짝 열린 상태였다. 쥐를 찾기에 완벽한 장소이자 부서진 바닥 아래로 강아지가 갇혀서 낑낑거리기에 적합한 곳이기도 했다. "들어가보자." 나는 이렇게 말하고 문을 열었다.

바닥에 먼지가 너무 많아서 발에 밟히는 소리가 났다. 방 한가운데에 탁자와 의자 두 개가 놓여 있다. 한 의자는 좌석이 부서져 있고 다른 것 위에는 썩어가는 알 수 없는 캔버스와 빗물에 뒤틀린 장부와 나무상자들이 수북이 쌓여 있었다. 여름이지만 눅눅한 냄새가 풍겼고, 천장에 난 구멍으로 햇살이 쏟아지고, 깨진 창문을 통해 따뜻한 바람이 불었다. 나는 주변을 살피며 귀를 기울였지만 조용했다. 바닥은 돌로 되어 있어서 밑으로 빠질 수 없는 구조였다.

"위층으로 가볼까?" 다네이가 물었다.

계단은 곧 무너질 것 같았지만 올라갈 수는 있었다. 꼭대기에 가보니 바닥이 치아 없는 입처럼 딱 벌리고 서 있고, 지붕에 난 구멍을 통해 햇살이 곧바로 내리꽂혔다. 마치 무거운 뭔가가 건물 전체로 내려앉은 것 같다. 나는 옆을 살피며 "스플라치!" 하고 불렀지만 대답이 없었다. "걔가 여기 있는 것 같지 않아."

다네이는 내 주변을 살피다가 먼지 낀 바닥을 가로질러 몇 걸음 걸었다. 그가 인상을 찌푸렸다. "여기가 바로 스플라치가 좋아할 만한 곳이야. 그리고 난 분명 무슨 소리를 들었어."

"쥐겠지 뭐."

"스플라치! 이리 오렴!" 아무것도 움직이지 않았고 햇살을 받은 먼지가 살짝 나풀거렸다. 그는 구멍이 난 바닥의 가장자리로 걸어가더니 커다란 시계가 놓인 어두운 먼 반대쪽으로 갔다.

나는 조심스럽게 그를 따랐다. "지금쯤 알타가 스플라치를 찾았을지도 몰라." 내가 말했다.

"스플라치가 여기 갇혀 있으면 어쩔래?"

"여긴 갇힐 만한 곳이 없어." 나는 주변을 살피며 말했다. 이곳에 남아 있는 것은 벽시계와 곰팡이가 낀 그림들 그리고 모퉁이에 놓인 문짝과 서랍이 사라진 찬장뿐이다. 스플라치가 이곳에 있다면 우리가 보았을 것이다.

다네이가 아랫입술을 삐죽거렸다. "알았어." 마침내 그가 동의했다. 잠시 동안 나는 그가 무슨 말을 더할 것이라고 생각했지만 그는 연달아 세 번 재채기를 했다. "가자."

우리는 구멍의 가장자리를 따라왔던 길을 돌아갔다. 나는 발아래의 널빤지가 처지는 것이 느껴져 균형을 잡으려고 창문틀을 붙잡았다. 다네이는 팔을 뻗으며 필요할 때 붙잡으라고 손을 흔들었다. "조심해."

"조심하고 있어."

"그냥 친절하게 알려주는 것뿐인—." 그가 말을 하다가 갑자기 멈췄다. 나는 슬쩍 그를 살폈다. 그가 창문 밖을 쳐다보았다.

내가 말을 꺼냈다. "스플라치가 밖에 있어?" 하지만 말을 다 끝내기도 전에 그가 내 팔을 잡아 구석으로 끌었다. "무슨 일—."

"조용히 해!" 그는 나를 벽으로 밀쳤다. 내 머리가 벽시계 옆에 부딪혀서 나무와 녹슨 시계 소리가 살짝 났다. 다네이는 내 옆으로 바짝 붙었다. "우리 삼촌이야." 그가 말했다. "이쪽으로 오고 있어. 움직이지 마."

나는 인상을 찌푸렸다. 그는 내 총을 가리키더니 손가락으로 목을 긋는 시늉을 했다. 나는 두근거리는 가슴을 안고 몸을 뒤로 기댔다. 우리가 움직이지만 않으면……. 그가 이리 올라오지 않는다면…….

그때 문이 열리고 닫히는 소리가 났다. 나는 두려움을 떨치려고 조용히 호흡에 집중했다. 아래층에서 발자국 소리가 났다. 잠시 나는 그가 계단을 올라올 것이라고 생각했다. 하지만 그는 앞뒤로 왔다 갔다 했다. 대체 뭘 하는 것일까? 역하고 달달한 파이프 담배 연기가 위로 올라왔다. 나는 기침을 하지 않으려고 침을 삼켰다. 내 얼굴을 쳐다보는 다네이의 눈길이 느껴져 그에게 살짝 고개를 끄덕였다. 나는 **괜찮아**.

다시 문이 열리는 소리가 났다. 다른 누군가가 있다. 앞으로 몸을 숙여서 누가 왔는지 보고 싶은 충동을 억누르느라 이를 악물었다. 여성스러운 가벼운 발소리다.

"바로 너군. 넌 쭉 밀렵을 했지?" 나는 가슴이 쿵 내려앉았다. "어머, 어르신. 죄송하게도 그렇습니다." 목소리가 대답했다.

나는 땀에 젖은 채로 벽에 기대 주저앉으며 안도했다. 알타가 아니다. 이 소리는……나는 눈을 깜박였고 순간 저 여성의 억양을 알아차렸다. 페라논 쿠퍼다. 그치만 페라논이 왜? 그녀가 밀렵을 한다고? 그녀의 오빠들이라면 이해하지만 페라논은 숲에 전혀 들어오지 않고 남자애들이랑 유행하는 옷에만 관심이 있어서 가능한 빨리 캐슬퍼드로 이사 가고 싶어하는 애인데. 납득이 가지 않았다.

"널 봤어." 아침볼트 경이 말했다. "네 가방 속에 아주 크고 토실토실하고 먹음직스러운 꿩이 들어 있구나."

페라논이 꿩 사냥을 했다고? 나는 곁눈질로 다네이를 살폈지만 그는 바닥을 내려다보며 인상을 찌푸리고 있었다.

"어머, 어르신." 그녀가 다시 입을 열었다. 전보다 억양이 더욱 강해졌다. 마치 그녀의 할머니처럼.

"어르신께서 절 잡으셨어요. 아둔한 제가 잡혀버렸어요."

"그래 맞아. 넌 아주 버릇없게 굴었어."

"정말 죄송합니다, 어르신." 그녀의 목소리가 살짝 떨렸다.

"말해!"

"네, 어르신. 제가 아주 버릇이 없었습니다."

"그렇다면 너처럼 버릇없는 여자애는 어떻게 되는지 알지?"

"아……." 그녀는 딸꾹질을 하며 한숨을 쉬었다. "오, 제발 그러지 마

280

세요. 아침볼트 어르신. 전 그저 버릇없는 어린 밀렵꾼일 뿐입니다. 다시는 그러지 않겠다고 약속할게요—."

"몸을 숙여. 그리고 치마를 들어올려라."

물이 끓듯이 내 온몸으로 수치심이 밀려들었다. 그리고 곧바로 웃음이 터져 나올 것 같다는 미친 생각이 들었다. 그 감정을 억누르려고 인상을 찡그려보았다. 내 옆에서 다네이가 양손으로 입을 막고 길게 몸서리치며 호흡했다. 그와 눈을 마주친다면……. 나는 바닥에 발가락을 꽉 붙이고 주먹을 쥐었다. 우리가 소리를 냈다가는…….

딱. 벨트를 맨살에 때리는 소리다. 그리고 페라몬이 단조롭게 소리쳤다. "아."

나는 거의 웃음을 터트릴 뻔했다. 페라몬이 그렇게 연기를 못 하리라고 누가 상상이나 했을까? 나는 다네이를 쳐다보지 않으려고 애썼다. 그것이 가장 중요하다. 하지만 그가 조용히 하려고 안간힘을 쓰고 있는 것이 느껴졌다. 서로 눈길을 마주쳤다가는 우리 둘 다 바닥에 드러누울 것이다.

"여섯 대 중 두 대째야!"

딱. "아." 딱. "아." 딱. 그리고 그녀가 집중하지 못한 듯 살짝 멈추었다가 말했다. "아, 부탁이에요, 어르신!"

"이제 똑똑히 배웠니?" 잠시 뒤 옷자락이 바스락거리는 소리가 났다. 그리고 아침볼트 경이 돼지처럼 길게 앓는 소리를 내더니 뭔가 주기적으로 삐걱거리기 시작했다. 페라논이 살짝 신음소리를 냈다.

다네이가 몸을 움직였다. "이제 네 대째야." 그가 웅얼거렸고 목소리가 너무 작아서 겨우 알아들었다.

나는 콧방귀를 뀄다. 다네이가 재빨리 손바닥으로 내 입을 막아서 치아로 그의 피부가 느껴졌다. "쉿." 다네이가 말했다. "듣겠어."

의도한 것은 아니었지만 나는 그의 손바닥을 깨물었다. 그가 손을 뺐고 우리는 나란히 어깨를 기대고 서서 크게 웃지 않으려고 했다.

"착하지." 아침볼트 경이 말했다. "착해. 내 말은 **나쁘**다는 뜻이야."

"아, 네. 맞아요, 어르신. 정말 좋아요. 제가 잘못했어요. 다신 안 그럴게요."

이제 그들은 말 없는 소음을 냈다. 그것이 더 나았다. 덜 웃겼으니까. 마치 동물들처럼. 탁자가 삐걱거리는 소리가 더 커졌고 돌바닥에서 나무가 드드득 긁히는 소리도 났다. 내가 앞으로 몸을 구부리려고 하는데 다네이가 나보다 더 빨리 고개를 내밀어 구멍 속을 들여다보았다.

삐걱-끽-드드득-삐걱-'아!'-끽-드드득.

다네이가 다시 벽으로 나를 밀치고 체중을 실어 누르며 숨을 헐떡였다. 잠시 우리는 소리가 난 것에 놀라 얼어붙었지만 아래층의 흔들거림은 변하지 않았다. 다네이가 조용히 말했다. "테이블이 움직이고 있어. 두 사람이 바로 아래 있어. 고개를 들면 우리가 보일 거야."

나는 이를 갈았다. 내 어깻죽지 사이로 시계가 배겼다. 다네이가 내 가슴에 손을 올려 움직이지 못하게 했고, 우리의 얼굴이 가까이 붙었다. 숨을 쉬기 힘들었다. 그의 갈비뼈가 내 위로 밀착했고 그의 몸에서 뿜어져 나오는 열기 때문에 머리가 빙글빙글 돌았다. 나는 그를 밀쳐내고 싶었지만 그럴 수 없었다. 삐걱-끽-드드득. 아래층에서 소리가 올라왔다. "아-아하—."

이제 페라논도 숨을 헐떡였다. 나는 소리를 듣고 싶지 않아서 눈을 감았다. 하지만 갑자기 그녀가 마음의 눈으로 아주 생생하게 보였다. 진짜일 수도 가짜일 수도 있겠지만 열정적으로 절정에 오르는 모습이. 나는 곧바로 눈을 뜨고 딴생각을 하려고 애썼다.

하지만 벗어날 곳이 없었다. 그리고 이렇게 다네이의 숨결이 내 목에 닿고 머리에서 땀을 흘리며 서 있으니……. 활을 당기듯 그의 몸으로 긴장이 흐르는 것을 느낄 수 있었다. 그의 손이 내 가슴 쪽 셔츠를 뜨겁게 데웠다. 오늘 저녁 집에 가서 옷을 벗으면 피부에 그의 손자국이 나 있을 것이다. 아니. 바보 같기는. 차가운 물이나 얼음처럼 서늘한 것을 생각해야 하는데, 천장에 시선을 고정하고 있는 와중에도 다네이의 이마에 맺힌 땀방울과 젖은 셔츠 깃이 눈에 들어왔다. 페라논의 가슴골과 다리 사이도 이제 젖었을 것이다.

나는 있는 힘껏 손톱으로 손바닥을 긁으며 계속 천장을 쳐다보았다. 벗겨진 회반죽과 양피지처럼 늘어진 페인트에 대해 생각했다. 코니스의 깨진 장미 무늬의 개수를 세어보았다. 하나, 둘, 셋, 넷, 다섯, 여섯—.

하지만 아무 소용이 없었다. 사타구니의 열기와 가슴 속의 즐거운 욱신거림이 느껴졌다. 입에서 짠맛이 날 때까지 혀끝을 깨물었다. 그러자 몸속에 피가 점점 더 세게 솟구쳐 내 온몸을 얼얼하게 만들어 무릎에 힘이 풀렸다. 내가 무슨 짓을 하든지 내 몸은 나를 속였다.

내가 의도와 달리 큰 소리로 침을 삼키자 다네이가 놀라 나를 쳐다보았다. 그와 시선을 마주할 수 없었다. 한 걸음만 떨어져준다면. 이렇게 가까이 붙어 있지 않았다면.

그가 눈치채지 못했을지도 모른다.

나는 얼굴이 빨개졌고 피부는 화상을 입은 것처럼 달아올랐다. 그가 나를 그만 좀 **쳐다봤으면** 좋겠다.

그가 옆으로 기댈 때 입술이 내 귓불을 스쳤다. "점점 흥분하는 거야, 파머?"

283

나는 죽고 싶었다. 지금 바로 이 자리에서. 이대로 바닥이 무너져 우리 넷이 다 죽었으면 좋겠다고 생각했다. 나는 천장에 시선을 고정한 채 아무 말도 못 들은 척했다.

"못 참겠으면," 그가 내 머릿속의 목소리처럼 친근하게 속삭였다. "자유롭게 해……알아서. 조용히 말이야."

"입 닥쳐."

"손을 빌려줄까?"

"꺼져, 다네이."

나도 모르게 슬쩍 그를 쳐다보았다. 그는 벽에 이마를 대고 조용히 웃었다. 잠시 뒤 그가 나를 쳐다보고 윙크했다. 내 손이 그의 어깨 뼈 사이로 세게 파고들었다. 다네이는 몸을 비틀었지만 계속 웃으며 조롱하고 대담하게 굴었다. 대체 왜 저러는 거지? 그를 때리면 큰 소리가 날 것이다.

"아—착하지—그래, 좋아—아, 아하, 아아악—."

목소리가 점점 커지다가 멈췄다. 우리는 숨죽이고 귀를 기울였다. 마침내 옷이 부스럭거리는 소리와 벨트를 매는 소리 그리고 지갑으로 동전 떨어지는 소리가 들렸다. 페라논이 말했다.

"감사합니다, 아침볼트 어르신." 그녀의 억양이 마법처럼 사라졌다. 이제 나나 알타처럼 평범한 목소리로 들렸다. "다음 주 이 시간에 올까요?"

"그렇게 하거라."

그리고 가벼운 발자국 소리가 나더니 문이 닫혔다. 다네이와 나는 눈빛을 교환하고 기다렸다. 너무 빨리 긴장을 풀면 안 된다. 하지만 몇 분 뒤 하품과 성냥 긋는 소리 그리고 파이프에서 새롭게 푸른 연기가 뭉게뭉게 올라왔고 문이 열리고 닫혔다. 다네이가 옆으로 가서 창문 밖을 처다보았다.

그는 안심한 듯 한동안 길게 숨을 내쉬었다. "있잖아," 다네이가 말했다. "삼촌은 항상 밀렵꾼들에게 엄벌을 내릴 거라고 **말씀하셨어.**"

우리는 동시에 웃음을 터트렸다. 털어놓으니 마음이 놓였다. 우리는 몸을 숙이고 목이 막힐 때까지 꺼이꺼이 웃었다. 그렇게 한참을 웃은 뒤 커다란 구멍이 난 바닥의 가장자리를 조심스럽게 걸어가는데 다네이가 멈추고 고개를 저었다. "방금 그런 일이 벌어졌다는 게 믿기지 않아." 그가 킥킥거리면서 말하다 갑자기 꽥 하고 웃음을 터트려서 햇살 위로 침이 튀었다. 그런 모습을 보니 나도 다시 웃음이 나서 우리는 술에 취한 사람처럼 갈비뼈를 움켜쥐고 비틀거리며 걸었다. "난 재채기가 나올 것 같아."

"구덩이에 빠질라—." 내가 손을 뻗어 다네이의 팔을 붙잡았다. 우리는 위태롭게 계단을 내려가 햇살이 비치는 바깥으로 나왔다.

"내가 밀렵꾼을 그런 식으로 대하지 않아서 넌 기쁘지."

나는 숨을 고르려고 애쓰며 고개를 저었다. "아니."

그는 나보다 빨리 정신이 들었다. 마침내 내가 몸을 추스르자 그는 문지기 초소를 쳐다보면서 살짝 웃는 얼굴로 말했다. "**누구였을까? 그 여자애 말이야.**"

"페라논 쿠퍼." 그는 슬쩍 나를 쳐다보았다. 나는 이렇게 덧붙였다. "그 애가 창녀인지 몰랐어."

"페라논 쿠퍼? 네가—좋아하던 애지?"

나는 그랬다는 사실이 떠올라 놀랐다. "더는 아니야."

"아니, 있잖아……." 그는 내가 거짓말을 한다고 생각하는 듯이 일그러진 미소를 지었다.

"아니, 내 말은. 꽤 됐어. 그러니까⋯⋯." 나는 말을 멈췄다.

"내가 그 애를 좋아했다는 걸 어떻게 알았어?"

"알타가 한번 말한 적이 있어." 그는 대수롭지 않다는 듯 어깨를 으쓱하더니 몸을 돌렸다. "그 이름을 기억했던 것뿐이야."

"그렇구나." 그의 목 뒤쪽이 땀으로 젖었다. 셔츠에는 칼을 댄 듯 척추를 따라 길게 내려온 주름 두 개가 있었다. 나는 총에 달린 끈을 만지작거리며 내가 무슨 말이 하고 싶은지 알고 싶다는 생각을 했다.

갑자기 다네이가 몸을 획 돌렸다. "스플라치! 가서 찾아보자. 난—우리가 완전히 잊어버리고 있었다니, 믿기지가 않네."

"그래. 어서 가자."

그는 쏜살같이 달렸고 이내 푸른 숲속의 흰 점처럼 보일 정도로 멀어졌다. 나는 망설였다. 그를 쫓아가지 않으면 놓칠 것이다. 하지만 병이 날 것처럼 혼란스러운 감정이 나를 잡아끌었다. 아니면 뭔가를 놔두고 온 사람처럼.

멀리서 스플라치가 짖는 소리가 들렸다. 나는 감정이 사라질 때까지 그것을 억누른 다음 소리가 나는 쪽으로 뛰었다.

그날 이후로 다네이는 우리를 보러 오지 않았다.

처음에 알타와 나는 그 이야기를 하면서 아무 일도 아니라고 생각했다. 시간이 없어서 못 왔으니 내일은 올 것이라고 말이다. 하지만 하루가 일주일이 되고 그에게서 편지나 전갈이 오지 않자, 알타는 뉴 하우스에 함께 가서 그가 있는지 확인해보자고 졸랐다. 그날 나는 소들이 씻는 웅덩이에 돌을 까는 일을 했기 때문에, 바람을 맞으며 조용히 걸으면서 땀을 식히니 기분이 한결 좋아졌다. 하지만 저택으로 가서 초인종을 눌렀지만 아무런 대답이 없었고 퉁명스럽게 거절하는 하인조차 보이지 않았다. 알타는 몸을 돌리고 나를 쳐다보았다. 동생은 서리를 맞은 꽃처럼 시들었다. "다네이가 죽은 거면 어떡해, 오빠?"

"실없는 소리 하지 마. 그랬다면 지금쯤 소식을 들었겠지."

"혹시라도 ─."

"그만해!"

우리는 아무 말 없이 걸었다. 그가 말도 없이 캐슬퍼드로 돌아간 것이 분명하다. 작별인사도 하지 않고……. 하지만 그 말을 알타에게 할 수 없었다. 분명 그는 그렇게 잔인한 사람이 아니다. 하지만 우리를 보러 오지 않았다. 집 안에는 긴장감이 감돌았다. 부모님은 서로 소리를 질렀고 알타는 낙농장에서 짜증을 부리고, 이틀치 생우유를 상하게 만들었으며, 스플라치는 지나가는 말발굽 소리가 들릴 때마다 귀를 쫑긋 세우고 낑낑거렸다. 나는 열기 속에서 쉬지 않고 일했고 밤마다 깨질 듯한 두통을 안고 집으로 왔지만, 여전히 잠을 잘 수 없었다. 밤이면 창가에 앉아 유리창에 이마를 식혔고, 머릿속에서는 소망과 원망이 뒤섞여서 마음이 어느 쪽인지를 알 수 없었다.

그러다 성 요한 축일 전야가 되었다. 알타가 마을 모닥불 축제를 보러 가지 않겠다고 해서 말다툼이 있었고 그 애한테 이제 그만 다른 사람을 찾아보라고 말했다가 우리는 또 싸웠으며 내가 사과했지만 동생이 내 귀싸대기를 때려서 또 싸웠다. 그렇게 모닥불 축제를 보러 갔지만 재미가 없었다. 맥주는 싱겁게 느껴졌고, 아버지는 술을 너무 많이 마셔서 마틴 쿠퍼와 실랑이가 붙었다. 내가 그 모습을 외면하자 어머니가 두 사람을 떼어놓았다. 나는 반대쪽을 쳐다보다가 다른 여자애들과 조금 떨어져 있는 알타를 보았다. 다들 웨이크닝 박람회 때처럼 아름답게 꾸미고 목과 손목에 여름 꽃 화환을 걸었다. 그때 알타는 행복에 빠져 무리 중앙에 있었고, 다른 소녀들은 질투하며 곁눈질을 했었다. 씨시 쿠퍼가 동생을 불렀다. "알타, 이리 와서 들어봐. 거티가 약혼을 했대." 그리고 거티가 고개를 들고 말했다. "걱정 마, 알타. 너도 곧 다른 사람을 찾을 거야."

나는 의기양양한 목소리로 떠드는 그 애들을 혼내주고 싶었다. 하지만 알타는 자존심이 세서 내가 잡아끌어도 집에 가지 않을 것이다. 그래서 나와 부모님, 우리 모두 다른 사람들과 함께 어울려 노래를 부르고 웃었다. 우리는 동이 틀 무렵 싸움에 패했지만, 지지 않은 척하는 군인처럼 집으로 돌아왔다.

나는 늦은 밤 창문에 얼굴을 댄 채 잠이 들었다. 아니, 태양이 정문 위로 비스듬하게 올랐을 때였으니 이른 아침이다. 절망에 빠져 시들어버린 알타의 얼굴이 계속 떠올라서 괴로웠다. 내 잘못이다. 어찌되었든 내 탓이다. 내가 그러지 않았더라면……내가 어떻게 달리 행동했을지는 모르겠지만 내 탓이다. 그 생각이 계속 떠오르고 또 떠올랐다. 미칠 것 같았지만 적어도 당장은 다른 생각, 그러니까 다네이에 대한 생각은 하지 않을 수 있었다.

내 뺨 옆으로 유리가 살짝 흔들렸다. 놀란 나는 졸다가 말고 몸을 세웠다. 그리고 다시 유리가 흔들리자 창문을 열고 눈을 깜빡이며 밖을 내다보았다. 이미 아침이 한참 지나서 더웠다.

"파머." 다네이가 날 불렀다. "다들 어디 갔어?"

"오늘이 성 요한 축일이잖아. 우린 다 자고 있어. 대체 넌 어디 있었어?"

"좀 내려올래?" 그는 좋아서 빙글빙글 도는 스플라치를 몸을 구부려 만져주었다.

나는 옷을 챙겨 입고 턱에 묻은 침을 닦았다. 알타의 문 앞에 잠시 멈춰서 뺨을 맞은 것을 되갚아줄까 하다가 그냥 노크를 했다. "알타! 다네이가 돌아왔어." 내가 이렇게 말하자, 그 애가 침대에서 벌떡 일어나면서 침대의 스프링이 튕기는 소리가 났다.

"보고 싶지 않다고 전해." 알타는 그렇게 말했지만 가장 좋은 잠옷이 들어 있는 서랍으로 달려가는 발소리가 들렸다.

나는 부츠를 쿵쿵거리며 계단을 뛰어내려가 마당으로 나갔다. 다네이가 돌아보더니 웃었다. "넌 좀……급해 보이네." 그가 말했다.

"모닥불 축제가 새벽에 끝났어." 내가 말했다. "우린 집에 와서 가축들 먹이를 주고 정오까지 늦잠을 자. 아버지도. 휴일이잖아."

"아, 미안해. 내가 좀—."

"괜찮아." 나는 너무 성급하게 끼어들었다. "아니. 널 봐서 좋아."

그러자 침묵이 흘렀다. 다네이가 몸을 구부리고 스플라치의 귀를 만지작거렸다.

"알타는 너와 말을 하지 않을 거야." 내가 말했다.

"안타깝네."

"동생은 네가 자기한테 얼굴을 보여달라고 말하길 바라고 있어. 용서해달라고. 알잖아."

"넌 나와 말할 거야?"

"그래, 물론이지."

"그럼 됐어. 가자." 그가 스플라치를 데리고 문 밖으로 걷기 시작했고, 나는 신발끈을 맬 시간이 필요했다.

"다네이." 그를 쫓아가면서 물었다. "어디 있었어? 우리는, 아니 알타는 그러니까 우린 네 걱정을 했어."

289

"생각을 좀 했어." 그가 말했다.

"생각? 일주일씩이나?"

"난 생각이 아주 느린 편이거든."

그 말이 웃겨서 나는 웃었다. 그런데 우리가 계속 걸어가고 있을 때 그가 질문을 피한다는 느낌이 들었다. 그래서 물었다. "우리 어디 가는 거야?"

"스플라치를 산책시키는 거야." 나는 아무 생각 없이 그를 따랐고 햇살에 녹색과 황금빛으로 반짝이는 숲을 거니는 것이 다행이라고 생각했다. 그러다가 숲의 가장자리에서 멈췄고 나는 그가 우리를 어디로 데려왔는지 알게 되었다. 우리의 발아래로 하늘보다 좀더 진한 푸른 강물이 흘렀고, 반대편으로 무너진 성이 보였다. 우리는 항상 우리가 만났던 날을 떠올리기 싫다는 듯이 그곳을 피했다. 그러나 지금 이 순간에는, 등나무가 해자 위로 그림자를 드리우는 낡은 성이 겨울 오후에 본 검붉은 무서운 곳과는 완전 다른 곳처럼 보였다. 숨을 들이마시니 물 건너의 달콤하고 풍부한 정향 냄새가 풍겼다.

우리는 해자를 돌아 느긋하게 다리를 건넜고, 스플라치가 쭉 앞장섰다. 나는 작은 앞마당으로 들어가 벽에 몸을 기대고 고개를 뒤로 젖혀 얼굴로 햇살을 느꼈다. 햇빛을 향해 똑바로 눈을 뜰 수 없었다. 눈을 떠보니 성탑과 벽이 사암처럼 은은하게 반짝였고 해자는 일렁거리며 빛나고 잎사귀와 하늘은 파랬다. 나는 피가 모자란 사람처럼 숨이 막히고 어지러워서 내가 아직 술이 덜 깼는지 궁금해졌다. 잠시 후 나는 눈에 붙은 눈곱을 닦아내고 해를 등지고 섰다. 눈앞에 어두운 형상이 반짝였다.

다네이가 진흙 바닥에 진짜 뭔가가 있다는 듯 물을 뚫어져라 쳐다보고 있었다. 그리고 마침내 입을 열었다. "너한테 부탁이 있어, 파머."

"그래, 말해봐."

"알타에 관한 거야."

"그 애는 그냥 삐친 거야." 내가 말했다. "그냥 그 애 문 앞에 가서 얼굴을 보게 해달라고 부탁해. 제대로 된 사과와 설탕을 입힌 과일 한두 상자면 풀릴 거야."

"내가 너한테 부탁할 건 그게 아니야."

나는 한숨을 쉬었다. 갑자기 해가 너무 뜨겁게 느껴졌다. 지난밤 술을 많이 마시는 게 아니었는데. "그 애는 괜찮을 거야." 내가 말했다. "겨우 열다섯인걸. 금방 잊어버릴 거야. 부드럽게 대해줘, 다네이. 그 애는 말하는 것만큼 거칠지 않아—."

"입 좀 다물어!" 그가 손에 얼굴을 파묻었고, 잠시 동안이지만 잠을 못 잔 쪽은 다네이인 것처럼 보였다. 그는 오랫동안 말이 없었고 덕분에 분명해졌다. 그리고 그가 입을 열었다. "알타에게 청혼할 참이야."

17

나는 다네이를 노려보았다. 언제 그의 얼굴을 제대로 쳐다보았었는지 기억이 나지 않았다. 눈동자는 어둡고 한쪽 동공은 햇살을 받아 호박색과 황토색으로 반짝였다. 광대뼈 주변의 피부가 붉게 물들었고, 거의 보이지 않는 옅은 주근깨가 그곳에 자리했다. 그가 입술을 깨물자 살짝 비대칭이지만 새하얀 치열이 드러났다. 나는 아무것도 느껴지지 않았다. 몇 달 동안 우리는 그가 그 말 혹은 그런 말을 해주기를 기다렸다. 그리고 이제 다네이가 그 말을 했으니 우리의 삶은 다시 활기를 찾을 것이다. 나는 고개를 숙이고 우물덮개 바닥에 놓인 돌을 걷어찼다. 밝은 햇살이 내 눈을 찔렀다. 따뜻한 공기는 오래된 장미수처럼 은은한 꽃향기를 풍겼다.

"알았어." 내가 말했다.

그가 나를 계속 뚫어져라 쳐다보기에 내 말을 기다린다고 생각했다.

"괜찮겠어……?" 내가 목청을 가다듬었다. "우린 그저 소작농에 불과해. 너희 부모님—너희 아버지께서—."

"아버지는 날 막지 못해. 우린 비밀 결혼을 하면 되고 그다음에……." 그가 시선을 옆으로 돌렸다가 다시 나를 쳐다보았다. "내가 알타를 돌볼게. 괜찮을 거야."

"그럼……잘됐네. 알타가 정말 좋아할 거야." 내가 말했다.

그는 고개를 끄덕였다. 나는 몸을 돌리고 폐허가 된 복도로 이어지는 아치를 쳐다보았다. 등나무가 드리워진 창문으로 햇살이 들어와 밝은 녹색 사각형 무늬를 만들었다. 머리가 어지러웠다.

"네가 기뻐할 줄 알았어."

"기뻐." 나는 어깨 너머로 억지 미소를 지으며 대답했다. "당연히 기쁘지. 우리 모두 이런 일이 일어나길 바랐거든."

그는 미소로 화답하지 않았다. "그랬어?"

"당연하지. 그러니까 내 말은, 기쁘다고." **당연하지**라는 말은 우리가 그의 돈을 탐냈다는 것처럼 들렸다. 하지만 그가 가난했다면 부모님은 결코……. 나는 아치 사이의 공간에 주먹을 밀어넣고 체중을 실어 기댔다. "난 너희 둘이 행복했으면 좋겠어."

침묵이 흘렀다. 나무에 앉아 있던 비둘기가 초인종처럼 거슬리게 울어댔다.

"그게 다야? 좋아서 어쩔 줄 몰라하고, 형제가 된 기념으로 악수하고, 그런 건 없어?"

"내가 기쁘다고 했잖아. 당사자는 내가 아니잖아? 알타는 나보다 훨씬 더 기뻐할 거야."

"그런 뜻이 아니야." 그는 바닥에 신발을 비볐다. 물에 비친 햇살이 반사되어 아래에서부터 그의 얼굴을 밝혀주었다. 그의 눈으로 살짝 그림자가 드리웠다. "뭐가 문제야, 파머? 아직도 내가 네 여동생의 마음을 아프게 할 거라고 생각해?"

"아니." 그 말은 사실이다. 언제부터인지 모르겠지만 나는 그를 믿는 법을 배웠다.

"그럼 아직도 내가 싫어? 괜찮으니까 솔직히 말해봐."

"얼빠진 소리 하지 마."

"그럼 뭔데? 난 정말 알타를 아끼고 있어. 널 실망시키지 않을 거야."

나는 날카로운 돌의 가장자리로 더 세게 주먹을 밀었다. 주먹을 빼보니 피부에 작게 핏자국이 맺혔다. 다네이가 옳다. 나는 기뻐해야 한다. 안심해야 한다. 이제 알타는 진주와 자수가 수놓아진 긴 면사포를 쓸 수 있다. 그리고 캐슬퍼드에 집이 생기고 몸종도 부리고 다네이도 가질 수 있다. 그녀가 바라던 모든 것. 이것이 불공평하다는 생각이 살짝 들었지만 상관없다.

"왜 나한테 묻는 거야?" 내가 반문했다. "우리 어머니와 아버지, 알타에게 물어봐. 내 생각이 왜 중요한데?"

"왜냐면―." 하지만 나는 그의 대답을 기다리지 않았다. 나는 아치를 지나 지붕이 없는 높은 복도의 끝 쪽으로 갔다. 최대한 천천히 숨을 내쉬면서 이 자리에 있는 것들에 집중하려고 했다. 벽을 가르는 장미꽃, 움푹 팬 돌에 넓게 퍼진 이끼, 키가 낮은 풀……. 이곳은 단순한 폐허가 아니라 정원이고 누군가가 여기를 돌보고 있다는 것을 깨달았다. 아침볼트 경이 다른 모든 것들은 내버려두고 있으니 참 우습다.

"에밋, 말해봐. 뭐가 문제야? 네가 원하지 않는다면……."

"내 동생과 결혼하지 말아줘." 나는 이렇게 말하고 양손에 얼굴을 파묻었다.

"알았어."

나는 그 말을 들었지만 이해가 가지 않았다. "미안해." 나는 목구멍에 걸린 말을 억지로 끄집어냈다. "아니, 넌 당연히 알타와 결혼해야지. 난 그냥―그게―이유를 모르겠어. 바보 같기는. 어젯밤에 잠을 잘 못자서 그래. 그런 거야―잊어버려. 그러니까 내 말은―."

그가 내 팔을 잡고 나를 돌려세웠다.

그리고는 내게 입을 맞췄다.

여섯 시를 알리는 종이 울렸다. 1.6킬로미터 정도 떨어져 있는 뉴 하우스의 마구간에 있는 시계 소리라는 것을 알았지만 이곳의 공기는 여전히 따뜻해서 해자의 반대편에 있는 것 같았다. 몇 분이 지나고 시계가 다시 울리면서 또 한번 시간을 알려주었지만 마치 시간 자체가 멈춘 것처럼 느껴졌다. 나는 이런 고요함을 느껴본 적이 한번도 없었다. 물이 아주 살짝 떨리고 수면을 깨트리듯 고기가 튀어오르는 것 말고는 아무것도 움직이지 않았다. 갑자기 새들이 지저귀다가 울음을 뚝 끊었다. 햇살은 언덕의 나무 뒤로 기울었지만 하늘은 여전히 푸르렀다. 오늘은 낮이 가장 긴 하루로, 어두워지려면 몇 시간은 더 걸릴 것이다.

"에밋?"

뒤를 돌아보았다. 다네이는 반쯤 무너진 문 앞에 서 있다. 셔츠 단추를 잘못 채워 한쪽 단이 다른 쪽보다 길게 내려왔다. 입을 열고 말해주려고 했지만, 미소 말고는 아무것도 할 수 없었다.

"괜찮아?"

"응."

"다행이야." 그가 내 옆 잔디를 가리켰다. "앉아도 돼?"

"아니." 그가 몸을 돌리자 내 심장이 쪼그라졌다. "내 말은, 앉으라고."

그는 머뭇거리다 내 옆에 앉았다. 나는 슬쩍 그를 쳐다보았고, 어떤 평화가 찾아왔다. 마치 모르는 사람 옆에 앉아 있는 것 같다. 이 목소리, 가식 없는 얼굴의 다네이를 나는 모른다. 아니, 나는 이런 모습의 그를 더 잘 안다. 이것이 내가 처음 본 순간부터 쭉 알고 있던 다네이의 모습이다. 나는 척추를 타고 흘러내리는 떨림을 멈추기 위해 무릎을 가슴팍으로 당겼다.

"추워?"

"점점 쌀쌀해지네."

"햇빛이 있는 쪽은 따뜻해."

"여기 있으니 좋아." 우리는 잠시 서로를 바라보고 미소를 지은 다음 다시 고개를 돌렸다. 그리고 한참 뒤 다네이가 말했다.

"배고파?"

"아니, 넌?"

"별로."

다시 말이 끊어졌다. 스플라치가 이따금씩 짖고 끙끙거렸고, 우리 둘 다 반사적으로 벽에 난 틈을 쳐다보았다. "개구리야." 다네이가 말했다. "스플라치를 묶어둬서 다행이야."

"맞아."

산비둘기가 나른하게 짝을 불렀다. 우리 바로 앞에서 물고기가 튀어올랐다가 다시 물속으로 들어가며 녹색 물 위로 밝은 화살표를 남겼다. 나는 조금 전에 느꼈던 평온한 공허감을 다시 불러내려고 했지만, 그가 내 옆에 앉아 있어서 그럴 수 없었다.

"있잖아, 에밋."

"왜?" 갑작스런 공격처럼 말이 거칠게 튀어나왔다. 놀란 우리는 서로를 가만히 응시했다.

"네가 알아줬으면 좋겠어." 그는 받아쓰기 단어를 불러주듯이 매우 조심스럽게 또박또박 말했다. "전부 없었던 일로 하고 싶다면……."

손톱에 흙이 꼈다. 나는 흙을 파내는 데 집중했다. "그게 네가 바라는 거야?" 내가 물었다.

"너한테 달렸지."

"네가 어쩌고 싶은지 물었잖아." 나는 그를 쳐다보고 싶지 않지만,

나도 모르게 쳐다보았다. "내 감정은 신경 쓰지 마, 다네이. 농부 계층은 원시적인 습성이 있어서 쉽게 질려."

"그만해!" 그는 폭발에 대피하는 사람처럼 팔을 허우적거렸다. "대체 왜 그래? 내가 하고 싶은 말은—."

"도망치고 싶다는 거겠지. 이건 전부 너한테 아무것도 아니니까." 나는 입 밖으로 이 말을 꺼낸 스스로가 미웠다.

"멍청한 자식." 그가 내 눈을 쳐다보았다. 나도 입을 굳게 다물고 그를 노려보았다. 내 감정을 드러내는 것보다 더한 치욕은 없을 것이다.

내가 어떻게 했는지 모르겠지만 실패했다. 갑자기 그의 표정이 안도에 넘치는 미소로 환해졌다. "그러니까 넌 원하지 **않는다는** 거지? 잘됐어. 나도 마찬가지야."

목구멍에서 딸꾹질이 올라왔다. 그리고 조용히 가슴속에서 뭔가가 턱 하고 부서졌다. 오래 전에 부서졌지만 어떻게든 형태를 유지하고 있다가 누군가의 손에 무너져 내린 항아리처럼. 나는 미친 듯이 웃기 시작했다.

한참 후 다네이가 팔을 뻗어 손등으로 내 뺨을 쓸었고, 그 손길에 내 심장은 그날 오후 그가 다른 행동들을 보였을 때와 마찬가지로 쿵 내려앉았다.

그 이후. 성 요한 축일의 낮이 성 요한 축일의 밤이 되었을 때 우리가 주정뱅이처럼 비틀거리며 집에 오면서, 길이 갈라지는 곳에서 헤어지기 전에 입을 맞췄던 그날이었나? 나는 그 무모하고 숨 가쁜 키스를 기억한다. 우리는 서로를 놓아주지 않으려고 절박하게 굴다가 서로에게 멍을 남겼다. 아니면 그다음 날 밤 몰래 집을 빠져나와 그를 만났을 때였나? 아무튼 시간은 꿀처럼 진득하고 불투명했다. 성 요한 축일 이후로 알타는 계속 샐쭉해 있었지만 나의 날들은 반짝이며 흘렀다. 아무것도 달라지지 않았고 모든 것을 가졌다. 삶은 이어졌고 달콤함이 넘쳐흐르고 평범함과 특별함이 동시에 찾아왔다. 내가 일하는 동안 그는 나를 도와 함께 일하고 우리는 더위에 웃통을 벗고 땀을 흘렸다. 잠시 쉬면서 어머니가 가져다준 진저 비어를 마실 때 다네이는 너무 빨리 들이켜다가 목이 막힐 뻔했다. 그는 손등으로 입을 닦으며 나를 쳐다보며 웃었다. 그리고 그 이후로, 이후로, 또 이후로……. 황혼인지 새벽인지 전인지 후인지 기억나지 않지만 다네이가 내 손을 잡고 어루만졌다. 별빛 아래 나는 두근거리는 가슴으로 그의 이마에 입을 맞췄다. 우리가 한 모든 행동들은 어리석었지만 그가 나를 피할까봐 두려웠다. 그가 그늘진 벽에서 내 셔츠의 단추 구멍에 장미를 꽂았는데 내가 따가움에 움찔하자 그는 몸을 구부려 가시에 긁힌 핏자국을 핥아주었다. 그리고 더운 오후 늦게(이날이 우리의 마지막이자 알타가 그를 용서해준 날인가?) 한 시간 동안 폐허에서 서로를 껴안고 있다가 그가 나를 쳐다보더니 낯선 상냥한 목소리로 말해 몸이 떨렸다. "이제 날 루시안이라고 불러줘."

"난 그렇게 부른 줄 알았어."

"아니. 항상 다네이라고 했지. 그렇게 불리면 기분이 좀……이상해." 그가 씩 웃었다. "네가 '다네이'와 '부탁해'를 한 문장에 같이 쓸 때."

"닥쳐, 다네— 루시안." 내가 팔꿈치로 옆구리를 누르자 그가 자지러졌다.

"알타한테는 뭐라고 해? 알타는 알아차릴 거야. 언제부터 우리가 서로 이름을 부르기 시작했는지 물어볼 거라고."

"그게 중요해?"

"그럼." 나는 똑바로 앉았다. "그 애한테 말할 수 없잖아—."

"당연히 안 되지, 멍청아. 나도 그러고 싶지 않아." 다네이도 몸을 세우고 내 얼굴을 마주 보았다. "누구한테도 말하면 안 돼. 절대로."

"나도 알아! 그래서 하는 말이잖아."

"알았어. 그럼 날 다네이라고 부르든지." 그는 자리에서 벌떡 일어나 쿵쿵거리며 걸었다.

"넌 영주가 아니야, **루시안**." 하지만 때맞춰 뭔가가 내 말을 멈췄다. 그는 주먹으로 돌문을 계속 때렸다. 나는 천천히 자리에서 일어나 그에게 다가갔다. 심장이 쿵쾅거렸다. 그의 어깨에 손을 올렸고 그가 내 손을 치우거나 나에게 뭐라고 말하기를 기다렸다. 하지만 아무 반응도 보이지 않았다.

"루시안, 아무도 모를 거야."

"이러는 게 싫어. 정말 싫다고."

"알아." 달리 할 말이 없었다. 그가 몸을 기댔고 나는 그의 체중을 온몸으로 지탱했다. 나는 고개를 구부려 이마를 그의 머리 뒤쪽에 댔다. 그의 머리에서 풀과 여름 흙냄새가 났다.

잠시 뒤 그가 마르고 아픈 소리를 내며 웃더니 주머니에 손을 넣었다. 그리고 내 옆으로 반짝이는 것을 내밀었다.

"이게 뭔데?"

"약혼 반지야. 캐슬퍼드에서 샀어."

나는 입을 다물었다. 그를 밀쳐내고 반지를 해자로 던져버리고 싶었다. 하지만 그 반지를 받아 손가락에 꼈다. 평범한 은반지에 짙은 유색 보석이 하나 박혔고 윤기 흐르는 그림자가 빛을 가둔 듯이 반짝거렸다. 아름다운 반지다.

"알타는 루비와 진주가 박힌 금반지를 원했어." 내가 말했다.

299

"나도 알아." 그는 내 눈을 바라보고 다시 웃었다. 이번에는 진짜 웃음이다.

"알타를 알잖아. 대놓고 힌트를 주는 거."

"그런데 왜—."

"가져."

"뭐라고? 내가? 왜?"

"내가 지금 이걸 알타에게 줄 수 있겠어?"

"전당포에 팔아. 아니면 샀던 가게에서나. 분명 비쌀 텐데—."

"목에 걸고 있어줘. 부탁이야." 그가 내 손을 꽉 잡는 바람에 반지가 손바닥으로 파고들었다.

"내가 목걸이 줄을 찾아다 줄게."

"알았어." 나는 제대로 이해하지 못했지만 그렇게 말했다.

"신발끈으로 할게."

그는 해자 가장자리로 걸어가더니 물속에 발을 담갔다. 나는 반지를 쳐다보고 기울여 이리저리 바뀌는 색들을 살펴보았다. 짙은 하늘색, 보라색, 풀색……

"잠시만." 내가 말했다. "알타가 원하는 게 있는 걸 알면서도 왜……."

"난 내 마음이 가는 대로 해." 그가 돌아보지 않고 말했다.

"네 말은 그러니까……." 나는 말을 멈췄다. 그의 뺨의 곡선이 눈에 들어왔다. 그가 웃고 있다. "알았구나." 내가 천천히 말했다. "넌 처음부터 날 주려고 반지를 샀어."

"그러길 바랐지."

"이 계산적이고 잘난 척하는 자식. 처음부터 다 계획해놓고선."

"이봐." 다네이가 말했다. "네 말이 **맞다면** 그건 잘난 척이 아니잖아."

나는 그를 붙잡았다. 그는 나를 넘어뜨리려고 했지만 오히려 내가 그의 균형을 무너뜨려 우리는 서로 몸싸움을 하며 물가에 아슬아슬하게 섰다. 그의 웃음소리가 내 뼛속 깊이 파고들었다. "날 당연하게 생각하지마. 난 네 하인이 아니야." 내가 이렇게 말하며 웃었다. 그리고 나는 웃음을 멈췄고 우리는 팔이 닿을 만한 거리에서 서로를 마주보았다.

"그런 적 없어." 그가 말했다. "약속할게. 절대 안 그럴 거야."

다음번에 루시안이 찾아오면 그의 사과를 받아들이겠다고 알타가 말했을 때, 그녀는 내 표정에서 뭔가를 읽었을까? 그러지 않기를 바랐지만 세계가 너무 많이 달라져서 아무도 의심하지 않도록 하는 것이 너무 어려웠다. 게다가 알타는 나를 잘 안다. 가끔 나는 내 몸의 모든 근육과 힘줄이 새롭고 왕성하다고 느끼는데, 어떻게 그 애가 알아차리지 못하는지 궁금했다. 동생이 '적어도 그는 힘으로 **밀어붙이려고** 하지 않았어'라고 말했을 때 나는 고개를 돌릴 수밖에 없었다. 울지 않는다면 웃을 수 있을 텐데. 이제 우리는 예전의 모습으로 돌아갈 것이다. 나는 그를 만지거나 루시안이라고 부를 수 없을 것이다. 동생에게 내 표정이 들킬까봐 겁이 나서 그를 **쳐다볼** 수 없었다. 참을 수 없었다. 하지만 참아야 한다.

다음 날 나는 그를 증오하게 되었다. 그는 너무 수월해 보였다. 알타를 향한 모든 미소와 취향을 저격하는 농담, 동생이 수줍어하게 만드는 눈길까지. 나는 가슴이 시계처럼 점점 조여오다가 스프링이 튕겨나갈 것 같았다. 그날 우리는 낙농장의 낡은 돌 선반 한두 개를 교체하려고 수레를 끌고 석공에게 가는 길이었다. 우리는 다같이 나란히 앉았지만 그와 알타는 이미 약혼한 사이처럼 웃고 희롱해댔다. 나는 혼자 가고 싶은 생각도 있었지만 그러면 그가 나에게 눈길조차 주지 않더라도 가까이서 그를 볼 기회가 없어진다는 것을 알기에 그럴 수 없었다. 마지막 선반을 수레 뒤쪽에 싣는데 그가 고개를 들어 나를 쳐다보는 줄 알았다. 하지만 1초 뒤 그는 알타가 자리에 앉도록 도와주고, 대리석에 새겨진 글자로 동생을 놀리며 동생이 만든 버터에 '죽음 준비용'이라는 글씨가 찍혀 나오냐고 물었다. 이런 상황을 내가 상상이나 했을까? 아니면 나는 노리개였을 뿐이라고 이런 식으로 보여주는 것일까? 알타가 잠시 풀숲에 소변을 보러 들어갔을 때 그는 내 목 뒤로 손을 올렸다. 나는 그에게 고개를 돌리려고 했지만 손톱이 살을 파고들어와 가만히 있었다. 모든 신경이 그의 피부와 만나는 공간으로 쏠렸다. 알타는 여전히 부르면 들리는 곳에 있다. 우리는 아무 말 없이 그렇게 앉아 있었고, 동생은 소변을 보러 간 것이 아닌 척하려고 작은 꽃다발을 안고 돌아왔다.

그날 저녁 나는 먹지도 자지도 못했다. 그래서 한밤중에 방에서 빠져나왔다. 그를 만나야 한다. 그가 교차로에서 기다리고 있지 않다면 뉴하우스까지 갈 것이다. 방문을 닫고 나오니 복도는 어두웠고 벽을 손으로 짚으며 걸었다. 울퉁불퉁하고 작게 솟아난 회반죽 덩어리가 느껴졌다. 나는 삐걱거리는 소리가 나지 않도록 부츠를 들고 맨발로 걸었다.

그런데 알타의 방을 지나는데 동생이 부르는 소리가 들렸다. "오빠야?"

나는 비틀거리며 잠시 숨을 골랐다. "스플라치를 좀 살폈어."

알타가 재빨리 방문을 열었고 나는 동생이 자지 않고 있다는 것을 알았다. 동생의 실루엣이 달빛에 비춰 얼굴은 보이지 않았다.

"강아지는 괜찮아? 무슨 소리를 들었어?"

"아니. 신경 쓰지 마. 어서 가서 자, 꼬맹아."

"오빠가 내 옆에 있어줘. 잠이 안 와서 그래."

나는 이를 꽉 물었다. 루시안을 보지 않으면 미칠 것 같았다. 하지만

302

알타가 깨어 있고 내가 돌아오는 소리를 들을지도 모르는데 위험을 감수할 수는 없다. 나는 동생을 따라 달빛이 비추는 방으로 들어갔다. 모든 것의 색이 달라졌다. 이불은 심장과 가시 무늬가 있는 흑백이고, 창가의 담쟁이덩굴은 석탄처럼 반짝였다. 거울 속에서 보는 방처럼 낯설었다.

알타는 침대로 들어가 누웠다. 나는 옆에 앉아서 기다렸지만 동생은 자지 않았고 쌩쌩한 숨소리만 들렸다. 잡은 손을 놓아주지 않아 손바닥이 축축해졌다. 나는 마지막으로 내 몸이 다른 사람의 땀을 느꼈던 때를 생각하지 않으려고 했다.

"오빠?"

"어서 자."

알타가 베개를 세우더니 옆으로 누웠다. 잠시 동안 정적이 흘렀다. 그리고 동생이 한숨을 쉬고 자리에서 일어나 벽에 몸을 기댔다. "못 자겠어. 자고 싶지 않아. 오빠……."

"왜 그래?"

"루시안이 날 사랑한다고 생각해?"

나는 끊어진 줄처럼 화들짝 놀랐다. 천천히 숨을 내쉬며 모든 근육을 이완시키는 데 집중했다. 가슴이 너무 쿵쾅거려 알타가 들을까봐 걱정이 되었다. "어이없는 소리 좀 하지 마."

동생이 몸을 움직였고, 흐린 달빛에 눈동자가 어둡게 빛나면서 내 말에 반박할 것 같았다. 하지만 동생은 그저 손가락을 하나로 모으더니 이렇게 물었다. "그게 왜 어이없는데?"

"그는―너의……." 나는 말을 멈추고 고개를 으쓱였다.

동생이 살짝 웃었다. "됐어. 신경 쓰지 마." 알타의 목소리에서 웃음이 묻어났다. 동생은 무릎을 바짝 당겨 품에 안았다. "그 사람은 매일 여길

와, 오빠. 오래 전에 스플라치를 데리고 갈 수 있었어. 하지만 그러지 않았지."

나는 목청을 가다듬었다. "아마 심심해서 그랬겠지."

"아니. 일부러 그런 거야. 오빠, 난 **알아.**" 동생이 몸을 구부려서 내 손목을 잡았다. 나도 모르게 손을 치웠다. "직접 겪어보면 오빠도 이해할 거야." 알타가 숨을 내쉬었다. "처음 루시안을 봤을 때부터⋯⋯모든 게 달라졌어. 난 평생 이 순간을 기다려왔어. 다시는 돌이킬 수 없을 거야."

나는 대답하지 않았다. 마당 바깥에서 뭔가 부스럭거리며 때리는 소리가 났다.

알타는 다른 말은 하지 않았다. 계속 내 팔목을 꽉 잡고 있었다. 의자에 기댄 나는 아무 생각도 하지 않으려고 눈을 감았다. 달빛이 바닥을 가로질렀다. 그림자가 더 낮고 길어졌다. 나는 알타가 놓아주기를 기다리며 졸았지만, 결국 동생보다 먼저 잠이 들었고 깨어나보니 아침이었고 게다가 우리는 늦잠을 잤다. 투덜거리는 소 울음소리가 들렸다. 나는 알타를 깨우지 않고 방을 빠져나와 젖을 짜러 들어갔다. 혼자 있고 싶을 때가 아니면 그렇게 잘 하지 않는데 이유를 모르겠다. 젖을 짜고 통에 표시를 하고 다른 동물들을 돌보았지만, 차츰 좌절과 불편함에 속이 메스꺼워졌다. 우리는 알타의 마음을 아프게 하고 있다. 동생은 아직 모를 뿐이다. 매일 루시안과 시간을 보내며 그가 자신을 사랑한다고 생각하고⋯⋯. 또 매일 나는 그들과 시간을 함께 보내며 아무 말도, 표정도 드러내지 않으려고 애쓸 테지만, 결국 아무것도 얻을 수 없을 테니⋯⋯. 하지만 이것은 내 탓이 아니고 **공평하지도** 않다. 고통 없이 깔끔하게 알타를 떼어낼 수 있는 방법이 있을 것이다. 나는 머리를 긁으며 속에서 일렁이는 죄책감을 무시하려고 했다. 또다시 고통스러운 날을 보내고

304

싶지 않다.

시간이 좀 지난 후 루시안이 도착했다. 그는 부스스한 모습이었지만 말에서 멋지게 내렸다. 알타는 스타킹을 신은 발로 방방 뛰며 한 손으로 부츠를 흔들었다. 동생은 '지금 갈게요, 루시안!' 하고 소리치더니 나를 찾았다. "오빠! 내 부츠 한 짝이 어디 있어? 어제 여기 있었는데!"

"개가 물어갔나봐." 알타가 이방 저방을 살폈다. "맨발로 내려와. 난 고랑을 팔 수 있는지 휴한지를 보러 가야 해. 네가 거지같은 몰골이어도 다네이는 신경 쓰지 않을 거야."

"잠시만 기다려! 어딘가에 있을 거야."

"그럼 부츠를 찾아 신고 와." 나는 아래층으로 내려갔고 동생은 침대 밑을 살폈다. 찾을 수 없을 것이다. 부츠 한 짝을 다락 맨 뒤에 놓인 사과상자 뒤로 숨겼으니까. 나는 가볍게 루시안에게 눈길을 보냈다.

"알타가 부츠를 잃어버렸어. 시간이 한참 걸릴 거야. 우리 먼저 갈까?"

"그래 좋아." 그가 목청을 높였다. "좀 있다 봐, 알타!" 그리고 우리는 나란히 몸을 돌려 문으로 뛰었고 서로 먼저 빗장을 벗기려고 팔꿈치를 부딪쳤다. 문이 닫히자 우리는 전력질주하면서 아이들처럼 킥킥거렸다.

"좀 심했어." 그가 숨을 헐떡이며 말했다.

"알아. 돌아가고 싶어?"

"아니." 우리는 서로 쳐다본 뒤 더 빨리 달렸다. 스플라치는 우리가 경주를 하는 줄 알고 뒤따르며 신이 나서 짖어댔다.

그렇게 아치 길로 들어가 밖에서는 보이지 않는 폐허 쪽으로 갔다. 마침내 우리는 서로를 만질 수 있었고 그의 입과 손, 내 몸에 닿는 그의 피부 말고 오랫동안 아무것도 느껴지지 않았다.

나중에 조용해졌을 때 그가 말했다. "날 왜 그렇게 싫어했어?"

305

"왜냐하면 넌 너무……잘난 척하니까."

그가 웃음을 터트렸다. 그는 누워서 팔로 얼굴로 오는 햇살을 가렸다. 그러다 고개를 옆으로 돌리고 웃으며 나를 쳐다보았다. "미안. 그렇게 경멸하는 말은 처음 들어봐서."

"내 말이 무슨 뜻인지 알잖아. 거기 서 있는 네 모습이." 나는 움직일 마음이 없었지만 어깨를 마당 쪽으로 살짝 돌렸다. "마치 이 땅을 다 가진 사람 같았어."

"내가 이 땅을 가진 건 맞지. 거의 다."

나는 몸을 일으켜 벽에 기댔다. 내 다리 옆으로 데이지 꽃이 피어 있어서 꽃을 꺾어 알타가 즐겨하는 조금-많이-열정적으로-미친듯이 놀이처럼 잎사귀를 하나씩 뗐다. "너희 할아버지가 우릴 속이고 이곳을 빼앗았어." 내가 말했다. "그거 알아? 네가 말하는 내가 '밀렵하던' 숲은…… 우리 것이었는데 너희 할아버지가 변호사를 사서 그 땅이 뉴 하우스에 속한다고 맹목적으로 우겼지."

밖에서 스플라치가 짖기 시작했다. 우리는 살짝 떨어졌고 나는 주섬주섬 셔츠 단추를 잠갔다. 하지만 이내 개는 잠잠해졌다. 루시안이 고개를 땅으로 숙였다. "개구린가 봐." 그가 말했다. "아니, 난 그 사실을 몰랐어."

"그리고 넌 영주의 권리인 양 알타를 데려갔지. 그리고 내가 집에 가보니 우리 아버지는 말갈기를 잡고 있었고."

"그건 내가 알타의 목숨을 구했기 때문이야!"

"나도 그 자리에 있었어. 네가 없다면 내가 동생을 구했을 거야."

"내가 그 자리에 없었다면 알타는 얼음 위로 걷지 않았을 거야." 루시안이 말했다.

"알고 있었어?"

306

"알타가 말해줬어."

나는 잎이 떨어지고 머리만 남은 데이지를 엄지손가락으로 으스러뜨렸다. 아, 알타. 그 애는 자신이 진짜 교양 있다고 생각하면서 그런 말을 다네이에게 하다니. "그럴 필요는 없었는데."

"에밋……." 그가 팔을 뻗었지만 나는 움직이지 않았다.

"내가 알타에게 상처주지 않을 거라는 건 알지?"

"알타가 우리 사이를 알면 어떻게 될 것 같아?"

"진심이야. 내 말을 믿어줘." 다네이가 아주 부드러운 목소리로 말했다. "난 알타와 결혼할 거야."

나는 얼룩이라도 묻은 듯이 얼굴을 마구 비볐다.

그는 몸을 돌리고 벽 아래 들러붙어 있는 곰팡이를 쳐다보았다. 개미 한 마리가 돌로 기어가고 있었는데, 그가 손가락을 뻗으니 개미가 그 위로 올라왔다.

"내 비서가 되는 걸 다시 생각해주지 않을래? 돈은 잊어버려. 그럼 알타의 지참금도 필요 없고 좋잖아."

나는 대답하지 않았다. 그는 개미를 풀 위로 튕겨버렸다.

"부탁이야, 에밋. 생각 좀 해봐. 넌 잘할 거고 난 그걸 알아. 원초적인 소작농의 감각으로—알았어, 안 하면 되잖아!" 나는 그를 땅바닥에 넘어뜨렸고, 그는 힘없이 당했다. 그리고 나를 쳐다보지 않고 한 손으로 내 머리카락을 쓰다듬었다. "오늘 밤 나랑 뉴 하우스에서 보내자. 집에 가서 부모님한테 소포 문제로 의논할 것이 있다고 말씀드려."

나는 그를 놔주었다. "뭐라고?"

"하룻밤만. 며칠만. 부탁이야. 내가 부모님께 자초지종을 설명하는 편지를 보낼게."

"그럴 수 없어. 너도 알잖아. 난 할 일이 있어. 내가 없으면……."

"네가 그렇게 중요한 사람일 리가 없잖아."

나는 자리에서 일어나 앉았다. 해가 중천에 떴다. 생각보다 시간이 많이 지났다. "여긴 농장이야, 루시안. 일이 가만히 기다리고 있는 게 아니라고."

"알타는 몇 주씩 아팠잖아. 며칠 동안 너 없이 할 수 있을 거야. 부탁이야, 에밋."

나는 일어서려고 애쓰며 셔츠 단추를 잠갔다. "그만 가봐야겠어."

그가 내 손목을 잡았다. "너와 알타랑 같이 있으면서 **알타**에게만 눈길이 가는 척하는 걸 더는 못하겠어."

나는 그를 쳐다본 다음 고개를 돌렸다. 우리 위에 있던 등나무 가지에서 뭔가 허둥지둥 달아나면서 아이보리색 꽃잎을 흩뿌렸다. 산비둘기가 만족한 듯 물 위로 길게 느긋한 울음소리를 냈다. 그리고 멀리서 양떼 소리와 시계소리가 들렸다.

"알았어." 나는 이렇게 대답했고, 그가 나를 끌어당겨 자기 옆에 눕힐 때 순순히 있었다.

다네이가 씩 웃었다. 그 순간 나를 쳐다보던 그와 햇살에 눈이 부셔서 찌푸려진 그의 눈, 그의 관자놀이에 들러붙은 풀잎을 절대 잊지 못할 거라고 생각했다.

"네가 왜 날 싫어했는지 알아." 그가 말했다. "넌 날 원했고 겁이 났던 거야."

뉴 하우스 저택의 루시안의 방은 처마 아래 높은 곳에 있었다. 비좁고 경사진 천장과 작은 철제 벽난로가 전부였지만, 여닫이창을 통해 테라스와 그 아래로 폐허가 된 성이 내려다 보였다.

"가정부의 침실이었어." 내가 주위를 둘러볼 때 그가 말했다. "난 가급적 삼촌에게서 멀리 떨어지고 싶었거든."

나도 모르는 사이에 문을 슬쩍 쳐다보았지만, 그는 몸을 벽에 기대고 팔로 내 머리를 감쌌다. 그가 미소를 지었다. "괜찮아. 삼촌은 트로피 보관실에서 주무셔. 통풍 때문에 계단을 싫어하셔. 그리고 항상 술에 찌들어 있어. 그러니 넌 실컷 소리 내도 돼."

"내가 왜 소리를 내고 싶어한다고 생각해?" 그가 고개를 숙여 귀를 깨물자 나는 웃었다. 그러다 사래가 들려 숨이 막혀 죽기 직전에 겨우 호흡을 찾았다.

시간은 순간처럼 줄어들었다가 영원처럼 늘어났다. 온몸으로 퍼지는 쾌락, 천장에서 내리쬐는 빛, 내 어깨를 파고드는 그의 손가락, 우리 나이보다 더 오래된 와인에서 풍기는 조금은 어둡고 풍부한 향기. 내 목에 걸린 그가 준 반지의 무게까지. 그는 몸을 구부려 반지를 입으로 물고 키스했다. 치아에 금속이 닿았고 소금기와 돌, 침이 느껴졌다. 마구간의 시계가 자정을 알릴 때 깨어나니 달빛을 받은 그가 창가에 앉아 있었다. 달은 격자 유리 너머 그물에 걸린 진주처럼 보였다. 나는 더 이상 내가 누군지 알지 못했다. 나는 새로 태어난 낯선 사람이고 루시안의 것이다.

이렇게 행복했던 적이 없었다. 이런 행복이 가능할 거라고 생각해본 적이 없다. 아침에 잠에서 깼을 때 나는 행복에 완전히 눈이 멀어 조난당한 사람처럼 침대 가장자리를 꽉 움켜쥐었다. 지금쯤 집에서 일하고 있어야 하지만 그것은 내 삶이 아닌 다른 누군가의 삶처럼 느껴졌다. 이렇든 저렇든 일은 끝날 것이다. 가만히 누워 새소리를 들으며 느긋하게 쉰다고 생각하니 호사스러운 느낌이 들었다. 시간이 많이 흘렀고 해가 침대 한쪽으로 점점 솟아 루시안의 다리와 구겨진 시트 위로 올라갔다. 그는 내던져진 사람처럼 한 팔을 머리 위로 올린 채 자고 있었고, 손목의 혈관이 피부 아래로 파랗게 드러났다. 자는 동안 그의 얼굴은 한층 부드러워졌고 입은 벌어져 있다. 나는 한참을 쳐다보며 그의 어린 시절 모습과 노년의 모습을 상상해보았다. 그리고 마침내 자리에서 일어났다. 그를 쳐다보는 즐거움은 거의 고통에 가까운 데다 소변도 봐야 했다.

여름의 고요 속에 복도를 조심히 걷다가 바닥이 삐걱거려서 나는 인상을 썼다. 하지만 가정부나 심하면 루시안의 삼촌을 맞닥뜨릴 경우를 대비해서 어느 문도 열 수가 없었다. 결국 좁은 계단 꼭대기 창문을 열고 그 아래 꽃밭으로 소변을 봤다. 루시안의 방으로 돌아가는 길을 기억한다고 생각했는데 너무 멀리까지 돌아다니다가 방향감각을 잃었다. 그러다가 양쪽으로 닫힌 문들이 있는 길고 어두운 복도에 들어섰다. 아무런 특징도 없고 모든 문이 똑같아 마음이 불편했다. 결국 밖을 내다볼 수 있는 창문이라도 발견해보자는 심산으로 최대한 천천히 그리고 조용히 문 하나를 열었다. 그러면 적어도 집 안 어느 쪽에 있는지 알 수 있을 테니까. 하지만 문 안을 슬쩍 들여다보니 창문을 찾을 필요가 없었다. 그 방은 창고로, 비탈진 천장과 먼 끝에 창문이 하나 있었지만 진입로와 숲속밖에 보이지 않았다. 목욕탕처럼 열기가 후끈했고 먼지 냄새가 났다.

나는 하품을 한 뒤 방 안으로 들어갔다. 상자들과 낡은 가구들이 마구 쌓여 있어서 그 사이로 걸어가는 것이 쉽지 않았다. 더러운 벨벳으로 감싼 벽에는 사각형태의 물건이 기대져 있었다. 내가 벨벳을 잡아당기자, 먼지가 흩날리면서 어두운 눈동자에 곱슬머리를 한 창백한 여성이 꽃밭을 배경으로 나른하게 거니는 초상화가 모습을 드러냈다. 액자 맨 아래에 있는 **엘리자베스 사순 다네이**라는 글자가 보였다. 루시안의 어머니일까? 아니 초상화가 너무 오래되었으니 그의 할머니일 것이다. 나는 그녀의 모습에서 그를 찾으려고 좀더 가까이 들여다보았다. 놀랍게도 눈동자가 멍하고 우울함이 깃들어 있다. 영민한 루시안의 눈빛과는 달랐다. 그래도 이마의 형태가 비슷한 것 같은데…… 나는 뒤로 물러나다가 바보처럼 금속 상자에 부딪혔다. 뭔가가 코를 간질여 재채기가 나는 바람에 나는 상자 위에 주저앉아버렸고, 유리 커버를 씌운 나비 표본이 깨졌다.

내 앞에 또다른 상자가 보여서 내 쪽으로 가져와서 열어보았다.

책이다.

나는 놀라 밀쳐버렸다. 이제 책이 무엇인지 알기에 더러운 것인 것처럼 손대기가 두려웠다. 하지만 이 조용하고 따뜻한 다락에서 같은 지붕 아래 루시안이 잠자고 있는 지금 나쁜 일은 생기지 않을 것이다. 맨 위에 놓인 책을 집고 펼치자 웨이크닝 박람회에서 구입한 책을 볼 때 느꼈던 메스꺼움이 나타나지 않았다. 적혀 있는 것은 그냥……단어들이었다. 생의 2월 초, 너무나 여린 나이었기에 어린 시절의 서리는 매우 거칠고 차갑게 내게로 다가왔고 여성으로서 처음 꽃을 피워보기도 전이었다. 그때 한 신사의 손길이 내 처녀성을 망가뜨렸다. 나는 페이지를 빠르게 넘겼다. 마찬가지로 비너스와 프리아포스에 빗댄 평범한 내용이었다. 그의 거대한 무기는 내 기쁨의 정원으로 가는 열린 문을 향해 들어온 것이 아니라 한층 세속적인 범주로 내려가서……나는 웃음을 터트렸다.

"여기서 뭐해?"

나는 뒤를 돌아보았다. 머리카락이 얼굴로 흘러내린 상태로 옷을 반만 걸친 루시안이 문 앞에 기대 서 있었다. 그는 내 셔츠를 걸치고 단추를 하나만 채웠다. 그는 웃으면서 팔다리를 펄럭이며 나를 향해 걸어왔다. 그가 내게 입을 맞출 거라고 생각했는데 그는 얼어붙어 있었다.

"그게 뭐야?"

"책이야. 내가 찾았어. 하지만 이건—그런 게 아니야……."

"네가 실제로 그걸 읽었다니 믿기지 않아." 그는 내게서 책을 빼앗아 모퉁이로 던지려고 했다. 그러다 그가 멈추고 페이지를 넘겼다. "아."

"왜 그래?"

"이건 가짜인 것 같아. 소설이야. 그래서 여기 있겠지. 안 그랬으면 우리 아버지가……. 이것 봐." 그가 내 앞에 책을 펼치더니 표지 안쪽 무늬가 있는 종이에 붙어 있는 이름을 가리켰다. "이게 진짜 사우얼리 부인의 것일 리가 없어. 게다가 부인의 이름에서 '우'가 빠졌잖아."

"난 네가 무슨 소리를 하는지 모르겠어."

"사우얼리 부인을 몰라? 100년 전에 외설물 제본으로 유명했던 사람 인데? 잠깐, 소설이 뭔지 모른다는 거야?" 그는 살짝 놀리듯 덧붙였다. "소설은 진짜 책이 아니야. 잡지처럼 써진 것이지. 실제 사람이나 실제 기억을 쓴 것이 아니라고. 지어낸 거야. 아무튼." 그는 책을 덮고 살짝 미소를 지은 상태로 고개를 저었다. "넌 정말 순진하구나."

"아무도 알려주질 않는 걸 내가 어떻게 알아?"

"당연히 너희 부모님이 순수하시니 그렇겠지. 걱정 마. 그게 좋은 거야."

"집어치워, 다네이."

"아니, 진짜로. 난 마음에 들어." 그는 몸을 구부리고 입술을 내 뺨에 대고 속삭였다. "내 말은 모든 것에 순수하다고. 책을 읽어본 적이 없고 여자애 혹은 남자애와 자본 적도 없고. 날 빼곤 말이지." 그가 씩 웃으며 걸음을 옮기기에 나는 그의 뒤통수를 때리려고 했다. 그런데 그가 나를 붙잡았고 웃음기가 사라졌다. 우리는 서로를 노려보았다.

아래층에서 쿵하는 소리가 났다. 그는 고개를 돌려 귀를 기울였다. "누가 노크를 한 걸까?"

"모르겠어. 네 가정부가 열어주지 않겠어?" 갑자기 여름의 고요함이 연약하게 느껴졌다. 나는 잠시라도 다른 세상이 관여하는 것을 원하지 않는데.

"요리사를 말하는 거라면 그녀는 저녁에만 와."

"네 삼촌은?"

"몰라. 내가 가봐야겠어." 그는 자리에서 일어나 셔츠 단추를 잠그기 시작했다.

"정말로?" 나는 팔을 뻗어 그가 잠그는 속도보다 더 빨리 단추를 풀었다. "네가 옷 입는 걸 누가 방해한다면? 이대로 아래층으로 내려가야 할 거야."

"참 재밌네, 에밋." 하지만 그는 웃지 않았다. "아마 빵가게 소년일 거야."

"난 배고파도 상관없어." 두드리는 소리가 거세지다가 뚝 끊어졌다. "봤지? 문제가 해결됐네."

"그래." 그는 자리에 앉아 내가 셔츠 단추를 풀게 내버려두었다. 그의 쇄골에 땀이 송골송골 맺혔다. 그런데 내가 입을 맞추려고 다가가자 그는 살짝 움직여 피했다.

"왜 그래?"

"책 말이야." 그가 말했다. "그게 가짜인지 넌 어떻게 알았어? 넌 알았던 거지?"

"몰랐어. 그냥—별로 와닿지 않았어. 그게 중요해?"

"아니. 그치만 놀라워서. 우리 아버지가 널 아주 좋아하실 거야."

그의 눈빛이 아이러니하게 번뜩여 나는 마음이 불편해졌다. "넌 신비로워, 에밋. 너무 순수하고 아직도……."

"내 빌어먹을 순수함 이야기는 좀 집어치울래?"

"알았어." 그가 씩 웃었다. "내가 그 순수함을 완전히 파괴시키도록 해주면."

마구간 시계가 네 시를 알릴 때쯤 우리는 허기가 졌다. 그래서 상자들 틈 사이 공간에서 빠져나왔다. "우리 할머니 앞에서 그랬다는 게 믿기지가 않아." 루시안이 이렇게 말했고 우리는 계단을 살금살금 내려가 트로피 보관실을 지나 크고 우중충한 주방으로 갔다. 그곳에서 식은 파이와 냄비에 담긴 고기, 와인을 적신 케이크를 허겁지겁 먹어치웠다. 우리가 밥을 먹은 지 얼마나 오래 지났는지 깨닫지 못했다. 결국 주방 테이블이 각종 부스러기, 처트니 자국으로 뒤범벅이 되었지만 내가 치우기 시작하자 루시안이 고개를 저었다. "놔둬. 그러라고 요리사에게 월급을 주는 거니까."

"하지만—." 집이라면 어머니가 나를 가만두지 않았을 것이다.

루시안이 마지막 파이 조각을 입에 물었다. "어서 가자." 그가 입 안가득 파이를 물고 말했다. "우리가 여기 있는 걸 아무도 안 봤으면 좋겠어." 그가 걸어 나갔다. 나는 망설이다 그릇들을 싱크대에 넣고 테이블을 재빨리 닦은 다음 서둘러 뒤따라갔다.

쫓아가보니 그는 복도의 돌출 창 앞에서 뭔가를 읽고 있었다. 그가 고개를 들었다. "미안해. 정말 미안해, 에밋."

그 소리에 내 심장이 밧줄 끝에 매달린 것처럼 덜컹 내려앉았다. "무슨 일이야?"

314

"괜찮아. 그렇게 겁에 질린 표정 짓지 마. 우리 아버지한테서 전갈이 왔어." 그는 푸른 종이쪽지를 내 쪽으로 흔들었다. "캐슬퍼드에 가야 해."

"지금? 그렇게 급한 일은 아니잖아."

"미안해."

"못 받은 척해도 되잖아. 편지는 분실되기도 하고."

"넌 우리 아버지를 몰라, 에밋." 그는 찢어진 푸른 봉투를 집으면서 필요 이상으로 시간을 끌었다.

"시키는 대로 하지 않으면 날 후회하게 만들 방법을 찾으실 분이야."

"왜 그래, 루시안. 알타와 비밀 결혼을 하는 건 걱정 안 하면서 **전보로** 온 내용을 못 지킬까봐 안절부절못하는 거야?" 그는 곧바로 대답하지 못했고 나는 한숨을 쉬었다.

"아니면 네가 했던 그 말은 거짓이었어?"

"아니야! 당연히 아니라고." 그는 나를 쳐다보지 않고 편지를 둘둘 말아 작은 원기둥으로 만들었다. "하지만 난—어쩌면 난 생각하지 못했나 봐⋯⋯미안해. 난 겁쟁이야, 됐어?"

"네 아버지가 그렇게 나쁜 분은 아니시겠지. 그리고 네 어머니 역시⋯⋯?"

"넌 우리 아버지를 몰라! 아버지는—아버지한테는 뭔가가 있어." 그는 종이를 접고 또 접어 아주 작은 푸른 뭉치로 만들었다. "어머니는 아버지가 원하는 대로 하도록 내버려두시지. 못 본 척을 하시지. 그게 아버지가 어머니의 기억을 늘 지우는 것보다 나으니까."

정적이 흘렀다. 나는 그를 쳐다보았다. 그는 예전의 가면을 되찾은 듯 낯설고 헬쑥한 얼굴이 되었다. 이제야 왜 그가 가족 이야기를 한번도 하지 않았는지 이해가 갔다.

"그럼 그만 가봐."

"에밋, 진심으로 미안해."

"나도 가봐야 해. 네 방에서 내 부츠만 좀 가져올게."

"지금 당장 안 가도 돼."

"네가 짐 싸는 걸 도와달라고?" 그가 움찔하자 나는 기뻤다. 나는 몸을 돌려 계단을 뛰어오르고 또 올라 처마 아래의 더운 작은 방에 도착했다. 방 안에서 땀과 우리가 마신 와인 냄새가 났다. 내 일부는 그곳에 머물고 싶었기에 나는 헝클어진 침대와 작은 난로, 창밖 풍경을 보면서 기억 속에 영원히 자리잡도록 한 뒤 부츠를 챙기고 문을 닫았다.

다시 복도로 내려오니 루시안이 창밖을 내다보고 있었다. 그는 돌아 보았지만 웃지 않았다. "돌아오는 대로 널 보러 갈게."

"그래."

"스플라치를 부탁해."

"알았어."

침묵이 흘렀다. 나는 그에게 한 걸음 다가갔다. 동시에 그도 한 걸음 내게 다가와 우리는 비틀거리며 거의 부딪힐 뻔했다. 나는 손으로 그의 얼굴을 감쌌다. 우리는 적이자 연인이고 다시는 못 만날 사이처럼 지구 를 멈출 기세로 아주 맹렬하게 입을 맞췄다.

나는 하고 싶은 말이 있었지만 아무 말도 하지 않고 자리를 떴다.

집에 돌아오니 마당이 텅 비어 있고 햇살만이 조용히 농장을 물들이고 있었다. 헛간에서 건초기에 기름칠을 하는 사람이 아무도 없었다. 돼지 배설물을 치우는 사람도 없었다. 문을 열자 스프링글과 수트가 쏜살같이 뛰어나와 바라는 것이 있는 듯이 짖어댔다. 물그릇이 말라 있었다. 나는 그릇에 물을 채워주고 스플라치에게도 물을 준 다음 펌프 아래에 웅크리고 앉아 차가운 물로 얼굴과 목을 씻었다. 머리가 욱신거리고 눈이 피곤해서 따끔거렸지만 조용히 내가 하지 못한 일들을 재빨리 처리했다. 그러면 아무도 상관하지 않을지도 모른다. 알프레드가 말도 없이 이틀을 쉬었을 때, 아버지가 어떻게 했는지 기억하니 마음이 불편해졌다. 하지만 그때는 건초작업을 하는 시기였고 그는 술에 취해 캐슬퍼드의 한 배수구에 빠져 있었다. 나는 겨우 하룻밤 다른 사람의 집에서 잤고, 이젠 일을 할 준비가 되었다.

나는 헛간으로 가서 쇠스랑을 꺼냈다. 하지만 침묵이 너무 강해 축사 벽에 몸을 기대고, 고개를 돌렸다. 누군가가 아픈 것 같다. 마치 물속에 있는 것처럼 침체된 기분이다. 마당을 가로질러 안으로 들어갔지만 집도 마찬가지였다. 나는 발뒤꿈치를 들고 계단을 올랐고 가슴이 너무 쿵쾅거려서 벽까지 울리는 것 같았다. 그때 누가 낮은 목소리로 말을 하기에 놀라 돌아보았다. 응접실에서 나는 소리다. 손님이 오지 않는 이상 주중에는 아무도 없는 곳인데 이상한 일이다. 문이 조금 열려 있어서 살짝 안을 들여다보았다.

어머니는 고개를 숙이고 소파에 앉아 있었고, 아버지는 난롯가에 서 있었다.

나는 문을 열었다. 어머니가 고개를 들어 날 쳐다보았다. 울고 계신다. "에밋." 아버지가 입을 열었다. 아버지도 울고 있다.

18

부모님은 아무 말 없이 나를 쳐다보았다. 먼지가 공중으로 휘날리고 빛을 받아 한가로이 떠다니다 찰나의 순간에 보이고 사라지고를 반복했다. 햇살 너머 어둠이 붉게 물들기 시작하자 모든 것이 흐릿해졌다. 벽지는 한층 누렇게 보였고 무늬도 더럽고 희미했다. 서랍장 위 유리덮개 속에 들어 있는 과일에도 연회색 물이 들었다. 유리 안으로 먼지가 들어갔나 보다. 한 귀퉁이에는 크리스마스에 달아놓은 담쟁이덩굴 화환이 말라비틀어진 채 그대로 있었다.

어머니는 조 테너가 몰래 종마 마구간에 들어갔다가 말에 걷어차여 죽은 날 이후로 울지 않았다. 그 이전에 어린 프레야 스미스가 방앗간 바퀴 아래 깔린 사고가 났을 때가 유일했다. 그리고 아버지가 우는 모습은 평생 본 적이 없다. 그런데 지금 아버지는 눈물을 훔치며 젖은 얼굴을 하고 있다. 눈은 퉁퉁 부었고 입은 처지고 젖어 있다. 이 광경은 익히지 않은 생고기나 나체처럼 어딘가 외설적이다.

알타에게 무슨 일이 생긴 것이다.

그러자 방 안의 공기가 모두 빠져나가는 느낌이 들어 나는 쓰러질 것 같았다. 말이 나오지 않았다. 이대로 침묵을 견딜 수 없었지만 무슨 말을 하든 상황은 더 나빠질 것이다.

어머니가 입을 열었다. "앉으렴."

조금 전까지도 나의 모든 관절이 촉촉하게 젖어 앞으로 튀어나갈 것 같았다. 그런데 지금은 갑자기 몸이 빳빳하게 굳었다. "무슨 일이에요?"

"무슨 일인 것 같으냐?" 아버지의 목소리는 지쳐서 무방비하게 들렸다.

"알타는 어디 있어요?" 어머니가 한숨을 내쉬자 나는 속이 뒤집혔다. "알타 문제죠? 그 앤 괜찮아요? 무슨 일인지 말해주세요!"

"알타 말이냐?" 아버지가 인상을 찌푸렸다. "네 동생은 위층에 있어."

"동생 걱정을 하기에는 좀 늦은 것 같지 않니, 에밋?"

침묵이 흘렀다. 어머니의 얼굴은 얼음장 같았다. 정적이고 새하얀 데다가 단호한 모습이라서 숨이 막혔다. 나는 어머니에게서 아버지로 시선을 옮겼다가 되돌아왔고 곧 이해가 되었다.

"전." 떨리는 내 목소리가 듣기 싫었다. "전—모르겠어요."

"너한테 무슨 말을 해야 할지 모르겠구나." 아버지가 말했다. 한번도 아버지가 늙었다고 생각한 적이 없었는데 지금 아버지는 쓰러지지 않으려는 듯 벽난로 위 선반을 붙잡았다. "아들아. 우린 네가 훌륭한 젊은이라고 생각했어. 널 자랑스럽게 여겼고."

침묵이 점점 퍼져 내 목을 졸랐다. "전 모르겠어요." 내가 말했다. "전 단지……." 마치 글 읽는 법을 처음 배우던 때로 되돌아간 듯 쉬운 단어들도 전혀 생각나지 않았다.

"어떻게 네가 그럴 수 있니?" 그 순간 어머니는 알타처럼 말했다. 나이가 들어 희망 따위는 잃어버린 알타 버전으로. "난 이해가 안 되는구나, 에밋. 네가 한번 말해보렴."

"뭘 말이에요?"

"왜 알타의 미래를 망치는 선택을 한 거니? 왜 우리 모두에게 거짓말을 했니? 우리가 가르쳐준 모든 것들을 다 무시했냐고."

"전 아무 짓도 하지 않았어요!" 마침내 폐로 공기가 들어와 말을 할 수 있었다. "전 거짓말을 한 적이 없어요! 그리고—알타에게 상처를 주려고 한 적도 없고요."

"어떻게 뻔뻔하게 그런 말을!" 어머니는 숨이 차다는 듯 몸을 앞으로 숙였다. "알타가 어떤 감정인지 넌 알고 있잖니. 우리 모두가 어떻게 생각하는지. 무엇을 바랐는지……." 어머니가 침을 삼켰다. "네가 일을 해야 하는 시간에도 우린 널 두 사람과 함께 있도록 했어. 널 믿었으니까. 그런데 네가 모든 걸 다 망쳐버렸어. 완전히. 왜 그랬어?"

"그건 제가—." 나는 말을 멈췄다. 숲에서 살모사를 맞닥뜨린 것처럼 다리가 후들거렸다. 나는 말을 이었다. "알타 때문도 아니고, 부모님 때문도 아니에요."

아버지가 몇 발자국 앞으로 걸어왔다. "그런 말 하지 마. 넌 이런 식으로 가족을 저버리는 아이가 아니잖니. 네가 그 남자애랑 무슨 짓을 했든……. 네가 원해서 그런 건 아닐 거다. 넌 그런 아이가 아니니까."

나는 아버지를 쳐다보았다. 아버지는 내가 질투에 불타고 앙심을 품고 악랄해졌기를 바라고 있다. 증오로 인해 그런 일을 저질렀기를 바라고 있다. 그렇지 않으면 나는 그런 아이가 될 테니까……. 다리의 떨림이 위로 올라와 마치 지진이 난 듯 온몸이 떨렸다. 내가 원한 것은 다른 누구도 아닌 루시안이다. 그게 어쨌다고?

"아니에요." 내가 말했다. "생각하시는 그런 게 아니에요. 그냥 노닥거린 게 아니에요. 우린 서로를 아끼고 있어요."

어머니가 한숨을 내쉬었다. "조용히 하렴."

"아니라고요." 나는 다시 말했고 목소리가 갈라졌다.

"입 다물라니까!" 아버지가 응접실 한쪽으로 성큼성큼 걸어가더니 다시 돌아왔다.

나는 천장에 매달린 종이 고리만을 쳐다보았다. 크리스마스 전에 루시안이 그것을 단다고 의자 위로 올라섰던 일이 기억났다. 그날 우리는 왈츠를 췄고 그의 몸이 가까이 있어서 나는 숨을 쉴 수가 없었다. 잠시 나는 그 기억에 정신을 뺏겼다. 그래서 볼 안쪽을 최대한 세게 베어 물며 고통에 집중하려고 애썼다.

"무슨 짓을 했든 이미 벌어진 거야." 아버지가 말했다. "오늘 이후로 다시는 이 일을 입 밖에 꺼내지 않으마. 이런 일이 한번만 더 일어난다면, 에밋. 넌 그날부로 우리 가족이 아니다. 내 말 알겠니?"

나는 천천히 입을 열었다. "이런 일이라니요?"

"한번만 더 다른 소년이나 혹은 남자의 몸에 손을 댄다면. 다른 사람이 널 만지게 둔다면. 우리 귀에 어떤 소문이나 이야기, 뭐든지 들린다면." 아버지가 잠시 말을 멈췄다. "이제 알아듣겠니?"

낯선 사람처럼 나를 쳐다보는 아버지의 눈빛이 견디기 힘들었다. 그렇게 하겠다고 대답한다면 부모님은 나를 용서해주시겠지. 그러면 예전처럼 돌아갈 것이고 우리는 아무 일도 없었던 듯이……

"부탁이에요. 제발 제 말을 들어주세요. 어머니." 나는 어머니를 향해 몸을 돌리고 얼굴 표정을 보지 않으려고 애썼다. "어머닌 저와 알타가 더 나은 삶을 살길 바라죠? 다네이가 제게 캐슬퍼드에 있는 일자리를 제안했어요. 전 그와 같이 일할 수 있어요."

"무슨 이야기를 하는 거야?"

내 목소리는 점점 커지고 빨라졌지만 제어가 되지 않았다. "이런 삶에서 벗어나는 게 왜 꼭 알타여야 해요? 어머닌 다네이가 알타를 구해주길 바랐잖아요. 왜 전 안 되나요? 전 이곳을 떠나 그의 비서가 돼서……"

아버지가 말했다. "비서가 아니라 매춘부겠지."

뭔가 떨어져 깨진 직후에 찾아오는 침묵처럼 갑자기 응접실이 조용해졌다.

"여보," 어머니가 끼어들었다.

"그게 사실 아니냐?"

이유는 모르겠지만 갑자기 내 목소리가 침착해졌다. "알타가 그와 결혼하길 바라시죠." 내가 말했다. "여전히 그럴 수 있어요. 제가 부탁하면 그는 알타에게 프로포즈를 할 거예요. 그러면 부모님이 바라는 행복한 결말이 될 거예요."

어머니가 자리에서 일어났다. "말해봐. 진심이니?"

나는 머뭇거렸다.

"대답을 곧바로 못하는구나." 어머니가 조용한 목소리로 말했다. "솔직하게 알타가 그 사람과 결혼할 수 있을 거라 생각하니? 네가 그 사람이랑 그런 일을 저질렀는데……. 그런 남자한테 우리가 딸을 내줄 거라 생각해? 그리고 네가 그렇게 하라고 했다고 알타에게 청혼한 남자가 알타에게 과분할 거라고 믿는 거야?"

"알타가 여전히 그를 원한다면—."

"어디서 그런 소릴 입에 올려? 네가 남긴 걸 알타가 받게 두고 넌 네 맘대로 할 수 있다고 생각하는 거야? 어떻게 감히 동생이 그런 사소한 것에 만족할 거라고 말할 수 있니?"

"전 그렇게 말한 게 아니에요!"

"그만둬!" 아버지가 어머니와 나 사이로 걸어왔다. "그만둬, 힐다. 더는 듣고 싶지 않아. 에밋, 네 방으로 올라가거라. 내일까지 이 일을 다 잊는 거야. 지금은 널 보고 싶지 않구나."

"제 설명을 좀 들어보세요." 나는 두 사람 중 누구에게 말하는 건지 알지 못한 채로 입을 열었다.

어머니가 내게 와서 손을 올렸다. 멍청하게도 나는 겁에 질려 움찔했다. 하지만 어머니는 마치 어린아이를 다루듯 아주 부드러운 손길로 내 뺨을 쓸었다. "무슨 말인지 모르겠니, 에밋? 우린 널 용서해줄 거야. 너에게 다시 기회를 준다고. 부탁이니 제발 받아들여." 어머니는 떨리는 목소리로 헛기침을 했다. "네가 우리 아들로 있을 수 있는 유일한 기회야."

나는 비틀거리며 위층으로 올라갔다. 어디에 팔다리를 놓아야 하는지 몰랐다. 계단 맨 위에 간신히 발가락을 올렸고 팔꿈치가 난간 기둥에 부딪혔지만 어디 멀리서 무슨 일이 벌어진 것처럼 고통이 거의 느껴지지 않았다.

알타의 침실 문은 닫혀 있었다. 나는 멈추지 않고 지나쳤다. 그렇지만 뭔가 나를 멈추고 뒤돌아보게 만들었다. 문 아래로 그림자가 움직여 동생이 있다는 것을 알았다.

"알타?"

아무 소리도 나지 않았다. 하지만 동생은 쭉 그곳에 있었다. 알타가 문 옆으로 조심스럽게 움직이자 그림자가 희미하게 옆으로 미끄러졌다.

나는 문을 확 열었다. 동생이 놀랐다. 하지만 내가 뭐라고 하기 전에 동생이 숨을 참고 몸을 일으키더니 내 얼굴을 때렸다.

세상이 휙 돌며 반짝거렸고 빨강과 검정 점들이 춤추었다. 귀에서 유리가 깨지는 소리가 났다.

알타가 나를 향해 소리쳤다. **빌어먹을 추잡한 놈. 더러운 자식······.** 그리고 더 많은 욕들, 알타가 모른다고 생각했던 욕들, 지금은 상처를 입히지 못하지만 파편처럼 박혀 두고두고 나를 아프게 할 욕들이 마구 날아왔다.

나도 동생을 한 대 때렸다.

그러자 동생이 입을 다물었다. 알타는 휘둥그레진 눈으로 나를 쳐다보았고 얼굴에서 피가 났다. 동생의 뺨에 내 손자국이 선명하게 찍혔다. 평생 처음으로 동생에게 상처를 주었다는 점에 나는 개의치 않았다. 그리고 내가 개의치 않았다는 점도 개의치 않았다.

　나는 이렇게 물었다. "부모님이 어떻게 아시게 된 거야?"

　"내가 오빠 뒤를 밟았어. 셔츠에 장미를 꽂고 돌아왔을 때 이미 오빠가 폐허에 갔던 걸 알았어. 그래서 거기가 어딘지도 알았지. 그곳에서 봤어."

　알타가 침을 삼켰다. 동생이 그런 표정으로 누군가를 쳐다보는 것은 처음이다. 얼굴이 증오와 절망으로 떨렸지만 내가 동생을 바라보니 이상하게 어른과 같은 무심한 표정을 지으며…… "내 입으로 직접 말해줄까?" 동생이 물었다.

　"오빠와 루시안이 섹스하는 걸 봤어."

　나는 눈을 감았다.

　"오빠가 내 부츠를 숨긴 걸 알고 있었어. 일부러 날 떼어놓으려고. 난 한참을 찾았고 결국 가장 아끼는 신발을 신고 오빠를 따라갔어. 루시안이 보고 싶었어." 동생이 침을 삼켰다. "하지만 두 사람을 찾았을 때 둘이 말하는 걸 들었어. 오빠가 나에 대해 말했지. 나 따위는 상관없다는 이야기를."

　"난 절대 그런 말을—"

　"그리고 날 사랑하는 척하는 게 견딜 수 없다는 루시안의 말도."

　"알타."

　"상관없잖아? 오빠도 그렇지 않아? 오빤 그 사람이랑 같이 웃었잖아." 동생의 목소리가 커지며 갈라졌지만 잠시 뒤 말을 이었다. "그래서 난 집으로 왔어. 엄마, 아빠한테 말하고 싶지 않았지만 오빠가 밤새 들어오지 않아서 어쩔 도리가 없었어."

나는 그것이 어떤 기분인지 생각해보았다. 알타가 그런 기분을 느껴야 할 필요가 없다. 동생은 그 사실을 부모님께 말하면 어떤 손해를 보게 될지 알았다.

"처음에 부모님은 믿지 않으셨어. 그래서 내가 오빠가 루시안이 웨이크닝 박람회에서 준 달걀을 가지고 있다고 했고—."

"내 물건을 뒤졌니?"

"그리고 루시안의 등에 주근깨가 생겼다고 했어. 내가 본 것도 말했고." 정적이 흘렀다. 알타의 목소리에서 살짝 승리의 기운이 느껴지는 것은 내 착각일까? 동생이 턱을 기울였다.

"그랬더니 두 분이 내 말을 믿으셨어."

나는 손으로 얼굴을 감쌌다. 내 존재 자체가 사라져버렸으면 좋겠다.

"아버지가 캐슬퍼드에 있는 루시안의 가족에게 편지를 썼어. 오빠가 다시는 그를 만나지 못하게 하려고."

"부모님한테 말할 필요는 없었잖아." 나는 낯선 사람처럼 말했다. "이건 너랑은 상관없는 일이야, 알타."

"난 그를 **사랑해**." 말이 잠시 끊어졌다. "난 그를 **사랑했어**."

물론. 비장의 무기다. 그 말을 내가 했다면……. 나는 내가 그 생각을 계속하도록 나 자신을 놔두지 않았다. 대신 동생의 눈을 똑바로 쳐다보고 최대한 비아냥거리는 목소리로 말했다. "그렇다면 그런 말을 한 게 참 가엾구나." 내가 말했다. "말만 안 꺼냈더라면 넌 루시안이랑 결혼할 수 있었을 텐데."

동생이 나를 노려보았다. "거짓말."

"이제 와서 달라질 게 있겠어?" 알타의 얼굴이 점점 하얗게 변하는 것을 보면서 나는 끔찍하고 역겨운 만족감을 느꼈고 동생은 결국 눈물을 쏟았다. 그렇게 반짝이던 기쁨은 사라지고 재만 남았다.

나는 몸을 돌려 나가려고 했다. 그때 방구석에서 뭔가 시선을 끌었다. 알타의 댄스 슈즈다. 아이보리 색 실크 슬리퍼이자 동생이 가장 아끼는 신발이 아무렇게나 던져진 듯이 벽에 기대 있었다. 2년 전 생일, 포장지를 벗기는 순간 환해지던 동생의 얼굴이 기억났다. 작년 추수 감사절에 그 신발을 신고 얼마나 호들갑을 떨었던지 길을 가다가 진흙탕이 나오면 신발을 더럽히지 않으려고 날더러 업어달라고 했다. 그리고 누군가 '넌 그 신발을 신고 요정처럼 춤을 추는구나'라고 했을 때 내가 동생을 팔꿈치로 푹 찌르며 이렇게 말했었다. "요정보단 도깨비에 가깝지." 그 말에 우리는 너무 크게 웃어서 밖으로 나가야 했다. 그러고 나서도 동생은 신발이 더러워지니 바닥에 내 망토를 깔아달라고 했었다. 그렇게 애지중지하던 신발에 지금은 진흙이 묻고 풀 얼룩이 졌다.

"미안해. 네게 상처를 주고 싶었던 건 아니야." 내가 말했다.

"그냥 가줘, 오빠."

나는 망설였다. 이상하게도 동생이 어릴 적 짜증을 내던 때처럼 쉽게 풀릴 것이라고 기대했다. 하지만 알타는 내가 방을 나설 때까지도 나를 노려보았다.

나는 어떻게 왔는지도 모르게 내 방에 들어왔다. 몸을 최대한 작게 만들면 상처도 줄어들 것이라고 생각하듯이 침대에서 둥글게 몸을 말았다. 오랫동안 그저 숨을 쉬며 생각을 하지 않으려고 했다. 그리고 누군가 말을 타고 지나가자 스플라치가 짖는 소리가 나서 눈물이 났다.

나는 마치 상처를 입은 것처럼 루시안에 대한 그리움에 사무쳤다. 절박하게 불타오르는 욱신거림이 가슴뼈에서 시작해 가랑이 어딘가로 퍼졌다. 움직이거나 말하거나 숨을 깊이 들이마시면 고통이 더 커졌다. 나는 죽고 싶다는 생각을 한번도 해본 적이 없었다. 그러나 이것은 계속 물에 빠지는 것 같지만 마지막 순간은 오지 않는 그런 고통의 연속이었다.

루시안이 갔다. 그의 어떤 모습도 목소리도 들리지 않는다. 그는 여기 없다. 그것이 내가 아는 전부이자 중요한 부분이다. 하지만 차츰 다른 것들이 형태를 드러내기 시작했다. 부모님은 절대 나를 용서하지 않을 것이고 알타도 나를 미워하고 나는 내 삶뿐 아니라 가족의 삶까지 망가뜨렸다. 알타가 우리가 같이 있는 것을, 우리의 행위를 보았다.

그리고 루시안. 지금쯤 그의 아버지가 알아차렸을 것이다. 루시안이 벌을 받게 되면 그것 역시 내 잘못이다. 그 생각에 나는 숨을 쉴 수 없었고 속이 더욱 죄었다. 나 때문에 루시안이 고통을 받고 알타만큼 그도 나를 싫어한다면……. 나는 우리가 함께 웃고, 서로를 만지고, 우리가 했던 말들을 떠올리며 그 안에 머물고자 했지만 숨을 쉴 때마다 기억은 점점 줄어들었다. 더는 그 모든 것들이 확실하게 떠오르지 않아서 절박하게 기억을 해야 했다. 그가 지금 나를 싫어하는지보다도 그가 이대로 나를 잊어버린다면? 내 생각을 전혀 하지 않는다면? 나를 떼어낸 것을 다행이라고 생각한다면?

나는 배가 고프지 않았다. 다시는 허기가 찾아오지 않았다. 마당에서 스플라치가 낑낑거릴 때만 몸을 움직였다. 하지만 너무 어지러웠다. 스플라치에게 밥을 주는 것도 힘들어서 곧바로 침대로 들어갔다. 1분 뒤 내 문을 긁는 소리가 났다. 동물을 침실에 데려오면 안 되지만 더 미움받을 것도 없기 때문에 스플라치를 안으로 들였다. 강아지는 사방을 쿵쿵거리다가 내 옆에 앉았고 나는 스플라치에게 팔을 둘렀다. 강아지의 온기가 텅 빈 속을 채워주지 못했지만 조용히 내쉬는 숨과 내 어깨를 누르는 스플라치 턱의 무게가 마음의 고통을 줄여주었다. 마침내 지친 나는 꾸벅꾸벅 졸 수 있었다.

잠에서 깨니 벌써 밖이 어둑어둑해졌다. 스플라치가 바닥으로 뛰어내려 날쌔게 발톱으로 나무 바닥을 밀며 달려나갔다. 악몽을 꾼 것처럼 심장이 두근거렸지만 나를 깨운 것은 채찍질처럼 날카로운 진짜 세상이다. 자리에서 일어나 몸을 떨며 땀에 젖은 머리카락을 얼굴 뒤로 넘겼다.

응접실 문이 닫혀 있었다. 삐걱거리는 발소리와 조용히 웅성거리는 목소리가 들렸다. 아버지가 아닌 다른 남자의 목소리다. 몇 초 뒤에 나지막한 목소리로 아버지가 대답을 했고 두 목소리는 확실히 구분이 갔다.

나는 스플라치를 데리고 아래층으로 내려가 마당으로 내보냈다. 퀴퀴한 냄새가 나는 내 방에 있다가 밖으로 나와 맑은 저녁 공기는 따뜻하고 달콤했지만 나는 현관문을 다시 닫고 응접실로 가는 복도를 걸었다. 저 목소리는……나는 걸음을 멈추고 귀를 기울였다.

"얼마나 실망하셨을지 압니다. 파머 씨."

그 순간 나는 세상이 흔들리면서 루시안이 왔다고 생각했다. 하지만 귀에 윙윙거리는 소리가 사라지자 그가 아니라는 것을 알 수 있었다. 억양은 같지만 지금 들리는 목소리는 더 깊고 냉철하고 가식적이었다.

"알겠습니다." 아버지가 말했다. "가서 데려오죠."

나는 비틀거리며 뒷걸음질쳤지만 빨리 움직이지 못했다. 아버지는 문을 열었을 때 내가 서 있는 것을 보고 인상을 썼다. 하지만 별소리 없이 이렇게 말했다. "이리 들어오너라."

나는 아버지를 따라 응접실로 들어갔다. 팔걸이의자에 한 남자가 머리를 편안하게 기대고 다리를 꼰 채 앉아 있었다. 그는 나이가 좀 있어 보이는 사람으로, 노르스름한 잿빛 구레나룻이 있지만 콧수염은 없었고 과하게 익은 과일 같은 입이 중간에 자리한 얼굴을 하고 있었다. 그는 나를 아래위로 훑어보더니 입술을 벌리고 분홍빛 미소를 지었다.

그는 알고 있다. 그것을 내가 어떻게 아는지 모르지만 그가 나를 쳐다보는 눈길에서 알았다.

"네가 에밋이니?"

"네." 나는 대답했다. 나의 셔츠는 주름이 졌고 땀 냄새와 개 냄새가 풍겼다.

"대체 당신은 누구죠?"

"난 아크레란다. 다네이 씨 밑에서 일해. 어른 다네이 씨 말이다." 그는 루시안을 말할까봐 염려되는 듯 이렇게 덧붙였다. "이리와 앉으렴."

"당신 집처럼 말하는군요."

"앉거라, 에밋." 아버지가 말했다. 램프 근처에 서 있는 아버지의 이마가 땀으로 반들거렸다.

나는 자리에 앉았다. 발목이 떨리는 것을 멈추려고 발꿈치를 바닥에 붙였다.

"감사합니다, 파머 씨." 아크레가 말했다. 그는 아버지에게 미소를 짓더니 문 쪽으로 손짓했다. 아버지는 침을 삼키고는 나를 쳐다본 다음 아무 말도 하지 않고 몸을 돌려 자리를 떴다.

"그래, 에밋." 아크레가 말했다. "꽤 후회스럽지? 네 마음 이해한단다. 루시안은 결과는 생각 못하고 사람을 휩쓸리게 만들지. 지금 상처를 많이 받았겠구나. 그래서 내가 널 도와주러 온 거야."

나는 혀끝을 깨물고 아무 말도 하지 않았다.

"내가 끼어드는 게 화가 난다는 거 이해한다. 무례하게 보일 테니까. 하지만 우리는 경험이 아주 많다는 걸 네가 알아줬으면 좋겠구나. 특히나 이런……문제에 있어서 말이다. 그래서 우린 네 편이야. 루시안은 착하지만 아직 어려서 그가 남긴 파괴의 흔적을 다른 사람이 치워야 하지. 그러니까―."

"파괴의 흔적이요?"

"그는 너와 네 여동생에게 큰 상처를 입혔어. 네가 고통받고 있는 걸 알겠구나. 아니." 그가 고개를 저었다. "나한테 말하라는 건 아니야. 이미 무참히 짓밟힌 것 같은 기분이라는 걸 알아. 난 그런 네가 참 안쓰럽구나. 그래서 네게 해결책을 알려주려고 여기 왔어."

내 안에서 커다란 희망이 솟구쳤다. "뭐라고요?"

"미안하구나, 에밋. 일어나지 말았어야 하는 일이 벌어졌어. 루시안은 잔인하고 배려심이 없어서 네가 그렇게 생각하게 만들었지……." 그가 헛기침을 했다. "내가 그 모든 걸 다 사라지게 해줄 수 있단다. 넌 예전의 삶으로 돌아갈 수 있어. 원래대로. 루시안을 만나기 전에 넌 만족하고 살았지?"

나는 머뭇거렸다. "그랬던 것 같아요."

"좋아. 그렇다면 너한테 제안을 할게. 비용은 전부 우리가 낼 거란다. 교통비 등등 네가 제본사를 찾아가는 데 드는 돈 모두를 말이야. 또한 사과와 선의의 표시로 너와 네 가족에게 작게나마 금전적인 보상을 하려고 해. 이런 상황을 겪으면 아주 속이 상하겠지. 이런 안 좋은 일을 좋게 마무리 짓는 게 가족을 위해서도 아주 중요하단다."

"잠시만요." 나는 생각을 하려고 애썼다. 그는 그럴듯하고 설득력 있는 목소리로 마치 내게 자장가를 불러주는 것 같았다.

"저더러 제본사를 만나러 가라고요? 저더러 제본을 하라고요? 전부 다 잊으라고?" 웨이크닝 박람회에서 들었던 노랫소리가 희미하게 흘러나와 내 귀를 마구 찔렀다.

"제본에 대해 선입견을 가지고 있구나, 에밋. 그런 걱정은 할 필요가 없단다. 제본은 안전하고 고통 없는 과정이고 결국에 넌 예전과 똑같은 사람이 될 거야. 루시안에 대한 기억도, 실망한 가족에 대한 기억도, 상심한 기억도 다 사라진단다. 그렇게 될 거야. 마치," 그는 몸을 구부리고 포동포동한 한 손을 감싸 마치 비는 것처럼 보였다. "다시 태어나는 것처럼."

"그렇게 해주는데 돈도 준다고요. 왜죠?"

"루시안은 우리 책임이거든. 그리고 그가 너처럼 젊고 순진한 사람을 이용했을 때 우린 그 사람의 삶이 망가지도록 내버려둘 수 없단다. 너나 네 가족처럼 말이야."

"그러니까 당신 말은……." 나는 침을 삼켰다. "루시안이 이렇게 했을 때라고 말했죠. 그 말뜻은……?"

그는 갑자기 의자가 너무 비좁은 듯이 몸을 살짝 움직였다. "있잖니, 에밋. 우리는 누군가를 아주 잘 안다고 생각하지만 그러지 않을 때가 더 많단다. 루시안은 아주 매력적이야. 그는 네가 세상 유일한 사람인 것처럼 생각하게끔 행동했겠지. 그리고 아마도 그게 전부 다……거짓은 아닐 거야."

"전부 다 거짓이 아니라니요?" 하지만 그의 목소리가 떠올랐다. 미안해. 난 겁쟁이야.

"그는 연애에 말려드는 걸 좋아해. 네가 처음이라고 생각하니?"

나는 고개를 돌렸지만 어디를 보아도 다 흐릿했다.

"그가 캐슬퍼드에서 쫓겨난 건 부적절한 상대와 관계를 맺었기 때문이야. 부엌일을 하는 꽤 어린 하녀였지. 아마도 그래서 네 여동생이 아닌 널 선택했는지 몰라. 하지만 자책하지 말거라. 루시안은 어떤 측면에서 꽤 무자비해서 이 모든 행위를 일종의 쾌락, 사냥 같은 거라고 생각해."

"그건 사실이 아니에요."

"그래, 상관없단다. 지금 그게 중요한 게 아니잖니? 미래에 대해 생각해보렴. 난 내일 아침 마차로 다시 오마. 우리가 널 늪에 사는 제본사에게 데려다줄게. 이런 일은 신중하게 처리하는 게 좋아. 일이 다 끝나면 너희 아버지에게 20기니를 주마. 금화나 수표나 뭐든 좋은 쪽으로. 이 제안이 어떠니?"

나는 심장이 마구 뛰어 루시안이 준 반지가 내 가슴뼈를 울리는 것을 느낄 수 있었다.

내가 대답했다. "싫어요."

그의 얼굴 표정이 달라졌다. 그리고 또 침묵이 흘렀다.

"알겠다." 그가 마침내 입을 열었다. "그럼 얼마를 원하니?"

"네?"

"20기니로 충분하지 않다면 얼마가 필요하냐고?"

"돈 때문이 아니에요."

"항상 돈 때문이지. 가격을 말해봐. 30기니? 50기니?"

"아니요." 나는 자리에서 일어났다. "당신은 이해 못하는 거죠? 루시안에게 다른 애인이 있든 상관 안 해요." 목소리가 떨렸지만 나는 개의치 않았다. "전 기억하고 싶어요. 그게 지금 제가 가진 전부니까요."

"잘난 척하면서 남을 조종하는 청년에 대한 기억을 갖고 싶다고?"

조종이 무슨 말인지 몰랐지만 의미를 추측할 수 있었다. "네."

"에밋." 그의 입에서 나온 내 이름은 경고처럼 무겁게 들렸다. "정신

차리렴. 다시 생각해. 75기니로 하자. 아주 후한 거야."

"차라리 죽어버리겠어요."

"소원을 빌 때는 조심해야 하는 거야."

나는 그를 노려보며 땅딸막한 그의 몸과 외설스러운 얼굴 전부에 증오를 보냈다. 마침내 그가 어깨를 으쓱이더니 자리에서 일어났다. "잘 알겠구나. 안타깝네. 우리는 널 생각해서 한 제안인데." 그가 여름 저녁에 입기에는 너무 크고 더울 것 같은 축 처진 코트에서 뭔가를 찾더니 꾸러미를 꺼냈다. "이건 네 것이란다. 네가 루시안에게 빌려준 셔츠. 그는 어떤 핑계를 대서든지 네가 그를 다시 만나러 오길 원하지 않았어."

나는 그것을 받아 챙겼다.

"내 도움이 필요하다면 네 아버지가 내가 어디에 있는지 알고 있으니 물어보렴. 그리고 오늘 저녁에 자다가 깨서 고통이 없어졌으면 좋겠다는 생각이 든다면……마음을 바꿔도 좋아."

"전 마음을 바꾸지 않아요."

그는 재빨리 불친절한 미소를 지어 보였다. 그리고는 인사를 하더니 자리를 떴다.

고개를 드니 어머니가 문 앞에 와 있었다. 나는 아크레가 주고 간 셔츠를 집었다. 이것은 내 것이니 어머니가 버릴 구실이 없다. 어머니는 아무 말도 하지 않았다.

"전 안 가요."

어머니는 눈을 다시 뜨는 것이 힘든지 오랫동안 눈을 감았다. "우린 그 돈으로 알타의 지참금을 낼 수 있어."

"어머니……."

"우리는 네가 책과 거리를 두도록 매우 노력했단다. 그 사악한 마법…… 그런데 다네—아니 네 친구가 너한테 말해준 거지? 내가 알았어야 했는데. 우린 그 자가 어떤 사람인지 알았어야 했어."

"어머니 말은—."

"우린 널 보호했다고 생각했어. 아주 조심했으니까……." 어머니가 문에 기대자 앞치마가 천천히 말려 올라갔다. "네 할머닌 항상 책이 부자연스러운 마법이 변장한 모습이라고 하셨어. 기억, 수치, 고통, 슬픔을 다 빨아들인다고……. 그래서 어떤 제본사들은 아주 오래 산다고 했어. 타인의 생명을 쪽쪽 빨아들이니까."

어머니는 밀가루와 그을음이 번진 치마를 멍하게 쳐다보았다. "하지만—원래대로 돌아갈 수 있다면. 전처럼……."

목에 뭔가 걸렸다. "어머니, 제 말 좀 들어보세요. 루시안과 저는—."

"가." 어머니가 말했다. "제발 가버려. 우리 가족을 더 욕보이지 말고."

나는 어머니를 지나쳐 내 방으로 올라왔다. 귀에서 심장소리가 울렸고 온몸이 떨렸다. 침대에 앉아 내 낡은 셔츠를 꽉 붙잡고 목구멍에서 느껴지는 아픔을 견뎠다. 나는 고개를 숙이고 린넨 위로 얼굴을 묻었다. 루시안의 팔이 내 몸을 두를 때의 감각과, 은은한 라벤더 물 향기가 나는 그의 피부를 느낄 수 있다면 무엇이든 포기할 수 있다.

그때 옷 안에서 뭔가 찢어졌다.

깃 속에 기워져 있는 쪽지다. 칼끝으로 깃을 분리하는 데 한참이 걸렸다. 그리고 마침내 나는 쪽지를 열어보았다.

습지길과 캐슬퍼드 길 사이에 있는 교차로에서 해가 뜰 때 만나.
사랑해.

334

19

그날 저녁 내가 누군가와 대화를 했다면 그 사람은 내 기분이 어떤지 알아차렸을 것이다. 나는 술에 취한 사람처럼 온몸이 뜨거웠다. 저녁식사 자리에서 빠진 것이 행운이었고 나는 방에 가만히 있었다. 자지 않고 행복에 빠져서.

한번은 물을 마시러 갔다가 계단에서 알타와 맞닥뜨렸다. 동생 옆을 지나는데 눈길이 마주쳤다. 층계참 위의 열린 문 가장자리로 달빛이 쏟아졌지만, 맨 위 계단은 흑백 삼각형으로 어둠이 졌다. 하지만 그 아래로 불빛이 부드럽고 은은하게 마치 거미줄처럼 동생의 뺨과 관자놀이를 비췄다. 그 빛 속에서 알타는 처녀, 어머니, 노파 등 어느 나이대로든 보였지만 침착하고 어두운 눈빛은 그대로였다.

"오빠?"

동생의 나긋한 목소리를 들으니 속에서 희망이 일렁였다. 알타가 나를 용서해줄 것이다. 결국 동생은 루시안을 전혀 사랑하지 않았던 것이다.

"왜?"

"미안해." 동생이 말했다.

멀리서 그리고는 가까이에서 올빼미 울음소리가 났다. 마당 한 귀퉁이에서 성급히 걷는 소리가 났다. 나는 올빼미가 조용히 주위를 날아다니며 팔랑거리는 꼬리나 작은 눈동자를 노리고 있다고 생각했다. 죽음도 이처럼 소리 소문 없이 찾아오겠지.

"나도 미안해."

나는 계단을 하나 더 내려가 동생에게로 갔다. 하지만 동생은 재빨리 몸을 돌리며 웅얼거렸다. "화장실에 가야겠어. 여자 일이야." 그리고는 마당으로 나갔다. 나는 옷자락이 바닥에 끌리지 않도록 꼭 쥐고 자갈길을 걸어가는 알타를 쳐다보았다.

동생을 한번 더 불러도 괜찮을 텐데 그러지 않았다. 나는 방으로 가서 시간을 기다렸다.

하늘이 파랗게 바뀌기 전에 옷을 입고 채비를 마쳤다. 달이 졌지만 별은 추수 때처럼 여전히 많았기 때문에 조용히 계단을 내려와 밖으로 나갔다. 숨을 충분히 폐로 들이마실 수 없었다. 길가로 나온 다음, 교차로를 향해 힘껏 달렸다.

어스름한 새벽빛 아래로 보이는 거라고는 램프 불빛 하나와 어둠뿐이었다. 가까이 다가가니 말과 수레가 눈에 들어왔다. 소리를 치고 싶었지만 마법의 주문처럼 사방에 침묵이 내려앉았기 때문에 그것을 깰 수는 없었다. 머리에 모자를 뒤집어쓰고 추위에 몸을 꽁꽁 싸맨 루시안이 말머리 옆에서 발을 동동거렸다. 내 얼굴에는 바보처럼 환한 미소가 번졌고 나는 미친 듯이 달렸다.

"루시안! 루시안!"

내 손길이 닿을 즈음 그가 뒤돌아보았고 나는 가슴이 쿵하고 내려앉았다.

루시안이 아니다.

마음 깊은 곳에서 이미 알고 있었다는 듯, 나는 즉시 알아차렸다. 말 옆에 모자로 반쯤 얼굴을 가리고 서 있는 사람은 아크레였다. 수레 뒤쪽에 웅크린 채로 지루하다는 듯 하품을 하고 있는 또다른 사람을 보니 등에 소름이 돋았다. 그리고.

알타가 있었다.

동생은 잠들어 있다. 아니다. 그늘도 없는데 이마에 그림자가 졌다. 눈 한쪽이 부었고 코와 입 사이에 핏자국이 말라붙었다. 나는 입을 열었지만 속의 모든 것들이 얼어붙었다. 말을 하려고 했지만 그저 풀무를 불 듯 마른 비명밖에 새어나오지 않았다.

"내가 말한 대로만 하면 동생은 무사할 거야." 아크레가 모자를 벗었다. 한동안 우리 둘 다 움직이지 않았다. 그런 다음 나는 그가 수레를 가리키고 있다는 것을 깨달았다. 그는 내가 타기를 원하는 것이다. 마침내 그가 말했다. "일을 더 어렵게 만들지 마."

"루시안은 어디 있어요?"

그 말에 아크레가 콧방귀를 꼈다. "루시안? 넌 그리 영리하지 못하구나?"

나는 알았어야 했다. 알아차렸어야 했다.

나는 매우 침착한 목소리로 말했다. "그런데 어떻게 알타를 데리고 있는 거죠?"

"당연히 똑같은 방법을 썼지. 이 애는 너보다 더 절박하던걸."

다른 남성이 큰 소리로 낄낄거려서 나는 놀랐다. "저 애는 잘 자랐지. 진짜 여성이 되면 아주 볼만할 거야."

"그런 식으로 말하지 마세요."

아크레가 손가락을 튕겼다. "그만하면 됐어." 그가 말했다. "어서 수레에 타, 갈 길이 멀어."

나는 알타를 쳐다본 다음 억지로 그에게 시선을 돌렸다. 거짓말이다. 이보다 더 동생을 다치게 만들 수는 없을 것이다. 뺨을 때릴 수 있지만 그 이상은 범죄다. "난 당신과 어디에도 가지 않아요."

"협상할 단계는 지났어."

"난 아무 데도 안 간다고요."

"자루를 좀 가져다주겠어, 라이트? 고맙군." 아크레가 수레로 손을 뻗어 자루를 들었다. 나는 속이 뒤집혔다. "자. 두 번째 기회를 줄게. 내가 얼마나 진지한지 보여줄 거야. 내가 친절해서 네 여동생부터 시작하지 않는다는 걸 알아둬. 알겠니?"

자루가 우글거렸다. 아크레가 더 높이 들자 자루 천 위로 발버둥치는 발과 주둥이가 보였다. 절박하고 외롭게 테리어가 낑낑거렸다.

"안 돼." 내가 소리쳤다. "안 돼요. 그러지 마세요!"

"다네이가 뭘 좋아하는 걸 본 적이 없는데 다 자란 쥐잡이 개가 누군가의 눈에 들 거라고는 상상도 못했어." 아크레가 말했다. "어제 이 작은 녀석이 라이트의 발목을 물려고 해서 붙잡았어. 이름이 뭐라고? 스팟?"

"안 돼요."

"안 돼? 뭐 그건 중요하지 않아. 라이트 자네가 해주겠나?"

"그러지 말아요. 제발 안 돼요. 부탁이에요."

그는 자루를 수레 바닥에 툭 떨구었다. 그러자 쿵 소리와 함께 비명이 들렸다. 나는 앞으로 뛰어갔지만 수레를 잡기도 전에 아크레가 내 팔을 잡아 등 뒤로 꺾었다. "계속해." 그가 다른 남성에게 말했다.

"안 돼—스플라치, 안 돼—."

라이트라는 남성이 자리에서 일어나니 그는 마치 거인 같았다. 그 자 옆에는 곤봉이 있었다. 곤봉을 들더니 손목의 힘을 풀었다. 그 자가 미소를 지었다. 그리고 조율을 시작하는 음악가처럼 아크레를 향해 고개를 끄덕인 뒤 자루를 향해 곤봉을 내리쳤다. 한 번. 두 번. 세 번.

나는 소리를 질렀다. 내가 너무 심하게 반항해서 아크레는 내 팔을 놓칠 뻔했지만, 그는 씩씩거리며 다시 붙잡았다. 나는 무릎을 꿇고 구역질을 했고 타는 듯한 어깨 통증을 제외하고는 모든 것을 다 쏟아냈다. 정신이 아득해지자 사방이 조용해졌다. 쿵하고 내리치는 소리도 낑낑거림도 없이 그저 미풍이 속삭이는 소리만 들렸다. 내 얼굴이 젖어 있다. 침과 위액이 입에서 흘러내렸다.

"일어나." 아크레의 발이 내 갈비뼈를 짓뭉갰다. 그러자 속에서 공기가 새어나왔고 잠시 동안 숨을 쉬려고 바닥을 손으로 긁었다. 그러자 다시 폐가 움직였고 나는 일어섰다. 아크레가 수레를 가리켰다. "어서 타."

나는 팔을 뻗어 바퀴에 몸을 기댔다. 내 다리가 얼마나 떨리고 있는지 알게 되었다. 거친 도로를 달리듯 온몸이 덜덜거렸다. 내가 수레 뒤쪽으로 몇 걸음 걷자 라이트가 수레 끝부분에 있는 판을 내렸다. 나는 수레로 올라 자리에 푹 주저앉았다. 곁눈질을 하니 피범벅이 된 자루가 보였다. 너무 가만히 있어서 그들이 나를 놀리는 것이라고 생각할 뻔했다. 하지만 스플라치의 짖는 소리가 들렸고 내 목소리를 알아듣고 몹시 흥분한 채 낑낑대는 것을 들었다.

눈을 깜박일 때마다 세상이 차츰 흐릿해졌다. 턱으로 물이 흘러내려 나의 옷깃을 적셨다. 우는 것 같지 않았다. 내 속에서 뭔가 녹고 있는 느낌이 들었다.

"자." 아크레가 말했다. 그는 가장 최악인 부분이 남았다는 듯 한숨을 쉬었다. "우리가 제본사의 집으로 널 데려다줄 거다. 도착하면 넌 루시안 다네이에 대해 전부 잊어버리고 싶다고 그녀에게 말해야 해. 그후에 우리가 다시 집으로 태워다줄 거고 너와 네 동생은 괜찮아지겠지. 그러면 더는 아무도 널 괴롭히지 않을 거야. 어떻게 생각하지?"

내 맞은편에서 라이트가 괴상하게 유치한 미소를 지으며 알타의 무릎을 쓰다듬었다.

"알았어요." 내가 대답했다.

"그리고 그녀가 물으면 네가 원해서라고 말해야 한다, 알겠니? 우리나 다네이에 대해 말하면 되고. 그리고 아니, 이 정도만 하자."

"알았어요."

그는 다른 무슨 말을 하려는 듯 보였지만 그냥 말을 몰았고 우리는 출발했다.

해가 떴다. 동쪽 하늘이 너무 밝아 쳐다볼 수 없었다. 나는 고개를 숙이고 거칠게 흔들리는 그림자를 쳐다보았다. 피가 붉은 리본이 되어 수레 바닥을 따라 점점 내 발을 향해 다가왔다. 나는 그것을 쳐다보다가 이 모든 것을 다 겪고 난 후에도 스플라치를 기억할지 궁금해졌다. 아니면 다른 것들과 함께 스플라치에 대한 기억도 사라지게 될까?

다른 모든 것들이 사라질 것이다. 루시안에 대한 모든 기억들, 나를 쳐다보는 눈길, 미소, 농담에 웃는 모습, 그의 손길, 그의 몸 구석구석, 길고 가는 손과 가슴, 목 뒤와 척추 아래, 그리고 그가 했던 모든 말까지. ……점점 흥분하는 거야, 파머?……널 실망시키지 않을게……날 믿어……내가……그래 좋아.

사랑해. 하지만 이것은 진짜가 아니다.

나는 눈을 꼭 감았다. 제본사를 만나기 전에 지금 계속 그 기억들을 생각한다면……. 어쩌면 일부는 가질 수 있을지도 모른다. 전부는 아니더라도 일부는 남아 있을지도 모른다. 제발. 처음 그가 내게 키스한 순간이나 혹은 마지막으로 그랬을 때나 아니면 그가 내게 마지막으로 했던 말이라도. 제발. 그 기억만이라도 가질 수 있다면 나는 무엇이든지 할 수 있다. 적어도 기억하는 것이 있다면 그것을 가지고 살 수 있고, 다시는 그를 보지 못하게 되어도 여전히 뭔가는 남을 테니까.

"정신 차려." 라이트가 말했다. "그러다 수레에 홍수 날라."

"괜찮아." 아크레가 앞자리에서 말했다. "속상한 얼굴이면 질문을 많이 하지 않을 테니까."

나는 입으로 길게 숨을 쉬었고 혀로 짠맛이 느껴졌다. 풀잎 하나가 수레 바닥에 나는 발자국과 무참히 깨진 손톱 때문에 생긴 핏자국에 들러붙었다. 널빤지 두 개 사이 틈으로 피가 흘러서 길에 붉은 핏방울이 구슬처럼 떨어진다고 생각했다. 이제 공기는 다른 냄새를 풍겼고 이미 습지의 진한 물기가 느껴지기 시작했다. 새 한 마리가 높고 구슬픈 목소리로 울었다. 그밖에는 덜컹거리는 수레와 빠르게 움직이는 말발굽 소리뿐이다.

어쩌면 거짓말을 할 수도 있다. 아니면 연기하거나. 내 심장이 근육과 피로 만들어진 비밀스런 책인 것처럼 내 기억을 유지할 방법이 있을지도 모른다. 아무도 모르게.

제본에 대해 더 많이 알고 있었다면 좋았을 것을. 제본에 관해서는 죽음 말고는 아무런 생각도 떠오르지 않았다. 안으로 들어가는 문이 있고 그 속에 무엇이 있는지 알 수 있는 방법은 없다. 루시안이 제본에 대해 말해준 유일한 사람이었으니까.

루시안은 그들이 내게 이렇게 할 것을 알았다. 그는 알았던 것이다.

나는 숨을 참았다. 그는 책을 보기만 해도 싫어했다. 왜냐하면 내 생각에는 그것은…… 하얀 하늘처럼 아주 크고 멍한 기분이 들었기 때문일 것이다. 나는 지금에서야 알게 되었지만 그의 마음 한 구석에는 이미 오래 전부터 자리하고 있었을 것이다. 그가 유혹한 모든 사람들이 이 일을 겪었던 것이다. 말이 입 밖으로 나왔으니 되돌릴 수 없다. 그래, 유혹이다. 그가 나를 유혹한 것이다. 그리고 얼마 지나지 않아 그는 이 사달이 날 것을 알았다. 그래서 생각하고 싶어하지 않았던 것이다. 하지만 맞다. 그는 **알았다.** 이것이 그가 견디려고 준비해왔던 위험인 것이다.

나는 눈을 가늘게 뜨고 하늘의 가장 밝게 빛나는 부분을 올려다보았다. 눈이 흐려지고 따가웠지만, 아무것도 달라지지 않았다. 고개를 돌리니 검은 점이 내 앞으로 나타나 알타의 얼굴을 가렸다.

나는 주머니에서 쪽지를 찾았다. 눈의 검은 점은 몰아낼 수 있지만 쪽지를 다시 읽을 필요는 없다. 그것을 내 기억 속에 태워버릴 것이다. **사랑해.** 그 말은 사실이 아니다. 하지만 어쩌면 결국 **이것은** 루시안의 글씨체인지도 모른다. 나는 쪽지를 꺼내 수레 옆으로 펼쳤다. 바람이 쪽지로 밀려들었다. 손을 놓으니 종이는 곧바로 아래로 떨어져 길가의 갈대 다발 속으로 들어갔다.

마지막 모퉁이를 돌자 불타는 것처럼 보이는 집이 나타났다. 햇살이 우리 뒤를 비추고, 모든 창문이 구릿빛으로 불타오른다. 진짜 불이라고 하기에는 너무 잠잠했지만 내가 지옥불로 걸어 들어가는 것 같아서 목 뒤로 소름이 돋았다. 입을 꾹 다물고 고개를 돌렸다. 그리고 수레 한 구석에서 눈을 감고 웅크리고 있는 알타를 쳐다보았다. 동생은 몇 시간 전에 어리둥절한 상태로 깨서 여기가 어디고 어디로 가고 있는지 물었다. 하지만 그들이 알려주자 반항하거나 도망치려고 하지 않았다. 나는 알타가 아픈지 아니면 겁에 질린 것인지 알 수 없었다. 라이트가 물을 건네자, 동생은 내 눈길을 피하며 몇 모금을 들이켰다. 그리고 한참 있다가 한번 이렇게 웅얼거렸다. "오빠? 괜찮아? 어쩌면 이게 최선일지도 몰라……." 나는 대답하지 않았다. 바닥에 있는 피범벅이 된 자루에 무엇이 들어 있는지 말하지 않았고 동생도 묻지 않았다.

수레가 주도로로 접어들었고, 길을 따라 내려갔다. 서늘한 바람이 열이 오른 내 얼굴을 스치며 불쾌한 진흙 냄새를 풍겼다. 수레 한쪽을 꽉 잡자 손바닥으로 파편이 파고들었다. 셔츠 아래로 루시안의 반지가 계속 가슴을 두드렸다. 출구로 들어오는 햇살을 향해 광부들이 비틀거리며 나가듯이 나도 이 일에서 빠져나갈 수 있다. 다시 시작한다. 다른 사람과 사랑에 빠진다. 다시 순결해질 수 있다. 다시 처음으로 돌아갈 수 있다.

수레가 멈췄다. 입 안에서 담즙이 확 올라왔다. 나는 토하지 않으려고 억지로 침을 삼켰다.

"내려."

몸을 움직일 수 없었다. 머리가 전혀 돌지 않았다.

"초인종을 눌러." 아크레가 억지로 참으며 말했다. "널 제본해달라고 말해. 진심인지, 무엇을 잊고 싶은지 물어볼 거야. 그러면 그녀에게 루시안에 대해 말하면 돼. 어렵지 않아." 그가 주머니를 뒤지더니 내게 명함을 내밀었다. "그녀가 돈을 달라고 하면 이걸 건네줘."

나는 어찌어찌 그것을 받았다. M. 피어스 다네이. 공장 사장. 나는 수레를 잡고 있던 반대쪽 손을 쳐다보면서 어떻게 팔을 풀지 생각했다. "오빠……? 부탁이야."

알타를 슬쩍 쳐다보았다. 라이트가 한 손가락으로 동생의 목을 쓸었다. 그리고 또다시 어린아이처럼 유치하게 웃었다.

나는 자리에서 일어났다. 발을 내딛을 때마다 기억해야 한다. 이런 식으로 하면 괜찮을 것이다. 다음 걸음에 마음을 바꾸자고 스스로에게 약속했다. 딱 한 걸음만 더. 한 걸음 더…….

그렇게 나는 문 앞까지 갔고 초인종을 울렸다. 음정이 맞지 않는 초인종 소리가 안에서 들렸다.

한참 뒤 문이 열렸다. "무슨 일이죠?" 그녀는 나이가 아주 많았고 마녀처럼 보였다.

"제본을 해야 해요." 나는 배운 대로 말했다. 그리고 그녀를 지나 어두운 복도, 계단, 사방으로 이어지는 문을 쳐다보았다. 내부는 어두웠다. 붉은빛이 도는 격자무늬의 햇살이 바닥을 비추어 빛나고 있을 뿐이다. 낡은 나무를 서서히 타들어가게 하는 불꽃처럼……. 나는 그녀의 얼굴을 마주하고 싶지 않아서 그 색을 쳐다보았다. "전 잊어야 해요."

"확실하니? 네 이름이 뭐니?"

나는 대답했다. 생각할 필요가 없으니까 사실대로 말했다. 바닥의 빛이 피어올랐다. 밖에서 해와 하늘이 지고 있다. 나는 그 생각에 집중했다.

시간이 얼마나 흘렀는지 모르겠다. 그녀가 내 팔을 잡고 문을 통과해 작업실로 들어갔다. 나는 처진 발걸음으로 그녀와 함께 갔다. 그녀가 어떤 문의 자물쇠를 풀었다. 방은 조용했고 마지막 남은 햇살이 아무것도 없는 테이블 위를 비추고 있었다. 그녀는 내게 의자에 앉으라고 손짓했고 나는 그렇게 했다. 나는 이미 모든 것을 말했고, 그녀는 이해한다는 표정으로 얼굴에 동정심을 드리웠다.

"잠시 기다리렴." 그녀가 말했다. 한참을 기다려 햇살이 먼 벽 쪽으로 사라지자 바닥에는 살짝 붉은 점만 남았다. 그렇게 나도 모르게 심장박동이 느려지고 피로가 몰려들어, 나를 붙들고 있던 이야기들을 풀어내기 시작했다. 그리고 마침내 그녀가 팔을 뻗어 내 소매를 잡았지만, 나는 움직이지 않았다. 그녀가 말했다. "내게 털어놓으렴."

"루시안." 내가 대답했다. "그 폐허. 우리는 그곳에 가지 말았어야 했어요."

갑자기 어둠이 나타나 나를 반으로 갈랐다.

제3부

에밋 파머의 눈동자가 부풀어올랐다. 그는 무릎을 꿇더니 억지로 물배를 채우는 사람처럼 기억을 마구 삼켜냈다.

가죽 타는 냄새가 역겨웠다. 난로에서 연기가 피어나 내 눈을 찔렀다. 덕분에 손가락이 초인종 끈에서 미끄러졌다. 초인종을 눌렀는지 누르지 않았는지 기억나지 않는다. 몸을 움직일 수가 없었다. 이런 광경은 평생 처음 본다. 그의 얼굴이 일그러지고 부풀어올랐다. 손은 허공을 마구 할퀴었다. 그는 자루에 담긴 새끼고양이가 익사하듯 목이 메었고 입에서 물거품을 쏟았다.

나는 그가 불쌍하지 않았다. 본인 잘못 아닌가? 내가 아니라 자기 스스로 책을 불태운 것이니까. 그는 자신에게 무슨 일이 있었는지 알아야 했나보다. 그리고 이제 그는 네 발로 버둥거리고 구역질을 하며 우리 아버지의 페르시아산 러그를 망가뜨리고 있는데 그것도 그가 해결할 문제다. 그가 자초했다. 하지만 나는 눈을 돌릴 수 없었다.

"루시안." 그가 말했다. 그가 말한 것이 맞나? 그의 찡그린 얼굴에서 웅얼거림, 모음과 치찰음이 변형되어 새어나왔다. 어쩌면 바람을 통해서 노랫소리를 듣듯 내 이름을 들은 것인지도 모른다. 왜냐하면 사람이란 의미 없는 것에서 의미를 찾고 싶어하니까.

아니면 그가 내게 도움을 요청하는 것인지도 모른다. 하지만 나는 그를 도울 수 없다. 내가 그의 몸에 손을 댄다고 해도 할 수 있는 일이 아무것도 없다. 그리고 그가 도움을 바란다면 나를 다네이라고 불러야 한다. 아니, 다네이 씨가 더 정확하다. 대체 자기가 누구라고 나를 루시안이라고 부르는 거지? 그리고 왜 저런 눈빛으로 **미안해**라고 하는 거지? 여기서 그를 그냥 보고 있는 것이 낫겠다.

그가 또 내 이름을 불렀고 이번에는 확실했다. 그리고 감히 내게 팔을 뻗으며 일어서려고 한다. 역겹다. 옷 입은 꼬락서니는 거지를 볼 때만큼이나 아니 그보다 더 혐오스럽다. 드 하빌랜드처럼 꼴사납게 꾸몄다. 약골인 주제에. 아니, 아까 복도에서 몸싸움을 벌일 때 보니 그는 약하지 않다. 마음이 약한 것이다. 나를 쳐다보는 그의 눈빛에 두려움이 깃들어 있다. 겁쟁이.

나는 뒤로 물러섰다. 심장이 마구 요동쳤다. 한번만 더 나를 만지려고 한다면 개처럼 걷어차줄 것이다. 난로에서 연기가 피어올랐다.

그가 기침을—아니 흐느끼고 있다. 얼굴이 젖었다. 벌어진 입에서 침이 줄줄 흐른다. 그는 고개를 숙이고 경련을 일으키다가 아버지의 러그 위로 담즙을 쏟아냈다. 나는 옆으로 살짝 비틀거렸다. 똑바로 서 있어, 바보야.

책은 거의 다 없어졌다. 책의 절반만이 진짜 종이인 듯 생각보다 빨리 탔다. 덕분에 매캐한 연기가 내 목으로 들어왔다. 따갑다. 나는 계속 침을 삼켰다. 그리고 헐거운 소맷자락으로 얼굴을 닦았다. 소매가 축축하고 때가 묻어났다. 화가 치밀어올랐다. 이럴 권리는 없다. 에밋 파머는 이럴 권리가 없다. 제본사의 더러운 마법에 나를 감염시키다니⋯⋯. 그는 제본사니 죗값을 치러야겠지만 나는 결백하다. 이 일과 나는 아무런 관계가 없다. 이상한 슬픔이 내 속에서 생겨나 끈적거리는 재가 되어 폐를 덮어도 나랑은 상관없다. 에밋 파머가 가진 기억의 아주 작은 부스러기조차 내 몸에 묻는 것이 싫다.

책이 마지막 불꽃을 내뿜고 사라졌다. 페이지들은 버섯의 주름처럼 고운 회색 잿더미가 되어 불타오르는 석탄 위에 남았다. 가죽은 쪼그라들어 부스러진 누더기가 되었다. 연기가 점차 잦아들었다.

"루시안," 에밋 파머가 한번 더 나를 불렀다. 그는 자기 발로 일어나려고 했다. 그리고 균형을 잡으려고 테이블을 붙잡으려다가 실패했다. 그는 경련을 일으키듯 눈을 깜박였다. "부탁이야—루시안—."

그가 눈을 위로 치켜세웠다. 곧바로 흰자위가 드러났다. 그리고 다시 시선이 앞으로 쏠리더니 턱이 쿵하고 바닥으로 떨어졌다. 입에서 액체가 흘러나왔다. 여전히 숨을 쉬고 있으니 죽은 것은 아니다.

방 안에 정적만이 감돌았다.

내가 어떻게 해야 하지? 파머가 움직이지 않으니 그를 만진다고 생각해도 그리 끔찍하지 않다. 맥을 잡아도 되지만 가슴이 오르락내리락하는 것이 보였다. 아니면 그의 몸을 뒤집어 자신의 토사물에 목이 막히지 않게 해줄 수도 있다. 그런데 그는 이미 얼굴을 아래로 떨궜고 발작은 멈춘 것 같았다. 나는 그 옆에 무릎을 꿇고 앉아 망설이며 그의 어깨로 손을 뻗었다. 내가 무슨 짓을 하는지 모르겠다. 아마도 그가 진짜 의식이 없는지 확인하려는 거겠지. 하지만 내 손등이 그의 옷자락에 닿자마자 내 몸으로 열기가 퍼졌다. 나는 움찔했다.

누군가가 들어오기 전에 내가 먼저 정신을 차려야 한다. 나는 비틀거리며 일어선 다음 조금 남은 브랜디를 내 잔으로 따랐다. 치아가 부딪치듯 술병의 주둥이가 떨렸다. 술을 들이켜다가 옷깃에 좀 흘렸다. 그것이 내 목을 타고 내려가 가슴의 차가운 땀과 섞였다. 연기 뒤로 벽지의 붉은 꽃무늬가 입처럼 점점 더 크게 벌어졌다. 내가 이렇게 비틀거리는 것을 보면 아버지는 얼마나 나를 한심하게 여길까. 정신을 차려야 한다.

내가 자주 쓰는 속임수가 있다. 마음속으로 내 앞에 회색 벽을 만드는 것이다. 그 벽은 아주 크고 밋밋하고 매우 부드러워 나의 모든 감각들을 속일 수 있다. 나는 눈을 감고 그 앞에 섰다. 벽이 점점 솟아오르며 주위를 감쌌고 나는 회색 물방울 속에 갇혔다. 나 혼자다. 이곳에서는 아무도 나를 해치지 못한다. 아무것도 이 안으로 들어올 수 없다.

다시 눈을 뜨자 떨리는 발작이 멈췄다. 다시 응접실이 제대로 보였다. 조용하고 호화롭게. 벨벳과 가죽 그리고 흑단. 고풍스러운 대형 괘종시계, 난로 위 선반에 놓인 사기로 만든 개 인형, 신기한 물건들이 가득든 유리장식장. 그림 속에서 본 신사의 서재다. 난롯가에 누워 있는 사람의 몸이 있다는 것 말고는 다 정상이다.

나는 알 수 없는 산맥이 그려진 어두운 유리 액자로 다가가 유리를 들여다보았다. 내 얼굴은 끔찍했지만 적어도 내 눈은 들여다볼 수 있었다. 나는 젖은 머리카락을 뒤로 넘겼다. 늘어진 넥타이를 똑바로 매서 깃의 얼룩을 가렸다. 몸에서 브랜디 냄새가 났지만 그것은 정상이니까 괜찮다.

그런 다음 초인종을 당겼다. 나는 난로 앞 가죽 팔걸이의자에 앉아 다리를 꼬았다. 편안하다. 정신도 차렸다. 베티가 들어와서 어떤 것을 물어봐도 목소리가 떨리지 않을 것이다. 나는 브랜디를 더 가져오라고 한 다음 그녀에게 제본사를 난롯가에서 다른 곳으로 잘 옮겨달라고 예의 바르게 부탁할 것이다. 잘 옮기는 것이 무엇인지 모르겠지만. 그녀가 물으면 어깨를 으쓱한 다음 다른 사람에게 물어보라고 말하면 된다.

나는 파머를 쳐다보지 않기로 했다. 그래서 시선을 돌려 아버지가 책상으로 쓰는 타원형 테이블을 쳐다보았다. 파머가 아버지에게 주려고 가져온 책들이 여기저기에 흩어져 있었다. 분명 나는 뭔가를 찾으려고 그것들을 뒤적거리겠지. 그러면 아버지가 화를 내실지 확실히 모르겠다.

어떻게 하실지 감을 잡을 수 없다는 점이 우리 아버지에 관한 것들 중 가장 힘든 부분이다. 아버지가 화를 낸다면—.

나는 숨을 들이켰다. 회색 벽이 나를 감쌌다. 아무런 특징도 없는 밋밋한 벽이.

그때 문이 열렸다. 회색 벽 안에 있던 덕분에 놀라지 않을 수 있었다. 나는 헛기침을 했다. "이것들을 좀 치워주겠어?"

대답이 없다. 발걸음 소리가 났다. 베티가 아니다.

회색 벽이 사라지고 날카로움과 메스꺼움으로 가득 찬 세상에 남겨졌다. 얼른 몸을 돌리며 두 발로 서려고 했다. 머리가 빙글빙글 돌기에 정신을 차리려고 혀를 깨물었다. 처량하기는.

아버지가 옅은 웃음을 지었는데 그것은 모르는 사람한테나 보여주는 가식적인 표정이었다. "죄송해요. 하인이 온 줄 알았어요."

"잘못된 말 한마디가," 아버지가 살짝 한숨을 쉬었다. "승리와 패배를 가른단다. 정신 차리거라, 이 녀석."

부끄러워 얼굴이 달아올랐다. 나는 이를 악물었다.

아버지가 토사물 주변으로 다가가더니 발로 에밋 파머를 툭 건드렸다. "대학살의 장면 같구나. 네 탓이 아니길 바란다."

"아니에요! 전—." 아버지가 손가락 하나를 들어 보여서 나는 입을 다물었다.

"핵심만 추려서 말해봐."

나는 침을 삼켰다. 방금 일어난 일을 설명할 말을 찾지 못했다. 내게 **중요한 것**은 파머가 넘어지면서 나를 쳐다보던 눈빛, 내 이름을 부르는 방식, 공포에 질려 자신의 기억에 잡아먹히는 모습, 그것들은 아버지가 알고 싶은 부분이 아니다. 아버지가 눈썹을 들썩였다. "천천히 하렴."

아버지는 반어법을 썼다.

"스스로 넘어졌어요." 나는 난로를 흘끗 쳐다보았다. 책은 사라지고, 아니 거의 없어졌고 나머지 타지 않는 부분들만 장작불 위에 남았다. 그것을 아버지한테 군이 말할 필요가 있을까?

아버지가 손가락 하나를 허공에서 휘두르며 계속 말하라고 지시했다.

"무슨 일인지 모르겠어요. 그는 그만 돌아가려고 했어요. 그러다 러그에 토했고요."

"교양 있게 말해야지. 그게 다인 거냐?"

아버지는 아닌 것을 알고 있다. 나는 고개를 돌리고 어깨를 으쓱였다. 아버지를 다시 쳐다보면 내 속의 겁쟁이가 내가 아버지에게 반항하고 있다는 것을 들키게 만들 것 같았다. 하지만 내가 얼마나 이 침묵을 견딜 수 있을지 모르겠다. 누군가가 바닥에 넘어져 있는 파머를 들어올려주면 얼마나 좋을까.

가벼운 발걸음 소리가 났다. "아, 정말 죄송합니다, 주인님. 전 몰랐습니다—." 몸을 돌리니 베티가 아버지에게 공손히 인사를 하고 모자 밑으로 삐져나온 머리를 급하게 정돈했다. 내 앞에서는 그런 적이 없었다.

"치울까요……?" 베티의 시선이 바닥에 누운 파머를 향했고 그녀는 놀라 살짝 비명을 질렀다. 베티는 분명 파머가 죽은 거라고 생각한다.

아버지는 베티를 쳐다보지 않았다. "저자를 드 하빌랜드의 작업실로 돌려보내. 그들이 알아서 돌봐줄 거야."

"네, 주인님." 베티는 무슨 일이 벌어지고 있는지 몰랐지만, 아버지가 무서웠기 때문에 고개를 끄덕인 다음 문 밖으로 나갔다. 베티가 복도를 뛰어가면서 목소리를 높였고 이내 들리지 않는 곳으로 사라졌다.

우리는 마부와 하인이 담배와 말 냄새를 풍기며 들어올 때까지 잠자코 서 있었다. 그들은 아버지를 보고 문지방에서 멈췄지만 아버지가 들어오라고 하자 방으로 들어와 둘이서 파머를 들어올린 후 마부의 어깨에 걸쳤다. 파머는 신음하며 또다시 바닥에 토사물을 흘렸다. 나는 반응하지 않았다. 혐오나 동정심을 보이는 것은 비겁하니까. 아버지가 하인에게 뭐라고 지시를 내렸고 그는 테이블에서 종이가 든 봉투를 집어 그의 어깨 위에 걸쳤다. 그리고 마침내 그들이 자리를 떴다.

예상치 못하게 아버지는 웃음을 터트렸다. 그리고 난로 앞 의자에 앉아 다리를 앞으로 쭉 뻗었다. "세상에. 처음 들어왔을 때는 아주 말쑥하더니만. 다듬어지진 않았지만 잘생겼고. 네가 저자를 쳐다보는 걸 봤다."

나는 대답하지 않았다. 아버지 말이 맞다. 파머는 **잘생겼다**. 그가 이상한 말을 던지기 전까지는 그랬다.

"제본사들은 아주 약해. 드 하빌랜드도 마찬가지고. 이 자는 더 나을 거라 생각했는데 그 밥에 그 나물이야."

나는 아무 말도 하지 않았다. 이곳에서 사라지고 싶은 마음이 굴뚝같았다.

"스스로를 과잉보호하지." 아버지는 내게 난로에 장작을 더 넣으라고 손짓했다. "약한 게 명예의 상징인 양 허약한 체질들이야. 약골들이지. 드 하빌랜드는 자신을 예술가라고 부르지만 궁극적으로 제본사는 찌꺼기를 짜내 다른 형태로 만드는 창자일 뿐이야."

아버지가 테이블 위에 널브러진 책들을 살피려고 몸을 앞으로 숙였지만 책은 손이 닿기에 너무 멀리 있었고 아버지도 일어나지 않았다.

나는 술병이 놓여 있는 협탁을 향해 살짝 걸음을 옮겼다. 아버지는 나를 쳐다보지 않았다. 하지만 채찍처럼 날카로운 말을 던졌다. "많이 마셨잖니, 앉거라."

나는 알코올로 달래줘야 하는 건조한 목으로 침을 삼켰다. 그리고 협탁에 있던 의자를 방 중앙으로 끌고 가면서 회색 연기가 더 짙어지는 상상을 했다. 나는 자리에 앉았다. 이것이 복종일까? 아니면 내가 아버지를 못살게 구는 것일까?

아무 말이 없었다. "그래도 쓰러지기 전에 일을 끝내서 다행이야."

"끝내다니요?"

"넬 말이다." 아버지가 나를 쳐다보며 미소를 지었다.

"루시안, 그렇게 긴장하지 마라. 늙은 아비의 말동무를 하는데 즐거운 척 좀 하렴."

"저자들을 그렇게 싫어하시면서—." 나는 말을 끊었다.

"그게 어때서? 진정하렴. 팬벨트에 손이 낀 사람처럼 안달이 났구나." 아버지가 웃었다. 그런 사고는 아버지 공장에서 몇 달에 한 번씩 일어났다. 그 일을 당한 직원은 팔이 잘렸다. 그리고 당연히 직장도 잃었다.

"제본사들 말이에요." 오늘 일어난 일은, 속에 든 가래를 뱉어낸 것처럼 나의 증오를 사그라지게 했다. "그들을 기생충처럼 생각한다면서 왜 돈을 주시나요? 그런 머저리들이 싸질러놓은 것들을 왜 모으시냐고요?"

나는 아버지를 화나게 만들고 싶었다. 아버지가 두렵지만 말이다. 아버지가 화를 낸다면 그것은 내게 중요한 지점이 될 것이다. 하지만 아버지는 꿈쩍하지 않았다.

"네 말이 맞구나, 얘야. 하지만 그런 비유법은 듣기 거북해." 아버지는 등을 기대고 팔베개를 했다. 그리고 창문 옆 유리장식장을 쳐다보았다. 잘 모르는 사람이라면 아버지가 타조알과 정교한 상아 조각을 보고 온화한 미소를 짓고 있다고 생각할 것이다.

나는 고개를 돌리고 난로를 응시했다. 불이 거의 죽었다. 회색 재가 먼지처럼 잉걸불에 내려앉았다. 새카맣게 탄 가죽 덩어리 하나가 바닥으로 떨어졌다. 불길이 글씨의 절반을 먹어 삼켰지만 몇 글자는 여전히 두드러졌다. (에)밋 (파)머. 두 시간 전까지만 해도 나는 에밋 파머가 누군지도 몰랐는데 이제 그의 이름의 반만 봐도 몸이 떨린다. 나는 가슴 쪽으로 팔짱을 꼈다.

아버지가 의자에서 몸을 움직였다. 쳐다보지 않아도 아버지의 시선이 나를 향하고 있다는 것을 안다.

내가 말했다. "이번에는 무슨 일이에요?"

아버지는 계속 웃고만 있었다.

"넬의 기억이군요. **작업 방식을 바꾸셨어요?** 유혹과 협박과 강간을 번갈아가며 하시나요?" 내 목소리가 갈라졌다. 쉽게 상상할 수 있다. 그 말은 곧 나도 아버지와 같은 부류이기 때문에 이렇게 제대로 알 수 있다는 건가?

"루시안, 내 서재는 네 맘대로 들어올 수 있는 곳이잖니. 언제든 흥미가 생기면……."

아버지는 즐기고 있었다. 내가 알고 있다는 것을 좋아한다.

가스등 불빛이 깜박이고 천장의 회반죽 밧줄이 흔들리고 떨렸다. 방의 가장자리를 잠식하던 어둠은 전보다 더 검어지고 작아졌다.

시계가 정시를 알렸다. 생각했던 것보다 이른 시간이다. 아버지가 기지개를 켜고 고개를 돌렸다. 나는 자리에서 일어났다. 아버지는 나를 쳐다보았지만 아무 말도 하지 않았다.

"안녕히 주무세요."

"잘 자거라." 아버지가 하품을 했다. "아, 루시안."

"네?"

"넬을 보거든 내일까지 이 러그 청소를 하라고 시키렴. 안 그러면 봉급에서 제한다고 말해."

누군가가 내 방 침실에 불을 켜두었다. 난로에 장작도 지펴두었다. 나는 최대한 난로 가까이에 붙었다. 처음에는 몸이 떨렸다. 그런데 갑자기 너무 더워서 땀이 났다. 그래서 창가로 가서 커튼을 젖혔다. 차가운 공기가 이마에 맺힌 땀을 식혀주었다. 빗방울이 방으로 들어오고 싶은 듯이 절박하게 창문을 세차게 두드렸다. 그 너머 어둠에 비친 내 모습이 흐릿했다. 빗속에서 정문 양옆에 달린 램프 두 개가 흐릿하게 반짝였다.

나는 방 안으로 몸을 돌렸다. 아버지의 서재처럼 호화롭지 않다. 침대, 의자, 책상, 서랍장이 전부다. 하지만 램프 불빛이 흰 벽을 노란빛으로 물들이고 아늑한 그림자를 만들었다. 그밖의 모든 것들은 불꽃처럼 붉은 색이다. 어둠이 가구 끝에 들러붙었다. 침대보는 실크처럼 번들거렸다. 내가 어딘가를 안전한 곳이라고 느낀다면 그곳은 바로 여기일 것이다.

다시 한기가 느껴졌다. 그래서 잠옷 위에 가운을 걸치고 의자를 난로 쪽으로 당겼다. 잠시 동안 그곳에 앉아 불길을 바라보았다. 하지만 오래 있지 못했다. 다시 일어나 침대 발치에 있는 서랍장으로 향했다. 담요 밑에 비밀 공간을 마련해두었다. 반쯤 남은 브랜디가 있지만 내가 찾는 것은 그것이 아니다. 나는 꾸러미 하나를 꺼내고는 자리에 앉아 풀었다.

천이 바닥으로 떨어졌다. 램프 불길이 너무 멀리 있어서 어두웠지만 나는 일어나지 않았다. 어쨌든 이 책은 거의 다 외웠으니까.

향사 윌리엄 랭글런드의 어린 시절의 추억.

아버지가 열두 살 생일 선물로 이 책을 주셨다. 내가 처음부터 끝까지 다 읽은 첫 번째 책이다. 물론 전에도 책을 본 적이 있다. 학교에서. 선생님이 책이 얼마나 귀중한 것인지 계속 말씀하셨다. 값을 매길 수 없다고. 내 친구 한 명은 책에 잉크 자국을 남겼다고 두들겨 맞았다. 하지만 그런 책들은 죽기 전에 몇 푼이라도 벌어보려는 늙은 학자들에 관한 것이었다. 기하학을 가르치거나 프리즘 실험을 하고, 양봉을 하는 데 평생을 바친 사람의 인생을 누가 신경이라도 쓸까? 도서관은 숨거나 울거나 혹은 (나중에) 비신사적인 밀회를 재빠르게 즐기기에 좋은 곳이었다. 아무도 책을 읽으러 그곳에 가지 않았다. 도서관 문을 열고 들어가면 선반에 놓인 책들이 살짝 삐걱거리는 소리를 내며 자기 일에만 신경 쓰라고 말해주었다. 창문의 스테인드글라스나 새 크리켓 건물처럼 부모들에게 좋은 인상을 심어주려고 도서관이 있는 것이다.

윌리엄 랭글런드는 달랐다. 그날……우리 어머니는 내 생일 때마다 불안한 열정으로 야단법석을 떨어서 내 심장박동을 날카롭게 했다. 선물을 준 사람은 아버지가 아니라 어머니였다. 그해 나는 크리켓 배트 혹은 연습용 펜싱 검 뭐 그런 것을 받았고 최대한 기쁜 척을 하면서 감사해했다. 녹색으로 장식한 생일 케이크와 차가 나왔고 장식은 먹기 전에 떼어냈다. 여자애들은 주름 드레스를 남자애들은 나처럼 노퍽 정장을 입었고, 함께 온 보모들이 불편했던 어머니는 입을 다물었다. 나는 설탕을 너무 많이 먹어 머리가 어지러웠다. 다른 아이들이 자리를 뜨기 시작하자 나도 잔디 밖으로 나가려고 했지만 어머니가 곧바로 나를 불러들였다.

"아버지가 서재에서 널 찾으셔."

아버지에 관해서 말할 때 어머니의 목소리는 늘 흥미 없다는 듯이 멍한 느낌이다. 나는 내가 무슨 잘못을 저질렀다고 생각했다. 하지만 서재로 가니 아버지가 내 머리를 토닥인 뒤 손에 작은 꾸러미를 건네주었다.

아버지는 내가 포장을 푸는 모습을 지켜보았다. 남색 포장지에 금 도장이 찍혀 있었다. 나는 종이를 풀었고 뭐라고 말해야 할지 몰랐다. 어떤 기분인지 알 수 없었다. 그러다 입을 열었다.

"고맙습니다."

그리고 아버지의 시선을 피하며 불안하게 책을 펼쳤다.

맨처음에 나오는 삽화는 컬러로 되어 있었다. 가을 오후의 숲인데 이끼로 덮인 돌 벽으로 햇살이 낮게 드리워져 고사리를 금빛으로 물들였다. 서늘한 흙에서 달콤한 사과 향이 났고 그 아래로 축축함이 느껴졌다. 잠시 동안 나는 아버지의 서재가 아니라 그곳에 가 있었다.

나는 아버지에게 다시 감사하다고 인사를 한 것 같다. 아버지가 내게 이 책의 표지와 함께 랭글런드가 동의했다는 것과 자격이 있는 책 판매자가 판 것이라는 소인을 보여준 것 같다. 아버지가 책이 얼마나 비싼지 말해준 것 같다. 물론 그것은 중요하지 않았다. 나는 위층으로 올라가 그 자리에서 거의 단숨에 다 읽었다. 너무 몰두한 나머지 저녁식사를 알리는 벨이 울린 것도 몰랐다. 애비게일이 방으로 들어와 램프 불을 켠 것도 몰랐다. 나는 기억의 급류에 휘말렸다. 넓은 들판, 깊은 숲, 나무 위의 집, 애완용 수달, 낡은 채석장에서의 모험…… 유머감각이 넘치는 살집이 있는 어머니, 승마와 사냥을 할 수 있는 아버지, 세 명의 형, 궁지에 몰렸을 때면 늘 기댈 수 있는 믿음직한 농부의 아들…… 잘 시간이 되어서 보모가 책을 빼앗은 후에야 눈을 깜박이며 내가 어디에 있고 누구인지 알게 되었다.

그 이후로 몇 번이나 이 책을 읽었을까? 나는 눈을 감고 랭글런드가 사는 마을의 언덕으로 이어지는 가파른 길을 떠올렸다. 등 뒤로 듬성듬성한 풀 아래 백악질 땅이 내는 소리가 들렸다. 야생의 타임과 햇살에 따뜻해진 흙냄새가 풍겼다.

책의 마지막 부분에서 그는 결혼을 한다. 나는 늘 이 부분이 가장 마음에 들지 않았다. 내 사랑 아그네스가 화환을 쓰고 날 향해 미소를 지을 때 온몸으로 퍼지는 기쁨의 한 부분이라도 독자들에게 전할 수 있다면, 내 희생이 헛되지 않았다는 것을 알 수 있을 텐데……. 난롯불 쪽으로 손을 펼치고, 주황색 꽃잎이 내 손가락을 스치며 떨어지는 상상을 했다.

나는 정말 바보다. 이렇게 생생한 기억이 내 것일지도 모른다는 생각을 했어야 하는데. 하지만 랭글런드에 대해서 혹은 이 책이 어떻게 제본된 것인지 관해서 한번도 생각해본 적이 없었다. 그 기억은 수년 전의 것으로, 그가 오래 전에 죽었다고 여겼을 뿐 이 책에 대해서 제대로 이해하지 못하고 있었다. 1년 전 그날이 오기까지. 1년이 채 되지 않은 그때까지. 그때는 아버지가 나를 가장 아꼈다.

그때는 늦가을이었고, 내가 입학시험을 치르기 일이 주일 전쯤이었다. 이른 저녁 해가 지기 시작할 무렵이었다. 나는 수업이 끝난 뒤 아버지의 서재에 있었다. 레드버리 박사가 막 자리를 떴을 때다. 복도에서 애비게일이 모자를 건네주었고, 박사의 목소리를 들을 수 있었다. 나는 우리가 번역한 내용에 대해 생각하고 있었다. 그러다 아버지의 유리장식장으로 눈길이 갔다. 동물 사육장의 양치식물처럼 유리에 공작의 깃털이 바짝 붙어 있었다. 하녀가 먼지를 털다가 건드린 것인지 동양식 단검이 비스듬하게 걸려 있었다. 나는 장식장 문이 열려 있는지 확인하려고 자리에서 일어나 손잡이를 잡았다.

그때 장식장이 바깥쪽으로 휙 돌아갔다. 방화용 이음새가 벌어지면서 살짝 저항이 있었다. 장식장 너머 벽 안에 책장이 보였다. 나는 거기에 꽂힌 책들을 살폈다. 대부분이 싸구려 표지를 입힌 것들로 학교에서 보던 것과는 달랐다. 거기에 적혀 있는 이름들은 마치 내게 익숙한 이름이

기라도 한 듯 자꾸 신경이 쓰였다. 마리안 스미스. 메리 플레처. 애비게일 터너. 내가 아는 이름일 거라고 생각했지만 나는 하인들의 성을 들어본 적이 없었다. 그리고 여자 이름으로 된 책은 처음 보았다. 그래서 한 권을 책장에서 꺼냈다. 나는 의자 팔걸이에 걸터앉아 기름 램프를 켜려고 몸을 옆으로 틀었다.

그 책들이 뭔지 알아차리는 데 얼마나 긴 시간이 걸렸는지 기억나지 않는다.

아버지가 집에 왔을 때 나는 아버지 의자에 앉아 불길에 타고 남은 재만 쳐다보았다. 램프 심지를 깎지 않아서 등갓에 그을음이 묻었다.

애비게일이 문을 열고 아버지를 맞이하는 소리가 들렸다. 그녀가 코트를 받아들 때 아버지가 나방의 날개처럼 아주 살짝 그녀의 팔을 쓰다듬는 것을 상상했다. 아버지가 뭐라고 하자 그녀가 웃었다.

아버지는 휘파람을 불면서 서재로 들어왔다. 그리고 나를 보고는 잠시 멈칫했다. 이내 아버지가 등을 밝히고 여전히 휘파람을 불면서 갑자기 밝아진 불빛 아래서 내 쪽으로 몸을 돌렸다.

"아버지의 작은 서재를 발견했구나."

그때 처음으로 아버지와 싸워 이길 수 있다고 생각했다. 하지만 틀렸다. 「캐슬퍼드 헤럴드」에 제보하겠다고 위협했을 때 아버지는 그러라는 듯이 어깨를 으쓱했다. 어머니에게 말하겠다고 하자 눈썹을 들썩이며 이렇게 대꾸했다. "얘야, 너희 어머니는 자기에게 맞지 않는 것을 보지 않는 똑똑한 사람이란다. 하지만 네가 다른 책들 옆에서 네 어머니의 책을 보고 싶다면야……"

나는 입학시험을 치르지 않았다. 그리고 사흘 뒤 시골에 있는 삼촌 집으로 보내졌다.

나는 자리에서 일어섰다. **윌리엄 랭글런드**가 바닥에 떨어졌지만 줍지 않았다. 속에서부터 외로움이 쌓여 밖으로 퍼져나갔던 긴 몇 달을 생각하고 싶지 않다. 눈이 쌓인 흰 벌판, 검은 숲, 몇 시간이고 걸었지만 아무도 보지 못했고, 본다고 해도 눈이 내려 밀렵꾼의 모습이 잠시 시야에 들어올 뿐이었고 그들은 너무 빨리 사라져서 내가 헛것을 보았는지 확실치 않았다. 크리스마스 만찬 때 삼촌은 수프를 치우기도 전에 술에 취했다. 비가 내린 봄에는 온 세상이 푸르게 변했다. 여름은 길고 더웠다. 창문으로 들어오는 햇살처럼 오후는 더디게 흘러갔다. 그곳에서의 반년은, 집으로 돌아왔을 때, 내 트렁크 바닥에서 발견한 쓰레기 조각들처럼 쓸모없었다. 찢어진 보석상 영수증, 꿩 깃털 몇 가닥, 꽃그림이 그려진 부서진 나무 달걀.

잊자. 나는 몸을 구부려 책을 주웠다. 그리고 표지를 손바닥으로 쓸었다. 집을 떠날 때 아버지에게 그 책을 태울 것이라고 말했다. 나는 아버지와 다르다는 것을 보여주고 싶었다. 하지만 태우지 않았다. 불에 넣을 뻔했지만 그렇게 할 수 없었다. 윌리엄 랭글런드는 죽었고 책을 버린다고 해서 그에게 좋을 것이 하나 없다. 물론 그것이 이유는 아니었다. 그가 여기 있다면 값이 얼마가 되었든지 간에 그의 기억을 살 것이다. 한번에 그의 기억을 가지게 되는 것이다. 나는 주저 없이 그렇게 할 것이다. 그러면 아버지처럼 나쁜 사람이 된다. 아니 랭글런드는 분명 절박할 테니 내가 더 나쁜 사람이다. 그는 왜 기억을 포기하는 쪽을 택했을까?

나는 창틀에 걸터앉았다. 커튼은 열려 있고 유리창으로 빗방울이 후드득 떨어졌다. 멀리 드문드문 서 있는 나무 너머로 하늘이 주황빛으로 물들었다. 캐슬퍼드 반대쪽의 또다른 공장이 불에 탔다. 우리 공장은 아니다. 아마도 비가 불을 꺼주겠지. 안 그러면 우리는 바람이 부는 쪽의 오른편에 있어 위험하다.

드 하빌랜드의 제본소 창문에도 같은 그을음이 들러붙을 것이다. 저기 어딘가에서 에밋 파머도 똑같이 연기와 젖은 돌 냄새를 맡고 있겠지.

그곳에서 얼마나 많은 사람들이 기억을 제본할까? 얼마나 많은 기억들이 지하실 혹은 비밀 책장에 잠긴 채로 있거나 혹은 지금 이 순간 다른 사람에게 읽히고 있을까? 얼마나 많은 사람들이 의식하지 못한 상태로 자기 인생의 절반을 잃어버린 채 돌아다니고 있을까?

나는 셔츠의 맨 위 단추를 풀고 옷깃이 내 목 뒤쪽을 파고들 때까지 잡아당겼다. 하지만 목구멍이 조여오는 것은 셔츠 때문이 아니다.

나는 창문에서 시선을 돌렸다. 이제 자야 하지만 그러지 않았다.

나는 계단을 세 층 더 올라갔다. 그리고 처마 아래 침실들이 있는 차가운 층계참에 섰다. 비가 지붕을 두드렸고 곰팡이 냄새가 났다. 내가 여기서 뭘 하는지 모르겠다. 램프를 든 손이 너무 많이 떨려 그림자가 벼룩처럼 폴짝폴짝 뛰었다.

"넬?"

아무도 대답하지 않았다. 나는 문 하나에 노크를 한 다음 다른 문을 두드렸다.

"넬. 넬!"

침대 스프링이 삐걱거리는 소리가 들리더니 넬이 문을 열었다. 그녀의 얼굴이 너무 창백해 녹색에 가깝다.

"네, 도련님이세요? 죄송합니다."

"들어가도 돼?"

그녀가 눈을 깜박였다. 침착해 보이는 눈동자는 촉촉한 연청색으로,

누나의 수채화 물감을 풀어놓은 것 같다. 넬은 잠옷 가운 차림이었는데 목 뒤쪽이 낡아서 해졌다.

"안에 들어가게 해줘. 잠깐이면 돼." 그녀는 뒷걸음질을 친 뒤에 황급히 방 먼 끝으로 물러났다. 창문에 커튼이 없어서 내 얼굴이 확실히 반사되었다. 나는 램프를 놔둘 자리를 찾았지만 의자에는 하녀복이 걸쳐져 있어서 바닥 말고는 놓을 곳이 없었다. 방은 좁고 지저분했다. 삼촌 집에서 내가 머물던 방과 비슷했지만 그보다 더 작고 경치를 볼 수 있는 곳이 없다.

그녀는 침대 끄트머리에 앉아 닳아빠진 담요 밑단에 주름을 잡았다. 나는 헛기침을 했다. "넬."

"전 괜찮아요, 도련님. 정말로요. 아파서 죄송해요." 그녀가 나를 쳐다보았다. 너무 늦었다거나 나 때문에 깼다는 말은 하지 않았다.

목이 조여왔다. 내 목소리가 들렸다. "날 믿을 수 있겠니, 넬? 너한테 해줄 말이 있어. 믿기 힘들 거야."

"당연하죠, 도련님."

"날 믿어야 해. 오늘 밤 짐을 싸. 집을 떠날 준비를 해. 내가 돈을 마련해줄게. 내일 아침 일찍 떠나."

"도련님과 함께요?"

"아니!" 나는 고개를 돌렸다. 바람이 창문을 두드렸다. 창틀 맨 위를 따라 빗방울이 줄줄 흘러내렸다. 유리 같은 물방울이 벽을 타고 바닥으로 떨어져 어두운 얼룩으로 변했다.

"아니, 난 안 가. 네가 며칠 묵을 곳을 찾아봐줄게. 그런 다음 넌 집으로 돌아가. 알겠니?"

"하지만 도련님……." 그녀의 손가락이 이불 틈으로 파고들었다. "다시는 아프지 않을 게요.”

“널 벌주는 게 아니야. 네 안전을 위해서지. 널 보호하려는 거야.” 나는 모든 말에 진심을 담았다. 하지만 이 작고 텅 빈 방에서 그 말이 너무 거만하게 들려 피부에 소름이 돋았다. 나는 바닥으로 퍼진 물웅덩이에 시선을 고정했다. 내 뒤로 어딘가에서 또 새는지 물이 떨어지기 시작했다. 바람이 우리 머리 위에 있는 슬레이트를 흔들었다.

“날 믿어줘, 부탁이야. 넬. 넌 여기 있으면 위험해. 곧 안 좋은 일이 생길 거고 난 그렇게 되길 바라지 않아.”

“안 좋은 일이요?” 넬이 매트리스에서 간지러운 느낌이 들게 하는 지푸라기를 빼냈다.

나는 숨을 들이마셨다. 그녀의 문 앞에 서 있을 때 뭐라고 말할지 정했어야 했는데. 지금은 올바른 말이 생각나지 않았다. 아무 말도.

그때 문이 열렸다.

잠시 동안 나는 그 소리를 듣지 못했다. 넬이 놀라 자리에서 벌떡 일어났을 때 나는 그것이 무슨 의미인지 알았다. 그녀는 공손하게 인사를 하고 침대 위에 올린 발을 내렸다.

나는 돌아보지 않았다. 심장 박동이 하나에서 둘로 넘어가는 순간이 평생처럼 길게 느껴졌다. 가죽 벨트로 얻어맞은 직후 아픔이 찾아오기 전까지의 침묵처럼 말이다.

“계속 해봐.” 아버지가 말했다. “넬에게 말해봐.”

21

굴뚝에서 한 줄기의 바람이 휙 소리를 냈다. 바닥으로 갑작스럽게 물이 많이 떨어졌다. 그러다 바람이 잦아들더니 물 떨어지는 속도가 줄어들다가 멈췄다. 방은 더 어두워졌고 겨울밤이라 그런지 더욱 초라하고 좁고 연약하게 보였다.

아버지가 나를 지나쳐 갈 때 아버지에게서는 비누와 실크 냄새가 풍겼다. 잠시 동안 나는 아버지가 넬을 만지거나 그 뒤틀린 침대 위의 그녀 옆에 앉을 거라고 생각했다. 하지만 아버지는 그러지 않았다. 내 앞에 서서 우리 둘을 동시에 쳐다보았다.

넬은 나에게서 아버지에게로 시선을 돌렸다. 무슨 일이 일어나든 그녀는 자신이 잘못된 처지에 놓여 있다는 사실을 알았다. 나는 눈을 감았지만 여전히 그녀의 얼굴이 보였다.

"넬에게 말해." 아버지가 다시 말했다. 부드러운 목소리다. 어릴 때 매질을 하고 난 뒤, 아버지는 나에게 너무 친절하게 대해서 나는 매를 맞기를 잘했다는 생각을 할 정도였다.

"괜찮아, 루시안. 아버지가 널 방해하긴 싫구나. 내가 저 애한테 한 짓을 말해주렴."

"전—." 내 목소리가 나를 배신했다. 나는 침을 꿀꺽 삼켰다. 혀 뒤쪽으로 그을음과 알코올 맛이 났다.

"다네이 어르신, 부탁이에요. 전 아무 짓도 하지 않았어요……. 루시안 도련님이 들어오겠다고 하셨고 아주 잠깐 전에 여기 오셨어요. 정말이에요, 어르신!"

"괜찮아, 넬. 루시안, 네가 말을 빨리 꺼내야 이 일을 빨리 끝낼 수 있단다."

아버지가 무슨 게임을 하는지 모르겠다. 알 수 있는 것은 내가 질 거라는 것뿐이다.

"넬." 나는 억지로 그녀를 쳐다보았다. 하지만 넬은 아랫입술을 깨문 채 나와 눈을 마주치지 않았다. 나를 믿고 안 믿고는 지금 중요한 문제가 아니라는 것을 그녀는 알았다. 이것은 아버지와 나의 문제다.

"있잖아. 오늘 오후에 제본사가 와서 책을 만들었는데……넬 제본한 거야. 그게 무슨 뜻인지 아니?"

"아니요, 도련님. 그렇지 않아요. 전 바닥을 청소했고 그래서 온몸이 아파서—."

"넌 기억하지 못해. 분명히. 왜냐하면 네 기억을 지워버렸으니까."

"그렇지만—." 넬이 말을 멈췄다. 그녀가 나를 믿기 때문에 그랬다고 생각하고 싶다. 넬은 입 가장자리의 갈라진 부분을 물어뜯기 시작했다. 단호하게 시선을 바닥에 고정한 채로 손가락으로 입술 살갗을 뜯었다. 그녀 뒷벽의 회반죽도 입술처럼 터지고 갈라지고 벗겨졌다.

"네가 기억하지 못하는 건 우리 아버지가……." 나는 아버지가 얼마나 내 옆에 가까이 와 있는지 잘 알고 있었다.

"계속하렴, 루시안."

나는 목청을 가다듬었다. "우리 아버지가……." 내 입에서 아무 소리도 나오지 않았다. 구토를 하고 싶은데 구역질만 나오는 것처럼 말이다.

이제 아버지는 넬 옆으로 가서 앉았다. 넬은 내가 아버지에게서 자신을 구해줄 것이라는 눈길로 쳐다보았다. 아버지가 미소를 짓더니, 그녀의 얼굴에 붙은 머리카락을 뒤로 쓸어넘겼다. 지금 그녀의 입술에는 피가 흐르고 있다. 핏방울이 붉은색 꽃잎이 되어 아랫입술에 붙었다. "내가 널 가졌단다, 넬." 아버지가 엄청나게 부드러운 목소리로 말했다. "난 밤마다 이곳에 와서 너와 함께했지. 비단 이곳뿐만이 아니야. 정자, 내 서재, 리제트의 방에서도……. 모든 방식으로. 넌 울면서 나한테 그만하라고 빌었어." 아버지는 고개를 움직이지 않았지만 나와 눈이 마주쳤다. "넬, 가여운 것……. 내가 너한테 **몹쓸** 짓을 했다고 생각하니?"

아무 대답이 없었다.

넬은 움직이지 않았다. 그녀의 시선은 여전히 아버지에게 가 있다. "아, 넬……. 나한테 화가 났니? 이제 기억이 나니?"

그녀가 인상을 썼다. "뭘 기억해야 하나요?"

누군가 소리를 냈다. 나였다. 아버지는 나를 쳐다보지 않았지만 입 가장자리가 씰룩거렸다. "넬, 우리 이쁜이." 아버지가 말했다. "지난 시간 동안 내가 네게 상처를 줬지. 내가 널 피 흘리게 했어. 처음은 어땠니, 확실히 **처음**은 기억나지? 네가 어땠는지 말해줄까? 넌 그래도 괜찮다는 듯 저기 가만히 누워 있었고 난 네가 원하고 있다고 말했고 넌 고개를 끄덕였고 울었고 또—."

"그만—두세요!" 내 목소리가 거의 잠겼다.

"기억나지? 내가 지금 말해줬잖아. 넬? 듣고 있어?"

그녀는 눈을 깜박였다. "죄송합니다, 어르신."

"내가 방금 뭐라고 했지?"

그녀가 입을 벌렸다. 핏방울이 흘러내려 닦았다. 그러자 턱에 넓고 붉은 줄이 생겼다. 그녀는 시선을 옆으로 돌렸다.

"정말 죄송합니다, 어르신. 제가 몸이 좋지 않아서 모든 게 다 흐릿합니다. 아시다시피, 진실만을 말하고 싶지만 전—."

367

"날 따라해, 넬. '다네이 씨가 가져갔―'"

"그만하세요!" 마침내 나는 고함을 질렀다. 말이 아니라 그녀의 표정 때문에 소리친 것이다. 두려움에 빠져서 이해하려고 절박하게 애쓰는 그녀의 얼굴 때문에. 나는 그녀 앞에 털썩 주저앉았다. "괜찮아, 넬. 아버진 그냥 널 골려주는 거니까. 걱정 마." 그녀는 급속도로 눈을 깜박였다. 뺨으로 눈물이 흘렀다. 입술에 난 상처에서 다시 피가 새어나왔다. 아버지와 내가 그녀의 마음을 찢어놓았다.

"물론이야." 아버지가 자리에서 일어났다. "당연히 장난이지. 자, 이제 쉬어도 돼. 푹 자고 내일은 정신을 차리도록 하렴. 아, 그리고 내 서재 러그에 생긴 얼룩을 닦아주겠니? 안 그러면 요리사에게 네 봉급에서 제하라고 말할 거란다."

넬이 코를 너무 세게 훌쩍거려 찍찍 하는 소리가 났다. "알겠습니다, 어르신. 감사합니다."

"그럼 됐어. 루시안, 이만 내려가자." 나는 억지로 자리에서 일어났다. 두개골에서 소용돌이를 치듯이 골치가 아팠다. 똑바로 서야 한다. 아프면 안 된다. 아버지가 나를 밖으로 안내했다. 내 뒤를 따라 계단을 내려오는 아버지가 나에게 너무 바싹 붙었다. 아버지의 숨소리가 목에 닿았다. 내 침실 앞에 왔을 때 아버지가 살짝 내 어깨를 두드렸다. "서재로 가자, 루시안."

나는 문 손잡이를 잡고 멈췄다. 손바닥이 땀에 젖었다. 집 안은 매우 조용했다. 카펫과 커튼이 비에 펄럭이는 소리가 났다. 아버지와 내가 이 세상에 있는 유일한 사람인 것 같았다.

나는 복도를 따라 계단을 내려가면서 뒤를 돌아보지 않았다. 우리가 복도를 가로지를 때 아버지의 발소리는 내 발자국의 메아리처럼 들렸다.

관엽식물 뒤편에 걸린 거울에 비친 내 얼굴을 흘끗 살폈다. 창백한 가스 불빛 아래서 보니 내가 아버지의 나이가 되면 그와 똑같은 얼굴이 될 것이라는 사실을 알 수 있었다.

서재 문이 살짝 열려 있었다. 난로의 불은 완전히 죽었다. 아버지는 오늘 이곳에 다시 내려올 생각이 없었을 것이다. 넬을 보러 간 것이니까.

아버지가 문을 닫고 팔걸이의자에 앉았다. 그리고 반쯤 감긴 눈으로 나를 쳐다보았다. 나는 다른 의자를 향해 걸었는데 아버지가 판유리의 먼지를 털 듯 손가락으로 허공에 선을 그었다. "너보고 앉으란 소린 안 했는데."

나는 그 소리를 듣고 기뻤다. 아버지를 싫어할 수 있다는 것은 축복이다. 나는 주머니에 손을 찔러넣고 미소 띤 얼굴로 섰다. 그것이 유일한 방법인 것처럼 오만한 척을 하면서.

"아들아." 아버지가 말했다. "네가 거기에서 뭘 얻고자 했는지 말해보렴." 아버지는 마치 하늘에 대해 이야기하듯 손가락으로 천장을 가리켰다.

얼굴에 미소를 유지할 수 없었다. 어떻게 아버지는 그렇게 할 수 있는지 도무지 모르겠다. 내가 뭘 하려고 했는지는 분명하지 않나? "넬에게 경고해주려고 했어요. 다시 그런 일이 일어나길 바라지 않으니까요."

아버지가 살짝 히죽거렸다. 세실리 누나가 아버지에게 자신이 그린 그림을 보여주었을 때 아버지가 보인 표정과 같다. 관대한 척하지만 지루해하는 표정.

"아, 네 섬세한 감정. 대단한 연민과 대단한 섬세함이구나. 연약한 이성을 보호하려는 대단한 **남성미야**……."

"적어도 아버지보다는 연민이 있어요."

"아, 루시안." 아버지가 한숨을 쉬었다. "언제쯤 네 자신을 있는 그대로 보는 법을 배우겠니? 우리 아들이 진실 결벽증이 있다고 누가 생각이나 할까? 네가 기사도 정신을 좀 발휘한다고 해도 그건 넬과 전혀 상관이 없어."

"제가 하려는 건—."

"아니." 다시 아버지의 손가락이 내 말을 잘랐다. "넌 날 화나게 하려고 했어. 그게 다야. 너도 나처럼 꽤 나쁘지. 솔직히 나보다 더 나빠. 난 적어도 솔직하거든. 넌 내 눈에 띄기 위해서 불쌍한 소녀에게 네가 얼마나 큰 고통을 안겼는지는 신경 쓰지 않아." 아버지는 테이블에서 잔을 들어 기울인 다음 잔 손잡이 위로 춤추는 불길을 감상했다. 잔 바닥에 남아 있던 술에 벌의 날개 파편이 빠져 있다. "그렇지만 넌 네 자신을 제대로 보지 못하고 있어."

나는 회색 벽을 떠올리려고 했지만 그렇게 되지 않았다. 나는 지금 이곳 아버지의 서재에 있다. 그림과 가구, 오브제의 화려한 빛이 내 눈을 찔렀다. 그래서 러그의 토사물로 시선을 옮겼다. 어딘지 알 수 없는 곳의 지도처럼 보였다.

아버지가 손가락 관절을 꺾으며 자리에서 일어났다. "이 문제에 대해 더는 얘기하지 말자꾸나. 제본을 못하게 하려는 일이 부질없다는 걸 봤으니 다시는 그러지 말거라. 그리고 앞으로는 너 스스로를 부끄럽게 만드는 일이 더는 없길 바란다."

아버지가 아주 가까이 다가왔다. 내가 아버지보다 조금 더 컸다. 나는 아버지를 내려다보며 고개를 끄덕였다.

아버지가 내 뺨을 세게 때렸다.

나는 균형을 잃었다. 정신은 아주 말짱했지만 무릎이 후들거려 옆으로 휘청했다. 이런 일을 예상했어야 했다. 준비하고 있었어야 했다. 천천히 오랫동안 러그가 난파선처럼 기울어져 흔들려 보였다. 테이블 옆면이 내 턱을 가격했다. 번개가 치고 천둥이 울리듯 이미 바닥에 넘어진 후에야 충격이 찾아온 것 같았다. 반짝이는 검은 눈이 내 주위로 떨어졌다. 숨을 쉴 수 없었다. 눈이 제대로 보이지 않았다. 바보 같기는.

"루시안? 애야, 일어나렴. 바닥에서 그런 식으로 기어봐야 아무 소용 없어. 어리석은 아들아." 어떤 젖은 물건으로 내 목과 귀를 닦았다. 손수 건에 붉은 얼룩이 묻었다. 나는 아버지의 얼굴을 들여다보았다. 아버지 는 내가 테이블 다리에 기대고 앉도록 일으켜 세웠다. "이게 다 술을 마셔서 그런 거야, 루시안. 자기 몸을 관리할 줄 알아야지. 뺨 한 대 살짝 맞았다고 쓰러지다니. 똑바로 앉으렴. 아버지를 봐. 착하지."

"죄송해요." 이 모든 일에도 불구하고 나는 아버지의 사랑을 바랐다.

"보기보다 나쁘진 않구나. 괜찮니? 다행이야."

아버지가 손수건을 구기더니 바닥으로 떨어뜨렸다. 모노그램에 핏자 국이 묻은 채 그의 짙고 흰 얼룩이 묻은 손수건이 러그에 떨어졌다. 아버 지는 자리에서 일어나면서 무릎이 아픈지 살짝 신음하더니 내게 손을 뻗었다. 나는 너무 지쳐 그 손을 뿌리칠 수 없었다. 손을 잡자 아버지는 그저 내가 일어설 수 있게 하기 위해 곧바로 따뜻하고 강인한 손길을 내민 것임을 느꼈다. "그만 자러 가렴, 애야."

나는 문으로 걸었다. 머리가 욱신거렸다. 문을 열기 위해서는 정신을 집중해야 했다.

아버지가 다시 자리에 앉을 때 팔걸이의자가 푹 꺼지는 소리가 났다. "오르몬드 양을 언제 또 만나기로 했니?"

"다음 주 화요일에 차를 마시기로 했어요."

"침실에 가기 전에 주방에 들러라. 멍든 부위에 소고기를 좀 붙이고."

아버지가 웃음을 터트렸다. "네가 악당처럼 보이면 그녀가 결혼을 취소할지도 모르잖니."

닷새 뒤 나는 파란 방에서 일을 했다. 아니면 그날 그곳에서 일할 운명이었거나. 내 앞에 회계 장부와 청구서, 편지 더미가 가득 쌓여 있었다. 책상 전체를 다 덮을 정도로. 하지만 나는 집중하지 못했다. 한번은 아버지가 그저 가격 목록과 수입업자만 보지 말고 다른 부분들도 살피라고 지시했다. 우리 회사의 사무원 한 명이 자신의 상관이 뇌물을 받고 있다고 고발했기 때문이다. 그 상관은 되레 사무원이 횡령했다고 주장했다. 나는 같은 고발장을 계속해서 읽으며 혹시 다른 의미가 있는지 살폈다. 그러다 고개를 들어 관엽식물 무늬가 그려진 벽지를 쳐다보았다. 그늘이 진 푸른 잎사귀는 은색과 연보라색으로 보였다. 창밖의 하늘은 잿빛을 띠었다. 방의 절반이 우울한 그림자로 덮였다. 시계가 똑딱거리고 시곗바늘이 정교하게 똑딱하고 소리를 냈다. 머리가 욱신거렸다. 그래도 얼굴의 부기는 많이 가라앉았다.

밖에 마차가 멈추더니 자갈을 가로지르는 발자국 소리가 들렸다. 잠시 뒤 초인종이 울렸다. 베티가 계단을 재빠르게 내려가는 소리와 파란 방을 지나치는 소리가 났다. 누군가가 외쳤고 철퍼덕, 후두둑 떨어지는 소리가 났다. "멍청한 암퇘지 같으니라구. 왜 거기서 그러고 있는 거야! 어서 닦아." 그녀가 씩씩거렸다. 조금 전에 넬이 복도 타일을 닦는 것을 본 기억이 났다. 나는 인상을 쓰고 두피를 주물렀다. 내 앞에 놓인 종이가 잉크와 함께 일그러지기 시작하면서 눈에 들어오지 않았다.

나는 자리에서 일어나 창밖을 내다보았다. 드 하빌랜드의 마차다. 측면에 있는 판에 정교한 문장을 새겼다. 싸구려 보라색과 금색으로 칠해진 책을 사자가 양발로 받치고 있는 형태다. 굴러다니는 낙엽 하나가 문장에 들러붙었다. 마차 바퀴는 날렵하지만 드 하빌랜드가 캐슬퍼드 외곽으로 나갈 때 승합마차나 우편 수레로 사용해서 완충장치가 아주 엉망이다. 아버지가 드 하빌랜드의 마차를 칭찬하는 소리를 들은 적이 있다. 아버지는 그 마차를 '자네의 멋진 부속물'이라고 말한 적이 있었다.

드 하빌랜드. 그는 분명 대금을 청구하러 온 것이다. 나는 손톱으로 유리잔을 두드리며 헐벗은 나무를 멍하게 쳐다보았다. 도시 위 하늘은 어둡고 검게 변해 비가 올 것 같았다. 현관이 열렸고 베티의 목소리가 들렸다. 그리고 발걸음이 아버지의 서재로 향했다. 나는 숨을 참았다. 아무도 넬을 부르지 않았고, 양동이가 부딪히고 바닥의 다른 부분을 다시 긁는 소리가 났다.

나는 벽에 기댔다. 신경 쓰지 않으려고 애썼다. 난로 위에 연꽃과 백합으로 꾸며진 물의 요정 그림이 걸려 있다. 투명한 피부에 초록색 눈동자를 가진 요정들이 나에게 손짓한다. 나는 이 그림에 매혹된 적이 있었지만, 살아 있는 사람의 살결이 그렇게 상아빛으로 완벽하게 빛날 수 없다는 것을 나중에야 알게 되었다. 명암법으로 그린 바쿠스도 마찬가지다. 밤에 눈을 감으면 그의 얼굴이 떠올랐다. 그의 입, 어두운 그림자로 덮인 상반신, 물기를 머금고 빛나는 포도. 그리고 지금은 그 그림이 방 안으로 들어오게 된 것이 화가 난다. 내 약혼이 정해지자 아버지가 결혼 선물로 바쿠스 그림을 주면서 침실로 옮기라고 지시했다. 그때 아버지는 눈을 번뜩였다. 아버지는 효용이 없으면 움직이지 않는 사람이라, 학교의 다른 남자애들과 캐슬퍼드의 창녀들에 대해서 알고 있었다. 나는 거절했다. 내 결혼식 저녁이 오면 놀라울 것도 신비로울 것도 없겠지. 그저 잠깐 욕망이 달아오르고 몇 분간 헐떡거림과 마찰이 있을 뿐일 테니까.

아너 오르몬드가 상대라고 해도 그 정도는 할 수 있다. 내가 견딜 수 없는 것은 매끈한 가슴과 어깨, 배를 드러낸 채 욕망의 밀어를 속삭이는 바쿠스의 눈동자다. 요정들이 어린아이의 부드러운 피부처럼 평온하게 나를 쳐다보았다. 나는 그들에게서 몸을 돌려 책상으로 돌아갔다.

그리고 자리에 앉았다. 사무원의 편지를 읽으려고 애썼다. 바깥에서는 드 하빌랜드의 마부가 자리에서 내려 담배에 불을 붙이고 있었다. 연기가 나무 위로 피어오르더니 붕대처럼 스르르 풀렸다. 나는 자리에서 일어나 복도로 나간 뒤 아버지의 서재로 향했다. 넬이 문에서 먼 쪽으로 물러났고 흑백 바닥이 광이 나서 반짝인다. 그녀는 슬쩍 올려다보더니 일어나서 인사를 제대로 해야 할지 망설였다. 나는 가볍게 고개를 끄덕였다. 넬은 고개를 숙이고 바닥 청소를 계속했다.

1년 전까지 나는 누구라도 몰래 엿듣는 사람을 혐오했다. 그런데 지금 내가 숨을 죽이고 문에 기대 엿듣고 있다. 심장이 경고하듯 내 귀를 울렸다. 하지만 문이 너무 두꺼워 그들의 목소리가 모호하게 들렸다. 분명하게 들리는 것은 넬의 밀대가 양동이에 들어가 철퍽거리는 소리뿐이다.

"실례합니다, 도련님." 나는 놀라 돌아보았다. 베티가 쟁반에 분홍색 빛이 도는 다기 세트를 들고 서 있었다. 그녀가 나를 지나쳐서 문을 열었다. 나는 옆으로 비키려고 했지만 너무 늦었다. 아버지가 테이블 옆에서 뭔가를 쳐다보고 있었다. 베티가 들어가자 고개를 들었고 나를 보았다.

"아, 루시안." 아버지는 내가 있을 거라고 예상한 듯 말했다. "들어오렴. 드 하빌랜드, 내 아들을 본 적 있지."

"네, 그럼요." 드 하빌랜드가 자리에서 벌떡 일어나 나와 악수했다. 그의 피부는 비누처럼 매끄러웠다. "다네이 도련님."

아버지가 의자로 손짓하고 나는 거기에 앉았다. 뺨으로 피가 몰렸고 눈가의 멍 자국이 욱신거렸다. 베티가 차를 난로 옆 테이블에 내려놓았다. 잔을 두 개만 가져왔고 아무도 하나 더 가져오라고 말하지 않았다. 우리는 조용히 베티의 작업이 끝나기를 기다렸다. 난로 위 선반에는 도기로 만든 스패니얼 강아지 인형 사이에 놓인 은색 그릇 속에 온실에서 키운 장미가 꽂혀 있다. 풍성하고 큰 봉오리가 맺힌 진보랏빛을 띠는 붉은 장미다.

베티가 자리를 떴다. 아버지가 테이블로 걸어가 자신이 마실 차를 따랐고 다른 잔은 남겨두었다. 아버지는 원래 서 있던 자리로 돌아가서 다시 책을 살폈다. 평범한 푸른색 천을 씌운 작은 책이다. "헬렌이라." 아버지가 책등을 살피며 말했다. "당연히 난 한번도 생각 못했네……. 정말 헬렌 양이군. 참으로 얄궂은걸."

"죄송합니다, 다네이 어르신. 제 도제가 지시 없이 일을 처리했습니다. 괜찮으시면 작업자에게 다시 마무리를 시킬까요?"

"아니, 아니. 난 마음에 들어. 이걸 보렴, 루시안." 아버지가 책을 들어 올렸다. 나는 반짝이는 은색 글귀를 보았다.

"헬렌 테일러 양이라고 적혀 있어. 그러니 더 중요한 사람처럼 들리지 않니?"

나는 몸을 구부려 빈 잔에 차를 따랐다. 드 하빌랜드는 내가 자신에게 줄 거라고 생각한 듯 몸을 움직였다. 나는 그의 시선을 바라보며 잔을 들이켰다. 차는 검고 썼다.

"자넬 칭찬해줘야겠어, 드 하빌랜드." 아버지가 말을 이었다. "이 책의 내용은…… 우아해. 자네의 일반적인 책들과 상당히 달라. 글도 덜 꾸몄고, 언젠가는 그 비밀을 알려줘야 하네. 어떻게 한 명의 제본사가 작업한 책이 다른 책들보다 훨씬 더 압도적으로 보일 수 있는지." 드 하빌랜드는

375

냉정한 미소를 지었지만 반박하지 않았다. "자네 도제는 전도유망해 보이더군. 그런데 아프다니 참 안타까워."

"다시 사과드립니다, 다네이 어르신. 그 애는 약 2주 전에 자신의 첫 번째 스승이 목숨을 잃어 제 제본소로 들어왔습니다. 그렇게 연약한 줄 알았더라면……."

"아니, 아니야." 아버지가 파리를 쫓듯 사과를 날려버렸다. 아버지가 내게로 와 책을 건넸다. "너도 동의하지, 루시안? 루시안은," 아버지가 드 하빌랜드에게 말했다. "감정가로서의 능력이 있어. 적어도 그렇게 될 거야. 경험이 좀더 쌓이면."

"전문성은 유전인 경우가 많지요." 드 하빌랜드가 말했다. "그리고 도련님의 수집품이 될 책을 만드는 영광은 얼마나 클까요."

나는 침을 삼켰다. 그리고 책을 받았다. 너무 가벼워서 떨어뜨릴 뻔했다. 나는 책을 대충 넘겨보고 엄지와 검지 사이로 종이를 문질렀다. 그리고 고개를 들어 은색 그릇에 담긴 장미를 쳐다보았다. "아주 좋군요." 내가 말했다.

"20기니면 되겠군." 아버지가 이렇게 말하고 수표에 서명했다. 그리고 드 하빌랜드에게 건네자 그는 여성스러운 손가락으로 돈을 챙겨 지갑에 넣었다.

"감사합니다, 어르신. 그리고 다시금 죄송합니다. 제 도제가 확실히 못—."

내가 말을 잘랐다. "그는 좀 어떤가요?"

두 사람 모두 나를 쳐다보았다. 아버지가 눈썹을 들썩였다. 나는 찻잔을 테이블에 조심스럽게 내려놓았다. 잔 받침이 달그락 소리를 냈다. 자리에서 일어나고 싶었지만 참고 다리를 꼰 채 의자에 등을 기댔다. 그리고 드 하빌랜드를 향해 고개를 돌려 물어보았다. "당신 도제 말이에요. 회복되었나요?"

"정말 창피하게 생각합니다." 그가 지갑을 꽉 움켜쥐었다. "카펫의 얼룩이 없어지지 않는다면……."

"맞아요." 내가 말했다. "그런데 그 자는 어떠냐고요?"

"진심으로 말씀드리는데 그런 성품이란 걸 조금이라도 알았다면—."

"난 그의 도덕성이 아니라 건강이 어떤지 알고 싶어요, 드 하빌랜드."

그리고 살짝 정적이 흘렀다. 아버지가 차를 마셨다. 잔을 내려놓았을 때 아버지의 입가에 슬며시 미소가 떠올랐다.

드 하빌랜드가 말했다. "아, 그렇군요. 그게……심한 열이 찾아왔습니다. 당연히 전염성은 아니지만 며칠째 의식이 혼미합니다. 의사를 불렀더니 6실링 2펜스 하프 페니를 청구하더군요. 믿어지시나요? 솔직히 그 자를 어떻게 해야 할지 모르겠습니다. 작업실에서는 유용할지도 모르겠군요. 아무튼 관심을 보여주시다니 감사합니다, 도련님."

"정말 그렇지." 아버지가 말했다. "루시안은 자네 대리인의 불편한 상태에 마음을 쓰고 있어. 꽤 속이 상했거든."

"정말 죄송합니다."

드 하빌랜드는 의사의 진료비는 정확하게 알고 있었지만 에밋 파머의 이름은 한번도 언급하지 않았다. 나는 넬의 책을 옆으로 치우고 난로로 가서 손가락으로 장미 한 송이를 쓰다듬었다. 실크처럼 부드러운 곡선이 끝없이 이어지는 것 같았다.

"서—설마—도련님의 얼굴이—." 드 하빌랜드가 아버지를 슬쩍 쳐다보더니 말을 멈췄다. 그는 손수건을 꺼내 그 속으로 곱게 기침을 했다.

"아니에요." 내가 말했다. "이건 며칠 전에 사고로 생긴 겁니다."

377

"그렇다면 안심이군요. 전 겁이 났습니다. 혹여나……제가 한 말이 무례하게 들렸다면 죄송합니다."

"전혀 그렇지 않다네." 아버지가 말했다. 아버지는 내가 있는 선반으로 와서 장미향을 맡았다. "루시안이 어디서 싸움을 벌인 것처럼 보이는 건 당연해. 하지만 이건 전적으로 이 아이 탓이지." 아버지는 마치 멍이 잉크 얼룩인 것처럼 엄지로 내 관자놀이를 문질러댔다. "걱정 말게. 젊은이들은 술을 너무 많이 마셔. 그건 인생의 한 부분이지. 자네도 그렇게 생각하지 않는가, 드 하빌랜드? 게다가 열흘 뒤에 결혼까지 앞두고 있으니."

"네, 물론입니다. 제가 축하드려도 괜찮을까요?" 드 하빌랜드가 반쯤 인사를 하듯이 고개를 숙였다. "그리고 제 생각에는……." 그가 쭈뼛거리며 주머니에 손을 집어넣더니 내게 명함을 건넸다. 진한 크림색 배경에 꽃무늬가 양각으로 새겨져 있었고 D와 H 모노그램이 찍혀 있다. 나는 명함을 뒤집어보았다. 드 하빌랜드, S. F. B., 올더니 가 12번지, 캐슬퍼드. 나는 올더니 가가 어딘지 안다. 그곳의 우아한 저택들 중에 황동 문패가 달린 곳이 사창가다. "혹시 제 도움이 필요하시면……."

"나 말인가요?"

"많은 젊은 연인들이 결혼을 앞두고 제본사를 찾는답니다. 물론 각자 말이죠." 그는 고개를 기울이며 미소를 지었다. "꽤 많답니다. 특히나 결혼 전에 모든 걸 지우고 싶은 청년들 말입니다. 상대를 위해 거짓말을 하고 사는 건 짐이 되니까요. 후회도, 숨길 것도 없는 새로운 삶을 사는 것이 훨씬 더 좋답니다."

나는 슬쩍 아버지를 쳐다보았다. 아버지는 그릇에서 장미를 뽑아 손가락으로 빙글빙글 돌렸다. 나와 눈이 마주치자 아버지가 미소를 지었다.

나는 대답했다. "아니, 괜찮습니다."

"저희는 캐슬퍼드에 매우 안전한 지하 보관실을 가지고 있습니다. 리옹 앤 선즈예요. 보관비도 매우 합리적이고요." 그는 내게서 아버지에게로 슬쩍 시선을 돌렸다. "저는 저명한 고객들을 많이 보유하고 있습니다. 그분들의 책은 절대로 세상에 드러나지 않아요. 진짜 제본된 책은 판매용과 완전히 분리하고 있고요."

"당연히 그래야지." 아버지가 말했다. 그리고 들고 있던 장미의 꽃잎을 뜯기 시작했다. 꽃잎이 러그 위로 작은 상처처럼 떨어졌다.

"책 주인이 살아 있는 동안 진짜 제본된 책을 거래하는 건 알다시피 불법이야. 드 하빌랜드, 난 이 방에 있는 누구도(아버지는 이 말에 살짝 무게를 실었다) 그 법을 어길 생각을 하지 않을 거라 자신하네."

"물론입니다. 하지만 몇 가지 애매한 경우도 있지요."

"아니, 전 사양하겠어요." 내가 말했다.

드 하빌랜드가 더듬거리더니 고개를 끄덕였다. "마음이 바뀌면 그곳 주소로 오십시오. 아니면 오르몬드 양이 다르게 느껴질 경우에도 언제든 영광입니다." 그는 나를 향해 몸을 구부리더니 목소리를 낮추었다. "감히 말씀드리자면 오르몬드 양의 책을 보여드릴 수 있습니다. 그게 또다른 장점이죠. 물론 당연히 다른 누구에게도 보여주지 않습니다."

나는 몸을 돌렸다. 방 안은 장작불이 타는 소리와 아버지가 장미 꽃잎을 뜯는 소리밖에 들리지 않았다.

드 하빌랜드가 말했다. "그럼 전 이만 가봐야겠습니다. 폰 데어 아헤르 부인과 점심 약속이 있어서요. 시간 내주셔서 감사합니다, 다네이 어르신. 그리고 혹시 마음이 바뀌시면," 그가 나를 향해 말했다. "저는 언제고 도와드릴 준비가 되어 있습니다. 안녕히 계세요."

"잘 가게나." 아버지가 말했다.

379

문이 닫혔다. 입이 마르고 혀에서 신맛이 났다. 나는 술병이 놓인 협탁으로 걸었다.

"지금은 안 된다, 루시안." 그 소리에 멈췄다. 그리고 손을 주머니에 집어넣었다. 드 하빌랜드의 명함이 엄지손가락 아랫부분을 찔렀다. "다른 용건이 없다면 그만 일하러 가보겠습니다."

"꼭 가야 하니?" 아버지는 어린아이를 살짝 놀리는 것처럼 말했다. 그리고 줄기만 남은 장미를 난로에 던져넣었다.

"가여운 드 하빌랜드. 진짜 대책 없는 사람이지 않니? 제본사는 신임을 얻을 때에만 가치가 있어." 아버지가 창문 밖을 내다보았다. 드 하빌랜드의 마차가 어색하게 진입로를 따라 움직였다. "제본한 책을 거래한다는 게 그가 신임을 얻지 못하는 이유 중 하나야. 드 하빌랜드에게 제본 면허가 있다는 건 의심할 여지가 없어. 하지만 그의 직인 없이 간간이 책이 나오는 걸 보면……뭐 무슨 상관이겠니? 그는 랫워시 경을 수집가로 보유하고 있지만……." 아버지가 무료한 듯 잔을 툭툭 쳤다. 밖에서 새가 울더니 날개를 퍼덕이며 날아갔다. "한번도 그가 진짜 제본된 책을 보여주겠다는 제안을 내게 한 적은 없어. 그가 내게 제안을 한다면……."

"넬의 책은 진짜 제본이 아닌가요?"

"가식적으로 굴지 마. 돈을 지불하는 고객 말이야. 우리 같은 사람."

"중요한 사람 말인가요?"

"그래." 아버지가 내게 미소를 지었다. "의사가 환자의 비밀을 팔기 시작하면 어떻게 될 것 같니?"

나는 그 질문에 아버지가 대답하지 않을 것이라는 사실을 깨달을 때까지 한참을 생각했다. 아버지는 마차가 문 밖으로 사라지고 'D'가 새겨진 연철 대문이 제자리를 찾는 것을 지켜보았다. 아버지는 하품을 하더니 넬의 책을 보기 시작했다. 나는 자리를 뜨고 싶었지만 살짝 역한 충동이 느껴져 그 자리에서 머물렀다.

아버지가 페이지를 넘기는데 뭔가가 바닥으로 떨어졌다.

얇은 싸구려 봉투와 잉크가 이미 갈색으로 변해 있었다. **루시안 다네이 씨에게라고** 적혀 있다. 공부를 좀 했고 정성을 들여 자신감 있게 쓴 필체다. 아버지는 나와 마찬가지로 그것을 쳐다보았다. 아주 짧은 순간이 흘렀다.

나는 재빨리 몸을 구부렸다. 하지만 아버지가 먼저 잡았다. 아버지는 조잡한 종이를 재빨리 내게서 멀리 떨어뜨렸다. 그리고 자세히 살피더니 눈썹을 들썩였다. "분명 어떤 제본사가 몰래 신비로운 **연애편지를** 쓴 것이구나······. 가엾은 오르몬드 양은 좋아하지 않을 텐데."

나는 두 발로 서 있기 힘들었다. 귓가에 심장 박동이 울렸다. 손 글씨는 넬의 책에 있는 필체와 같았다. 하지만 에밋 파머가 내게 할 말이 있을까? "전 무슨 말씀인지 모르겠어요."

"그렇다면 내가 가지고 있어도 되겠지."

"그건 제 것입니다."

아버지가 엄지로 봉투를 두드렸다. 그 소리에 이가 갈렸다. "진정해, 루시안. 그냥 궁금해서 그래."

"제게 주세요. 부탁이에요."

아버지는 미소를 지으며 팔을 휘저었다. "계속 방탕한 삶을 즐기고 싶다면, 넌 분명 그렇겠지. 내 아들이니까. 하지만 **관리를** 잘해야 한다, 알겠니? 정신이 완전히 어떻게 된다면······제본은 꽤 귀찮은 작업이야. 비용이 많이 드는 건 두말할 필요도 없고."

나는 편지를 향해 손 내미는 것을 포기했다. 그리고 길게 숨을 내쉬었다. "절 제본하도록 두지 않을 거예요. 전 겁쟁이도 거짓말쟁이도 아니니까요."

"우린 동문서답을 하고 있구나." 아버지가 말했다. 아버지는 알 수 없는 미소를 살짝 지었다. "난 결코 네게 제본하라고 권하지 않을 거야……. 그러나 네 관점이 흥미롭구나. 넌 넬이 아니라 날 싫어한다고 생각했는데."

"넬은 선택의 여지가 없었어요. 누구든 선택할 수 있다면……." 내가 말을 멈췄다.

"그래서?"

나는 침을 삼켰다. 지금 시선을 내리면 에밋 파머가 토한 러그의 얼룩과 그의 기억이 불꽃이 되어 솟아오른 난로를 보게 된다. 그가 울면서 허공을 헤집던 광경이 눈앞에 그려졌다. "전 그러지 않을 거예요." 내가 대답했다.

"그래," 아버지가 말했다. "넌 스스로를 아주 과대평가하고 있는 것 같구나."

이제 아버지는 카드 게임을 하듯 편지의 가장자리를 튕겼다. 언제고 아버지는 편지를 사라지게 만들 것이다. 소매 안으로든 어디로든.

"아버지." 내가 말했다. "제가 보게 해주세요." 나도 모르게 구걸하듯이 손을 뻗었다.

아버지는 한 손가락으로 봉투를 가로지르더니 뜯기 시작했다. 내 앞에서 그 편지를 읽을 셈이다.

가슴이 뒤집어졌다. 자신의 책을 태우는 파머의 모습이 선명하게 눈에 들어왔다. 살짝 어색하지만 잘생긴 청년이 머리카락을 늘어트린 채 책을 태웠다. 그의 셔츠는 너무 작았고 맨 위 단추를 제대로 잠그지 않았다.

그에게 하인이라고 했을 때 마치 한 대를 칠 기색으로 나를 쳐다보았다.

나는 아버지의 손에서 편지를 낚아챘다. 그리고 아버지가 반응할 틈을 주지 않고 난로로 가서 철망을 뒤로 젖히고 봉투를 불 속으로 떨어뜨렸다. 편지는 흰색으로 빛났다가 재빨리 황금빛 구멍으로 바뀌었다. 불꽃과 만나자 편지지는 회색 천 조각처럼 말려들었다. 속에서 작은 성취감이 춤을 췄다. 이번에는 내가 아버지를 이겼다. 그렇게 귓가는 잠잠해졌지만 속이 메스꺼웠다. 곧 후회하게 될 것이다. 아버지는 대가를 치르게 할 테니.

아버지가 인상을 썼다. 하지만 나를 지나쳐 부지깽이를 집더니 불을 휘저었다. 불꽃이 위로 올라왔다. "당연하지." 마침내 아버지가 말했다. "넌 한……사람에게 만족하기 어려운가 보구나."

나는 용서받을 거라고 생각하지 않았다. 그런 기대를 버렸을 때 벌이 내려질 것이다. "전 그만 일하러 가볼게요."

"계속 그렇게 말한다면야." 아버지는 내가 나가는 길을 모른다는 듯이 과장된 제스처로 문이 있는 곳을 알려주었다.

나는 문을 향해 걸었다. 어깨 너머로 슬쩍 난로를 살폈다. 이제 편지는 한 조각도 남아 있지 않다. 에밋 파머가 무슨 말을 하고 싶어했든지 간에. 러그를 더럽힌 것에 대한 사과든 나를 불쌍히 여기는 눈빛으로 쳐다본 일에 대한 사과든, 사과를 하려고 한 것 말고는 편지를 쓸 다른 무슨 이유가 있었을까? 그러니 지금 내가 이런 감정을 느낄 이유가 없다. 나는 회색 벽 감옥에 갇힌 채 열쇠를 불에 태운 것 같은 기분이다.

22

우리는 응접실에서 차를 마셨다. 다섯 명밖에 되지 않았지만 방이 좁게 느껴졌다. 노란 벽 때문에 두통이 왔고 어머니가 뿌린 연한 향수와 세실리와 리제트 누나가 바른 머릿기름 냄새로 공기가 탁했다. 그리고 차와 레몬 냄새도 구역질을 나게 하는 데에 한몫했다. 나는 얕게 호흡을 내뱉었다. 난로에 장작이 타고 있지만 방 안은 추웠다. 내 몸의 반은 열기와 가까이 있었고, 열기와 가까이 있지 않은 반은 추웠다. 오르몬드 양은 내 맞은편에 앉아 발목을 얌전히 교차하고 고개를 숙이고 있었다. 그녀는 어머니의 말을 고분고분하게 들었지만 간간이 나를 향해 눈빛을 번뜩였다. 장갑을 낀 손으로 뭔가를 만지작거렸다. 그녀의 세 번째 손가락이 불룩 솟은 것을 봐서 그녀가 약혼반지를 꼈다는 것을 알 수 있었다. 그녀는 행동을 멈췄다. 나는 그녀와 눈을 마주칠 수 없었다. 창 밖 정원에는 눈이 얕게 내려앉았다. 마치 빗속에 버려둔 흰 티슈처럼 군데군데 찢어지고 황량해 보였다. 시든 풀이 그 사이로 삐져 올라왔다. 진흙이 묻은 정원사의 발자국이 깊게 찍혔다.

어머니의 보랏빛 실크 치맛자락이 펄럭이고 어머니 손에 낀 반지는 얼마 남지 않은 햇살에 반사되어 반짝거렸다. 어머니는 미소를 지으며 비스킷이 담긴 쟁반을 오르몬드 양에게 건넸다. 그녀는 다시 세실리 누나에게 주었다. 어머니가 살짝 기침을 했다. 세실리 누나는 얼굴을 붉히며 비스킷을 먹지 않고 곧바로 내게 주었다. 누나가 팔을 아래로 내릴 때 코르셋에서 삐걱거리는 소리가 났다. 누나는 아무도 모르기를 바라며 재빨리 주위를 살폈다.

리제트 누나는 내 옆으로 몸을 구부려 비스킷을 집고서는 세실리 누나를 슬쩍 보더니 하나 더 집었다. 그리고 피아노로 가서 다른 손으로 건반을 두드렸다.

"백합이라니." 어머니가 오르몬드 양에게 말했다. "진심이에요? 부케를 결정하는 일이니 확실히 해야 하는데."

"맞아요, 오르몬드 양." 세실리 누나가 말했다.

"백합은 아주 칙칙해요! 향기도 지독하고요. 프리지어는 어떨까요? 프리지어 꽃에 둘러싸이면 참 예쁠 것 같아요." 누나가 설탕 그릇을 엎질렀다. "어머, 나도 참!"

리제트 누나는 같은 노래를 두 번 연주하더니 멈췄다. "저 애 말이 맞을지도 몰라요. 백합은 아주 가늘고 길잖아요."

"난 피하는 게 좋을 것 같아요. 그러니까 너무⋯⋯곧은 건." 어머니가 말했다. 곧바로 모두의 눈초리가 오르몬드 양에게 향했다.

"나도 개인적으로 백합을 좋아해요. 우리 온실에도 가득 있고. 하지만 하나는 너무 흐느적거리는 느낌일 테니⋯⋯. 아니, 장미가 한층 나을 것 같군요."

그러자 오르몬드 양이 고개를 끄덕였다. "맞아요, 생각하시는 게 맞을 거예요. 언제나 그랬듯이 전 좀 허수아비처럼 보일 것 같아요."

그리고 잠시 침묵이 흘렀다. 위로의 말을 건네야 한다. 하지만 나는 아무 말도 건네지 못하고 어두운 잔디 위로 폴짝거리는 새만 쳐다보았다.

"말도 안 돼요." 어머니가 말했다. "오르몬드 양은 아름답게 피어난 신부 같아 보일 거예요. 그래도 백합은 곤란해요. 장미로 해요. 내가 가장 걱정하는 건 오르몬드 양의 거실 장식이랍니다. 오르몬드 양과 루시안의 방이 되겠지만 그래도 이 지붕 아래 머무는 이상 그런 칙칙한 회색과 녹색을 허락할 수 없어요. 좀더 생기발랄한 걸로 하면 어떨까요?” 어머니는 아버지가 ‘자황색’이라고 부르는 햇살처럼 노란 벽을 둘러보았다. “루시안 넌 어떠니?”

“좋을 대로 하세요.”

“고맙구나, 얘야. 보시다시피 오르몬드 양, 이 애는 이렇게 협조적이랍니다. 다른 색으로 해도 괜찮겠죠?”

“그게, 전, 그럼요. 이곳은 어머님의 저택이니 전 반대할 수가⋯⋯.”

“잘됐군요. 그럼 정해졌네요. 루시안, 얘야, 네가 이런 이야기까지 다 듣고 있을 필욘 없어! 이건 남자들 소관이 아니거든.”

리제트 누나가 높은 톤의 트릴을 연주했다. “하지만 루시안은 어머니를 위해 그런 거잖아요. 한번도 제대로 남자 역할을 한 적이 없었어요.”

“불편하게 생각하지 말아요.” 어머니가 몸을 구부려 오르몬드 양의 무릎을 쓰다듬었다. “저 앤 괜히 심술이 나서 그러는 거예요. 루시안은 학교에서 상을 많이 받았어요. 승마, 펜싱⋯⋯.”

리제트 누나는 어이없다는 듯 눈을 굴렸다. “시 외우기, 춤⋯⋯.”

“전부 아주 남성적인 재주예요. 왈츠를 출 줄 아는 신사는 남성성이 보장되었다는 말도 있잖아요.”

나는 자리에서 일어났다. “우린 이미 약혼했어요, 어머니. 그렇게 제 자랑을 늘어놓을 필요가 없어요.”

찰나가 흐르고 어머니가 웃음을 터트렸다. 어머니는 찻주전자를 들어 오르몬드 양에게 한잔 더 따라주었다. “우리 애의 무례를 용서해요, 아가씨. 늘 온화한 아이인데. 자, 신혼여행 때 입을 옷에 대해 말해봐요. 갈란츠네 상점에서 정말 사랑스러운 친칠라 모피 목도리를 봤어요. 아가씨 얼굴에 딱⋯⋯.”

나는 창가에서 흩뿌리는 눈을 쳐다보았다. 잔디 위로 희미하게 응접실이 비쳤다. 나무 아래로 어머니와 오르몬드 양이 앉아 있는 모습이 유령처럼 비춰졌다. 오르몬드 양은 손목 안쪽으로 이마를 비볐다.

"……괜찮네요." 어머니가 말했다. "하지만 여름에는 조금 불편하지 않겠어요? 우리 요리사가 레몬즙과 사워크림으로 근사한 로션을 만드는데, 오르몬드 양도 발라보면 좋아할 거예요. 갈색 페인트 통에 들어갔다 나온 사람처럼 타고 싶지 않은 사람에게 딱이에요."

오르몬드 양이 자리에서 일어났다. 어머니는 입을 다물었다. 리제트 누나는 긴 아르페지오를 연주하면서 계속 페달을 밟았다. 세실리 누나는 반쯤 먹은 비스킷을 잔 받침 아래로 감췄다.

"실례할게요." 오르몬드 양이 말했다. "좀 어지러워서요."

"앉아요, 오르몬드 양. 서 있는 건 전혀 도움이 되지 않아요."

"밖으로 나가야겠어요. 여긴 너무 더워요." 그녀는 나를 똑바로 쳐다보았다. "제게 정원을 보여주겠어요?"

"그러죠. 그럼 저흰 실례할게요, 어머니." 나는 팔을 뻗었다. 그녀가 방을 가로질러 내게로 왔다. 나와 키가 거의 같았다. 나는 그녀를 데리고 복도를 지나 정원으로 이어지는 뒷문을 통과했다. 우리가 응접실을 나설 때 피아노에서 결혼행진곡의 시작 부분을 서투르게 연주하는 소리가 흘러나왔다.

너무 추웠다. 헐벗은 가지 사이로 새하얀 하늘이 보였다. 오르몬드는 고개를 뒤로 젖히고 하늘을 올려다보았다. 그리고 나를 쳐다보지 않고 길 한 곳을 따라 걷기 시작했다. 나는 그녀를 따라갔다. 눈으로 미끄러워진 돌 때문에 신발이 위태위태하게 미끄러진다. 마침내 따라잡았을 때 그녀는 원형의 주목나무 울타리 앞에 서서 눈이 쌓인 큐피드 상을 쳐다보고 있었다. 그녀는 장갑 낀 손으로 큐피드의 황금화살을 어루만졌다.

"미안해요." 그녀가 말했다.

"그러지 말아요."

"당신 어머니가—."

"나도 알아요."

그녀는 몸을 돌려 내 눈을 바라보았다. 찡그린 얼굴에서 다른 표정으로 바뀌었다. "저랑 결혼하고 싶지 않은 거죠?"

너무 고요해서 그녀의 입김 위로 글자 형태가 보이는 것 같았다. "다른 누구와도 결혼하고 싶지 않아요." 내가 대답했다.

그 말에 그녀가 웃었다. 새가 노래를 하듯 빠르고 밝은 소리가 났다. 하지만 그녀는 다시 진지해졌다. 울타리에서 잎사귀를 하나 뽑더니 아래로 떨어뜨렸다. 그리고 정원 끝으로 이어지는 좁은 주목나무 길을 따라 내려갔다. 그녀는 잠겨 있는 나무 문 앞에 도착해 손잡이를 잡았다. "여긴 어디로 이어지나요?"

"강으로." 벽 맞은편에서 물소리가 들렸다.

항아리 장식품 아래에 열쇠가 있다. 열쇠를 집어들 때 금속의 차가운 느낌이 손으로 퍼졌다. 나는 재빨리 열쇠를 넣고 돌렸다. 그리고 문을 열어 오르몬드 양을 안내했다. 우리는 진흙투성이 강둑에 서서 나무뿌리를 휘감은 물살이 얼음을 녹이는 광경을 지켜보았다.

나는 숨을 길게 내쉬며 입김이 사라지는 것을 지켜보았다. "저랑 결혼하고 싶나요?"

"다른 사람과 결혼하는 것보다는 나아요." 그녀가 곁눈질로 나를 쳐다보았다.

"그거면…… 만족해요."

그녀는 풀 쪽으로 몇 걸음 더 걸어갔다. 눈이 그녀의 치맛단에 들러붙었다. 강물이 가지에 닿으며 울퉁불퉁한 버드나무가 흔들렸다. 그녀는 몸을 휙 돌려 나를 쳐다보았다. 추워서 뺨과 코가 빨개졌다. "당신은 날 사랑하지 않죠. 그래도 괜찮아요."

"전 결코—."

"괜찮다고 했잖아요. 하지만 한 가지는 약속해줘야 해요……친절하게 대하겠다고."

"물론입니다."

그녀의 눈이 찌푸려졌다. 그녀는 내게 가까이 다가왔다. 나는 반사적으로 뒤로 물러났고 그녀가 갑자기 맹렬하게 내 팔을 잡았다. "우리 언니는 3년 전에 결혼했어요. 언니는 화가이자 예술가였고 야심이 컸는데……결혼한 지금은 다 사라졌어요. 형부란 사람은…… 우리 어머니는 그가 이해심이 많다고 했어요. 언니가 술을 마시고 약에 취해도 다 봐주고 제본비용까지 내주니까요." 나는 그녀에게서 떨어졌다. "한 달에 한 번 제본사가 집으로 와요. 그들에 대해 들어봤겠죠. 그들은 사람의 인생으로 책을 만들어요."

"나도 제본이 뭔지 알아요."

"난 언니처럼 되고 싶지 않아요. 부탁이에요, 루시안. 난 남자들이 마음에 들지 않는 사람들에게 어떻게 하는지를 봐왔어요. 자신들을 짜증나게 하는 사람한테 말이죠. 약속해줘요—."

"그러겠다고 했잖아요."

그녀가 눈을 깜박이더니 고개를 돌렸다. 나무 사이로 바람이 속삭이며 눈발을 휘날렸다. 그녀는 문으로 돌아가는 키가 큰 풀숲으로 방향을 틀었다. "너무 춥지 않아요? 다시 눈이 올지도 모르겠네요."

나는 헛기침을 했다. 얼음장 같은 공기가 폐를 찔렀다. "오르몬드 양……아녀—." 그녀의 이름을 부르는 것은 처음이었다.

"안으로 들어가야겠어요. 당신 어머니께서 절 버릇없다고 생각하시게 할 순 없잖아요."

그녀가 문을 향해 걸었다. 이미 젖어버린 치맛단을 들고 앞장섰다. 정교하게 땋은 머리카락은 윤기 나는 갈색빛으로 반짝였다. 그 밑으로 가녀리고 하얀 목덜미에 있는 주근깨가 보였다. 등은 좁고 곧았다. 그녀는 뒤를 돌아보지 않았다.

나는 서둘러 그녀를 쫓았다. 잔디밭 끝에 다다랐을 때 베티가 뒷문에서 나왔다. 그녀는 예의바르게 인사를 했다. "루시안 도련님?"

"왜 그래?" 내 앞에 아녀가 멈추더니 베티가 자리를 비켜주기를 기다렸다.

"신사분이 뵙고 싶어하세요."

"명함을 받았어?"

"아뇨." 베티가 망설였다. "오실 걸 알고 있을 거라고 했어요."

"에스페란드에서 온 사람이면 회색도 괜찮다고 전해."

"제본사예요, 도련님. 넬을 보러 왔던 그분이요."

아녀가 어깨 너머로 나를 쳐다보았다. 그리고 한참 동안 심각한 표정을 짓더니 베티를 지나 집 안으로 들어갔다.

"우리 아버지를 만나러 왔다는 거지." 내가 말했다.

"그분이 루시안 다네이 씨를 보고 싶다고 말했어요. 집에 안 계시다고 할까요?"

문이 쾅하고 닫히는 소리가 났다. 응접실 창문을 통해 아녀가 밑단이 젖은 치마를 조심스럽게 접으며 자리에 앉는 모습을 보았다. 어머니가 손짓을 하며 웃었다. 또다시 옷 이야기를 하는 것이 분명하다. 아녀는 무표정한 얼굴이 되었다. 그녀는 창문 쪽을 전혀 흘끔거리지 않았다.

"아니, 괜찮아. 베티. 내가 가서 그를 만날게."

"그분을 파란 방으로 안내해드렸어요, 도련님." 베티가 옆으로 물러났다.

복도를 반쯤 가로질렀을 때 가슴이 마구 쿵쾅거리고 있다는 것을 깨달았다. 그래서 거울 앞에서 안색을 살폈다. 옷깃을 펴고 헝클어진 머리를 다듬었다. 하지만 내가 아무리 눈을 깜박여도 없어지는 않는 뜨거운 뭔가가 눈 속에 남아 있다.

파란 방의 문을 여니 에밋 파머가 물의 요정 그림을 올려다보고 있었다. 그는 두꺼운 배기 바지에 깃이 없는 갈색 셔츠 차림이었다. 머리는 매끈하게 뒤로 넘기지 않은 탓에 헝클어져 있었고 면도도 하지 않았다. 그가 문소리에 돌아보았을 때 물의 요정만큼 창백한 얼굴이었다. 눈 아래로는 그늘이 졌다.

"파머 씨." 그는 대답하지 않았다. 나는 눈썹을 들썩였다.

"어떻게 도와드릴까요?"

"루시안―다네이." 그가 입을 열었다. 목이 멘 듯했다. 그는 침을 삼켰다.

"네. 무슨 일이죠?"

"당신을 보러 왔어요." 그가 더듬거렸다. "내 말은―."

정시를 알리는 종이 울리기 직전 시계가 경고음을 냈다. 파머가 그 소리에 놀라 돌아보았다. 종소리가 방을 채웠다. 소리가 사라지자 나는 창가로 가서 흰 눈이 뿌려진 잔디밭을 내다보았다. 구름은 마을 위로 드리웠고 햇살은 희미해지고 있었다. "무슨 일인지 모르겠지만 간단히 해요. 재단사가 오기로 해서."

"재단사?" 그가 어디 출신인지 정확히 모르겠지만 억양이 캐슬퍼드보다 더 시골인 것 같았다. 그는 우리 삼촌의 요리사와 같은 억양을 썼다.

"맞아요, 내 재단사. 난 일주일 뒤에 결혼을 하는데 아직 양복이 마무리되지 않았어요." 내가 왜 이런 사실을 그에게 말하는지 모르겠다. 그래서 다른 말은 하지 않으리라 다짐하면서 팔짱을 끼고 기다렸다. 그는 아무 말도 하지 않았다. 마치 바닥이 솟아오르기라도 하는 듯 팔을 뻗어 난로 위 선반을 붙잡았다. "당신이 보낸 편지 때문이라면 난 읽지 않았어요."

그가 나를 쳐다보았다. 눈 아래 피부가 너무 검어서 멍이 든 것처럼 보였다. 마침내 그가 말했다. "왜 읽지 않았나요?"

나는 대수롭지 않다는 듯 어깨를 으쓱였다.

"곧 결혼한다고요?" 그의 목소리가 갈라졌다. 그가 목청을 가다듬었다. "난 몰랐어요."

"당신이 왜 알아야 하지?" 나는 커튼에서 느슨해진 실오라기를 뽑았다.

"미안합니다."

"뭐가?"

"아무것도 아니에요." 그는 고개를 저으며 얼굴을 돌렸고 나는 그의 표정을 보지 못했다. 다시 나를 쳐다보았을 때 그의 눈이 젖어 있어서 이번에는 내가 시선을 피했다.

나는 커튼에서 실오라기를 또 뽑았다. 그러자 자수에 주름이 생겼다. "대체 뭘 원하는 거지, 파머? 난 이럴 시간이 없어." 그는 대답하지 않았다. "넬의 책과 관련된 일이야?"

"아니, 그렇지 않아요. 난 당신이 내 편지를 읽었으면 했어요. 모르겠어요." 그가 인상을 썼다.

"무슨 중요한 말이라도 적혀 있나요? 당신의 편지에?"

"네." 그는 내가 보지 못하는 어떤 것을 볼 수 있는 양 손짓했다. 나는 문을 향해 걸었다. 그리고 멈췄다. 뭉툭한 손가락과 크고 근육질인 그의 손은 칼을 갈거나 벽을 쌓는 일에 적합해 보였다.

"당신에게 말해줄 것이 있어요."

"그럼 어서 해." 나는 시계를 꺼내 살폈다.

"내가 습지에서 도제로 있을 때, 그러니까 드 하빌랜드의 제본소에 오기 전에……." 갑자기 그의 목소리가 물속에서 누군가를 부르는 듯 멀고 부정확하게 들렸다. 아주 잠시 그렇게 되었다가 다시 제대로 들을 수 있었다. 침묵이 흘렀다. 그가 나를 쳐다보았다. "당신은 제본을 했어요. 난 당신 책을 보았고."

"터무니없는 소리."

"아니. 괜찮아요. 들어봐요—."

나는 시계를 다시 주머니에 넣으려고 했지만 몸이 말을 듣지 않았다. 그래서 시계를 떨어뜨릴 뻔했다. "당신은 거짓말을 하고 있어. 왜 이러는 거야? 무슨 악마 같은 짓거리를 하는 거야?"

그는 내 쪽으로 걸음을 옮겼다. 여전히 입을 움직이고 있었지만 방이 반짝이더니 미끄러지기 시작했다. 푸른 잿빛 커튼이 은빛으로 빛났다. 내 숨소리가 너무 커져서 귀를 울렸다. 마치 모래가 파도에 휩쓸리듯 바닥이 내 발아래에서 흩어졌다. 나는 의자 뒤편에 기댔지만 세상은 여전히 기울었다. 마치 술에 취한 것 같았다.

"루시안?" 그가 내 손목을 잡았다.

나는 놀라 움찔했다. "내 몸에 손대지마!"

그가 길게 한숨을 쉬었다. "아니." 그는 질문에 대답하듯 말했다. "내 말을 전혀 듣고 있지 않는 거야? 그리고 내가 애를 써도, 편지는 읽지도 않고. 젠장. 내가 알았어야 했는데."

"뭘?" 그가 말을 하기 시작했을 때 내가 끼어들었다. "나가."

"뭐라고?"

"당장 나가라고. 아니면 사람을 불러 쫓아내겠어."

"하지만 넌 이해한 거지? 어딘가에 네 기억으로 만든 책이 있어. 네가 무엇을 잊어버렸는지 말해줄 순 없지만 내 말을 믿어야 해."

"내가 왜 당신을 믿어야 하는데? 이건 정말 터무니없어. 터무니없는 거짓말이라고."

"내가 왜 거짓말을 하겠어?" 잠시 침묵이 이어졌다. 굴뚝에서 거친 바람소리가 나고 책상 위 종이들이 부스럭거렸다. 알 수 없는 재 냄새가 날카롭게 풍겼다.

"나도 모르지." 내가 말했다. "당신은 아직 뭘 원하는지 말하지 않았어. 날 협박하고 싶은 거야?"

그는 나를 노려보았다. 그리고 마침내 입을 열었다. "아니." 그는 입 안 가득 들어 있던 공기를 빼냈다. "난……내가 뭘 원하는지 모르겠어."

"그만 가봐."

그는 뭔가를 잃어버린 사람처럼 주변을 살폈다. 그리고 말했다. "그럼 이만."

"잘 가, 파머."

그가 문 앞에 멈췄다. 그리고 몸을 휙 돌리고 물었다. "그녀를 사랑해?"

"뭐라고?"

"너랑 결혼하기로 한 여자 말이야."

나는 눈을 깜박였다. 방 안은 창가에서 들어온 푸르스름한 햇살뿐이어서 어두웠다. 파머의 옷이 어둠에 잠겼다. 그의 얼굴도 그림자와 실루 엣으로 보였다.

나는 초인종 줄을 당기려고 팔을 뻗었다. 줄이 너무 차갑고 축축했다. "한번만 더 무례한 질문을 하면 후회하게 해주겠어."

"뭐라고?"

"난 당신이 무슨 생각으로 이러는지 모르겠어. 여기 와서 날 협박하고—."

"난 협박하지 않았어. 아니라고."

"—그렇지만 당신은 아주 위험한 짓을 하고 있잖아. 우리 아버지 귀에 라도 들어갔다간……."

나는 말을 마무리 짓지 않았다. 그럴 필요가 없으니까. 그는 나를 쳐다 보았고 어둠이 커졌지만 그의 커다란 눈동자를 볼 수 있었다. 나는 초인 종을 눌렀다.

멀리서 초인종 소리가 난 뒤에 침묵이 흘렀고 그가 고개를 끄덕였다. "그만 갈게. 날 쫓아내라고 사람을 부를 필요는 없어." 그는 이상하게 뻣뻣한 인사를 한 뒤 문으로 나갔다. "미안해, 루시안." 그는 나를 쳐다보 지 않고 말했다.

"다시 나나 우리 가족 근처에 얼씬거렸다간……." 나는 그의 뒤에 대 고 소리쳤다. 그가 복도를 걷다가 멈췄고 나는 그가 웃었다고 거의 확신 했다. 그가 그곳에 아주 오랫동안 가만히 서 있었기 때문에 내가 소리를 잘못 들었고 그는 이미 가버렸다고 생각했다. 하지만 그가 다시 현관으 로 향하는 소리가 났다. "아, 그리고……." 그는 나에게만 들릴 정도로 말했다. "축하해."

복도는 백합으로 뒤덮였다. 꽃을 벽에서부터 늘어뜨려 벤치 위에 떨어뜨렸다. 어디를 보아도 뻣뻣한 녹색 잎사귀와 광택이 나는 흰 꽃이 보였다. 백합이 별모양으로 입을 벌렸고 그 아래로 꽃가루가 떨어졌다. 몇 개가 내 셔츠에 내려앉아서 손으로 치웠다. 그러자 완벽한 셔츠 위로 황토색 얼룩이 졌다.

내 뒤로 수근거림과 부스럭거리는 소리가 들렸다. 200명의 사람들이 조용히 하려고 애썼다. 풀을 먹인 셔츠 100개와 고래 뼈 100개로 만든 보디스가 몸을 돌릴 때마다 거슬리는 소리를 냈다.

나는 움직일 수 없었다. 그래서 반짝이는 백합 뭉치만 쳐다보았다. 향기가 너무 달콤해서 숨이 막혔다. 숨을 들이마시면 그 향기가 베개처럼 얼굴을 덮쳤다. 나는 애를 썼지만 갑자기 질식할 것처럼 겁이 났다.

나는 눈을 떴다. 숨을 헐떡이자 폐로 공기가 들어왔다. 나는 누워 있었고 머리 위로 어두운 회색 창문이 보였다. 동이 트기 전이라 잿빛이었고 나는 침대에 누웠다. 당장 결혼하지는 않는다. 물론 오늘은 아니다. 나는 꿈을 꾼 것이다. 결혼식을 앞두고 예민해진 탓이겠지. 모두들 그렇게 말했다.

나는 경직된 근육이 풀릴 때까지 숨을 들이마시고 내쉬었다. 그리고 몸을 일으켜 얼굴의 땀을 닦고 담요를 말았다. 하지만 눈을 감으니 알 수 없는 두려움이 다시 생겨났다. 그것은 꽃처럼 자라났다. 1년 전이라면 곧바로 **윌리엄 랭글런드**의 책으로 손을 뻗었을 것이다. 그 책을 읽고 다시 잠이 들고 언덕을 오르내리고 여름 열기로 가득 찬 백악질 땅과 타임 향을 맡겠지. 하지만 아무 소용이 없다. 그 책의 마법은 사라졌다. 지금은 그저 랭글런드에 대해 생각하고 무엇이 그에게 그런 대가를 치르게 했을지 궁금할 뿐이다. 그리고 넬과 우리 아버지, 또한 에밋 파머도.

나는 그를 믿지 않는다. 내가 왜? 그는 집에 와서 우리가 얼마나 잘 사는지 보았고 자신의 기회를 이용하기로 한 것이다. 뻔한 수작이다. 어느 해 한여름 축제에서 한 점쟁이가 어머니의 손을 잡고 말했다. "당신은 저주를 받았어요, 부인. 반드시 그 저주를 풀어야 합니다!" 나는 그런 일에 속을 바보가 아니다. 파머는 성실하고 정직하다. 낯선 것은 그가 거짓말쟁이만큼이나 똑똑하다는 점이다. 그리고 그가 잘생긴 것은. 그것은 내가 더욱 그를 믿지 말아야 한다는 뜻이다.

그가 한 말은 사실이 아닐 것이다. 하지만 만약에라도 그렇다면……. 나는 가슴으로 무릎을 당긴 뒤 눈을 감았다. 얼마나 나쁜 짓을 저질렀기에 내 자신을 제본해야 했을까? 지금 내 삶을 지우라면 그렇게 할 수 있다. 아버지의 비밀. 내 얼굴에 생긴 멍 자국. 나를 냉정하게 쳐다보는 아녀의 눈빛. 하녀들이 방으로 들어오면 어머니가 의도적으로 눈길을 돌리는 것. 학교의 다른 남자애들과 그리고 시내의 여자들과 비도덕적인 행동을 한 내 과거. 더러운 욕망과 다시는 내 약점을 드러내지 않겠다는 결심. 나는 잠자리가 끝나면 고맙다는 말도 없이 창녀들을 떠났다. 그때 나는 화이트 스태그에서 예전 기숙사 사감을 보았다. 나는 그를 멍하게 쳐다보았다. 학기 마지막 날에 그가 내게 입을 맞춘 것이 기억나지 않는다는 듯이. 서재에서 아버지가 수집한 책들을 발견한 날 이후로 그리고 삼촌 집에서 외롭게 썩어가며 보낸 몇 달 이후로 내 판타지를 충족시킬 얼굴 하나조차 떠올리지 못했다. 단편적인 몸, 구멍, 외설들. 내가 꼭 지켜야 할 것은 아무것도 없다. 딱 한 가지 내가 지키는 것은 내가 얼마나 변태이든지 간에 한번도 누군가를 강제로 범하지 않았다는 점이다. 우리 아버지 같은 짓은 결코 하지 않았다.

내가 기억하기로는 그렇다.

나는 침대에서 기어 나와 잠옷을 걸치고 아래층으로 갔다. 집 안은 조용했다. 우리 가족이 깨기에는 이른 시간이다. 하인들의 방에서만 인기척이 들렸다. 나는 파란 방으로 가서 난로 장작에 불을 지폈다. 그리고 차를 마시려고 하인을 불렀다.

나는 커튼을 들어 밖을 내다보았다. 눈이 녹으면서 물방울이 떨어졌다. 진입로에 쓸린 눈은 거즈처럼 보였다. 회색, 회색, 회색. 사방이 잿빛이라 내 피가 물로 바뀌고 뇌가 사라질 때까지 술을 마시고 싶어졌다.

"좋은 아침입니다, 도련님."

베티가 올 거라고 생각했는데 넬이 왔다. 그녀는 내 기분과 같은 얼굴이다. 충혈된 눈과 아직도 어깨에 악몽을 짊어지고 있는 것 같은 그림자.

나는 차를 주문했다. 그녀가 자리를 떴다. 나는 창가로 갔다. 삐져나온 실오라기를 뽑은 자리의 은색 자수무늬는 여전히 뭉쳐 있다. 그 말은 내가 이곳에 있었고, 에밋 파머도 이곳에 있었으며, 그 모든 것이 실제로 일어났던 일임을 뜻한다. 나는 입을 꽉 다물었다. 뭘 바랐던 것일까? 그것이 꿈이었기를?

나는 책상으로 가서 편지와 원장을 살폈다. 잉크통 뚜껑을 열고 닫고를 반복했다. 어제 에밋 파머가 떠나고 난 뒤 응접실로 돌아와서, 아녀 옆에 앉아서 결혼식과 에스페란드가 내 양복을 제때 보내줄지에 관해 이야기를 나누었다. 놀랍게도 머릿속은 내 목소리로 가득 찼다. 아래를 살짝 내려다보니 상처의 출혈을 막기라도 하듯이 손으로 배를 꽉 누르고 있었다. 하지만 내가 제본을 당했다면 알았을 것이다. 내 머릿속 어딘가에 구멍이 있을 테니까. 그 생각을 하려니 눈을 뒤집어 머릿속을 보려고 하는 것처럼 힘이 들었다. 그리고 아무것도 없다. 잿빛일 뿐이다. 밖의 날씨처럼 가장자리가 흐린 잿빛이다.

"잔에 따라 드릴까요?"

넬의 목소리에 놀라 움찔했다. 잉크 통 뚜껑에서 잉크가 잠옷 가운 앞쪽으로 튀었다. 나는 옆으로 비켜나 압지로 얼룩을 문질렀다. "그래, 고마워."

그녀는 뭐라고 말하려다 멈췄다. 차를 따르는 사기그릇이 달그락거렸다. 나는 필요 이상으로 잉크 자국을 두드렸다.

"루시안 도련님." 넬이 가지런하게 차를 놓았다. 그리고 나를 쳐다보았다. 눈두덩이 붉고 입가는 부어 있다. 그녀는 망설였다.

"무슨 일이야, 넬? 뭐가 잘못됐어?"

그녀가 찻잔을 만지작거렸다. 그녀는 잔을 테이블 아래로 떨어뜨릴 뻔하다가 내가 자신의 귀싸대기라도 때릴 거라고 생각했는지 벌떡 일어났다. "감사하다는 말을 드리고 싶었어요."

"무엇에 대해서?"

"말해주셨잖아요." 그녀가 한숨을 쉬었다. "절 도우려고 하셨고요."

"잊어버려." 나는 친절하게 말하려고 했지만 오히려 그녀가 내게서 떨어지게 만들었다. "내 말은……신경 쓰지 마. 그냥……그만 가봐."

그녀는 고개를 숙이고 쟁반을 들어올렸다. 옷이 너무 커서 깃 뒤의 공간이 많이 남아 있었다. 목 뒤쪽으로 그림자 혹은 멍 같은 것이 보였다.

"잠시만." 나는 조끼 주머니로 손을 넣었다. 하지만 잠옷 차림이라 주머니가 없었다. 그래서 책상으로 가서 서랍 속 상자를 뒤적거렸다. 동전을 찾는 데 시간이 너무 많이 걸려서 얼굴이 화끈거렸다. 이럴 필요까지는 없는데. 나는 동전을 그녀에게 건넸다. 너무 늦었다는 것은 나도 안다. 그것은 하프 기니다. 어두운 서랍 속에서 그것이 하프 크라운인 줄 알았다.

그녀가 동전을 쳐다보았다.

"넌 착한 소녀야, 넬." 나는 동전을 그녀에게 주었고 고개를 숙인 채 혼자 차를 따랐다.

"감사합니다, 도련님." 그녀는 담담한 목소리로 말했다. 그것이 자신의 반년 치 봉급이란 사실을 모르는 것일까? 그 돈이면 여길 떠날 수 있다.

"천만에." 나는 몸을 돌렸다.

"더는 볼일이 없으신가요, 도련님?"

"응. 가봐."

그녀가 자리를 떴다. 문이 가볍게 닫히는 소리가 났다. 나는 책상 앞에 앉아 어제 온 서신을 읽었지만 눈에 들어오지 않았다. 누구도 보고 싶지 않았고, 그렇다고 혼자가 되고 싶지도 않았다. 이런 내가 바보 같다.

눈이 따가워질 때까지 관자놀이를 비볐다. 백합 향이 달콤하고 무겁게 내 몸으로 퍼졌다. 일주일도 채 안 남았는데……. 나는 눈을 감고 내 위로 쌓여가는 회색 벽을 생각했다. 나는 혼자다. 안전하다.

고개를 들었다. 뭔가 떨어지는 소리가 났다.

정적이 흘렀다. 차를 한 모금 들이켰지만 거의 식었다. 나는 가만히 귀를 기울였지만 집 안은 조용했다. 시계가 똑딱거리며 구걸하는 거지에게 동전을 떨어뜨리는 소리를 냈다. 나는 가까이에 있는 편지를 가져온 뒤 책상 위에 팔꿈치를 올렸다. 베티의 목소리가 복도를 울렸다. 아버지의 서재로 가는 발자국 소리가 들렸다. 그리고 아무 소리도 나지 않았다.

내가 다시 시선을 떨구었을 때 베티가 비명을 지르기 시작했다.

아버지의 서재 문이 열려 있었다. 나는 생각할 겨를이 없었다. "무슨 일

400

이야?"

넬이 유리장식장 위에 매달려 있다. 고개가 한쪽으로 축 늘어졌다. 소변 같은 톡 쏘는 암모니아 냄새가 풍겼다.

베티는 서재 한가운데서 자신의 입을 틀어막고 섰다. 그녀는 심하게 흐느꼈다. 나는 주변을 둘러보았고 모든 것이 생생해서 놀랐다. 뒤집혀진 의자 다리가 반짝였고 그 위로 소변 웅덩이가 살짝 반사되었다. 벽지와 같은 색상의 말린 장미 꽃잎이 바닥에 딱지처럼 돌돌 말려 있다. 시간은 더디게 흘렀고 똑똑 하는 소리만 들렸다. 그러다 그것이 시계 소리가 아니라 넬의 젖은 치마에서 흘러내리는 액체 소리라는 것을 알게 되었다. 공기가 내 폐를 채우자 나는 한 걸음 물러났다. "나가."

베티는 내가 자기를 때리기라도 한 것처럼 움찔했다. "저 애가—전— 저 애가—."

"구두닦이 소년에게 의사를 부르라고 전해. 지금 당장."

나는 종이 자르는 칼이나 주머니칼 등 밧줄을 자를 도구를 찾기 위해 주변을 둘러보았다. 그러나 모두 치우고 없었다. 흑단 테이블은 검은 거울처럼 매끈했다.

온몸으로 공포가 퍼졌다. 생각할 수 없었다. 나는 시간을 낭비하고 있다. 넬이 아직 살아 있다면…….

나는 장식장을 향해 비틀거리며 걸었다. 내 얼굴이 그녀 뒤에 있는 유리를 비롯해 공작의 깃털과 매끈한 코끼리의 상아에 비쳤다. 나는 내 눈을 들여다보고 주먹으로 판유리를 깼다.

유리가 부서졌다. 날카로운 파편이 장식장 속으로 떨어지고 수집품 틈 사이에서 반짝였다. 유리 조각 하나를 집었다. 갑자기 팔로 알싸한 고통이 전해졌다. 의자를 똑바로 세우고 위로 올라갔다. 넬의 얼굴은 쳐다보지 않았다. 밧줄에 시선을 고정했다. 그것은 밧줄이 아니라 무슨 벨트 혹은 띠 같은 천이다. 유리 조각으로 그 천을 자르자 넬이 앞으로 넘어졌다. 나는 그녀의 무게를 지탱하려고 했지만 너무 무거웠다. 비틀거리다가 그만 넘어질 뻔했다. 의자가 흔들거렸다. 겨우 한 발을 바닥에 내딛는 데 성공했다. 무릎이 흔들렸지만 결국 주춤거리며 바닥으로 착지했다. 내 옆으로 넬이 솜 찌꺼기가 담긴 자루처럼 형태 없이 웅크린 채로 떨어졌다.

나는 무릎을 꿇었다. 그녀의 얼굴이 보여 얼른 눈을 감았다. 맥을 확인해야 하지만 온몸으로 한기가 몰려왔고 그녀의 얼굴 위로 토를 할까봐 두려웠다. 나는 눈을 뜨고 반대편에 있는 벽지에 시선을 고정하려고 애썼다. 그리고 몸을 구부리고, 천이 깊이 파고들면서 생긴 주름에 손을 가져다 댔다. 그녀의 피부는 차갑고 물컹거렸다. 아무것도 느껴지지 않았다. "제발, 넬." 누군가가 친절하고 이성적인 목소리로 말했다. "어서, 부탁이야. 이러지마, 제발."

그녀는 움직이지 않았다. 매듭을 당겨보았지만 풀리지 않았다. 나는 떨리는 손으로 매듭을 잡았다. 이것을 풀지 못하면 아무것도 할 수 없다. 나는 계속 말을 했다. "너도 이러고 싶지 않잖아, 넬. 부탁이야. 이러지마. 제발." 매듭이 풀렸다. 그녀의 턱 아래에서부터 천을 벗겼다. 그러자 고개가 돌아갔다. 그녀의 눈동자가…….

나는 자리에서 일어나려고 했지만 머리가 흔들렸다. 그래서 바닥에 웅크리고 토하지 않으려고 애썼다.

"일어나거라, 애야."

너무 세게 숨을 내쉬어 마치 웃는 것처럼 들렸다.

"일어나." 아버지가 내 팔을 잡아 일으켜 세웠다. 나는 비틀거리며 주변 의자에 기댔다. "언제 이런 일이 벌어졌니?"

"그녀가 차를 가져다줬어요. 약 한 시간쯤 전에요."

아버지가 그녀를 내려다보았다. "이 애는 오줌을 지렸구나."

"넬이 죽은 것 같아요." 전에 그런 말을 해본 적이 없는 것처럼 이상하게 느껴졌다.

"당연히 죽었지. 저 눈을 봐. 어리석은 년. 아, 적어도 샌다운이 물어볼 건 없겠구나."

침묵이 흘렀다. 아버지가 초인종 끈을 잡아당겼다.

"저 애가 스스로 목을 매달았니? 이 피는 다 뭐냐?" 아버지가 나를 쳐다보더니 얼굴이 변했다. "젠장, 루시안. 대체 무슨 짓을 한 거니?"

나는 시선을 떨궜다. 피가 내 손목에서 흘러나와 잠옷을 적셨다. 사방으로 피가 스며들었다. 마치 누군가가 넬의 목을 자른 것 같았다. 내 손바닥에 난 상처가 벌어졌다. 확실히 보이는 것보다 더 아팠다. "전 괜찮아요. 그냥 좀 긁혔어요."

"샌다운에게 봐달라고 하자꾸나. 네가 저 애를 내려주려다 다쳤다는 걸 그가 안다고 해서 나쁠 건 없으니까. 아, 베티가 왔구나." 그녀는 눈물 젖은 얼굴로 바들바들 떨었지만 아버지는 손가락으로 마치 바닥에 뭔가를 쏟은 양 넬의 몸을 가리켰다. "마부를 불러 이걸 좀 치우라고 해. 그리고 마구간지기 소년에게 샌다운 의사 선생님을 데려오라고 하고."

"네, 어르신."

"아, 루시안이 쓸 붕대도 좀 가져와."

나는 내 피가 굳는 것을 지켜보았다. 아버지가 옳았다. 이 모습은 누군가가 넬이 왜 그런 선택을……**했는지** 아버지에게 묻는다면 유용할 것이다. 아버지는 상처 난 내 손을 가리키면 된다. 우리가 그 애를 얼마나

403

아꼈는지 보라면서 말이다.

내가 손을 한쪽으로 기울이자 피가 테이블로 떨어졌다. 침묵 속에서 뚝. 뚝. 누군가 시계를 갖다놓았거나 시간이 나와 함께 흐르는 것일 수도 있다. 나는 웅덩이가 퍼지는 것을 지켜보았다. 또다른 하녀가 나무 바닥에 묻은 얼룩을 지워야 할 것이다. 깨물어 뜯은 손톱과 살이 튼 앙상한 손을 가진 넬 말고.

"아버지가 다시 시작한 거죠?"

그 소리에 아버지가 움찔했다. 그리고 천천히 나를 쳐다보았다. "방금 뭐라고 했니?"

나는 그 말을 반복할 수 없었다. 그럴 필요가 없다. 아버지의 눈동자에서 대답을 보았으니까.

"어디서 감히." 아버지가 너무 부드럽게 말해 속삭이는 것처럼 들렸다. "다시는 그런 소리를 입 밖에 내선 안 된다."

나는 고개를 똑바로 들었다. 아버지는 더 이상 나를 비웃지 못한다. 지금 내가 말한다면 누군가는 내 말을 믿을 것이다. 지금은 그것이 중요하다.

아버지가 방을 가로질러 내 앞에 섰다.

"넌 네가 똑똑하다고 생각하는 거냐? 저 애가 자살을 해서 넌 기쁘겠지. 마침내 누군가가 네 말을 들었으니까."

나는 고개를 저었다.

"내 비밀이 네 비밀인 걸 모르겠니? 내가 실패하면, 내 사업이 망하면, 내 신용이 떨어지면……네 인생도 마찬가지가 된단다. 그러면 오르몬드 가문에서 널 원할 거라고 생각하니? 누구든 널 원할 거라고 생각하느냐는 말이다."

"전 위험을 감수할 준비가 되어 있어요."

"아이고, 루시안. 넌 나와 아주 다르다고 생각하는 거니? 넌 네가 착한 쪽이라고 여기는구나. 난 늙고 타락했고 넌 젊고 순수하지." 아버지가 한숨을 쉬었다. "넌 많은 걸 기억을 못 하지, 그렇지 않니?"

어디를 맞기라도 한 듯이 가슴이 쿵쾅거렸다. 주먹을 꽉 움켜쥐자 손가락 사이로 피가 배어나왔다. "무슨 뜻이에요?"

"네 책 말이야, 루시안. 널 제본했다고." 아버지가 내 쪽으로 몸을 숙였다. "넬을 봐. 넌 내가 그 애를 죽였다고 생각하지. 넌 그런 짓을 절대 하지 않을 거라고 생각하잖아."

세상은 아직 고요했다. 나는 순순히 바보처럼 넬을 쳐다보았다. 눈은 반쯤 떠 있고 흰자는 얼룩지고 어두웠다. 넬이 아니다. 인간이 아니다. 그녀의 혀가 튀어나왔다. 검푸른 뺨 위로 내 피가 굳어 있다. 속이 메슥거려 몸을 틀고 꿀꺽 삼켰다. 벽지가 분홍색과 적색 덩어리로 흐리게 보였다.

"제 책이라니요," 나는 가까스로 입을 열었다. "무슨 뜻이에요?"

그때 문이 열렸다. "고맙구나, 베티. 여기 놔두렴." 아버지는 베티가 자리를 뜨는 것을 확인한 뒤 린넨 뭉치를 개수대에 담근 다음 물을 쭉 짰다. "상처를 보여다오."

손가락 맥박이 진동하고 팔 전체가 욱신거렸다. "싫어요." 나는 주먹을 쥔 상태로 고통이 무슨 물건인 것처럼 꾹 움켜쥐었다.

아버지가 한숨을 쉬었다. "그만 유치하게 굴거라."

다시 문이 열렸다. 마부와 마구간지기가 진흙이 묻은 장화 차림으로 급하게 들어왔다. 마부는 바닥에 널브러져 있는 넬을 보고 놀라 흠칫했지만 아버지의 지시에 고개를 끄덕이고 둘이서 그녀를 들어 데려갔다.

난롯가에 또다시 누군가 누워 있다니. 하지만 이번에는 그냥 의식이 없는 것이 아니라 죽은 것이다. 나는 그들이 넬을 주방 테이블 위에 올려놓을 때 그녀의 발이 힘없이 흔들거리며 오줌에 젖은 스커트가 나무 테이블 위를 적실 것을 상상했다. 더는 서 있을 수가 없었다. 나는 의자를 당겨와 앉았다.

아버지는 내 손을 잡고 손가락을 폈다. 그리고 젖은 리넨으로 손바닥에 엉망으로 묻은 피를 닦자 유리에 베인 선이 선명하게 눈에 들어왔다. 아버지는 흰 에나멜 그릇 위로 리넨을 짰다. 물속으로 분홍색 구름이 퍼졌다. "불쌍한 것," 아버지가 말했다. "아프니?"

나는 대답하지 않았다. 온몸이 떨렸다. 그래서 아버지가 나를 잡고 있게 내버려두었다.

"이제. 경솔한 짓은 하지 말거라. 알겠니?"

물이 첨벙거리는 소리 말고는 아무 소리도 들리지 않았다. 아버지는 마른 천을 세로로 길게 접어 붕대를 만들었다.

"넌 제본한 지 두 달이 좀 넘었단다." 아버지가 말했다. "나랑 아무 상관없는 일이니 그런 식으로 볼 것 없다. 내가 알았다면 절대로 그런 짓을 하게 내버려두지 않았을 테니까."

"그렇다면—." 나는 말을 멈췄다. 내 귀에 윙윙거리는 소리가 들려서 생각을 할 수 없었다.

"무슨 말을 하려고 했니? 잊기로 마음을 정한 사람은 비겁한 사람이란다. 물론 사정을 고려하면⋯⋯." 아버지는 린넨을 내 상처 위에 올리고 긴 끈으로 고정했다.

나는 고개를 들어 아버지를 쳐다보았다.

"아, 그래. 네가 잊고 싶어했단다." 아버지가 말했다. "하지만 난 네가 어떤 제본사에게 갔는지 몰라. 누구에게든 갈 수 있지."

아버지는 매듭을 마무리하고 끝부분을 밑으로 가지런히 집어넣었다.

"전—." 나는 생각할 수 없었다. 내가 그랬을 리 없다. 나는 그러지
않았을 것이다.

"조언을 하나 해주마, 애야." 아버지가 내 뺨을 두드렸다. "그냥 놓아
두렴."

나는 몸을 뺐다. "네?"

"이런 불행한 사건이 네게 교훈이 되게 하렴." 아버지가 유리장식장의
구부러진 꼭대기에 아직 달려 있는 천 조각을 가리켰다. "멍청한 짓 하지
말고. 지금처럼 이 아비의 보호가 필요한 적이 없을 테니. 넌 안전해.
그러니 망치지 말거라."

"제 책을 말씀하시는 건가요."

"그 속에 무슨 내용이 적혀 있는지 내가 말해줄 수 없다는 걸 알잖니."
아버지가 눈을 비볐다. "내가 알려줄 수 있는지 확신도 못하겠고. 네가
알게 된다면……."

나는 눈을 감았다. 사방에서 백합 향이 풍겼다.

"나쁜 거죠. 맞죠?" 내가 물었다.

아버지가 자리에서 움직였다. 대답을 하기까지 아주 긴 시간이 흐른
것 같다. "유감이구나, 루시안. 아주 나쁘단다."

나는 자리에서 일어났다. 장식장의 깨진 유리가 눈에 들어왔다. 바닥
에는 피와 오줌이 번져 있다. 나는 러그 위로 붉은 발자국을 남겼다. 다
른 얼룩도 여전히 보였다. 그것이 저 러그를 망가뜨렸다. 아버지는 러그
를 가져다버릴 것이다.

"그게 최선일지도 모르지. 이제 넌 오스몬드 양과 새 삶을 시작할 수

있으니까."

나는 어깨 너머로 아버지를 흘끗 쳐다보았다. 한번만 더 아버지의 뜻을 거역한다면 정신병원에 보내버리겠다고 위협하던 바로 그 자리에 아버지가 앉아 있다. 지금 아버지는 나만큼 피곤해 보였다.

"맞아요." 나는 이렇게 대답했다. 더는 할 말이 없었다. 지금은 그저 위층으로 올라가 셔츠를 갈아입고 싶다는 것밖에. 점심때까지 기다렸다가 나는 술을 마실 것이다. 머릿속으로 회색 벽을 떠올렸다. 그리고 제정신으로 있으려고 애썼다. 내가 서재를 나설 때 아버지가 이렇게 덧붙였다.

"엉뚱한 곳으로 흘러들어가지 않았을 거라 확신한단다."

23

올더니 가는 내가 기억하는 것보다 긴 길이었다. 좁은 흰색 집들과 난간과 인도가 지난밤 내린 눈으로 덮여 있었다. 하나 걸러 한집씩 황동 문패가 달렸다. 12번지를 찾았을 때쯤 내 발은 추위에 꽁꽁 얼었고 눈은 강한 햇살로 따끔거렸다. 나는 계단 앞에 멈췄다. 상복을 입은 여성이 문에서 나오고 있었다. 내가 쳐다보자 그녀는 베일을 내렸다.

나는 모자를 들어 그녀에게 인사한 뒤 걸어 들어갔다. 여성은 조심스럽게 길거리를 내려갔고, 나는 몸을 돌리고 초인종을 눌렀다.

마르고 평범한 여성이 문 앞으로 나왔다. 그녀는 하녀가 아니다. 연보라색과 노란색이 섞인 줄무늬 능직 옷을 입었다. 그녀는 코안경 너머로 나를 쳐다보았다.

"안녕하세요. 어떻게 오셨나요?"

"에밋 파머를 만나러 왔습니다."

"누구요?"

"에밋 파머." 차가운 공기가 내 목구멍을 할퀴어 나는 기침을 했다. 그녀는 내 어깨 너머를 쳐다보며 기침을 멈출 때까지 문 위에 손가락을 까닥거렸다. "드 하빌랜드의 도제요. 키가 크고 머리카락은 밝은 갈색에다가 말쑥하게 면도한 얼굴인데."

그녀가 눈썹을 들썩이며 나를 쳐다보았다. "아, 새로운 청년 말이군요."

"청년 맞아요."

"안타깝지만 그는 여기 없습니다."

"언제 돌아오나요?"

"안 돌아와요."

나는 여성을 쳐다보았다. "네?"

여성이 고개를 기울이자 햇살이 코안경에 반사되어 그녀의 눈을 볼수 없었다. "무슨 용건인지 여쭤봐도 될까요? 드 하빌랜드 선생님과 약속을 잡고 싶으시면 사전에 미리 연락을 주셔야 합니다."

"실례 좀 할게요." 나는 한 걸음 다가갔다. 그녀가 가볍게 몸을 떨더니 연보라색 옷을 바스락거리며 팔을 뻗어 나를 막았다. 그녀에게서 바이올렛 향수와 장뇌 약품 냄새가 풍겼다. 나는 목소리를 높였다. "안으로 들어가게 해주세요."

"2주는 기다리셔야 해요."

나는 그녀를 밀치고 안으로 들어갔다. 여성은 분해서 소리를 질렀지만 나는 이미 안으로 들어왔고 뒤돌아보지 않았다. "드 하빌랜드 씨?" 내 왼편으로 문이 열려 있었다. 그래서 밀고 들어갔다. 연청녹색 벽과 가늘고 긴 의자, 난초가 미묘한 인상을 주었다. 방 먼 끝 쪽에 상담실이라고 적힌 명패가 달린, 다른 문이 보였다. "드 하빌랜드 씨!"

드 하빌랜드가 먼 문에서 튀어나왔다. "대체 무슨 일이야? 브레팅엄 양. 내가 방해하지 말라고 했잖아." 그는 나를 보더니 넥타이를 고쳐 맸다. 다이아몬드 핀이 반짝였다.

"어머, 다네이 도련님, 오실 줄 몰랐는데……. 정말 영광입니다. 무슨 일이신가요?"

"에밋 파머를 보러 왔어요."

그 말에 정적이 감돌았다. 드 하빌랜드가 내 어깨 너머를 쳐다보며 날카롭게 고개를 흔들었다. 돌아보니 브레팅엄 양이 복도 반대편에 있는 방으로 돌아가고 있었다. 그녀의 연보라색 드레스의 그림자가 크림색으로 반짝였다. 드 하빌랜드가 입꼬리를 내렸다.

"죄송합니다, 다네이 도련님. 에밋 파머는 안타깝게도 우릴 떠났습니다. 제가 대신 도와드릴까요?"

"어디로 갔나요?"

그는 헛기침을 했다. 그리고 의자를 향해 손짓했다. 내가 앉지 않자 그는 미소를 짓더니 콧수염을 쓰다듬었다. "전 훌륭한 명성과 최고의 기준을 세워왔습니다. 따라서 조금이라도……악한 징조를 보이는 사람은 고용할 수 없어요." 까닥거리던 손가락이 그의 윗입술에서 멈췄다. 아마도 내 얼굴 표정이 바뀌었나보다. "그래서 그를 내보내야 했습니다."

"지금 그는 어디에 있나요?"

"저도 모른답니다." 그가 내 쪽으로 고개를 살짝 기울였다. "왜 특별히 그 애를 찾는지 여쭤봐도 될까요? 제가 대신 도와드릴 수 있다면 정말로 영광일 텐데."

나는 이마를 비볐다. 강한 햇살 때문에 여전히 눈앞이 멍했다. "책 관련해서예요." 내가 말했다.

"정말이요?"

그 방은 너무 더웠다. 그래서 속이 울렁거렸다. 나는 숨을 길게 내쉬며 몇 걸음 걸었다. 셔츠가 갈비뼈에 달라붙었다.

"내 책 말예요. 알고 보니 내가……." 내 앞에 꽃병 받침대가 놓여 있기에 나는 팔을 뻗어 뽀얀 난초를 만졌다. 왁스로 만든 가짜다. 나는 드 하빌랜드를 향해 몸을 돌렸다. "내가 제본을 했다고 하더군요. 에밋 파머가 알려줬어요. 그가 당신 밑으로 들어오기 전에 다른 제본소에서 일했다고 했고요. 당신은 알고 있었나요? 내 책에 관해서?"

그는 조끼 주머니를 아래로 당겼다. "아니요. 안타깝게도 몰랐습니다." 그가 말했다. "제가 어떻게 그걸 알 수 있었을까요?"

"에밋 파머는 알고 있었어요. 난 찾아야겠어요. 곧 결혼하니까." 드 하빌랜드도 그 사실은 당연히 알고 있다. 나는 장갑을 만지작거렸다. "전 도와드릴 수 없습니다, 다네이 도련님. 도와드리고 싶지만 처음부터 저한테 제본을 하러 오셨더라면 좋았을 텐데……."

그가 안타깝다는 듯 고개를 기울였다.

"난 그를 찾아야 해요. 그가 어디로 갔을까요?"

"아," 드 하빌랜드가 천천히 숨을 들이마셨다. 그는 몸을 구부리고 낮은 테이블 위에 놓인 그림이 그려진 종이를 다시 정리했다. 긴 시간이 흐른 것 같았다. 아쿠아마린색 표지로 된 『파르나소스』 책이 『사냥꾼 그림집』이나 『신사』 옆에 놓이는 문제가 매우 중요하다는 듯. 마침내 그가 자리에서 일어나 나를 쳐다보았다.

"다네이 도련님……헛걸음을 하셨네요. 많은 젊은이들이 사소한 잘못을 저지릅니다ー아니, 제 말을 들어보세요. 지금은 도련님 책을 찾을 수가 없어요. 만일 책이 진짜로 존재한다면 말이죠. 에밋 파머는 거짓말쟁이에 도둑입니다. 제발 제 조언을 받아들이세요. 다 잊어버리세요. 앞길이 창창하지 않습니까. 그냥 잊어버리세요."

"그 책은 존재해요. 우리 아버지가ー." 나는 말을 끊었다. "당신이 도와주면 정말로 고마울 거예요. 내 책은 내게 가치가 큽니다. 50기니 아니 100기니를 드리도록 하죠."

그는 눈을 두 번 재빨리 깜박였다. 그의 얼굴로 후회가 살짝 스쳤는데 너무 빨리 지나가서 제대로 보지 못했다. "도움을 드리지 못해서 정말 죄송합니다." 그가 조끼 주머니에서 시계를 꺼냈다. "그럼 전 이만 실례하겠습니다. 중요한 약속이 있어서요."

나는 그의 팔꿈치를 잡았다. "파머가 언제 여길 떠났죠?"

"이틀 전 한밤중입니다."

"그리고 당신은 그가 어디로 갔는지 모르고?"

그는 자신의 소매를 툭 치며 내가 자국을 남겼는지 살핀 다음 보이지 않는 먼지를 털어냈다. 그리고는 나를 쳐다보았다. "정말로 유감스럽군 요, 다네이 도련님." 그가 말했다. "하지만 솔직히 말해서 제 생각에 그는 얼어 죽었을 겁니다."

내가 거리로 나섰을 때 파르스름한 어둠이 빙판길에 내려앉았다. 공기가 차다. 이륜마차가 삐걱거리며 내 옆을 천천히 지나쳤다. 말의 몸에서 안 개처럼 두꺼운 김이 피어올랐다. 지나가던 행인이 미끄러지지 않으려고 팔을 뻗으며 몸에 균형을 잡았다. 그 사람 말고는 거리에 아무도 없었다.

숨을 들이마시자 목구멍이 불타올랐다. 장갑을 낀 한 손으로 난간 맨 위를 잡았다. 금속은 차가웠다. 나는 고개를 숙이고 손에 난 상처의 통증 이 팔로 올라갈 때까지 꽉 쥐었다.

고개를 들지 않았지만 누군가 대기실 창문의 레이스 커튼을 들추었다 는 것을 알았다. 드 하빌랜드가 내가 떠나기를 기다리며 지켜보고 있는 것이다.

나는 계단을 내려가 왔던 길로 몸을 돌렸다. 모퉁이에는 벽이 높고 숯검정으로 덮인 골목이 있다. 나는 그 어둠 속으로 발을 디뎌 끝까지 가보기로 했다. 내 앞으로 건물 별채와 연결된 좁은 진창길과 문들과 마당이 보였다. 반쯤 걸어가니 다른 건물보다 조금 더 높고 곧 무너질 것처럼 보이는 목조건물이 나타났다. 나는 그 앞에 멈춰 창문 안을 살폈 다. 그을음이 낀 창문 너머로 남자들이 작업대 위로 몸을 구부리고 있었다. 한 명은 망치질을 했다. 한 명은 뭔가를 향해 몸을 웅크렸다. 다른 한 사람이 고개를 들어 나를 쳐다보았고, 그가 들고 있는 책이 금색과 적색으로 반짝였다.

나는 유리창에 노크를 하고 옆을 가리켰다. 남자가 반응할 때까지 계속 그를 쳐다보니 마침내 어깨를 으쓱하더니 책을 내려놓고 시야에서 사라졌다. 잠시 뒤 그가 문을 열고 나를 쳐다보았다.

"무슨 일이죠?"

"여기가 드 하빌랜드의 제본소인가요?"

"올더니 가의 정문으로 가세요."

"난 에밋 파머를 찾고 있어요. 도제 말입니다."

"그는 잘렸어요." 남자가 대답하고 문을 닫으려고 했다.

나는 주머니에 손을 넣었다. 그러자 남자가 망설였다. "나도 알아요." 나는 이렇게 말하고는 엄지와 검지 사이로 10실링 금화를 슬쩍 보여주었다. "그는 어디로 갔죠?"

남자가 헛기침을 하더니 바닥에 침을 뱉고 담담한 목소리로 말했다. "난 몰라요."

"그가 고향으로 돌아갔나요? 그는 어디 출신이죠?"

"어디 시골일 겁니다. 다른 제본소에서 왔어요." 남자의 시선이 금화에 가 있다. "드 하빌랜드에게 물어보지 그래요?"

"그가 어디로 간다는 말을 하지 않았나요?"

"이봐요." 남자가 고개를 저었다. "그는 한밤중에 쫓겨났어요. 난 자고 있었고요. 그가 무슨 짓을 했는지, 어디로 갔는지, 여태 살아 있는지 아는 게 없어요. 일자리를 잃어버린 다른 사람들과 마찬가지로 어딘가에서 비참하게 지내고 있겠죠."

나는 남자의 숨에서 담배 냄새를 맡을 수 있을 정도로 몸을 가까이 숙였다. "부탁합니다. 난 그를 찾아야 해요."

"제본소 일에 대해 말하는 건, 내 일자리가 가진 가치보다 더 큰 대가를 치러야 하는 거라 사양하겠어요."

남자는 이렇게 말하고 문을 닫았다. 나는 그가 걸어가는 소리를 들었다. 나는 다시 노크했다. 계속 노크를 하자 남자가 작업실 창문을 열고 목을 내밀었다. "그는 아무것도 못 챙기고 쫓겨났어요." 남자가 말했다. "코트와 작은 배낭이 여전히 여기 위층에 있어요. 여기 있는 어느 누구도 그 이상은 알지 못해요. 자, 이제 그만 가세요. 안 그럼 경찰을 부를 테니까."

그는 창문을 닫고 빗장을 걸었다. 더러운 창문을 통해서 그가 자기 자리로 돌아가는 것을 보았다. 그가 거짓말을 하는 것 같지는 않았다.

나는 너무 추워서 움직이는 것조차 힘들었다. 언 바퀴자국을 따라 길 끝까지 걷다가, 모퉁이를 돌고 다시 다른 모퉁이를 돌았다. 더 이상 갈 곳이 없었지만 절망이 바로 뒤까지 바짝 쫓아와 붙잡히지 않으려고 도망치는 사람처럼 계속 걸었다. 같은 자리를 빙글빙글 돌았는지 결국 올더니 크레센트에 자리한 싸구려 술집 앞에 도착했다. 나는 코린트식 기둥과 검은 배경 위에 적힌 금빛 글자를 쳐다보았다. 더 프린세스. 어쩌면 의도적으로 이곳에 온 것일지도 모른다. 뭐 상관은 없지만.

안으로 들어가니 가스등 불빛 아래 빛나는 황동과 짙은 나무, 유리장식이 보였다. 따뜻한 공기가 얼굴을 스치며 상한 고기와 쏟아진 술 냄새를 풍겼다. 문지방을 넘자마자 바람이 가차 없이 할퀴고 간 뺨이 녹으면서 감각이 무뎌졌다. 나는 카운터에 1실링을 올려놓고 진 한잔을 쭉 들이켠 다음 한잔을 더 시켰다. 그리고는 구석 자리에 앉아 눈을 감았다.

에밋 파머가 사라졌다. 그가 여전히 캐슬퍼드에 있고 아직 살아 있다고 해도 나는 결코 그를 찾지 못할 것이다. 드 하빌랜드의 말에서 믿을 수 있는 부분이라고는 그가 제본소를 떠날 때는 살아 있었다는 것뿐이다.

나는 두 번째 잔을 들이켰다. 그리고 자리에서 일어나 걷는데 눈이 풀리기 시작해 초점을 잡으려고 잠시 자리에 섰다. 나는 팔을 뻗어 대리석 기둥을 붙잡았다. 가장자리가 흐려지기 시작했다. 황동의 반짝거림이 살짝 무뎌졌고 세상도 덜 번쩍거렸다. 훨씬 낫다. 나는 주머니에서 돈을 찾았다. 그때 문이 열렸다. 차가운 바람이 내 발목을 걸어찼다. 구겨진 종이가 타일 바닥을 굴러 내 신발에 붙었다. 나는 종이를 주운 다음 바위에서 폈다.

그것은 편지였다. 맨 위에 황금 문장이 있고 '책이 당신을 자유롭게 하리라'라고 적혀 있었다. 그 아래로 뛰어난 제본사 심스와 에블린이라는 글귀가 보였다. 나머지 부분은 삐뚤빼뚤한 손 글씨로 적힌 지침이었다. 올더니 가 89번지에서 홀터 부인을 찾은 후에 펄 양을 만나고 싶다고 요청하세요. 적어도 2시간 이상 필요합니다. 그리고 곧바로 제본이 시작됩니다. 감정소모, 알코올 중독, 혹은 다른 이유로 기억 상실이 발생한다면 비율에 따라 수수료를 줄여드리나 최대 10실링을 넘지 않습니다.

바텐더가 나를 슬쩍 보더니 돈을 챙기고 내 앞에 또다른 술잔을 내려놓았다. "저라면 그러지 않겠습니다, 손님." 잠시 나는 그가 진을 말하는 건 줄 알았다. 그러다 그가 종잇조각을 가리켰다. "그걸 한 이후로 미쳐버린 사람들을 압니다. 제본사들은 희망을 가득 심어주지만 제대로 치료받기도 전에 누군가에게 어떤 소리를 듣게 되면 결국 자신이 제본을 했다는 걸 알게 되죠. 자기가 뭘 잊어버렸는지 알지 못하는 것이 가장 끔찍하다고 하더군요."

416

나는 종이를 구겨서 던져버렸다. "그렇군요." 내가 말했다. "잘 알았습니다."

그는 내 목소리 톤을 알아차리고 고개를 끄덕였다. 그리고 쭉 늘어서 있는 반짝이는 마개들을 닦기 시작했다.

던져버렸지만 그 종이가 여전히 내 눈앞에 떠다녔다. 나는 홀터 부인의 집이 어딘지 안다. 격식을 차리고 설명했지만 나는 펄 양에 대해 들었고 그녀의……취향에 대해서도 안다. 나도 모르게 이 광고지를 읽은 소녀를 떠올렸다. 리제트 누나보다 어린 여성은 알지 못하는데, 어쨌든 머릿속에 떠올랐다. 벌어진 치아와 땋은 머리카락. 마음의 눈으로 보니 소녀가 계단을 올라 현관으로 가서 초인종을 당겼다. 그녀는 절박하고 용감하다. 하지만 자신이 무슨 짓을 하는지 모르고 있다. 그녀는 너무 정직해서 아프다. 그리고 문이 열리면 더 큰 상처를 받게 된다. 그 문 뒤에는……. 나는 생각하지 않으려고 고개를 흔들었다. 하지만 그러지 못했다. 소녀가 너무 뚜렷하게 보였다. 그녀는 넬과는 다르다. 왠지 파머처럼 용감하게 고개를 까닥였고 그처럼 커다란 눈을 가졌다. 진짜 그런 소녀가 있었다면 어떡하지?

"이봐." 내가 바텐더의 옷깃을 잡았다. "누군가가—아니 당신이 봤어……?" 나는 급박함에 머리가 멍해졌다. 말이 안 되지만 속이 마구 뒤집혔다. 그들이 소녀에게 한 짓이 무엇이든지 그것은 내 잘못이다.

"네, 손님?"

"그 소녀……." 내가 침을 삼켰다. 소녀는 실존 인물이 아니다. "내 말은 누가 저 종이를 떨어뜨렸는지 말이야. 그들을 봤어?"

"기억나지 않네요, 손님." 그가 옷자락을 뺐다. "누굴 잊어버리셨나요?"

"아니. 그러니까—그래, 맞아." 나는 억지로 의자에 앉았다. 지금 무슨 짓을 하는 거지? 머리가 어떻게 되었나보다. 소녀는 존재하지도 않는데. "아무것도 아니야."

바텐더는 한참 동안 나를 쳐다보았다. 그리고 이렇게 말했다.

"손님의 애인이 제본을 한 거군요? 바다에는 물고기가 많답니다. 제가 드릴 수 있는 말은 그거뿐이군요."

"뭐라고? 아니. 난 그런 뜻이 아니야." 하지만 몸 상태가 너무 좋지 않아서 나는 제대로 생각할 수 없었다. 마치 이 소녀와 넬, 우리 아버지, 내 책이 다 무엇인가의 일부인 것처럼. 유리처럼 속에서 두려움이 와장창 부서져 내렸다. 내가 대체 무슨 짓을 한 거지?

바텐더가 천으로 바를 닦았다. 그러자 바가 보는 각도에 따라서 각각 다른 색으로 빛났다. "제본사들은," 바텐더가 입을 열더니 재떨이에 침을 뱉었다. "라이브러리 로에 늘어선 줄을 보셨나요? 사람들을 돌려보내고 있어요. 날씨 때문에요. 너무 춥고 작업장은 발 디딜 틈이 없어요. 언제고 상관없이."

"맞아." 나는 고개를 끄덕였다. 참을 수 없었다. 마음으로 홀터 부인의 집 현관문이 열리는 것을 본다. 펄 양이 커튼이 드리워진 복도 끝에서 검은 옷을 입고 기다리고 있다. 소녀는 계단 앞에서 고개를 올려다본다. 그녀의 눈동자에 공포가 깃들어 있다. 하지만 장면은 흐릿하게 우리 아버지의 서재로 바뀌고 넬의 시신이 보인다. 에밋 파머가 목 놓아 내 이름을 부른다. 드 하빌랜드의 대기실과 코 안경 너머로 나를 쳐다보던 그의 비서가 보인다. 드 하빌랜드는 은근슬쩍 파머가 죽기를 바란다. 나는 괴로워서 눈두덩이 벌겋게 될 때까지 주먹으로 얼굴을 마구 문질렀다.

아마도 파머는 **죽었을** 것이다. 내 일부는 그렇게 생각하고 싶어한다. 내가 이렇게 느끼는 것은 그의 탓이다. 그가 오기 전까지 나는 괜찮았다.

그런데 지금은 내가 무슨 짓을 저질렀는지에 대한 생각과 그리고 내 책에 대한 생각밖에 할 수 없다. 그리고 그가 나를 쳐다보던 눈길, 그 태도가 내 피를 솟구치게 했다. 아니, 나는 당연히 그가 죽기를 바라지 않는다. 그를 찾게 되면 내 책도 찾을 수 있을 테니까. 그리고 영원히 그 책을 숨길 것이다. 그러면 왜 그 소녀의 얼굴이 내게 죄책감을 가져다주는지 궁금해할 필요도 없어진다.

메스꺼움 사이에서 뭔가가 신경 쓰였다. 바텐더가 한 말이다. **사람들을 돌려보내고……그리고 작업장은 발 디딜 틈이 없고…….**

나는 이유를 알지 못한 채 두 발로 허우적거렸다. 비틀거리며 손을 주머니에 집어넣고 현관 열쇠와 잔돈을 마구 헤집었다. 그러다 정신을 붙잡았다. 희망이 생겼다.

제본은 절박한 사람들이 하는 일이다. 다른 방도가 없는 사람들이. 그리고 에밋 파머가 살아 있다면 그는 지금쯤 절박할 것이다. 나는 비틀거리며 문으로 간 뒤 거리로 나갔다. 바텐더가 뒤에서 뭐라고 소리쳤지만 여러 목소리들의 불협화음 속으로 사라져버렸다. 빙판에 발을 디디다가 넘어질 뻔했다. 멍청하긴. 나는 취했고 집으로 가야 한다. 하지만 아직 기회가 있다. 혹시라도……. 나는 뜨거운 저녁 햇살을 등지고 서둘러 모퉁이를 돌아 올더니 가의 교차로를 건넌 다음 라이브러리 로로 갔다.

하지만 심스와 에블린의 가게 앞 거리는 텅 비었고 그들은 오늘 문을 열지 않았다. 바로 옆 판매용 출입구 유리창에 종이가 붙어 있었다. **잡상인 출입금지.** 여성과 아이들 무리가 추위에 몸을 웅크리고 배럿 앤 로 상점의 계단 앞에서 조용히 기다린다. 하지만 그 문도 닫혀 있고 아무도 들어오거나 나가지 않는다. 조금 더 아래쪽에서는 앞치마를 두른 남성이 빗자루를 들고 마르덴 상점 문 앞에서 거지를 내쫓았다. 남성은 지쳐

체념한 듯 이렇게 말했다. "영업이 끝났어. 내일 오라고." 그러자 거지가 자리에서 일어나 사라졌다.

그들 어느 누구도 에밋 파머가 아니었다.

나는 계속 걸었고 개인 제본사, 책을 좋아하는 사람들의 클럽, 교재 전문 제본사들의 가게 앞을 지나면서 그곳을 자세히 살폈다. 점점 올더니 가에서 멀어졌고 라이브러리 로는 더 좁고 더럽고 허름해졌다. 이제 초라한 상점들의 입구는 어둠에 잠겼고 집들은 거의 머리 높이까지 낮아졌다. 책 판매상의 가게 앞쪽은 칠이 벗겨지고 검은 페인트가 회색으로 바랬다. 곡선형 창문에는 먼지가 앉아 유리가 흐렸다. 내 머리 위로 낡은 책 모양 간판이 바람에 삐거덕거리며 흔들렸다. **판매용 제본**, 책 위로 정형화된 글씨가 적혀 있었다. 간판의 반대쪽 면에는 **전당포**라고 쓰여 있었다. 걸음을 멈추고 가게 안을 들여다보니 비좁은 공간에 싸구려 패물이 가득 든 진열장과 한 무리의 사람들이 웅성거리는 모습이 보였다. 내가 지나가자 아치형 입구에 서 있던 부스스한 여성이 고개를 들었지만 그녀는 나를 부르거나 알아보지 않았다. 나는 그녀의 발아래 놓여 있는 남색 유리병을 슬쩍 보았는데 그 병에는 팔각형 라벨이 붙어 있다. 아편 팅크다.

차가운 바람에 쓰레기와 먼지가 날렸다. 나는 코트 깃을 여미며 계속 걸었다.

오브린과 아들들. 허가받은 책 판매상. 직인이 찍힌 책만 취급. 나는 흐린 창을 통해 선반과 책등을 보았다. 포동포동한 가게주인이 카운터에서 눈물 바람을 한 여성과 이야기를 나누고 있었다. 그는 팔을 뻗어 여성의 뺨을 두드리고 씩 웃어 보였다. 내 뒤에서 한 남자가 마차를 세웠다. 그는 가죽과 비싼 향수 냄새를 풍기며 나를 지나쳐 문으로 들어갔다. 그의 얼굴을 보지 못했다. 그와 동시에 문이 닫혔다. 나는 두 상점 사이의 골목에서 나오는 여성을 쳐다보려고 고개를 돌렸다. 그녀는 두 아이의 손을 잡았다. 동생은 칭얼거렸고 나이가 더 많은 아이는 멍하게 있었다. "괜찮아, 애야." 그녀가 말했다. "이제 집에 가자."

나는 입을 꼭 다물고 몸을 돌렸다. 이건 시간 낭비다. 만약 파머가드 하빌랜드에게 쫓겨나서 이곳으로 왔다면 그는 이미 한몫 챙겨서 한참 전에 떠났을 것이다. 지금쯤 어디 여인숙에 틀어박혀 입을 벌리고 자고 있겠지.

나는 마차가 한 바퀴 돌지도 못할 만큼 좁은 광장으로 나왔다. 불 꺼진 가로등 하나가 빈약한 눈발 사이로 교수대처럼 서 있다. 한 소녀가 수레에 웅크리고 발을 동동거리며 몸을 떨었다. 남성 한두 명이 도로 연석에서 양동이 속 불길을 향해 웅크린 채 언 몸을 녹이고 있었다. 돌풍 한 줄기가 공장 매연을 내 얼굴로 가져다주었다. 나는 어느 집 출입구에 서서 눈에 들어간 먼지를 닦았다. 집들 위로 보이는 한 줄기 하늘이 두툼한 잿빛 가닥으로 꼬이기 시작했다. 해가 지기 전에 다시 눈이 오려나보다.

그 길모퉁이에 A. 포가티니 전당포 겸 서점이 보였다. 여태껏 본 곳들 중에서 가장 작고 낡았다. 이곳은 각종 기억의 쓰레기를 모아놓은 곳으로 악명 높다. 한쪽 창문은 벽돌로 대충 막아놓았고 다른 창문은 낡은 피부처럼 색이 바랜 신문지로 덮여 있다. 문이 열리자 종이 울렸고 칙칙한 빛이 자갈길로 쏟아져 나왔다. 한 사람 아니 두 사람이 나오더니 웃으며 내 쪽으로 걸어왔다. 나는 본능적으로 고개를 숙였다.

"……긴 겨울밤을 잘 보내겠어." 한 남성이 말했다. "전형적인 포가티니야."

그 말에 다른 남성이 웃었다. "맞는 말이야. 그는 이런 쪽으로는 확실히 최고지."

둘은 나를 지나쳐갔다. 그들의 목소리가 바람결에 울렸다.

나는 그들의 발소리가 사라질 때까지 기다렸다. 그런 다음 여전히 자갈 위로 번쩍이는 빛을 향해 걸었다. 열린 문틈으로 수북이 쌓인 책이 보였다. 체구가 작은 소년이 바닥을 쓸며 석탄 먼지를 풀풀 날렸다. 깜박거리는 램프 불빛을 통해 문 옆에 있던 상자에 붙은 라벨을 볼 수 있었다. 미완성(거래), 1실링. 그 옆 선반에는 진기한 것 각각 2실링 6펜스라고 적혀 있다. 한 남성이 찬바람을 등지고 손에 든 책을 보고 있었다. 그 사람 말고 가게에는 아무도 없었다. 나는 머리가 지끈거렸다. 집에 가야 한다. 이곳이 마지막 제본소이고 파머를 찾지 못했다. 뒤로 물러서는데 뭔가 부드러운 것이 발에 밟혔고 차가운 공기를 타고 똥 냄새가 퍼졌다.

벽을 따라 조금 더 내려가니 작은 문이 있었다. 그 옆으로 빗물에 얼룩진 표시가 보였다. 거래용 제본. 노크하세요. 가격을 후하게 쳐드립니다. 남성 두 명이 그곳에서 말다툼을 벌이는 중이었다. 한 사람은 민소매 차림으로 추위에 연신 몸을 감았다. 그가 슬쩍 돌아볼 때 그의 얼굴이 보였다.

에밋 파머다.

붉은 햇살 한 줄기가 내 어깨를 비추더니 커튼처럼 뒤쪽으로 넘어갔다. 인도에 그림자가 짙어졌다. 벽돌과 창틀 끄트머리에 쌓인 서리가 보랏빛으로 반짝였다. 그리고는 사라졌다. 나는 호흡이 가빠졌다. 잠시 동안 움직일 수 없었다. 그러다 상대방 남성이 높고 이국적인 목소리로 말했다. "말했잖아, 하프 크라운은 너무 많다고. 6펜스 줄게."

나는 파머의 팔을 잡았다. 내가 너무 세게 끌어당겼는지 그의 숨결이 느껴졌다. "됐어요." 내가 어깨 너머로 말했다. "이 사람은 마음을 바꿨어요." 내 뒤에 있던 어떤 사람이 혐오스럽다는 듯이 혀를 끌끌 차더니 문을 닫았다. 파머가 자갈 위에서 발버둥쳤다. 갑자기 내게 그의 체중이 실렸다. 그는 바닥에 축 늘어졌다. "일어나." 마지막으로 내가 품에 안은 사람은 넬이다.

"루시안." 그가 웃음을 터트렸다. 그리고 멈추지 않았다. 나는 다시 그를 끌고 문과 가까운 쪽으로 데리고 갔다.

그를 똑바로 세우느라 애를 먹었다. 그를 찾아냈다는 성취감과 행복과 화가 뒤엉켜서 무릎이 풀렸다. "대체 여기서 뭘 하는 거야?"

"너는 여기서 뭘 하는데?" 그가 눈동자를 위로 치켜세우며 비틀거렸다. "감히 기억을 지울 생각일랑 하지 마. 어디서 감히."

내 말에 파머가 눈을 깜박였다. "그런 게 아니야."

"난 네가 기억하길 바라. 내 책이 어디 있는지 말한 다음에 네 마음대로 하라고."

그가 나를 노려보았다. 그리고 입을 열었다. "난 일자리를 달라고 했어. 저기가 유일하게 나에게 일을 주려고 했던 곳이야."

일자리. 당연하다. 제본이 아니라 다른 도제 일자리라. 그런데 나는 그가 막 기차 아래로 뛰어내리려는 순간, 그가 내리지 못하도록 문에서 끌어내린 셈이 되었다. 뭐 상관없다. 마침내 그를 찾았으니. 나는 그의 어깨를 잡은 손아귀의 힘을 좀 풀었지만 완전히 놓아줄 수는 없었다. "몇 시간 동안 널 찾아 헤맸어." 마침내 나는 침착하게 말했다. "내 책을 돌려받고 싶어. 그 책이 안전한지 알고 싶어. 어디 있는 거야?"

"난 가지고 있지 않아."

"어디 있냐고?" 내 손가락이 그의 어깨를 파고들었다. 그의 몸에 다시금 전율이 일었다. 내 손안에서 그의 뼈가 떨리는 것이 느껴졌다. "세상에." 나는 씩씩거렸다. 코트를 벗어 거칠게 그에게 건넸다. 하지만 그는 눈을 반쯤 감은 채 몸을 웅크렸다. 나는 코트로 그의 몸을 감쌌다. 피부가 다 얼어 있다.

그는 이를 덜덜 떨며 말했다. "드 하빌랜드가 날 쫓아냈어. 짐을 쌀 겨를이 없었어."

"알아. 들었어."

"내가 바라는 건……." 그가 말을 멈추고 목청을 가다듬었다.

"집에 가고 싶어. 걸어갈 수 있지만 이렇게 눈이 많이 오면……."

"넌 얼어 죽고 말 거야."

"맞아." 그가 코트 소매 안으로 팔을 집어넣어 옷깃으로 뺨을 문질렀다. "어디 들어가서 자려면 얼마가 있어야 해?"

나는 주머니에 손을 넣었다. 한기가 내 재킷에 스며들기 시작했다. "하프 크라운?"

그의 표정이 굳어졌다. "난 너한테 돈을 구걸하는 게 아니야."

"괜찮아. 여기 하프 크라운. 받아." 나는 그에게 돈을 건넸다. 어둠 속에서 내 장갑 위로 작고 차가운 물체가 반짝였다.

"싫어." 그는 뒤로 물러서려다 벽에 부딪혔다. "아니. 난 네 돈을 받고 싶지 않아."

나는 그를 노려보았다. "나한테서 하프 크라운을 받는 것보다 포가티니 밑에서 일하는 게 더 낫다고? 6펜스에? 진심은 아니겠지."

그가 고개를 돌렸다. "난 너한테서 돈을 받지 않을 거야. 난 거지가 아니니까."

"이건 적선이 아니야. 난 내 책을 돌려받고 싶어. 그 대가라고 생각해."

"말했잖아. 나한테 없다고."

"그래도 어디 있는지는 알잖아."

그가 치아 사이로 한숨을 내쉬었다. "가질 수 없었어. 할 수 있다면……." 그는 고개를 숙이고 코트 깃 안으로 턱을 밀어넣었다. "여기서 멀어. 늪지에 있는 제본소야. 지하실이 잠겨 있어. 튼튼하고 큰 청동 열쇠로. 부수는 걸로는 안 돼. 드 하빌랜드가 열쇠를 가지고 있어."

"드 하빌랜드라고? 그는 아무것도 모른다고 하던데."

"넌 그 말을 믿어?" 파머의 얼굴은 어둠 속에 잠겼지만 그가 나를 쳐다볼 때 눈빛이 반짝이고 있음을 알 수 있었다. "어쨌든 상관없어. 난 네 책이 어디 있는지 알고 열쇠가 어디 있는지도 알아. 하지만 손에 넣을 수 없었어. 그건 너도 마찬가지야."

"난 드 하빌랜드에게 돈을 주겠다고 했어. 100기니. 그가 알았다면 확실히……."

"아니, 그는 알고 있어. 내 말을 믿어." 그 말이 공중에 떠다녔다. 파머를 믿을 이유가 없다. 그는 어깨를 으쓱였다.

"드 하빌랜드에게서 열쇠를 받아오면 날 거기로 데려다 줄래?" 내가 물었다.

그는 사레들린 듯이 꺽꺽거리며 웃었다. "드 하빌랜드는 항상 열쇠를 지니고 있어. 심지어 밤에도. 네가 누군지 상관없이 그는 절대로 열쇠를 내주지 않을 거야. 그가 왜 눈이 오는 한밤중에 외투를 걸칠 틈도 주지 않고 날 내쫓았다고 생각해?"

우리의 뒤쪽 교차로에서 비명소리가 나더니 쿵하는 소리와 양동이가 뒤집어져 깨지는 소리가 났다. 파라핀 타는 냄새가 목구멍으로 들어왔다. 파머가 날카로운 눈길로 내 어깨 너머로 목을 길게 뺐다. 잠시 뒤 발자국 소리가 반대쪽을 향하자 그는 긴장을 풀었다.

"네 말은……." 나는 재킷을 좀더 여몄지만 곧바로 더 춥게 느껴졌다. "네가 시도했고 그래서 그가 널 자른 거라고?"

그는 말을 하려는 듯 입을 벌렸지만 그저 고개만 끄덕였다.

"왜? 왜 필요한데? 그 열쇠가? 넌 네 책을 직접 태웠잖아." 그는 대답하지 않았다. 그는 내 눈을 쳐다보지 않았다. 나는 천천히 말했다. "알겠어. 넌 날 협박하려고 했구나. 그래서 날 찾아온 거고."

"널 협박했다고? 너한테 하프 크라운도 받지 않는 내가?" 그는 다시 웃었고 이번에는 한참을 그랬다. 하지만 내가 쳐다보자 그는 눈길을 피했고 입가의 미소도 사라졌다. "루시안."

"다네이라고 불러." 나는 추워서 팔짱을 꼈다. "알겠어. 하프 크라운은 아무것도 아니겠지. 넌 더 많이 원하는 거야. 네가 원하는 대로 다 주겠어. 그러니 내 책을 찾는 걸 도와줘."

그는 망설였다. "책을 찾고 싶은 이유가 뭐야?"

"미칠 것 같으니까. 누군가가 혹시라도……." 나는 한숨을 쉬었다. 출입구, 길거리, 모든 것이 거칠고 어두운 안개로 뒤덮였다. 내 양옆 벽이 서로 맞닿으려는 것처럼 다가왔다. 나는 그의 시선을 느꼈다. 그가 뚫어지게 쳐다보자 목이 멨다. 불쑥 나는 이 말을 꺼냈다. "사흘 뒤면 난 결혼해. 그 전에 끝내고 싶어. 안심하기 위해서."

그는 작게 탄식했다. "할 수 있다면 당연히 널 도울 거야. 하지만 드하빌랜드는 고분고분하게 열쇠를 내주지 않을 거야."

"어떻게든 열쇠를 손에 넣을게."

"하지만, 루시안―."

"날 그렇게 부르지 마."

침묵이 흘렀다. 멀리서 종소리가 들렸고 누군가 포가티니의 상점으로 들어가는 것 같았다. 바람이 다시 불기 시작해 우리의 얼굴로 차가운 눈발을 흩뿌렸다. 파머가 벽에 푹 기댄 채 눈을 비볐다. 어딘가에서 쥐가 총총거리며 지나갔다.

"알았어." 마침내 그가 말했다. "네가 열쇠를 찾으면 도와줄게. 하지만 날 평등하게 대한다는 조건에서야. 난 네 하인이 아니야." 그는 팔을 들어 손바닥을 내게 보였다. 그의 손끝은 냉정했다. "그리고 널 루시안이라고 부를 거야. 그게 네 이름이니까."

그의 눈동자는 침착하고 멍했다. 나는 그를 노려보았다. 불현듯 나는 그 표정이 뭔지 알 수 있었다. 증오를 감추려고 애쓰며 내가 아버지를 쳐다보던 눈길이다.

그는 내 책을 읽었다. 그리고 내가 아버지를 싫어하는 것처럼 그도 나를 증오한다.

나는 눈을 감았다. 그가 나를 관통해서 보는 것처럼 피부에 소름이 돋았다. 나는 보이지 않는 어둠 속으로 무작정 몸을 내던졌다. 바람이 머리를 스치고 차가운 공기가 목으로 들어왔다. 팔꿈치를 붙잡는 손가락이 느껴져 나는 뿌리쳤다.

"미안해. 그렇게 가지 마. 부탁이야." 그가 내 앞에 섰다. 우리는 길거리 한복판에 있었다. 작은 햇살이 잿빛 구름 위로 반짝였고, 하늘은 진홍색으로 물들었다. 눈이 욱신거렸다. "상관없어. 네가 열쇠를 얻게 되면……."

나는 몸을 옆으로 틀면서 우리 사이에 공간을 더 만들었다. 그리고 주머니에 손을 넣었다. "에잇 벨스에 묵고 있어. 여기서 그리 멀지 않아." 나는 동전 한 줌을 꺼내 그에게 건넸다. 6실링 정도 된다. "이걸로 하루

이틀은 버틸 수 있을 거야. 미리 보수를 받았다고 생각해. 열쇠를 얻는 즉시 편지를 보낼게. 그럼 네가 날 그 제본소로 데려다줘."

"돈은 필요 없어."

"가져가."

그가 나를 쳐다보았다. 바람이 그의 머리를 헝클였고 그의 입 한쪽이 꽉 다물어졌다. 그는 내가 그의 손바닥에 돈을 내려놓을 수 있도록 해주었다. 그 돈을 그대로 자신이 입고 있던 내 코트 주머니에 넣은 다음 얼굴을 찌푸렸다. "아, 잠깐만." 그가 동전을 다시 바지 주머니에 넣었다. 그리고 코트에서 팔을 뺐다.

"다음번에 돌려줘. 난 재킷이 있어."

침묵이 흘렀다. "고마워."

"돈이 더 필요하면 편지를 보내. 내 주소 알잖아."

그가 고개를 끄덕였다. 우리는 서로를 쳐다보았다. 햇살이 그의 뒤에서 반짝이며 공동주택 사이의 공간을 밝게 채웠다. 그의 관자놀이와 턱과 귀 한쪽 끝이 진홍색으로 반짝였다. 갑자기 햇살이 가득 내리쬐듯이, 불쑥 그가 나를 향해 미소를 지었다. 그러자 그의 얼굴이 완전히 달라졌다. 평생 누가 그런 식으로 나를 바라봐준 것은 처음이었다. 덕분에 황혼은 더욱 붉어졌고, 숯검정과 파라핀 냄새와 내 손가락을 파고드는 추위는 더욱 심해졌다. 굴뚝에서 바람이 노래를 불렀다. 구겨진 종이들이 속삭이며 자갈길을 휩쓸었다. 멀리 공장의 나팔 소리가 크게 울려 퍼졌다. 그가 팔을 뻗어 내 뺨을 닦아주었다.

그 손길에 심장이 쿵하고 내려앉았다. 그다음 나는 움찔했다. 제본 때문일까, 아니면 길모퉁이에 너무 오래 서 있어서 그런 것일까.

"왜 그래? 잠깐만, 루—다네이. 내가 잘못했어."

"그러라고 돈을 준 게 아니야." 내가 왜 그렇게 화가 났는지 모르겠다. 마치 한번도 창녀를 만난 적이 없다는 듯이. 그런데 왜 그에게 이러는 거지?

"그런 게 아니라……." 그가 나를 쳐다보았다. 갑자기 그의 입꼬리가 일그러지더니 웃음이 터져 나왔다.

"내 몸에 손대지 마." 나는 거미줄처럼 뺨에 남은 그의 손길이 느껴졌다. 영원히 그대로 있었으면 좋겠고, 영원히 사라졌으면 좋겠다.

그가 웃음을 멈췄다. "미안해. 진심이야. 그러려고 한 건 아니었는데—."

"네가 어떤 식으로 돈을 버는지 상관 안 해. 무엇 때문에 드 하빌랜드가 널 잘랐는지도, 그냥 내 책을 찾는 일을 도와주고 그다음엔 날 내버려뒀으면 좋겠어."

그가 입을 열었다. 하지만 무슨 말을 하려고 했든지 간에 그는 말하지 않았다. 그는 고개를 끄덕이더니 몸을 돌렸다. 그가 떠나는 모습을 지켜보지 않으려니 힘이 들었다. 그의 발소리가 사라졌다. 이제 그는 가버렸고 나는 얼마나 추운지 깨달았다. 나는 그를 믿는 바보다. 그에게 그만큼의 돈을 주는 게 아니었다. 그보다 더 많이 주었어야 했는데.

붉은 빛은 아주 옅어졌고 이제 모든 자갈길이 어둠에 잠겼다. 내 신발이 도로 연석에 밀렸다. 깨진 유리 조각이 신발 밑창 아래서 부서졌다. 나는 햇살이 남은 길에서 반대편 도로의 어둠 속으로 건넜다. 신문지를 붙인 포가티니의 유리창이 반짝였다. 마차와 가로등이 있는 올더니 가까지 그리 멀지 않다. 바람이 자갈길에서 모래 먼지를 일으켜 내 발목을 휘감았다. 나는 몸을 따뜻하게 하려고 애쓰며 발걸음을 재촉했다. 더러운 쇼윈도를 지나칠 때 창문에 비친 내 얼굴을 보았고 추위를 이기려고 안간힘을 쓰는 것이 보였다. 누군가 내 옆을 바짝 따라오는 것 같아서 곁눈질로 살피니 추위가 내 뒤에 들러붙어 있는 것이 보였다.

나는 올더니 가로 들어간 뒤 망설였다. 쭉 늘어서 있는 가로등과 새로 눈이 쌓인 난간의 그림자를 쳐다보았다. 드 하빌랜드의 창문에 불이 들어와 있다. 그에게서 열쇠를 얻을 방법이 있을 것이다. 하지만 돈으로 안 된다면……. 답은 하나다. 그래야 한다.

마침내 추위가 내가 집으로 돌아가야겠다고 결심을 하게 만들었다. 파머의 손길이 내 피부 아래로 더 깊이 파고든 것처럼 뺨이 여전히 얼얼했다. 나는 휘청거리며 인도에 서서 마지막 남은 한 줄기 햇살을 쳐다보았다. 그림자 하나가 뒤에서 움직였다. 나는 바보처럼 파머가 뒤에 있기라도 한 양 어깨 너머로 그곳을 살폈다. 하지만 나는 혼자였다.

24

다음 날 아침 편두통이 찾아온 듯 모든 것이 흐리고 거칠고 불안정했다. 서재 문을 여니 난롯불이 딱 하는 소리를 냈고 바람에 불길이 더 커졌다. 나는 이 방이 싫다. 벽지의 붉은 덩어리가 내게 손짓했다. 아버지는 내가 올 거라고 예상하지 못했지만 고개를 들지 않고 내게 맞은편 의자에 앉으라고 손짓했다. 나는 자리에 앉았다. 잠을 자지 못해서 관자놀이와 턱이 욱신거렸다. 나는 긴장을 풀려고 얼굴 옆쪽을 부드럽게 마사지했다.

"루시안, 우리 아들." 아버지가 펜을 내려놓고 입을 열었다. 그리고 궁금하다는 듯 눈썹을 들썩였다. "얼마 남지 않은 결혼식 때문에 이런 상태가 된 게 아니길 바란다."

"아니에요. 걱정해주셔서 감사합니다."

말이 끊어졌다. 이번에도 내가 말할 차례다. 아버지는 시계를 슬쩍 보았다.

나는 침을 삼켰다. 밤새 머릿속으로 연습했지만 말이 나오지 않았다. 어둠 속에서 캐슬퍼드의 모든 시계가 숫자를 세는 동안 내가 할 수 있는 유일한 것이었다. 그런데 지금 그 말이 목구멍에 걸려 있다. "아버지."

"아마도 그 편이—." 아버지도 나와 동시에 말을 꺼냈다. 우리 둘 다 서로를 바라보며 침묵했다. 고통이 내 턱뼈 끄트머리를 갉아먹으며 어깨로 내려갔다.

아버지가 의자에 기댔다. 그리고 손가락 하나로 아랫입술을 만졌다. "얘야." 아버지가 말했다. 아버지는 압지 뭉치를 한쪽 옆으로 치웠다. "말해보렴. 아버지는 듣고 있단다."

나는 고개를 끄덕였다. 아버지 옆쪽의 벽지를 쳐다본 다음 눈을 감았다. 사람이 죽기 직전에 마지막으로 환각에 빠지는 것처럼 눈꺼풀 앞으로 정교한 소용돌이 모양이 아른거렸다. 나는 회색 벽을 떠올리려고 했지만 에밋 파머를 본 이후로 벽은 나타나지 않았다. 모든 것이 색으로 남아 핏빛 적색으로 고동쳤다.

"알겠지만 난 다른 할 일이 있단다." 아버지가 이렇게 덧붙였다.

나는 억지로 아버지를 쳐다보았다. "도움이 필요해요."

"정말이냐?" 아버지가 펜을 들어 엄지손가락과 다른 손가락 사이로 굴렸다. 아버지는 친절하고 중립적인 표정으로 경청하는 중이다. 아버지가 어떤 사람인지 몰랐다면 나를 사랑한다고 착각했을 것이다.

"드 하빌랜드." 그 이름이 더듬거리며 나왔다. "제 말은……."

"그래 뭐니?" 아버지는 움직이지 않았지만 표정이 한층 살아났다.

"그가 알아요—그가 가지고 있어요……."

"대체 뭔데 그러니?" 아버지가 자리에서 일어나 내 어깨를 붙잡았다. 샌들우드 비누 향이 풍겨 목이 막혔다. 나는 아버지를 쳐다보았다. "정신 차려, 루시안. 뭐가 문제인지 말해보렴. 우리가 해결할 수 있단다."

나는 깊이 숨을 들이마셨다. 바람이 굴뚝을 타고 내려와 방으로 연기를 흩뿌렸다. 내 눈에 눈물이 고였다. 드 하빌랜드에게서 열쇠를 가져다줄 수 있는 유일한 사람은 우리 아버지다. 하지만 그것을 말로 설명하려면 노력이 필요했다. "그의 도제가 말해줬어요……."

"그래?" 아버지는 주먹을 꽉 쥐었다가 풀었다. "아, 알겠다. 네 책 때문이지? 그래서 결국 드 하빌랜드를 찾아갔구나. 세상에. 그는 속을 모르는 인물이란다. 그래, 잘 알겠어. 걱정할 필요는 없어. 리옹 앤 선즈는 아주 안전하니까. 하지만 네가 원한다면 네 책을 심슨으로 옮겨주마."

"그런 게 아니에요." 내가 말을 끊었다. 아버지의 표정에 열망이 드리웠다. 수집가의 본능이다.

침묵이 이어졌다. "그래 뭐니?"

나는 침을 삼켰다. 고개를 돌리고 소매 안감으로 눈물을 닦았다. 팔을 내리자 진기한 물건들이 든 장식장이 보였다. 유리는 새로 갈아끼웠다. 나도 모르게 얼룩이 졌던 바닥을 슬쩍 살폈다. 누군가가 다 지웠다. 러그도 교체되었다. 넬이 이 방에서 죽었다는 사실을 보여주는 것들은 아무것도 남아 있지 않았다.

나는 다시 아버지를 쳐다보았다. 아버지가 내 쪽으로 몸을 구부렸다. 어쩌면 아버지 눈에 깃든 탐욕을 본 것 같기도 하다. 이제 그 눈은 이전에 많이 봤던 가식적인 자애로움으로 빛나고 있다. 그 눈빛을 보면 마치 특별한 사람이 된 것 같은 기분에 빠진다. 그래서 모든 것이 다 잘될 거라고 믿게 만든다. 아버지는 나를 때리고 난 뒤면 늘 그 눈빛으로 나를 쳐다보았다.

"네가 날 찾아와줘서 기쁘구나, 루시안. 네가 제본하기 전에 나한테 말을 하지 않은 건 어리석은 행동이었어. 말했다면 내가 알아서 절차를 밟았을 텐데. 이제 아버지가 널 보호하마. 어떤······불쾌한 일이든 간에."

나는 비틀거리며 두 발로 섰다. 그리고 바보처럼 아버지에게서 한 걸음 떨어졌다.

"대체 뭐가 문제니?"

나는 대답하지 않았다. 상아와 화석 너머 장식장에 비친 내 얼굴이 나를 노려보았다. 아무도 저 너머에 책장이 있는지 모른다. 하지만 나에게는 애비게일, 마리안, 넬이 이곳에 함께 있는 것처럼 열기만큼이나 맹렬하게 그녀들의 책들이 느껴졌다. "아니에요." 내가 말했다. "아니. 그게 문제가 아니에요. 아무것도 아니니 잊어버리세요."

"아니라고? 그럼 뭔데?"

"아무 일도 아니에요. 신경 쓰지 마세요."

나는 문으로 갔다. 깊은 수렁에서 막 뒷걸음질친 것처럼 몸이 떨렸다.

"루시안." 그 소리에 나는 죽은 듯 멈췄다.

"죄송해요. 중요한 일이 아니에요."

"그건 네가 아니라 아버지가 결정해. 자, 무슨 말을 하려고 했니? 네 책 문제가 아니면 뭐지?" 아버지의 모든 자비심이 사라졌다. 아버지의 목소리는 종이 끝처럼 날카로웠다.

나는 몸을 돌렸다. 땀 한 방울이 목 뒤로 흘렀다. 숨을 쉬고 반박하려고 했지만 아버지가 쳐다보고 있어서 입이 갑자기 바짝 말랐다. 나는 헛기침을 했다.

아버지가 기다렸다.

"전 그냥—들었어요—." 난로에서 연기 재가 피어올랐고 기침을 할 이유가 생긴 것이 기뻤다. "드 하빌랜드가……." 나는 서둘러 거짓말을 찾았다. "그의 도제가 그가 가짜 이야기를 만든다고 했어요."

"가짜? 소설 말이야?" 아버지가 인상을 찌푸렸다. "그러니까 사본 말이지?"

"네. 사본이요. 제본소에서요. 그가 넬의 이야기를 사본으로 만든다고 했어요."

아버지는 잠시 말이 없었다. 그리고 마침내 고개를 끄덕였다. "알겠다."

"사실이 아닐 수도 있어요."

"한동안 드 하빌랜드에게 의구심이 들었지." 아버지는 내게 말하는 것이 아니었다.

"고맙구나. 이제 가도 좋아."

"네." 나는 아버지가 마음을 바꿀 때까지 기다리지 않았다. 복도의 차가운 공기로 발을 내딛고 보니 셔츠는 땀에 젖어 등과 팔 아래로 바짝 붙어 있었다. 나는 곧바로 파란 방으로 들어가 문을 닫았다. 그리고 문에 기댔다. 심장이 쿵쾅거리며 내 귀를 울렸고, 두통이 되돌아왔다.

그렇게 비겁할 필요까지는 없었는데. 나는 아버지에게 도와달라고 부탁하기로 마음먹었다. 그런데 무엇이 나를 머뭇거리게 했는지 모르겠다. 내가 진실을 말했다면 더 이상 어쩌지 못할 만큼 상황이 커졌을 것이다.

나는 물의 요정 그림을 올려다보았다. 하지만 요정의 촉촉한 살결 대신 에잇 벨스에서 기다리고 있는 에밋 파머가 보였다.

점심에 와인과 셰리를 마시고 오후에는 브랜디를 마셨지만 효과가 없었다. 태양 위로 구름이 차곡차곡 쌓이더니 다시 눈이 내리기 시작했다. 햇살이 한결 부드러워졌지만 나는 눈이 시렸다.

할머니는 돌아가시기 전 이 방 저 방을 다니며 뭔가를 찾으셨다. 뭘 찾으시냐고 물으면 가만히 멈춰서 한동안 내 얼굴을 들여다보셨다. 그리고는 몸을 돌리고 지쳐 비틀거릴 때까지 배회하셨다. 세실리와 리제트 누나는 그런 할머니 뒤에서 킥킥거렸다. 나도 그랬다. 그런데 지금 나도 할머니와 같은 기분을 느끼는 중이다. 정신을 차릴 수가 없다. 마치 누군가 내 앞에서 나보다 빨리 모든 문들을 열어둔 것 같다. 어디를 가던 것 같은 느낌이 들었고 마치 누군가의 입김이 여전히 남아 있는 듯이 생생했다. 나는 침실로 가서 고이 넣어둔 **윌리엄 랭글런드**를 꺼냈다. 하지만 읽을 수 없었다. 다시는 읽고 싶지 않았다. 나는 창밖의 눈을 쳐다보았다. 어머니의 목소리가 아래층 복도를 울렸지만 밖은 깊고 무거운 침묵만 깔려 있다.

얼마나 오랫동안 그렇게 눈을 바라보고 있었는지 모르겠다. 그러다 속에서 뭔가 번뜩 생각이 나서 자리에서 일어났다. 나는 서둘러 아래층으로 내려갔다. 아무도 나를 보지 못했다.

주도로는 진흙탕이 되어 차들로 북적였다. 영업용 마차 기사들이 서로 고함을 질렀다. 인도를 걷는 보행자들도 욕을 했다. 거지들은 문 앞에서 눈을 번뜩였다. 하지만 옆길로 들어서자 모든 것이 조용했다. 눈이 모든 소리를 집어삼켰다.

올더니 가는 텅 비고 썰렁했다. 나는 12번지로 가서 생각할 틈도 없이 곧바로 계단을 올랐다. 문이 열리고, 이전에 방문했을 때와 마찬가지로 그때 그 여성이 나왔다. 이번에는 녹색에 검정 구슬이 달린 옷을 입었다. 내가 말했다. "드 하빌랜드 씨를 만나고 싶어요."

"약속을 하셨나요?" 그녀는 내게 대답할 시간을 주지 않았다.

"죄송하지만 지금 안 계십니다."

"기다리겠어요."

그녀가 코안경 너머로 나를 노려보았다. 그녀는 나를 기억하고 있다. "무슨 일인지 여쭤봐도 될까요?"

"아뇨." 나는 한 걸음 다가갔다. 그녀는 그 자리에 그대로 서서 나를 들여보낼 수 없다는 의사를 분명히 했다. 그러다 그녀가 한숨을 쉬더니 옆으로 비켜서서 내게 대기실에 가 있으라고 손짓했다.

거기에는 아무도 없었다. 나는 코트와 모자를 벗고 앉았다. 『파르나소스』와 『신사』를 대충 훑어보고 왁스로 된 가짜 난초를 쳐다보았다. 그리고 창가에 서서 드 하빌랜드가 오는지 살폈다. 거리는 여전히 텅 비어 있다. 눈이 내렸고 해가 기울고 있었다.

나는 여기 열쇠를 가지러 온 것이다. 그것이 이유다. 적어도 그렇게 생각했다. 하지만 지금 여기 서서 창밖을 바라보고 있자니 확신이 서지 않는다. 계획이 없다. 희망도 없다. 무엇보다도 내가 원하는 것은 이 모든 것들을 전부 잊는 것이다. 텅 빈 머리로 집에 가서 아무 생각 없이 잠을 자는 것. 더 이상 내 모습이 아닐 수 있다면 무엇이든지 할 수 있을 것 같다. 어제 본 소녀가 나를 이미 잊었는지 궁금하다. 그녀가 부럽다. 나는 제본이 사람을 텅 빈 방으로 이끄는 출입구 같다고 상상했다. 거기서 인생을 깨끗이 지운다. 그리고 다시 시작하는 것이다.

가슴이 아팠다. 입 뒤쪽에서 쓴맛이 올라왔다. 에밋 파머가 에잇 벨스에서 나를 기다리고 있다는 사실을 모른다면 괜찮아질 텐데. 그의 얼굴을 떠올릴 때마다 퍼지는 불편한 감정을 느낄 수 없다면 좋을 텐데. 내 일부를 지웠다는 사실을 모른 채 내일모레 아녀를 만나면 좋을 텐데. 여기에 단순한 해결책이 있다. 드 하빌랜드가 오면……

나는 얼른 코트와 모자를 챙겼다. 잠시 뒤 거리로 나왔고 차가운 바람이 바늘로 얼굴을 찔러대자 이를 악물었다. 가까운 술집을 찾아야 한다.

에잇 벨스가 멀지 않지만 그리 갈 수는 없다. 이런 상태로 에밋 파머를 만나고 싶지 않다. 왠지 프린세스 팰리스도 내키지 않는다. 나는 라이브 러리 로로 접어들었다. 모퉁이에 가로등 하나가 외롭게 서 있다. 그 너머 숯검댕으로 덮인 창문으로 땅거미가 지고 있다. 확실히 서점들의 미로속 어딘가에 술집이 있을 것이다. 그러나 포가티니가 있는 모퉁이에는 술집이 없었다. 나는 발길을 돌렸다. 이곳은 창녀들이 모여 있는 시어터 로열 바에서 그리 멀지 않다. 거기로 가야겠다.

나는 왔던 길로 되돌아가기 시작했다. 세찬 바람과 함께 눈이 흩날렸다. 한 남성이 날아가지 않게 모자를 손으로 잡고 전등 불빛 아래로 서둘러 발걸음을 옮기고 있었다. 모자챙에 가려 얼굴 윗부분이 보이지 않았지만 불빛 아래에서 잠시 나머지 부분이 드러났다. 기름 낀 곱슬머리가 어깨까지 내려왔다.

드 하빌랜드다. 당연히 그럴 수 있다. 여기는 그의 제본소에서 얼마 떨어져 있지 않은 곳이니까. 그런데도 나는 너무 놀라서 심장이 입 밖으로 튀어나올 뻔했다.

나는 멈추고 가만히 있었다. 여기서는 그에게 다가가 말을 걸고 싶지 않았다. 내게서 도망치기 쉬울 테니까. 그래서 근처에 있는 집의 출입문 안으로 들어가 그가 지나가기를 기다렸다.

그의 뒤로 남성 두 명이 어슬렁거렸다. 그가 가로등 아래로 지나갈 때도 그들은 인도 끄트머리에 서서 여전히 어둠 속에 있었다. 갑자기 나는 가슴이 철렁 내려앉았다. 나는 그들이 누군지 한 명은 덩치로, 한 명은 걸음걸이로 알아보았기 때문이다. 우리 아버지의 조언자이자 오른팔인 아크레다. 가로등이 없는 쪽으로 지나갈 때 아크레와 아마도 라이트로 보이는 그의 부하가 슬쩍 눈길을 주고받았다. 몇 번 재빠르게 발을 옮긴 다음 라이트가 드 하빌랜드의 뒤에 섰다. 그리고 드 하빌랜드의 모자를 쳐서 떨어뜨렸다. 동시에 재빨리 팔을 휘두르는 통에 그가 무기를 들고 있었는지 확인할 겨를이 없었다. 드 하빌랜드는 총에 맞은 것처럼 곧바로 쓰러졌다.

나는 출입문을 꽉 붙들었다. 손가락으로 모르타르 부스러기가 느껴졌다. 나는 왜 소리를 질러 드 하빌랜드에게 위험을 알려주지 않았을까?

라이트가 재킷 안으로 얼른 곤봉을 집어넣고 작은 골목으로 넘어진 드 하빌랜드를 들춰 업었다. 아크레가 드 하빌랜드의 모자를 주운 뒤 라이트를 따라 어둠 속으로 사라졌다. 아주 자연스럽고 매끄럽게 춤추듯이 퇴장했다. 하지만 박수도 웃음도 없었다. 이제 바람이 잦아들었고 내 심장소리밖에 들리지 않았다.

나는 골목 입구로 나와 골목 안을 응시했다. 눈이 천천히 어둠에 익숙해졌다.

둘은 드 하빌랜드 옆에 웅크리고 앉았다. 라이트가 그의 머리 위로 뭔가를 들었다. 드 하빌랜드의 발이 홱 움직이더니 몸이 경련을 일으켰다. 내가 지켜보는 동안 경련이 점차 줄어들면서 멈췄다. 그의 발목이 밖으로 돌아가 있다. 모든 것이 잠잠해졌다. 아크레가 주머니에서 손수건과 에테르 마취제가 든 병을 꺼냈다. 라이트는 드 하빌랜드를 놔주고 그의 고개를 이리저리 움직여보며 투덜거렸다.

내가 헛기침을 했다.

아크레가 돌아보았다. 곧바로 나는 연약해진 그의 눈빛을 볼 수 있었다. 바보처럼 그에게 내 모습을 드러냈다. 이제 나는 해결해야 할 또다른 문제가 되었다. 그가 날 알아보았다.

그는 놀란 기색을 보이지 않았다. 그저 살짝 미소를 지었다. "루시안 도련님. 안녕하세요."

"안녕, 아크레." 말이 쉽고 자연스럽게 내 입에서 나왔다. 나는 고개를 기울여 드 하빌랜드의 얼굴을 살폈다. 그는 숨을 쉬고 있다. 멍이 들었다면 머리 뒤쪽에 생겼을 것이다. 그는 잠이 든 것처럼 보였다. 그의 얼굴을 계속 쳐다보고 있는데 아버지의 목소리가 들렸다. 한동안 드 하빌랜드에게 의구심이 들었지. "아버지가 시키신 건가?"

아크레가 미소를 지었다. "집에 가시는 길인가 봅니다, 도련님. 해가 진 뒤의 이 뒷골목은 위험하답니다."

내가 다른 뭔가를 묻기 전에 나는 스스로를 막아세웠다. 대답은 듣고 싶지 않다. 나는 소매에 묻은 그을음을 털면서 스스로 하려는 말을 통제할 수 있을 때까지 기다렸다. "그리고 다른 것들은?"

"아마 제본소에 불이 날 겁니다." 라이트가 말했다. "제본소에 불이라니 끔찍한 일이지요. 제본사는 그 안에 갇혔고 아무도 그의 비명소리를 듣지 못했어요. 다행히 작업자들은 일찍 퇴근했고요."

"입 다물어." 너무 재빨리 낮은 목소리가 주의를 주었다. 나는 거의 듣지 못했다. 아크레가 내 쪽을 돌아보았다. 그의 눈빛이 바뀌었다. 만약 아버지가 상속할 아들이 필요 없다고 한다면 결국······. "이건 도련님과 관계없는 일입니다. 전적으로요."

"그래, 맞아." 나는 그에게 웃어 보였다. "이런 식으로 끼어들어서 미안하군. 일이 벌어졌으니 말인데······."

나는 드 하빌랜드의 몸 옆에 웅크리고 앉았다. 아크레가 반응하기 전에 그의 주머니를 뒤졌다. 동전과 시계, 약통이 자갈길 위로 흩어졌다. 손수건, 담뱃갑, 그리고 열쇠 뭉치. 내가 집어들자 뭉치가 달랑거렸다. 현관 열쇠, 찬장과 술병 진열장 열쇠. 리옹 앤 선즈라는 라벨이 붙은 작고 반짝이는 열쇠. 그보다 더 크고 낡고 다른 것들보다 평범해 보이는 청동 열쇠도 보였다.

아크레가 손을 내밀었다. "저희는 그게 필요합니다."

나는 그와 눈을 마주쳤다. "아, 물론이야." 그들이 드 하빌랜드의 제본소에 불을 낼 작정이라면 문을 부수지 않고 들어가야 한다. 나는 꿈지럭거렸다. 너무 지체하면 아크레가 내 손에서 열쇠 뭉치를 통째로 빼앗을 것이다. 그의 팔이 떨렸다. 바로 그때, 나는 큰 열쇠를 고리에서 뺀 다음 내 주머니로 떨어뜨렸다. 나는 그를 쳐다보며 다시 미소를 지었다. "내가 필요한 건 이게 다야. 고마워."

"주인님도 알고 계시는 거죠?"

"당연하지." 잠시 뒤 그가 어깨를 으쓱하더니 손톱으로 이를 쑤셨다. 언제 봐도 처지고 불쾌해 보이는 입이다. 나는 자리에서 일어섰다. "나머지 일도 행운을 빌어."

"고맙습니다, 도련님." 나를 쳐다보며 말하고 있다는 느낌이 전혀 들지 않는 목소리였다.

나는 고개를 끄덕이고 걸음을 옮겼다. 첫 9미터를 걷는 동안 어깻죽지가 떨렸다. 그리고 매순간, 무릎 뒤쪽으로 누군가 발길질을 하거나 두개골에 번쩍이는 고통이 퍼지게 될 것이라고 예상했다. 하지만 나를 건드리는 것은 아무것도 없었다. 마침내 한 상점의 쇼윈도 옆에 멈춰섰다. 슬쩍 돌아보니 아크레와 라이트가 이제 막 골목에서 나오고 있다. 라이트는 드 하빌랜드를 어깨에 둘러멨다. 그들은 길을 건너서 골목이라고도 할 수 없을 정도로 좁은 길로 들어섰다. 모퉁이에 걸인으로 보이는 남성이 어슬렁거리며 젖은 담배에 불을 붙이려고 하고 있었다. 그는 고개를 들다 재빨리 시선을 돌렸다. 이 어두운 동네에서 흔히 볼 수 있는 장면인가 보다.

다시 눈이 내리기 시작했다. 진눈깨비가 깃털처럼 내 옆으로 떠다녔다.

나는 새로 쌓인 눈에 반쯤 숨어 있는 빙판 위로 미끄러지며 서둘러 올더니 가의 교차로로 향했다. 추위가 납처럼 무겁게 내려와 뼈를 짓눌렀다. 하지만 나는 스테이션 가와 마켓 광장 모퉁이와 인접한 올더니 가의 중간 지점에 도착하기 전까지 속도를 늦추지 않았다. 이곳에는 모든 가로등이 밝게 켜져 있다. 도로 중심부에 교통 체증이 생겼다. 시어터 로열의 지붕 아래, 염색한 토끼털이나 여러 깃털들로 가장자리를 장식한 긴 망토를 두른 창녀들이 모여 있었다. 그들 중 한 명이 내게 손을 흔들었지만 추위에 그녀는 손짓을 하다 말았고 미소는 찡그림으로 바뀌었다.

파머에게 전갈을 보내 만나자고 해야 한다. 한밤중 사람이 없는 어딘가 조용한 곳이 좋겠다. 그는 우리가 어디로 가야 하는지 말하지 않았다. 우리 마구간에서 말을 가져와도 되지만 지금은 집에 갈 수 없다. 아버지에게 들켜서는 곤란하다. 아크레가 아버지에게 열쇠에 대해 말할 것이다. 나는 편지를 쓸 수 있는 호텔을 찾고 그곳에서 기다리며 몸을 녹이기로 했다. 그리고 말을 빌려주는 곳에 가서 돈을 주고 말을 데려오면 되겠지. 나는 주머니에 열쇠가 있는지 확인했다. 그대로 있다. 나는 페더스 혹은 그로스버너 중에서 어디가 안전할지를 생각하며 주위를 돌아보았다. 머리가 어지러웠다. 갑자기 어디선가 메스꺼움이 나를 덮쳤다. 속에서 위산이 들끓으며 폐로 퍼졌다. 나는 근처 상점의 쇼윈도에 몸을 기댔다. 몸이 너무 많이 떨렸고 내 이마가 차가운 진열장 유리를 두드렸다.

드 하빌랜드가 이미 죽지 않았다고 해도 그는 곧 죽게 될 것이다. 내가 우리 아버지에게 한 말 때문에. 내가 그에게 소리쳐서 알려주지 않았기 때문에. 나는 발을 이리저리 바꾸며 속수무책으로 스스로를 경멸했다. 지금 내가 돌아간다면……. 하지만 두렵다. 거짓말을 한 사실을 아버지가 알게 된다면 그래서 나를 벌주기로 결정했다면……. 아버지가 나를 정신병원에 집어넣겠다고 한 적이 있었다. 아버지는 거짓말로 협박 같은 것을 하지 않는 사람이다. 그 생각을 하니 간담이 서늘해졌다. 내가 영웅처럼 용기 있는 사람이라면 좋으련만. 위험을 무릅쓰고 드 하빌랜드를 구할 수 있는 그런 사람이라면. 하지만 나는 그렇지 않다.

나는 떨면서 몸을 감쌌다. 나는 내가 무슨 짓을 하고 있는지 알았을 것이다. 하지만 이제야 실감이 났다. 내가 누군가를 죽인 것이다. 라이트가 그를 때렸을 때 난 소리, 마취제가 그의 폐로 들어가면서 목에서 나던 신음소리, 그가 온몸을 덜덜 떨면서 보인 발작……. 내 탓이다. 내가 그 랬다.

나는 내 감정들이 흘러가기를 기다렸다. 눈이 다시 보이기 시작한다. 상점 진열장에 걸린 색색의 장갑들의 텅 빈 손가락들이 나를 가리키고 있다. 공포는 무덤덤한 수치로 가라앉았다. 살인자가 된 기분이 이런 것 이다. 겁쟁이가 된 기분이기도 하고. 내가 스스로 제본을 했다는 것이 이해가 간다. 내 책이 이런 내용이라면……. 나는 책을 찾아야 한다.

그리고 나에게는 열쇠가 있다. 이것은 드 하빌랜드의 목숨과 바꾼 것 이다.

나는 마른 소매로 얼굴을 닦았다. 내가 아무리 용감했다고 해도 이제 는 돌이킬 수 없다. 한숨을 내쉬고 몸을 돌려 마차를 불렀다.

25

저녁 늦게 눈이 그쳤다. 하지만 바람은 한층 강해졌다. 바람이 구름을 날려버리고 나뭇가지를 벗기고 모르타르와 돌을 흩뿌렸다. 수산 시장에 들어섰을 때 하늘은 청명하고 보름달이 떠서 환했다. 광장은 텅 빈 무대처럼 빛을 받아 반짝였다. 하이 가를 오가는 사람들은 차츰 줄어들었고 간간이 말발굽 소리가 침묵을 깨트렸다. 나는 내가 탄 말 뒤에 말 한 마리를 더 데리고 다니는 것을 좋아하지 않는다. 시선을 끌어서 누군가 아버지에게 이를까봐 걱정이 되었다. 하지만 시어터 로열 앞의 몇 명 남지 않은 창녀들을 빼고는 아무도 나를 처다보지 않았다.

너무 꿈 같아서 파머가 그곳에 있을 것이라고 기대하지 않았다. 하지만 그가, 시계탑 아래에 서 있었다. 내 코트를 입고 추위에 발을 동동 구르고 있었다. 내가 오는 소리를 듣자 어둠 속에서 걸어 나왔다. 그리고 나를 쳐다보았다.

"다네이." 파머가 입을 열었다. "막 널 생각하고 있었는데―." 그가 말하다 말고 멈췄다. 그리고 달빛 아래로 걸어와 가볍게 안장에 올라타더니 아무 말 없이 나보다 조금 앞서 달렸다. 나도 말을 재촉해 그를 따랐다. 우리 뒤로 시계탑이 열두 시를 알렸다.

처음 몇 킬로미터 구간은 캐슬퍼드를 벗어나는 데 온 신경을 집중했다. 어둠과 그림자가 있는 골목길을 돌 때마다 머릿속에 불길한 예감과 기억이 한데 뒤엉켜 튀어나왔다. 뼈에 닿는 금속 소리, 나를 멈추려고 하던 아크레의 경고 어린 목소리. 파머가 자기 피를 뒤집어쓰고 발작하다가 정신을 잃은 모습……. 그러다가 주택가를 벗어나면서 안심이 되었다. 이곳의 공기는 석탄을 태운 연기와 공장이 없어 한결 깨끗했다. 공간도, 빛도 훨씬 많았다. 나는 고개를 뒤로 젖혔다. 지평선 너머로 달이 보였고 하늘에는 별이 가득 반짝였다.

우리는 이제 숲 외곽을 지나고 있다. 처음에는 눈이 검정과 은빛 줄무늬처럼 보였다. 그러나 점차 안으로 들어가니 그림자가 짙어졌다. 도로로 나가면 말을 타기에 충분한 빛이 있을 것이다. 하지만 앞의 몇 미터에는 숲길 양쪽으로 깜깜한 어둠만이 있을 뿐이었다. 이곳저곳에서 뭔가 부스럭거렸다. 여우 한 마리가 우리를 향해 눈빛을 번뜩였다. 내 말이 파머의 말을 따라잡으며 조용히 힝힝거렸다.

우리는 나란히 달렸다. 파머는 아까부터 계속 말이 없다. 말들이 터덜터덜 걸었다. 발소리의 리듬이 아주 규칙적이라 자장가처럼 졸음이 밀려들었다.

그가 입을 열었다. "드 하빌랜드에게 무슨 일이 생긴 거야?"

완전한 고요 속에서 그 말이 총성처럼 크게 들렸다. 내가 놀라 고삐를 획 당기는 통에 말이 그 자리에 멈출 뻔했다.

그가 눈썹을 들썩였다. 전보다 눈빛이 날카로워졌다. 뺨은 한층 더 생기가 돌았다.

나는 며칠 동안 말을 안 한 사람처럼 목이 잠겼다. "내가 어째서 너한테 그 이야기를 해줄 거라고 생각해?"

"넌 날 믿어야 하니까. 네가 잃을 게 뭐가 있어?"

"전부."

"이러지 마, 다네이. 난 이미 너에 대해 너보다 더 많이 알고 있어." 그가 나에게 살짝 미소를 지었다.

그 말은 사실이다. 그리고 더 이상은 상관없다. 나는 고개를 돌렸다.

뾰족한 흑백 숲이 흐릿해져 잘 보이지 않았다. 나는 너무 지쳐 거짓말을 할 기력이 남아 있지 않았다. "그들이 드 하빌랜드에게 약을 먹였어. 그리고 제본소를 불태울 거라고 했어. 드 하빌랜드를 그 안에 집어넣고 말이야."

"뭐라고?" 파머가 갑자기 말을 세웠다.

그에게 말하지 말았어야 했다. 그가 나를 노려보았다. 못 믿겠다는 그의 표정이 침묵 속에서 차츰 변했다.

"나는 그들을 말릴 수 없었어."

"제본소 전체를? 다른 사람들은 어쩌고?"

"드 하빌랜드만이야." 나는 그것이 모든 행동에 대한 변명이라도 된다는 듯이 그 말을 덧붙였다. 추악한 인간 하나가 죽는 것쯤은 괜찮다는 듯이.

"설령 그렇다고 해도 우리가 이러면……." 그가 고삐를 당겨 말을 돌려세웠다. "모르겠어? 그건 살인이라고."

나 스스로에게도 그 말을 했다. 하지만 큰 소리로 직접 들으니 숨이 막혔다. "물론 나도 알아. 하지만 우린 그들을 막지 못해. 나도 막고 싶다고."

"시도는 해봐야지. 어서 가자!"

나는 입술을 깨물었다. 그는 돌아갈 것이다. 제대로 된 사람이라면 누구나 그럴 것이다. 나도 그랬어야 했다. 내가 그럴 수 있었다면……. 하지만 너무 늦었다. "이젠 어쩔 수 없어." 내가 말했다. "아무런 도움도 되지 않아."

"어쩌면 우리가—"

"아버지가 결단을 내렸어. 넌 막지 못해. 네가 끼어들면 너도 결국 제

446

본소에서 드 하빌랜드와 같은 신세가 될 거야."

"우리가 나서야 해!" 그가 나를 노려보았다.

"그들이 드 하빌랜드를 **죽이도록** 내버려두면 안 돼."

나는 말이 나오지 않았다. 침묵이 대답보다 더 나을 것이다.

"루시안―."

"제발. 그러지마. 너도 죽게 될 거야. 나 때문에 네가 죽으면―." 나의 목소리가 갈라졌다. 상관없다. 그가 나를 나밖에 모르는 이기적인 사람이라고 생각할지라도. "그리고 아버지가 이 일을 알게 되면……날 정신병원에 집어넣을 거야." 그런데 왜 에밋이 나를 믿어야 하지? 그가 왜 신경을 쓰는 거지? 나는 살인을 묵과했다고 자백했다. 그리고 나는 겁쟁이다. 이제 그는 분명 나를 싫어할 것이다. 이미 싫어하고 있지 않다면.

침묵이 감돌았다. 나는 고개를 숙이고 혀에서 나는 금속 맛을 삼켰다. 그리고 내 앞에 펼쳐진 길을 가리켰다. "내가 어디로 가야 하는지만 말해줄래?"

그는 말을 꺼내다가 멈췄다. 길 옆 강둑을 따라 고운 눈구름이 차곡차곡 쌓였다. 마침내 그가 고삐를 휘둘러 말을 돌려세웠다. 그는 우리가 가고 있던 방향으로 나를 지나쳐 달렸다. 나는 그가 점점 멀리 가다가 어깨 너머로 나를 쳐다볼 때까지 기다렸다. 믿을 수 없는 따뜻한 파장이 온몸으로 퍼졌다. 그가 왜 마음을 바꿨는지 모르겠지만, 그것은 기적과도 같았다.

나는 그에게 엄청난 돈줄이다. 그래서다. 틀림없이.

발뒤축으로 말을 때리자 휘청하더니 빠르게 달리기 시작했다. 그와 거리가 몇 미터로 좁혀지자 그가 다시 거리를 벌렸다. 우리는 아무 말도 하지 않았다. 길은 1분 전과 계속 똑같이 보였다. 나는 우리가 눈이 쌓이고 겨울 나무가 반복해서 등장하는 바퀴 위를 달리고 있다고 상상했다. 뭐 상관없다.

한참 뒤 그가 입을 열었다. "나도 제본소에 있어야 하는 사람이었어? 드 하빌랜드와 같이 타죽어야 하는?"

나는 대답하지 않았다. 하지만 나도 모르게 그를 슬쩍 쳐다보았다. 그는 살짝 탄식했다.

"왜 아크레는 드 하빌랜드를 다른 제본사에게 데리고 가지 않았어? 그는 보통 그렇게 하잖아?"

"나도 몰라." 나는 눈앞으로 흘러내린 머리를 뒤로 넘겼다. 서리 때문에 머리카락이 얼어서 덩어리가 되었다. 파머가 고개를 돌렸다.

"아크레가 평소에 어떤 식으로 하는지 네가 어떻게 알아?"

내 물음에 그의 입가가 굳어졌다. 잠시 뒤 그가 어깨만 으쓱였다. "말하자면 길어."

"해봐."

그가 코웃음을 쳤다. "말할 수 없어. 나도 말하고 싶다는 것만 알아둬."

"설마—우리 **아버지**를 협박한 건 아니지?"

"그놈의 협박 타령 좀 그만해!" 그가 옆으로 말을 세웠다. 내 말이 비틀거리다 멈췄다.

"난 널 협박하는 게 아니야. 그 점을 머릿속에 새겨줄래? 네가 준 그 잘난 하프 크라운은 한 푼도 빠뜨리지 않고 갚을게. 내가 이 코트를 입고 있는 건 그러지 않으면 얼어 죽을 것 같아서야."

나는 아무 말도 하지 않았다. 천천히 그가 길 쪽으로 말을 돌렸다. 그는 입가를 닦았다. 이마에 실타래처럼 핏줄이 튀어나왔다.

나는 그를 지나쳐 달렸다. 그리고 울퉁불퉁한 눈 위로 찍힌 그림자를 쳐다보았다.

도로에 경사가 졌다. 우리 오른쪽으로 공터가 나타났다 사라졌다. 그 한가운데 숯쟁이의 판자집이 불타고 있었다. 그리고는 사라졌다. 올빼미가 울자 말이 겁을 먹고 고개를 흔들었다. 내 귀로 피가 몰려 윙윙거렸다.

파머가 나를 따라잡았다. 길은 언덕을 지나 돌이 많은 계곡으로 이어졌다.

그가 말했다. "내가 어디 있는지 그 사람들한테 말할 수도 있었잖아."

"바보 같은 소리 하지 마. 내가 왜 그래야 하는데?"

"그러지 않을 이유는 뭐야?"

"내가 그래야 한다고 말하는 거야?"

"네가 그러고 싶었냐고 묻는 거야."

나는 나의 얼얼한 피부에 감각이 돌아오기를 바라며 이마를 문질렀다.

"넌 내 책을 찾도록 도와줄 사람이잖아."

그가 고개를 끄덕였다. "네 책. 그래. 당연하지."

"맞아." 이제 입과 혀까지 추위로 인해 굳었다. "무슨 말을 하고 싶은 거야? 그게 아니면 내가 왜 네 신변을 걱정하겠어?"

"그 말이 맞아." 그가 기침을 하고 목을 푼 뒤 침을 뱉었다. 가래가 눈 위로 떨어졌다. 마치 잎사귀처럼 선명한 자국이 남았다. 그는 고삐를 당기고 속도를 높였다. 돌아보지 않았다. 나는 조용히 그 뒤를 따랐다.

우리는 계속 달렸다. 주위의 모든 것들이 변함이 없었다. 나는 꿈속을 떠다니기 시작했다. 갑자기 모든 것이 밝아져 놀라 깨어났다. 숲이 끝났다. 우리 앞에 습지가 고스란히 모습을 드러내며 달빛 아래 반짝였다. 길은 투명한 무늬처럼 겨우 보이는 정도였다. 구부러진 길 끝에 집 혹은 노출된 암석 같은 어두운 형체가 보였다.

파머가 어깨 너머로 말했다. "여기서 멈추자. 난 소변을 좀 봐야겠어."

그가 말에서 내리기에 나도 그 옆으로 고삐를 당겼다. 그는 말에서 내리더니 비틀거렸다. 그는 나무를 가리키고는 어둠 속으로 사라졌다. 나도 말에서 내렸다. 다리 근육이 굳었다. 춥고 온몸이 쑤셨다. 우리가 얼마나 말을 타고 달렸을까? 몇 시간은 지났다. 달이 전보다 낮아졌다. 나는 시계를 꺼냈지만 그것을 감싸서 꺼내야 한다는 것을 깜박했다. 결국 케이스에 성에가 잔뜩 끼었다.

파머가 달빛 아래로 돌아올 때 나도 쌓인 눈을 헤치고 다른 쪽으로 들어갔다. 처음에는 너무 추워 지퍼를 내리기도 어려울 거라고 생각했다. 게다가 장갑까지 벗어야 한다. 일을 다 보고 난 뒤 지퍼와 단추를 잠그느라 한참을 고생했다.

"서둘러. 추워 죽겠어." 파머가 말했다. 그리고 그는 내가 뭘 하는지 슬쩍 쳐다보았다. "손을 빌려줄까?"

그 소리에 피부로 열기가 몰리며 바늘과 송곳으로 찌르는 듯 따끔거렸다. "무슨 개수작이야."

"농담이야."

"아." 마침내 마지막 단추를 잠갔다. 고개를 드니 그가 여전히 나를 쳐다보고 있다. 미소 띤 얼굴이다. 어색한 미소였지만 그 속에는 어떤 조롱도 담겨 있지 않았다. 잠시 동안 마치 가리개가 사라진 듯 눈앞이 더 환해지고 시야가 넓어져 더 많은 색이 보이는 것 같았다.

"자." 그는 내 말 옆에 서서 손을 모아 발 받침을 만들고는 물어봤다. "올려줄까?"

나는 거절하고 싶었다. 광장에서 그는 쉽고 우아하고 무심하게, 그것을 평생 해온 것처럼 말에 올랐다. 나는 디딤대가 있고 바람이 도와줘야 간신히 오를 수 있다. 그의 도움이 없이 안장에 오를 수 있을지 자신이 없었다. "고마워." 그 말이 입 밖으로 튀어나왔다. 그는 내 기분이 어떤지 제대로 알고 있다는 듯이 씩 웃었다.

"자, 어서." 그는 수월하게 나를 들어올렸다. 내 근육은 추워서 경직되었지만 나는 쉽게 걸터앉았다. 그도 말에 올라탔다. 그는 여전히 웃고 있지만 나를 쳐다보고 있지는 않았다.

"네가 원하는 게 뭐야, 파머?"

그의 미소가 사라졌다. 그는 잠에서 깨서 어디에 있는지 모르는 사람처럼 두리번거렸다. "뭐라고?"

"난 네가 이해가 안 돼. 넌 돈을 바라지 않는다고 했어. 날 협박하는 것도 아니고. 넌 날 돕지만 날 싫어해. 대체 왜?"

"널 싫어한다고? 루시안……."

"날 루시안이라고 부르지 마!"

그가 눈을 깜박였다. 그의 얼굴에서 표정이 사라졌다. 한참 뒤 그가 어깨를 으쓱였다.

"됐어. 신경 쓰지 마." 나는 고삐를 당겼다. "어서 가자."

"네가 기억 못하는 거 알아. 안다고. 하지만 내 바람은……."

나는 발을 말 옆으로 붙이고 몸을 똑바로 세웠다. 갑자기 그의 목소리가 웅얼거림으로 바뀌면서 내가 물속에 있는 것처럼 소리가 왜곡되어 들렸다. 그러다 모든 것이 옆으로 사라지고 나는 낯선 곳에 홀로 남았다. 환한 빛에 공기가 뜨거웠다. 별이 무수히 쏟아지는 것 같았다. 눈을 깜박이니 모든 것이 사라지고 나는 다시 돌아왔다. 고개를 저으며 마지막 남은 뜨거운 조각들을 털어버렸다.

우리는 움직이지 않았다. 그가 나를 쳐다보았다.

"왜?" 별들이 눈앞으로 쏟아져 불타올랐다.

"신경 쓰지 마. 바보같이 난 스스로 통제가 안 돼."

"왜? 무슨 일이 있었는데?"

"걱정 마. 네 말이 맞아. 늦은 밤이야. 아니 이른 아침이야. 어서 가자."

"잠시만─넌 나한테 무슨 말을 하려고 했지?" 넬도 그랬었다. 세상이 물처럼 손가락 사이로 흘러내렸다. 아무것도 잡을 수 없게. 손을 뻗어 가까운 나뭇가지라도 잡으려고 하면 연기 속 그림자처럼 그것이 그 속으로 뚫고 들어간다.

"잊어버려." 그리고 그가 잠시 웃었다.

"전에도 그런 적 있지? 날 보러 왔을 때 말이야. 네가 세상을……이상하게 만들었어. 다시는 그러지마."

하지만 그는 나를 쳐다보지 않았다. "어서 가자. 난 추워."

"내 말 들었어?"

"우린 네 책을 찾을 거야. 그럼 다 괜찮아질 거야." 그가 재촉하자 말이 달렸다.

나는 그의 등을 바라보았다. 전혀 괜찮아지지 않을 것이다. 내가 사람을 죽였다. 하지만 그 편이 더……나았다. 갑자기 내 머릿속으로 이미지가 툭 튀어나왔다. 내 이불장 속 비밀 칸. 브랜디 한 병, **윌리엄 랭글런드**, **루시안 다네이**. 어쩌면 우리 가족이 아버지의 주식 증명서와 할머니의 다이아몬드를 심슨의 지하실에 보관해둔 것처럼 은행 지하실을 빌려 보관하는 편이 좋을 것 같다. 하지만 내 손을 벗어난 곳에 책을 놔두고 편히 있을 수 있을까?

파머가 나를 버려두고 달려나갔다. 나는 얼른 말을 걸어차며 빨리 달리라고 재촉했다. 말이 지친 기색으로 달렸다. 여전히 파머는 앞서갔고 속도가 빨라 따라잡을 수 없었다. 그는 돌아보지 않았다.

우리가 그 집 앞에 도착했을 때는 달이 저물고 있었다. 넓은 뭉게구름이 서쪽에서 밀려왔지만 여전히 별과 눈이 빛나고 있어 어둡지 않았다. 말들이 터덜터덜 걸었다. 마침내 파머가 가던 길을 멈추고 내 앞에 내렸을 때 나는 거의 졸고 있었다. "다 왔어."

피로와 추위로 눈이 따끔거렸다. 소매로 눈을 닦았다. 집은 생각보다 컸다. 억새지붕에 절반 목재 건물로, 격자 모양의 판유리창이 있고 현관에는 곡선 무늬가 그려져 있다. 정면 벽에 허리 높이로 눈이 쌓였다. 고드름이 초인종 줄 끄트머리에 달렸다.

파머가 나와 말들을 집 옆으로 데리고 가서 마당으로 안내했다. 집은 사각형의 한 면을 구성했다. 반대쪽으로 창고와 마구간이 자리했다. 나는 돌길과 새로 엮은 지붕을 보았다. 누가 이곳에 살든 그들은 가난한 것이 아니라 단지 게으르다. 지푸라기가 텅 빈 마구간 안으로 휩쓸려 들어와 얼음과 함께 매달려 있다. 눈은 이곳에도 많이 내려 새와 쥐의 발자국이 찍혀 있다. 하지만 벽이 북풍을 막아주어 바람이 많이 들지는 않았다. 파머는 능숙하게 마구간의 바깥문을 열고 말들을 안으로 데려갔다. 나는 그가 문의 둥근 부분을 잡아당기는 것을 도왔다. 그곳은 습기와 썩은 냄새가 풍겼다. 그가 인상을 찌푸렸다.

"몇 시간 동안은 괜찮을 거야. 해가 뜨는 즉시 떠날 거야."

나는 너무 추워서 신경이 쓰이지 않았다. 그가 말들을 마구간 안으로 이끄는 동안 나는 구석으로 가 몸을 웅크렸다. 그가 양동이에 든 얼음을 깼다. 나는 머리가 깨지는 듯해서 아무 생각도 할 수 없었다.

그는 나를 슬쩍 살폈지만 멈추지 않고 말이 진정할 때까지 다독이고 지푸라기를 넉넉하게 깔아주었다. 그런 다음, 나를 쳐다보았다. 길이 마당을 지나 집 뒤편의 다른 문으로 이어졌다. 습지는 반대편에 있었는데 아주 텅 비고 하얘서 쳐다볼 수 없었다. 그곳을 보면 현기증이 날 것 같았다. 나는 비틀거리며 집 안으로 들어갔고 사방이 벽으로 막혀 있는 곳에 와서 기뻤다.

하지만 이곳도 추웠다. 심지어 바깥보다 더. 숨을 쉴 때 폐로 들어오는 공기가 내 목을 긁었다. 이제야 나는 집이 비어 있다는 것을 깨달았다. 죽고 상한 냄새가 났고 문 아래로 말라비틀어진 풀들이 밀려들었다. 나는 멍한 상태로 파머를 따라 길쭉한 방으로 들어갔다. 그곳에는 탁자와 선반, 이상한 연장 같은 것들이 있었다. 바늘과 칼들도.

"열쇠를 줘. 우린 지하로 내려갈 거야." 그가 나를 슬쩍 살폈다. "괜찮아?"

"그냥 추워서 그래."

"불을 지펴. 선반에 성냥이 있어. 아니야, 내가 할게. 여기 앉아." 그가 난로에 장작을 넣기 시작했다.

"브랜디가 없을까?"

"술주정뱅이." 그가 몸을 세우고 나를 쳐다보았고 얼굴에서 미소가 사라졌다. "찾아볼게."

나는 고개를 끄덕였다. 서리를 맞아 축 늘어진 식물이 된 것 같았다. 나는 스툴을 꺼내 앉았다. 드디어 다리로 살짝 온기가 느껴졌다. 나는 몸을 앞으로 구부리고 장갑을 벗었다.

"자." 나는 그가 나갔는지도 몰랐지만 어쨌든 지금 돌아왔다. 그는 유리잔을 내게 내밀었다. 꿀과 라벤더 향이 나서 나는 기침을 했다. "벌꿀 술이야." 그가 말했다. "브랜디가 없어. 드 하빌랜드가 전부 다 마셔버렸거든." 그가 자기 잔을 들어 아무 말 없이 건배했다.

맛이 괜찮았다. 약효가 느껴졌다. 영양분이 많고 깔끔한 느낌이 들었다. 내가 취하려고 마시는 아버지의 비싼 술과는 달랐다. 열기와 달콤함이 혀에 고였다. 마치 햇살을 마시는 기분이 들었다.

"좀 괜찮아?"

"고마워."

그는 코트를 벗어 벤치 위에 내려놓았다. 그리고 난로 옆 벽에 기댔다. 그가 나를 바라보고 있다. 나는 그런 그를 쳐다보았다. 그가 미소를 지었다. 그는 고개를 숙여 감췄지만 분명 미소를 짓고 있다.

"왜 그래?"

"아무것도 아니야."

"뭔데?"

그가 한쪽 어깨를 올렸다. "나도 어쩔 수 없어."

"넌 날 비웃고 있잖아."

그가 고개를 숙였다. 그리고 벌꿀 술을 한가득 들이켰다. "널 비웃는 게 아니야." 그는 난로를 쳐다보았다. 그가 난로 문을 열어두어 불이 바닥에 붉은빛을 드리웠다. 불꽃은 마치 넝마가 된 새틴 같았다. 그는 피식거렸다.

나는 스툴을 뒤로 밀치고 팔꿈치를 뒤편의 벤치에 올렸다. 이제 몸이 따뜻해졌고 모형과 상자, 헝겊들이 눈에 보였다. 나는 에스페란드의 가게를 떠올렸다. 아니면 팬과 형태를 잡는 틀이 벽에 쭉 걸려 있는 것과 너무 박박 문질러 은색이 된 테이블의 모습이 우리 집 주방과 비슷하거나. 여기는 호화로운 것이 전혀 없다. 그래서 아름답다. 난로 주변에 채

색한 타일조차 그곳에 자리해야 하는 충분한 이유가 있어 보였다. 나는 잎사귀와 동물처럼 보이는 무늬가 무엇인지 알아 맞춰보려고 했다. 램프 불빛이 파머의 얼굴 위로 흔들렸다. 그의 속눈썹이 금빛으로 빛났다. 그의 윗입술에 작게 상처가 났다.

그는 난로의 가장 뜨거운 쪽으로 손을 뻗었다. 그리고 금속 부분에 닿을 정도로 천천히 손을 내렸다. 보는 나까지 손이 뜨겁게 느껴졌다. 그는 손을 거두고 내 시선을 의식하고 웃었다. "좋아." 그가 남은 벌꿀 술을 마저 들이켰다. "준비됐어?"

"뭘 말이야?"

"당연히 네 책을 찾을 일이지. 열쇠는 가지고 있어?"

"응." 나는 주머니에서 열쇠를 꺼냈다. 열쇠가 바닥으로 떨어졌다.

파머가 주웠다. 움직임은 굼떴지만 두려워서가 아니라 한시라도 빨리 하고 싶어서였다. 그는 열쇠를 집어든 다음 다른 것을 기대하는 사람처럼 나를 쳐다보았다. "좋았어. 이제 가자." 그는 몸을 세우고 내가 자신의 도움 없이는 두 발로 서지 못하는 사람인 양 부축하러 다가왔다. 내가 눈길을 보내자 그는 알았다는 듯 어깨를 으쓱이고는 물러섰다.

그가 램프를 들고 방에서 먼 끝에 있는 문을 열고 안으로 들어갔다. 무덤 같은 냄새가 풍겼지만 문 앞의 공기는 은은했고 따뜻함까지 느껴졌다. 나는 벽에 곰팡이와 균이 자랐을 거라고 생각했다. 어둠 속에서 혼자 계단을 내려가기 싫어 재빨리 그의 뒤를 따랐다.

우리는 창고에 도착했다. 엉망이다. 벽에 상자가 가득 쌓여 있고 내가 모르는 연장들이 사방에 흩어져 있다.

파머가 램프를 내려놓고 나를 슬쩍 보더니 굳은 표정을 지었다. "준비 됐어?"

"이미 말했잖아."

그의 뺨이 붉어졌다. 그의 이마에 땀이 송글송글 맺혔다. 그는 열쇠를 자물쇠에 꽂았다. 나는 팔을 뻗어 테이블 끄트머리를 잡았다. 활시위처럼 맥박이 팽팽하게 울렸다.

자물쇠가 찰칵하는 소리를 내더니 숨은 경첩을 통해 벽 전체가 열렸다. 그 뒤로 텅 빈 선반이 늘어서 있는 어두운 방이 보였다. 파머가 숨을 멈췄다. 천천히 그는 숨을 내쉬고 열쇠를 내려놓았다. 열쇠를 테이블에 제대로 놓지 못해 열쇠가 바닥으로 떨어졌다. 쨍그랑하는 소리가 어둠을 넘어 작은 메아리가 되어 지하실 자체의 목소리처럼 울렸다.

그곳에는 아무것도 없었다.

나는 몸을 돌려 계단을 올랐다. 파머가 내 이름을 불렀지만 돌아보지 않았다. 어둠이 진흙처럼 발목을 잡았다.

내 뒤로 계단을 오르는 발자국 소리가 났다. 그는 문 앞에 멈췄다. 침묵만이 계속 흘렀다.

"빌어먹을. 젠장. 망할." 그는 씩씩거렸다. 그리고 주먹으로 벽을 쳤다.

나는 장갑을 집었다. 추위에 장갑은 사체에서 막 벗겨낸 가죽처럼 축축했다. 작업대 옆으로 칼 같은 것이 보였다. 칼날이 내 팔의 절반 길이로 비스듬하게 누웠다. 그 경사면 위로 난로 불길이 춤을 추었다.

나는 장갑을 내려놓고 손가락들을 서로 교차시켜 관절 사이에 밀착했다. 나는 모자를 집었다. 그리고 마침내 몸을 돌리고 그를 쳐다보았다.

"당연히," 내가 말했다. "돈 달라는 소리는 못하겠지."

그가 나를 노려보았다. "뭐라고?"

나는 이마로 흘러내린 머리를 뒤로 넘겼다. 그리고 모자의 리본에 주름이 생기지 않았는지 확인한 다음 모자를 썼다.

"이제 그만 갈까?"

"루시안……." 그가 내게 한 걸음 다가왔다. "잠시만. 난 몰랐어. 여기에 있을 줄 알았어."

나는 어쩌라는 거냐는 식으로 어깨를 웅크렸다.

"드 하빌랜드가 마음을 바꾼 것이 틀림없어. 되돌아왔던 거야. 내가 아플 동안. 그리고 책을 모두 가져갔어. 그리고 그들에게 판 거야."

"누구한테?"

"누구든지. 수집가에게." 그는 몸을 이리저리 흔들었다. 그리고는 벤치를 세게 걷어찼다. 벤치가 옆으로 살짝 밀려났다.

"알고 있을 만한 사람은 딱 한 명뿐이야." 그가 눈을 들어 나를 바라보았다. "하지만 지금쯤 그는 죽었을 거야."

그는 이것이 다 내 잘못이라고 말하지 않았다. 그럴 필요가 없다. 슬쩍 쳐다본 골목길과 드 하빌랜드의 몸이 머릿속에 떠올랐다.

나는 모자의 챙을 고쳐 썼다. 그가 내 얼굴을 보기를 원하지 않아서다. "난 집에 갈 거야." 너무 추워서 캐슬퍼드까지 말을 타고 가려니 뼈가 납처럼 무겁게 느껴졌다.

"여기 있어봐야 아무 소용이 없으니까."

그가 몸을 돌렸다. 돌풍이 창문을 두드렸다.

"같이 안 가?"

그는 대답하지 않았다. 밖으로 커튼 같은 눈발이 습지 위로 휘몰아쳤다. 더 심해지기 전에 이곳을 떠나야 한다. 나는 내일모레 결혼한다. 여기 발이 묶인다면…….

"서둘러. 어서 가자." 나는 그가 움직이기를 기다렸다. 그럴 기미가 보이지 않자 옆에 있던 코트를 집어서 그에게 내밀었다. "저 말들을 빌린 곳에 되돌려줘야 해."

침묵이 흘렀다. 그는 자신의 코트를 입지 않았다. 내 코트다. 나는 코트를 바닥으로 떨어뜨렸다.

그가 슬쩍 쳐다보았지만 줍지 않았다. "우리가 돌아가지 않는다면?"

"뭐?"

그가 몸을 돌려 나를 쳐다보았다. "넌 돌아갈 필요가 없어." 그의 얼굴 표정에 내가 이해하지 못하는 뭔가가 있었다. "안 가도 된다고."

"대체 무슨 소리를 하는 거야?"

"우리가……." 그가 살짝 어쩔 수 없다는 듯 어깨를 으쓱였다. "우리가 여기 머문다면……."

"당연히 난 돌아가야 해."

"루시안." 그가 팔을 뻗었다.

"날 그렇게 부르지 말라고 했잖아!" 나는 그의 팔을 밀치고 지나가려고 했다. 그렇지만 나는 몸이 둔했고 술을 마신 터라 손이 벤치 옆을 세게 쳤다. 손목과 손가락으로 고통이 엄습했다. 나는 옆으로 비틀거리다 작업대 위로 넘어지며 가쁜 숨을 골랐다.

"뭐가 문제야?"

"아무것도 아니야." 나는 손을 가슴으로 가져갔다. 곧바로 눈물이 맺혔다.

"루시안, 넌 피를 흘리고 있어. 네 장갑이—"

"나도 알아." 나는 숨을 천천히 내쉬고 들이마시고 다시 내쉬었다.

"너 때문이 아니야."

"미안해. 다친 줄 몰랐어."

"괜찮아." 그가 팔을 뻗어 내 손목을 잡았다. 그러자 온몸의 근육이 긴장했다.

"내가 보게 해줘. 부탁이야." 그는 가만히 서서 내가 고개를 끄덕일 때까지 쳐다보았다. 그런 다음 나를 천천히 자기 쪽으로 끌어당겼다. 그리고 장갑을 벗겼다. 그는 스툴을 끌어다 앉았다. 그러는 동안 내내 내 손을 잡고 있었다.

"아파 보이는데. 어쩌다 이랬어?"

"난—." 나는 목청을 가다듬고 소매로 눈물을 닦았다.

"유리를 깼어. 도와주려고……." 내가 말을 멈췄다. 그는 잠자코 기다렸다. "넬이 목을 맸어. 난 줄을 끊어서 내려주려고 했어."

"목을 맸다고? 넬이? 그러니까 내가 제본한 그 소녀가?"

"맞아."

정적이 흘렀다. 그는 자리에서 일어섰다. 잠시 동안 나는 그가 밖으로 나갈 거라고 생각했다. 하지만 그는 방 끄트머리로 가서 텅 빈 유리병을 집었다. 그리고 창문을 열더니 병 안으로 눈을 쓸어서 담았다. 그 병을 난로 위에 올리고 녹이기 시작했다. 우리는 흰 깃털이 액체로 바뀌는 광경을 지켜보았다. 그런 다음 그가 그 물을 내게 가져다줬고, 다른 손에는 벌꿀 술이 담긴 병을 든 채 팔꿈치로 창문을 닫았다. 그는 아무 말도 하지 않고 스펀지를 그 물에 적시더니 내 손바닥에 남은 핏자국을 닦았다. 그리고 스펀지를 술에 담갔다. "좀 아플 거야."

그랬다. 하지만 곧 타들어가는 느낌이 따뜻함으로 바뀌면서 고통이 줄었다. 파머가 스펀지를 물에 헹궜다. 나는 쳐다보지 않았다.

"괜찮아?"

나는 고개를 끄덕였다.

"확실해?" 그가 스펀지를 벤치에 내려놓았다. 그는 몸을 앞으로 숙였다. 나는 긴장한 채 그가 나를 만지기를 기다렸는데 그는 그러지 않았다. "미안해."

내가 고개를 저었다. 눈발이 창문을 세게 두드렸다.

내가 말했다. "내가 좀더 노력했다면 넬을 구할 수 있었을 텐데."

그는 몸을 움직였지만 아무 말도 하지 않았다.

나는 한숨을 쉬었다. "그들이 나 때문에 드 하빌랜드를 죽였어. 내가 아버지에게 거짓말을 해서. 그것도 내 탓이야."

그는 미동도 하지 않았다. "넌 드 하빌랜드를 죽이지 않았어."

"난 무슨 일이 벌어질지 알고 있었어. 내가 말을 꺼냈을 때 이미 알고 있었다고."

나도 모르게 그와 시선이 마주쳤다. 그는 흔들리지 않았다. 눈길을 돌린 것은 오히려 내 쪽이었다.

잠시 뒤 그가 말했다. "가서 붕대를 가져올게."

갑자기 내 엄지손가락 주위로 흰 천을 감아주던 아버지의 모습이 떠올랐다. "싫어." 나는 손가락을 오므렸다. "괜찮아."

"그렇지만—."

"싫다고!" 나는 자리에서 일어났다. "고마워. 난 가봐야 해."

"피가 더 날 거야. 내가 감아주지 않으면—."

"부탁인데 그만 좀 해—." 내 목소리가 갈라졌다. 나는 눈을 감았다. 그가 자리에서 일어나, 팔을 뻗으면 닿을 거리까지 왔다. 그의 몸의 열기가 느껴졌다.

그가 내 손목을 잡았다. 그리고 아주 조심스럽게 손가락을 하나씩 폈다. 그러자 상처와는 전혀 상관없이 내 심장과 목으로 위험한 아픔이 느껴졌다. 그가 내 손바닥을 살짝 기울여 살폈다. "좋아." 그가 말했다. "대신 계속 깨끗하게 유지해야 해."

나는 너무 지쳤다. 그에게서 손을 빼야 한다. 하지만 그가 나를 쳐다본다면 알게 될 텐데……. 머리가 빙글빙글 돌았다. 지금 쓰러지면 그가 붙잡아주겠지. 돌풍이 굴뚝으로 휭 하고 들어와 찬바람을 내 목 뒤로 퍼뜨렸다. 천천히 내 안의 뭔가가 녹듯이 나는 앞으로 몸을 숙였다. 이마가 그의 어깨에 닿았다. 그가 움찔하는 것이 느껴졌다. 우리는 숨을 거의 쉬지 않고 가만히 서 있었다. 내 안의 일부가 그의 셔츠에 닿는 감각에 온 신경을 집중했다.

"괜찮아." 그의 목소리는 아주 낮았다.

괜찮지 않다. 하지만 그가 내 어깨를 잡고 흔들리지 않게 잡아주었다. 나는 그에게 온몸의 체중을 실었다. 그의 심장 소리가 들렸다. 고개를 들어보니 그가 아주 강렬하면서도 망설이는 눈길로 나를 쳐다보았다. 그 눈길이 내 속을 뚫어보는 것 같았다.

바로 그때 나는 몸을 움직였어야 했지만 그러지 못했다.

26

밤중에 눈보라가 멈췄다. 잠에서 깼을 때 침실은 지금까지 있었던 그 어느 곳보다 더 조용했다. 지붕을 울리는 바람소리와 내 숨소리 그리고 에밋의 숨소리만 들렸다.

침대는 창문 바로 옆에 놓여 있었다. 빛이 흐릿해졌다가 밝아졌다가 해가 구름에 가리면서 다시 흐려졌다. 하늘 한 귀퉁이가 파랗다. 파란 부분이 옆으로 움직이다가 바람에 흩어졌다. 햇살이 얼음 위로 반짝여 바닥에 둥근 빛을 뿌렸다.

나는 에밋을 깨우지 않으려고 애쓰며 몸을 빼냈다. 그는 숨을 몰아쉬더니 무릎을 가슴까지 끌어당긴 채 담요 속으로 파고들었다. 얼굴은 베개에 묻었다. 그래서 귀와 뺨의 곡선밖에 보이지 않았다. 그의 피부에 닿았던 기억으로 내 입술이 얼얼했다. 뜨겁고 살짝 거칠고 땀의 맛이 났던 그의 피부. 지난밤의 잔향인지 희미한 온기가 온몸으로 퍼졌다. 나는 다시 몇 번이고 그렇게 하고 싶다. 다른 것은 모두 잊어버리고. 내 인생, 아버지, 결혼식 그리고 내 책까지도.

잠시 동안 이곳에서 사는 내 모습을 상상했다. 결혼을 하지 않는다면 아버지는 나와 인연을 끊겠지. 하지만 그것은 슬프지 않다. 어머니는 나를 그리워하겠지만 누나들이 있으니 괜찮다. 어머니는 못 본 척하면서 불쾌한 일에서 벗어나는 데 선수다. 나는 이불 속에 웅크리고 있는 에밋의 몸을 슬쩍 쳐다보았다. 지금 그에게 파고들어 내 위로 올라오게 한 다음 돌아가고 싶지 않다고 말한다면……. 그가 기지개를 켜더니 갑자기 눈을 떴다. 그는 나를 쳐다보고 미소를 지은 뒤 다시 잠들었다. 나는 그에게 입을 맞출 뻔했다. 얼른 눈을 질끈 감았다. 심장이 너무 빨리 뛰었다. 이런 감정은 처음이다. 지난밤 욕망이 나를 휩쓸어 너무 흥분하고 말았다. 그를 너무 원한 나머지 내가 누군지 잊어버렸다. 더 이상 아무것도 상관하지 않기로 했다. 나는 그냥 받아들였다. 그리고 마치 춤을 추듯이 그는 나와 함께했고 나를 받아주고 만족시켜주었다. 마치 이미 나를 아는 듯이, 내 몸 구석구석을 아는 듯이. 나는 정신을 놓은 사람처럼 마지막에 소리를 질렀다. 하지만 지금 이 차가운 빛 아래서 보니 온몸에 소름이 끼쳤다. 그는 내가 모르는 사람이다.

지난밤이 중요했다고 믿고 싶다. 하지만 그가 내게 보여준 것은 애정이 아니라 경험이다. 처음 내게 키스했을 때 이런저런 생각을 했지만 그가 순결하다고 결론 내렸다. 한번도 다른 사람의 손길을 받아본 적이 없는 것 같았다. 그러나 가당치도 않은 이야기다. 많이 해본 적이 없다면 그런 식으로 섹스를 하지 않는다. 그가 내게 돈을 요구하지는 않았지만 그래도……. 그는 내가 생각한 것 이상이다. 이곳에서 그와 함께 있고 싶다고 말한다면 내 면전에 대고 비웃겠지.

그가 비웃지 않는다고 해도……드 하빌랜드가 있다. 넬과 내 책이 있다. 나는 더 나은 대접을 받을 자격이 없는 사람이다. 어젯밤 어떤 일이 있었던 간에 변한 것은 아무것도 없다.

바닥이 얼음처럼 차갑다. 내 옷은 창턱에 쌓여 있다. 만져보니 축축했다. 치아가 덜덜 떨리고 단추를 잠그는 손길이 엉성했다. 결국 나는 깃 부분을 잠그지 못하고 남겨두었다. 넥타이는 주머니에 넣었다. 나는 부츠를 들고 조심스럽게 방을 나서 아래층으로 내려갔다. 헐거워져 흘러내린 이엉지붕의 줄기가 현관문을 두드렸다. 나는 그 소리에 소스라치게 놀라 멈췄다. 밖에는 아무도 없었다.

작업장의 난롯불이 꺼졌다. 은은한 흰 불빛 아래 공간은 전부 갈색과 상아색이 되었고 텅 빈 북쪽은 정물화 속 장면처럼 보였다. 내 망토가 커다란 프레스 위에 걸려 있었다.

나는 무딘 손가락으로 망토를 잡았다. 몸을 돌리면서 에밋의 셔츠에 걸려 넘어질 뻔했다. 셔츠는 그가 나를 위층으로 데려가기 전에 내가 벗겨서 내려놓았던 그 자리에 있었다. 내가 단추를 풀 때 몸을 떨던 그를 떠올리며 셔츠를 집었다. 나도 떨었지만 추워서 그런 것은 아니었다. 내 얼굴로 린넨의 부드러움과 한기가 동시에 느껴졌다. 셔츠에서는 삼나무 향과 그의 체취가 났다. 그 셔츠를 걸치고 싶어졌다.

안 된다. 갑자기 내가 창밖에서 안을 들여다보고 있는 것 같았다. 내 모습이 보인다. 충혈된 눈에 면도를 하지 않아 부스스한 얼굴로 다른 남성의 더러운 셔츠를 그리워하면서. 믿지 못하는 남자의 것을. 아버지가 아신다면 얼마나 비웃을까? 하룻밤 정사에 감염이 된 듯 내 마음이 연약해졌나보다. 나는 셔츠를 바닥에 떨어뜨리고 걷어찼다. 셔츠는 서랍장 아래로 밀려들어갔다. 에밋이 셔츠를 찾는다면 먼지 자국을 보게 될 것이다. 자나 뭐 그런 것으로 꺼낼 수 있을 것이다. 어쨌든 싸구려 셔츠니까. 게다가 낡았으니 무릎을 꿇고 찾을 가치가 없다.

나는 뒷문을 열고 나가야 한다. 문 앞 계단에 눈이 쌓여 있어 나갈 수 있을 것이라는 확신이 잠시 들지 않았다. 그 속으로 나가자 바람이 순식간에 내 몸 절반을 날카롭게 베어 물었다. 작은 얼음 덩어리가 얼굴을 때렸다. 뺨이 얼얼하다. 나는 무릎까지 빠질 정도의 눈을 헤치고 집 옆쪽으로 향했다. 마구간 문의 경첩이 얼어 있었다. 그래서 발로 걷어차 얼음을 부수었다. 그리고 잠시 가만히 서서 편안하게 지푸라기를 씹고 있는 말들을 쳐다보았다. 한 마리를 여기에 남겨두면 말을 빌린 마구간에 가서 아버지에게 비용을 청구하라고 말해야 한다. 두 마리를 다 데리고 가면 에밋이 이곳에 갇히게 된다.

그렇게 되면 내가 이 혹독한 추위에 말의 굴레 두 개를 전부 잡아야 하기 때문에, 그것을 해결하기 위해서 한 마리만 데리고 가는 것이라고 스스로를 납득시켰다. 그리고 타고 온 말을 마당으로 데리고 간 뒤 어색하게 안장에 올랐다.

길로 나가는 와중에 계속 뒤를 흘끔거렸다. 그가 일어났을 것이다. 소리가 들릴 테니. 내가 어디를 가는지 궁금해하겠지. 하지만 아무런 움직임이 없었다. 집은 멍한 창문으로 나를 가만히 지켜보기만 했다.

캐슬퍼드로 돌아가는 길은 아주 멀었다.

해가 지고 난 후, 나는 집에 도착했다. 창문에는 하나같이 불이 켜져 있었다. 머리카락이 모자 밖으로 삐져나오고 앞치마에 얼룩이 잔뜩 묻은 베티가 문을 열어주었다. 그녀 뒤로 새로 뽑은 부엌하녀가 생선이 담긴 은식기를 들고 반짝거리는 복도를 가로지른다. 하녀는 베티가 입을 열자 신이 나서 곁눈질로 살폈다. "어머, 루시안 도련님. 에스페란드에서 온 남성분이 기다리세요. 응접실에 계신답니다."

층계참과 다이닝 룸으로 이어지는 입구에 커다란 부케가 놓여 있었다. 붉은 장미, 관엽식물, 짙고 광택이 나는 잎사귀들이 마치 톱날 같다. 백합은 핏빛으로 물들었다. 베티가 서둘러 일하러 가며 물었다. "도련님? 괜찮으세요?"

"그럼. 물론이야." 갑자기 따뜻한 온기를 맞으니 속이 메스꺼웠다. 베티가 쏜살같이 다가와 내 모자와 코트를 챙기려 했지만 내가 그냥 가라고 손짓했다. 부엌일을 보는 하녀가 팔꿈치로 다이닝 룸 문을 열었고

466

작은 탁자 위에 준비해둔 **프랑스식** 만찬이 슬쩍 눈에 들어왔다. 데친 생선과 사냥으로 잡은 것을 조리한 듯 육류 냄새가 풍겼다. 나는 모자와 코트를 걸어두고 베티를 지나쳐 응접실로 들어갔다.

어머니가 자리에서 일어났다. "얘야." 어머니가 말했다. "마침내 돌아왔구나." 어머니가 에스페란드의 대리인을 가리켰다. "성함이 뭐였더라, 아, 알콕 씨가 아주 오랫동안 기다리고 계셨어."

"안녕하세요." 나는 그에게 목례를 했다. 그러자 세상이 밖으로 출렁거리듯 어지러웠다. "어머니, 차를 가져다주시겠어요? 쭉 아무것도 먹지 못해서⋯⋯."

나는 말을 멈췄다. 침묵이 흘렀다. 리제트 누나가 자수를 놓다 말고 고개를 들었다. 누나는 고양이처럼 인상을 쓰며 나를 쳐다보았다.

"안됐지만 너무 늦게 왔구나." 어머니가 말했다. "하인들은 지금 아주 바쁘단다. 그래서 우린 차를 일찍 마셨어." 어머니가 내게 미소를 지었다. 하지만 그 뒤로 이어지는 침묵에 뭔가가 담겨 있다. 세실리 누나는 몰래 각설탕을 씹어 먹었고, 리제트 누나는 면도하지 않은 내 턱을 살피는 것으로 보아 아버지가 어머니에게 내가 어디 있었는지 묻지 말라고 시킨 것이 분명하다.

알콕 씨가 내 조끼를 수선했다. 그는 나를 쳐다보지 않은 채 내 몸에 맞게 핀을 고정했다. 그리고 계속 눈치 있게 조용한 목소리로 팔을 들거나 내리라고 부탁했다. 내 셔츠는 땀에 찌들어 있다. 내게서 말과 젖은 울 냄새가 풍겼다. 리제트 누나는 코를 찡그렸다. 하지만 아무도 지적하지 않았다. 그리고 어쩌면 나만이 유일하게 그 냄새 아래로 에밋 파머의 피부에서 풍기는 불쾌한 사향 냄새를 맡았는지도 모르겠다.

마침내 알콕 씨가 작업을 마쳤다. 그는 남자 대 남자로 짧게 인사를 건넸다. 그가 가고 난 뒤 어머니가 미소를 지었다. 그리고 세실리 누나의 손이 닿지 않는 곳으로 설탕 그릇을 치우며 말했다.

"네가 **불안해하지** 않아서 정말 기쁘구나. 많은 신랑들이 결혼식 전야에 불안해하지. 네가 크게 영향을 받지 않아 다행이야……어디서 뭘 했든지 간에."

나는 창가로 걸어가 커튼을 옆으로 젖혔다. 그리고 유리에 비친 내 모습 너머, 눈으로 반짝이는 정원을 쳐다보았다. 전등이 곳곳에 서 있었다. "제가 왜 불안해해야 하죠, 어머니?" 술 장식이 달린 쿠션과 어머니의 얼굴이 유리에 비쳤다. "이제 예복도 딱 맞게 수선했으니 걱정할 건 아무것도 없어요."

"네 말이 맞아. 그리고 예복을 입은 네 모습도 근사하고." 나는 몸을 돌렸고 우리는 서로를 마주보고 미소를 지었다. 어머니가 이렇게 덧붙였다. "아 잊지 말고, 오늘 저녁은 턱시도 차림이어야 한단다. 좀 이따 우린 셰리를 마실 거야."

"그럼 가서 목욕을 해야겠어요."

"좋은 생각이구나, 우리 아들."

나는 문을 닫고 어머니의 웃음소리를 들으며 복도를 가로질러 층계참으로 갔다. 더 많은 꽃들이 있었고 정글처럼 어둡고 무성해 보였다. 콘솔 테이블 위에 빈 샴페인 잔들이 놓인 쟁반이 보였다. 하인들이 있는 곳으로 가는 회전문이 덜컹거렸다. 새로운 부엌하녀가 킥킥거렸다. 하녀는 나를 보더니 멈췄다. 그리고 과일로 가득 찬 은 쟁반을 든 채로 조심스럽게 인사를 했다.

"베티에게 내가 목욕을 하겠다고 전해주겠니?"

"네, 도련님." 나선형 계단을 오를 때 하녀가 나를 쳐다보고 있는 것이 느껴졌다.

그저 누워서 잠을 자고 싶은 마음이 간절했다. 하지만 침대 위에 새로 입을 옷이 놓여 있었다. 단추 구멍에 꽂을 붉은 장미도 작은 꽃병에 마련되어 있다. 내일이면 아너와 나는 우리를 위해 준비된 집 뒤에 있는 방에서 함께 잠을 자게 된다. 정원이 보이는 아름다운 방이다. 벽지에는 씨앗을 가득 품고 있는 석류 그림이 있다. 네 개의 기둥이 있는 침대에는 진홍색의 벨벳 커튼이 드리웠다. 어릴 적 가끔 커튼을 내리고 그 안으로 기어 들어갔다. 나는 붉은 어둠과 뜨거운 침묵을 기억한다. 거기서 죽은 척을 하곤 했다.

그때 방문에 노크 소리가 났다. "목욕물이 준비되었습니다, 도련님."

"고마워." 잠시 뒤 마실 걸 가져오라고 말하려는데, 그녀는 이미 가고 없었다.

욕실에 수증기가 너무 자욱해 마치 터키식 목욕탕에 온 것 같았다. 누군가 욕조에 장미 오일을 너무 많이 뿌려두었다. 나는 재빨리 뜨거운 물속으로 몸을 웅크렸다. 그리고 필요 이상으로 피부를 벗겨냈다. 그런 다음 고개를 욕조 테두리에 기댄 뒤 눈을 감았다. 아래층에서 시계 소리가 들리자, 나는 욕조에서 나와 옷을 입으러 내 방으로 갔다. 너무 시간을 끌었다. 서두르지 않으면 늦는다. 밖에 마차들이 도착했다. 진입로로 걸어 들어오는 발소리들. 고음의 목소리들이 깔깔거렸다. 듣기 싫은 목소리가 말했다. "아, 정말 그러네요. **안쓰러울 만큼** 평범하죠. 그렇지만 오르몬드 가문의 재력이 다각도로 많은 걸 덮을 수······."

나는 넥타이를 맸다. 뺨의 분홍빛은 사라졌다. 거울에 비친 얼굴은 잿빛이다. 장미꽃을 단추 구멍에 넣자 목탄화에 붉은 잉크가 한 방울 떨어진 것처럼 보였다.

"루시안 도련님? 어머니께서 도움이 필요한지 여쭤라고 하셨어요."

나는 고개를 저었다. 베티가 나를 좀더 쳐다보더니 문을 닫았다.

마지막으로 거울에 비친 내 모습을 살폈다. 할 수 있다. 나는 넥타이를 조였다. 그리고 미소를 지었다.

다이닝 룸은 은식기와 나뭇가지 모양의 촛대, 그리고 생선 위에 뿌려진 보석들로 반짝였다. 둘러보는 곳마다 주황색, 로열 블루색, 옥색 등 밝은 색상에 가슴이 많이 파인 드레스를 입은 여성들이 보였고 남성들은 흑백 턱시도를 입었다. 수많은 꽃들이 방 안을 채웠다. 중앙에 놓인 거대한 꽃장식이 흰색 테이블보 위로 진녹색 잎사귀를 드리웠다. 마치 큰 새장 속에 있는 것처럼 여러 목소리가 시끄럽게 울렸다.

나는 문 앞에 잠시 멈췄다. 어머니가 얼른 내게로 다가왔다. "우리 아들! 아주 멋지구나. 여기 라이오넬 경과 저우드 부인, 너도 알지." 나는 라이오넬 경과 악수를 하고 부인의 새틴 장갑 위로 입을 맞췄다. 두 사람의 얼굴을 볼 틈도 없이 어머니는 나를 다른 손님에게로 데려갔다. 나는 미소 띤 얼굴로 목례를 하고 가벼운 이야기를 나누었다. 하지만 내 목소리가 내 귀에 들리지 않았다. 더웠다. 사방에 원색의 물건들이 너무 많아서 열병에 걸린 것 같은 기분이 들었다. 나는 자잘한 것들에 눈길이 갔다. 진주목걸이의 광택, 샴페인 잔에 어린 별빛 같은 공기방울, 드러난 어깨 위의 작은 점. 나는 나에게 말을 거는 남성에게 집중하는 것이 힘에 부쳤다. 그 남성 뒤쪽에 있는, 음식이 놓인 작은 탁자의 형태가 흐려지기 시작했다. 팬지꽃과 설탕에 저린 생강을 덮은 우윳빛 액체. 버터를 바른 생선 위에 뿌려진 파슬리 소스는 녹색과 금빛 덩어리로 보였다.

이제 사람들이 음식을 먹고 있다. 딸기 무스와 찐 연어 냄새가 사람들의 체취와 캔들 왁스 향과 뒤섞였다. 나는 내 몫을 접시에 조금 담은 뒤 자리에 앉았다. 내 오른편에서 한 부인이 흘러내리는 머리끈을 만지작거리며 말했다. "많이 세련된 것은 맞지만 이걸 **프랑스식 정찬**이라고 부르진 못할 것 같군요." 그녀의 남편이 조심스럽게 눈치를 주었다. "다네이 가문은 항상 너무 유행을 쫓아요. **벼락부자들은**—." 부인은 나를 보고는 말을 멈추었다. 그녀는 부끄러움에 **뺨**이 붉어졌다.

나는 고개를 숙이고 포크로 비둘기 파이의 겉껍질을 잘랐다. 내 왼편에 앉은 여성이 접시 위로 몸을 구부렸다. 터키석 목걸이가 접시에 닿아 소리를 냈다. 그녀는 중얼거리는 목소리로 쉬지 않고 말했다. "오늘 그를 초대했다고 하던데. 플로렌스 다네이는 런섬 부인을 모르나요? 아무튼 그는 완전 몸져누웠다고 해요."

그녀 맞은편에 머리가 희끗한 부인이 눈썹을 들썩였다. "상상이 가네요." 그녀는 자기 옆자리에 앉은 남성에게 말했다. "퍼시벌 런섬 경이라고 들어봤어요, 제임스?"

"누구?" 남성이 숟가락으로 분홍빛 무스를 살짝 뜨면서 말했다. "아, **런섬**. 그 골칫거리. 로사 마스던의 드레스 앞에 서 있었던 것을 마지막으로 그 이후에는 못 봤지. 다행이야."

"그는 드 하빌랜드를 만나곤 했어요."

"진짜 이름이 무엇이든 간에," 누군가가 끼어들었다. "그 이름이 **필명**이라는 소리를 들었어요."

"스미스인가 존스인가 뭐 그럴 겁니다."

머리가 희끗한 부인이 아랑곳하지 않고 대화에 끼어들었다. "어젯밤 제본소가 불에 탔고 런섬이 가장 최근에 맡겼던 제본이……."

그녀가 말을 흐렸다. 그리고 모두가 눈길을 주고받았다.

"미친." 남성이 숟가락을 핥으며 말했다. "자기가 퍼시벌 런섬이라는 걸 기억하게 되었다고 상상해봐요."

"제임스, 말이 심해요." 흰 머리 여성이 말했다. 하지만 모두가 웃음을 터트렸다. "아무튼 우리 가족 중 어느 누구도 제본을 한 적이 없어서 참 다행이에요. 그게 도덕적으로 결함이 아니라고 하더라도 그런 일은 하지 말아야 할 충분한 이유가 있으니까요."

"해리엇, 그 말은 좀……." 남성이 숟가락으로 달래는 제스처를 취한 다음 다른 사람들을 향해 웃었다. "아내의 말이 십자군 원정대처럼 무자비하게 들릴지 모르겠지만 60년 전에는 이 사람도 아주 여려서 남 험담은 하지도 못했어요."

"그래도 생각해보세요." 첫 번째 여성이 말했다. "드 하빌랜드가 알고 있을 비밀들이……."

나는 자리에서 일어났다. 몇 사람들이 나를 쳐다보았지만 곧바로 자신들의 대화로 돌아갔다. 누가 엿듣던지 상관없는 것처럼 보였다. 뒷담화는 공공연한 일이니까. 나는 음식이 놓인 작은 탁자로 가서 샴페인을 한잔 더 따랐다. 미지근하다. 한 젊은 여성이 다가와 눈썹을 깜박였다. 나는 그녀가 자신의 음식을 떠주기를 원한다는 것을 알았다. 그녀가 음식들을 가리키면서 말했다. "정말 로맨틱하지 않아요? 당신과 오르몬드 양 말이에요. 당신은 동화 속 왕자님처럼 그녀를 선택했어요. 비록 그녀가……. 설마 이 자리에 오르몬드 양이 있는 건 아니죠? 오르몬드 가는 오늘 밤 자체적으로 파티를 여나요? 이 정도 규모로 진행할 여력이 없을 텐데요? 네, 포도도 좀 주세요. 아, 블라망주 푸딩도 한 스푼 주시고요. 고맙습니다."

나는 그녀를 향해 미소를 지었다. 여성은 금발 머리를 흩날리며 몸을 돌렸다.

어머니가 다가왔다. 그리고 몸을 숙이더니 낮게 중얼거렸다. "네가 잘 즐기고 있는 것 같아 기쁘구나. 넌 이곳에서 가장 잘생긴 사람이란다. 그리고 저 우드 부인에게 아주 좋은 인상을 남겼어. 아버지가 매우 기뻐하실 거야." 어머니의 숨에서 파슬리 냄새가 풍겼다. 아버지는 맞은편에서 내 시선을 알아채고 잔을 들어 보였다. 나도 인사를 한 뒤 복도에 모여 있는 기름진 얼굴들 무리로 걸어갔다. 이 층으로 올라가려는데 두 소녀가 꽃장식이 있는 난간에 기대 킬킬거렸다. 그들이 나를 보기 전에 서둘러 몸을 돌렸다. 내 셔츠는 땀에 젖었고, 눈은 충혈되었다. 나는 어두운 곳을 찾아 좀 쉬고 싶은 마음이 간절했다.

그래서 복도로 내려가 파란 방의 문을 열었다. 램프가 켜져 있고 난로에 불이 지펴져 있었지만 방 안에는 아무도 없었다. 난로 위로 물의 요정이 나를 내려다보았다. 그들의 젖은 팔다리가 진주빛으로 빛났고 눈동자는 공허했다. 수련이 장례식 화환처럼 그들 주위로 모였다. 나는 문을 닫은 다음 숨을 내쉬었다.

누군가 잉크통에 담배를 버렸다. 여전히 연기가 피어오르고 있다. 나는 책상을 가로질러 연기를 껐다. 장부는 지난 달 영수증 부분이 펼쳐져 있고 서기의 편지는 원래의 순서대로 놓여 있지 않았다.

"용서하게. 내 호기심이 지나쳐서 말이지. 거기 있길래 보게 되었어."

한 남성이 창가에 서 있었다. 그는 가볍게 목례를 했다. 나는 뒤꿈치가 살짝 흔들렸지만 샴페인을 마신 덕분에 움찔하지는 않았다.

"피에르의 아들이군." 남성이 말했다. "루시안 맞지? 난 랫워시 경이야. 네 아버지의…… 뭐 우리는 공통 관심사가 있지만. 처음 보는군."

"처음 뵙겠습니다." 나는 이렇게 말하고 편지들을 다시 파일로 정리했

473

다. 그는 내가 시간을 아무리 오래 끌어도 부끄러워하며 자릴 뜰 기색이 아니었다.

"나 때문에 놀랐나? 용서하게." 그는 마치 무단 침입한 쪽인 나인 양 아량 있게 행동했다. 그리고 내 쪽으로 다가와 무표정하게 쳐다보았다. 턱수염이 진했고 눈썹이 매우 곧고 길었다. 중년이지만 아버지보다는 젊어 보였다. "루시안 다네이. 만나서 반갑네. 직접 얼굴을 보게 되어서 말이야."

"고맙습니다."

"물론 이 모든 것이……." 그가 집 전체, 손님들, 결혼식, 세상을 포함한다는 듯 문을 가리키며 말했다. "분명……압도적이겠지." 그의 얼굴은 강렬하고 호기심이 깃들어 있다. 오늘 밤 처음으로 누군가 내게 실제로 관심을 보였다. 저런 식으로 나를 쳐다본 마지막 사람이다.

"앉게나." 그가 말했고 나도 모르게 그 말을 따랐다. 그는 내 맞은편 긴 소파에 앉아 고개를 뒤로 젖히고 한숨을 쉬었다. "무슨 서커스 같아, 안 그런가? 자네 같이 섬세한 젊은이와는 너무 다르지."

"왜 제가 섬세하다고 생각하시나요?"

"젊은이는 아마도……결혼할 신부에게 완전히 빠진 게 아닐 테니까."

"전 오르몬드 양을 존중하고 있습니다."

그는 숨죽여 웃었다. "억지로 그럴 필요는 없어, 루시안." 그가 한쪽 발목을 반대쪽 다리의 무릎 위로 올리며 몸을 숙였다. 그의 눈길은 동정이 아니었다. "게다가 오늘 그 점을 알아차린 사람이 나뿐만은 아니지 않아? 자네는 분명 아주 외로운 기분이겠지."

"무슨 말씀이신지 모르겠군요."

"모르겠다고?" 하지만 그의 표정은 흔들리지 않았다. "난 단지…….

그래. 내가 자네 입장이라고 상상해보았다고 하지."

나는 그를 노려보았다. 갑자기 관자놀이 사이가 욱신거리고 심장이 빨리 뛰었다. "그만 실례하겠습니다." 나는 자리에서 일어나 소파 팔걸이를 잡았다. "아버지가 초대하신 손님들에게 가봐야겠어요."

그의 앞을 지나치려는 순간 그가 부드럽게 자리에서 일어났다. 미처 반응도 하기 전에 우리는 눈을 마주쳤다. 그가 너무 가까이에 있다. 담배 냄새 아래로 톡 쏘는 송진 향이 풍겼다. 호박이나 나무 냄새일지도 모른다. "루시안," 그가 부드러운 목소리로 말했다. "잠깐만."

"원하는 게 뭐죠?"

그가 말을 하려고 했다. 그러다 그는 내 옷깃으로 손을 뻗어 넥타이를 풀었다. 나는 움직일 수 없었다. 다시 학창시절로 돌아간 것처럼 너무 혼란스러워 두려워할 수조차 없었다. 분명 그는 아닌 것 같은데…….

그런데 그는 천천히 내 넥타이를 풀고 실크의 매끄러운 소리를 냈다. 내 조끼와 셔츠 위로 그의 피부 열기가 느껴졌다.

나는 얼어붙었다. 메스꺼운 온기가 온몸으로 흘렀다. 잠시 온기가 내 눈앞으로 흘러 그의 얼굴이 에밋처럼 보였다. 분명하고 강렬히 두려워하는 것 같은 눈동자. "전 그만 가보겠습니다."

"왜지?"

나는 그의 눈을 들여다보았다. 눈동자가 갈색이다. 에밋의 눈도 갈색이다.

나는 호흡을 골랐다. 살고 싶은 생각이 들지 않았다. 아니면 세상 따위는 보이지 않았던 어제로 돌아가거나.

그러자 랫워시가 헛기침을 했고 그 소리에 주문이 풀렸다. 나는 몸을 빼냈다. 그가 웃었다. 내가 비틀거리며 통로로 나갈 때까지 그의 웃음소리가 들렸다. 복도에서 사람들이 어머니에게 작별인사를 하고 있었다. 어머니가 돌아서 내 단추 풀린 셔츠와 헐렁한 넥타이를 보더니 하녀의 방에서 나오는 아버지를 목격했을 때처럼 무표정으로 바뀌었다. 어머니는 다시 반짝이는 모자와 모피들 사이에서 작별인사를 했고 다이닝 룸에서 나는 웃음소리는 사그라졌다. 나는 계단으로 가서 힘들게 한 걸음씩 옮겼다.

그리고 내 방 침실 문을 닫고 침대에 앉았다. 세상이 세로로 녹아내렸고 머리가 빙빙 돌았다. 단순히 술을 마셔서 그런 것이 아니다.

나는 곧바로 내가 괜찮았던 지난밤을 떠올렸다. 하지만 지금은 스스로가 혐오스럽다. 나 같은 남자를 부르는 말이 있다. 타락한 구제불능. 나는 이해가 되지 않는다. 랫워시 경이 어떻게 알았지? 하지만 그는 알고 있다. 땀처럼 내가 냄새를 풍긴 것이다. 피처럼. 그리고 내가 잊어버린 기억이 무엇이든 끔찍한 것이다. 내가 저지른 일이 너무 끔찍해 우리 아버지마저 나를 싫어하는 것이다.

그 기억은 없다. 잊었다. 그게 안전한 곳에 있는 한 나는 계속 살아갈 수 있다.

그리고 내일이면 다 끝난다.

"솔직히 속이 안 좋아. 자네는 정말 침착해 보여서 놀라운걸. 난 지금 부들부들 떨면서 반지를 떨어뜨리지 않으려고 애쓰고 있는데."

나는 곁눈질로 흘끔 살폈다. 헨리 오르몬드의 얼굴은 주근깨를 빼고는 완전 허옇게 질렸다. 머리는 포마드 기름을 발라 뻣뻣하게 반들거렸다. 그가 고개를 끄덕이자 머리카락이 살짝 흔들렸다. "미안하군. 가족력이라. 아녀는 어젯밤 신경성으로 구토를 했어."

나는 대답하지 않았다.

"여기 몇 명이나 와 있는 거지? 수백 명은 될 것 같은데. 불쌍한 아녀. 사람들의 시선을 받는 걸 싫어하는데."

"200명입니다."

"세상에. 심지어 내가 아는 사람도 200명이 안 되는데."

"저도 마찬가지예요." 나는 몸을 돌렸고 높은 창문을 통해 비치는 햇살에 눈이 부셨다. 시청 회관은 배의 선체처럼 꾸며져 내가 기억하는 것보다 천장이 더 높았다. 천장 대들보는 흰색 리본과 주황색 꽃으로 장식했다. 벽에는 더 많은 화환이 걸렸다. 나무 패널은 은빛으로 덮여 있어 창문이 실제보다 더 커 보였다. 하지만 좌석들이 채워지면서 벽들이 안으로 움직이는 것처럼 보였다. 소음이 물처럼 거세졌다. 목소리, 웃음, 값비싼 스커트 자락을 밟은 남성들이 사과하는 소리, 자리를 찾으려고 쿵쾅거리며 움직이는 발소리. 모든 것이 메아리처럼 울렸다.

"몇 시지?"

나는 입구 위에 걸린 황금시계를 가리켰다. 이곳에서 기다리고 서 있어야 하지 않으면 좋겠다. 10분이 더 남았다. 피부가 가렵다. 장갑을 벗고 피가 날 때까지 긁고 싶다. 술을 마시고 싶어 미칠 것 같다. 주머니에 휴대용 술병이 있지만 모두가 보고 있어서 안 된다.

"장미가 멋진데."

"고맙습니다." 오늘을 위해 색이 은은한 장미와 프리지어, 그리고 페티코트처럼 풍성한 꽃들이 준비되었다. 백합은 보이지 않았다.

"누나들이 아주 아름답군."

"다행이네요." 나는 슬쩍 그들을 살폈다. 둘은 부모님과 함께 앞줄에 앉았다. 세실리 누나는 연보라색 타프타 드레스를 입고 레이스 손수건을 들었다. 리제트 누나는 어두운 청록색 드레스에 머리를 투구꽃 가지로 장식하고, 보석이 달린 모자핀으로 손톱 밑을 정리하는 중이다. 나는 옆으로 눈길을 돌렸다. 아버지가 나를 보고 가볍게 고개를 끄덕였다. 내가 재빨리 몸을 돌리자 헨리가 놀랐다.

"괜찮나?"

"네."

"미안하군. 내가 말을 그만 걸었으면 좋겠지?"

"네. 부탁합니다."

하지만 침묵이 도움이 되지 않았다. 그가 다시 말을 했으면 좋겠다고 생각했다. 나는 몸을 돌리고 가장 화려하게 꾸며진 곳의 담황색 장미꽃의 수를 셌다. 그 앞에는 서명할 결혼 서약서가 놓인 테이블이 보였다. 레이스와 새틴 리본으로 꾸몄지만 한낱 테이블일 뿐이다.

어깨가 따끔거렸다. 토하고 싶다. 내 뒤로 소음이 점점 더 커졌다. 확실히 모두가 이곳에 있다. 확실히 나는 더 기다릴 수는 없다……. 그렇지만 시계를 쳐다보니 고작 5분밖에 지나지 않았다. 내 시계를 살폈지만 똑같았다.

머리가 전혀 돌아가지 않았다. 어릴 때 아버지가 수은을 보여주려고 온도계를 깨트린 적이 있다. 수은은 주울 수 없다. 반으로 쪼개져 이리저리 흘러 다니니까. 지금이 꼭 그렇다. 반짝거리고 붙잡을 수 없는.

나는 몸을 돌려 다시 앞을 바라보았다. 이제 모두가 자리에 앉았다. 햄블던 일가, 채러티와 엘리노어 스톡 브라운. 르네 데브러는 이빨이 여전히 달려 있는 흑단비 모피를 걸쳤다. 사이먼과 스티븐 시몬즈는 어머니와 함께 왔다. 사이먼은 학창시절 입었던 교복의 넥타이를 매고 왔다. 우연히 그와 눈이 마주치자 그가 동정 어린 미소를 지었다. 나도 억지로 화답했다. 그리고 홀의 다른 쪽으로 고개를 돌렸다. 나머지 오르몬드 일가 사람들이 보였다.

나는 그중 몇 명만을 알아보았다. 로사 벨라 마스턴. 알렉 핀글라스는 장의사 같은 차림이다. 노르우즈 형제 두 명은 나란히 앉았다. 코가 똑같고 부인들이 과하게 치장하고 온 것도 똑같다. 랫워시 경과 부인도 보인다. 그는 식순을 읽고 있고, 부인은 그에게 뭐라고 한 뒤 웃었다. 그가 고개를 들었다. 우리는 눈이 마주쳤다. 그는 지난밤 일은 전혀 아무렇지 않다는 듯 미소를 지으며 고개를 끄덕였다. 그가 몸을 돌리고 부인에게 대답했다.

그리고 곧바로 나를 쳐다보았다. 그는 내가 여전히 자신을 보고 있으리라고는 예상하지 못했다. 그는 흥미로운 표정을 지었다. 친밀하게 전부 안다는 듯이.

그가 내 책을 읽은 것이다.

숨이 목구멍에 턱하고 막혔다. 내가 그것을 어떻게 아는지는 모르겠다. 갑자기 심장이 엉뚱한 방향으로 피를 빨아들이고 부풀어오르면서 쿵쾅거렸다. 열기와 추위가 파도처럼 몸을 덮쳤다.

"루시안? 괜찮아?"

나는 옆으로 몸을 돌렸다. 분명 이것은 허상이다. 스트레스를 받아서 그런 것이다. 공기 냄새가 과하게 풍겼다. 수많은 눈들이 나를 쳐다보고 있다. 시계 초침이 정시를 향해 달려가는 중이다. 나는 다시 그를 쳐다보지 않으려고 애썼다. 하지만 결국 그러고 말았다.

"루시안? **루시안!** 왜 그러나? 이러면 곤란⋯⋯."

나는 어깨로 헨리를 밀쳤다. 이 대기실 끝에 문이 있다. 창문을 넘어야 한다고 해도 상관없다. 헨리가 뭐라고 볼멘소리를 했다. 나는 쳐다보지 않았다. "금방 돌아올게요."

"하지만 2분 뒤에 신부가 입장할 텐데."

나는 문을 닫아버렸다.

나는 건물 옆의 움푹 들어간 샛길로 들어섰다. 멍하게 끝까지 걸었다. 갑자기 눈앞에 정문으로 이어지는 넓은 계단이 나타났다. 마차가 올라오고 있다. 은은한 색상의 레이스를 걸친 사람이 마차에서 내리다가 넘어질 뻔했다. 바람이 흰 깃발처럼 그녀의 드레스를 휘날렸다. 오르몬드 씨가 그녀를 잡고 계단으로 인도했다. 갑작스런 바람이 그녀의 면사포를 들추었다. 그 틈으로 상기된 뺨이 살짝 드러났다. 눈동자는 환하게 빛났다. 얇은 레이스 장갑을 낀 손으로 장미 부케를 들었다. 내가 그녀에게 준 다이아몬드 반지가 반짝였다.

서두르면 아무도 눈치채지 못하게 되돌아갈 수 있다.

나는 주위를 살핀 다음 도로를 건넜다. 버스를 기다리는 줄이 보였다. 남성 몇 명이 정육점 진열창을 들여다보고 있다. 팔에 바구니를 걸친 여성이 나를 보며 혀를 끌끌 찼다. 나는 인파에 휩쓸려 자연스레 몸을 돌렸다. 진눈깨비가 얼굴을 때렸다.

"속보요!" 한 남성이 소리쳤다. "세금이 내린답니다! 제본사가 불에 타 죽었답니다!"

한 남성이 걸음을 멈추고 신문을 샀다. 나는 가판대로 다가가 주머니에 손을 넣었다. 돈이 없다. 나는 계속 주머니 속에서 손을 꼼지락거리며 몸을 구부린 채 글씨가 많은 칸을 살폈다. 지난밤 비극적인 사건이 벌어져……비서인 엘리자베스 브레팅엄 양은 생존자가 전혀 없다고 밝혔고…… 인화물질을 보관했는지의 여부에 관한 수사에 박차가 가해져……. 나는 속이 뒤틀렸다.

신문 판매업자가 나와 신문 1면 사이로 끼어들었다. "살 거요, 말 거요?"

"아니, 됐습니다."

나는 몸을 비틀었다. 언제고 헨리가 시청 앞마당으로 뛰어나올 것이다. 하지만 도망갈 곳이 없다. 집으로 갈 수도 없다. 한번 들어가면 다시는 나오기 힘든 모래밭에 빠진 것처럼 길에서 꼼짝하지 못했다. 결정을 내려야 한다. 움직여야 한다.

나는 상점가로 이어지는 아치 길로 들어섰다. 적어도 그곳에는 지붕이 있다. 나는 문 앞에 서 있던 남성 옆으로 지나쳤다. 그가 팔을 뻗어 내 손목을 잡았다. 나는 뿌리치려고 했다. 하지만 생각보다 그의 손아귀 힘이 강했다. 내가 입을 열었다. "난 가진 게 없어—."

"땡땡이치는 거야?" 그가 물었다.

에밋 파머다.

나는 그를 쳐다보았다. 이것이 환각이라면, 마지막에 보았던 그의 모습과 같아야 한다. 아니면 최소한 그가 상기된 얼굴로 웃으며 셔츠를 목 뒤까지 젖힌 채 피곤해하며 비틀거리는 모습이거나. 그런데 지금 그는 좀더 거칠고 두툼한 옷을 입고 있다. 눈동자가 또렷하고 차분했다. 그는 어깨에 배낭을 메고 울로 된 모자를 썼다.

그의 뒤로 합승마차가 도착했다. 신문팔이 남성이 계속 헤드라인 기사를 떠들어댔다. 진눈깨비가 상점가 입구 바닥 위에 은빛으로 깔렸다.

"대체 여기서 뭘 하는 거야?"

그가 말했다. 아니 내가 한 말인가? 상관없다. 그는 수갑처럼 여전히 내 손목을 잡고 놓지 않았다.

481

나는 내 목소리를 알기 위해 헛기침을 했다. "여기서 뭘 하는 거야?"

"여긴 자유국가야." 그가 말했지만 얼굴에서 허세가 느껴지지는 않았다. "널 보고 싶었어. 그리고 그녀도." 그가 머뭇거렸다. "네 부인 말이야."

"아." 나는 실없고 고통스런 웃음을 참으려고 애썼다. "그러려면 예상보다 좀더 기다려야 할 거야."

하지만 소용이 없었다. 결국 아픈 사람처럼 심하게 낄낄댔다.

"무슨 일이야? 아직 저기 있어야 하잖아." 그가 시청을 향해 고갯짓을 했다.

"도망쳤어."

"도망쳤다고? 또다시?" 그 사이에 찰나의 침묵이 있었다. 아마 우리 둘 다 같은 생각을 하고 있는지 모른다. 내가 그에게서도 도망쳤다고. 하지만 그는 설명할 시간도, 사과할 시간도 주지 않았다. "오르몬드 양은 어떡하고?"

"모르겠어."

그가 눈을 흘겼다. "뭐라고?"

나는 고개를 저었다. 면사포를 쓰고 상기된 얼굴을 하고 있을 그녀가 눈에 선했다. 그녀는 내게 친절하게 대해달라고 부탁했다.

"루시안, 지금 뭐하는 거야?"

"그녀와 결혼할 수 없어. 그녀는 좋은— 좋은 사람이야. 더 나은 대접을 받아야 해."

그가 나를 놓아주더니 몸을 돌렸다. 젊은 여성 두 명이 서둘러 상점가로 들어섰다. 한쪽이 젖은 대리석 위로 미끄러지자 다른 쪽이 잡아주었다. 둘은 기계가 철커덩거리는 것처럼 웃었다. 에밋 파머가 지나가는 그들을 지켜보았다.

"그러면 그녀는 네가 제단 앞에서 자신을 차버리는 걸 고마워하겠네."

"내 말은 그런 게 아니라……."

나는 고개를 숙였다. 세상 사람들 중에서 파머만은 이해해줄 거라고 생각했다. 장갑 안에서 축축함이 느껴졌지만 밖으로 새어나오지는 않았다. 나는 손가락을 쭉 펴서 피부에 붙은 염소 가죽을 떼어냈다. "이건 그냥……잘못된 거니까. 그녀에게. 그리고 내게. 그게 중요해?"

"난 어쩌고? 내가 너한테 고마워해야 하는 거야? 네가 해준……. 뭐 됐어." 내가 대꾸하려 하자 그가 몸을 돌렸다. "아니. 됐다고 했잖아."

신문을 파는 남자의 고함소리, 서두르는 발자국 소리, 반쯤 얼어버린 진창 위를 달리는 바퀴 소리로 가득 찬 침묵이 흘렀다. 시청 안에서 그녀가 나를 기다리고 있을 것이다. 아니면 누군가가 그녀를 어디로 데려갔거나. 헨리는 겁에 질리지 않으려고 억지로 애쓰며 나를 찾고 있겠지.

파머가 한숨을 쉬었다. 그는 모자를 벗고 손목 안쪽으로 이마를 닦더니 다시 썼다. 그리고 입을 열었다. "너는 진심이지?"

"그들 중 한 사람이 날 쳐다보는 걸 보았어." 내 입에서 쓴 금속 맛이 났다. "그가 내 책을 읽었어. 표정에서 알 수 있었지. 그는 날 지켜보고 있었어." 나는 랫워시 경에 대해서 그리고 지난밤 벌어진 일에 대해 파머에게 말하고 싶지 않았다. 침묵이 흘렀다. 거리에서 바퀴축이 으깨졌다. 누군가 소리쳤다. 다른 누군가 더 큰 소리로 대답했다. 나는 어깨를 으쓱했다. "그게 다야."

"누군가 널 쳐다봤고 넌 네 결혼식장에서 뛰쳐나왔어."

나는 쓸데없이 장갑을 잡아당겼다. "맞아."

"네가 그렇게 용감한지 난 몰랐네."

"아녀를 제단 앞에 버려둔 게?"

483

그는 고개를 기울이며 내 말에 수긍했다. 돌풍이 상점가로 불어닥쳐 쓰레기를 흩뿌렸다. 나는 몸을 떨었다. 시청을 벗어나면 상황이 달라질 거라고 생각했다. 나는 벽에 기대고 휴대용 술병을 꺼내 한 모금 마셨다. 그리고 그에게 건넸다. 그는 고개를 저었다.

나는 신발을 내려다보았다. 반짝이던 구두가 진눈깨비와 진흙이 묻어 엉망이 되었다. "이제 넌 뭘 할 거야?"

"내 옛 스승님의 물건 중 일부를 전당포에 맡길 거야." 그가 말했다. "그러면 뉴턴으로 가는 기차를 탈 수 있는 충분한 돈이 생겨. 그곳에서 제본소를 찾아볼 생각이야."

"제본소라고? 왜?"

그가 한숨을 쉬더니 배낭끈을 조절했다. "왜냐하면 난 제본사니까, 루시안."

나는 고개를 끄덕였다. 그의 말이 맞다. 그는 직업이 있다. 생계를 꾸려야 한다. 드 하빌랜드와 같은 삶을 살 수 있다. 안될 건 뭐가 있지?

"내 바람은……." 에밋이 서성거렸다. "미안해."

"그러지 마." 나는 마지막 남은 브랜디를 들이켰다.

"난 여기 있을 수 없어, 루시안."

바람결에 헨리의 목소리가 들리는 것일까 아니면 내 착각일까? 나는 다시 고개를 젖히고 때가 낀 스테인드글라스 판유리에 복잡하게 되어 있는 연철 레이스 세공장식을 쳐다보았다. 우리 바로 위에 별 모양으로 쪼개진 것이 보였다. "아, 그렇다면 행운을 빌어." 내가 말했다.

"그래."

나는 손을 내밀었다. "날 도와주려고 했던 거 고마워."

"응." 그가 침을 삼키고 악수를 받아들였다. 우리 둘 다 장갑을 벗지 않았다. 그는 반지를 끼고 있었고 그 반지가 내 손가락으로 파고들었다. 내 손의 상처가 따가웠다. 그가 물러날 때, 내 상처가 욱신거렸다. 상처는 밧줄처럼 내 팔을 타고 올라갔다. 그렇게 몸을 옥죄자 숨이 가빠왔다.

"잘 가, 에밋."

그는 고개를 끄덕였다. 계속 끄덕였다. 나는 휴대용 술병을 주머니에 집어넣었다. 너무 춥다. 한 아이가 큰 소리로 웃으면서 굴렁쇠를 굴리며 우리 옆을 지나갔다. 그 뒤로 반상복을 입은 수척한 가정교사가 따랐다.

그는 작별인사를 하지 않았다. 그는 한번 더 숨을 참고 나를 쳐다보았다. 그리고 몸을 돌리고는 내게서 먼 상점가로 걸음을 옮겼다.

나는 팔로 얼굴을 가렸다. 우는 것처럼 보일 것이다. 하지만 이제 상관없다.

나는 시청 회관에 있어야 했다. 그랬다면 지금쯤 결혼식이 다 끝났을 텐데.

셔츠가 따끔거렸다. 신발이 발목 살갗을 쓸었다. 입에서 브랜디 냄새가 났다. 아침도 못 먹었는데 벌써 머릿속에 술이 들어갔다. 시계를 저당 잡히면 된다. 그리고 술집에 가서 진탕 마실 것이다. 그다음 강으로 걸어간다. 아니, 안 된다. 집으로 가야 한다. 오늘 아침에 집을 나설 때 계단 난간의 꽃장식이 시들어 있었다. 내가 내려가자 붉은 꽃잎이 후드득 떨어졌다. 텅 빈 집에 죽은 꽃만 남았다.

"잠시만. 기다려."

누군가 고함을 지르며 상점가를 뛰어왔다. 나는 눈을 떴다. 눈앞이 만화경처럼 어지럽게 보였다. 눈을 깜박였다. 에밋이다.

그가 배낭을 발밑에 떨어뜨리고는 내 어깨를 잡았다.

"뭐라고 했어?"

"뭘? 언제?"

"누가 네 책을 읽었다고 했잖아."

뿌리치려고 했지만 그는 나보다 힘이 셌다. "맞아. 랫워시 경이야. 그래서 내 기분이―."

"랫워시 경이라. 랫워시 경이 네 책을 읽었다고. 확실해?"

"확실해."

그가 나를 뚫어져라 쳐다보았다. 그는 나를 전혀 보고 있지 않다. 혈관 속에서 피가 마구 솟구쳤다.

"그리고 그가 저기 있고. 네 결혼식장에 말이야. 그 사람이." 에밋이 뒤로 손가락질을 했다. "저기에. 지금 있다고?"

"그래, 맞아. 그게 왜?"

그가 자신의 이마를 툭 쳤다. "난 정말 멍청이야. 가자, 그가 어디 사는지 알아."

말귀를 알아듣기까지 조금 시간이 걸렸다. "그가 읽었다고 해서 지금 그 책을 가지고 있다는 뜻은 아니잖아."

"내가 직접 배달을 갔어. 진작 알아차렸어야 했는데." 에밋이 숨을 내쉬고 살짝 웃더니 내 손목을 잡았다. "군소리는 그만둬, 루시안." 그가 뛰기 시작했다. 그가 잡아끄는 통에 나는 넘어질 뻔했다. "시간이 별로 없어. 가자."

27

이륜마차가 우리를 랫워시 경의 저택에 데려다주었다. 시내에서 1.6킬로미터 정도 떨어진 외곽에 위치한 곳이다. 어두운 돌벽이 길을 따라 서 있고 그 위로 철 화살촉이 달려 있다. 그 너머로 언덕 위에 있는 저택으로 이어지는 넓은 정원이 자리했다. 헐벗은 떡갈나무가 눈이 쌓인 잔디 위에 듬성듬성 서 있다. 큰 연철 대문에는 과실과 잎사귀 장식이 풍성하다. 이 광경이 흑백이라면 이곳은 여름처럼 보일 것이다.

마차가 서서히 멈췄다. 나는 갑자기 겁이 났다. 주머니에는 술병과 시계 말고는 아무것도 없다. 하지만 파머가 먼저 내리더니 돈을 냈다. 마차가 떠나자 그가 나를 쳐다보았다. 아무 말 없이 그는 주머니에 손을 넣었다. 그리고는 동전 하나를 내게 보여주었다. 하프 크라운이다.

"없어도 돼."

내가 그렇게 말하자 그가 웃었다. 그리고 동전을 배수로에 떨어뜨렸다. 동전은 세워진 채로 찌꺼기 위에 떨어져서 모습을 거의 감추었다. 그의 움직임 어딘가가 달라졌다. 웃고 있지 않을 때조차도 눈동자 뒤에서 환한 빛이 보였다. 하지만 그는 별다른 말을 하지 않았다. "가자. 서둘러야 해."

"계획이 정확히 뭔데?"

"집 안으로 들어가서 네 책을 찾아 밖으로 나오는 거지. 랫워시 경이 네 결혼식에서 돌아오기 전에."

어쩌면 이미 돌아오고 있는 중일 수도 있다. 얼마나 걸릴까? 마음속에서 시청 회관이 보였다. 그러자 불편한 마음이 커졌다. 아니다. 이것은 즐거움이다. 남성들은 미소를 감춘 채 서로 눈길을 교환할 것이다. 여성들이 고개를 맞대고 수근거릴 때 꽃과 깃털이 펄럭일 테지. 헨리가 나를 찾지 못하고 돌아오면 긴급 대책회의가 열릴 것이다. 아버지와 오스몬드 가족이 다 모여서. 20분쯤 걸릴까? 그런 다음 손님들에게 설명을 할 것이고……. 운이 좋으면 소식을 듣고 가려는 사람들 때문에 더 걸릴 수도 있다. 뒷담화와 추측들. 그리고 아침식사도 해야 하고. 일부는 멀리서 이곳까지 왔다. 나는 신발 위로 얼음조각이 튈 때까지 구두로 진흙 얼음덩어리를 마구 걷어찼다.

파머가 내 어깨를 잡았다. "결혼식은 그만 생각해."

"그게 안 돼."

"가자." 그가 진입로로 걷기 시작했다. 저택 양옆으로 펼쳐진 목초지는 황량했다. 눈이 녹지 않은 작은 언덕은 갈색 풀로 덮였다. 저택의 첨탑에서 내려다보면 우리가 보일 것이다. 구름이 탑 위에 천장처럼 걸쳐져 있다. 고개를 들어 쳐다볼 때마다 점점 아래로 내려오는 것 같다.

들어간다. 책을 찾는다. 가지고 나온다. 간단하다.

진입로가 구부러진 길로 이어졌다. 나무숲을 지나 산마루를 돌았다. 저택은 정문 벽과 같은 어두운 돌로 지어졌다. 요새 같다. 정면 분수대는 마른 상태로, 회반죽 개수대만 남았다. 인어 동상에는 이끼가 붙었다. 나는 에밋을 따라잡으려고 서둘렀다. "기다려!"

"어서 와." 그가 왼쪽으로 틀어 집 뒤쪽으로 향했다. 거기에는 삼촌네 집보다 규모가 두 배는 큰 마구간이 있었다. 사방에 있는 창문들이 우리를 내려다보았다. 젖은 자갈이 반짝였다. 먼 모퉁이에서 걸레질을 하던 남성이 고개를 들었다. 나는 놀라 그 자리에 멈췄다. 그는 잠시 쳐다보더니 양동이 물로 바닥 청소를 계속했다. 에밋이 나를 바라보았다. "왜 그래?"

"저 남자가 우리를 봤어."

"알아." 그가 대수롭지 않다는 듯 어깨를 으쓱였다. 그리고 마당을 가로질러 벽에 붙은 문으로 갔다. 나는 그를 쫓아갔다. 그가 초인종을 눌렀다.

"에밋." 나는 주변을 흘끔거렸다. 이제 누군가 나타나 우리에게 여기서 뭘 하냐고 물을 것이다. 모퉁이에 있던 남성과 다시 눈이 마주쳤다. 그는 빈 양동이를 들어 기울였다. 그가 휘파람을 불었다. 소리가 엄청 크게 느껴졌다.

에밋이 나를 쳐다보며 인상을 썼다. "왜?"

"대놓고 초인종을 눌러 서재를 뒤져봐도 되냐고 물을 순 없잖아."

"괜찮아. 나만 믿어."

발자국 소리가 복도를 타고 문으로 다가왔다. 돌 위로 후다닥거리는 소리가 들렸다.

나는 그를 문에서 떼어냈다. 그가 옆으로 휘청거렸다. "무슨 짓이야? 루시안?"

"정문으로 가자. 내가 집사를 설득할 수 있어. 상인들이나 들락거리는 뒷문을 통해서는 아무 데도 못 가."

"뭐라고? 네가 번지르르한 조끼를 입었다고 해서 그들이 널 믿을 거라 생각해?"

"네가 하는 것보다는 낫겠ㅡ."

그때 문이 활짝 열렸다. 칙칙한 원피스에 회색 앞치마를 걸친 부엌하녀가 내다보았다. 그녀는 손목에 더러운 면 덮개를 두르고 때가 묻은 걸레를 손에 들었다. "샐리." 에밋이 말했다. "날 기억하죠? 드 하빌랜드 씨의 제본소에서 온. 지난주에 상자를 들고 왔었죠."

하녀가 그를 쳐다보았다. 그리고 입모양이 조용히 '어머'라고 말했다.

그가 앞으로 다가갔다. 하녀는 꺅 하고 비명을 지르더니 매트 위로 휘청거렸다. 마치 소리를 내면 큰일이라도 날 것처럼 하녀가 작은 목소리로 말했다. "에밋 씨?"

"맞아요. 저기ㅡ."

"당신은 죽었잖아요. 그들이 당신이 죽었다고 했어요. 에닝트리 씨가 신문에 났다고ㅡ."

에밋이 눈을 깜박였다. "당연히 난 안 죽었어요." 그가 팔을 넓게 벌리자 배낭이 팔꿈치로 내려왔다. "봐요."

"그치만……." 하녀는 입을 막았다. 처음으로 하녀의 시선이 나에게로 움직였다. 하녀는 인상을 썼다. 그녀는 내게 공손히 인사를 해야 할지 확신이 서지 않는 듯 아주 살짝만 몸을 구부렸다. "그럼 됐어요……. 그런 것 같군요……. 그런데 여긴 웬일이세요? 에닝트리 씨는 배달 온다는 이야기를 안 하셨는데."

"있잖아요, 샐리. 전 랫워시 경에게 긴히 할 말이 있어요. 아주 중요한 일이에요."

"지금 안 계세요. 결혼식에 가셨거든요." 하녀의 시선이 다시 내게로 왔다. 나는 슬쩍 단추 구멍에서 장미를 빼서 주머니에 쑤셔넣었다.

"기다릴게요. 우리를 서재로 안내해줘요. 조용히 있을 테니."

"에닝트리 씨에게 여쭤봐야 해요. 당신은 도제일 뿐이니 그냥 들일 수 없어요. 제 말은 드 하빌랜드 씨도 약속을 잡고 오시니까요."

"그러지 말아요. 비밀리에 만나야 하는 일이니까. 부탁해요, 샐리."

"비밀이요? 그건 제 권한 밖의 일이에요."

"제본과 관련된 일이에요. 네? 내가 누군지 알잖아요. 부탁해요."

그녀는 인상을 찌푸리며 그를 쳐다보더니 다시 나를 바라보았다. "안 돼요."

침묵이 흘렀다. 샐리는 애꿎은 걸레만 둘둘 말았다. 은 광택제 냄새가 났다. 손가락 관절 사이로 분홍색 광택제가 스며들었다. 하녀는 안타까운 듯 에밋과 나 사이 어디쯤을 향해 살짝 고개를 숙였다. 그리고 문을 닫으려고 했다.

에밋이 문 안으로 발을 밀어넣었다. "잠깐만요."

"죄송해요, 에밋 씨. 전 어쩔 수 없어요."

"날 쳐다봐요." 그가 한 걸음 더 가까이 다가갔다. 하녀는 문 앞에 가만히 섰다. 그녀는 발아래만 내려다보았다. "내 얼굴을 **봐요**, 샐리."

천천히 하녀가 고개를 들었다.

그는 몸을 앞으로 숙였다. 그의 입이 하녀의 귀에 닿을 듯 가까웠다. 에밋이 나지막하게 말했다. "지금 당장 내가 시키는 대로 해요. 안 그럼 당신의 인생을 송두리째 **빼앗아버릴** 테니까."

그 소리에 하녀가 헉하고 숨을 멈췄다. 그리고 눈을 마구 깜박였다. "파머 씨, 제발……."

"내 말이 무슨 의미인지 알고 있죠? 당신 기억으로 책을 만들어버릴 수 있어요. 그러면 자기 이름조차도 기억 못하게 되겠지." 그는 잠시 말을 멈췄다. 지켜보는 내 숨이 가빠왔다. 에밋은 침착하게 문을 열었고 하녀는 물러서며 길을 내주었다. "난 그러고 싶지 않아요. 당신을 좋아하니까. 하지만 지금 **당장** 서재로 가야 해요."

하녀가 고개를 들었다. 얼굴빛이 사색이 되었다. "부탁이에요—그러지 마세요……."

"좋아요." 그는 하녀를 지나 우중충한 작은 복도로 들어갔다. 그리고 고개를 돌리지 않고 나를 불렀다. "자, 우리는 서재로 갈게요. 우리가 방해받지 않게만 해주면 모든 게 괜찮을 거예요. 무슨 말인지 알죠?"

하녀가 고개를 끄덕였다. 그녀는 헛기침을 했다. "주인 어르신이 오시면요?"

"그럼 우리에게 와서 알려줘요."

하녀는 다시 고개를 끄덕였다. 계속 고개를 까닥거렸다. 하녀는 에밋의 얼굴에 시선을 고정했다. 그녀가 복도 끝을 가리켰다.

"제가 서재까지 안내해드릴까요?"

"어딘지 알아요. 하던 일 계속해요. 그리고 우리가 여기 있는 걸 아무한테도 말하지 말아요. 약속할 수 있죠?"

"약속할게요." 하녀는 에밋이 그만 가보라고 할 때까지 기다렸다. 그리고 황급히 자리를 떴다. 하녀는 문 앞에서 한동안 손잡이를 돌리지 못하고 허둥댔다. 그리고 마침내 문이 열리고 그녀가 사라졌다.

에밋이 한숨을 쉬었다. 그는 몸을 구부리고 벽에 기댔다. 그도 하녀만큼 떨었다. 잠시 뒤 그가 똑바로 섰다. "가자. 이쪽일 거야. 하녀더러 길을 안내해달라고 하는 게 좋았을 텐데. 거기까진 생각을 못했어."

그가 다른 문을 열었다. 똑같은 길이 터널처럼 어둠으로 이어졌다. 집 안 하인들이 머무는 공간인 듯 벽이 녹색과 크림색으로 칠해졌다. 에밋이 문의 개수를 새며 발걸음을 재촉했다. 마침내 그가 멈추고 문 하나를 열었다. 그리고 짤막하게 욕을 했다. 그는 다음 문을 열었다. 그런 다음 내 팔을 잡아 안으로 끌었다.

우리는 건물의 중앙 복도로 들어갔다. 왼쪽으로 대리석 난간이 달린 커다란 계단이 보였다. 반대편에 응접실이 있었다. 우리는 넓은 갤러리를 따라 마름모꼴 햇살을 받으며 걸었다. 커다란 그림이 벽에 걸려 있었다. 전투. 사냥 장면들. 이를 드러냈고 혈흔이 낭자하다.

우리는 그 끝에 있는 문을 향해 걸었다. 나는 도망치지 않으려고 애쓰느라 머리가 지끈거렸다. 에밋이 문을 열었다. 그는 천천히 숨을 내쉬었다. 그리고 하인처럼 한 걸음 앞으로 들어가 나를 안으로 인도했다. 그리고는 나를 따라 서재로 들어섰다.

서재는 천장이 높고 밝았다. 중간에 설주가 있는 창문이 양옆에 자리했고 그 너머로 라임나무 길이 보였다. 반대쪽 벽은 책 선반들로 되어 있었다. 내가 다녔던 학교 도서관보다 책이 더 많았다. 반짝이는 나선형 계단이 우리 머리 위 통로로 이어졌다. 벽난로는 흰 대리석을 깎아서 만든 것이다. 통통한 아기 천사들이 살찐 무릎으로 무거운 책을 들고 있다. 포도나무 덩굴 사이로 요정들이 놀란 눈빛으로 내다보았다. 글을 쓰고 있는 사티로스의 모습도 보였다. 난로 쇠살대 끝에 불길이 남아 반짝였다. 모래가 가득 든 비상용 소화 양동이가 양옆에 준비되어 있었다. 난로 앞 양탄자 위의 팔걸이의자에는 누군가의 몸 형태가 고스란히 남았다. 나는 랫워시가 내 결혼식에 참석하기 전 이곳에서 커피를 마시는 모습을 상상했다. 편안하게 웃으며 내 책을 이리저리 넘겨보았겠지. 희망과 부끄러움이 뒤섞여 속에서 고동쳤다. 만일 그가 내 책을 읽었다면 선반에 다시 꽂아두었을 것이다. 모든 것이 제자리에 가지런하다.

책상은 창가에 있었다. 나는 폭이 좁은 나무 의자를 뺀 다음 앉았다. 손바닥에 땀이 나서 미끈거렸고 셔츠가 몸에 들러붙었다.

에밋이 문을 닫고 쏜살같이 서재를 가로질렀다. 그는 살짝 웃음을 터트렸다. 그는 장갑을 벗고 머리를 얼굴 뒤로 쓸어넘겼다. 그가 반지를 끼고 있을 것이라는 내 짐작이 맞았다. 두툼한 은 반지에는 청록색 보석

493

이 박혀 있었다. 드 하빌랜드나 우리 아버지가 낄 법한 그런 반지다. 추하지는 않았지만 놀랐다. 그는 어제 반지를 끼지 않았다. 어디서 훔친 것이 분명하다. 그가 나를 향해 몸을 돌렸다. "루시안? 왜 그래?"

나는 책상 서랍 하나를 열었다. 크림색 종이가 가득 들어 있다. 다른 서랍은 잠겨 있었다.

"뭔데? 괜찮아?"

나는 잉크통을 기울였다. 거의 비었다. 나는 그것을 가만히 들고서 지금 보이는 것이 잉크인지 어둠인지 생각했다. 그리고 헛기침을 했다.

"진짜 그러려고 했어?"

"뭘 말이야?"

"아까 그 하녀를 제본한다고 말한 거 말이야. 하녀. 그녀가 거절했다면……."

"무슨 말을 하는 거야?"

나는 잉크통을 내려놓았다. 그리고 몸을 돌려 그를 쳐다보았다. 나는 침착한 목소리로 말하려고 노력했다. "넌 하녀의 기억을 지워버리겠다고 협박했잖아. 이름조차 기억 못하게."

에밋은 영문을 모르겠다는 듯 눈을 깜박였다. 그리고 입가에 미소가 나타났다. "당연히 아니지. 난 못해."

"네가 위협했잖아."

"아니. 내 말은 난 하지 못한다고. 그건 불가능해. 제본은 그렇게 단순하게 할 수 있는 게 아니야. 난 제본사지, 마법사가 아니거든."

"그렇지만……."

"그 사람의 동의가 필요해. 항상. 넬도 그랬고."

"난 그럴 줄……." 내 목소리가 갈라졌다. 넥타이를 고쳐 매고 옷소매도 확인했다. 소매에 때가 묻었다. 속이 울렁거렸다. "좋아. 잘됐네."

"설마 진짜라고 생각한 건 아니지, 루시안?"

"아니. 난 그냥 물어보고 싶었을 뿐이야."

"그래, 알았어. 이런 일은 확실히 하는 게 좋으니까." 그가 머리를 긁적이더니 돌아섰다.

"웃지 마. 내가 어떻게 알겠어?"

"난 안 웃어." 그가 말했다. 그의 눈동자는 비 맞은 개암나무처럼 촉촉하게 녹갈색으로 빛났다. "난 그녀에게 상처를 주지 않을 거야."

어디선가 시계가 울려 나는 놀라 일어섰다. 에밋도 몸을 세우고 주위를 살폈다. 갑자기 그의 얼굴이 달라졌다. 경계하고 집중한 모습이다. 우리에게는 시간이 별로 없다.

"좋아." 그가 한 바퀴 휙 돌았다.

나도 살폈다. 나는 입을 열었지만 말할 필요가 없었다. 우리 둘 다 여기 책이 얼마나 많은지 알 수 있었으니까. 나는 가까운 책장부터 살폈다. 이름들. 이름들 그리고 또 이름들. 저 중에 내 책이 있을 수도 있다. "분류가 되어 있지 않은걸."

"어차피 다 오래된 책들이야. 네 책은 제본용 천이나 가죽이 아니라 실크로 되어 있어. 회색과 녹색 빛이 돌고."

그는 손가락으로 가까이에 있는 선반을 쭉 살폈는데 너무 빨리 움직이는 것을 보니 책등을 읽는 것이 아니었다. 그가 나를 쳐다보았다.

"괜찮아. 우린 찾을 거야."

나는 몸을 돌렸다. 수백 권이 있다. 아니 수천 권이다.

"아니고……아니고……아니고." 그가 옆으로 걸었다. 손톱이 책등을 넘었다. 조용한 서재에서 그 소리는 어린아이가 막대기로 난간을 치는 것처럼 시끄럽게 울렸다. 그는 서재 모퉁이로 갔다. 다시 시계가 울렸다. 15분이 흐른 것이다. 우리는 서로를 쳐다보았다. "분명 정렬 방식이 있을 거야. 알파벳순은 아니고. 그밖에……."

나는 모르겠어서 어깨만 으쓱였다. 머리가 전혀 돌아가지 않았다.

그가 뒤로 물러서더니 책장을 쓱 훑었다. "색을 살펴봐. 그가 새로 표지를 입힌 게 아니라면……." 에밋은 품고 있는 생각이 너무 무거워서 가지고 있기 힘든 것처럼 말끝을 흐렸다. "우린 꼭 찾을 거야. 그냥 살펴보면 돼. 포기하지 말고."

나는 고개를 끄덕였다. 시청에서 첫 번째 마차가 분명 길을 나섰을 것이다. 지금 아너는 뭘 하고 있을까? 우리 아버지는? 랫워시 경은 집으로 오는 길일 것이다. 나는 고개를 들고 창밖을 내다보았다. 하지만 여기서는 진입로가 보이지 않았다. 헐벗은 라임나무가 검은 깃털처럼 하늘을 향해 뾰족하게 솟아 있을 뿐이다. 갈색으로 변한 잔디와 가장자리에 검댕이 묻은 눈 언덕. 어디선가 까마귀 한 마리가 불쑥 솟아올랐다. 그 울음소리는 옷감을 찢는 듯이 찔끔찔끔 이어졌다.

에밋이 말했다. "뭘 그러고 서 있어?"

나는 얼른 방으로 시선을 돌렸다. 그가 나를 쳐다보았다. 그는 사색이 된 얼굴로 인상을 썼다. 나만큼이나 이 일에 신경이 쓰인다는 듯이. 이곳에서 붙잡히면 추방당할 것이다. 적어도 우리 아버지는 내가 감옥에서 썩는 것만은 막아주겠지만. "미안해."

"상관 말고 책이나 찾아줄래?"

"알았어." 나는 나선형 계단으로 고개를 돌렸다. 발을 디디자 철 발판이 뭉근하게 흔들렸다.

에밋이 웅얼거렸다. "이것도 아니고……또 아니고……아니고."

위로 올라오니 책이 더 다양했다. 회색과 녹색 빛이 도는 책을 찾을 수 있을 것이라는 확신이 더욱 줄어들었다. 나는 다시 이름을 읽기 시작했다. 시간이 산소처럼 줄어드는 것을 느꼈다.

"젠장. 이름이 제대로 보이지 않아. 이 가장 낮은 선반은……."

나는 난간 너머를 슬쩍 살폈다. 그는 자물쇠를 부숴 책장을 열어보려는 듯 마구 당겼다. "바보 같기는! 유리를 깨."

"그래, 알았어." 그는 문 쪽을 얼른 살폈다. 그리고 팔꿈치로 유리를 쳤다. 유리가 큰 소리를 내며 와장창 무너졌다.

침묵이 흘렀다. 곧바로 우리를 향해 달려오는 발자국 소리를 들었다. 그렇지만 그것은 내 심장 소리라는 것을 깨달았다.

에밋이 한숨을 쉬었다. 그는 유리가 깨져 덜렁거리는 패널로 조심스럽게 손을 집어넣어 책을 하나씩 꺼냈다. 그는 책등을 살핀 다음 한군데로 던져 모았고 더 많은 책을 찾아 손을 뻗었다. 그의 어깨가 축 늘어졌다. "없어."

"계속 찾아봐." 하지만 그는 동상처럼 서서 자기 앞에 펼쳐져 있는 책을 쳐다보았다.

"그걸 읽고 있는 거야?"

그는 얼른 책을 닫았다. 그리고 몸을 돌렸다. "미안해. 어쩔 수 없었어. 그럴 생각이 아니었는데……." 그가 책상으로 가서 책을 내려놓았다. "이 책이 날 붙잡아서 보게 되었어. 미안해."

"젠장, 파머!"

"어쩔 수 없다고 했잖아! 난 제본사야. 책이 날 빨아들인다고." 그의 안색이 한층 더 창백해졌다. "적어도 우리는 이 책들이 가짜가 아니라는 걸 알았잖아."

497

나는 선반으로 돌아섰다. 이름들이 쭉 이어졌지만 내 이름은 보이지 않았다. 다네이라는 글자를 보았을 때 전기에 감전된 것처럼 짜릿했다. 하지만 그 이름은 **엘리자베스 사순 다네이**였다.

사순은 우리 할머니의 처녀적 성이다. 할머니는 늘 거만했고 우리 모두에게 차갑고 거리감이 들게 행동했다. 게다가 결코 찾지 못할 뭔가를 찾아 쉬지 않고 사방을 돌아다녔다. 하지만 이 책은 그렇지 않다. 예쁘다. 갈색의 가죽 표지 위로 금색과 청색 글씨가 수놓아져 있다. 나는 유리 위로 손가락을 꾹 눌렀다. 할머니에게 무슨 일이 있었는지 알고 싶다. 하지만 지금은 시간이 없다.

에밋이 내 뒤의 계단을 올랐다. 나는 옆으로 몸을 움직여 그가 지나가게 해주었다. 그런데 그는 그 자리에 섰다. 그리고 난간 위로 몸을 구부렸다. 눈을 감은 채로 얼굴이 하얗게 질렸다.

"왜 그래? 파머?"

"난 괜찮아."

"넌 아파 보여."

"기억 때문이야. 스킬라 숲속에서 그의 딸의 결혼식이……." 에밋이 나를 쳐다보더니 억지로 미소 지으려고 애썼다. "끔찍했어. 그래서 그래. 그들이 그의 삶을 앗아갔어."

"그렇구나." 내 마음 한편으로 경사진 목초지에 누워 있는 윌리엄 랭글런드의 모습이 보였다. 뜨거운 공기 위로 나비들이 춤을 추었다. 그의 머리 위로 구름 한 점 없는 하늘이 펼쳐졌다. 그가 신부의 면사포를 들추고 신부 입가의 주근깨 위로 입을 맞추는 모습도. 나는 팔짱을 끼며 몸을 돌렸다. 입이 바짝 마르고 쓴맛이 났다.

에밋이 몸을 움직였다. 나는 돌아보지 않았다. 그에게 내 얼굴을 보여주고 싶지 않았다. 여전히 내 몸을 두르던 그의 팔과 우리가 함께했던 밤이 느껴지면서 뼛속으로 천천히 온기가 밀려들었다. 하지만 천장이 높은 이곳에 있으니 더욱 춥게 느껴졌다. 나는 천장의 회반죽을 올려다 보았다. 입으로 물면 치아가 부서질 것 같은 흰 과일 장식이 우리 위로 주렁주렁 열려 있다.

갑자기 그가 내 쪽으로 움직였다. 나는 그에게 팔을 뻗을 준비를 하고 반사적으로 몸을 돌렸다. 무슨 말인가 하려고 했다. 무슨 내용인지는 나도 모른다.

그가 나를 밀치고 지나쳤다. 나는 선반 쪽으로 비틀거리며 뒤로 물러섰다. "저기야. 저거 같은데—맞아!"

잠시 동안 어안이 벙벙해진 나는 그가 무슨 소리를 하는지 몰랐다.

"네 책이야. 저기 있어!" 그가 책장 손잡이를 확 비틀었다. "분명 불법으로 손에 넣은 것들이야. 책의 주인이 여전히 살아 있거나 그들의 가족이……. 이걸 봐."

그의 말이 맞았다. 회색과 녹색 빛이 도는 책의 책등에는 은색으로 내 이름이 적혀 있다. **루시안 다네이.** 나는 기뻐해야 하지만 온몸으로 한기가 밀려들었다. 어쩌면 나는 진짜로 책이 있다는 사실을 믿지 않았나보다.

나는 고개를 돌렸다. 그리고 벽난로에 조각된 요정들을 쳐다보았다. 그들의 매끄러운 허벅지와 벌어진 입술. 사티로스가 손에 펜을 쥐고 놀고 있다. 나는 헛기침을 했다. "잘됐네. 책을 꺼내서 이만 가자."

"당연하지. 내가 어쩔 거라고 생각하는 거야……?"

그가 말끝을 흐리고는 손잡이를 비틀었다. 온몸을 체중을 실어 씩씩거리며 잡아당겼다.

나는 그를 옆으로 밀었다. "뭐 하러 시간을 버리고 있어? 그냥 유리를 깨!"

창살이 보였다. 유리 너머에 철창살이 있다.

나는 그것을 뚫어져라 쳐다보았다. 어두운 창살에 장식이 되어 있다. 덩굴손과 나선형 물건, 꽃봉오리가 섞여 있다. 뭔가가 자라는 것처럼 보였다. 아니면 죽었거나. 창살 폭이 너무 좁아 아무것도 통과시킬 수 없다.

다시 시계가 울렸다. 에밋이 나를 쳐다보더니 책장으로 시선을 돌렸다. "어떻게든 우리가 꺼낼 수 있을 거야."

"어떻게든?"

"그래. 유리를 깨고 그런 다음에……어쩌면……." 그가 말끝을 흐렸다. 침묵이 말보다 대답을 더 잘해주었다.

나는 길게 한숨을 쉬었다. 잠시 동안 모든 것이 트롱프뢰유처럼 보였다. 회반죽 조각도, 책도, 가구도 전부. 리제트 누나의 낡은 인형의 집처럼. 집 밖의 나무와 하늘도 종이에 그려 유리창에 붙여놓은 것처럼 현실적으로 다가오지 않았다. 어쩌면 나도 나무와 밀랍으로 만들어졌을지도 모른다.

나는 그에게서 등을 돌렸다. "여길 나가자." 내가 계단을 내려갔다. 그는 따라오지 않았다. "그냥 놔둬. 파머."

"뭐라고? 넌 그러면—포기해서는 안 돼. 루시안!" 그가 난간 아래의 난롯불을 쳐다보았다. "잠시만. 내 정신 좀 봐. 우리는 책을 꺼낼 필요가 없어. 유리를 깨트리면 책을 태울 수 있어. 집게를 줘봐. 그리고 모래가 든 양동이 하나도. 집 전체를 불태우고 싶진 않아."

"싫어."

"왜 이래! 랫워시 경이 돌아온다면……."

"싫다고 했잖아!" 정적이 흘렀다. 난로 위의 의기양양한 아기 천사가 누군가의 비밀 위에서 깔깔거렸다.

"이해가 안 돼." 천천히 그가 입을 열었다. "네 책이 아니라면 우리가 여길 왜 온 거지?"

나는 한숨을 쉬었다. "난 내 책을 원해." 내가 말했다. "책이 안전하기를 바랐어. 눈에 보이지 않는 곳에 보관하고 싶었고, 아무도 읽을 수 없다는 걸 알고 싶었어. 그뿐이야."

"하지만 넌 알고 싶지 않아?"

"그래."

더 많은 정적이 흘렀다. 나는 고개를 들었다. 그가 난간 위로 몸을 숙였고 머리카락이 눈을 가린 채 뺨은 붉게 상기되었다. 그의 갈색 코트와 가죽 배낭 때문인지 그는 이곳에 어울리지 않았다. 도둑 같다. 제본사 같다. 나는 그가 뭘 원하는지도 모른다. 그는 조용히 말했다. "대체 왜?"

"그만 가자." 나는 문을 슬쩍 쳐다보았지만 누군가와 마주칠 생각을 하니 몸이 떨렸다. 그래서 창문으로 몸을 돌렸다. 까치 한 마리가 바로 밖에 있는 난간을 따라 폴짝거렸다. 까치는 행동을 멈추고 나를 향해 머리를 조아렸다. 부리에서 뭔가 반짝였다. 나는 가까이 다가갔다. 아니, 내 착각이다. 관자놀이가 욱신거리기 시작했다. 나는 가까이에 있는 여닫이창을 열었다. 창은 좁았지만 몸을 밀어넣을 정도는 되었다.

"대체 왜 그래?" 말이 멈췄다. "두려워할 건 아무것도 없는데―."

"아, 정말 그럴까?" 내가 몸을 휙 돌렸다. "네 책을 태울 때 널 봤어. 난 네가 죽는 줄 알았어."

"내 말은 기억 말이야."

"어디서 감히……!" 나는 스스로를 억눌렀다. 우리 둘 다 문을 쳐다보았다. 나는 목소리를 낮췄다. "무슨 짓을 저질렀든 나는 지우기로 결정했어. 내가 그렇게 **결정한** 거라고. 우리 아버지가 한 그 모든 행동들을 보면 분명 그보다 더 최악이고 내가 상상할 수 없을 만큼 끔찍한 것이 틀림없겠지……. 그러니 감히 나한테 다시 그걸 **알아야** 한다고 말하지 마."

"내가 하고 싶은 말은……." 그가 머뭇거렸다. 마치 내가 들을 수 없는 말을 하려고 하는 듯 잠시 동안 내 귀에 날카로운 비명소리 같은 것이 울렸다. "두려워할 필요가 없어. 약속할게. 어서 태워버려."

"나한테 이래라저래라 하지 마!" 내 말에 그가 움찔하자 나는 기뻤다. "내 인생이야, 파머. 내가 선택한 거라고."

"부탁이야, 루시안. 날 믿어."

"널 믿으라고?" 나는 그 말을 입 밖으로 내뱉었다. 처음 그를 본 날, 그가 흐느끼며 토하던 모습이 눈에 선하다. 그런데 지금 그는, 내가 그를 쳐다보던 것과 같은 눈길로 나를 바라보고 있다. 동정과 경멸, 불신을 담아. 그 눈길이 너무 큰 상처가 되어 나는 숨을 쉴 수가 없었다. "내가 왜 널 믿어야 하는데? 우리가 겨우 한번 잠자리를 한 것 가지고?" 그가 난간에 기대고 고개를 숙였다. 말하기 위해서 숨을 들이마시는 중인지 어깨가 들썩였다. 나는 그에게 한 걸음 다가갔다. "나보다 더 잘 안다고 생각해? 이봐, 넬은 죽었어. 드 하빌랜드도 죽었어. 너 때문에. 그러니 말해봐. 왜 내가 널 믿어야 하는데?"

어찌된 영문인지 나도 모르게 그가 대답해주기를 기다렸다. 그는 고개를 들고 나를 쳐다보았다. 하지만 대답하지 않았다. 잠시 동안 그는 더 이상 이곳에 있지 않은 듯했다. 그는 내가 쫓아갈 수 없는 어딘가로 가버렸다.

나는 열린 창문으로 돌아섰다. 그리고 창문을 최대한 활짝 열었다.

까치가 날아갔다. 흑진주처럼 영롱하게 반짝이는 깃털을 바라보았다. 차가운 공기가 눈을 찔렀다. 창틀로 올라가 한쪽 발을 내밀고 여닫이 창밖으로 뛰었다. 그렇게 고통스럽고 꼴사납게 꽃밭으로 떨어졌다. 창틀에 흉곽 옆 부분이 부딪혀 따끔거렸다. 주변을 살폈지만 아무도 보이지 않았다. 그래서 앙상한 라임나무 사이 길을 내려가기 시작했다.

내 뒤로 에밋이 창문으로 빠져나오려고 애쓰면서 나는 창문의 달달거리는 소리와 발아래 언 식물들이 부서지는 소리가 났다. 그가 내게로 달려왔다. 나는 계속 걸었다.

"루시안, 어딜 가는 거야? 시청으로 돌아가려고?"

나는 어깨를 으쓱였다. 그를 쳐다볼 용기가 없다. 그를 쳐다보는 것은 손을 불 속에 넣는 것과 같은 일이다.

이제 그는 내 옆에 와 섰다. 그리고 거센 숨을 몰아쉬었다. "네 책은 어쩌고? 저기 내버려둘 거야?"

"이제 어디 있는지 알았잖아. 아버지한테 사달라고 할 거야."

그 말에 에밋이 코웃음을 쳤다. "오늘 이후로 너의 아버지가 네 변덕에 잘도 맞춰주시겠다."

나는 여전히 그를 쳐다보지 않았다. 몇 킬로미터 떨어진 시청에서는 사람들이 그곳을 빠져나가고 있을 것이다. 아버지는 손님들에게 작별인사를 하며 농담을 건네고 마치 이런 일을 예상한 사람처럼 여성들에게 미소를 지으며 칭찬을 보내겠지. 이제 나는 집에 가야 한다.

"아니면 랫워시 경에게 물어보든가." 에밋이 말했다. 그는 내 팔을 잡고 돌려세워 내 눈을 바라보았다. 그리고 냉철하고 조소가 담긴 미소를 지었다. "그 사람이 네 결혼식에 왔다면 그는 별말 없이 너에게 책을 내줄 거야. 네가 책을 돌려받고 싶다고 말만 한다면."

랫워시 경의 얼굴이 마음속으로 스쳤다. 탐욕스러운 포식자의 흥미로운 얼굴. 그래서 그가 어젯밤 나를 원한 것이다. 나는 표본이니까. 나는 속이 얼마나 메스꺼운지 에밋에게 보여주기 싫어 침을 삼켰다. "어쩌면 그럴지도 모르지." 내가 말했다. "어쩌면 우리가 약속을 할지도 모르고."

내 목소리의 뭔가가 그를 멍하고 불안하게 만들었다. "알았어." 그가 천천히 말했다. "그런 다음에는 어쩌려고? 네 수중에 들어왔다고 해도……그걸로 뭘 할 건데? 아무도 보지 못하게 지하실에 보관할 거야?"

"그래, 맞아!"

"그리고 밤에 자다가 깨서 또다른 누군가가 열쇠를 가졌을까 걱정하려고? 한밤중에 캐슬퍼드 지하 보관실로 가서 여전히 잘 있는지 확인하게? 결국 밤에 잠을 푹 자기 위해 다시 기억을 제본하려고?"

"은행 지하실은 그런 식으로 운영되지 않아. 원한다고 아무 때나 갈 수 있는 곳이 아니란 말이야."

그는 내 말을 듣고 있는 것 같지 않았다. "넌 앞으로 두려움에 떨게 될 거야. 계속 그럴 거라고. 영원히. 그게 네가 바라는 거야?"

나는 억지로 그를 마주보고 섰다. "난 괜찮을 거야." 내가 말했다.

그가 나를 놓아주었다. 그는 물러섰다. 그가 잡고 있던 팔이 욱신거렸다.

"이제 어쩔 거야?" 그가 물었고 나는 그가 내 책에 대해 묻는 것이 아님을 알았다.

"내 걱정은 하지 마. 내 두려움과 자기혐오는 술과 의미 없는 만남으로 무디게 만들면 되니까."

"그만둬, 루시안!"

"네가 무슨 상관이야? 넌 뉴턴으로 가서 일자리를 구해. 날 다시 볼 필요가 없잖아."

그는 다른 말을 하려는 듯 입을 벌렸지만 결국 고개만 끄덕였다. 그는 배낭끈만 만지작거렸다. 차가운 바람이 나뭇가지를 흔들고 어두운 색 낙엽들이 우리 얼굴로 떨어졌다.

나는 걸었다. 차가운 바람에 눈이 얼얼했다. 나는 비틀거리며 걸었다. 최대한 에밋에게서 떨어지고 싶었다. 하지만 몇 걸음을 걸은 후 그가 나를 따라오지 않는다는 것을 알았다. 나는 슬쩍 돌아보았다.

그는 다시 집을 향해 뛰어가고 있었다.

그의 행동을 이해하기까지 몇 초가 걸렸다. 나는 곧바로 미끄러운 잔디를 밟으며 그를 쫓기 시작했다. 그리고 소리쳤다. "이봐!"

그는 멈추지 않았다. 그리고 헐떡이며 창문 앞으로 가더니 팔꿈치를 움켜잡고 비틀거리며 안으로 들어갔다. 내가 그를 따라 올라갔을 때 그는 이미 난롯가에 웅크린 채 집게로 불 속을 파고 있었다.

"그러면 안 돼." 내가 말했다.

"넌 날 막을 수 없어." 그는 집게로 불타고 있는 석탄 하나를 든 채 자리에서 일어났다. 내가 팔을 뻗었지만 그는 본능적으로 물러선 다음 호박색 석탄을 나에게서 멀찌감치 떼어놓았다.

"내가 막을 거야." 내 말에 그가 신경 쓰지 않는다는 듯 눈썹을 들썩이더니 집게를 바깥쪽으로 내민 채 나를 지나쳤다. 불길이 석탄에 들러붙어 불꽃이 확 줄어들었다. "이봐, 네가 동의하는 거에 대해 말했잖아?" 그는 내 말을 듣지 않았다. "다른 책들은 어떡해? 내 책에 불을 붙이면—파머!" 그는 계단을 오르기 시작했다. 나는 그의 팔을 잡았다. 그는 몸을 비틀었고 석탄이 떨어질 뻔하자 인상을 썼다. 나는 다시 그를 잡으려고 했고 그는 계단을 두 칸씩 올랐다.

"내가 막을 거라고 했잖아!"

"놔둬!" 결국 나는 그를 잡아끌었다. 그는 계단 위에서 비틀거리며 난간을 잡으려고 애썼지만 실패했다. 뒷걸음질치면서 휘청거리다가 내 품에 거의 안겼다. 나는 그를 향해 몸을 구부리고 집게를 잡으려고 했다. 그는 팔을 뻗은 채로 저항했다. 나는 그가 비명을 지를 때까지 엄지손가락으로 어깨를 마구 문질렀다. 하지만 그는 몸을 빼내며 웃었다. 우리는 좁은 계단에서 옥신각신했다. 마치 춤을 추는 것처럼. "이러지마, 날 놔줘—아, 이건 바보 같은 짓이야……." 그가 웃고 있다.

내가 그의 얼굴 옆을 때렸고 그는 무릎으로 털썩 주저앉았다. 집게가 난간 틈 사이로 떨어지면서 숯덩이가 바닥으로 굴러 불꽃을 퍼뜨렸다. 그는 거칠게 숨을 내쉬었다. 나는 비틀거리며 계단을 하나씩 디디며 내려왔다. 다행히 그는 피를 흘리지 않았다. 나는 그가 자리에서 일어나는 것을 지켜보았다. 그의 시선이 나를 지나 바닥에 떨어진 집게로 향하더니 다시 내게로 돌아왔다.

우리 둘 다 동시에 움직였다. 그가 집게를 집기 위해 몸을 던질 때 나도 그의 앞길을 막았다. 우리는 어린아이처럼 서로를 밀고 당기며 싸웠다. 그의 한 손이 내게서 떨어졌지만 나를 때리지 않았다. 그저 내 손가락을 자신의 팔뚝에서 떼어내려고 부단히 애썼다. 그는 더 이상 웃지 않았다. "이럴 시간이 없어……."

나는 숨이 차서 대답할 틈이 없었다. 목구멍이 타들어갔다. 나는 그를 뒤로 밀쳤다. 갑자기 그가 내 행동에 순순히 응하면서 우리 둘 다 창가 쪽으로 밀렸다. 다리가 책상에 걸리자 그가 고통스러워하며 주저앉았고, 내 팔로 그 충격이 전해졌다. 나는 손아귀의 힘을 조금 풀었다. 그러자 곧바로 그가 내 손목을 잡아 옆으로 밀쳤다. "싫어!" 나는 그에게로 몸을 던지며 어깨와 옷깃, 목 등 닥치는 대로 파고들었다. 그는 나를 떼어내려고 몸을 숙이고 방향을 틀었다. 그러다 잠깐 멈추더니 내 어깨 너머를 쳐다보고는 인상을 찌푸렸다. 그가 쳐다보는 곳으로 시선을 돌리니 발에 힘이 풀렸다. 그 바람에 내 팔꿈치가 그의 턱을 쳤다. 그의 머리가 딱 하는 소리를 내며 옆으로 돌아가 책상에 부딪혔다. 그는 무릎으로 넘어지며 거칠게 숨을 쉬었다. 침묵이 흘렀다.

완전한 침묵은 아니다. 뭔가가 타닥거리는 소리가 들렸다.

불이다.

바닥으로 밀려난 숯덩이 혹은 불꽃이 파머가 옆으로 치워둔 책 더미에 옮겨붙은 것이 틀림없다. 어떻게 불이 났는지는 중요하지 않다. 불꽃이 책장을 날름거리며 그 열기가 유리를 두드렸다. 광을 낸 나무에 기포가 올라오더니 검게 변했다. 책들이 맹렬하고 풍성하게 타들어갔다. 밝은 빛의 불꽃이 책장 안으로 들어가 맨 꼭대기 선반에까지 차곡차곡 올라갔다. 새로운 불길이 꼬투리처럼 툭툭 터지며 뿌리를 내리고 자라났다. 연기가 피어올랐다. 그리고 연기가 이미 내 목구멍으로 들어오기 시작했다.

나는 난로 옆에 놓인 모래가 든 양동이를 멍하게 쳐다보았다. 저것으로 불을 끄기에는 너무 늦었다. 선반이 무너졌다. 유리가 와장창 내려앉았다. 불길은 새로운 책 더미로 옮겨붙었다. 불꽃의 발톱이 사정없이 페이지를 휘갈겼다. 천장에서 책들이 한숨을 쉬더니 비명을 지르며 기억들을 반짝이는 재로 바꾸었다.

나는 숨을 쉬려고 애썼다. "이럴 수 없어. 이렇게나 빨리……."

"책들이 타고 싶어하는 거야." 그가 말했다. "저렇게 잘 타는 건 책이 불안정한 기억이라 머물고 싶지 **않아서지**……." 그가 말을 흐리며 기침을 했다. 문 두드리는 소리가 났고 샐리가 들어가도 되냐고 물었다. "그만두자. 우린 가야 해." 그가 억지로 입을 열었다. "지금 당장."

나는 몸을 구부려 난로 옆에 있던 부지깽이를 잡았다.

그리고 계단으로 뛰어가 불 한가운데로 들어갔다.

28

자욱한 연기 속에서 나는 길을 잃을 것 같았다. 연기가 목을 할퀴고 폐를 불태웠다. 눈물로 앞이 보이지 않는 상태로 더듬거리며 걸었다. 불길이 밑에서 솟아올랐다. 열기가 벽처럼 사방을 둘렀다. 나는 부지깽이를 꽉 잡았다. 금속의 온기가 소가죽 장갑 위로 퍼졌다. 가까이에서 유리가 깨지는 소리가 났다. 어두운 별들이 떼를 지어 튀어나왔다.

생각할 시간이 없다. 나는 비틀거리며 책장으로 갔고 몸을 똑바로 세우려고 애썼다. 어디선가 갑자기 고통이 밀려들었다. 고통은 팔을 타고 몸으로 전해졌다. 철창살이 열기로 달아오른 것이다. 유리는 사라졌고 창살은 뜨겁게 달아올랐다. 내 장갑으로 불길이 느껴졌다. 그렇지만 아직 원하는 곳까지 가지도 못했다. 내 책이 이곳 어딘가에 있다. 눈높이에 있던 선반에 내 책이 꽂혀 있던 것으로 기억한다. 나는 부지깽이를 뒤로 들었다가 창살을 때렸다. 창살이 흔들렸다.

비명소리와 혼란스러운 목소리가 들렸다. 파머가 내 이름을 불렀다. 그가 쿵쾅거리며 계단을 올라왔다.

나는 다시 창살을 때렸다. 숨을 쉴 수 없었다. 기침을 하고 또 했다. 내 속이 뜨겁게 데었다. 머리 위로 별들이 쏟아졌다. 나는 눈을 깜박이며 파편을 치우려고 애썼다.

한번 더 창살을 때렸지만 소용이 없었다.

나는 부지깽이를 창살 틈으로 밀어넣어 비틀었다. 거기에 온몸의 체중을 실었다. 포기하지 않을 것이다. 창살이 벌어지지 않는다면 연기에 질식될 때까지 해볼 것이다. 적어도 통로가 무너지기 전에 정신을 잃게 되겠지. 그러면 불길은 느껴지지 않을 것이다.

"루시안! 루시안!"

심장이 마구 뛰었다. 부서진 드럼을 두드리듯 늘어지는 느낌이 들었다. 기침할 때마다 폐 깊숙한 곳이 점점 벗겨지는 것 같았다. 숯검정 맛이 나는 가래가 올라왔다.

창살이 벌어졌다. 나는 거의 넘어질 뻔했다.

나는 선반 쪽으로 몸을 기울였다. 회색 연기 너머로 여러 색상이 눈을 어지럽혔다. 내 손이 들어갈 만큼 창살을 당겼다. 그리고 더듬거리며 책 등을 살폈다. 장갑 끝이 뜨겁게 달아올랐다. 여기 어딘가에 내 책이 있다. 손에 닿으면 바로 알게 될까? 책들이 바닥으로 굴러떨어졌다. 연기에 정신이 혼미해져갔다. 누군가 사랑의 말을 속삭였다. 블루벨 꽃향기가 풍겼다. 불길에 나무가 크게 갈라지는 소리가 났다. 어디선가 비명이 들렸다. 바닥이 움직였다. 검은 구름이 나를 집어삼키려고 위협했다. 나는 유독 가스를 들이마셨다. 머리가 빙빙 돌았다. 책은 따뜻했다. 살아있는 것 같다. 이제 그들은 내 손아귀에서 벗어나 불길로 몸을 던질 것이다. 그들은 빨리 탄다. 타고 싶기 때문이다.

나는 쓰러졌다.

완전히 쓰러지며 바닥으로 뭉개졌다. 시간이 뒤집어졌다. 나는 바닥에 닿았다가 다시 넘어졌다. 고통이 조류처럼 나를 흔들어 세웠다. 나는 숨을 헐떡이며 몸을 일으켰다. 아직 죽지 않았다. 머리가 빙글빙글 돌았다. 나는 바닥에 있다. 연기 장막 사이에 살짝 공간이 있다. 덕분에 책선반과 회반죽 장식이 더 많이 눈에 들어왔다. 맹렬한 불꽃이나 검회색이 아닌 다른 색들이 더 많이 보였다. 갑자기 나무가 쪼개지는 소리가 났다. 책들이 스르르 미끄러지며 쿵하고 떨어졌다. 그리고 새로운 연기

510

기둥이 치솟았다. 연기가 천장으로 피어올랐다. 회색 연기가 내 눈앞에
서 춤을 추었다.

"루시안." 맹렬한 불길 사이로 잠긴 목소리가 들렸다. 흐느끼는 웃음
이다. 누군가 고통에 신음하고 있다. 에밋이다. "젠장," 그가 말했다. "죽
으려고 작정했어?"

나는 눈물을 흘리면서 인상을 쓰며 눈을 살짝 떠보았다. 계단이 여전
히 거기에 있다. 불이 붙지 않은 유일한 부분이다.

"그만둬!" 그가 날 붙잡았다. "위험해. 우린 가야 해. 부탁이야!"

나는 웃었다. 목이 아팠다. 열기가 핏줄을 타고 고동쳤다.

"그들이 문을 부수려 하고 있어." 밖의 복도에서 고함소리가 들렸다.
남자들의 목소리다. 문이 덜커덩거렸다. "문고리가 얼마 못 버틸 거야."

"내 책 없이는 안 가." 나는 그에게서 몸을 빼냈다. 그는 비틀거렸다.
하지만 물러서지 않고 나를 잡았다. 그렇지만 더는 힘이 남아 있지 않은
듯 손아귀의 힘이 약해졌다. 그는 다쳤다. 우리는 시간을 낭비하고 있다.
그를 세게 때리면 나를 놓아줄 것이다.

"잘 들어." 그가 목소리를 높였다. "불타게 놔둬. 나중에 널 다시 제본
해달라고 하면 그렇게 할게. 약속해."

내 눈에 눈물이 고였다. 나는 눈을 깜박였다. 불꽃이 통로 바닥에 난
구멍을 따라 춤추며 크림색과 금색을 갈색으로 물들였다. 유리가 부서진
책장은 곧 불길에 휩싸일 것이다.

"네가 무슨 짓을 한다고 생각해, 루시안? 목숨을 걸 만큼 중요해?"

입을 벌리자 연기가 안으로 들어왔다. 따가운 눈물이 얼굴로 마구 흘
러내렸다. 나는 내가 뭘 두려워하는지 안다고 생각했다. 아마 살인일 것
이다. 그런데 왜 그것이 최악이라고 생각했을까? 열기와 불꽃이 맹렬히

타오르고 주먹들이 문을 두드리는 와중에 내 속의 마지막 남은 방어벽 같은 것이 무너져 내렸다. 내 마음은 생생하고 현실 같은 메스꺼운 악몽의 조각들로 넘쳐났다. 가지고 있는 기억들도 충분히 끔찍하다. 목을 맨 넬의 얼룩진 눈동자, 멍한 얼굴의 하녀들, 공격당한 드 하빌랜드의 모습, 우리 아버지……. 하지만 그 너머 그림자에 가려진 더 끔찍한 것들이 있다. 아버지가 저질렀을 일들, 내게 시켰던 일들. 너무 타락하고 사악한 일이라 상상만 해볼 수 있는 것들. 상상만……그런데 상상할 수 있다면 실제로도 할 수 있는 일이다.

나는 숨을 쉬려고 애썼다. 얼굴이 젖었다. "넌 이해 못해. 난—네가 알게 되면……."

그가 내 입술에 입을 맞췄다. 너무 거칠어 키스라고 할 수 없다. 치아가 서로 부딪쳤고 내 머리는 심하게 흔들렸고 아랫입술에서는 아픔이 느껴졌다. 나는 여전히 말하고 있고 곧바로 그의 입에서 내 목소리가 느껴졌다. 그는 물러나 내 눈을 들여다볼 정도의 거리에 섰다.

"널 사랑해." 그가 말했다.

잠시 동안 나는 마치 다른 세상에 와 있는 듯했다. 맹렬한 열기와 소음은 그저 전경일 뿐이고 그 너머의 침묵과 더 먼 세상 끝의 공허함이 느껴졌다. 너무나 고요한 순간이라 벗어나고 싶지 않았다.

그때 그가 흘끗 쳐다보았다. 불길이 반사된 그의 눈동자가 빛났다. 불안한 표정이 성취감 같은 것으로 변했다. 불이다. 책을 꺼내야 한다.

나는 그를 옆으로 밀쳤다. 하지만 너무 늦었다. 숨을 들이마시자 연기가 나를 덮쳤다. 불꽃이 더 높이 올라와 내 마음을 붙잡고 시야를 가렸다.

머릿속에서 불길이 솟아올랐고, 너무 뜨거워서 눈을 뜰 수 없었다.

불길이 나를 완전히 태웠다.

눈을 뜨자 세상이 바뀌어 있었다.

내가 어디에 있는지 모르겠다. 내가 누군지도. 춥고 폐가 욱신거렸다. 기침을 하려고 하니 마치 타고 있는 석탄을 삼킨 듯 아픔이 느껴졌다. 엄청난 고통이다. 상처에 요오드를 뿌린 것처럼 공기가 폐를 사정없이 찔렀다. 연기로 인해 얼굴 피부가 벗겨졌다.

그 모든 것 아래로 젖은 흙처럼 아주 깊고 풍부한 행복이 감돌았다. 나는 그것이 무슨 뜻인지 모르겠다. 왜 거기에 있는지도 모르겠다. 하지만 팔을 뻗으면 손에 움켜잡을 수 있을 것 같다.

"괜찮아?"

에밋이다. 내 이름을 기억하기 전에 그의 이름부터 튀어나왔다.

"그런 것 같아……." 목소리가 갈라졌다. 말을 하니 너무 아팠다. 나는 몸을 일으켰다. 어지러움이 밀려들었다.

"움직이지 마. 걱정 말고. 넌 안전해."

나는 눈이 제대로 보일 때까지 깜박였다. 우리가 어디에 있는지 모르겠다. 돌 구조물 같은 곳인데 옆은 트여 있다. 나무로 둘러싸인 벌판에 기둥 같은 것이 세워져 있다. 풀은 겨울의 빛바랜 녹갈색으로 변했다. 회색빛 눈이 언덕에 쌓였다. 시간은 흐르지 않았다. 하지만 몇 년간 어디를 갔다 온 기분이다. 아니면 평생 동안.

"괜찮아?"

나는 고개를 끄덕였다.

"차츰 좋아질 거야. 처음 며칠은……낯설겠지만."

"그래."

"그다음엔 안정이 될 거야."

"알겠어."

나는 진흙과 낙엽 냄새를 맡으며 숨을 들이마셨다. 연기 자국. 타버린 소가죽. 토사물. 돌바닥에 웅덩이가 있다. 내가 토했던 것이다. 에밋이 그의 책을 태웠을 때처럼……. 나는 인상을 찌푸렸다. 의식이 없었던 것이 다행이다. 나는 고개를 숙이고 장갑을 벗었다. 장갑을 끼고 있던 것이 행운이다. 그 아래로 벗겨진 분홍빛 손가락이 드러났다. 피부에 고통이 느껴졌다. 그런데 왜 이렇게 행복하지?

색 때문이다. 생기 없는 겨울 왕국이 너무 선명해져서 참을 수 없다. 고통이 너무 가까이에 있고 내 입속에 남은 숯검정의 맛이 어떤 음식의 맛보다 강렬하기 때문이다. 잠들어 있는 뿌리와 발아하기를 기다리는 씨앗들의 냄새를 맡을 수 있기 때문이다. 또…….

나는 옆을 살폈다. 에밋과 눈이 마주쳤다. 그는 두려운 표정을 지었다.

나는 웃었다. 이제 그는 더욱 두려워하는 표정이 되었다.

"괜찮아."

그는 확신 없이 고개를 끄덕였다. 그의 이마에 그을음이 묻어 있다. 눈 가장자리는 붉게 충혈되었고 턱에는 포도주 빛의 멍이 들었다.

지붕 위에서 새 한 마리가 노래를 불렀다. 반대쪽 들판에서 까마귀가 화답했다. 물기를 머금은 짹짹거림과 반항적인 깍깍거림이다. 양쪽에서 나는 소리 모두 사랑스럽게 들렸다. 그 너머로 종소리와 먼 곳에서 나는 외침 소리가 들렸다. 우리의 오른쪽 나무 너머로 기다란 연기 기둥이 피어올랐다.

"우린 안전한 것 같아. 샐리는 우릴 들여보내준 걸 아무에게도 말하지 않을 거야."

"난 걱정 안 해." 나는 전혀 걱정이 되지 않았다.

"여기 머물지 않는 편이 가장 좋겠지만. 이제 어디로 가야 할지 모르겠어."

나는 그를 슬쩍 쳐다보았다. 그러자 심장이 살짝 두근거렸다. 이내 나는 그를 쳐다보고 또 쳐다보고 싶을 것이다. 주근깨 하나하나, 모든 입놀림, 눈썹 한 올까지 다시 알고 싶을 것이다. 하지만 아직은 아니다. 지금은 그의 눈을 바라보며 숨을 쉬는 것부터 해야 한다.

배가 고플 때 너무 허겁지겁 먹으면 위험하다. 하지만 그 유혹을 떨치기란 어렵다. 나는 드넓은 녹색 들판을 향해 눈을 깜박였고 무너진 성, 농장, 언 해자에 난 구멍을 보았다. 잡아야 할 기억들이 너무나 많다. 기억들이 회전목마처럼 내 주위로 빙글빙글 돈다. 점차 그것들이 속도를 늦추었다. 이제 나는 형태와 세세한 부분들을 볼 수 있다. 귀금속 상인의 손바닥 위에서 푸른 보랏빛 보석이 반짝였다. 우중충한 퀼트 이불 위로 펼쳐진 카드놀이. 새끼 강아지가 내 품에 안겨 꼬리를 흔들었다. 정원, 단추를 푼 셔츠, 햇살에 데워진 피부 위로 긁힌 자국. 마음속 눈을 옆으로 돌리니 안 좋은 부분들이 드러났다. 잠긴 문, 쟁반 위 굳은 음식, 손에 벨트를 들고 있는 아버지……. 몇 주일 뒤 농장 안마당은 먼지만 날릴 뿐 고요했다. 알타가 내게 침을 뱉었다. 열린 창에서 비명소리가 들리고 그 소리는 흐느낌으로 바뀌었다. 어깨를 웅크리고 옆으로 비켜서던 그녀의 얼굴. 어디 들어가봐요, 오빠한테 무슨 짓을 했는지 보고 싶다면요……. 제본소에서 나를 낯선 눈빛으로 쳐다보던 에밋.

하지만 그 기억들조차도 이제는 참을 수 있게 되었다. 나는 숨을 쉬었다. 여전히 아프지만 차츰 나아질 것이다.

기억나는 것과 기억나지 않는 것들이 서로 겹쳐졌다. 내가 제본을 한 뒤……. 무감각하게 느껴지는 몇 달들. 나를 경멸하는 아버지, 리제트 누나의 비열한 표정. 마치 다른 사람의 일인 것처럼 무디게 느껴지는 절망. 그리고 처음으로 에밋을 봤을 때 나는 움찔했다. 그가 넬을 제본하러 왔을 때. 내 안의 뭔가가 그에게 소극적으로 말을 건네게 했다. 그리고 후에 우리가 같이 밤을 보냈을 때, 그는 알고 있었지만 나는 몰랐다.

나는 그 생각을 밀어냈다. 이것은 그의 잘못이 아니다. 내가 그의 입장이라도 똑같이 했을 테니까.

나는 그를 향해 몸을 돌렸다. 그는 걱정스러운 눈길로 나를 쳐다보았다. "미안해." 내가 말했다. "널 떠나서. 그리고 다른 것도 전부 다……."

그는 어깨를 움츠렸다. "상관없어."

"난 네 책에 대해 전혀 물어보지도 않았잖아. 네 기억들 말이야. 네가 태우는 걸 봤으면서 한번도……."

"제본하는 건 너한테는 우스운 일이었을 거야." 그의 입꼬리가 살짝 올라갔다. "처음부터 자기밖에 몰랐다면 말이야."

"있잖아." 우리는 서로의 눈을 들여다보았고 동시에 눈길을 피했다. 나는 정자의 기둥에 기대 손을 주머니에 찔러넣었다. 손끝에 뭔가 부드럽고 축축한 것이 느껴져 꺼내보았다. 오늘 아침 단추 구멍에 꽂아둔 장미다. 오랜 시간 전에 일어난 일처럼 까마득하게 느껴졌다. 나는 최대한 힘껏 장미를 풀 위로 던져버렸다. 에밋의 눈이 내 행동을 좇았지만 그는 아무 말도 하지 않았다. 나는 한숨을 내쉬었다. 무슨 뜻으로 그런 말을 했는지 모르지만, 입에서 튀어나왔다. "진심이야?"

"뭐가?"

"네가 한 말. 불이 나기 전에……."

"아." 그가 서성거렸다. "난 그냥 딴생각을 하게 해주고 싶었어. 불길로 뛰어드는 널 막으려고."

"난 그걸 물어보는 게 아니야."

"아니, 그렇다면……." 그가 자리에서 일어나 나를 등지고 섰다. 잠시 뒤 그가 입을 열었다. "내일 아침에 다시 물어봐줘."

나는 고개를 끄덕였다. 계속 끄덕였다. 내 속에서 큰 미소가 지어졌지만, 한동안 나는 그것을 잘 막았다.

"네가 내 책을 태웠어. 내가 그러지 말라고 했지만 넌 그랬어."

"맞아."

"그래." 대화가 끊어졌다. 숲 너머로 연기구름이 피어올랐다. "그리고 넌 다른 사람의 책도 다 태웠지. 서재 전체를 다."

"맞아." 그가 연기를 보려고 몸을 돌렸다.

"위험하지 않아? 내 말은 그 모든 사람들이 다 기억을 되찾게 되면?"

"나도 모르겠어." 에밋이 말했다. "그럴 의도는 아니었어." 그가 슬쩍 나를 쳐다보았다. "추측이지만 대부분은 거래를 한 책들일 거야. 처음부터 기억이 돌아와도 상관없는 거지. 그러길 바라."

그들은 지금 어디에 있을까? 길거리에서 무릎을 꿇으며 쓰러졌을까? 들판에서. 주방에서. 입을 맞추거나 싸우다 말고. 그 모든 기억들이 되돌아온다면 어떨까? 딸의 결혼식. 처음으로 아들의 손을 잡던 날. 블루벨 꽃. 그 생각을 하니 연기와는 상관없이 목이 따끔거렸다.

나는 자리에서 일어났다. 머리가 빙빙 돌았다. 나는 에밋을 지나 정자에서 나와 풀밭으로 걸었다. 추웠다. 바람이 나를 뒤흔들었다. 얼음처럼 차가웠지만 토양과 습기, 겨울의 끝자락이 느껴져서 좋았다. 나는 기둥에 기대 공기를 들이마셨다. 기억의 소용돌이 속에서 한 가지가 떠올랐다. 지난 봄 습했던 어느 푸른 저녁, 나는 농장에서 뉴 하우스로 돌아오는 길이었다. 에밋이 저녁을 먹고 가라고 해서 늦게까지 머물렀다. 작별 인사를 했을 때 그가 나를 향해 미소를 지었고, 어색하게 재빨리 지은 그 미소가 이 세상에 오직 우리 둘만 있는 것 같은 느낌을 내게 가져다주 었다. 나는 휘파람을 불며 무도회장에서처럼 길에서 춤추며 돌았고 혼자 웃음을 터트렸다. 나는 에밋의 셔츠를 입고 있었다. 마음이 너무 가벼워 날아갈 것 같았다. 그 기억이 떠오르니 다시 숨이 차올랐다. 행복이 그렇 게 단순한 것인 줄 몰랐다.

다시는 그렇게 되지 않겠지. 부서진 것은 다시 완전해질 수 없으니까. 하지만 지금은⋯⋯. 나는 고개를 뒤로 젖히고 멍하게 하늘과 이리저리 날아다니는 새를 쳐다보았다. 나는 강간범이 아니다. 살인자도 아니다. 나는 웃기 시작했다. 그리고 이내 울음을 터트렸다. 에밋은 계속 딴 곳만 바라보았다. 마침내 나는 소매로 얼굴을 닦았다.

"에밋." 나는 입을 열었지만 아무 말도 떠오르지 않았다.

그는 아직 확실히 모르겠다는 듯 미간을 찡그린 채 손을 내밀었다. 나는 손을 잡았다. 우리의 손가락이 하나로 엉켰다. 그의 반지가 내 관절 로 파고들었다.

그가 침을 삼켰다. "이제 기억이 나?"

"응. 기억나."

"전부 다?"

"그런 것 같아." 또다른 웃음이 내 목에서 흘러나왔다. 웃기지 않는데 도 말이다.

그가 눈을 감았다. 마치 잠이 들어 꿈을 꾸는 듯 눈꺼풀이 흔들렸다. 그의 속눈썹에 숯검정이 묻었다. 피멍은 벌써 색이 짙어지기 시작했다. 조금 있다가 나는 그에게 입을 맞출 것이다. 하지만 지금은 가만히 서서 지켜만 보고 있다.

진입로를 따라 저택을 향해 마차가 들어오는 소리가 났다. 갑자기 그가 몸을 구부리더니 나무 사이로 눈을 가늘게 떴다.

"자, 그럼." 그가 말했다. "어서 가자."

역자 후기

"거듭 찾아오는 환청과 유령, 어둠의 고통"에 신음하며 밭에서 밀단을 묶고 있던 에밋을 처음 만났을 때는, 제본이라는 주제가 마법과 주술처럼 흔히 떠올릴 수 있는 판타지로 이어질 것이라고 생각했다. 대대로 내려오는 금단의 서적을 손에 넣고 벌어지는 주인공의 모험과 흥미진진한 사건들. 그러나 이런 나의 예상은 보기 좋게 빗나갔다.

절대 가까이 해서는 안 되는 물건인 책을 우연히 접하고 그 이후로 열병을 앓게 된 에밋은 이제 거의 다 회복되려는 찰나에 자신을 그렇게 혐오하는 제본사의 도제로 보내겠다는 부모님의 결정을 도무지 받아들이지 못한다. 부모님이 병수발에 지쳤으리라고 짐작하기에는 어딘가 석연치 않다. 그저 말 못할 사연이 있다는 분위기를 풍기며 작가는 어느새 장소를 습지의 외딴 집으로 옮긴다. 이 집을 지키는 제본사인 백발 마녀 세레디스는 궁금한 것이 많은 에밋에게, 늘 때가 되면 알려주겠다며 아무것도 설명해주지 않고 책 표지를 싸는 무의미해 보이는 작업만을 시킨다. 일이 손에 익어갈 때쯤 창 밖에서 그를 증오의 눈길로 쳐다보는 낯선 남자가 등장하며, 앞으로 전개될 이야기에 한층 기대감을 높인다.

풍경화 같은 배경 속에서 말을 아끼는 작가의 서사는 작품 속 세레디스의 모습과 닮아 있다. 에밋에게 따스한 위로와 신뢰를 보여준 세레디스는 제1부의 후반부에서 죽음을 맞이한다. 에밋이 도시의 제본사인 드하빌랜드의 도제로 들어가서 캐슬퍼드에서 생활하는 무렵부터 전개가 본격적으로 속도를 내기 시작하며 열병을 앓게 된 전말이 드러나는 제2부와 제3부로 이어지면서 책장이 넘어가는 것조차 잊어버릴 정도로 빠져들었다.

　주인공인 에밋 파머에서 다른 주인공인 루시안 다네이로 시점이 바뀌면서 둘의 입장과 감정선을 제대로 살려낸 부분이 내 마음을 사로잡았고 덕분에 사뭇 충격적일 수 있는 두 사람의 관계를 한층 큰 틀에서 바라볼 수 있었다. 무엇보다도, 책이라는 것이 누군가의 실제 기억을 담은 사적인 산물이고 그것을 사고 파는 행위가 죄악으로 여겨지며 그럼에도 불구하고 생계를 위해 혹은 단순히 쾌락을 위해 책을 사고 파는 것, 책에 자신의 이야기를 제본하면 그 기억은 머릿속에서 깨끗이 지워진다는 점, 책이 불에 타 없어지면 기억이 되살아난다는 설정이 참신하게 와닿았다. 또한 제본을 악용해서 주저함 없이 욕망을 채우는 귀족들의 모습과 이에 고통받는 약자들의 아픔까지 다룬 점이 인상적이었다. 여기에 시대적 배경과 정서를 감안했을 때, 이 소설의 주를 이루는 예상치 못한 꽤 파격적인 러브 라인까지 감탄이 절로 나오는 요소들이 너무 많았다.

　이 소설은 여러 편의 청소년 도서를 써온 작가의 첫 성인 대상 작품이다. 이 책은 출간되자마자 영국 아마존 베스트셀러로 등극했으며, 「가디언」과 「선데이 타임스」 등 여러 영국 언론의 극찬을 받았고, 동료 작가들의 찬사를 받으며 큰 성공을 거두었다. 미국은 물론 유럽 각국에서 출간되며 세계 각지에서 소개되고 있다.

　간결하면서도 그 속에서는 아름다움이 느껴지는 문체와 조금도 방심할 수 없게 만드는 탄탄한 구성이 『기억의 제본사』만이 가진 특유의 매력이라고 감히 말해본다.

공민희